suhrkamp nova

Als Wolf nach sieben Jahren endlich aus dem Gefängnis freikommt, hat er nur eines im Sinn: Er will sich an denjenigen rächen, die sich gegen ihn verschworen haben. Er kehrt zurück in die abgelegenen Wälder von Cumbria in Nordengland, wo einst alles begann. Kurz darauf wird einer von Wolfs alten Feinden ermordet aufgefunden. Alva Ozigbo, Wolfs Gefängnispsychiaterin, ahnt, was er im Schilde führt, und stellt eigene Nachforschungen an. Bald kommt sie den Intrigen, die Wolf zu Fall brachten, auf die Spur. Doch wird es ihr auch gelingen, seine Rachepläne zu vereiteln? Ein atemberaubendes Katz-und-Maus-Spiel beginnt ...

Reginald Hill, geboren 1936, wuchs in Cumbria in Nordengland auf. Er ist einer der bekanntesten Krimiautoren Großbritanniens und wurde für sein Werk mit zahlreichen Preisen ausgezeichnet, unter anderem mit dem prestigevollen Dagger Award der britischen Crime Writers' Association für sein Lebenswerk. Hill starb im Jahr 2012.

Ulrike Wasel und Klaus Timmermann, beide Jahrgang 1955, übersetzen aus dem Englischen, u. a. Michael Crichton, Noah Gordon, Dave Eggers und Zadie Smith.

Reginald Hill
Rache verjährt nicht

Roman

Aus dem Englischen von
Ulrike Wasel und Klaus Timmermann

Suhrkamp

Die Originalausgabe erschien 2010 unter dem Titel
The Woodcutter
bei HarperCollins Publishers, London

Umschlagabbildung: plainpicture/Arcangel

2. Auflage 2013

Erste Auflage 2013
suhrkamp taschenbuch 4390
Deutsche Erstausgabe

Druck: CPI – Ebner & Spiegel, Ulm
Printed in Germany
Umschlag: cornelia niere, münchen
ISBN 978-3-518-46390-1

Rache verjährt nicht

Für John Lennard

ein Dichter unter Kritikern
ein wahrer Freund der Literaturschaffenden
und ein Quell des Wissens
der sieht, was er weiß, und uns dadurch hilft
zu wissen, was wir sehen.

*«Insensé», dit-il, «le jour où j'avais résolu de me venger, de n'e pas m'être arraché le cœur!»**

Alexandre Dumas: *Le Comte de Monte-Cristo*

* »Ich Wahnsinniger«, sagte er, »daß ich mir nicht an dem Tag, wo ich mich zu rächen beschloß, das Herz ausgerissen habe!«

PROLOG

Not

Ich bin geschworen Bruder
Der grimmen Not, Geliebte; sie und ich
Sind bis zum Tod verbündet!
Shakespeare: *Richard II*

1

Sommer 1963: Profumo in Ungnade gefallen; Ward tot; die Beatles mit ihrem Album *Please Please Me* auf Platz eins; Martin Luther King hat seinen Traum; der von JFK wird nicht mehr lange währen; der Kalte Krieg erreicht Tiefsttemperaturen; der frische Wind des Wandels weht immer stärker durch das koloniale Afrika, und seine kräftigen Böen sind schon bis zum »Tor der Tränen« im britisch kontrollierten Aden zu spüren.

Aber die Gefahr terroristischer Anschläge ist noch nicht so groß, dass sie einen elfjährigen englischen Jungen daran hindern könnte, seine Sommerferien dort zu genießen, ehe er wieder zur Schule muss.

Ein paar Einschränkungen gibt es jedoch. Sein Diplomatenvater, der um die wachsende Bedrohung durch die Nationale Befreiungsfront weiß, lässt ihn nicht mehr nach Lust und Laune herumstromern, sondern setzt ihm strikte Grenzen und besteht darauf, dass er stets von Ahmed begleitet wird, einem jungen jemenitischen Gärtner und Handwerker, der sehr an dem Kleinen hängt.

Wenn Ahmed bei ihm ist, fühlt er sich rundherum sicher, und als ein verbeulter und staubiger Morris Oxford neben ihnen hält, die hintere Tür einladend geöffnet, wundert er sich, als sein Freund ihn zum Einsteigen drängt, hat aber keine Angst.

Auf der Rückbank sitzen bereits zwei Männer. Der Junge wird zwischen Ahmed und einem stämmigen glatzköpfigen Mann, der nach Schweiß und billigem Tabak riecht, eingeklemmt.

Das Auto braust davon. Bald haben sie eine der Grenzen erreicht, die sein Vater ihnen gesetzt hat. Der Junge sieht Ahmed fragend an, doch schon fahren sie in eine der weniger gepflegten Gegenden der Stadt.

Er ist allerdings nicht zum ersten Mal hier. Ein Jahr zuvor, als die Zeiten noch einigermaßen sicher waren, hat er gehört, wie ein britischer Beamter die Hauptstraße des Viertels als »Straße der tausend Arschlöcher« bezeichnete, und daraufhin hat er Ahmed überredet, ihn mit dorthin zu nehmen. Die fragliche Straße war eine ziemliche Enttäuschung und lieferte dem Jungen keine Erklärung für ihren spaßigen Namen. Als er von Ahmed wissen wollte, warum die Straße so genannt wurde, grinste der nur und antwortete: »Zu jung. Später vielleicht, wenn du älter bist!«

Jetzt biegt der Morris genau in diese Straße ein, wird langsamer und hat kaum angehalten, als der Junge auch schon von dem Glatzkopf nach draußen bugsiert und in einen Hauseingang gestoßen wird.

Trotzdem ist er nicht so erschrocken, dass er nicht die Hausnummer 19 an der Wand neben der Tür registriert hätte.

Er wird eine Treppe hinaufgetragen und in einen Raum gebracht, in dem sich keinerlei Möbel, dafür aber viele Männer befinden. Man wirft ihn in einer Ecke zu Boden. Er versucht, Ahmed anzusprechen. Der junge Mann schüttelt ungehalten den Kopf und weicht von da an seinen Blicken aus.

Nach etwa zehn Minuten kommt ein weiterer Mann herein. Er trägt einen europäischen Anzug und scheint wichtig zu sein. Die anderen verstummen.

Der Neuankömmling bleibt vor dem Jungen stehen und beugt sich herab, um ihm ins Gesicht zu schauen.

»Also, Junge«, sagt er. »Du bist der Sohn des Meisterspions.«

»Nein, Sir«, entgegnet er. »Mein Vater ist der britische Handelsattaché.«

Der Mann lacht.

»Als ich so alt war wie du, wusste ich, wer mein Vater ist«, sagt er. »Komm, wir reden mit ihm und finden heraus, wie viel du ihm wert bist.«

Er wird von dem Glatzkopf auf die Beine gezerrt und in ein anderes Zimmer gebracht, wo ein Telefon steht.

Der Mann in dem Anzug wählt eine Nummer, der Junge hört, wie er den Namen seines Vaters ausspricht. Nach einer kurzen Pause sagt der Mann: »Hören Sie zu. Ich spreche für die Befreiungsfront des Südjemen. Wir haben Ihren Sohn. Er wird kurz mit Ihnen reden, damit Sie wissen, dass wir nicht bluffen.«

Er winkt, und der Junge wird nach vorne geschoben.

Der Mann sagte: »Sprich mit deinem Vater, damit er weiß, dass du es bist«, und hält dem Jungen den Hörer hin.

Der Junge singt: »*Mille ani undeviginti.*«

Der Mann reißt ihm den Hörer aus der Hand und packt den Jungen am Hals.

»Was hast du gesagt?«, schreit er.

»Sie haben doch gesagt, er muss wissen, dass ich es bin«, stottert der Junge. »Das ist ein Lied, das wir oft zusammen singen, über die Ziege von Paddy McGinty. Fragen Sie ihn, er wird's Ihnen erklären.«

Der Mann spricht ins Telefon. »Was hat es mit diesem Ginty und der Ziege auf sich?«

Was auch immer er hört, es scheint ihn zu beruhigen, und auf ein Nicken des Mannes hin wird der Junge zurück in das erste Zimmer gestoßen.

Er kauert sich in eine Ecke. Männer kommen und gehen, ohne ihn zu beachten. Die Atmosphäre ist zuversichtlich, als liefe alles nach Plan. Ahmed, der viele Umarmungen und anerkennendes Schulterklopfen bekommt, sieht ihn noch immer nicht an. Dem Jungen wird zunehmend bange.

Dann ertönt von unten plötzlich Lärm.

Zuerst das Splittern von Holz, als würde eine verschlossene Tür eingetreten, dann Schreie und Rufe, fast unmittelbar gefolgt von knallenden Pistolenschüssen.

Alle Männer stürzen nach draußen. Allein gelassen, sieht sich der Junge nach einem Versteck um, aber es gibt keins. Das einzige Fenster des Raumes ist selbst für einen Elfjährigen zu klein, um sich hindurchzuquetschen.

Der Krach wird lauter, kommt näher. Die Tür fliegt auf. Der Glatzkopf stürmt mit einer Pistole in der Hand herein. Der Junge lässt sich zu Boden fallen. Der Mann brüllt irgendwas Unverständliches und zielt mit der Waffe. Ehe er abdrücken kann, taucht Ahmed hinter ihm auf und springt ihm auf den Rücken. Ein Schuss löst sich. Die Kugel schlägt zwischen den gespreizten Beinen des Jungen in den Boden.

Die beiden Männer kämpfen kurz miteinander. Wieder kracht ein Schuss.

Und der Glatzkopf sackt gegen die Wand, die Hände auf den Bauch gedrückt. Blut quillt zwischen den Fingern hervor.

Ahmed bleibt vor ihm stehen, hält die Pistole umklammert. Jetzt endlich blickt er den Jungen an, und er versucht zu lächeln, aber es gelingt ihm nicht ganz. Dann wendet er sich der Tür zu, die während des Kampfes zugefallen ist.

Der Junge ruft: »Ahmed, warte!«

Doch der junge Jemenit hat die Tür bereits geöffnet.

Kaum macht er einen Schritt über die Schwelle, wird er auch schon von einem Kugelhagel, der ihm die Brust zerfetzt, zurück ins Zimmer geschleudert.

Als er auf dem Boden liegt, treffen sich ihre Blicke noch ein letztes Mal. Und jetzt erreicht das Lächeln Ahmeds Lippen. Dann stirbt er.

Erst als sich die Arme seines Vaters um ihn schließen, lässt der Junge endlich seinen Tränen freien Lauf.

Sein Vater sagt: »Das hast du gut gemacht, du hast einen kühlen Kopf bewahrt. Der Apfel fällt nicht weit vom Stamm, was? Und hab ich dir nicht immer gesagt, dass es dir eines Tages nützen würde, wenn du deine Lateinhausaufgaben machst?«

Zwei Jahre später wird eine Autobombe der FLOSY seinen Vater töten, so dass der Junge keine Gelegenheit mehr hat, ihn als Erwachsener zu fragen, was die Rebellen für das Leben seines Sohnes von ihm verlangt hatten.

Oder wie die Antwort des Vaters gelautet hätte, wenn sein kindlicher Verstand nicht so findig gewesen wäre, ihm die Straße und die Nummer des Hauses zu verraten, in dem er festgehalten wurde.

Aber ehe er wieder in die Schule musste, konnte er ihn fragen, wie es denn möglich war, dass sein Freund Ahmed, der ihn so sehr geliebt hatte, dass er sein eigenes Leben für ihn opferte, ihn überhaupt erst in eine so gefährliche Lage gebracht hatte.

Und sein Vater hatte geantwortet: »Wenn Liebe gegen grimmige Not antritt, gibt es meist nur einen Sieger.«

Damals hatte er nicht verstanden, was sein Vater meinte. Aber später sollte es ihm klar werden.

2

Herbst 1989: die Welt in Aufruhr; die Berliner Mauer fällt; Chris Reas Album *The Road to Hell* steht auf Platz eins der britischen Charts; die westlichen Industriestaaten beobachten mit angehaltenem Atem die sich überschlagenden Ereignisse, die zur Befreiung Osteuropas und dem Ende des Kalten Krieges führen werden.

In einem Wald in Cumbria sitzt ein Mann auf einer von den Strahlen der Mittagssonne gesprenkelten Lichtung schlaff gegen eine verwachsene Eberesche gelehnt. Sein verwittertes Gesicht ist tief gezeichnet von den Gedanken, die ihm durch den gesenkten Kopf kreisen, die Augen sind starr, aber blicklos auf die ungeöffnete Thermosflasche und die Sandwichdose zwischen seinen Füßen gerichtet. Ein kleines Stück entfernt steht ein zweiter Mann und beobachtet ihn. Sein langes braunes Haar ist wolfsgrau gesträhnt, in seinem besorgten Gesicht liegt Mitgefühl, es offen zu zeigen, wäre sinnlos, wie er weiß. Auch ein junges Mädchen im Hintergrund betrachtet den sitzenden Mann mit starrem Blick, doch ihre Miene ist weit schwerer zu deuten. Und auf das weite Waldland, über das der Wind nahezu unaufhörlich seine Musik rauschen lässt und wo im Unterholz das Pizzicato knackender Zweige erklingt, senkt sich eine Stille, als würden selbst die Bäume und der Himmel und die Berge ringsum den Atem anhalten, weil sie fürchten, jemanden in seiner Trauer zu stören.

Dreihundert Meilen weiter südlich, in einem Ostlondoner Parkhaus, brechen fünf junge Burschen, die wahrscheinlich nicht mal mit der Wimper zucken würden, wenn Jesus Christus in einem Feuerwagen auf dem Dach von St. Paul's landete, ein Auto auf.

Aber sie haben das einmal zu oft gemacht, und plötzlich schießen überall um sie herum Polizisten aus dem Boden, als hätte jemand Drachenzähne gesät. Die Jungen stieben auseinander, müssen aber feststellen, dass ihnen jeder Fluchtweg versperrt ist.

Nur einer ergibt sich nicht. Er läuft auf eine drei Meter hohe Betonwand zu, in der ganz oben eine gut dreißig Zentimeter große Lücke klafft. Zum Erstaunen der Polizisten huscht er wie eine Eidechse die Wand hinauf. Und dann schiebt er sich zu ihrem Entsetzen durch die Lücke und verschwindet.

Sie sind auf der fünften Ebene, und hinter der Lücke geht es fast zwanzig Meter senkrecht in die Tiefe.

Die Polizisten geben ihren wartenden Kollegen über Funk durch, sie sollen zur Rückseite des Parkhauses gehen und die Leiche sichern.

Wenige Minuten später antworten sie – keine Leiche am Fuße der Mauer, bloß ein junger Bursche, der weglaufen wollte, sobald er sie kommen sah.

Auf dem Revier gibt er sich als John Smith aus, achtzehn Jahre alt, ohne festen Wohnsitz.

Danach verstummt er und sagt kein Wort mehr.

Sie nehmen seine Fingerabdrücke. Er ist nicht in der Kartei.

Seine Komplizen behaupten, ihn noch nie gesehen zu haben. Sie behaupten auch, einander noch nie gesehen zu haben. Einer von ihnen ist so zugedröhnt, dass er nicht weiß, ob er sich selbst je gesehen hat.

Zwei sind eindeutig minderjährig. Ein Sozialarbeiter wird hinzugezogen, der bei ihrer Vernehmung anwesend ist. Die anderen beiden haben Vorstrafen. Sie sind achtzehn und neunzehn Jahre alt. Der Pflichtverteidiger kümmert sich um sie.

Die Polizisten sind nicht sicher, ob John Smiths Altersangabe stimmt, und der Junge hat irgendwas an sich, eine schwer definierbare Aura von Liebenswürdigkeit, was sie veranlasst, dem Pflichtverteidiger ihre Zweifel mitzuteilen.

Gleich zu Beginn seines Gesprächs mit Smith weist er ihn darauf hin, dass er als Minderjähriger anders behandelt werden würde, wahrscheinlich mit einer milden Strafe ohne Freiheitsentzug davonkäme. Smith bleibt bei seiner Aussage und verweigert jegliche weiteren Auskünfte über seine Herkunft, wenngleich er eindeutig mit nordenglischem Akzent spricht.

Der Verteidiger vermutet, dass Smith deshalb seinen Namen und sein Alter verfälscht, weil er seine Familie aus der Sache raushalten will. Er hofft, dem Jungen die Wahrheit entlocken zu können, indem er ihm die Folgen, die ihm für sein Delikt nach Erwachsenenstrafrecht blühen, drastisch ausmalt, doch als er sich die Beweislage gegen ihn genauer ansieht, muss er feststellen, dass die ziemlich mager ist. Eine Identifizierung anhand der unscharfen Aufnahmen von Überwachungskameras in dem dämmrig beleuchteten Parkhaus ist mehr als fragwürdig. Und könnte denn wirklich jemand die glatte Außenmauer heruntergeklettert sein, wie die Polizisten behaupten, und noch dazu in weniger als einer Minute?

Während sie sich unterhalten, entspannt sich der Junge, solange keine Fragen nach seiner Herkunft gestellt werden, und der Verteidiger spürt, wie er sich für seinen jungen Mandanten zu erwärmen beginnt. Auf dem Nachhauseweg fährt er an dem Parkhaus vorbei, um die Außenmauer zu fotografieren und zu dokumentieren, wie glatt sie ist. Am nächsten Tag zeigt er das Foto dem Jungen, der offensichtlich gerührt ist von so viel Engagement, dann jedoch panisch reagiert, als er erfährt, dass er noch am Vormittag einem Richter vorgeführt werden soll. Der Verteidiger beruhigt ihn, handelt es sich doch bloß um einen Beweisaufnahmetermin, nicht um einen Strafprozess, er warnt ihn jedoch vor, dass er als Volljähriger ohne festen Wohnsitz mit an Sicherheit grenzender Wahrscheinlichkeit in Untersuchungshaft bleiben wird.

Und genau so kommt es auch. Als der Junge weggeführt wird, sagt der Verteidiger, es bestehe kein Grund zur Sorge und er werde am Nachmittag im Untersuchungsgefängnis vorbeischauen. Aber er hat noch andere Dinge zu erledigen, die ihn bis in den späten Abend in Anspruch nehmen. Als er auf dem Nachhauseweg ist, fällt ihm der Junge wieder ein, und er beruhigt sein schlechtes Gewissen mit dem Gedanken, dass eine Nacht im Untersuchungsgefängnis, ohne ein freundliches Gesicht zu sehen, vielleicht genau das Richtige ist, um Smith zur Vernunft zu bringen.

Er erzählt seiner Frau von dem Jungen. Sie blickt ihn verblüfft an. Normalerweise baut er keine emotionale Bindung zu dem kriminellen Gesindel auf, aus dem seine Mandantschaft üblicherweise besteht.

Er ist müde und geht früh schlafen. Als seine Frau ihn in den frühen Morgenstunden flüsternd weckt, weil sie glaubt, es würde jemand versuchen, durchs Wohnzimmerfenster einzusteigen, denkt er, sie muss einen Albtraum gehabt haben, denn schließlich liegt ihre Wohnung im zehnten Stock eines Hochhauses.

Aber als er ins Wohnzimmer geht und das Licht anmacht, kauert die Gestalt eines Mannes draußen auf dem schmalen Fenstersims.

Nein, kein Mann. Ein Junge. John Smith.

Der Verteidiger sagt seiner Frau, dass alles in Ordnung sei, öffnet das Fenster und lässt Smith herein.

»Sie haben gesagt, Sie würden kommen«, sagt der Junge halb weinerlich, halb vorwurfsvoll.

»Wie bist du aus dem Gefängnis entwischt?«, fragt der Verteidiger. »Und wie hast du mich gefunden?«

»Durch ein Fenster«, sagt der Junge. »Und die Adresse von Ihrer Kanzlei stand auf der Visitenkarte, die Sie mir gegeben haben, also bin ich durch ein Oberlicht eingestiegen und hab rumgesucht, bis ich Ihre Privatanschrift gefunden hab. Ich hab hinterher aufgeräumt, alles wieder in Ordnung gebracht.«

Seine Frau, die die Unterhaltung interessiert verfolgt hat, lässt das Brotmesser in ihrer Hand sinken und sagt: »Ich mach uns Tee.«

Sie kommt mit einer Kanne Tee und einem großen Biskuitkuchen zurück, den Smith im Verlauf der folgenden Stunde verputzt. In dieser einen Stunde holt sie mehr aus dem Jungen heraus als ihr Mann und die Polizei mit vereinten Kräften in zwei Tagen.

Als sie das Gefühl hat, nicht mehr erfahren zu können, sagt sie: »Jetzt bringen wir dich lieber wieder zurück.«

Der Junge blickt verstört, und sie beruhigt ihn: »Mein Mann sorgt dafür, dass die Anklage gegen dich fallen gelassen wird, ganz bestimmt. Aber aus der U-Haft fliehen, das geht nicht, deshalb musst du wieder im Untersuchungsgefängnis sein, wenn sie zum Wecken kommen.«

»Wir können da nicht einfach an die Tür klopfen«, wendet ihr Ehemann ein.

»Natürlich nicht. Du kannst doch so wieder reinkommen, wie du rausgekommen bist, nicht wahr, mein Lieber?«

Der Junge nickt, und eine halbe Stunde später sitzt das Ehepaar im Auto und beobachtet aus der Ferne, wie ein Schatten die Außenmauer des Untersuchungsgefängnisses hinaufläuft.

»Netter Kerl«, sagt die Frau. »Du hattest schon immer eine gute Menschenkenntnis. Wenn du ihn da rausgeholt hast, bringst du ihn mit nach Hause, bis wir uns überlegt haben, wie es für ihn weitergeht.«

»Nach Hause!«, echot der Verteidiger. »Zu uns nach Hause?«

»Wohin denn sonst?«

»Hör mal, ich mag den Jungen, aber ich hab nicht vor, ihn zu adoptieren!«

»Ich auch nicht«, sagt seine Frau. »Aber irgendwas müssen wir für ihn tun. Was soll er denn sonst machen? Weiter Autos knacken oder am King's Cross seinen Hintern verkaufen?«

Also zieht Smith ins Gästezimmer seines Verteidigers, nachdem das Verfahren eingestellt worden ist.

Aber nicht für lange.

Die Ehefrau sagt: »Ich hab in der Kapelle von ihm erzählt. JC sagt, er würde ihn gern kennenlernen.«

Der Verteidiger verzieht das Gesicht: »Da wäre King's Cross vielleicht die bessere Alternative.«

»Nein, da liegst du falsch. So was passiert nicht, wenn er einen Jungen unter seine Fittiche nimmt. Außerdem braucht der Junge einen Job, und an wen könnten wir uns sonst wenden?«

Das Treffen findet in einem Pub statt, nachdem der mittägliche Ansturm abgeflaut ist. Zunächst sagt der Junge nicht viel, aber zwei große Bier und das entspannte, unaufdringliche Verhalten des Mannes, JC, lösen ihm allmählich die Zunge. So sehr, dass er keinen Hehl macht aus seiner Abneigung gegen das Singen von Kirchenliedern und das Schütteln von Klingelbeuteln und überhaupt jede andere Tätigkeit, die ihm durch das Wort Kapelle in den Sinn gekommen ist.

Der Mann sagt: »Ich vermute, dir schwebt irgendwas vor, das mehr mit körperlicher Arbeit und freier Natur zu tun hat, was? Also lass hören. Was kannst du sonst noch außer senkrechte Wände rauf- und runterlaufen?«

Der Junge überlegt und antwortet dann: »Ich kann Bäume fällen.«

JC lacht.

»Ein Holzfäller! Tja, wie's der Zufall will, hat die Kapelle einen weitläufigen Garten, der gepflegt werden muss, und von Zeit zu Zeit käme uns da ein flinker Holzfäller sehr gelegen. Ich will sehen, was ich tun kann.«

Der Junge und die Frau wechseln Blicke und lächeln einander an.

Und der Mann, JC, beobachtet sie und setzt ebenfalls ein wohlwollendes Lächeln auf.

3

Winter 1991: Terry Waite kommt nach drei Jahren Geiselhaft frei; 264 Kroaten werden Opfer eines Massakers in Vukovar; Freddy Mercury stirbt an Aids; Michael Jackson landet mit seinem Album *Dangerous* auf Platz eins; die Sowjetunion löst sich auf; Gorbatschow tritt zurück.

Und in einer stillen Seitenstraße im 20. Pariser Arrondissement sitzt ein Mann mit einem seligen Lächeln entspannt auf der bequemen Rückbank eines Citroën CX. Durch den treibenden Nebel über den Bäumen auf der anderen Seite eines kleines Parks kann er noch so eben die obersten drei Stockwerke eine sechsstöckigen Wohnhauses sehen. Er meint, einen Schatten wahrzunehmen, der sich flink an der Seite des Gebäudes herabbewegt, aber er ist rasch verschwunden, und außerdem weiß er seit Langem, wie sehr die Wahrnehmung in einer solchen Nacht trügen kann. Er widmet seine Aufmerksamkeit wieder Quintus Curtius' Schilderung der Eroberung von Tyros und ist bald so darin versunken, dass er wenige Minuten später überrascht ist, als die Wagentür aufgeht und der Junge hereinschlüpft.

»Oh, hallo«, sagt er und schließt das Buch. »Alles in Ordnung?«

»Kinderspiel«, sagt der Junge. »Aber ich hab kalte Finger gekriegt.«

»Du solltest Handschuhe tragen«, sagt der Mann und reicht ihm eine Thermosflasche.

»Mit Handschuhen hab ich kein so gutes Gefühl für die Wand«, erwidert der Junge und trinkt direkt aus der Flasche.

Der Mann betrachtet ihn liebevoll und sagt: »Du bist ein braver kleiner Holzfäller.«

Vorne im Wagen klingelt ein Telefon. Der Fahrer nimmt den Anruf entgegen, spricht Französisch. Nach einer Weile dreht er sich um und sagt: »Er ist jetzt unterwegs, JC. Aber wir haben ein Problem. Er ist noch am Gare de l'Est vorbeigefahren. Hat eine Frau und ein Kind abgeholt. Wir vermuten, seine Frau und Tochter. Die beiden sind jetzt mit ihm im Wagen.«

Ohne seine Miene oder den Tonfall zu verändern, sagt der Mann sanft: »*Parle Français, idiot!*«

Aber seine Warnung kommt zu spät.

Der Junge sagt: »Wieso Frau und Tochter? Du hast gesagt, er wohnt allein.«

»Tut er auch«, versichert der Mann. »Wie du bestimmt bemerkt hast, ist die Wohnung sehr klein. Außerdem hat er sich mit seiner Familie zerstritten. Falls es sich tatsächlich um seine Frau und Tochter handelt, und das steht nicht unbedingt fest, bringt er sie höchstwahrscheinlich nur zu einem Hotel. Möchtest du etwas essen? Ich habe Schokolade hier.«

Der Junge schüttelt den Kopf und trinkt wieder einen Schluck aus der Thermosflasche. Sein Gesicht wirkt besorgt.

Der Mann sagt leise: »Er ist ein sehr böser Mensch, ich meine, er ist in sich böse und noch dazu ein gefährlicher Feind unseres Landes.«

Der Junge sagt: »Jaja, ich weiß, das hast du mir erklärt. Aber das heißt ja nicht, dass seine Frau und seine Tochter böse sind, oder?«

»Natürlich nicht. Und wir tun alles in unserer Macht Stehende, um keine Unschuldigen zu gefährden. Auch das hab ich dir doch erklärt, nicht wahr?«

»Ja«, bestätigt der Junge.

»Siehst du.«

Sie sitzen beide eine Weile schweigend da. Das Telefon klingelt erneut.

Der Fahrer nimmt den Hörer, lauscht kurz, wendet den Kopf und sagt: »*Ils sont arrivés. La femme et l'enfant aussi. Il demande, que voudriez-vous?*»

Der Mann sagt: «*Dites-lui, vas-y.*«

Der Junge runzelt die Stirn, als könnte er durch schiere Konzentration verstehen, was da gesagt wird. Auf der anderen Seite des Parks verzieht sich der Nebel über den Bäumen für einen Moment, und die Silhouette des Wohnhauses zeichnet sich vor dem hellen Sternenhimmel ab.

In einem der obersten Zimmer flammt Licht auf. Zuerst sieht es aus wie ein ganz normales Licht, bernsteinfarben hinter einem gardinenlosen Fenster.

Und dann wird es rot. Die Entfernung ist zu groß, als dass irgendein Geräusch in das gut isolierte Wageninnere dringen könnte, aber im selben Moment sehen sie, wie die Fensterscheibe sich auflöst und Rauch und Trümmerteile auf sie zukommen, wie die Finger einer Hand, die sich nach ihnen reckt.

Dann verdichtet sich der Nebel wieder, und der Mann sagt: »Fahren wir.«

Zurück in ihrer Wohnung, geht der Junge in sein Zimmer, und der Mann setzt sich an das sanft zischelnde Gasfeuer im Kamin, um seinen Bericht zu verschlüsseln. Als er damit fertig ist, gießt er sich einen Drink ein und greift zu seiner *Geschichte Alexanders des Großen*.

Plötzlich geht die Tür auf, und der Junge, nur mit einer Unterhose bekleidet, kommt ins Zimmer gestürmt.

Er hat Mühe zu sprechen, so aufgewühlt ist er, und sagt: »Du hast mich angelogen, du verfluchter Scheißkerl! Die waren noch bei ihm, alle beide; es war in den Nachrichten. Es ist so verdammt furchtbar, sogar die englischen Nachrichten bringen es. Du hast gelogen! Warum?«

Der Mann sagt: »Es musste heute Abend passieren. Morgen wäre es zu spät gewesen.«

Der Junge tritt näher. Der Mann spürt den jungen muskulösen Körper dicht neben sich, die Wärme, die er verströmt.

Der Junge sagt: »Warum hast du das von mir verlangt? Du hast gesagt, du würdest nie etwas von mir verlangen, das ich nicht tun will. Aber du hast mich reingelegt. Warum?«

Diesmal lächelt der Mann nicht. Er sagt leise: »Mein Vater hat mal zu mir gesagt, wenn Liebe und grimmige Not aufeinandertreffen, gibt es nur einen Sieger. Wahrscheinlich verstehst du das heute ebenso wenig wie ich damals. Aber du wirst es irgendwann verstehen. Bis dahin kann ich dir nur sagen, dass es mir sehr leidtut. Ich finde einen Weg, es wiedergutzumachen, versprochen.«

»Wie? Wie willst du das je wiedergutmachen?«, schreit der Junge. »Du hast einen Mörder aus mir gemacht. Was könntest du denn tun, um das ungeschehen zu machen? Nichts! Gar nichts!«

Und der Mann sagt ganz traurig, als würde er kein Geschenk darbieten, sondern ein Urteil aussprechen: »Ich werde dir deinen größten Traum erfüllen.«

BUCH EINS

Wolf und Elfe

Als die Jäger den Wolf gefangen hatten, steckten sie ihn in einen Käfig, in dem er viele Jahre schmachtete und entsetzlich litt, bis sich eines Tages eine neugierige Elfe, für die die Eisenstangen kein größeres Hindernis waren als die Schatten von Grashalmen auf einer sonnenbeschienenen Wiese, seines Elends erbarmte und ihn fragte: »Was kann ich dir bringen, Wolf, um deinen Schmerz zu lindern?«

Und der Wolf antwortete: »Meine Feinde, damit ich mit ihnen spielen kann.«

Charles Underhill: *Skandinavische Volksmärchen*

Wolf

1

Es war einmal, da lebte ich glücklich und zufrieden bis an mein seliges Ende.

Stimmt. Genau wie im Märchen.

Wie könnte ich mein Leben vor jenem strahlenden Herbstmorgen im Jahr 2008 anders beschreiben?

Ich war der einfache Holzfäller, der einen Blick auf die wunderschöne Prinzessin erhaschte, als sie auf der Schlosswiese tanzte, und sich in sie verliebte, obwohl er wusste, dass bei dem Standesunterschied zwischen ihnen allein schon seine Fantasien Grund genug gewesen wären, ihm den Kopf abzuschlagen, der aber gleichwohl, als den Freiern um ihre Hand drei scheinbar unmögliche Aufgaben gestellt wurden, seinen Hut in den Ring warf und nach vielen gefährlichen Abenteuern triumphierend heimkehrte, um die Erfüllung seines größten Traums zu fordern.

Genau an der Stelle nahm das Glücklich-und-zufrieden seinen Anfang, obwohl in der Märchenliteratur nie gesagt wird, wann das selige Ende kommt. In meinem Fall nach vierzehn Jahren.

Während dieser Zeit erarbeitete ich mir ein millionenschweres Vermögen, einen Privatjet, Wohnsitze in Holland Park, Devon, New York, Barbados und Umbrien, mir wurde meine reizende Tochter Ginny geschenkt und die Ritterwürde für besondere Verdienste um die Wirtschaft verliehen.

Derweil verwandelte sich meine Frau Imogen von einer duftenden jungen Prinzessin in eine elegante kultivierte Frau.

Sie organisierte unser gesellschaftliches Leben mit leichter Hand, erwartete nie etwas von mir, das ich nicht leisten konnte, und bereitete mir stets einen angemessenen Empfang, wenn ich nach meinen oftmals ausgedehnten Geschäftsreisen in eines unserer Häuser zurückkehrte.

Manchmal sah ich sie an und konnte kaum fassen, womit ich eine solche Schönheit, ein solches Glück verdient hatte. Sie war für mich der Inbegriff der Vollkommenheit, mein größter Traum, und immer wenn sich die Strapazen und Belastungen meines ungemein hektischen Lebens bemerkbar machten, musste ich bloß an meine Prinzessin denken, und schon wusste ich, dass ich der glücklichste Mensch auf Erden war, ganz gleich, was das Schicksal mir bescherte.

Dann, an einem Tag im Herbst – durch einen dieser Zufälle, die sich nur eine böse Fee ausdenken kann, war es unser Hochzeitstag –, änderte sich alles.

Um halb sieben Uhr morgens wurden wir in unserem Haus in Holland Park durch hartnäckiges Klingeln an der Tür geweckt. Ich stand auf und ging zum Fenster. Als ich die Polizeiuniformen draußen sah, dachte ich zunächst, irgendein Spaßvogel hätte uns zu unserem Hochzeitstag eine Strippertruppe geschickt. Aber sie erweckten nicht den Eindruck, als würden sie sich gleich die Uniformen vom Leib reißen und uns ein Ständchen bringen, und plötzlich stockte mir das Herz bei dem Gedanken, dass Ginny etwas passiert sein könnte. Sie war im Internat – nicht meine Entscheidung, aber wenn der einfache Holzfäller die Prinzessin heiratet, muss er wohl oder übel ein paar altehrwürdige Traditionen anstandslos hinnehmen.

Dann machte ich mir klar, dass sie wohl kaum ein ganzes Aufgebot schicken würden, um eine solche Nachricht zu überbringen.

Und sie hätten auch nicht jede Menge Pressefotografen und ein Fernsehteam im Gefolge.

Inzwischen hatte sich Imogen im Bett aufgesetzt. Selbst unter diesen beängstigenden Umständen lenkte mich der Anblick ihrer vollkommenen Brüste ab.

Sie sagte in ihrer gewohnt ruhigen Art: «Wolf, was ist denn los?«

»Keine Ahnung«, sagte ich. «Ich geh mal nachsehen.«

Ich nahm meinen Morgenmantel und schlüpfte hinein, während ich die Treppe hinunterging. Von unten waren Stimmen zu hören. Unter anderem erkannte ich den Cockney-Dialekt unserer Haushälterin, Mrs Roper. Sie protestierte lautstark, und als ich den Treppenabsatz erreichte, sah ich auch, warum. Offenbar hatte sie die Haustür geöffnet, und nun drängten sich die Polizisten rücksichtslos an ihr vorbei. Ein kleiner fleischiger Mann in einem zerknitterten blauen Anzug kam flankiert von zwei uniformierten Constables die Treppe herauf auf mich zugetrabt.

Zwei Stufen unterhalb von mir blieb er stehen und sagte atemlos: «Wolf Hadda? *Verzeihung*. Sir *Wilfred* Hadda. Detective Inspector Medler. Ich habe einen Durchsuchungsbefehl für dieses Haus.«

Er hob den Arm und reichte mir ein Blatt Papier. Ich hörte, wie unten Leute umhergingen, Türen geöffnet und zugeschlagen wurden, Mrs Roper weiter protestierte.

Ich sagte: «Was zum Teufel hat das zu bedeuten?«

Sein Blick glitt nach unten zu meinem Schritt. Seine Lippen zuckten. Dann wanderten seine Augen nach oben über meinen Körper und richteten sich auf etwas hinter mir.

Er sagte: «Vielleicht ziehen Sie sich besser was an, es sei denn, Sie möchten gern auf Seite drei landen.«

Ich drehte mich um, um nachzusehen, wohin er blickte.

Durch das Treppenfenster zum Garten hin konnte ich die alte Eberesche aus Cumbria sehen, die ich hierher verpflanzt hatte, als ich das Haus kaufte. Um diese Jahreszeit war sie voll mit roten Beeren, und ich wurde ebenso rot vor Wut beim Anblick eines Paparazzos, der im Geäst hockte und seine Kamera auf mich gerichtet hatte. Selbst auf diese Entfernung konnte ich den Schaden sehen, den er mit seiner Kletterpartie angerichtet hatte.

Ich drehte mich wieder zu Medler um.

»Wie ist der da hingekommen? Überhaupt, was hat die Presse hier zu suchen? Haben *Sie* die mitgebracht?«

»Aber, aber, warum hätte ich das denn wohl tun sollen, Sir?«, sagte er. »Vielleicht sind die Leute rein zufällig hier vorbeigekommen.«

Er versuchte nicht mal, überzeugend zu klingen.

Sein Tonfall war anzüglich und sein Mund sah aus, als unterdrücke er ein spöttisches Grinsen. Mir ist schon immer schnell die Sicherung durchgebrannt. Morgens um halb sieben, angesichts einer Horde von grobklotzigen Bullen, die mein Haus auseinandernahmen, und eines Paparazzos, der meine schöne Eberesche schändete, brannte sie noch schneller durch. Ich verpasste dem kleinen Arschloch eine Gerade mittenmang auf sein selbstgefälliges Maul, so dass er rückwärts die Treppe runterflog und einen von seinen Constables mitriss. Der andere zückte seinen Schlagstock und drosch mir damit aufs Bein. Der Schmerz war fürchterlich, und ich sackte auf dem Treppenabsatz zusammen.

Danach brach ein großes Tohuwabohu aus. Während ich unsanft aus dem Haus geschleift wurde, war Imogen vollständig angezogen oben an der Treppe aufgetaucht. Ich rief ihr zu: »Ruf Toby an!«

Sie wirkte sehr ruhig, sehr beherrscht. Prinzessinnen geraten nicht in Panik. Der Gedanke war mir ein Trost.

Kameras klickten, und Journalisten schrien irgendwelche unverständlichen Fragen, während ich in ein Auto verfrachtet wurde. Als wir davonbrausten, wandte ich den Kopf und schaute zurück. Schon trugen Polizisten prall gefüllte Müllsäcke die Treppe herunter und warfen sie hinten in einen Lieferwagen. Das Haus, das in der Morgensonne glänzte, schien verächtlich auf sie herabzublicken. Dann bogen wir um eine Ecke, und es verschwand aus meinem Blickfeld.

Ich wusste nicht – wie denn auch? –, dass ich es nie wieder betreten würde.

2

Meine Ankunft auf dem Polizeirevier schien sie zu überraschen. In dieser Phase kann meine Festnahme noch nicht geplant gewesen sein. Sobald der Schmerz in meinem Bein nachließ und mein Gehirn wieder einigermaßen funktionierte, kam ich zu dem Schluss, dass allem Anschein nach das Betrugsdezernat gegen mich ermittelte. Private-Equity-Gesellschaften profitieren vom Scheitern anderer Unternehmen, und Woodcutter Enterprises hatte auf seinem Erfolgskurs viele unglückliche Menschen zurückgelassen. Außerdem war die Stimmung auf den Märkten nicht gerade optimistisch, und wenn die Nerven blank liegen, finden böse Zungen leicht Gehör.

Ich hatte es mir also selbst zuzuschreiben, dass ich hopsgenommen worden war. Wenn ich nicht die Beherrschung verloren hätte, säße ich wahrscheinlich bei mir zu Hause im Wohnzimmer und würde mich weigern, auch nur eine einzige unverschämte Frage von Medler zu beantworten, solange mein Anwalt Toby Estover nicht da war. Ich hätte gern Medlers Gesichtsausdruck gesehen, als er den Namen hörte. *Mr Itsover* nennen seine Kollegen ihn, angeblich weil die Staatsanwaltschaft das immer sagt, wenn sie erfährt, dass Toby die Verteidigung übernommen hat. Anwälte werden oft bewundert, aber es ist nun mal eine Tatsache, dass viele windige Typen ungeschoren davonkommen, weil sie klug und reich genug waren, Toby Estover zu engagieren, als die Polizei bei ihnen anklopfte.

Ich wurde höflich behandelt – ich meinte sogar, auf den Lippen des Sergeants, dem ich übergeben wurde, den Hauch eines Lächelns zu sehen, als er erfuhr, dass ich festgenommen worden war, weil ich Medler eine verpasst hatte – und dann in eine Zelle gesteckt. Ziemlich minimalistisch, aber mit ein paar Vettriano-Drucken an der Wand hätte sie auch ein normales Einzelzimmer in einem von diesen neumodischen Boutique-Hotels sein können.

Ich weiß nicht, wie lange ich dasaß. Ich hatte keine Uhr umgehabt, als sie mich festnahmen. Genauer gesagt, hatte ich nichts angehabt außer meinem Morgenmantel. Den hatten sie mir abgenommen und mir einen weißen Baumwolloverall und ein Paar Plastikflipflops gegeben.

Ich überlegte gerade, ob ich anfangen sollte, an die Tür zu hämmern und Radau zu machen, als sie aufging und Toby hereinkam. Sein Anblick war in jeder Hinsicht eine Erleichterung. Er besitzt nicht nur einen vorzüglichen Verstand, sondern auch einen ebensolchen Geschmack. Genauso alt wie ich, aber schlank und elegant. An mir wirkt selbst ein maßgeschneiderter Dreiteiler nach zwanzig Minuten wie ein Blaumann. Toby würde dagegen selbst im Tarnanzug noch eine gute Figur machen. So elegant, wie er in seinem edlen Zwirn von Henry Poole und den Schuhen von John Lobb aussah, hätte er, wenn er damals in Jerusalem dabei gewesen wäre, selbst für Jesus glatt noch einen Freispruch rausgeschlagen, als der schon am Kreuz hing.

Ich sagte: »Toby, Gott sei Dank. Hast du mir was zum Anziehen mitgebracht?«

Er blickte überrascht und sagte: »Nein, tut mir leid, alter Junge. Daran hab ich gar nicht gedacht.«

»Mist«, sagte ich. »Ich hatte gehofft, Imo hätte dir ein paar Klamotten mitgegeben.«

»Ich denke, sie hat im Moment andere Sorgen«, erwiderte er. »Setz dich, wir müssen uns unterhalten.«

»Hier?«, fragte ich.

»Hier«, sagte er mit Nachdruck und nahm auf der schmalen Pritsche Platz. »Könnte nämlich gut sein, dass in den Vernehmungsräumen irgendwer mithört.«

Dass die Polizei versuchen könnte, ein Anwalt-Mandanten-Gespräch zu belauschen, beunruhigte mich weniger als die unausgesprochene Vermutung, sie würde möglicherweise etwas mitbekommen, das mir schaden könnte.

Ich sagte: »Ganz ehrlich, mir ist scheißegal, was die hören. Ich hab nichts zu verbergen.«

»Richtig ist zweifellos, dass es mittlerweile wohl kaum noch irgendetwas gibt, was du verbergen könntest«, sagte er sarkastisch. »Wie ich höre, sind sie noch immer dabei, dein Haus zu durchsuchen. Aber wir sollten uns auf deine Computer konzentrieren. Wolf, wir haben nicht viel Zeit, also kommen wir gleich zur Sache. Ich hab mit DI Medler gesprochen ... Übrigens, stimmt es, dass du ihn geschlagen hast?«

»Und ob«, sagte ich mit einiger Genugtuung. »Wahrscheinlich siehst du das Foto morgen in der Klatschpresse. Ich möchte das Negativ kaufen und es für mein Büro vergrößern lassen, falls du das arrangieren kannst. Hat Imogen dir erzählt, dass es bei uns vorm Haus nur so gewimmelt hat von Medienleuten? Die Polizei muss ihnen den Tipp gegeben haben. Ich möchte, dass du da ganz genau nachhakst, Toby. In letzter Zeit kommt so was viel zu oft vor, und nie wird mal einer zur Verantwortung gezogen ...«

»Wolf, halt endlich die Klappe, Herrgott noch mal!«

Mir blieb die Spucke weg. Toby war normalerweise ein Muster an Höflichkeit. Okay, ich hatte ihm schon öfter mit einem meiner Lieblingsthemen in den Ohren gelegen, aber in seinem Tonfall lag eine Dringlichkeit, die weit über bloße Gereiztheit hinausging.

Ich sagte: »Toby, was ist los? Wonach suchen diese Idioten eigentlich? Gut, ich war vielleicht nicht immer hundertprozentig korrekt, aber die Firma ist solide, das schwöre ich. Weiß Johnny Nutbrown schon Bescheid? Ich denke, wir sollten ihn anrufen ...«

Nutbrown war mein bester Freund und Leiter der Finanzabteilung bei Woodcutter. Er war ein mathematisches Genie. Falls Johnny bei irgendwelchen Berechnungen zu einem anderen Ergebnis gekommen wäre als ein Computer, hätte ich jederzeit auf Johnny gesetzt.

Toby sagte: »Johnny wird dir hier nichts nützen. Medler ist nicht vom Betrugsdezernat. Er ist in der Abteilung, die früher die Sitte genannt wurde. Sein Spezialgebiet ist Pädophilie. Kinderpornografie.«

Ich lachte erleichtert auf. Ja wirklich, ich lachte.

Ich sagte: »Tja, dann hock ich nur hier, weil ich diesem schmierigen Mistkerl eine verpasst hab. Die haben inzwischen bestimmt längst gemerkt, dass sie einen Riesenbockmist gebaut haben, und hoffen nur noch, dass die Medien sich aus Langeweile verziehen, ehe ich wieder auftauche. Von wegen! Ich geb meine Erklärung ab, und wenn ich dafür extra Sendezeit kaufen muss!«

Ich verstummte, nicht weil Toby irgendwas gesagt hatte, sondern wegen des Gesichtsausdrucks, mit dem er mich ansah. Taxierend. Das war das richtige Wort. Wie ein Mensch, der sich rückversichern will, aber dem Braten nicht ganz traut.

Er sagte: »Medler sagt, seiner Meinung nach reicht die Beweislage für eine Anklage aus.«

Ich schüttelte fassungslos den Kopf.

Ich sagte: »Aber mittlerweile müssen die doch meine Festplatte durchleuchtet haben. Wo ist das Problem? Irgendwelche Verschlüsselungen, die sie nicht geknackt haben? Herrje, von mir aus können sie sich ruhig kurz mal alles ansehen, vorausgesetzt, ich bin dabei ...«

Toby sagte: »Er hat sich so angehört, als hätten sie so einiges gefunden ...«

Ich erstarrte.

»So einiges?«, echote ich. »Du meinst Kinderpornos? Unmöglich!«

Er sah mich mit einem langen Blick an. Als er sprach, hatte seine Stimme einen juristischen Tonfall angenommen.

»Wolf, ich muss völlige Klarheit haben, damit ich weiß, wie wir weiter vorgehen sollen. Du versicherst mir also, dass auf keinem deiner Computer etwas Derartiges zu finden ist, keinerlei Bilder pädophilen Inhalts?«

Wut kochte in mir hoch, aber ich unterdrückte sie rasch wieder. Ein Freund hätte die Frage nicht stellen müssen, aber Toby war mehr als ein Freund, er war außerdem mein Anwalt, und als meinen Anwalt musste ich ihn jetzt sehen, genau wie er mich jetzt offenbar nur als seinen Mandanten sah.

Ich sagte: »Nichts.«

Er sagte: »Okay«, stand auf und ging zur Tür.

»Dann wollen wir mal hören, was DI Medler zu sagen hat«, sagte er.

Und das war der Anfang der Hölle.

3

Eines muss ich Medler lassen, er fackelte nicht lange.

Er zeigte mir einige Kreditkartenabrechnungen aus dem letzten Jahr und bat mich um die Bestätigung, dass es meine waren. Ich sagte, davon würde ich ausgehen, weil ja schließlich mein Name draufstand und ein paar von meinen Adressen. Er bat mich, sie mir genauer anzusehen. Ich überflog sie, konnte auf jeder einige größere Summen zuordnen – Hotelrechnungen zum Beispiel – und sagte ja, es wären definitiv meine. Dann machte er mich auf eine Reihe von Zahlungen aufmerksam – hauptsächlich an ein Internetunternehmen namens InArcadia – und fragte, ob ich mich erinnern könne, wofür diese Zahlungen erfolgt waren. Ich sagte, dass ich das so auf Anhieb nicht könne, was nicht verwunderlich sei, da ich für so ziemlich alles in meinem extrem hektischen Leben mit Kreditkarten bezahlte, von denen ich eine beeindruckende Anzahl angesammelt hatte, dass ich aber mit Hilfe meiner Sekretärin ganz sicher herausfinden könne, was mit diesen Summen jeweils bezahlt worden war.

Er schob die Abrechnungen zusammen, steckte sie in einen Ordner und lächelte. Die aufgeplatzte Lippe tat ihm bestimmt weh, aber sein Lächeln war trotzdem noch genauso verschlagen und anzüglich wie zuvor.

»Ich denke nicht, dass wir Ihre Sekretärin bemühen müssen, Sir Wilfred«, sagte er. »Wir können Ihrem Gedächtnis auf die Sprünge helfen, indem wir Ihnen ein paar von den Sachen zeigen, für die Sie da bezahlt haben.«

Dann klappte er den Laptop auf, der auf dem Tisch zwischen uns stand, drückte eine Taste und drehte ihn in meine Richtung.

Zuerst kamen Standbilder, dann ein paar Videoausschnitte. Alle zeigten sie Mädchen mitten in der Pubertät. Manche stellten sich provokativ zur Schau, manche wurden von Männern begrapscht. Jahre später verfolgen mich diese Bilder noch immer.

Dreißig Sekunden reichten. Ich knallte den Laptop-Deckel zu. Einen Moment lang konnte ich nicht sprechen. Ich sah zu Toby hinüber. Unsere Blicke trafen sich. Dann schaute er weg.

Ich sagte: »Toby, um Gottes willen, du denkst doch wohl nicht …«

Dann riss ich mich zusammen. Was auch immer hier vor sich ging, mich vor den Augen der Polizei mit meinem Anwalt auf einen Streit einzulassen, der noch dazu aufgezeichnet wurde, wäre wenig ratsam.

Ich sagte zu Medler: »Warum zum Teufel zeigen Sie mir diesen Dreck?«

Er sagte: »Weil wir ihn auf einem Computer gefunden haben, der Ihnen gehört, Sir Wilfred. Auf einem Computer, der mit Ihrem Passwort geschützt ist, in einem verschlüsselten Programm, auf das man nur Zugriff bekommt, wenn man einen fünfundzwanzigstelligen Code eingibt und drei persönliche Fragen beantwortet. Persönlich für Sie, meine ich. Außerdem wurden die fraglichen Bilder und Filme und noch viele andere bei der Internetfirma InArcadia gekauft und mit etlichen Ihrer Kreditkarten bezahlt, deren Abrechnungen Sie soeben bestätigt haben.«

Der Rest der Vernehmung war kurz und grotesk. Medler bemühte sich kein bisschen um Feinfühligkeit. Vielleicht war ich dem kleinen Arschloch dermaßen unsympathisch, dass er sich gar keine Kooperation von mir wünschte! Er bombardierte mich bloß mit Fragen, die immer beleidigender wurden: Wie lange hatte ich das schon getrieben? Wie eng war mein

Kontakt zu den Leuten hinter InArcadia? Hatte ich mich je selbst aktiv an derartigen Videoaufnahmen beteiligt? Und so weiter und so weiter –, ohne sich auch nur im Geringsten dadurch beirren zu lassen, dass ich die Unterstellungen immer heftiger abstritt.

Toby saß die ganze Zeit stumm wie eine Statue dabei, und schließlich vergaß ich meinen Vorsatz, mich nicht öffentlich zu streiten, und schrie: »Verdammte Scheiße, Mann, sag doch auch mal was! Was meinst du eigentlich, wofür ich dich bezahle?«

Er antwortete nicht. Ich sah, wie er zu Medler hinüberschielte. Vielleicht fing ich in meiner aufgebrachten Verfassung ja schon an, mir Sachen einzubilden, aber ich hatte den Eindruck, dass Toby fast kleinlaut dreinblickte, als wollte er sagen: Eigentlich will ich gar nicht hier sein, und Medler lächelte ihn kurz mitfühlend an, als würde er antworten: Ja, ich kann mir vorstellen, dass das nicht leicht für Sie ist.

Schließlich riss mir mein zugegebenermaßen nicht besonders strapazierfähiger Geduldsfaden. Es stand auf der Kippe, ob ich meinem Anwalt oder dem Polizisten eine reinhauen würde. Wenn ich es irgendwie erklären müsste, würde ich sagen, dass es sinnvoller war, mich für Letzteren zu entscheiden, weil mein Verhältnis zu ihm offensichtlich hoffnungslos war, während ich Toby noch brauchen würde.

Jedenfalls, ich verpasste Medler eine dicke Nase, zusätzlich zu seiner aufgeplatzten Lippe.

Und damit war die Vernehmung zu Ende.

4

Als ich das zweite Mal in die Zelle gebracht wurde, behandelte man mich weniger freundlich als beim ersten Mal.

Die beiden Polizisten, die mich dorthin schleiften und dann mit reinkamen, waren Experten. Nachdem die Tür wieder hinter ihnen zugefallen war, blieb ich noch eine gute halbe Stunde schmerzgekrümmt auf dem Boden liegen. Aber als ich mich einigermaßen erholt hatte und meinen Körper inspizierte, konnte ich so gut wie keinen sichtbaren Beweis für diesen polizeilichen Übergriff entdecken.

Ich schlug gegen die Tür, bis ein Constable auftauchte und mir sagte, ich sollte gefälligst Ruhe geben. Ich sagte, ich wollte Toby sprechen. Der Mann ging und kam einige Minuten später zurück, um mir mitzuteilen, dass Mr Estover das Revier verlassen hatte. Daraufhin verlangte ich, den Telefonanruf machen zu dürfen, auf den ich ein Recht hatte. Ob ich wirklich ein Recht darauf hatte, wusste ich gar nicht. Meine Kenntnisse in Sachen Strafrecht hatte ich, wie die meisten Menschen, größtenteils aus dem Fernsehen. Der Polizist ging wieder, und dann passierte rund eine Stunde lang gar nichts. Ich wollte gerade wieder anfangen, die Tür zu bearbeiten, als sie sich öffnete und Medler zum Vorschein brachte. Seine Nase war geschwollen und seine Lippe mit zwei Stichen genäht worden. In der Hand hielt er eine Reisetasche, die ich als meine erkannte. Er warf sie mir zu und sagte: »Ziehen Sie sich an, Sir Wilfred.«

Ich öffnete die Tasche – es lagen einige Kleidungsstücke darin.

Ich sagte: »Hat meine Frau die Sachen gebracht? Ist sie hier?«

Er sagte: »Nein. Sie hat sich bei einer Mrs Nutbrown einquartiert, in Poynters, nicht wahr? Draußen bei Saffron Walden.«

Ich setzte mich auf die Pritsche. Okay, Johnny Nutbrowns Frau Pippa war Imogens beste Freundin, aber der Gedanke, dass sie abgetaucht war, ohne auch nur den Versuch zu unternehmen, mit mir zu sprechen, erfüllte mich mit Unbehagen. Und Enttäuschung.

Das war mir wohl anzusehen, denn Medler sagte schroff, als wäre es ihm zuwider, mich zu trösten: »Sie hatte keine andere Wahl. Sie wollte Ihre Tochter aus der Schusslinie bringen. Die Presse hätte in kürzester Zeit angefangen, an ihrer Schule rumzuschnüffeln. Die kampieren schon bei Ihnen vorm Haus.«

»Ja, und wessen Schuld ist das?«, entgegnete ich.

»Ihre, denke ich«, sagte er knapp.

Ich widersprach nicht. Wozu auch? Und wenn Imo und Ginny Zuflucht suchen mussten, waren sie in Poynters am besten aufgehoben. Johnny hatte das herrschaftliche elisabethanische Fachwerkhaus ein paar Jahre zuvor gekauft. Es muss ihn ein Vermögen gekostet haben. Ich weiß noch, dass ich damals zu ihm sagte: *Offensichtlich bezahle ich dir zu viel!* Er behauptete, es habe im achtzehnten Jahrhundert schon mal den Nutbrowns gehört, und er habe immer gewusst, dass es wieder in ihren Besitz kommen würde. In der jetzigen Situation bot es sich förmlich an, weil es ziemlich abgelegen war und weil Pippa, die ein kleiner Technikfreak war, ein topmodernes Sicherheitssystem hatte installieren lassen.

Ich kippte die Klamotten, die Medler mir gebracht hatte, auf die Pritsche. Anzug und Hemd passten nicht besonders gut zusammen, was bedeutete, dass die Tasche nicht von Imogen gepackt worden war. Vermutlich hatte er oder einer seiner Lakaien einfach wahllos irgendwas hineingestopft. Ich riss mir den Overall vom Leib.

Medler stand da und betrachtete mich.

»Suchen Sie nach Blutergüssen?«, fragte ich.

Er antwortete nicht, und ich drehte ihm den Rücken zu. Als ich mir die Unterhose anzog, blitzte helles Licht auf. Ich wandte mich um und sah ein Mobiltelefon in Medlers Hand.

»Haben Sie gerade ein Foto gemacht?«, fragte ich ungläubig.

Ich erntete sein vielsagendes Grinsen, und dann sagte er: »Sie haben da aber eine ziemlich hässliche Narbe auf dem Rücken, Sir Wilfred.«

»Muss wohl«, sagte ich mühsam beherrscht. »Ich seh sie nicht oft.«

Ein Mann schaut sich nicht seinen Rücken an. Vielleicht sollte er. Die fragliche Narbe stammte aus der Zeit, als ich dreizehn war und durch die cumbrischen Berge stromerte. Ich war auf dem Red Pike auf einem vereisten Felsen ausgerutscht und hundert Meter tief ins Tal von Mosedale geschlittert. Als ich endlich zum Stillstand kam, war mir die Kleidung vom Rücken gerissen worden, und die Wirbelsäule lugte deutlich durch das zerfetzte Fleisch. Zum Glück hatte jemand meinen Absturz gesehen, und die Jungs von der Bergwacht brachten mich in relativ kurzer Zeit auf einer Trage ins Krankenhaus.

Die erste Diagnose versprach wenig Hoffnung, dass ich je wieder würde gehen können. Doch nachdem die Ärzte einige Tage an mir herumgedoktert hatten, äußerten sie sich optimistischer, wenn auch noch verhalten, bis sie schließlich sehr zu ihrem eigenen Erstaunen erklärten, dass die Verletzungen zwar schwer seien, ich aber durchaus gute Heilungsaussichten hätte. Sechs Monate später war ich wieder in den Bergen unterwegs, und die einzigen Spuren, die mein Missgeschick hinterlassen hatte, waren ein fester Glaube an meine eigene Unsterblichkeit und eine gezackte Narbe von den Schulterblättern bis zum Steißbein.

War es legal, dass Medler ohne meine Erlaubnis ein Foto von meinem nackten Körper machte?, fragte ich mich.

Wie auch immer, ich wollte mir keinesfalls anmerken lassen, dass er mich verunsichert hatte, also zog ich mich weiter an, und als ich fertig war, sagte ich: »So, jetzt möchte ich meine Frau anrufen.«

»Eins nach dem anderen. Sergeant, führen Sie Sir Wilfred dem Haftrichter vor.«

Das ging alles sehr schnell. Zu schnell vielleicht. Festnahme, Vernehmung, Polizeigewahrsam, das waren Phasen, die man überstehen konnte, ohne das Gesicht zu verlieren. Es gab gewisse zeitliche Limits. Irgendwann kam dann der Moment, den Drehbuchautoren schlechter Fernsehserien so lieben, wenn der Anwalt sagt: »Inspector, entweder Sie nehmen meinen Mandanten jetzt in Haft, oder Sie lassen ihn gehen.«

Doch Medler kam all dem zuvor.

Es war töricht, aber als mir klar wurde, dass ich wegen tätlichen Angriffs auf einen Polizeibeamten im Dienst dem Haftrichter vorgeführt wurde, war ich erleichtert. Anscheinend, so schloss ich daraus, waren sie sich, was die Kinderpornografie anging, ihrer Sache doch nicht so sicher. Inzwischen war ich nicht mehr bloß fassungslos und entrüstet, sondern einfach nur noch wütend. Entweder die Polizei machte einen Riesenfehler, oder aber irgendwer versuchte, mich in die Scheiße zu reiten. So oder so, ich war mir sicher, dass ich das alles regeln könnte. Schließlich war ich reich und mächtig, oder etwa nicht? Ich konnte die besten Privatdetektive, die besten Berater, die besten Anwälte engagieren, und die würden diese wüsten Anschuldigungen bestimmt im Nu als blanken Kokolores entlarven.

Nachdem die Formalitäten erledigt waren, wollte ich erneut auf mein Recht pochen, Imogen anzurufen, doch Medler nahm mir den Wind aus den Segeln und sagte: »Ach ja, Sir Wilfred, Sie wollten ja telefonieren.«

Er führte mich in einen kleinen fensterlosen Raum, in dem ein Tisch mit einem Telefon darauf und ein Stuhl standen.

»Ich nehme an, es ist mit einem Aufnahmegerät verbunden, oder?«, sagte ich spöttisch.

»Wieso? Werden Sie denn irgendwas sagen, das wir nicht hören sollen?«, fragte er.

Mir wurde klar, dass er meinen Fragen ständig auswich.

Aber welche Antwort hatte ich denn erwartet?

Ich setzte mich, und Medler verließ den Raum. Ich brauchte ein paar Sekunden, bis mir die Nummer der Nutbrowns in Essex einfiel. Ich wählte. Nach sechs- oder siebenmaligem Klingeln sagte eine Frauenstimme zaghaft: »Ja?«

»Pippa, bist du das? Ich bin's, Wolf.«

Sie antwortete nicht, aber ich hörte sie rufen: »Imo, er ist es.«

Einen Moment später hörte ich Imogens Stimme: »Wolf, wie geht's dir?«

Sie klang so unbesorgt, so normal, dass sich meine Stimmung um etliche Grad besserte. Das war nicht die geringste ihrer vielen Qualitäten, diese Fähigkeit, mitten im Sturm eine Aura der Ruhe zu verbreiten. Sie war immer im Auge des Hurrikans.

Ich sagte: »Alles in Ordnung. Keine Sorge, dieser Unsinn ist bald aus der Welt geschafft. Was ist mit dir? Ist Ginny bei dir? Wie geht's ihr?«

»Ja, sie ist hier. Es geht ihr gut. Es geht uns allen gut. Pippa ist fabelhaft. Ein paar Zeitungen haben angerufen. Ich schätze, sobald sie gemerkt haben, dass ich weg bin und dass Ginny aus dem Internat abgeholt worden ist, haben sie angefangen, alle möglichen Kontakte abzuklappern. Die sind wirklich ganz schön beharrlich, was?«

Sie klang fast bewundernd. Ich war beunruhigt.

»Herrje. Was hat Pippa gesagt?«

»Sie war großartig. Hat so getan, als hätte sie noch von nichts gehört, und dann hat sie sie ganz kirre gemacht, indem sie zahllose alberne Fragen gestellt hat, bis die schließlich froh waren, auflegen zu können.«

»Gut. Aber das heißt, ihr müsst den Kopf in Deckung halten, falls sie doch noch Leute losschicken, die nach euch Ausschau halten. Daran ist meiner Meinung nach Medler schuld, dieser kleine Scheißer. Der hat die Presse offensichtlich von Anfang an informiert ...«

Sie sagte: »Möglich. Aber Mr Medler war es, der mir empfohlen hat, Ginny von der Schule abzuholen, und dann hat er mir geholfen, von der Presse unbemerkt aus dem Haus zu kommen.«

Das löste gemischte Gefühle bei mir aus. Natürlich war ich froh, dass meine Familie in Sicherheit war, aber es gefiel mir nicht, Medler für irgendwas dankbar sein zu müssen. Dennoch, so beruhigte ich mich, war es gut zu wissen, dass Imogens Organisationstalent sogar die Polizei mit einschloss.

Ich sagte: »Freut mich zu hören, dass Medler so was wie ein Gewissen hat. Und falls die Presse scharenweise vor Pippas Tür auftaucht, wissen wir auf jeden Fall, wer dahintersteckt, nicht wahr?«

»Ja«, sagte sie. »Dann wissen wir, wer dahintersteckt. Wolf, ich muss jetzt Schluss machen. Ich erwarte einen Anruf. Ich hab bei meinen Eltern angerufen und erzählt, was passiert ist. Ich wollte nicht, dass sie es aus den Medien erfahren. Ich hab mit Daddy gesprochen, aber Mummy war nicht da. Sie wird zum Mittagessen wieder zurück sein, und Daddy hat gesagt, er wird ihr ausrichten, dass sie mich anrufen soll.«

Ich wette, sie wird begeistert sein!, dachte ich verbittert.

Meine Schwiegermutter, Lady Kira Ulphingstone, war noch nie mein größter Fan gewesen, obwohl sich unser Verhältnis nach Ginnys Geburt leicht gebessert hatte. Ich vermute, sie hat sich geschworen, ihre Enkeltochter daran zu hindern, jemals den gleichen schrecklichen Fehler zu machen wie ihre Tochter, und sie war schlau genug, um sich auszurechnen, dass sie keinen Einfluss auf Ginny würde nehmen können, wenn sie mich ständig gegen sich aufbrachte. Also taute sie oberflächlich ein wenig auf, aber ich wusste, dass darunter derselbe alte Permafrost herrschte.

Mein Schwiegervater, Sir Leon, ein cumbrischer Großgrundbesitzer der alten Schule mit politischen Ansichten, die in Richtung Feudalismus drifteten, hatte dagegen den Pragmatismus seiner Gesellschaftsschicht unter Beweis gestellt, indem er das Unvermeidliche akzeptierte. Ganz anders als mein eigener Vater Fred. Er und Sir Leon waren sich in ihrer absoluten Ablehnung der Heirat einig gewesen, mit dem Unterschied, dass Freds Missbilligung die Hochzeitsfeierlichkeiten unvermindert überstand. Ich kann Dad keine Vorwürfe machen. Nachdem ich ihn in tiefe Verzweiflung gestürzt hatte, weil ich für fünf Jahre einfach verschwunden war und in der ganzen Zeit so gut wie nichts von mir hatte hören lassen, war ich zurückgekehrt, und während er noch dabei war, das zu verdauen, hatte ich schon wieder beschlossen, mich über seinen Willen hinwegzusetzen. Damit war praktisch jede Hoffnung gestorben, unsere Beziehung zu kitten, und seitdem war es zwischen uns nie wieder so gewesen wie früher einmal. Das war der höchste Preis gewesen, den ich für mein märchenhaftes Happy End bezahlt hatte. Vierzehn Jahre lang hatte ich gedacht, es wäre den Preis wert gewesen. Ich hatte mich getäuscht. Und obwohl ich es noch nicht wusste, sollte ich keine Gelegenheit mehr haben, ihm das zu sagen.

Ich sagte: »Na, dann legen wir lieber auf. Nicht dass Mummy noch das Besetztzeichen zu hören bekommt. Aber falls die Journalisten anfangen, sie da oben zu belagern, versuch bitte, Leon davon abzuhalten, ihnen die Hunde auf den Hals zu hetzen. Hör mal, könntest du vielleicht Fred anrufen? Diese Mistkerle haben ihn wahrscheinlich auch auf dem Kieker. Ich würde es ja selbst machen, sobald ich hier rauskomme, aber ich weiß nicht, wie lange das noch dauert.«

»Ich hab Daddy gebeten, Fred zu verständigen«, sagte sie.

Gott, war sie umsichtig, dachte ich bewundernd. Selbst in kritischen Augenblicken kümmerte sie sich um alles.

Sie fuhr fort: »Was meinst du, wann sie dich gehen lassen?«

»Ich weiß nicht genau, aber es kann nicht lange dauern«, sagte ich optimistisch. »Du kennst doch Toby. Der hat schon Serienmörder, Milliardenbetrüger und Al-Kaida-Terroristen freibekommen. Ich bin sicher, er kann auch mein kleines Ärgernis aus der Welt schaffen.«

Ich übertrieb ein bisschen, weniger im Hinblick auf Tobys Erfolgsbilanz, als was mein Zutrauen in seine Fähigkeit anging, mein Problem zu lösen. Ich erinnerte mich an die Art, wie er mich angesehen hatte. Vielleicht war er einfach zu elitär für so was.

»Ist er jetzt bei dir?«, fragte Imogen.

»Nein, er ist gegangen, nach ... nach meiner Vernehmung.«

Ich wollte Imogen nicht unbedingt erzählen, dass ich Medler ein zweites Mal angegriffen hatte. Sie würde es noch früh genug erfahren, aber im Augenblick bestand kein Grund, ihr noch mehr Sorgen zu bereiten.

»Dann hör ich später von dir«, sagte sie.

»Natürlich. Aber leg noch nicht auf, ich würde gern noch kurz mit Ginny reden.«

Eine kurze Pause trat ein, dann sagte sie: »Ich glaube, das ist keine gute Idee. Das alles hat sie natürlich sehr verstört. Deshalb hab ich ihr ein leichtes Beruhigungsmittel gegeben, und sie schläft gerade.«

Ich sagte: »Okay. Dann grüß sie von mir und sag ihr, dass ich bald wieder da bin.«

»Gern«, sagte sie. »Auf Wiederhören, Wolf.«

»Bye«, sagte ich. »Ich liebe dich.«

Aber sie hatte schon aufgelegt.

Ich ließ den Hörer sinken. Die Tatsache, dass Imogen es nicht für nötig gehalten hatte, die ungeheuerlichen Vorwürfe gegen mich zu erwähnen, hätte mich eigentlich beruhigen müssen. Aber irgendwie fühlte ich mich nicht beruhigt.

Einen Moment später kam Medler herein, was meinen Verdacht bestätigte, dass er wahrscheinlich gelauscht hatte.

Ich sagte: »Hören Sie, ich möchte, dass Mr Estover wieder herkommt, damit er das ganze Brimborium beschleunigt, das Sie mit mir hier durchziehen, bevor ich entlassen werden kann.«

Er sagte: »Wir haben Mr Estover auf dem Laufenden gehalten. Er wartet im Gericht auf Sie.«

Ich sagte: »Gericht? Welches Gericht?«

Er sagte: »Das Amtsgericht. Die Anhörung ist in einer halben Stunde.«

Und wieder war ich erleichtert!

Amtsgericht, Anklage wegen tätlichen Angriffs, Verwarnung, deftige Geldstrafe, in ein paar Stunden könnte ich draußen sein und meine eigene Superermittlung organisieren, um rauszufinden, was zum Teufel hier eigentlich los war.

»Worauf warten wir dann noch?«, fragte ich. »Gehen wir!«

5

Als wir am Amtsgericht von West End ankamen, waren die Medien schon in voller Stärke angetreten.

Ich sah Medler an und sagte: »Die sind wahrscheinlich rein zufällig hier vorbeigekommen, was?«

Er sagte müde: »Sie sollten sich dran gewöhnen. Sie sind jetzt im System, und das System ist einsehbar. Ganz gleich, wie es nun für Sie weitergeht, es wird immer jemanden geben, der sich schnell was verdienen will, indem er der Meute einen Tipp gibt.«

Seltsamerweise glaubte ich ihm diesmal.

Drinnen wurde ich in einen kleinen fensterlosen Raum geführt, der nur mit einem Tisch und zwei Stühlen möbliert war. Dort wartete Toby. Er trieb mir rasch die Illusion aus, dass ich so schnell, wie ich einen Scheck unterschreiben konnte, hier wieder raus wäre.

Er sagte: »Dir wird zur Last gelegt, einen Polizisten im Dienst tätlich angegriffen und verletzt zu haben. Der Amtsrichter kann selbst ein Urteil fällen oder die Tat als schwer genug einstufen, um vor ein Geschworenengericht gebracht zu werden.«

Ich fragte: »Was ist denn besser für mich? Ich meine, bei welcher Variante komme ich am schnellsten nach Hause?«

Er betrachtete mich ernst und sagte: »So oder so gibt es Probleme. Das Amtsgericht kann dich für bis zu sechs Monate ins Gefängnis stecken ...«

»Sechs Monate? Weil ich einen Polizisten geschlagen habe?«, unterbrach ich ihn. »Da kommen ja manche Muttermörder besser weg, vor allem wenn sie dich als Anwalt haben.«

Er überging die Schmeichelei und sagte: »Falls der Richter jedoch das Geschworenengericht für zuständig hält, dann stellt sich die Frage nach der Kaution. Medler wird sich ganz bestimmt dagegen aussprechen.«

»Mit welcher Begründung?«, fragte ich.

»Mit der Begründung, dass wegen einer schwerwiegenderen Straftat gegen dich ermittelt wird und dass aufgrund deines Wohlstands und deiner internationalen Kontakte ernsthafte Fluchtgefahr besteht.«

Das brachte mich fast noch mehr auf die Palme als alles andere, was ich an diesem zunehmend absurden Tag gehört hatte.

»Fluchtgefahr? Wieso sollte ich fliehen? Und vor was in Dreiteufelsnamen? Wegen dieser lächerlichen Kinderporno-Anschuldigungen? Gib mir vierundzwanzig Stunden, um der Sache gründlich nachzugehen, und ich verspreche dir, der ganze Verdacht löst sich in Luft auf. Und überhaupt, wieso kann Medler behaupten, die Sache wäre schwerwiegender? Du hast gesagt, ich könnte sechs Monate dafür kriegen, dass ich ihm die dumme Visage poliert habe. Aber dieser Popsänger, bei dem sie Kinderpornobilder auf dem Computer gefunden haben, hat doch nur drei Monate gekriegt, oder?«

Toby sagte: »Inzwischen hat sich einiges getan. Ich weiß beim besten Willen nicht, was genau eigentlich los ist, aber deine Büros sind durchsucht worden. Außerdem, so heißt es, durchsuchen sie gerade deine anderen Niederlassungen und Häuser im Ausland.«

Ich glaube, das war der Moment, in dem ich zum ersten Mal den kalten Hauch der Angst unter dem Vulkan aus Wut und Empörung spürte, der in mir brodelte, seit mir Medler in meinem Haus auf der Treppe entgegengekommen war.

Ich ließ mich auf einen Stuhl sinken.

»Toby«, sagte ich. »Was zum Teufel geht hier ab?«

Ehe er antworten konnte, öffnete sich die Tür, und Medlers Gesicht lugte herein.

»Sind Sie bald so weit, Mr Estover?«, fragte er.

»Noch eine Minute bitte«, sagte Toby.

Medler warf mir einen Blick zu. Was er in meinem Gesicht sah, schien ihm zu gefallen.

Er setzte sein selbstgefälliges Lächeln auf und sagte: »Okay. Eine Minute.«

Dieses Lächeln reizte mich derart, dass ich die nächste Dummheit beging. Für mich schien es zu sagen: Jetzt kapierst du allmählich, dass wir dich am Arsch kriegen!

Ich sagte zu Toby: »Gib mir dein Handy.«

Er fragte: »Wieso?«

Ich sagte: »Nun gib schon her, verdammt!«

In dem Porträt, das der *Observer* über mich veröffentlichte, als mir die Ritterwürde verliehen wurde, war von meiner, wie sie es nannten, schonungslos harschen Art die Rede. Als ich den Entwurf las, rief ich bei der Zeitung an und bat den Feuilletonisten – höflich, wie ich meinte –, er möge diese Formulierung doch etwas abmildern. Nachdem ich ein paar Minuten mit dem Mann gesprochen hatte, sagte er: »Einen Moment. Würden Sie sich das bitte anhören?« Und er spielte mir eine Aufnahme von dem vor, was ich gerade gesagt hatte.

Anschließend sagte ich: »Du liebe Zeit. Drucken Sie Ihren Artikel so, wie er ist. Und schicken Sie mir eine Kopie von der Aufnahme.«

Danach versuchte ich wirklich, mein Auftreten zu mäßigen, aber es war nicht leicht. Ich zahlte meinen Angestellten Spitzengehälter, und ich hatte keine Lust, irgendwas zu wiederholen, was ich ihnen sagte. Das galt auch für Anwälte, selbst wenn ich zufällig mit ihnen befreundet war.

Ich streckte Toby auffordernd die Hand hin. Er zögerte ein paar Sekunden, doch schließlich rückte er sein Handy raus.

Ich wählte die Notrufnummer.

Als die Zentrale fragte: »Welche Dienststelle?«, sagte ich: »Polizei.«

Tobys Augen weiteten sich.

Als er hörte, was ich als Nächstes sagte, grenzte es an ein Wunder, dass sie ihm nicht aus den Höhlen quollen.

»Das Oberste Gericht des Volksdschihad hat gesprochen. Im Amtsgericht West End ist eine Bombe. In dreieinhalb Minuten werden alle dort versammelten Ungläubigen ihren verfluchten Ahnen in den Feuern der Hölle begegnen. *Allahu Akbar!*«

Tobys Gesicht wurde grau.

»Um Gottes willen, Wolf, du kannst doch nicht ...«

»Sei still«, sagte ich und steckte das Handy ein. »Jetzt wollen wir doch mal sehen, wie gut diese neuen Antiterrormaßnahmen funktionieren.«

Ziemlich gut, das muss ich zugeben.

Nach nicht mal einer Minute hörten wir die ersten hektischen Geräusche vor der Tür.

Toby sagte: »Das ist doch Wahnsinn. Wir müssen ihnen sagen, dass ...«

Ich knuffte ihn fest in die Magengrube.

Das hatte einen doppelten Zweck. Es verschlug ihm die Sprache, und als die Tür aufging und Medler sagte: »Kommen Sie, wir müssen hier raus«, konnte ich ihm antworten: »Mr Estover fühlt sich nicht gut. Ich glaube, wir sollten einen Arzt holen.«

»Nicht hier, draußen!«, befahl Medler.

Ich schlang mir einen Arm von Toby über die Schulter und begann, ihn Richtung Tür zu bugsieren. Ich blickte Medler flehend an. Er sah unwillig aus, aber er zögerte nicht, das muss man ihm lassen. Er hängte sich den anderen Arm um, und wir schlossen uns der Menschenflut an, die den Flur hinunter Richtung Ausgang strömte.

Es ist nicht leicht, Menschen zur Eile zu drängen, ohne eine Panik auszulösen, und ich finde, die Polizisten und Gerichtsbeamten machten ihre Sache sehr gut. Aber natürlich wissen die Letzten, die die Meldung erreicht, nur allzu gut, dass eine große Menschenmenge zwischen ihnen und der Sicherheit ist, und sie möchten, dass sich diese Menge sehr viel schneller bewegt, als sie es dem Anschein nach tut. Zwei Männer, die zusammen einen dritten mitschleifen, bilden ein ziemlich störendes Hindernis, und als die Eingangshalle in Sicht kam, musste ich einfach nur aufhören, mich gegen den wachsenden Druck von hinten zu stemmen, um von der Flut Richtung Ausgang mitgerissen zu werden.

Ich weiß nicht, wann Medler merkte, dass ich nicht mehr bei ihm war. Ich blickte mich nicht um, sondern stürzte aus dem Gebäude ins Sonnenlicht, wo ich plötzlich vor einem Constable stand, der mich anschrie. Einen kurzen Moment lang dachte ich, meine Flucht wäre schon wieder zu Ende. Dann begriff ich, was er da schrie: »Weg von dem Gebäude! Laufen Sie!«

Ich lief. Alle liefen. Ein Hochgefühl stieg in mir auf. So muss es sich anfühlen, wenn man zu einem Marathon startet, dachte ich. Nach monatelangem Training ist endlich der Moment gekommen, um die eigene Fitness auf die Probe zu stellen.

Mein Marathon endete nach rund einer Viertelmeile. Erstens, weil ich bei einer solchen Entfernung als laufender Mann auffallen musste, und zweitens, weil ich total geschafft war. Ich versuchte zwar nach wie vor, mich einigermaßen fit zu halten, aber die Zeiten, als ich zwanzig Meilen durch die cumbrischen Berge wandern konnte, ohne ins Schwitzen zu geraten, waren längst passé.

Das Hochgefühl war verschwunden. Meine Selbstzufriedenheit, weil es mir gelungen war, abzuhauen, wurde von dunklen Selbstzweifeln verdrängt. Was hatte ich denn gedacht, was ich mit meiner Freiheit anfangen würde? Nach Poynters fahren, zu Imogen und Ginny? Dort würde Medler seine Leute als Erstes postieren, um mir aufzulauern. Oder hatte ich vor, meine Unschuld zu beweisen, wie im Film? Dafür würde ich professionelle Hilfe brauchen, und kein seriöser Privatdetektiv würde seine Lizenz riskieren, indem er einem flüchtigen Verdächtigen half und ihn deckte. Okay, die Aussicht auf eine große Summe Geld könnte den einen oder anderen dazu bewegen, es mit seinem Berufsethos nicht allzu genau zu nehmen, aber nur dann, wenn er glaubte, dass ich noch immer an eine große Summe Geld rankommen könnte.

Und wenn ich es recht überlegte, kam ich nicht mal mehr an eine kleine Summe Geld ran. Tatsächlich hatte ich absolut nichts bei mir außer Tobys Handy. Ich war ein Idiot. Ich hätte mir auch seine Brieftasche geben lassen sollen!

Mein Bewegungsradius war geschrumpft. Ohne Geld würde ich nirgendwohin kommen, was nicht zu Fuß erreichbar war. Die nahe liegenden Orte, wo ich an Geld hätte gelangen können – das Haus in Holland Park, meine Büroräume in der City –, fielen weg, weil sie zu offensichtlich waren.

Tja, wie meine Großtante Carrie gern sagte, wenn der Berg nicht zu Mohammed kommt, muss Mohammed zum Berg kommen. Der Ausspruch würde einem heutzutage wahrscheinlich eine erboste Fatwa einbringen. Aber Carrie hat ihr ganzes Leben in Cumberland verbracht, wo man viel über den Starrsinn von Bergen wusste und rein gar nichts über den Starrsinn des Islam.

Ich zog Tobys Handy aus der Tasche und wählte Johnny Nutbrowns Mobilnummer.

Als er sich meldete, sagte ich: »Johnny, ich bin's. Wir treffen uns in zwanzig Minuten im Black Widow.«

Ich fand mich richtig clever, als ich das sagte. Unwahrscheinlich, dass sie Johnny abhörten, aber selbst wenn, solange die Londoner Polizei keine gelackten Yuppies einstellte, war es noch unwahrscheinlicher, dass sie wussten, wie der Pub The Victoria in Chelsea bei seinen Stammgästen mit Spitznamen hieß. Ich selbst war zwar nie ein gelackter Yuppie gewesen, aber Johnny hatte mich einmal dahin mitgenommen und war von den dort rumhängenden Hohlköpfen wie ein alter Kumpel begrüßt worden. Ich hatte mir das Lokal eingeprägt, um nie wieder den Fehler zu machen, dorthin zu gehen.

Die Umstände ändern sich. Man muss flexibel und schnell sein, um im Geschäfts- und Privatleben die Nase vorn zu haben.

Gleich darauf erkannte ich, dass ich extrem schnell sein müsste, um in zwanzig Minuten im Black Widow zu sein. Wenn man in einem S-Klasse-Mercedes rumkutschiert wird, verliert man leicht das Gefühl für Entfernungen. Ich hätte es vielleicht schaffen können, wenn ich wieder in Laufschritt gefallen wäre, aber weder meine Beine noch mein Wunsch, möglichst unauffällig zu sein, ließen das zu. Aber das war nicht weiter schlimm. Johnny würde warten. Außerdem würde er selbst Probleme haben, es unter einer halben Stunde durch den Mittagsverkehr zu schaffen.

Ich brauchte fünfunddreißig Minuten. Als ich den überfüllten Pub betrat, war mein erster Gedanke, dass wir uns ein wesentlich stilleres Plätzchen für unsere Unterhaltung würden suchen müssen. Johnny war nirgends zu sehen. Mit seinen zwei Metern war er meistens leicht zu entdecken, selbst im Gedränge, aber ich schob mich weiter in den Raum, um sicherzugehen.

Keine Spur von ihm, aber ein Mann an der Bar fiel mir auf. Nicht weil er groß war, obwohl er das war; auch nicht weil er ein Gesicht hatte, das in einem den Wunsch weckte, es zum Lächeln zu bringen, obwohl er das hatte. Nein, er sah einfach nur irgendwie deplatziert aus. Das heißt, er sah aus wie ein ganz normaler Mann, der in seiner Mittagspause ein Bierchen trinken wollte. Aber das hier war ein Pub, bei dem ein ganz normaler Mann mit Bierdurst auf dem Absatz kehrtgemacht hätte. Er hob eine Flasche Pils an den Mund. Und als er das tat, glitten seine Augen kurz zu mir herüber und registrierten ... etwas. Vielleicht hatte er nur gerade daran gedacht, wie viel er für das Pils bezahlt hatte. Er trank einen Schluck, senkte den Kopf, und ich sah, wie seine Lippen sich bewegten. Heutzutage weiß ja wohl jeder, was Männer machen, die in ihr Revers sprechen.

Ich ging nicht zurück zum Eingang. Falls ich recht hatte, würden die Männer, mit denen er sprach, jeden Moment dort auftauchen. Stattdessen folgte ich dem Hinweisschild für die Toiletten und landete in einem Korridor ohne Hinterausgang. Ich warf einen Blick in die Herrentoilette. Fensterlos. Ich stieß die Tür zur Damentoilette auf. Schon besser. Eine etwa 45 Quadratzentimeter große Milchglasscheibe. Ich stellte mich auf den Abfalleimer für die Papierhandtücher und inspizierte den Fensterriegel. Er sah aus, als wäre er seit Jahren nicht mehr geöffnet worden, und der Rahmen war unter einer dicken Schicht Farbe verschwunden. Ich stieg nach unten, packte den Abfalleimer und schlug ihn mit voller Wucht gegen die Scheibe. Das Billigglas zersplitterte sofort. Hinter mir hörte ich eine Tür aufgehen. Ich wirbelte herum, aber es war bloß eine Frau, die aus einer der Kabinen kam. Eines muss man den Schickimickis ja lassen, sie verlieren nicht gleich die Fassung.

Sie sagte: »Wird auch Zeit, dass hier mal einer lüftet.«

Ich zog den Mülleimer einmal innen am Rahmen entlang, um die restlichen Scherben zu entfernen, stellte ihn hin, stieg darauf, und hechtete durchs Fenster. Im selben Moment hörte ich eine Tür aufgehen und laute Männerstimmen.

Ich spürte, wie meine Hose einriss, dann einen Schnitt ins Bein, also hatte ich wohl nicht alle Scherben erwischt. Ich landete ungeschickt auf der Erde und schlug mit der Schulter irgendwo gegen. Trotz meiner Benommenheit konnte ich erkennen, dass ich mich in einer engen Gasse befand. Auf der einen Seite endete sie an einer hohen Mauer, auf der anderen an einer stark befahrenen Straße. Ich taumelte Richtung Straße.

Hinter mir Stimmen. Vor mir ein belebter Bürgersteig. Ich könnte in der Menge untertauchen, sagte ich mir. Ich schaute über die Schulter. Zwei Männer kamen hinter mir hergerannt. Ich befahl meinen Beinen, sich schneller zu bewegen, und diese gute alte schonungslose Technik funktionierte.

Ich stürmte mit einem ordentlichen Tempo auf den Bürgersteig, merkte, dass ich hätte langsamer werden müssen, um nach rechts oder links abzubiegen, und lief daher einfach weiter geradeaus.

Mit Londoner Bussen ist das so eine Sache. Wenn du dringend auf einen wartest, kommt eine Ewigkeit keiner, aber wenn du wirklich keinen gebrauchen kannst …

Ich sah ihn kommen, sah sogar das erschrockene Gesicht des Fahrers, konnte fast die Nummer erkennen.

Dann sah ich nichts mehr.

Elfe

1

»Das ist ... interessant«, sagte Alva Ozigbo vorsichtig.

Wolf Hadda lächelte. Es war wie ein blasser Wintersonnenstrahl, der kurz auf einen dunklen Berg fällt. Sie behandelte ihn nun schon seit Monaten und sah sein Lächeln doch erst zum zweiten Mal, aber selbst diese wenigen Gelegenheiten hatten erkennen lassen, dass es die Macht hatte, von der dunklen Sonnenbrille und den wulstigen Narben abzulenken und dich dazu zu bringen, den nach wie vor charmanten Mann darunter wahrzunehmen.

Charme war vielleicht die wirksamste Waffe, die ein Päderast besitzen konnte.

Aber es war eine Waffe, von der Hadda wohl kaum wusste, dass er sie besaß, denn sonst hätte er sie doch bestimmt schon früher eingesetzt, um seine Lügen zu untermauern.

Er sagte: »Interessant ... ich erinnere mich an das Wort. Das benutzen die da draußen, um Dinge zu beschreiben, die sie nicht verstehen, nicht gutheißen oder nicht mögen, ohne dumm, kleingeistig oder stillos zu wirken.«

Ihr fiel auf, mit welcher Heftigkeit er *da draußen* sagte.

Sie sagte: »Hier drin benutze ich es, um Dinge zu beschreiben, die ich interessant finde.«

Sie saßen da und sahen einander eine Weile über den schmalen Tisch hinweg an. Zumindest vermutete sie, dass er sie ansah. Sicher konnte sie sich nicht sein, wegen seiner Sportbrille. Sie sah sich selbst in den verspiegelten Gläsern, ein schmales dunkles Gesicht, dessen Farbe sie von ihrem nigerianischen Vater geerbt hatte, während sie den Knochenbau ihrer schwedischen Mutter verdankte. Auch ihr Haar, glatt und hell wie Elfenbein. Viele Leute hielten es für eine Perücke, die sie um der Wirkung willen trug. Sie hatte eine schwarze Jeans und einen weißen kurzärmeligen Pullover an, der ihre Brüste weder verbarg noch betonte. *Kleiden Sie sich nicht provokativ*, hatte der Direktor ihr geraten, als sie ihre Stelle antrat. *Aber Überkompensation bringt auch nichts. Sie könnten in einer Burka aufkreuzen, und die würden Sie im Geist immer noch ausziehen.*

Zog Hadda sie im Geist aus?, fragte sie sich. Bis zu ihrer letzten Sitzung hätte sie gesagt, nein. Aber was dann passiert war, hatte sie in den ganzen sieben Tagen, die seitdem vergangenen waren, nicht mehr losgelassen.

Es hatte ganz normal angefangen. Sie saß bereits auf ihrer Seite des nackten Holztisches, als die Tür auf der gesicherten Seite des Besucherraums aufging. Officer Lindale, jung und mitfühlend, hatte gelächelt und ihr zugenickt und dann einen Schritt zur Seite gemacht, um Wilfred Hadda eintreten zu lassen.

Er kam schwerfällig hereingehinkt und setzte sich auf den schlichten Holzstuhl, der irgendwie immer zu klein für ihn wirkte. Ihre fantasievolle Vorstellung, sein Lächeln wäre wie winterliches Sonnenlicht auf einem Berg, rührte wahrscheinlich von der Stille her, die von ihm ausging, wie von einem Berg. Einem zerklüfteten Berg, dessen Antlitz die Narben längst vergangener Stürme trug und dessen Scheitel vom gräulichen Weiß alter Schneefelder durchzogen war.

Ihre erste Begegnung lag gut ein Jahr zurück, und obwohl sie zusätzlich zu der Akte von Joe Ruskin, ihrem Vorgänger in Parkleigh, auch eigene Recherchen angestellt hatte, wusste sie noch immer nicht viel mehr über Hadda. Ruskins Akte war ihrer Ansicht nach das Eingeständnis eines Scheiterns. Alle seine Dialogversuche waren schlichtweg ignoriert worden, weshalb der Psychiater schließlich zu der Einschätzung gelangt war, der Häftling sei depressiv, aber stabil und eine Zwangsmedikamentierung wäre nur bei deutlichen Verhaltensänderungen anzuraten.

Alva Ozigbo hatte die Akte mit wachsendem Unmut gelesen. Das System, so ihr Eindruck, hatte Hadda aufgegeben, es ihm überlassen, seine Vergangenheit zu bewältigen, und er hatte sich dafür entschieden, seine Haftstrafe wie eine Art Winterschlaf zu behandeln.

Die Sache hatte nur einen Haken: Wenn Fledermäuse, Igel oder Eisbären aus dem Winterschlaf erwachten, waren sie wieder ganz sie selbst.

Hadda, so las sie, hatte keine seiner Straftaten je gestanden, aber im Unterschied zu den anderen Häftlingen legte er auch keinen Wert darauf, seine Unschuld zu beteuern. Seiner Gefängnisakte nach prallten verbale Beleidigungen einfach an seiner kolossalen Gleichgültigkeit ab. Die Einzelhaft im Sondertrakt hatte ihn im Großen und Ganzen vor tätlichen Angriffen durch Mitgefangene bewahrt, aber bei den wenigen Malen, als es aufgrund der hoffentlich rein zufälligen Unachtsamkeit der Wärter doch zu einem Angriff gekommen war, hatte er so blitzartig und brutal reagiert, dass nicht er, sondern die Angreifer im Krankenhaus gelandet waren.

Aber das war in der Anfangszeit gewesen. Bis zu Alvas Einstellung im Januar 2015 war er aus Sicht des wohl am traditionellsten denkenden Schließers überhaupt, Chief Officer George Proctor, fünf Jahre lang ein Bilderbuchhäftling gewesen, der nie Ärger machte und immer tat, was man ihm sagte.

Dem Chief Officer, einem wohlbeleibten Mann mit einem runden rötlichen Gesicht, das trügerischerweise an eine gemütlich-komische Figur in einem Dickens-Roman denken ließ, war Menschlichkeit keineswegs fremd, aber im Strafvollzug kam sie auf seiner Prioritätenliste erst ein gutes Stück hinter Ordnung und Disziplin. Daher war Alva verblüfft, als er seine Einschätzung von Hadda mit den Worten schloss: »Mir ist schleierhaft, was der hier zu suchen hat.«

»Aber er ist wegen sehr schwerer Straftaten verurteilt worden«, sagte sie.

»Ja, und der Schweinehund sollte auch lebenslang eingesperrt bleiben«, sagte Proctor. »Aber schauen Sie sich doch mal um, Miss. Wir haben hier Terroristen und Staatsfeinde und Serienmörder, das übelste Gesindel. Dafür ist der Laden hier gedacht. Hadda hat doch keinem richtig was zuleide getan.«

Letzterem hätte Alva normalerweise heftig widersprochen, aber sie hatte schon zu viel Zeit damit vertan, gegen Proctors knochenharte Schale aus gängigen Überzeugungen und übernommenen Gewissheiten anzurennen. Außerdem wusste sie, wie leicht es für ihn wäre, ihr die Arbeit noch schwerer zu machen, als sie ohnehin schon war; ihre Tête-à-Têtes, wie er es nannte, aber wie *Tit-a-Tits* aussprach, und zwar mit einem ausdruckslosen Gesicht, das jeder Korrektur trotzte, hatte er allerdings nicht ein einziges Mal zu verhindern oder zu stören versucht.

Nach einem Jahr in ihrem Job hätte sie nicht sagen können, wie viel Gutes sie bei den Mördern und Terroristen bewirkt hatte, aber was Hadda betraf, so hatte sie das Gefühl, keinen Schritt weitergekommen zu sein. Man brachte ihn zu den Sitzungen mit ihr, aber er weigerte sich strikt zu reden. Nach einer Weile gestand sie sich ein, dass ihr anfänglicher Unmut, weil ihr Vorgänger, wie sie fand, zu früh das Handtuch geworfen hatte, allmählich in widerstrebendes Verständnis umschlug.

Und dann wurde sie eines Morgens, als sie gerade zur Arbeit kam, zum Direktor gerufen.

»Eine schreckliche Nachricht«, sagte er. »Es geht um Haddas Tochter. Sie ist tot.«

Alva kannte die Akte des Mannes in- und auswendig und musste sich die Fakten nicht erst in Erinnerung rufen. Die Tochter, Virginia, war dreizehn gewesen, als ihr Vater verurteilt wurde. Sie hatte ihn nie im Gefängnis besucht. Die ein- und ausgehende Post der Häftlinge wurde gründlich überprüft. In der ersten Zeit hatte er ihr Briefe an die Adresse seiner Exfrau geschrieben. Soweit bekannt war, hatte er nie eine Antwort erhalten, bis auch er schreibfauler wurde und ihr schließlich nur noch Geburtstags- und Weihnachtskarten schickte.

Wie Joe Ruskin vermerkt hatte, vereitelte Hadda jeden Versuch, das Gespräch auf seine Beziehung zu Virginia zu bringen, indem er aufstand und zur Tür ging. Trauer oder Schuldgefühle?, hatte der Psychiater spekuliert. Haddas Vorliebe für pubertierende Mädchen hatte besonders sensationslüsterne Boulevardblätter zu der Frage veranlasst, ob er seine Tochter vielleicht missbraucht hatte, aber dafür hatten sich weder bei den polizeilichen Ermittlungen noch bei der Gerichtsverhandlung irgendwelche Anhaltspunkte ergeben. Ruskin hatte Einsicht in sämtliche Unterlagen verlangt, die Aufschluss über den geistigen Zustand und die Straftaten des Mannes geben konnten, hatte aber nirgendwo auch nur einen Hinweis darauf gefunden, dass zum Schutz des Kindes irgendetwas verschwiegen worden war.

Jetzt erzählte der Direktor, wie es für Ginny nach dem Sturz ihres Vaters weitergegangen war.

»Ihre Mutter hat sie nach Paris geschickt, um sie vor den Nachstellungen der Presse zu schützen; sie sollte dort die Schule abschließen. Die Großmutter, das ist Lady Kira Ulphingstone, hat dort Verwandte, bei denen das Mädchen anscheinend gewohnt hat. Nach allem, was man so hört, soll sie ganz schön wild gewesen sein.«

»Kein Wunder, bei ihrer Familiengeschichte«, sagte Alva. »Wie ist sie gestorben?«

»Schlimm«, sagte der Direktor. »Sie war auf einer Party in der Wohnung einer Freundin, Drogen, Sex, das Übliche. Man hat sie heute bei Tagesanbruch in einer Gasse hinter dem Apartmenthaus gefunden. Alkoholvergiftung, am eigenen Erbrochenen erstickt. Neunzehn Jahre alt. Was für eine Verschwendung! Alva, er muss es erfahren. Das ist meine Aufgabe, ich weiß, aber ich möchte, dass Sie dabei sind.«

Sie hatte Haddas Gesicht beobachtet, als er die Nachricht hörte. Es hatte keine Reaktion gezeigt, die eine Kamera hätte festhalten können, aber sie hatte eine Reaktion gespürt, so wie man die Druckveränderung spürt, wenn ein Flugzeug in den Landeanflug geht, und dann schluckt man, und das Gefühl ist weg.

Er hatte seine Sonnenbrille nicht getragen, und sein einäugiger Blick hatte sie einen Moment lang fixiert. Anders als bei all den stummen Begegnungen mit ihm spürte sie zum ersten Mal, dass er ihre Anwesenheit registrierte.

Dann hatte er ihnen den Rücken zugewandt und war so stehen geblieben, bis der Direktor dem wartenden Officer zunickte, der daraufhin die Tür öffnete und den Häftling hinauseskortierte.

»Ich lasse ihn rund um die Uhr beobachten«, sagte der Direktor. »Das ist unter solchen Umständen das übliche Prozedere.«

»Natürlich«, sagte sie. »Das übliche Prozedere.«

Er musterte sie interessiert.

»Halten Sie ihn nicht für gefährdet?«

»Eine Gefahr für sich selbst, meinen Sie? Nein. Aber irgendeine Form der Reaktion wird kommen.«

Sie kam, aber die Form überraschte sie dann doch.

Er fing an zu reden.

Das heißt, er fing zumindest an, auf ihre Fragen zu antworten. Er war stets reaktiv, nie proaktiv. Nur einmal stellte er eine Frage.

Er blickte hoch zu der Überwachungskamera im Gesprächsraum und sagte: »Können die uns hören?«

Sie erwiderte: »Nein. Wie ich Ihnen bei unserer ersten Begegnung erklärt habe, läuft die Kamera aus offensichtlichen Sicherheitsgründen, aber der Ton ist abgeschaltet. Das habe ich zur Bedingung gemacht.«

Die Frage hatte Hoffnungen in ihr geweckt, die in den folgenden Wochen regelmäßig enttäuscht wurden. Er redete zwar zunehmend mehr, aber er sagte nie etwas, das einer Beichte auch nur ansatzweise nahe kam. Sprach sie ihn auf seine Tochter an, quittierte er das mit der gewohnten Ausdruckslosigkeit. Sie fragte, warum er keinen Antrag gestellt hatte, zu ihrer Beerdigung gehen zu dürfen. Er sagte, dort hätte er nicht seine Tochter gesehen, sondern Leute, die er nicht sehen wollte. »Was für Leute?«, fragte sie. »Die Leute, die mich hier reingebracht haben«, sagte er, aber ohne seine Unschuld besonders leidenschaftlich zu beteuern. Wieder drängte sich ihr das Bild von dem Berg auf. Kletterer sprechen davon, einen Berg zu erobern. Sie tun es nicht. Manchmal verändert der Berg sie, aber sie verändern niemals den Berg.

Aber sie gab nicht auf, und als sie sich ein paar Monate später zu einer Sitzung trafen, spürte sie, sobald er den Raum betrat, dass irgendetwas an ihm anders war. Kaum hatte sich die Tür hinter Officer Lindale geschlossen, erhielt Alva einen sichtbaren Anhaltspunkt dafür, dass ihr Gefühl sie nicht trog.

Wenn er sich hinsetzte, legte er die Hände normalerweise mit den Handflächen nach oben auf den Tisch, die rechte schwarz behandschuht, die linke nackt, die Lebens- und Schicksalslinien tief eingegraben, als wollte er sich aus der Hand lesen lassen.

An diesem Tag waren seine Hände nicht zu sehen, als hätte er sie auf die Knie gelegt.

Sie sagte: »Guten Morgen, Mr Hadda. Wie fühlen Sie sich?«

Er sagte in seinem üblichen ruhigen, gleichmäßigen Ton: »Jetzt hör mir mal zu, du schwarze Schlampe, hör mir gut zu. Ich hab eine Klinge in der Hand. Wenn du irgendwie versuchst, Alarm zu schlagen, stech ich dir ein Auge aus, ehe die auch nur die Tür aufmachen können.«

Der Schock gab ihr Mut. Sie war nur einmal angegriffen worden, kurz nachdem sie ihre Stelle angetreten hatte. Ein Patient (sie weigerte sich, sie als Häftlinge zu bezeichnen), ein freundlicher kleiner Mann mittleren Alters, der noch nie irgendeine der Anzüglichkeiten von sich gegeben hatte, mit denen einige der Männer versuchten, eine sexuelle Beziehung mit ihr anzudeuten, war plötzlich über den Tisch gehechtet und hatte versucht, sie anzufassen, *irgendwo* anzufassen. Es war ihm lediglich gelungen, ihr linkes Handgelenk zu streifen, ehe die Tür aufflog und ein Wärter ihm einen Elektroschock verpasste.

Seitdem hatte es keine Probleme mehr gegeben. Nur Alva wusste, wie verstört sie gewesen war. Als das Parlament vor einem Jahr, nach dem großen Gefängnisaufstand 2014 in Pentonville, ein Gesetz verabschiedete, das es Gefängniswärtern erlaubte, Elektroschockpistolen zu tragen, hatte sie zu denjenigen gehört, die sich heftig dagegen ausgesprochen hatten. Jetzt gab ihr die Gewissheit, dass sie nur ihren Stuhl zurückschieben und schreien musste, und schon würde die Taser-Pistole Hadda 50 000 Volt in den Rücken pumpen, ehe die Klinge auch nur in die Nähe ihres Gesichts käme, die Kraft, ruhig zu antworten: »Was genau wollen Sie, Mr Hadda?«

Er sagte: »Ich will dich ficken, bis du die Besinnung verlierst, aber dafür haben wir keine Zeit. Also muss ich mich wohl damit begnügen, dass du deinen linken Schuh abstreifst, dein Bein unter dem Tisch ausstreckst, mit deinem nackten Fuß meinen Schritt berührst und so lange reibst, bis ich komme.«

Der Teil ihres Gehirns, der nicht mehr unter Schock stand, dachte: Du armes jämmerliches Schwein! Du bist hier mit all den anderen Perversos eingesperrt. Ist denn gar keiner dabei, der's dir besorgen würde?

Sie überlegte noch immer, wie sie die Situation entschärfen könnte, ohne herausfinden zu müssen, wie viel Volt erforderlich waren, um einen Berg wie Hadda zu überwältigen, als Hadda lächelte – zum ersten Mal –, seine leeren Hände mit den Handflächen nach oben auf den Tisch legte und sagte: »Ich denke, wenn sie nicht taub sind, wären sie längst hier, meinen Sie nicht auch?«

Sie brauchte eine Sekunde, bis sie begriff. Er hatte ihre Behauptung auf die Probe gestellt, dass die Officer an den Überwachungsbildschirmen nicht mithören konnten. Ihr Verstand analysierte bereits, was das zu bedeuten hatte, so dass sie erst merkte, wie heftig sie am ganzen Körper zitterte, als die Tür aufglitt und Officer Lindale fragte: »Alles in Ordnung, Miss?«

»Ja, vielen Dank«, sagte sie. »Ich hab mich nur verschluckt«, und sie kaschierte ihr Zittern mit einem Hustenanfall.

Er sagte: »Möchten Sie ein Glas Wasser, Miss?«

Sie schüttelte den Kopf und sagte: »Nein, danke. Es geht schon wieder.«

Als die Tür sich wieder geschlossen hatte, sagte Hadda: »Entschuldigen Sie meinen kleinen Auftritt. Sie können jetzt bestimmt einen starken Brandy gebrauchen. Ich schlage vor, wir brechen die Sitzung ab und Sie genehmigen sich einen.«

Sie hatte noch immer mit den Nachwirkungen des Schocks zu kämpfen und musste sich erst auf den neuen Tonfall einstellen, in dem er jetzt mit ihr sprach.

Irgendwie schaffte sie es, ihre eigene Stimme ruhig zu halten, als sie antwortete: »Nein, wenn Sie sich so trickreich vergewissern wollten, dass uns auch wirklich keiner zuhört, heißt das ja wohl, dass Sie mir gern etwas sagen möchten.«

»Nicht jetzt«, sagte er. »Ich habe etwas für Sie zu lesen. Okay, ich bin überzeugt, dass Sie die Wahrheit sagen und uns wirklich niemand zuhört. Jetzt brauche ich Ihre Zusicherung, dass niemand sonst das hier oder alles andere, was ich Ihnen gebe, lesen wird.«

Während er sprach, zog er ein Schulheft aus seiner Gefängnisjacke.

Dieser Schock war anders als der, den die Gefahr eines Messerangriffs ausgelöst hatte, aber in gewisser Weise war er fast ebenso heftig.

Sie sagte vielen ihrer Patienten, dass es nur positiv sein könnte, wenn sie das Bedürfnis hätten, ihre Gefühle oder Gedanken zu Papier zu bringen, ehe sie sich das nächste Mal trafen. Außer ihr würde niemand sehen, was sie aufschrieben, sicherte sie ihnen zu, und diese Zusicherung hatte zur Folge, dass manche ihre sexuellen Fantasien in drastischen Einzelheiten vor Alva ausbreiteten.

Hadda hatte sie einfach ignoriert, als sie das erste Mal vorschlug, er könnte vielleicht etwas aufschreiben. Mehrere Wochen lang hatte sie den Vorschlag wiederholt, bis sie schließlich aufgab.

Daher kam das hier völlig unerwartet. Es hätte sich wie ein Durchbruch anfühlen müssen, aber ihr fehlte die Energie, innerlich zu frohlocken.

Sie sah ein, dass Hadda recht hatte. Das Einzige, was sie jetzt wollte, war, sich irgendwo in aller Ruhe einen starken Drink zu genehmigen.

Sie sagte: »Ich verspreche es Ihnen. Niemand wird irgendwas von Ihnen lesen, es sei denn, Sie geben mir Ihre ausdrückliche Erlaubnis. Genügt das?«

»Das muss es wohl«, sagte er und reichte ihr das Heft.

Sie nahm es und hielt es in der Hand, ohne es aufzuschlagen.

»Und das ist ...?«, fragte sie.

»Sie sagen doch andauernd, Sie möchten verstehen, wie ich hier gelandet bin. Tja, das ist die Geschichte. Zumindest der erste Teil.«

Sie stand auf, blickte kurz zu der Kamera hoch und sagte, als die Tür aufging: »Ich freu mich darauf, es zu lesen.«

Dann fuhr sie schnurstracks nach Hause, gönnte sich den ersehnten starken Drink und musste sich daraufhin zu ihrer eigenen Überraschung heftig übergeben.

Als das überstanden war, nahm sie eine sehr heiße Dusche. Abgetrocknet und in einen dicken weißen Bademantel gehüllt, setzte sie sich an ihren Frisiertisch und starrte sich im Spiegel an.

Hinter sich, durch die offene Tür zum Wohnzimmer, konnte sie das Schulheft auf dem Tisch liegen sehen, auf den sie es geworfen hatte, als sie die Wohnung betrat.

Wenn sie es aufschlug, würde sie sich auf eine Reise begeben, die sie zu einigen sehr dunklen Orten führen konnte. Nicht dunkler, so vermutete sie, als viele andere, die sie bereits besucht hatte. Aber irgendwie erschien es ihr besonders unangenehm, diese Reise in Begleitung von Wilfred Hadda zu machen.

Warum war das so?, fragte sie sich.

Es lag nicht an den Abgründen, auf die sie möglicherweise stoßen würde. Die waren nun mal Teil ihres Berufes. Also musste es etwas mit dem Mann zu tun haben, dessen Abgründe sich ihr offenbaren würden.

Daran wurde seine Stärke deutlich. Deshalb musste sie ständig auf der Hut sein, nicht vor der körperlichen Bedrohung, die er eingesetzt hatte, um ihre Behauptung zu testen, dass ihre Gespräche vertraulich waren, sondern vor einem sehr viel indirekteren psychischen und emotionalen Angriff.

Sie musste daran denken, was ihr Vater gesagt hatte, als sie ihm von dem Jobangebot erzählt hatte.

»Elfe«, hatte er mit tiefer Stimme gesagt, »bist du sicher, dass du dich da nicht übernimmst?«

»Vertrau mir«, hatte sie erwidert. »Ich bin Psychiaterin.«

Und dann waren sie beide mal wieder in prustendes Gelächter ausgebrochen, und ihre Mutter hatte sie wie so oft mit liebevoller Verwunderung angeschaut.

Jetzt jedoch, allein, beschwor sie vor ihrem geistigen Auge ein Bild vom Gefängnis Parkleigh herauf, das sich bedrohlich und wuchtig vor dem östlichen Himmel abzeichnete, und bei dem Gedanken, am nächsten Morgen dorthin zu fahren, überlief es sie kalt.

2

Das Gefängnis Parkleigh war in den 1850er-Jahren auf einer sumpfigen Wiese in Essex vor den Toren Londons erbaut worden. Als habe der Architekt eine Kathedrale des Strafvollzugs errichten wollen, plante er einen einzelnen wuchtigen Turm mit ein, der in dieser flachen Landschaft meilenweit zu sehen war, eine Beruhigung für die Tugendhaften und eine Warnung für die Sünder.

Parkleigh wurde rasch von der stetig wachsenden Hauptstadt eingeholt, blieb aber bis in die 1980er-Jahre so ziemlich unverändert. Dann mussten selbst die Thatcher-Hardliner einsehen, dass das Gefängnis seinem Zweck nicht mehr genügte. Nach seiner Schließung stand es etwa ein Jahrzehnt oder länger als bedrohliches Monument viktorianischer Werte ungenutzt herum. Alle Welt rechnete damit, dass das Gebäude irgendwann abgerissen und das Grundstück zu Bauland erklärt werden würde, doch dann wurde trotz beachtlichem, aber vergeblichem Protest der Anwohner bekannt gegeben, dass Parkleigh saniert und im Zuge der Initiative alternativer Projektfinanzierung in ein privat betriebenes Hochsicherheitsgefängnis der Kategorie A umgewandelt werden sollte.

Es wurde allen Ansprüchen gerecht, wie die Betreiber schwärmten. Von außen dunkel und abschreckend genug, um die Verfechter von Folterknechten und Henkern zu erfreuen, drinnen auf dem allerneusten Stand, wie es der rehabilitative Strafvollzug von seinen Einrichtungen verlangte.

Die Insassen waren Häftlinge der Kategorie A, also diejenigen, die die Gesellschaft unbedingt weggesperrt sehen wollte, bis sie ihre meist recht langen Haftstrafen abgesessen hatten. 2010 wurde Hadda unter dem Beifall der Öffentlichkeit nach Parkleigh verlegt. Fünf Jahre später folgte Alva Ozigbo – ohne Beifall.

Vor allem zwei Argumente sprachen gegen sie.

Als Psychiaterin war sie zu jung.

Und als Frau war sie eine Frau.

Äußerlich behandelte Alva derlei Einwände mit der Verachtung, die sie verdienten.

Innerlich gab sie zu, dass beide nicht völlig unbegründet waren.

Mit achtundzwanzig war ihr Stern zweifellos im Aufstieg begriffen, und dieser Aufstieg hatte begonnen, als sie ihre Doktorarbeit über Ursachen und Behandlungsformen von deviantem Verhalten in ein Buch mit dem griffigen Titel *Seelen heilen* umarbeitete. Es wurde wohlwollend aufgenommen, wenngleich in den Rezensionen häufig das Wort frühreif auftauchte. Aber ihre Anstellung in Parkleigh hatte sie einer Zufallsbegegnung zu verdanken.

Giles Nevinson, ein Anwalt und guter Freund von ihr, der die Hoffnung hegte, durch Hartnäckigkeit mehr für sie zu werden, hatte sie zu einem förmlichen Dinner seiner Anwaltskammer eingeladen. Sie hatte zwar keineswegs die Absicht, aus dieser Freundschaft je mehr werden zu lassen, aber sie mochte Giles. Außerdem war er aufgrund seiner Arbeit für die Staatsanwaltschaft eine nützliche Quelle für kostenlose Rechtsberatung und Informationen. Also nahm sie die Einladung an.

Giles widmete einen Großteil des Abends der ziemlich hochherrschaftlich wirkenden Dame zu seiner Linken, mit der er sich angeregt über Perserkatzenzucht unterhielt. Wie er später erklärte, hatte ihn weniger seine Katzenliebe als vielmehr purer Ehrgeiz dazu veranlasst, seine Begleiterin zu vernachlässigen. Die andere Frau mit dem durchaus angemessenen Namen Isa Toplady war die Gattin eines Richters am Obersten Gericht, dem nachgesagt wurde, sich durch die persönlichen Ansichten seiner besseren Hälfte stark beeinflussen zu lassen.

Alva musste sich notgedrungen nach rechts wenden, um ein wenig angeregt zu plaudern, und sah sich einem zart gebauten Mann um die sechzig gegenüber, der dünnes Haar hatte, blassblaue Augen und jenen Gesichtsausdruck unbestimmter Güte, mit dem so mancher Maler versucht hat, den Gleichmut der Heiligen anzudeuten, während sie von Geißeln gepeitscht, von Pfeilen durchbohrt oder von Flammen geröstet werden.

Er stellte sich als John Childs vor, und als er ihren Namen hörte, sagte er: »Ach ja. *Seelen heilen*. Eine anregende Lektüre.«

Da sie argwöhnte, er habe sich aus unerfindlichen Gründen im Vorfeld des Dinners einfach nur ein bisschen über die Gäste informiert, stellte sie ihn mit ein paar Suggestivfragen auf die Probe, um geschmeichelt festzustellen, dass er das Buch nicht nur tatsächlich gelesen hatte, sondern es offenbar wirklich anregend fand.

Eine gewisse Erklärung für sein Interesse bot sich an, als er ihr erzählte, dass er einen Patensohn namens Harry habe, der in der Schule Psychologie als Leistungskurs gewählt habe und das Fach später studieren wolle. Prompt löcherte Childs Alva mit Fragen, wie der Junge am besten vorgehen sollte. Es ist immer schmeichelhaft, als Experte konsultiert zu werden, und so gelang es Alva erst nach dem Essen, die Unterhaltung von sich selbst auf ihren Gesprächspartner zu lenken.

Er beschrieb seine eigene Arbeit als *eine Art Berater am Innenministerium, könnte man wohl sagen*. Bei jedem anderen Landsmann hätte Alva eine so vage Formulierung als Versuch gedeutet, Unwichtigkeit zu kaschieren, aber bei dieser Sorte Engländer bedeutete sie wahrscheinlich, dass er überaus wichtig war.

Beim Abschied sagte er, wie sehr er ihre Gesellschaft genossen habe, und als sie erwiderte, ihr sei es ebenso ergangen, stellte sie zu ihrer eigenen Verwunderung fest, dass das völlig der Wahrheit entsprach. Er war wirklich ein angenehmer Gesprächspartner, was natürlich hieß, dass er ausgezeichnet zuhören konnte!

Am nächsten Morgen war sie überrascht, aber nicht verstimmt, als er anrief, um sie zum Tee ins Claridge einzuladen. Da sie neugierig auf seine Motive war und auch (sie versuchte stets, ihre eigene Motivation ehrlich einzuschätzen) weil sie noch nie zum Tee ins Claridge eingeladen worden war, nahm sie an. Das Hotel wurde ihren Erwartungen gerecht. Childs konnte das nicht, denn an ihn hatte sie keine. Sie plauderten entspannt und kamen vom Wetter über die Widerwärtigkeit von Politikern auf persönlichere Dinge zu sprechen. Sie erfuhr, dass er von Norfolker Gutsbesitzern abstammte, allein in London lebte und sehr an seinem Patensohn hing, dessen Eltern sich bedauerlicherweise getrennt hatten. Childs hatte offenbar alles getan, um den Schaden zu minimieren, den der Junge davongetragen hatte. Es schien ihm viel an ihrer Anerkennung für seinen Umgang mit der Situation zu liegen, und Alva genoss erneut das Vergnügen, als Autorität betrachtet zu werden.

Später hatte sie, ohne recht zu wissen, wieso, noch dazu das vage Gefühl, taxiert zu werden.

Aber im Hinblick worauf? Den Gedanken, dass es sich um die frühe Phase einer ziemlich altmodischen Verführungstechnik handeln könnte, verwarf sie.

Dann lud er sie ein paar Tage später zum Lunch in ein Restaurant in Soho ein, das sie nicht kannte. Als sie dort ankam und feststellte, dass sie anklopfen musste, um eingelassen zu werden, meldete sich die Verführungstheorie zurück. War das vielleicht die Art von Etablissement, wo ältere Gentlemen sich in kleinen, mit Jugendstilkitsch dekorierten Séparées Liebesfreuden gönnten? Falls ja, was stand dann wohl auf der Speisekarte?

Sie klopfte, trat ein und wusste nicht, ob sie erfreut oder enttäuscht sein sollte, als sie in einen luftigen Speisesaal mit großzügig angeordneten Tischen geleitet wurde. Jedweder noch verbliebene Argwohn wurde schließlich zerstreut, als sie einen zweiten Mann an dem Tisch sitzen sah, zu dem man sie führte.

Childs sagte: »Dr. Ozigbo, ich hoffe, Sie haben nichts dagegen, dass ich Simon Homewood mit eingeladen habe. Homewood, das ist Alva Ozigbo. Ich hab Ihnen von ihr erzählt.«

»Dr. Ozigbo«, sagte der Mann und hielt ihr die Hand hin. »Entzückt, Ihre Bekanntschaft zu machen.«

Nicht so entzückt wie ich, dachte sie, als sie seine Hand schüttelte. Das musste Simon Homewood sein, Direktor des Parkleigh-Gefängnisses, der mit seinen liberalen Ansichten zur Behandlung von Häftlingen bei seiner Ernennung vor sechs Jahren auf reges Medieninteresse gestoßen war und entweder verächtliches Gelächter oder begeisterten Applaus geerntet hatte, je nachdem, welche Zeitung man las.

Oder vielleicht, so bremste sie sich selbst, während sie Platz nahm, ist das ja ein ganz anderer Simon Homewood, vielleicht der Krisenmanager der Familie Childs, der gekommen war, um sich diese seltsame junge Frau mal anzuschauen, in die sich der trottelige alte John verguckt hatte.

Die Frage war schnell zu klären.

»Wie ist das Leben in Parkleigh, Mr Homewood?«, erkundigte sie sich.

Er lächelte breit und sagte: »Ich vermute, das kommt drauf an, ob man es von innen oder von außen betrachtet.«

Der Kontrast zu Childs hätte größer nicht sein können. Homewood hatte nichts Scheues oder Zurückhaltendes an sich. Er war Ende dreißig, hatte ein kantiges, resolutes Gesicht, das von einem kräftigen braunen Haarschopf gekrönt wurde, und fixierte sie mit einem starren und ausgesprochen prüfenden Blick, während er mit ihr sprach. Er fragte sie nach ihrem Buch, drängte sie, ihre Gedanken zu erläutern, umriss einige Probleme, die sich bei der Behandlung von Langzeithäftlingen ergaben, und wollte ihre Meinung dazu hören.

Ist das hier ein Vorstellungsgespräch?, fragte sie sich. Wohl kaum, denn wenn dem so wäre, könnte es nur um einen einzigen Posten gehen. Zehn Tage zuvor war nämlich Joe Ruskin, der leitende Psychiater von Parkleigh, bei einem Auffahrunfall auf der M5 ums Leben gekommen. Sie hatte den Mann nur flüchtig gekannt, somit war ihre Reaktion auf die Nachricht entsprechend schwach gewesen und schon bald von dem Gedanken verdrängt worden, dass sie sich, wenn der tragische Unfall vier oder fünf Jahre später passiert wäre, bestimmt um die frei gewordene Stelle beworben hätte. In Parkleigh saßen einige der faszinierendsten Verbrecher ihrer Zeit. Für jemanden mit ihrem Spezialgebiet war das ein Traumjob.

Aber mit achtundzwanzig war sie viel zu jung und unerfahren, um als Kandidatin in Frage zu kommen. Und außerdem wollten sie wahrscheinlich einen Mann. Dennoch genoss sie das Gespräch, an dem Childs sich kaum beteiligte, sondern einfach nur dabeisaß und zusah, mit einem leicht besitzergreifenden Lächeln auf den Lippen.

Nach dem Essen entschuldigte sie sich und ging zur Toilette. Mit etwas Abstand zu den beiden Männern schien ihr auf einmal völlig offensichtlich, wie lächerlich es von ihr war, diese Möglichkeit auch nur in Erwägung zu ziehen.

»Idiotin«, sagte sie zu ihrem Spiegelbild über dem Waschbecken.

Als sie zum Tisch zurückging, sah sie die beiden Männer in ein Gespräch vertieft, das sie jedoch gleich beendeten, als sie sie sahen. Dann fixierte Homewood sie wieder mit diesem Blick, der vermutlich jedem, mit dem er sprach, signalisierte: *Sie sind die faszinierendste Person im Raum*, und sagte so beiläufig, als würde er sich nach ihren Urlaubsplänen erkundigen: »Dr. Ozigbo, hätten Sie vielleicht Lust, in Parkleigh zu arbeiten?«

3

Gestärkt mit einem großen Scotch mit Wasser sowie einer Schale Bacon-Chips, fühlte sich Alva endlich in der Lage, Haddas Schulheft aufzuschlagen.

Sie ging den Text dreimal durch, das erste Mal schnell, um sich einzulesen; das zweite Mal langsam, um sich Notizen zu machen; das dritte Mal mit Unterbrechungen, um sich reichlich Zeit zum Nachdenken und Analysieren zu nehmen.

Nach dem dritten Durchgang war sie noch genauso enttäuscht wie nach dem ersten.

Die Erzählung hatte Stil. Sie zeichnete sich durch große Detailgenauigkeit aus und zeugte von einem beeindruckend sicheren Erinnerungsvermögen. Sie wirkte glaubhaft.

Was zusammengenommen nur eines bedeuten konnte: Wilfred Hadda war noch immer nicht bereit, den Tatsachen ins Auge zu sehen.

Es würde nicht einfach werden, aber das hatte sie ja wohl auch nicht erwartet, oder?

Sie wusste sowohl aus eigener beruflicher Erfahrung als auch aus zahlreichen Studien, wie schwierig es bei manchen Männern war, sie an einen Punkt zu bringen, an dem sie sich ihren eigenen Verbrechen stellten. Wenn es um Kindesmissbrauch ging, war der Weg verständlicherweise besonders lang und gewunden. An seinem Ende wartete ein so starker Moment des Selbstekels, dass das Unterbewusstsein zu dem Schluss kam, die Heilung sei schlimmer als die Krankheit, und demzufolge akrobatische Verrenkungen vollführte, um diesen Moment zu vermeiden.

Genau deshalb wirkte der Text so glaubhaft. Hadda versuchte nicht, sie zu täuschen. Er hatte Jahre Zeit gehabt, um sich selbst einzureden, dass er die Wahrheit sagte. Hinzu kam natürlich, dass er, zumindest was die beschriebenen Ereignisse betraf, an keiner Stelle von den bekannten Fakten abwich, wie sie aus ihrer genauen Durchsicht der Prozessakten und des Pressematerials wusste. Nur die implizierte Motivation hatte sich verändert. Er war ein reicher, mächtiger Mann, der es gewohnt war, sich durchzusetzen, und wenngleich er zweifellos einen scharfen Verstand besaß, waren seine körperlichen Reaktionen manchmal so vorrangig und unmittelbar, dass die Vernunft auf der Strecke blieb. Nicht empörte Unschuld hatte seine Attacke auf Medler ausgelöst, sondern die Tatsache, dass seine Autorität in Frage gestellt wurde. Und als ihm klar wurde, dass er der Polizei durch seine eigene Handlungsweise einen Grund geliefert hatte, ihn in Gewahrsam zu halten, während sie nach Lust und Laune seine Privatsphäre durchforstete, hatte er einen verzweifelten Versuch unternommen, an die Quellen von Reichtum und Macht heranzukommen, die ihn, wie er meinte, schützen würden.

Entscheidend war, dass ihre Beziehung zu Hadda Fortschritte gemacht hatte, so dass er sich offensichtlich wünschte, sie auf seiner Seite zu haben. Sie wusste, dass sie von nun an sehr behutsam vorgehen musste. Wenn sie ihn spüren ließ, wie wenig sie seiner Schilderung Glauben schenkte, würde ihn das mit ziemlicher Sicherheit davon abhalten, mehr zu schreiben. Es gab noch immer viel zu erfahren, auch aus Ausweichmanövern und glatten Lügen.

Als sie am nächsten Morgen zum Gefängnis fuhr, ertappte sie sich wie so oft bei der Frage, warum sie nicht viel mehr

Vorfreude auf ihre Arbeit verspürte. War es Ursache oder Wirkung, dass sie immer, wenn sie älteren Kollegen begegnete, vor allem solchen, die ihrem Vorgänger Joe Ruskin nahegestanden hatten, den Impuls unterdrücken musste, sich zu erklären oder zu entschuldigen? Warum hatte sie ein schlechtes Gewissen? Sie war nicht verantwortlich gewesen für den riskanten Fahrstil, der ihn das Leben gekostet hatte.

Und was die Erklärung anging, so hatte sie selbst noch immer keine gefunden, die sie befriedigte. War sie gezielt ausgewählt worden oder hatte sie einfach bloß Glück gehabt und war zur richtigen Zeit am richtigen Ort gewesen? Nachdem sich ihre Euphorie über das Jobangebot gelegt hatte, fragte sie Giles ganz beiläufig, wer denn eigentlich John Childs zu dem Dinner eingeladen hatte. Offenbar nicht beiläufig genug. Seine Anwaltsantennen hatten den Gedanken hinter der Frage sofort erspürt, und er hänselte sie gnadenlos wegen ihrer angeblichen Egozentrik, sich einzubilden, sie wäre auserlesen worden. Am nächsten Tag schlug er weiter in dieselbe Kerbe, als er anrief, um ihr zu sagen, dass Childs Gast der treu ergebenen und Katzen liebenden Gattin von Richter Toplady gewesen war, die nach einem älteren Junggesellen Ausschau hielt, um ihn mit ihrer unverheirateten Schwester zu verkuppeln.

»Auch wenn da wohl eher der Wunsch der Vater des Gedankens ist«, schloss er.

»Das klingt extrem frauenfeindlich, selbst für einen überzeugten Macho wie dich«, sagte Alva.

»Wieso? Das war keine Anspielung auf die Reizlosigkeit der Schwester, obwohl sie bemerkenswert ist, sondern auf Childs' Neigungen.«

»Meinst du, er ist schwul?«

»Höchstwahrscheinlich, aber er scheint eher seinen Spaß daran zu haben, ansehnliche junge Burschen zu formen und zu fördern, und dann genüsslich zuzuschauen, wie sie Karriere machen. Ich glaube, Geoff Toplady war so einer, und er hat ganz eindeutig Karriere gemacht. Man munkelt, er soll spätestens Weihnachten den Vorsitz im Berufungsgericht erhalten haben. Oh ja. Tu dich mit John Childs zusammen, und dir stehen alle Wege offen.«

»Was soll das heißen? Dass er sich ihr Schweigen erkauft?«

»Meine Güte, was du immer gleich denkst! Aber wenn du ständig im Dreck wühlst, muss ja wohl was kleben bleiben. Nein, wie es aussieht, sind Childs' junge Männer im Großen und Ganzen eindeutig heterosexuell, und die Tatsache, dass die meisten von ihnen die Beziehung im Erwachsenenleben liebend gern aufrechterhalten, legt die Vermutung nahe, dass er nie versucht hat, sie als Jungen mit den Freuden der Homoerotik vertraut zu machen. Eine Form von Sublimierung, könnte man wohl sagen.«

»Giles, wenn du mir deine Küchenpsychologie ersparst, erspar ich dir meine laienjuristische Expertise«, sagte Alva schneidend. Das mit dem Im-Dreck-Wühlen hatte sie tiefer getroffen, als sie sich anmerken lassen wollte. »War Simon Homewood vielleicht auch einer von den Jungs, die er gefördert hat?«

»Ich glaube ja. Könnte natürlich sein, dass Childs halbblind ist und dich für einen testosteronstrotzenden jungen Burschen gehalten hat, der eine helfende Hand benötigt. Jedenfalls, du hast einfach Schwein gehabt, Alva. Da war keine ausgeklügelte Verschwörung im Spiel, um dich genauer unter die Lupe zu nehmen. Sogar die Sitzordnung bei diesen Dinners ist völlig willkürlich, damit nicht sämtliche Blaublüter auf einem Haufen hocken.«

Letzteres nahm Alva ihm nicht ab – nichts, was Anwälte taten, wurde je dem Zufall überlassen –, aber sie akzeptierte mehr oder weniger, dass nur das Schicksal für ihren Aufstieg verantwortlich war. Was sie nicht weiter störte, so redete sie sich ein. Die Welt war voller ausgezeichneter junger Psychiater. Umso besser, dass sie zu den Glücklichen zählte!

Trotzdem, es hätte ihr gefallen, wenn man sie gezielt ausgesucht hätte! Aber vielleicht hieß das nur, dass sie sich dann sicherer gefühlt hätte, die richtige Person an der richtigen Stelle zu sein.

Als sie durchs Tor ging, begegnete sie Chief Officer Proctor. Er begrüßte sie mit seiner üblichen munteren Freundlichkeit, aber wie immer fühlte sie sich von seinen stechenden Augen taxiert, als suchten sie bei ihr nach einer Schwäche, die seine Überzeugung bestätigte, der Job sei nichts für eine Frau.

Sie verdrängte all diese negativen Gedanken aus dem Kopf, als sie im Besucherraum saß und darauf wartete, dass Hadda hereingeführt wurde.

Sein Gesicht war ausdruckslos, als er sich setzte und die Hände vielleicht ein wenig zu demonstrativ vor sich auf den Tisch legte.

Dann ließ er den Blick langsam nach unten zu dem Schulheft gleiten, das vor ihr lag, und sagte: »Und?«

Und sie sagte mit einer Lebhaftigkeit, die ihr selbst unnatürlich vorkam: »Es ist sehr interessant.«

Das wiederum führte zu dem kurzen Wortwechsel, der damit endete, dass sie einander herausfordernd anstarrten.

So hatte sie sich den Auftakt der Sitzung nicht vorgestellt.

Unvermittelt sagte sie: »Erzählen Sie mir von Woodcutter Enterprises.«

Sie wollte ihn ablenken, indem sie nicht auf seine Pädophilie zu sprechen kam, die ihre Hauptsorge war, sondern auf die betrügerischen Aktivitäten seines Unternehmens, die ihm die andere Hälfte seiner langen Haftstrafe eingebracht hatten.

Er blickte sie mit einem Ausdruck an, der zu sagen schien, dass er ihre Verstellungsversuche ebenso leicht durchschaute wie seine eigenen, aber er antwortete: »Wissen Sie, was eine Private-Equity-Gesellschaft ist?«

Sie nickte, und er sprach weiter: »Das war Woodcutter am Anfang. Wir haben Unternehmen ausfindig gemacht, die aufgrund von schlechtem Management und schlechter Organisation dringenden Sanierungsbedarf hatten, was sie häufig auch anfällig für Übernahmen machte. Sobald wir am Ruder waren, haben wir die gesunden profitablen Elemente behalten und alles andere abgestoßen. Und wenn wir dann weiterzogen, haben wir ein schlankeres, gesünderes und sehr viel rentableres Unternehmen zurückgelassen.«

»Also eine Art soziale Dienstleistung?«, sagte sie lächelnd.

»Sparen Sie sich Ihre Ironie«, sagte er knapp. »Ziel jedes Unternehmens ist es, Gewinn zu machen, und das hat Woodcutter sehr erfolgreich und völlig legal getan.«

Sie sagte: »Und Sie haben die Firma Woodcutter Enterprises genannt, weil Sie Ihre Aufgabe darin sahen, tote Äste von potenziell gesunden Unternehmen zu schlagen?«

Er lächelte, nicht das attraktive Lächeln, das sein Gesicht aufhellte und das ihr bereits aufgefallen war, sondern ein zähnefletschendes Grinsen, das sie an seinen Spitznamen Wolf erinnerte.

»Genau, Sie haben recht, wie üblich. Später dann haben wir nach besonders erfolgreichen Sanierungen auch langfristig Anteile behalten, deshalb sollten die Leute, die behaupten, es wäre uns nur um die schnelle Kohle gegangen à la nach uns die Sintflut, besser ihre Hausaufgaben machen.«

Interessant, dachte sie. Er empörte sich mindestens genauso leidenschaftlich darüber, dass man ihm gewissenlose Geschäftspraktiken vorgeworfen hatte, wie über die Missbrauchsanklage.

Sie sagte: »Ich denke, das zuständige Amt hat alle erforderlichen Hausaufgaben gemacht, finden Sie nicht auch?«

Einen Moment lang dachte sie, sie hätte ihn zu einem weiteren Ausbruch provoziert, aber er beherrschte sich und sagte ruhig: »Also, wo stehen wir jetzt, Dr. Ozigbo? Ich hab getan, was Sie wollten, und angefangen, Dinge zu Papier zu bringen. Ich hab Ihnen geschildert, was und wie alles passiert ist. Ich dachte, jemand mit Ihrem Beruf wäre unvoreingenommen, aber mir scheint, Sie haben genauso viele Vorurteile wie alle anderen auch!«

Die Reaktion überraschte sie nicht. Das geschriebene Wort verlieh der Fantasie physische Existenz, und zu Anfang führte der Akt des Niederschreibens fast ausnahmslos zu einer noch stärkeren Verdrängung.

»Hier geht es nicht um mich, es geht um Sie«, sagte sie sanft. »Ich habe gesagt, es ist sehr interessant, und das war mein voller Ernst. Aber Sie haben gesagt, das hier sei bloß der erste Teil. Vielleicht warten wir lieber, bis ich das ganze Werk habe, ehe ich weitere Kommentare abgebe. Was halten Sie davon, Wilfred? Darf ich Sie Wilfred nennen? Oder wäre Ihnen Wilf lieber? Oder Wolf? Das war doch Ihr Spitzname, nicht wahr?«

Bislang hatte sie sich immer an das korrekte Mr Hadda gehalten. Es hätte peinlich gewirkt, irgendeine andere Form der Anrede zu verwenden, solange sie keine oder kaum eine Reaktion von ihm bekam. Aber sie musste etwas tun, um diesen kleinen Fortschritt in ihrer Beziehung deutlich zu machen.

Er sagte: »Wolf. Ja, früher hat man mich Wolf genannt. Ich erinnere mich, das war für die Presse ein gefundenes Fressen. Ich bin nach meinem Dad benannt worden. Wilfred. Er wurde Fred gerufen. Und ich Wilf, bis ... Aber das ist lange her. Nennen Sie mich, wie Sie wollen. Und was ist mit Ihnen? Ich hab keine Lust mehr, Doctor zu sagen. Das klingt so klinisch, finden Sie nicht? Und Sie wollen sich doch mit mir anfreunden. Also, mal sehen ... Sie heißen Alva, nicht wahr? Ungewöhnlicher Name.«

»Er ist schwedisch. Meine Mutter ist Schwedin. Er bedeutet Elfe oder so was Ähnliches.«

Wieder das echte, unwölfische Lächeln. Das machte dreimal. Es war gut, dass er es so sparsam austeilte. Gefahr erkannt, Gefahr gebannt.

»Wolf und Elfe, der Unterschied ist gar nicht so groß«, sagte er. »Sie nennen mich Wolf, ich nenne Sie Elfe, okay?«

Elfe. Das war der Kosename, den ihr Vater ihr schon verpasst hatte, als sie noch ein Kind gewesen war. Niemand sonst hatte sie je so genannt. Sie wünschte, sie hätte die Bedeutung nicht verraten, meinte aber, ihr diesbezügliches Unbehagen gut kaschiert zu haben, bis Hadda sagte: »Haben Sie wirklich nichts dagegen? Ich kann Sie auch Madam nennen, wenn Ihnen das lieber ist.«

»Nein, *Elfe* ist gut«, sagte sie.

»Prima. Und Elfen können zaubern, hab ich recht?«

Er griff in seine Jacke und zog ein weiteres Schulheft heraus.

»Dann zeigen Sie mal, was Sie können, Elfe«, sagte er und reichte es ihr. »Das ist Teil zwei.«

Wolf

1

Du schlägst das Auge auf.

Das Licht ist so grell, dass du es sofort wieder schließt.

Dann versuchst du es noch einmal, diesmal ganz vorsichtig. Der Vorgang dauert ein paar Minuten, und selbst dann öffnest du es nicht ganz, sondern blinzelst durch die Wimpern in die Helligkeit.

Du bist im Bett. An deinem Körper sind Drähte und Schläuche befestigt, also muss es ein Krankenhausbett sein. Es sei denn, du bist von Außerirdischen entführt worden.

Du schließt das Auge erneut und überlegst, ob das ein Witz sein soll oder tatsächlich möglich ist.

Das müsstest du doch wohl wissen, oder?

Du denkst, dass du das hier irgendwie erlebst und dich gleichzeitig dabei beobachtest, wie du es erlebst.

Weder das eine noch das andere ist bislang beunruhigend.

Du schlägst wieder das Auge auf.

Allmählich gewöhnst du dich an die Helligkeit. Ja, der Teil von dir, der beobachtet, bemerkt, dass es sich lediglich um ein bisschen Tageslicht handelt, das durch die Lamellen der Jalousie an dem einzigen Fenster dringt.

Das einzige Geräusch, das du hörst, ist ein regelmäßiger Piepton.

Das finden deine beiden Entitäten beruhigend, weil es, wie sie aus Krankenhausserien wissen, bedeutet, dass du lebst.

Dann hörst du ein anderes Geräusch, eine Tür geht auf.

Du schließt das Auge und wartest.

Jemand tritt ins Zimmer und kommt ans Bett. Alles wird wieder still. Die Spannung ist zu groß. Du musst nachsehen.

Eine Krankenschwester steht neben dem Bett, sie hält ein Klemmbrett in der Hand und schreibt etwas auf. Ihr Blick wandert zu deinem Gesicht und registriert dein geöffnetes Auge. Ihre runden sich vor Erstaunen.

Erst jetzt kommt dir in den Sinn, dass Augen normalerweise paarweise vorkommen.

Du sagst: »Wo ist mein anderes Auge?«

Zumindest hast du das vor. Was herauskommt, klingt für den Beobachter und vermutlich auch für die Krankenschwester wie die verrosteten Angeln einer lang verschlossenen Tür.

Sie tritt zurück, fischt ein Handy aus ihrer Tasche, drückt einen Knopf und sagt: »Sagen Sie Dr. Jekyll, er ist aufgewacht.«

Dr. Jekyll? Das hört sich nicht gerade vielversprechend an.

Du schließt das Auge wieder. Solange du nichts Genaueres über das zweite weißt, ist es wohl besser, es nicht zu überanstrengen.

Du hörst die Tür aufgehen, dann die Stimme der Krankenschwester, die dem Neuankömmling versichert, dass dein Auge geöffnet war und du versucht hast, zu sprechen. Eine leicht arrogante Männerstimme sagt: »Na, das werden wir ja sehen.«

Ein ungläubiger Thomas, denkst du. Weil du dich über seinen Ton gegenüber der Krankenschwester ärgerst, wiederholst du deine Vorstellung extra für ihn. Worauf er eine Minitaschenlampe zückt und damit genau in dein kostbares Auge leuchtet.

Mistkerl!

Dann fragt er: »Wissen Sie, wer Sie sind?«

Es wäre hilfreich, wenn du seine Frage verstehen würdest.

Bedeutet sie, dass er keine Ahnung hat, wer du bist?

Oder will er nur überprüfen, wie klar du bist?

Du brauchst Bedenkzeit. Nicht weil du überlegst, wie du taktisch klug antworten sollst, sondern wie du überhaupt antworten sollst.

Allmählich wird dir klar, dass du keineswegs sicher bist, ob du weißt, wer du bist, oder nicht.

Du fragst bei deiner gespaltenen Persönlichkeit nach.

Der Beobachter erklärt, er vermute stark, dass du jemand namens Wilfred Hadda bist, dass du einen Unfall hattest, dass du vor dem Unfall in irgendwelchen Schwierigkeiten gesteckt hast, aber dass du dir darum jetzt keine Sorgen machen musst, weil dir wahrscheinlich sowieso alles irgendwann wieder einfällt.

Aber der, der das alles selbst erlebt, übergeht diese intellektuellen Spitzfindigkeiten. Du bist ein einäugiger Mann in einem Krankenhausbett, sagt er, und wichtig ist jetzt nur, herauszufinden, was dir sonst noch so alles fehlt.

Du gibst ein paar weitere Türangelgeräusche von dir, und Dr. Jekyll beweist, dass das kleine Vermögen, das seine Ausbildung gekostet hat, nicht bloß rausgeschmissenes Geld war, indem er sagt: »Schwester, ich glaube, er braucht etwas Wasser.«

Er drückt einen Knopf, der die obere Hälfte des Bettes auf einen Winkel von fünfundvierzig Grad anhebt. Einen Moment lang ist der veränderte Blickwinkel schwindelerregend, und du hast das Gefühl, als würdest du gleich von einer Klippe stürzen.

Dann wird dein Kopf wieder klar, und die Schwester hält dir einen Becher mit Wasser an die Lippen.

»Vorsichtig«, sagt Jekyll. »Nicht zu viel.«

Mistkerl! Wahrscheinlich ist er auch einer von diesen geizigen Schwachköpfen, die zu Hause die Spirituosenflaschen mit

Strichen markieren, damit sie genau wissen, wie viel Alkohol sie ihren Gästen kredenzen.

Als dir endlich genug Flüssigkeit durch die Kehle gelaufen ist, um die verklebten Stimmbänder zu lösen, versuchst du nicht sofort, zu sprechen. Zuerst musst du deinen Körper überprüfen.

Du versuchst, mit Fingern und Zehen zu wackeln, und bist froh, eine Reaktion zu spüren. Aber das muss nichts heißen. Du hast von Leuten gehört, die noch immer Schmerzen in einem Körperteil empfinden, der schon vor Jahren amputiert wurde. Mit großer Anstrengung hebst du den Kopf, um einen einäugigen Blick auf deine Arme werfen zu können.

Zuerst der linke. Der sieht in Ordnung aus. Dann der rechte. Da stimmt was nicht. Du bist sicher, dass du früher mehr als nur zwei Finger hattest. Aber ein Mann kann mit zwei Fingern zurechtkommen. Fehlende Zehen wären schwieriger.

Du sagst: »Füße.«

Jekyll blickt verständnislos, aber die Schwester versteht schnell.

»Er will seine Füße sehen«, sagt sie.

Jekyll guckt noch immer ratlos. Vielleicht war er verkatert, als sie die Füße durchgenommen haben. Aber die Schwester zieht langsam die Decke zurück und legt deine untere Körperhälfte frei.

Es ist kein Adonis-Körper, aber zumindest scheint noch alles dran zu sein, auch wenn dein linkes Bein so aussieht, als wäre es von einem Bildhauer zusammengestoppelt worden, der meinte, Giacometti hätte sein Material ein bisschen zu verschwenderisch eingesetzt. Aus deinem Penis kommt ein Schlauch, und irgendwer hat dir die Schamhaare abrasiert. Soweit du das erkennen kannst, ist dein Hodensack unversehrt.

Du probierst etwas Komplizierteres, als bloß mit den Zehen zu wackeln, aber der Versuch, die Knie zu beugen, führt lediglich zu einem langsamen Zucken, und du gibst auf.

Du sagst: »Spiegel.«

Schwester und Arzt blicken sich über deinen Körper hinweg an.

Sie tragen beide Namenschildchen. Die Schwester heißt Jane Duggan.

Der Arzt heißt angeblich Jacklin, nicht Jekyll. Ein Schreibfehler, befindest du.

Jekyll zuckt die Achseln, als wollte er sagen: Ist mir einerlei, für Spiegel sind die Krankenschwestern zuständig.

Schwester Jane geht aus dem Raum. Jekyll misst dir den Puls und macht noch ein paar andere medizinische Sachen, woran du ihn nicht hindern kannst, weil du zu schwach bist. Dann kommt Jane zurück und hat einen kleinen Rasierspiegel in der Hand.

Sie hält ihn dir vors Gesicht.

Du blickst hinein, und deine beiden Ichs vereinen sich in einer Erinnerung daran, wie du mal ausgesehen hast.

Du warst nie im klassischen Sinne gut aussehend, eher der rau-markante Naturbursche.

Rau-markant trifft es nun wirklich nicht mehr. Du siehst aus, als hätte sich ein Betrunkener mit einer Kettensäge an dir ausgetobt.

Wo einmal dein rechtes Auge war, ist ein Hohlraum, in dem ein Golfball verschwinden würde.

Aus deinem linken Auge sickert irgendeine Flüssigkeit.

Du merkst, dass du anfängst zu weinen.

Du sagst: »Verpisst euch!«

Und es spricht für Schwester Jane und Dr. Jekyll, dass sie sich in der Tat verpissen.

2

Wie sich herausstellt, hast du neun Monate im Koma gelegen.

In den folgenden neun siehst du das mehr und mehr als einen Zustand der Gnade.

Ein Gutes hat es jedenfalls. Du hast einen weiteren miesen Winter glatt verschlafen.

Deine Erinnerungen sind ebenso zerstückelt wie dein Körper. Du kannst dich kaum an den Unfall erinnern, aber irgendwer muss ihn dir detailliert geschildert haben, denn später weißt du genau, was passiert ist.

Offenbar hattest du ein Riesenpech.

Normalerweise bewegt sich der Verkehr in Londons Stadtmitte im Schritttempo. Dann und wann jedoch tut sich unvermittelt eine Lücke auf, plötzlich freie Straßenabschnitte, die bis zu hundert Meter lang sein können. Die meisten Fahrer reagieren darauf, indem sie aufs Gas treten, um möglichst schnell wieder zum Stauende aufzuschließen.

In genau so eine Lücke warst du hineingerannt. Der Bus hatte fast dreißig Meilen die Stunde drauf. Du wurdest schräg durch die Luft geschleudert und pralltest auf die Kühlerhaube eines entgegenkommenden Range Rovers, dessen tolle Beschleunigung ihn auf fast sechzig Meilen gebracht hatte. Von dort flogst du auf einen Tisch, der vor einem Café auf dem Bürgersteig stand, und von dort wiederum durch die Fensterscheibe des Cafés.

Zu dem Zeitpunkt war dein Körper dann so übel zugerichtet, dass jemand, erst als du schon im Rettungswagen lagst, den Kaffeelöffel bemerkte, der aus deinem rechten Auge ragte.

Du hattest beide Beine gebrochen, das linke mehrfach. Außerdem gebrochen waren der linke Arm, das Schlüsselbein, das Becken und die meisten Rippen. Du hattest ein schweres Schädel-Hirn-Trauma und einen Schädelbruch. Und die Hälfte deiner rechten Hand hattest du irgendwo in dem Café liegen gelassen.

Was deine inneren Organe betrifft, so gewinnst du den Eindruck, dass die Mediziner bloß die Daumen drückten und hofften.

Obwohl das offenbar keine sonderlich große Rolle spielte. Bis du das Auge aufschlugst, lautete die beste Prognose, dass man dich früher oder später würde abschalten müssen.

Anfänglich ist dein Zeitbegriff fast genauso wenig vorhanden wie während deines Komas. Du existierst in einem Niemandsland zwischen Wachen und Schlafen, und der Schmerz der Behandlung und der Schmerz der Träume fließen ununterscheidbar ineinander. In deinen kurzen klaren Intervallen versuchst du, dich mit deinem körperlichen Zustand abzufinden. Du bist total auf dich selbst konzentriert, deine mentalen Fähigkeiten sind derart brüchig, dass du Informationen als leuchtende Blitze registrierst und es dir schier unmöglich ist, zwischen Erinnerung und Albtraum zu unterscheiden. Also machst du das, was ein Nicht-Computerfreak macht, wenn der Computer anfängt zu spinnen: Du schaltest ab und hoffst, dass er sich selbst repariert haben wird, wenn du wieder einschaltest.

Doch obwohl du nicht das Gefühl hast, Fortschritte zu machen, muss es wohl doch gewisse Fortschritte geben, denn in einem der Intervalle geistiger Klarheit bist du dir auf einmal sicher, eine Frau und Familie zu haben.

Aber es kommt dich niemand besuchen. Dein Zimmer ist kein Meer von Karten mit Genesungswünschen, du bekommst keine Blumensträuße oder Schampusflaschen, um deine Rückkehr ins Leben zu feiern. *Vielleicht sacken die Schwestern alles ein*, ist dein letzter klarer Gedanke, ehe du wieder ins Niemandsland davontreibst.

Als du das nächste Mal aufwachst, hast du einen Besucher. Oder eine Vision.

Er steht am Fußende des Bettes, ein fleischiger kleiner Mann in einem Hawaiihemd mit der Art von Muster, mit dem man nach dem Genuss eines verdorbenen Hähnchen-Tikka die Wand verunziert. Du meinst, sein von der Sonne gerötetes Gesicht wiederzuerkennen, aber dir fällt kein Name dazu ein.

Er sagt nichts, steht einfach nur da und sieht dich an.

Du schließt das Auge für eine Sekunde. Oder eine Minute. Oder länger.

Als du es wieder aufschlägst, ist er weg.

Aber in dem Raum, den er eingenommen hat, in Wirklichkeit oder in deiner Vorstellung, bleibt ein Nachbild zurück.

Obwohl du noch immer nicht in der Lage bist, Erinnerung und Albtraum zu unterscheiden, hattest du stets so ein vages Gefühl, dass die Umstände, die zu deinem Unfall führten, irgendwie unerfreulich waren. Doch selbst wenn das real ist, kommt es dir nicht so vor, als müsstest du dir deswegen Gedanken machen. Es ist, als wäre eine Frist abgelaufen. Okay, es tut dir leid, dass du sie nicht einhalten konntest, doch da sie nun mal abgelaufen ist, empfindest du zunächst nur eine enorme Erleichterung, dass du dir deswegen nicht mehr den Kopf zerbrechen musst!

Aber das Auftauchen von Medler hat diese naive Illusion zerstört.

Medler!

Da, du erinnerst dich an den Namen, ohne dich groß anzustrengen, oder vielleicht gerade deshalb.

Und mit dem Namen kommen andere deutliche Erinnerungen.

Medler, mit seinem verschlagenen anzüglichen Blick.

Medler, dem du eins in die verlogene Fresse gegeben hast. Zweimal.

Medler, der dein Haus durchsuchen ließ, deine Frau und dein Kind dazu trieb, unterzutauchen, dich beschuldigte, ein Pädophiler zu sein.

Das zumindest muss sich mittlerweile erledigt haben, denkst du. Selbst die langsamen knirschenden Mühlen der Polizei müssen nach all den Monaten die Wahrheit aus dieser absurden Unterstellung herausgemahlen haben.

Schwester Jane kommt herein. Du fragst sie, wie lange es her ist, dass du aus dem Koma erwacht bist.

Sie sagt: »Fast zwei Wochen.«

Sie versteht augenblicklich, warum du das fragst, und lächelt mitleidig. Sie ist, wie du inzwischen gemerkt hast, eine wirklich nette Frau. Und sie ist nicht die einzige. Zugegeben, ein paar von den Schwestern behandeln dich wie den letzten Dreck, aber die meisten sind äußerst professionell, ja sogar mitfühlend.

Jetzt versucht Schwester Jane, deine Enttäuschung mit einer Erklärung zu lindern.

»Es ist nicht üblich, die Öffentlichkeit zu informieren, ehe sie den Zeitpunkt für gekommen halten.«

Was heißt, ehe sie sicher sind, dass deine Wiederauferstehung nicht bloß eine Stippvisite war, bevor du erneut abtauchst, vielleicht für immer. Aber deine Lieben, Imogen und Ginny, sind doch wohl über jede Veränderung deines Zustands informiert worden? Wieso waren sie noch nicht hier an deinem Bett?

Du trinkst einen Schluck Wasser, benutzt dabei die linke Hand. Die beiden noch verbliebenen Finger der rechten sind ganz nützlich, wenn dir im Gespräch mit Dr. Jekyll die Worte fehlen, aber du bist noch längst nicht so weit, ein Glas in ihre liebevolle Obhut zu geben.

Deine Stimmbänder scheinen ihre alte Geschmeidigkeit zurückzugewinnen, wenngleich deine Stimme jetzt ständig irgendwie heiser klingt.

Du sagst: »Irgendwelche Anrufe für mich? Oder Nachrichten?«

Schwester Jane sagt: »Ich denke, Sie sollten mit Mr McLucky sprechen. Ich sag ihm Bescheid.«

Sie verlässt das Zimmer. Mr McLucky arbeitet wahrscheinlich in der Krankenhausverwaltung, und du machst dich auf eine lange Wartezeit gefasst, während er aus seinem schmucken Büro geholt wird. Aber nach nur wenigen Sekunden geht die Tür auf, und ein großer schlanker Mann in engen Jeans und einem grauen Sweatshirt kommt herein. Er ist um die dreißig, mit einem Mund voll nikotingelber Zähne in einem länglichen schwermütigen Gesicht, und entspricht so gar nicht deiner Vorstellung von einem Krankenhausbürokraten.

Du sagst: »Mr McLucky?«

Er sagt: »Detective Constable McLucky.«

Du starrst ihn an. Du hast das Gefühl, ihn schon mal gesehen zu haben, nicht wie Medler, sondern kürzer ... im Gedränge eines überfüllten Raums vielleicht? Später wirst du darauf kommen, dass er der deplatzierte Mann an der Theke im Black Widow war, durch den du gemerkt hast, dass die Polizei dich schon erwartete.

Du sagst: »Was zum Teufel machen Sie hier?«

Er sagt: »Meinen Job.«

Du sagst: »Und was genau ist Ihr Job, Detective Constable McLucky?«

Er sagt: »Dafür sorgen, dass Sie nicht noch einmal abhauen, Sir Wilfred.«

Du würdest lachen, wenn du wüsstest, welche Muskeln dafür gebraucht werden.

Du sagst: »Sie meinen, Sie sitzen draußen vor meiner Tür und bewachen mich? Wie lange sind Sie schon da?«

»Seit Sie beschlossen haben aufzuwachen«, sagt er. »Die Schwester hat gesagt, Sie wollten mich sprechen.«

Er hat einen harten Glasgower Akzent und das dazu passende Auftreten.

Du sagst: »Ich wollte wissen, ob irgendwelche Nachrichten für mich gekommen sind. Oder vielleicht Besucher. Aber mir ist nicht klar, wieso Sie für diese Informationen zuständig sein sollen.«

Er sagt: »Vielleicht hat das damit zu tun, dass Sie sich in Polizeigewahrsam befinden, weil Ihnen schwere Straftaten zur Last gelegt werden.«

Es ist ein Schock, den Verdacht bestätigt zu hören, den Medlers Besuch in dir geweckt hat, dass sich nämlich in der Zeit, die du bewusstlos warst, nichts geändert hat.

Da liegst du falsch, natürlich. Es hat sich verdammt viel geändert.

Du bist wütend, aber in deiner Lage solltest du nicht aus der Haut fahren, also sagst du: »Nachrichten?«

Er zuckt die Achseln und sagt: »Tut mir leid, keine.«

Das ist genug Aufregung für einen Tag. Oder eine Woche. Oder wie viel Zeit auch immer vergeht, bis du dich stark genug fühlst, eine Entscheidung zu treffen.

Du bittest Schwester Jane, erneut DC McLucky zu holen.

Du sagst: »Ich möchte ein Telefonat führen. Mehrere Telefonate.«

Er spitzt skeptisch die Lippen, ein Gesichtsausdruck, den seine Freunde bestimmt höchst irritierend finden. Du möchtest mit irgendeiner Art von juristischer Drohung reagieren, aber ein Mann, der sich noch nicht mal selbst den Hintern abwischen kann, ist einfach nicht besonders bedrohlich. Das Beste, was du zustande bringst, ist: »Fragen Sie DI Medler, wenn's sein muss. Dann hat er Zeit, dafür zu sorgen, dass alle seine Wanzen ordnungsgemäß funktionieren.«

Er sagt lakonisch: »Medler? Den zu fragen wäre sinnlos. Ist im Januar in den Vorruhestand gegangen. Aus gesundheitlichen Gründen.«

Das bestätigt deinen Verdacht. Du hast halluziniert. Seltsam, das Unterbewusstsein. Hätte ihm doch keine große Mühe bereiten müssen, Imo in all ihrer nackten Herrlichkeit heraufzubeschwören, aber nein, stattdessen sucht es sich diesen kleinen Scheißer aus.

Du blinzelst zu McLucky hoch, so schwierig das auch mit nur einem Auge ist. Er sieht noch immer real aus.

Du sagst: »Bitte«, wobei es dir unangenehm ist, so kindlich zu klingen. Aber es erfüllt seinen Zweck.

McLucky geht aus dem Zimmer. Du hörst seine Stimme von draußen. Du vermutest, dass er telefoniert, um Instruktionen einzuholen.

Dann eine so lange Stille, dass du wieder ins Niemandsland abgleitest. Als du wieder daraus auftauchst, sitzt DC McLucky neben deinem Bett. Ist er seit einer Minute da oder seit einer Stunde? Als er sieht, dass dein Auge aufgeht, hebt er ein Telefon vom Boden auf und legt es aufs Bett.

»Schaffen Sie das?«, fragt er.

»Ja«, sagst du. Es könnte gelogen sein.

Er geht.

Du nimmst mit Mühe das Telefon in die Hand, dann wird dir klar, dass du dich an keine einzige Nummer erinnern kannst. Außer, Gott sei Dank, an die der Auskunft.

Nach deiner eigenen Telefonnummer zu fragen kommt dir

wie ein jämmerliches Eingeständnis der Unfähigkeit vor, also sagst du: »Estover, Mast und Turbery. Anwaltskanzlei in Holborn.«

Sie suchen die Nummer raus und verbinden dich. Du nennst deinen Namen und fragst nach Toby. Du musst warten, dann sagt eine Frauenstimme. »Hallo, Sir Wilfred. Leila am Apparat. Was kann ich für Sie tun?«

Leila. Der Name beschwört das Bild einer üppigen Blondine mit einem hübschen Hintern herauf. Man munkelt, wenn Toby morgens ins Büro kommt, warten sowohl seine Post als auch Leila auf seinem Schreibtisch. Du hast dich immer gut mit ihr verstanden.

»Hi, Leila«, sagst du. »Verbinden Sie mich bitte mit Toby.«

»Tut mir leid, Sir Wilfred, aber das kann ich nicht machen«, sagt sie.

»Wieso nicht, Herrgott noch mal? Ist er nicht da?«, sagst du.

»Ich meine, ich habe Mr Estover gefragt, und er hält es nicht für angebracht, mit Ihnen zu sprechen«, sagt sie mit sehr förmlicher Stimme, als würde sie jemanden zitieren.

»Nicht angebracht?« Du kannst noch nicht brüllen, aber du bringst ein drohendes Krächzen zustande. »Seit wann bilden sich denn irgendwelche Scheißanwälte ein, es wäre nicht angebracht, mit ihren Mandanten zu sprechen?«

Sie sagt, noch immer förmlich: »Es tut mir leid, Sir Wilfred, ich hatte angenommen, Ihnen wäre mitgeteilt worden, dass Sie nicht mehr Mr Estovers Mandant sind.«

Dann verändert sich ihre Stimme, und sie verfällt wieder in ihren üblichen Plauderton, diesmal durchsetzt mit einer Prise besorgten Mitgefühls.

»Unter den gegebenen Umständen wäre es wirklich nicht angebracht, das müssen Sie doch einsehen.«

Jetzt kommst du doch sehr nahe an ein Brüllen heran.

»Was für Umstände denn, verdammt noch mal?«

»Ach Herrje. Hören Sie, es tut mir leid«, sagt sie, und jetzt klingt sie ehrlich besorgt. »Ich dachte, Sie wissen es. Eigentlich sollten Sie das nicht von mir erfahren müssen, aber die Sache ist die, Toby vertritt in der Scheidungssache die Interessen Ihrer Frau.«

Elfe

1

Also das war nun wirklich interessant, dachte Alva Ozigbo.

Er war von der ersten Person Präteritum in die zweite Person Präsens gewechselt.

Brachte ihn das näher oder entfernte es ihn noch weiter?

In gewisser Weise näher. Der erste Teil war eine ziemlich geradlinige Schilderung gewesen. Die Einzelheiten, an die er sich erinnerte, die emotionale Färbung, die er einfließen ließ, all das deutete darauf hin, dass es eine Version jenes fernen Vormittags war, die er oft im Kopf durchgespielt hatte. Ja, durchgespielt, war das passende Wort. Wie ein hingebungsvoller Schauspieler hatte er sich so tief in die Rolle des unschuldigen Opfers hineinversetzt, dass er den Part tatsächlich lebte.

Seit sie mit Haddas Fall befasst war, hatte sie gründliche Recherchen betrieben. Wenn sie ihre Unterlagen durchsah, war sie sogar selbst erstaunt, wie gründlich. Sie hatte den Blick nach innen gerichtet, um den Grund für dieses besondere Interesse zu finden. Wie ihre Analyse von Hadda war auch das noch ein unvollendetes Projekt.

Sie rief sich den Rat in Erinnerung, den Simon Homewood ihr an jenem dunklen Januartag 2015 gegeben hatte, als sie ihre Arbeit antrat. Er hatte sie überrascht.

»Viele von denen werden Ihnen erzählen, dass sie unschuldig sind. Glauben Sie ihnen. Glauben Sie ihnen weiter, wenn sie sich mit ihren Fällen befassen. Überprüfen Sie sämtliche Beweise gegen sie mit einem offenen oder sogar skeptischen Blick. Verstehen Sie, was ich damit sagen will?«

»Ja, aber ich verstehe nicht, warum Sie es sagen«, hatte sie geantwortet.

Er lächelte und sagte: »Weil ich genau das bei jedem Häftling mache, der in Parkleigh in meine Obhut kommt. Solange ich nicht absolut von ihrer Schuld überzeugt bin, kann ich ihnen nicht helfen. Ich möchte, dass Sie das genauso sehen.«

»Und wie oft waren Sie nicht überzeugt?«, hatte sie keck gefragt.

»Zweimal«, sagte er. »Der eine kam in der Berufung frei. Der andere hat sich umgebracht, ehe ich irgendwas für ihn tun konnte. Ich habe mir geschworen, dass so etwas nicht noch einmal passiert.«

Also hatte sie sich die Beweise gegen Hadda in dem Pädophilenprozess äußerst gründlich angesehen. Und sie hatte Staatsanwalt Giles Nevinson gebeten, das ebenfalls zu tun. »So wasserdicht wie ein Entenarsch«, hatte er munter erklärt. »Und der ist garantiert wasserdicht. Wieso interessierst du dich so für den Burschen?«

»Weil er ... interessant ist.« Eine bessere Antwort fiel ihr nicht ein. »Psychologisch, meine ich.«

Wieso hatte sie geglaubt, das hinzufügen zu müssen? Was hätte sie sonst an so einem Mann interessant finden können, einem verurteilten Sexualstraftäter und Betrüger mit einem Hang zur Gewalttätigkeit? Laut seiner Akte war er in der ersten Zeit in Parkleigh das eine oder andere Mal von »normalen« Häftlingen angegriffen worden. Sein verkrüppeltes Bein beeinträchtigte die Schnelligkeit seiner Bewegungsabläufe, aber er verfügte noch immer über eine kolossale Kraft und hatte einen Angreifer krankenhausreif geschlagen. Seine Verlegung in den Sondertrakt hatte weitere Attacken unterbunden, und auf verbale Beschimpfungen reagierte er mit derselben massiven Gleichgültigkeit, die er gegenüber allen Versuchen, mit ihm in Kontakt zu treten, an den Tag legte. Letzten Endes kam es zu einer Art Vertrag mit der Gefängnisleitung. Er machte keinen Ärger, er bekam keinen Ärger.

Er bekam auch keine Therapie. Er gehörte zwar nicht zu den Häftlingen, die spektakuläre Unschuldsbeteuerungen inszenierten oder die draußen Unterstützergruppen hatten, die sich für sie einsetzten, aber er gestand nie auch nur ansatzweise seine Schuld ein. Vielleicht war es gerade diese totale Widerspenstigkeit, die Alvas Aufmerksamkeit fesselte.

Mit Erlaubnis des Direktors hatte sie Haddas Zelle besichtigt, während er und alle anderen Häftlinge im Esssaal waren. Die Zelle war sogar für Gefängnisverhältnisse kahl. Ein angemessenes Maß an persönlicher Gestaltung war erlaubt, aber anscheinend war das einzige Persönliche, mit dem Hadda den Raum versehen hatte, der Abdruck von einem Gemälde, den er offenbar aus einer Zeitschrift herausgerissen und an die Wand geklebt hatte. Es war die Darstellung einer hochgewachsenen aufrechten Gestalt, die die rechte Hand auf eine Holzfälleraxt gelegt hatte und unter einem stürmischen Himmel über eine weite Landschaft aus Bergen und Seen blickte. Alva betrachtete das Bild eine Weile.

»Sie mögen Bilder, was Miss?«, erkundigte sich Chief Officer Proctor, der sie in die Zelle begleitet hatte.

»Ich mag, was sie mir über die Menschen verraten, die sie mögen«, sagte Alva. »Und natürlich über die Menschen, die sie gemalt haben.«

Falls das Gemälde eine Signatur hatte, so war sie auf der minderwertigen Reproduktion nicht zu erkennen. Alva machte sich eine Notiz, dem nachzugehen, und nahm dann den Rest der Zelle in Augenschein. Nur ihre Leere sagte etwas über die Persönlichkeit ihres Bewohners aus. Es war, als hätte Hadda beschlossen, keine Spur seines Daseins zu hinterlassen. Sie entdeckte allerdings ein einziges Buch, eine zerlesene Taschenbuchausgabe von *Der Graf von Monte Christo*. Als Proctor sah, dass sie das Buch musterte, sagte er sarkastisch: »Keine Sorge, Miss. Wir suchen regelmäßig alles nach Tunneln ab.«

Später bat sie die Gefängnisbibliothek um eine Liste der Bücher, die Hadda ausgeliehen hatte, und erfuhr, dass es keine gab. Jahrelange Haft ohne Ablenkung, allein mit seinen Gedanken. Entweder der Mann hatte enorme innere Ressourcen oder er hatte überhaupt kein Innenleben.

Giles Nevinson, der auf Alvas Wunsch hin die Prozessakten gesichtet hatte, war auf eine Liste mit den bei der ersten Durchsuchung von Haddas Haus beschlagnahmten Gegenständen gestoßen. Alva interessierte sich für die Bücher und DVDs. Es war nichts dabei, was die Staatsanwaltschaft für ihre Anklage hatte verwenden können, aber die Titel deuteten darauf hin, dass Hadda vor dem Unfall Geschichten bevorzugt hatte, in denen ein knallharter abgebrühter Protagonist das Recht selbst in die Hand nahm und erfolgreich gegen teuflische Pläne und wütende Angriffe mächtiger Feinde ankämpfte.

Das wäre eine Erklärung dafür, warum er die Polizeirazzia und ihre Folgen in Form der Anfangskapitel eines Thrillers dargestellt hatte, in dem er selbst den schwer geprüften Helden gab.

Doch Alvas Einschätzung nach verschleierte die Form ihre eigentliche Funktion.

Für Hadda war es keine Fiktion, es war eine Offenbarung, es war Heilige Schrift! Falls sich ihm je irgendwelche Zweifel an der Richtigkeit seiner Sache ins Bewusstsein schlichen, musste er nur auf seinen Urtext zurückgreifen, und alles wurde wieder einfach und überschaubar.

Aber das hatte er nicht durchhalten können, als er über sein Auftauchen aus dem Koma schrieb. An dieser Stelle war ihm die genaue narrative Kontrolle entglitten. Selbst nach so vielen Jahren war ihm noch das Gefühl gegenwärtig, in eine neue und fremde Landschaft hinein zu erwachen. Seine Schilderung war unmittelbar, nicht historisch. Normalerweise können wir im Rückblick Ordnung in Erlebtes bringen, aber hier war noch immer zu spüren, wie er versuchte, verschwommene Bilder zu deuten, sich auf gebrochene Linien, unscharfe Konturen einen Reim zu machen.

Es gab eine gewisse Struktur. Beide Teile kulminierten in einem brutalen Moment des Schocks. Zuerst entdeckte er seine körperliche Veränderung, dann die Untreue seiner Frau. Weder in der Darstellung seiner Verwirrung unmittelbar nach dem Erwachen noch in der Folge dieses Schocks fand sich auch nur der leiseste Hinweis darauf, dass er sich auf dem Weg von der Verdrängung in Richtung Einsicht befand.

Aber das war erst der Anfang. Sie war ziemlich sicher, dass sie inzwischen so gut wie jede verfügbare Information über Wolf Hadda besaß, aber was konnte sie damit anfangen? Sehr wenig. Die maßgebliche Darstellung der mentalen und emotionalen Reise, die ihn nach Parkleigh gebracht hatte, konnte nur von innen kommen.

Wenn sie ihn dazu brachte, diese Darstellung selbst zu liefern, so konnte sie ihn vielleicht zu einem Moment der Selbsterkenntnis führen, in dem er dann wie ein Bergwanderer, der plötzlich ein Brockengespenst vor sich sieht, entsetzt vor der monströsen Erscheinung zurückschrecken und sie schließlich als Projektion seiner selbst erkennen würde. Das war ihre einzige Hoffnung.

Ihr gefiel dieses Bild, und in Haddas Fall war es besonders treffend. Sie hatte sich mit seiner Herkunft beschäftigt und wusste, dass er im Lake District aufgewachsen war, wo sein Vater Oberforstwart auf den Ländereien seines Schwiegervaters Sir Leon Ulphingstone gewesen war. Da taten sich reichlich faszinierende Möglichkeiten auf. Vielleicht verriet die nahezu idealisierte Gestalt in dem Gemälde an seiner Zellenwand etwas über seine Beziehung zum Vater. Oder vielleicht erinnerte sie ihn daran, wer er einmal gewesen und wer er jetzt war.

Mit der Hilfe einer kunstbeflissenen Freundin identifizierte Alva den Maler als den Amerikaner Winslow Homer. Das Gemälde hieß *The Woodcutter.* Sie fand das Bild im Internet, zusammen mit einem alten Katalogtext.

In Winslow Homers Gemälde blickt der Holzfäller über ein Panorama aus Bergen und Seen und unberührten Wäldern. Er ist groß und muskulös und verströmt das jugendliche Selbstvertrauen, dass für ihn kein Gipfel zu hoch ist, um ihn zu bezwingen, kein Fluss zu breit, um ihn zu überqueren, und kein Baum zu stark, um ihn zu fällen. Das Land, das er vor sich sieht, wartet darauf, von ihm gestaltet zu werden, und er wird es sich unterwerfen, oder bei dem Versuch sterben.

Sie konnte nachvollziehen, was der Verfasser meinte. Und natürlich hatte Haddas Unternehmen Woodcutter Enterprises geheißen. Bedeutsam?

Alles ist bedeutsam, hatte ihr Tutor oft und gerne gesagt. Man kann gar nicht zu viel wissen.

Ich bin allerdings noch sehr weit davon entfernt, zu viel über dich zu wissen, Wolf Hadda, dachte sie, als sie ihn langsam in den Besucherraum hinken sah. Sie hatte in George Proctors Gegenwart die Frage gestellt, ob es nicht möglich wäre, ihm einen Gehstock zu geben. Der Chief Officer hatte aufgelacht und gesagt: »Klar, und dann kann ich auch gleich noch einen Vorrat an Knüppeln und Spießen beantragen, wo ich schon mal dabei bin.«

Heute wirkte er noch langsamer als sonst. Als er sich auf

seinem Stuhl niederließ, suchte sie nach Anzeichen dafür, dass er darauf brannte, über den zweiten Teil mit ihr zu reden. Das wäre ein Indiz gewesen; sie wusste nicht genau, wofür. Aber sie konnte keine Anzeichen entdecken, was ebenfalls ein Indiz war, obwohl sie erneut nicht genau wusste, wofür.

Sein Gesicht war ausdruckslos, die dunkle Brille verbarg auch sein intaktes Auge. Vielleicht war es sogar geschlossen, und der Mann schlief.

Sie sagte laut: »Wie kommen Sie mit Ihrer Entstellung zurecht?«

Falls sie gehofft hatte, ihn mit ihrer jähen Schonungslosigkeit zu verblüffen, so wurde sie enttäuscht.

Er sagte nachdenklich: »Lassen Sie mich nachdenken. Meinen Sie das Hinken à la Long John Silver oder den Zyklopenblick oder die Tatsache, dass ich nie wieder Geige spielen kann?«

Sie nickte und sagte: »Danke«, und machte sich eine Notiz auf ihrem Block.

»Wofür? Ich hab Ihre Frage nicht beantwortet.«

»Ich denke doch. Durch Übertreibung in Bezug auf Ihr Bein und Ihr Auge. Silver war ein teuflischer Mörder, der sein ganzes Bein verloren hatte, und die Zyklopen waren kannibalistische Ungeheuer. Was Ihre Hand betrifft, so deutet nichts in Ihrer Akte darauf hin, dass Sie mal Geige gespielt haben, somit war das ein abfälliger Scherz.«

»Und das sagt Ihnen?«

»Dass es Sie richtig wütend macht, hinken zu müssen und nur noch ein Auge zu haben, dass Sie sich aber mit dem Verlust der Finger abgefunden haben.«

»Vielleicht weil ich hier im Knast nicht so richtig dazu komme, Golf zu spielen. Ich könnte nämlich die Antwort von Sammy Davis junior, als er mal nach seinem Handicap beim Golf gefragt wurde, glatt übertrumpfen.«

»Tut mir leid, ich versteh nichts von Golf.«

»Er hat geantwortet: ›Ich bin ein schwarzer, einäugiger Jude.‹ Ich könnte sagen: Ich bin ein einäugiger, einhändiger, hinkender, pädophiler Betrüger.«

»Und was daran wäre wahr?«

Er runzelte die Stirn und sagte: »Sie geben nie auf, was? Achtzig Prozent, höchstens. Der körperliche Kram ist unbestreitbar. Was den Betrug angeht, nun ja, ich hab gewisse Grenzen ausgelotet, die sich nach dem großen Crash anscheinend verschoben haben, und ich räume ein, dass ich wohl auf der falschen Seite dieser neuen Grenzen gelandet bin. Aber ich bin weder in Worten noch in Gedanken, noch in Taten pädophil.«

Sie beschloss, das so stehen zu lassen. Zugegeben, das Eingeständnis, dass er ein Betrüger war, musste als Fortschritt eingestuft werden, wenngleich sie aus ihrer Lektüre der Prozessakten wusste, dass die Beweise gegen ihn keineswegs stichhaltig gewesen waren. Vielleicht hatte sein Anwalt richtig gelegen, als er argumentierte, dass die enorme Publicity, die Haddas Verurteilung wegen Pädophilie ausgelöst hatte, einen fairen Prozess in der Betrugssache unmöglich machte. Der Richter hatte dieses Argument abgewiesen und gesagt, das Gericht würde entscheiden, was fair war und was nicht. Doch allen Berichten nach hatte Hadda auf der Anklagebank eine dermaßen unattraktive und teilnahmslose Figur abgegeben, dass er wahrscheinlich auch dann schuldig gesprochen worden wäre, wenn man ihn beschuldigt hätte, ein Al-Kaida-Terrorist zu sein.

Sie verstand die Gefühlslage der Geschworenen. Hadda hatte sich nicht bemüht, einen positiven Eindruck zu machen. Selbst seit er angefangen hatte, mit ihr zu reden, legte er immer noch eine massive Gleichgültigkeit an den Tag. Das störte sie an und für sich nicht. Psychiater hatten die Aufgabe, Vertrauen zu wecken, nicht Zuneigung. Aber es verwunderte sie, und sei es auch nur, weil ihre Patienten im Gefängnis stets in zwei Kategorien fielen – diejenigen, die sie ablehnten und fürchteten, und die anderen, die sie als eine potenzielle Verbündete in ihrem Kampf um Begnadigung sahen.

Hadda war anders. Obwohl er mittlerweile genug von seiner Strafe abgesessen hatte, um für eine Freilassung auf Bewährung in Frage zu kommen, hatte er weder einen entsprechenden Antrag gestellt, noch auch nur das geringste Interesse daran gezeigt.

Natürlich hätte er damit kaum Aussichten auf Erfolg gehabt. Bei einer solchen Straftat war kaum ein Bewährungsausschuss gewillt, dich wieder in die Gesellschaft zu entlassen, schon gar nicht ohne ein Schuldeingeständnis oder eine erfolgreiche Therapie.

Aber immerhin hatte Hadda angefangen, über sich zu schreiben. Das war doch wohl ein Erfolg.

Und heute war irgendetwas anders an ihm, etwas, das erst spürbar wurde, nachdem er angefangen hatte zu reden. Eine unterschwellige Unruhe oder, falls das Wort zu stark war, zumindest eine gewisse Bemühtheit in seiner Selbstbeherrschung.

Sie sagte: »Wilfred ... Wilf...«

Beide Versionen seines Namens kamen ihr schwer über die Lippen, hatten den Beigeschmack der aufgesetzten Vertraulichkeit von Krankenhaus oder Pflegeheim. Sein Gesichtsausdruck signalisierte, dass ihm ihr Problem Vergnügen bereitete.

Sie sagte: »... Wolf.«

Er nickte, als hätte sie ihre Sache gut gemacht, und sagte: »Ja, Elfe?«

Ihr Spitzname ging ihm leicht von der Zunge, beinahe eifrig, als wäre sie eine alte Freundin, auf deren Worte er freudig wartete.

Sie sagte: »Was denken Sie heute über Imogen?«

Er runzelte die Stirn, als wäre das nicht die Frage, auf die er wartete.

»Über die Tatsache, dass sie die Scheidung eingereicht hat? Oder die Tatsache, dass sie danach meinen ehemaligen Anwalt und Freund Toby Estover geheiratet hat? Ich frage mich, wie das mit den beiden wohl so klappt.«

Er sprach beiläufig, fast spöttisch. Eine Fassade, vermutete sie. Und sie vermutete auch, dass er ziemlich gut wusste, wie das mit den beiden so klappte. Moderne Gefängnisse hatten schon lange keine Ähnlichkeit mehr mit der Bastille oder dem Chateau d'If, wo ein Mensch vergessen und vergessend vor sich hinvegetierte, ohne vom Gang der Geschichte draußen etwas mitzubekommen. Sie hatte sich über das glückliche Paar schlaugemacht, aus rein beruflichem Interesse, wie sie sich eingeredet hatte. Estover war inzwischen wenn nicht unbedingt eine Berühmtheit, so doch einigermaßen prominent. So gefragt, wie er war, konnte er sich seine Mandanten aussuchen, und dass er vor allem Fälle übernahm, die ein Höchstmaß an Publicity versprachen, konnte ihm kaum zum Vorwurf gemacht werden.

Die schöne Imogen wiederum war so schön wie eh und je. Alva hatte ein recht aktuelles Foto von ihr gesehen, aufgenommen auf dem cumbrischen Friedhof, wo die Asche ihrer Tochter in der Familiengruft beigesetzt wurde. Kein Ereignis, das die Weltpresse anlockte, aber ein Lokalreporter war dabei gewesen und hatte einen Schnappschuss mit dem Handy gemacht. Per Zufall waren ihm Licht, Winkel und Hintergrund so gelungen, dass das Bild eine düstere, bedrückende Stimmung wie aus einem Brontë-Roman ausstrahlte, und der Observer hatte es wohl eher deswegen abgedruckt als wegen seines Nachrichtenwertes.

Sie sagte: »Ich habe mich einfach gefragt, was Sie empfinden, wenn ich ihren Namen erwähne.«

»Hass«, sagte er.

Das verblüffte sie.

Er sagte: »Sie sehen überrascht aus. Weil ich so empfinde oder weil ich es ausspreche?«

»Beides. Es ist so ein absoluter Begriff ...«

»Es geht nicht um einen Scheißbegriff«, unterbrach er sie. »Das hat nichts mit intellektueller Einordnung zu tun. Sie haben gefragt, was ich empfinde. Was soll ich darauf antworten? Verachtung? Ekel? Wut? Abscheu? Ein bisschen von allem, denke ich. Aber Hass genügt, finde ich. Hass bringt es auf den Punkt.«

»Aber was hat sie getan, um das zu verdienen?«, fragte sie.

»Sie hat die Lügen geglaubt, die über mich verbreitet wurden«, sagte er. »Und weil sie sie geglaubt hat, ist meine schöne Tochter tot.«

Alvas frühere Versuche, ihn dazu zu bringen, über seine Tochter zu sprechen, waren jedes Mal an seiner immensen ausdruckslosen Miene abgeprallt, jetzt jedoch sah sie für einen Moment den Schmerz, der unter der felsigen Oberfläche brodelte.

Sie sagte so neutral sie konnte: »Geben Sie ihr die Schuld an Ginnys Tod?«

Er hatte sich wieder unter Kontrolle, doch in seiner scheinbaren Ruhe spürte sie eine Spannung wie jene knisternde Stille in der Luft, kurz bevor ein Gewitter losbricht.

»Mag sein«, sagte er. »Aber vor allem gebe ich ihrem Miststück von Mutter die Schuld.«

Offenbar, so stellte sie fest, tat er sich trotz der extrem negativen Emotionen, die er über Imogen zum Ausdruck gebracht hatte, doch schwer, sie allein für den Tod des Mädchens verantwortlich zu machen. Welche Bindung zwischen ihm und seiner Frau auch bestanden hatte, sie musste ungewöhnlich stark gewesen sein, sonst wäre eine solche Ambiguität der Gefühle wohl kaum erhalten geblieben.

»Sie geben Lady Kira die Schuld?«

»Oh ja. Alles geht auf sie zurück. Sie wollte nie, dass ich ihre Tochter bekomme. Und jetzt hat sie dazu beigetragen, dass ich meine verliere.«

»Und wie hat sie das getan? Durch ihre familiären Kontakte in Paris, wo ihre Enkelin zur Schule ging, damit sie vor unserer sensationslüsternen Presse geschützt war?«

Sie ließ bewusst einen Hauch Zweifel in ihre Stimme einfließen, in der Hoffnung, ihm so noch mehr von dem entlocken zu können, was in seinem Kopf vor sich ging, doch sie erreichte lediglich, dass er wieder dichtmachte.

Er sagte gleichmütig: »Falls Sie sie mal kennenlernen, werden Sie's verstehen.«

In dieser Richtung ging es vorerst nicht weiter. Lass die Schwiegermutter aus dem Spiel, komm wieder auf Imogen zurück, sagte sie sich.

Sie sagte: »Falls Sie unschuldig sind, wie Sie behaupten, dann muss Sie jemand reingelegt haben. Haben Sie irgendeinen Verdacht, wer?«

Die Frage schien ihn zu amüsieren.

»Ich habe eine kurze Liste von Kandidaten, ja.«

»Steht Imogen darauf?«

Die Frage überraschte ihn anscheinend. Oder vielleicht gefiel sie ihm einfach nicht. Sie musste wirklich einen Weg finden, um Einblick in diese enge Beziehung zu gewinnen.

»Was spielt das für eine Rolle?«, erwiderte er. »Was ist schlimmer? Dass sie bei einer Intrige mitgemacht hat, um mich reinzulegen? Oder dass sie tatsächlich geglaubt hat, ich wäre schuldig im Sinne der Anklage?«

»Seien Sie fair«, sagte Alva. »Die Beweise waren erdrückend. Die Geschworenen haben bloß zwanzig Minuten gebraucht, um Sie schuldig zu sprechen …«

»Zwölf Fremde!«, fiel er ihr ins Wort. »Zwölf Bürger, die man von der Straße geholt hat! In dieser Welt, in der wir unglücklicherweise leben, und besonders auf dieser vergifteten Insel, auf der wir leben, wo verkommene Politiker sich mit einer verkommenen Presse zusammentun, um eine halb gebildete und total willfährige Öffentlichkeit mit einer Kost aus verlogenen und belanglosen Informationen zu füttern, ließe sich garantiert sogar eine Beweislage fabrizieren, die zwölf Fremde davon überzeugt, dass Nelson Mandela Kannibale ist.«

Wow!, dachte sie, während sie ihn eingehend musterte. So leicht, wie dir das von der Zunge gegangen ist, muss es sich über Jahre hinweg in deinem Kopf angestaut haben!

Seine Stimme war noch immer beherrscht, aber sein Auge funkelte. Was hatte er vorhin gesagt, was er für seine Exfrau empfand?

Verachtung.

Ekel.

Wut.

Abscheu.

Es waren allesamt notwendige Elemente jenes Zustands der Selbsterkenntnis, zu dem sie ihn bringen wollte. Indem er diese Emotionen von sich selbst auf seine Frau transferierte, zeigte er ihr möglicherweise, dass er näher dran war, als sie dachte. Seine bemühte Parallele zu Mandela war ebenfalls bedeutsam. Ein ehrbarer und rechtschaffener Mann, der lange

Jahre von einem perversen Regime eingekerkert worden war, um schließlich nach seiner Freilassung und Rehabilitierung zu einer Symbolfigur für Freiheit und Versöhnung zu werden. Es war, als könnte Hadda seine Verdrängung nur aufrechterhalten, indem er auf völlig abwegige Extrembeispiele zurückgriff, um positive Selbstbilder zu finden.

Wenn er lange genug in dieser Richtung weitermachte, stand zu hoffen, dass er irgendwann unversehens auf sich selbst stoßen würde. Und dann wäre es an ihr, ihn weg vom Selbsthass und hin zu eindeutig heilsameren Kanälen zu dirigieren.

Unterdessen wäre es gut, wenn sie ihm eine Erinnerung an Imogen als seine Märchenprinzessin entlocken könnte. Die Rückversetzung in jene Zeit, als sie zum Objekt seiner ausschließlichen und obsessiven Verehrung geworden war, könnte ihn zu der Frage bringen, ob tatsächlich seine Göttin gestürzt war oder er selbst.

Und selbst wenn sich dieses zugegebenermaßen ideale Ergebnis nicht einstellte, das war die Zeit seines Lebens, über die sie am wenigsten wusste, weil ihr außer ihm selbst niemand darüber berichten konnte.

Inzwischen war das leidenschaftliche Funkeln aus seinem Auge verschwunden, und er betrachtete sie prüfend.

Er hat wieder etwas Neues für mich, dachte sie. Sie wusste, dass es süchtig machen konnte, über die eigene Vergangenheit zu schreiben. Bei vielen Patienten wurde es von einer Gewohnheit zum Zwang. Daher hatte er seit ihrer letzten Begegnung bestimmt weitergeschrieben.

Aber je mehr er sich mit dem, was er schrieb, den intimsten Elementen seines Wesens annäherte, desto unsicherer wurde er natürlich auch, ob er sie daran teilhaben lassen sollte.

Also leg keinen Übereifer an den Tag. Bedräng ihn nicht.

Sie sagte: »Wolf, unsere Zeit ist fast um. Ich wollte Sie fragen, ob ich Ihnen irgendwas besorgen kann? Bücher, Zeitschriften, so was in der Art? Ich hätte das schon früher fragen sollen. Oder vielleicht etwas Persönlicheres. Irgendwas Bestimmtes zu essen? Oder anständige Leinentaschentücher, Seidensocken vielleicht?«

Er schüttelte den Kopf, als wäre er ungehalten über ihren Themenwechsel oder vielleicht über die alberne Vorstellung, derlei Dinge haben zu wollen, und sagte: »Wir sprachen über Imo. Ich hab viel über sie nachgedacht, nachdem ich den letzten Teil geschrieben hatte.«

Sie sagte: »Ja?«

Er sagte: »Dass ich sie hasse, meine ich ehrlich. Aber ein Teil von mir hasst mich selbst, weil ich Hass empfinde. Ergibt das irgendwie Sinn?«

Sie nickte und sagte ernst: »Es ergäbe keinen Sinn, wenn Sie nicht so empfinden würden.«

Das war die richtige Antwort. Er holte ein weiteres Schulheft aus seiner Gefängnisjacke hervor.

»Das hier dürfte Sie interessieren«, sagte er.

»Danke«, sagte sie und nahm das Heft. Sie schlug es auf und überflog die erste Seite.

Und wusste auf Anhieb, dass sie bekommen hatte, was sie wollte.

Wolf

1

Ich war in so ziemlich jeder Hinsicht ein äußerst wilder Junge.

Als ich gerade mal sechs Jahre alt war, starb meine Mam, Gott hab sie selig. Gehirnfieber, wie die Leute in unserer Gegend sagten. Wahrscheinlich war es eine Form von Meningitis, die zu spät erkannt wurde.

Bei uns wohnte die Tante von meinem Dad, Tante Carrie. Oder richtiger, wir wohnten bei ihr in ihrem Farmhaus Birkstane. Da oben in Cumbria wird von den jungen Leuten noch immer erwartet, dass sie sich um die Alten kümmern. Dabei kann Carrie noch nicht richtig alt gewesen sein, als wir bei ihr einzogen. Birkstane und ein paar kleinere Felder waren das Einzige, was von der Farm ihres Mannes übrig geblieben war. Sie war mit Mitte vierzig Witwe geworden und schon mit Anfang fünfzig wurde sie ein wenig vergesslich. Außerdem litt sie an Arthritis, was ihre Mobilität einschränkte. Normalerweise hätten hilfreiche Nachbarn dort oben sie gut und gerne bis ins hohe Alter unterstützt, aber sie wohnte ein wenig abgelegen, etliche Meilen vom nächsten Dorf, Mireton, entfernt, genau am Rande vom Gut Ulphingstone.

Dad war ihr einziger noch lebender Verwandter, und als er erfuhr, dass bei ihr schon eine Sozialarbeiterin vorbeigeschaut hatte, wusste er, dass etwas geschehen musste. Ich steckte damals noch in den Windeln, daher kann ich nur spekulieren, aber wie ich vermute, kam es ihm ganz gelegen, nach Birkstane zu ziehen. Als Familie eines Oberforstwarts hatten wir in einem Dienstcottage auf dem Land der Ulphingstones gewohnt, doch später hörte ich ihn oft sagen, nur ein Trottel lebt in einem Haus, aus dem ihn ein anderer Trottel jederzeit rausschmeißen kann, wenn ihm danach ist. Nicht, dass er Sir Leon für einen Trottel hielt. Im Gegenteil, die beiden verstanden sich sogar recht gut, und meine Liaison mit Leons Tochter entzweite sie nicht etwa, sondern brachte sie noch näher zusammen.

Sie fanden beide, dass es eine hundsmiserable Idee war.

Aber das lag damals noch weit in der Zukunft.

Zunächst scheint sich alles gut angelassen zu haben. Birkstane war für Dads Arbeit fast ebenso praktisch gelegen, wie es das Dienstcottage gewesen war. Mam machte sich im Farmhaus ans Werk und rettete es vor der drohenden Verwahrlosung, während Carrie in ihrer vertrauten Umgebung jetzt, da ständig jemand bei ihr war, neuen Lebensmut schöpfte.

All das wurde mir erst später klar. So jung, wie ich war, habe ich nur vage Erinnerungen an jene ersten Jahre in Birkstane, aber ich muss rundum glücklich gewesen sein, denn ich weiß noch genau, was ich empfand, als sie mir sagten, dass Mam tot ist. Nein, nicht, als sie es mir sagten; ich meine, als ich endlich begriff, dass tot sein hieß, für immer fort zu sein, ich Mam also nie wiedersehen würde.

Ich war im zweiten Schuljahr. Es hatte ein ganzes Jahr gedauert, bis ich mich daran gewöhnt hatte, tagsüber von meiner Mam getrennt zu sein. Diese neue und endgültige Trennung war ein Verlust, der durch nichts und niemand gelindert werden konnte. Ich war viel zu jung und viel zu sehr mit meinem eigenen Schmerz beschäftigt, um mitzubekommen, was dieser Schicksalsschlag mit meinem Vater anstellte, aber ich vermute, er war nach ihrem Tod völlig hilflos, denn soweit ich mich entsinnen kann, hatte er nie die Kraft, mich zu trösten. Ich schätze, wenn ich auf mich aufmerksam gemacht hätte,

hätte vielleicht jemand versucht, sich um mich zu kümmern, aber ich denke, ich musste wohl auf alle, die mich in meiner eigenen Glasglocke aus Trauer sehen und hören konnten, einen halbwegs normalen Eindruck gemacht haben. Ich glaube sogar, viele Leute hielten es für einen Segen, dass ich offensichtlich noch zu klein war, um das alles richtig zu begreifen, und sie meinten, es wäre das Beste, mich so zu behandeln, als wäre nichts Wichtiges passiert.

Dabei entging ihnen, dass ich unter dieser Glasglocke selbst so gut wie tot war, und ich denke, als ich allmählich wieder ins Leben zurückfand, fasste ich unbewusst den Vorsatz, mich nie wieder in eine Lage zu begeben, in der der Verlust eines einzelnen Menschen mir solchen Schmerz bereiten konnte.

Da noch immer eine Frau im Haus war, kam niemand auf die Idee, sich meiner annehmen zu müssen. Und weil Carrie in den fünf Jahren, die wir bereits bei ihr lebten, anscheinend wieder ganz die alte geworden war, zweifelte niemand daran, dass sie eine gute Betreuerin und Hausfrau abgab.

Die Wirklichkeit sah völlig anders aus. Durch ihre eingeschränkte Beweglichkeit fiel es ihr schwer, mit einem ungestümen kleinen Jungen fertigzuwerden, und ohne die korrigierende Gegenwart meiner Mam machten sich die alten Gedächtnisaussetzer (die ersten Anzeichen von Alzheimer, wie später diagnostiziert wurde) nun sehr viel häufiger bemerkbar. Was Fred, meinen Dad, anging, so ging er morgens zur Arbeit und kam meist erst zum Tee wieder, wie wir das Abendessen nannten. Je vergesslicher Carrie wurde, desto exzentrischer gerieten die Lebensmittelkombinationen, aus denen sie uns etwas zusammenbrutzelte, aber keiner von uns störte sich groß daran – ich, weil ich zu jung war, um irgendwelche Vergleiche anzustellen, und Dad, weil er jede Mahlzeit mit zwei

Flaschen starkem Ale einleitete und sie mit zwei weiteren runterspülte, ehe er zum Black Dog in Mireton fuhr. Er mied erfolgreich das Auge des örtlichen Gesetzes, indem er seinen alten Defender über Waldwege steuerte, die er wie seine Westentasche kannte, und ihn am Rande seines Reviers stehen ließ, um die letzte Viertelmeile zum Dog zu Fuß zu gehen.

Verzeihung, ich hab mich sehr viel ausführlicher als beabsichtigt mit diesem frühkindlichen Traumazeug beschäftigt und ich weiß, Sie interessieren sich doch eigentlich nur dafür, wie Imogen und ich zusammengekommen sind. Aber ich wollte versuchen, Ihnen von Anfang an klarzumachen, was für ein Jugendlicher ich war, und um das zu verstehen, müssen Sie auch den Rest wissen.

Um es kurz zu machen, da es mir instinktiv widerstrebt, irgendjemandem nahe zu kommen, und ich mir zu Hause praktisch gänzlich selbst überlassen war, verwilderte ich. Im wahrsten Sinne des Wortes. Jede freie Minute stromerte ich durch die freie Natur. Dank einer gewissen angeborenen Schlauheit war ich mir der Gefahren bewusst, die mir drohten, wenn ich zu häufig die Schule schwänzte, und ich bewegte mich auf dem schmalen Grat zwischen einem internen Ärgernis und einem externen Problem. Aber normalerweise kam ich zu spät zum Unterricht, und wenn ich konnte, haute ich früher ab als erlaubt. Wie gesagt, Tante Carrie war weder physisch noch psychisch in der Lage, mit mir fertigzuwerden. Ja, als ich älter und klüger wurde, falls das das richtige Wort ist, deckte ich die alte Lady sogar so gut ich konnte, einerseits wohl aus Eigennutz, andererseits, wie ich hoffe, auch aus echter Zuneigung zu ihr.

Natürlich blieb mein Verhalten nicht unbemerkt, aber anders als in der Stadt, wo die Leute beim Verdacht auf Kindesvernachlässigung entweder die Augen verschließen oder bestenfalls anonym beim Jugendamt anrufen, löst man solche Probleme auf dem Lande sozusagen unter sich. Rückblickend wird mir klar, dass wahrscheinlich sehr viel genauer über mich gewacht wurde, als ich damals ahnte. Der Postbote hatte seine Augen und Ohren überall, der Vikar schaute zweimal die Woche vorbei, und eine schier endlose Reihe von Frauen aus der Nachbarschaft fand immer einen Grund, Carrie zu besuchen und ein bisschen beim Putzen zu helfen. Außerdem standen irgendwie alle, Lehrer und Dorfbewohner gleichermaßen, meinem Fehlverhalten aus einem mir bis heute unerfindlichen Grund erstaunlich tolerant gegenüber.

Vielleicht wäre etwas Besseres aus mir geworden, wenn mir jemand ab und zu ein paar um die Ohren geben hätte!

Auch Sir Leon zählt zu denjenigen, die es versäumten, mir mal ordentlich die Leviten zu lesen. Ich erinnere mich noch gut, wie mich einmal sein Jagdaufseher erwischte. Da war ich acht oder neun. Ich habe nie richtig gewildert, aber wenn sich mir gelegentlich eine Forelle oder ein Kaninchen förmlich aufdrängte, betrachtete ich das als meinen rechtmäßigen Anteil. An dem Tag, als ich dabei ertappt wurde, wie ich in Sir Leons neu bestückten Fischweiher spähte, hegte ich keinerlei kriminelle Absichten, und gerade das machte mich zur leichten Beute. Ich lag ausgestreckt am Ufer und beobachtete fasziniert das Spiel der jungen Fischbrut, als eine schwere Hand auf meiner Schulter landete und Sir Leons Oberaufseher mich hochriss.

Als er sah, wen er da am Schlafittchen hatte, stieß er mich in seinen Pick-up und fuhr mich durch den Wald zu der Stelle, wo mein Vater einen Trupp Waldarbeiter beaufsichtigte. Sir Leon war auch da, und nachdem ihm die Sachlage geschildert worden war, starrte er zu mir herunter und sagte: »Das ist also Ihr Sprössling, Fred? Wie heißt du, Junge?«

»Wilf«, stieß ich hervor.

»Wilf?«

Dann ging er vor mir in die Hocke, strich mir mit den Fingern durchs Haar, machte meinen Mund auf und spähte hinein, als würde er ein Pferd untersuchen. Dann zwinkerte er mir zu und sagte: »Meinst du nicht eher Wolf? Sieht mir ganz so aus, als wärst du von Wölfen gesäugt worden. Das würde so manches erklären. Von Wölfen gesäugt, und ich dachte, die wären längst ausgestorben.«

Er stand auf, lachte über seinen eigenen Scherz, und alle anderen lachten mit, alle, außer mir und Dad.

Jedes Mal, wenn Sir Leon mich danach sah, nannte er mich Wolf, und mit der Zeit blieb der Name hängen. Die Vorstellung, von Wölfen gesäugt worden zu sein, gefiel mir eigentlich, vielleicht weil Sir Leon mit seiner langen Nase und der wallenden Mähne aus graubraunem Haar aussah, als hätte auch er ein bisschen Wolf in sich. Auf seinen Namen Ulphingstone traf das jedenfalls zu.

Dad dagegen war es äußerst unangenehm gewesen, vor seinen Arbeitern und seinem Boss vorgeführt zu werden. An jenem Abend blieb er zu Hause und widmete mir so viel Aufmerksamkeit, wie wohl seit Mams Tod nicht mehr, und was er da sah, gefiel ihm nicht besonders. Als ich mürrisch auf seine Vorhaltungen antwortete, verpasste er mir erst mit der rechten Hand eine Ohrfeige, und als ich daraufhin wütend wurde, noch eine mit der linken.

Danach war ich gezwungen, mich für eine Weile zu bessern, aber ich hatte nicht nur Gefallen an meinem ungebärdigen Leben gefunden, sondern auch gewisse Fähigkeiten in der Kunst der Täuschung entwickelt, also machte ich mehr oder weniger ungehindert so weiter wie zuvor, nur dass ich mich jetzt etwas mehr in Acht nahm.

Man könnte sagen, dass ich zwar ein Außenseiter war, mir diese Rolle aber selbst gewählt hatte. In der Grundschule hatte ich nie Probleme, mit den anderen Jungs klarzukommen; die meisten waren sogar richtig versessen darauf, sich mit mir anzufreunden, aber ich fühlte mich immer irgendwie anders als sie. Vielleicht weil ich mich nicht die Bohne dafür interessierte, wer Fußballmeister in der Ersten Liga wurde, vielleicht lag der Grund auch tiefer. Auch viele Mädchen suchten freundschaftlichen Kontakt zu mir, aber ich konnte absolut nichts mit ihnen anfangen. Mit den Jungs konnte ich wenigstens rumrennen und toben und balgen. Es dauerte lange, bis mir klar wurde, dass das auch mit Mädchen ging.

Dann kam die Sekundarschule. Dort fanden die üblichen Machtkämpfe statt, aber ich war schon immer sehr jähzornig. Weder Größe noch Zahl machten da einen Unterschied – wenn sich einer mit mir anlegte, machte ich meinem Namen alle Ehre und reagierte wie ein wildes Tier. Ich stürzte mich mit Fäusten, Füßen und Zähnen auf jeden Widersacher, bis er blutend auf dem Schulhof lag. Schließlich hörten die körperlichen Schikanen auf, aber es waren immer noch Rechnungen offen. Eines Tages – ich war ungefähr zwölf – brach jemand meinen Spind auf und besprühte meine Sachen mit Autolack. Ich konnte mir denken, wer das gewesen war. Zu der Zeit brachte mein Vater mir gerade bei, wie man mit einer kurzen Holzfälleraxt umging, und am nächsten Morgen schmuggelte ich sie mit in die Schule und schlug den Spind des Verdächtigen und alles, was drin war, kurz und klein. Sämtliche Mitschüler dachten, ich würde dafür von der Schule fliegen oder zumindest für eine Weile vom Unterricht ausgeschlossen werden, aber der Schulleiter begnügte sich damit, mir eine lange Standpauke zu halten und Dad für den Schaden haftbar zu machen.

Fred hielt mir keine Standpauke, sondern verpasste mir eine schallende Ohrfeige, allerdings nicht, wie er deutlich machte, weil ich die Sachen des anderen Jungen zerstört hatte, sondern weil ich eine tadellose Axt ruiniert hatte.

Danach, aber sicherlich auch, weil ich mit jedem Monat größer und stärker wurde, ließen mich die Möchtegernschlägertypen in Ruhe. Ich war nicht blöd, ich tat genug für die Schule, um mitzukommen, und aus irgendeinem Grund waren die Lehrer sehr nachsichtig mit mir. Ich hab mich nie bei ihnen lieb Kind gemacht, aber die meisten schienen mich zu mögen, und ich glaube, sie haben mir Sachen durchgehen lassen, für die andere Kinder eins aufs Dach gekriegt hätten. Ich schloss wohl auch deshalb keine engen Freundschaften, weil ich außerhalb der Schule am liebsten allein war. Aber ich gehörte immer mit zu den Ersten, die ausgewählt wurden, wenn wir für irgendwelche Schulhofspiele Mannschaften bildeten.

Die einzigen wichtigen Kontakte machte ich mit dreizehn Jahren, als ich meinen Unfall hatte. Sie haben bestimmt von meinem Unfall gehört, Elfe, der, von dem ich die Narbe auf dem Rücken zurückbehalten habe, mit der die Schweine in meinem Prozess beweisen wollten, dass ich auf diesen dreckigen Videos war. Es war wirklich ein Unfall, keine Leichtsinnigkeit von mir. Ein Felsbrocken, der Tausende von Jahren fest verankert gewesen war, löste sich ausgerechnet in dem Moment, als ich mich auf ihn stellte. Ich stürzte auf einen vereisten Hang und rutschte ein paar hundert Meter in die Tiefe. Als die Männer der Bergwacht mich erreichten, dachten sie, ich wäre hinüber. Hab ich das nicht schon in einem meiner Ergüsse erwähnt? Ich glaube ja, daher wissen Sie, dass ich bis auf die schlimme Narbe auf dem Rücken zum Glück keinen dauerhaften Schaden davontrug, und schon wenige Monate später war ich wieder in den Bergen unterwegs.

Aber durch dieses Erlebnis hatte ich hautnah erfahren, was für ein prima Haufen das Team von der Bergwacht war. Sie waren wirklich sehr nett zu mir. Ich war zu jung, um offiziell bei ihnen mitzumachen, aber sie hatten nichts dagegen, als ich mich immer öfter bei ihnen blicken ließ, bis zwei von ihnen mich schließlich unter ihre Fittiche nahmen und mir richtig Bergsteigen beibrachten.

Natürlich musste ich manchmal insgeheim lachen, wenn sie mich vor einem relativ leichten Aufstieg, den ich jahrelang mutterseelenallein und behände wie ein Affe erklommen hatte, umständlich anseilten, aber ich wurde allmählich vernünftig und hielt die Klappe.

Und jetzt kommen wir endlich zu Imogen.

Ich war fünfzehn, als ich sie das erste Mal sah, sie war – ist – ein Jahr jünger.

Ich wusste, dass Sir Leon eine Tochter hatte, und ich hatte sie sicher auch vorher schon mal zu Gesicht bekommen, aber das war das erste Mal, dass ich sie wirklich zur Kenntnis nahm.

Wie gesagt, nach jener ersten Begegnung mit Sir Leon begrüßte er mich jedes Mal, wenn wir uns über den Weg liefen, mit »Wolf« und erkundigte sich stets ernsthaft, wie es dem Rest des Rudels ging. Ich knurrte dann irgendeine Antwort, wie Jungs das so machen. Einmal, als Dad mir sagte, ich sollte ordentlich reden, sagte Sir Leon: »Nicht nötig, Fred. Der Junge spricht Wolfssprache, und ich verstehe ihn bestens.« Dann knurrte er mir auch etwas zu und lächelte so breit, dass ich zurücklächeln musste, als hätte ich ihn verstanden. Danach begrüßte er mich jedes Mal mit einem Knurren und einem Grinsen.

Selbstverständlich gab es zwischen uns Bauern und dem Schloss keinerlei soziale Kontakte, nicht mal im alten feudalen Sinne: Keine Weihnachtsfeiern für die Angestellten, keine

Dorffeste auf dem Schlossgelände, nichts dergleichen. Sir Leon war ein guter und fairer Arbeitgeber, aber seine Frau, Lady Kira, meine liebe Schwiegermama, hatte zu Hause das Sagen.

Kira stammte aus einer weißrussischen Emigrantenfamilie und vertrat auf gesellschaftlicher Ebene eine zaristischere Haltung als ihre Vorfahren. Ihrer Meinung nach waren Diener Leibeigene, und alles, was zu Vertraulichkeiten animierte, beeinträchtigte die Leistungsfähigkeit. Für sie umfasste die Bezeichnung »Diener« jeden in ihrer Umgebung. In ihren Augen gehörten wir alle zur selben Unterschicht, waren durch inzestuöse Ehen miteinander verwandt und vereint in unserer Bereitschaft zu betrügen, zu rauben und, falls sich die Gelegenheit bot, unseren Herrschaften Gewalt anzutun.

Ich glaube nicht, dass die Leute sich die Mütze vom Kopf rissen oder das Stirnhaar glatt strichen, wenn Kira an ihnen vorbeikam, aber sie gab einem das Gefühl, dass man sich so verhalten sollte.

Daher waren mein Dad und ich beide völlig verdattert, als Sir Leon mich eines Tages im Sommer einlud, hoch zum Schloss zu kommen, um, wie er es ausdrückte, »mit den jungen Leuten« zu spielen.

Wie sich herausstellte, hatten sie ein paar Gäste zu Besuch, die mit insgesamt fünf Töchtern und einem Sohn angereist waren. Der Junge war in meinem Alter, und Sir Leon meinte, er brauche etwas männliche Gesellschaft, damit sein Geist nicht von dem »Weiberregiment« (erneut Sir Leons Formulierung) gebrochen werde.

Ich hatte keine Lust dazu, aber Dad schaltete auf stur und sagte, ich müsste endlich gute Manieren an den Tag legen und Sir Leon wäre immer freundlich zu mir gewesen, und wenn ich dieses eine Mal nicht tun würde, was er wollte, dürfte ich für den Rest meiner Sommerferien nicht mehr tun, was ich wollte, um nur eine Drohung zu nennen, und so kletterte ich an einem strahlend sonnigen Nachmittag über die Begrenzungsmauer hinter Birkstane und spazierte durch den Wald zum Schloss.

Für ein Schloss macht es nicht viel her, keine Zinnen oder Türme, nicht mal ein Wassergraben. Im Mittelalter war es mal eine richtige Burg, glaube ich, aber irgendwann zwischendurch wurde es ziemlich demoliert, keine Ahnung, ob durch Kanonenkugeln oder einfach als Folge von Verwahrlosung und Verfall, und als die Familie mit dem Wiederaufbau begann, verkleinerte sie es, wobei am Ende einfach nur ein großes Haus herauskam.

Aber das ist jetzt meine Sicht als Erwachsener. Als ich an jenem Tag unter den Bäumen hervortrat, ragte das Gebäude so eindrucksvoll und riesig vor mir auf wie Schloss Windsor!

Die Gesellschaft hatte sich auf dem Rasen vor dem Haus verteilt. Mit jedem Schritt, den ich tat, wurde mir klarer, dass die Sonntagssachen, die ich auf Dads Geheiß hin angezogen hatte, die völlig falsche Wahl gewesen waren. Alle trugen Shorts, Jeans und T-Shirts, nirgendwo war ein warmer Tweedanzug in Sicht. Ich wollte schon auf dem Absatz kehrtmachen und weglaufen, doch da erspähte Sir Leon mich und kam mir entgegen.

»Uarrg grrr«, sagte er in seiner vermeintlichen Wolfssprache. »Wolf, mein Junge, ich bin so froh, dass du gekommen bist. Du siehst aus, als würde dir eine schöne kalte Limonade guttun. Und zieh doch das Sakko und die Krawatte aus – dafür ist es heute ein bisschen zu heiß.«

So sorgte er dafür, dass ich nicht mehr völlig lächerlich aussah, als er mich schließlich den »Kindern« vorstellte.

Die Mädchen waren zwischen elf und fünfzehn Jahre alt

und ignorierten mich mehr oder weniger. Der Junge, der anscheinend schlafend im Gras lag, rollte herum, als Sir Leon ihn mit dem Fuß anstupste, stützte sich auf einen Ellbogen und lächelte mich an.

»Johnny«, sagte Leon, »das ist Wolf Hadda. Wolf, das ist Johnny Nutbrown. Johnny, hol Wolf doch mal ein Glas Limonade.«

Dann ließ er uns allein.

Johnny sagte: »Heißt du wirklich Wolf?«

»Nein. Wilf«, sagte ich. »Sir Leon nennt mich Wolf.«

»Dann nenn ich dich auch so, wenn das okay ist«, sagte er mit einem Lächeln.

Dann ging er mir eine Limonade holen.

Bei dieser ersten Begegnung gewann ich keinen richtigen Eindruck von Johnny. So wie er aussah, sich bewegte und redete, hätte er genauso gut ein Wesen von einem anderen Stern sein können. Ich glaube, schon damals ließ er sich von nichts in Gegenwart, Vergangenheit oder Zukunft beirren, genau wie später als Erwachsener. Er nahm die Ankunft dieses mundfaulen Bauernjungen ganz selbstverständlich hin. Ich glaube, er ahnte gar nicht, dass ich herbestellt worden war, um ihm Gesellschaft zu leisten. Ich kann mir nicht vorstellen, dass es ihm auch nur eine Sekunde lang etwas ausgemacht hatte, der einzige Junge unter so vielen Mädchen zu sein. Sir Leon hatte sich lediglich vorgestellt, wie er selbst sich unter diesen Umständen gefühlt hätte.

Eine groß gewachsene Frau, schlank und sportlich, mit einer guten Figur und einem Gesicht, das schon fast zu vollkommen war, um noch schön zu sein, kam zu mir und musterte mich kurz mit zwei eiskalten Augen, dann ging sie wieder. Das war Lady Kira. Der eiskalte Blick und das damit einhergehende Schweigen waren richtungsweisend für die meisten unserer zukünftigen Begegnungen.

An die anderen Erwachsenen erinnere ich mich kaum. Und die Mädchen waren bloß ein Durcheinander von hellen Farben und schrillen Geräuschen. Bis auf Imogen. Nicht dass ich da schon gewusst hätte, dass sie Sir Leons Tochter war. Sie gehörte bloß mit zu dem Durcheinander, bis sie anfing zu tanzen.

Die meisten Erwachsenen waren irgendwohin verschwunden. Johnny hatte nach zwei oder drei Versuchen, mit mir ein Gespräch anzufangen, aufgegeben und war wieder eingeschlafen. Die Mädchen hatten ein Radio aufgetrieben, oder vielleicht war es auch ein tragbarer Kassettenrekorder, ich weiß es nicht. Jedenfalls spielte das Gerät die neuesten Popsongs, und sie fingen an zu tanzen. Ich glaube, es war Discotanz – für mich hätte es auch klassisches Ballett sein können, so wenig verstand ich davon. Die Musikszene, so sagt man wohl, war ein Bereich des Teenagerlebens, der völlig an mir vorbeigegangen war.

Aber als sie da ihre seltsamen Verrenkungen machten, hob sich eine Gestalt sogleich von den übrigen ab, nicht weil sie besonders wohlgeformt gewesen wäre oder so – tatsächlich war sie die Dünnste von allen –, sondern weil sie im Gegensatz zu den anderen, die das Ganze sehr bewusst als Gruppenkonkurrenz wahrnahmen, total in die Musik versunken war. Sie wirkte so, als ob sie das auch gemacht hätte, wenn sie ganz allein irgendwo in der Wüste gewesen wäre.

Der Unterschied fiel schließlich sogar ihren Mittänzerinnen auf, und eine nach der anderen wurde langsamer und blieb stehen, bis sich nur noch diese eine Gestalt bewegte, rhythmisch, geschmeidig, wie in vollkommener Harmonie nicht nur mit der Musik, sondern auch mit dem Gras unter ihren Füßen, dem blauen Himmel über ihr und den sanft schimmernden Bäumen des fernen Waldes, der von meinem Gesichtswinkel aus gesehen den Hintergrund bildete. Anders als die anderen trug sie ein weißes Sommerkleid aus irgendeinem zarten Stoff, der sie umschwebte, während sie tanzte, und ihr langes goldenes Haar schlang sich um ihren Kopf wie ein Heiligenschein aus Sonnenstrahlen.

Ich war wie gebannt, wurde förmlich mit in Trance gezogen, versank darin. Ich wusste nicht, was das bedeutete, nur, dass es etwas ungeheuer Wichtiges für mich bedeutete. Ich wollte nicht, dass es aufhörte. Ich wollte einfach so da sitzen bleiben und dieser kleinen und noch gänzlich unbekannten Gestalt bis in alle Ewigkeit beim Tanzen zuschauen.

Dann sagte Johnny, der aufgewacht war, ohne dass ich es bemerkt hatte: »Ach du Schande, Imo schon wieder. Wenn die Musik hört, hüpft sie immer gleich los wie ein Gummiball!«

Sein Tonfall war nicht gehässig, aber das rettete ihn nicht.

Ich gab ihm eins auf die Nase. Ich dachte nicht mal darüber nach. Ich schlug einfach zu.

Eine Blutfontäne schoss heraus; eine von den Erwachsenen, die noch in der Nähe war – vielleicht war es Johnnys Mutter –, hatte gerade in unsere Richtung geschaut und schrie auf. Johnny saß da, stocksteif, und starrte auf seine hohle Hand, in der sich Blut sammelte.

Ich wollte einfach nur noch weg, so weit weg, wie ich konnte.

Wieder ohne nachzudenken, sprang ich auf und lief so schnell ich konnte auf den ersehnten Schutz des fernen Waldes zu.

Der direkteste Weg dorthin führte mich an Imogen vorbei. Sie tanzte nicht mehr und beobachtete mich, als ich auf sie zusteuerte und an ihr vorbeilief, und ich bildete mir ein, dass ich ihre Augen die ganze Zeit auf mir spürte, die ich brauchte, um die rund zweihundert Meter bis zum sicheren Wald zurückzulegen.

Das ist meine erste Erinnerung an Imogen. Ich glaube, ich

wusste schon damals, so ungehobelt und ungebildet ich auch war, dass ich ihr gehörte und sie mir, für immer.

Zeigt mal wieder, wie sehr man sich täuschen kann, was, Elfe?

2

Ich habe mir gerade durchgelesen, was ich geschrieben habe.

Mir fällt auf, dass es genau der Stoff ist, den Sie sich wünschen, Elfe. Kindheitstrauma und der ganze Mist.

Aber vielleicht ist eines nicht ganz deutlich geworden: Ich habe meine Kindheit *genossen*. Es war eine magische Zeit. Lesen Sie Gedichte? Ich nicht. Ich hab nichts übrig für vergeistigte Schwärmerei. In der Schule hab ich ein paar Sachen auswendig gelernt, weil die Lehrer das wollten, aber ich hab den Trick gelernt, alles sofort wieder aus meinem Kopf zu löschen, kaum dass ich es vom Stapel gelassen hatte. Das Einzige, was hängen geblieben ist, kommt nicht aus der Schulzeit, sondern von meiner Tochter Ginny.

Es war irgendwann in jenem letzten Sommer, 2008, meine ich. Ich weiß noch, dass es die meiste Zeit regnete, vielleicht machte sich Ginny deshalb so früh an die Schularbeiten, die sie über die Ferien auf hatte.

An ihrer Nobelschule hielten sie Lyrik für wichtig, und eine Aufgabe war, ein paar Zeilen von Wordsworth zu paraphrasieren. Sie meinte, weil der Typ aus Cumbria kam, müsste ich alles über ihn wissen. Ein Vater enttäuscht seine Tochter nicht gern, also hab ich mir die Passage mal angesehen. Die Sprache war größtenteils albern, und er drückte sich ziemlich umständlich aus, aber zu meinem Erstaunen ertappte ich mich bei dem Gedanken, dass der Bursche über mich schreibt!

Er erzählte von sich selbst als Kind, was er so alles trieb, wie er nachts wilderte, steile Felsen hochkletterte und auf den See rausruderte, aber die zwei Zeilen, die bei mir hängen geblieben sind, waren die, die für ihn alles zusammenfassten.

Herrliche Saatzeit hatte meine Seele,
Umhegt zugleich von Schönheit und von Furcht.

Das war ich. Ich meine nicht die Angst davor, Prügel zu beziehen oder bestraft zu werden oder so was in der Art. Ich meine die Furcht, die dich überkommt, wenn du an den Fingerspitzen über einem dreißig Meter tiefen Abgrund baumelst oder in einer finsteren Nacht die Hand nicht vor Augen sehen kannst und du irgendwo im Dunkeln etwas schnüffeln hörst; die Furcht, durch die das Gefühl, lebendig zu sein, so viel schärfer wird, wenn du dein Blut in den Adern rauschen hörst; die Furcht, die macht, dass du tanzen und schreien willst, wenn du sie besiegt und überlebt hast!

Verstehen Sie, was ich meine, Elfe? Oder stecken Sie zu tief in diesem ganzen freudschen Mist drin, wo alles mit Sex zu tun hat, selbst wenn es um Kinder geht, die noch gar nicht wissen, was Sex eigentlich ist?

Ich jedenfalls hab mich nie besonders für Sex interessiert, auch nicht, als ich in die Pubertät kam. Vielleicht, weil ich mich draußen immer so verausgabte, dass ich einfach zu kaputt war. Natürlich kriegte ich manchmal einen Ständer, und dann rieb ich ihn und genoss den lustvollen Krampf, der irgendwann kam. Aber ich hatte nicht viel für dreckige Witze oder Pornohefte übrig, genauso wenig wie für die Prahlereien meiner Schulkameraden, die mit ihren Erfolgen bei den Mädchen angaben.

Was nicht heißen soll, dass ich keine Gelegenheit gehabt

hätte, Praxiserfahrungen zu sammeln. Obwohl ich Mädchen so gut ich konnte ignorierte, waren die meisten durchaus an mir interessiert. Aber ich sah keinen Sinn darin, Zeit mit ihnen zu verplempern, wenn doch eine nasse Felswand darauf wartete, dass ich an ihr hochkletterte!

Somit blieb ich ohne eine signifikante sexuelle Erfahrung, wie Sie das wahrscheinlich nennen, bis ... tja, ich will es Ihnen erzählen.

Oder vielmehr mir selbst erzählen. Ich bin mir noch gar nicht sicher, ob ich Ihnen das, was ich hier schreibe, je zeigen werde, Elfe, woraus folgt, dass ich vollkommen offen sein kann, da ich mir das Recht vorbehalte, alles wieder in Stücke zu reißen.

Kehren wir also zu dem Punkt zurück, an dem ich in den Wald abhaue und Imogen hinter mir her starrt, Johnny Nutbrown aus der Nase blutet, seine Eltern vor Entrüstung rot anlaufen, Sir Leon ungemein enttäuscht ist und Lady Kira mit bebenden Nasenflügeln ihre bevorzugte Hab-ich-doch-gleich-gesagt-Miene aufsetzt.

Natürlich ist das meiste davon bloße Vermutung, abgesehen von Johnnys blutender Nase. Sicher ist nur, dass ich mein Sakko und die Krawatte zurückließ, die ich ja auf Vorschlag von Sir Leon abgelegt hatte.

Am selben Abend brachte er die Sachen nach Birkstane.

Ich war in meinem Zimmer. Natürlich hatte ich weder Dad noch Tante Carrie erzählt, was am Nachmittag passiert war, sondern nur irgendwas Unverständliches gemurmelt, als sie mich fragten, ob es schön gewesen war.

Ich hörte draußen den Wagen anhalten, und als ich aus dem Fenster sah und Sir Leons Range Rover erkannte, erwog ich, aus dem Fenster zu klettern und die Fliege zu machen.

Dann fiel mir auf, dass noch jemand im Auto saß, nachdem Sir Leon ausgestiegen war.

Es war Imogen, und sie schaute zu mir hoch, das blasse Gesicht an die Scheibe gepresst.

Einen Moment lang trafen sich unsere Blicke. Ich weiß nicht, was mein Gesicht verriet, aber ihres verriet nichts.

Dann donnerte Dad: »Wilf! Komm auf der Stelle runter!«

Den Moment zur Flucht hatte ich verpasst. Ich ging nach unten und fügte mich meinem Schicksal.

Es war nicht so schlimm, wie ich befürchtet hatte. Sir Leon sah das Ganze ziemlich gelassen. Er sagte, Jungs kabbeln sich nun mal, das liegt in den Genen, und er war sicher, dass ich ihn eher im Spaß als im Ernst geschlagen hatte, und Johnnys Nase war nicht gebrochen, und er ging davon aus, dass eine kleine schriftliche Entschuldigung alles wieder in Ordnung bringen würde.

Dad stand hinter mir, während ich sie schrieb.

Lieber Johnny, es tut mir sehr leid, dass ich dir eine blutige Nase verpasst hab. Das wollte ich nicht, es war ein Unfall. Mit freundlichen Grüßen Wilfred Hadda.

Dad wollte auch, dass ich einen Brief an Lady Kira schrieb, aber Sir Leon meinte, das sei nicht nötig, er werde ihr meine Entschuldigung ausrichten.

Als er ging, boxte er mich leicht gegen den Arm und sagte: »Wir Wölfe müssen uns genau überlegen, wann wir knurren, was?«

Ich rechnete mit einer ordentlichen Tracht Prügel von Dad, sobald Sir Leon gegangen war, aber er sah mich bloß an und sagte: »So, mein Junge, das soll uns beiden eine Lehre sein. Es ist meine Schuld, ich hätte es besser wissen sollen. Leute wie wir und Leute wie die Ulphingstones, das geht nicht gut.«

»Weil die was Besseres sind als wir?«, fragte ich.

»Nicht doch!«, sagte er scharf. »Die Haddas sind genauso gut wie jeder andere auch. Aber wer Haushühner mit Turteltauben zusammensteckt, muss mit Ärger rechnen.«

Und das war's. Offensichtlich fühlte er sich mitverantwortlich. Ich hätte eigentlich heilfroh sein müssen, dass ich so glimpflich davongekommen war, aber als ich an dem Abend im Bett lag, musste ich ständig an Imogen denken, und ich fragte mich, warum sie ihren Vater nach Birkstane begleitet hatte.

Am nächsten Tag bekam ich die Antwort. Sie hatte den Weg wissen wollen. Ich ging wie üblich gleich nach dem Frühstück aus dem Haus, also etwa um sieben. Dad stand um sechs auf und Tante Carrie auch. Frühstück war die einzige Mahlzeit am Tag, bei der auf sie Verlass war, vorausgesetzt, es störte einen nicht, das ganze Jahr über immerzu Porridge gefolgt von Rührei, gebratenen Würstchen und Blutwurst serviert zu bekommen. Wenn ich länger im Bett blieb, musste ich mir selbst was zum Frühstück machen, deshalb stand ich meistens mit ihnen auf.

Es war ein schöner Morgen Ende Juli. Die Sonne war anderthalb Stunden zuvor aufgegangen, und die Morgennebel trieben den bewaldeten Berghang hinter dem Haus hoch, wo sie an den hohen Kiefern klebten wie die letzten hauchzarten Stofffetzen an einer aufreizenden Stripperin.

Ich hatte nichts Bestimmtes vor, und es hätte ein Tag werden können, an dem ich gemütlich rumtrödelte, die Sonne genoss und am Abend noch im See schwimmen ging, aber für den Fall, dass mich die Lust überkommen würde, ein bisschen zu klettern, hängte ich ein kürzeres Stück Seil über meinen Rucksack und hakte mir ein paar Karabiner mit Schlingen an den Gürtel.

Ich war noch keine hundert Meter weit gekommen, als Imogen hinter einem Baum hervortrat und sich mir in den Weg stellte.

Ich wusste nicht, was ich sagen sollte, also sagte ich nichts.

Sie trug ein T-Shirt, Shorts und Turnschuhe. Auf dem Rücken hatte sie einen kleinen Rucksack, auf dem Kopf einen riesigen Sonnenhut, dessen Schatten über ihr Gesicht fiel, so dass ich ihre Miene nicht erkennen konnte.

Sie sagte: »Johnny sagt, du hast ihn geschlagen, weil er eine blöde Bemerkung darüber gemacht hat, wie ich tanze. Er hat gesagt, wenn ich dich sehe, soll ich dir ausrichten, dass es ihm gut geht und dass es ein ziemlich gekonnter Schlag war.«

Ich weiß noch, wie überrascht ich war. Ich glaube nicht, dass ich an Nutbrowns Stelle auch nur annähernd so großmütig gewesen wäre. Nein, ich weiß es hundertprozentig!

Ich sagte: »Bist du extra hergekommen, um mir das zu sagen? Super. Dann geh ich jetzt mal.«

Ich schob sie unsanft beiseite und marschierte weiter. Ich dachte, ich wäre sie damit losgeworden, aber plötzlich hörte ich ihre Stimme hinter mir: »Und wo gehen wir hin?«

Ich fuhr herum, starrte sie an und zischte: »Ich geh klettern. Keine Ahnung, wo du hingehst. Ist mir auch egal.«

Elfe, falls Sie sich fragen, wieso ich dermaßen unhöflich mit demselben Mädchen sprach, in das ich mich einen Tag zuvor bis über beide Ohren und unwiderruflich verliebt hatte, sollten Sie sich in Erinnerung rufen, dass ich ein fünfzehnjähriger und schrecklich ungehobelter Bursche war, noch weniger als die meisten meiner Art in der Lage, mit anderen Menschen zu kommunizieren, weil es so wenige gab, mit denen ich reden wollte.

Außerdem, seien wir ehrlich, wie sie da so reglos vor mir stand, in Shorts und Turnschuhen, die goldenen Haare versteckt unter diesem dämlichen Hut, konnte ich kaum glauben, dass sie das fantastische Wesen war, das auf dem Rasen getanzt hatte.

Mein Verstand schlug Purzelbäume, also stürmte ich wieder los, weil das das Einzige war, was mir einfiel, um nicht länger dazustehen und sie anzuschauen.

Sie lief neben mir her, wenn das Gelände es erlaubte, und einen Meter hinter mir, wenn nicht. Ich legte ein flottes Tempo vor, sehr viel schneller, als wenn ich allein gewesen wäre, aber das schien ihr keine Probleme zu bereiten. Als ich an den See kam, den Wastwater, bog ich absichtlich in den Pfad am Südufer ein. Er führt am Fuße des sogenannten Screes vorbei, eines rund dreihundert Meter hohen, steilen instabilen Hangs, den sich nur ein Idiot zumuten würde. Selbst der angebliche Pfad, der am See entlangführt, ist eine Strafe, und man muss etwa eine Meile weit über sperrige Felsbrocken kraxeln. Ich dachte, hier würde ich sie bestimmt abschütteln, aber sie war auch am anderen Ende noch hinter mir. Also durchquerte ich nun das Tal, ging zügig an der Gaststätte in Wasdale Head vorbei ins Mosedale-Tal und immer weiter, bis ich den Black Sail Pass zwischen Kirk Fell und Pillar erreicht hatte.

Das machte insgesamt gut sechs Meilen durch ziemlich unwegsames Gelände, und sie war noch immer neben mir und ebenso wenig außer Atem wie ich. Jetzt befand ich mich in einem Dilemma. Je weiter ich ging, vor allem falls ich wie üblich von den ausgetretenen Wegen abwich, umso sicherer hätte ich sie am Hals. Aber von hier aus konnte sie den Weg, den wir gekommen waren, mühelos zurück zur Talstraße gehen, und an einem Tag wie diesem waren bestimmt jede Menge Wanderer auf dem Black Sail unterwegs, also konnte ich sie guten Gewissens sich selbst überlassen.

Ich setzte mich und trank aus der Wasserflasche, die ich mitgenommen hatte. Sie holte eine Coladose hervor, öffnete sie und trank daraus.

Ich sagte: »Das ist blöd.«

»Wieso denn das?«, fragte sie, wobei sie kein bisschen beleidigt klang, sondern ehrlich interessiert.

»Weil du die nicht wieder zumachen kannst wie eine Flasche. Du musst sie ganz austrinken.«

»Dann trink ich sie eben aus.«

»Und wenn du dann später wieder Durst kriegst?«

»Dann mach ich mir noch eine auf«, sagte sie grinsend und schüttelte ihren Rucksack, bis ich mehrere Dosen gegeneinander rappeln hörte. »Willst du ’nen Schluck?«

Sie hielt mir die Dose hin. Ich schüttelte den Kopf. Ich hätte ganz gerne was getrunken, aber aus einer Dose zu trinken, die ihren Mund berührt hatte, kam mir etwas zu vertraulich vor, wo ich doch vorhatte, sie zurückzulassen.

Ich sagte: »Machen sich deine Mam und dein Dad keine Sorgen, wo du steckst?«

Sie sagte: »Nein. Die denken, ich bin mit Jules und Pippa den Greendale hoch.«

Die beiden, so erfuhr ich, waren zwei von den anderen Mädchen, die ich am Vortag gesehen hatte. Imogen hatte ihnen vorgeschlagen, heute wandern zu gehen. Zwei der Mädchen hatten sich ausgeklinkt, als sie erfuhren, dass dies bedeutete, früh aufzustehen. Es verriet einiges über Imogens Überredungskünste, dass sie die beiden anderen trotzdem davon überzeugt hatte, mitzukommen. Noch aufschlussreicher war, dass Jules und Pippa bereit gewesen waren, sie zu decken, als sie ihnen kaum außer Sichtweite des Schlosses offenbarte, sie würde allein losziehen.

»Ich hab mit ihnen vereinbart, dass wir uns um fünf wieder treffen«, sagte sie. »Wir haben also jede Menge Zeit.«

»Für was?«, fragte ich albernerweise.

»Für alles, was du machen willst«, sagte sie erwartungsvoll. »Ich glaub, das könnte lustig werden. Jedenfalls viel besser als alles, was ich mit Jules und Pippa hätte machen können.«

Wie sich herausstellte, hatte sie sich bei Sir Leon und auch bei ein paar von den Einheimischen, die im Schloss arbeiteten, nach mir erkundigt.

Von ihnen hatte sie erfahren, dass ich in meiner Freizeit am liebsten durch die Gegend streifte und »allen möglichen Unsinn ausheckte«. Sie hatte die Geschichte von meinem Unfall gehört, meiner wundersamen Rettung und meinen späteren Großtaten bei der Bergwacht. Sie hatte außerdem erfahren, dass ich meistens in aller Herrgottsfrühe aufstand, weshalb sie sich einen Vorwand hatte einfallen lassen müssen, um früh aufzubrechen, sobald sie entschieden hatte, sich mir anzuschließen.

Das Problem war mir klar: Indem ich mir ihre Erklärung anhörte, geriet ich bereits in die Rolle des Mitverschwörers. Ich traute ihr durchaus zu, dass sie mir in einiger Entfernung folgte, falls ich mich hier von ihr trennte. Ich hätte versuchen können, sie zurück zum Schloss zu bringen, aber ich konnte sie ja wohl kaum dazu zwingen. Und eines wusste ich mit Sicherheit: Falls je herauskam, dass sie den Tag nicht mit ihren beiden Freundinnen verbracht hatte, würden meine Unschuldsbeteuerungen bei Lady Kira auf taube Ohren stoßen.

Also musste ich sie wohl oder übel mitnehmen. Am vernünftigsten schien mir, sie einige Stunden lang zu beschäftigen und vor allem dafür zu sorgen, dass sie ihre Verabredung mit den beiden anderen Mädchen einhielt.

»Na dann«, sagte ich. »Weiter geht's.«

Wir standen auf. Ich sah, dass sie ihre Coladose auf dem Boden liegen gelassen hatte. Ich kickte mit dem Fuß dagegen. Sie schaute nach unten, sah mich an, überlegte einen Moment, grinste dann, hob die Dose auf und stopfte sie in ihren Rucksack.

Irgendwie freute es mich, dass sie mich als Boss anzuerkennen schien, und anstatt sie einfach die Hauptroute rauf zum Pillar zu führen, beschloss ich, mit ihr die High-Level-Route zu gehen, die sich über dem Ennerdale-Tal nach oben windet und schließlich über ein steiles Kletterstück auf der Rückseite des Pillar Rock zum Gipfel führt.

Das war ein böser Fehler. Sie hatte nämlich schon vom Pillar Rock gehört, weil der Bruder einer Freundin dort im Frühjahr abgestürzt war und sich beide Beine gebrochen hatte.

»Ja«, sagte ich. »Ich erinnere mich. Ich kenn ein paar von den Jungs, die ihn runtergeholt haben. Sie meinten, er und seine Kumpel wären echte Angeber gewesen, die keine Ahnung hatten.«

»Meine Freundin sagt, ihr Bruder ist schon in den Alpen geklettert«, widersprach sie.

»Ach ja? So toll kann er ja wohl nicht gewesen sein, wenn er auf der Route abgestürzt ist«, erklärte ich ärgerlich, weil es mir nicht gefiel, dass das Urteil meiner Freunde von der Bergwacht angezweifelt wurde. »Das ist bloß 'ne kleine Kletterpartie. Du brauchst noch nicht mal ein Seil.«

Ich trug ein bisschen dick auf. Okay, die beliebteste Route zum Pillar Rock hat bloß den Schwierigkeitsgrad 3. Aber sie ist verdammt steil. Wenn du den Halt verlierst, fällst du tief. Nur echte Bergsteiger und echte Idioten gehen sie ohne Seil. Der Typ, den sie im Frühjahr da runtergeholt hatten, konnte von Glück sagen, dass er sich bloß zwei zertrümmerte Beine geholt hatte.

Sie sagte: »Bist du schon oben gewesen?«

»Zweimal.«

»Allein?«

»Klar.«

Das stimmte. Das erste Mal im Alter von zehn Jahren, und ich schätze, damals war ich ein echter Idiot gewesen. Ich war wie eine Spinne, huschte Felswände hoch, bei denen mir heute schwindelig wird, wenn ich bloß dran denke. Mir ist schleierhaft, wieso ich nie in Panik geriet und gerettet werden musste.

Nach meiner Bekanntschaft mit der Bergwacht wurde ich ein bisschen vernünftiger, aber ich kletterte noch immer gern allein. Das zweite Mal war ich im Frühjahr zuvor auf dem Pillar Rock gewesen. Nachdem ich gehört hatte, wie meine Bergwachtfreunde über den Unfall sprachen, trieb mich irgendein morbider unbewusster Impuls erneut dorthin. Ich weiß noch, dass ich in der großen Felsscharte, die *The Notch* genannt wird, innehielt, nach unten sah und mir vorstellte, wie dieser Typ durch die Luft trudelte. Ich fragte mich, was das für ein Gefühl gewesen war. Ich hätte nur loslassen müssen, um es zu erleben.

Keine Bange, es war kein ernsthafter Gedanke. Falls ich je abstürzte, dann so, dass meine Kumpel von der Bergwacht beeindruckt sein würden! Aber die Route als eine »kleine Kletterpartie« abzutun, brachte mir jetzt noch mehr Probleme ein.

»Dann gehen wir jetzt da rauf«, sagte sie.

»Mit dir? Kommt nicht in Frage!«

»Wieso nicht? Du hast doch gesagt, das ist ein Kinderspiel.«

»Ja, aber nicht für jemanden wie dich.«

»Was soll das heißen, jemand wie ich? Wir lernen Klettern in der Schule. Wir haben eine Kletterwand in der Sporthalle.«

Das stimmte zwar, auch wenn Imogen, wie ich später erfuhr, mit ihrem Wunsch, Felsklettern zu lernen, bei ihren Eltern eine energisch abschlägige Reaktion geerntet hatte und die Schule angewiesen worden war, Imogen nie wieder in die Nähe dieser Wand zu lassen.

Nun ja, ihre Eltern hatten sich durchgesetzt, ich dagegen war chancenlos.

Zu meiner Verteidigung sei gesagt, dass Imogen keinen

Zweifel daran ließ, dass sie den Aufstieg versuchen würde, ob mit mir oder ohne mich, und indem ich mit ihr ging, konnte ich wenigstens dafür sorgen, dass sie sich anseilte.

Und um ehrlich zu sein, ihre Bereitschaft, eine Felswand hochzuklettern, wie ich das jahrelang getan hatte, hatte auf mich dieselbe Wirkung wie ihr Anblick, als sie auf dem Rasen getanzt hatte.

Also machten wir uns an den Aufstieg, ich zuerst, dann Imogen, nachdem ich sie gesichert hatte. Es gab keine Probleme, und es machte ihr offensichtlich nicht das Geringste aus, an den steilsten Stellen nichts als etliche hundert Fuß Luft unter sich zu haben.

Ihr Gesicht zu sehen, als sie auf dem Felsen stand, war alle Mühe wert.

Es ist herrlich dort oben, wo man in drei Richtungen eine wunderbar freie Sicht hat, mit der wuchtigen Masse des Pillar Fell im Hintergrund.

Sie sog das alles in sich auf, und dann wandte sie sich mit einem breiten Lächeln im Gesicht mir zu.

»Danke«, sagte sie und nahm den Hut ab, so dass ihr goldenes Haar wieder im leichten Wind wehte.

Dann zog sie sich mit einer fließenden Bewegung das T-Shirt über den Kopf, streifte die Turnschuhe ab und schlüpfte aus ihren Shorts.

»Möchtest du mich vögeln?«, fragte sie.

Ich stand da und starrte sie entgeistert an.

Ein Teil von mir dachte, dass jeder, der auf dem Weg zum Gipfel des Pillar war, uns mühelos würde sehen können.

Ein anderer Teil dachte daran, wie zart sie war! Sie war so dünn, dass ich ihre Rippen zählen konnte, ihre Brüste sahen aus, als würden sie gerade erst anfangen, sich zu formen, sie wirkte eher wie zehn als wie vierzehn. Sie war nicht zu vergleichen mit den prallbusigen Frauen in den Sexmagazinen, die in der Schule rumgereicht wurden.

Aber trotz der Gefahr, gesehen zu werden, trotz der fehlenden weiblichen Attraktivität, schrie mein Herz und meine Seele und ja, auch mein Körper die Antwort auf ihre Frage: Oh ja, ich möchte so unglaublich gern mit dir vögeln!

Und wir taten es.

Wie es war? Es war das erste Mal für mich, und für sie auch. Das weiß ich, weil ich hinterher Blut am Schwanz hatte. Beide waren wir also vollkommen unerfahren, aber wir fielen übereinander her, als hätten wir das schon seit Jahren gemacht, und falls an ihrem stinkvornehmen Internat nicht Unterricht im Verstellen erteilt wurde, genoss sie es mindestens ebenso sehr wie ich. Das ist nicht mein Verdienst. Ich war währenddessen total auf meine eigenen Gefühle konzentriert. Aber später, als wir eng umschlungen dalagen, wusste ich, dass es für immer so sein müsste.

Schließlich war sie es, die mich wegschob und aufstand.

»Ich darf nicht zu spät kommen«, sagte sie, »sonst machen die beiden sich Sorgen und verraten alles.«

Sie zog sich ebenso schnell wieder an, wie sie sich ausgezogen hatte, aber nicht weil sie sich vor mir schämte. Imogen ist der unbefangenste Mensch, der mir je begegnet ist.

Ich lag da und beobachtete sie, dann tat ich es ihr gleich. Sie wollte unangeseilt absteigen, aber das ließ ich nicht zu.

Ich glaube, auf dem langen Rückweg haben wir höchstens eine Handvoll Worte gewechselt. Es gab sehr viel, was ich sagen wollte, aber wie schon gesagt, Kommunikation war nicht mein Ding.

Als wir noch gut eine Viertelmeile vor uns hatten, blieb sie stehen und legte mir eine Hand auf die Brust.

»Ab hier geh ich allein«, sagte sie.

Ich sagte: »Klar. Wann ... wie ...?«

»Keine Sorge«, sagte sie. »Ich komm zu dir, wenn ich dich will.«

Und weg war sie.

Das wär's also, Elfe. Sex, Übergang vom Knaben zum Mann und so weiter, Kindheitstrauma, der ganze heiße Kram, in den Leute wie Sie gern ihre neugierigen Fingerchen stecken.

Passen Sie auf, dass Sie dabei nicht irgendwas Ekliges berühren!

Aber genau das macht Sie ja gerade an, hab ich recht?

Genau das macht Sie an!

Elfe

1

Als Alva Ozigbo dreizehn Jahre alt war, sollte sie einmal einen Schulaufsatz darüber schreiben, welchen Beruf sie wählen würde, wenn sie groß war.

An dem Abend saß Alva so lange über den Hausaufgaben, dass ihre Eltern sie fragten, ob sie ihr irgendwie helfen könnten.

Sie sah sie lange und prüfend an, ehe sie den Kopf schüttelte.

Ihr Vater Ike, dick, schwarz und lebensprühend, war Kardiologe am Greater Manchester Teaching Hospital. Ihre Mutter Elvira, schlank, blond und verschlossen, war Schauspielerin gewesen. Sie hatte ihre schwedische Heimat als Jugendliche verlassen, um in London zu studieren, weil die englischsprachige Welt weit größere Möglichkeiten versprach. Eine Zeit lang hatte ihr skandinavisches Aussehen ihr die eine oder andere Filmrolle verschafft, aber schon bald sah sie ihre Zukunft beim Theater. Nur einmal zeichnete sich die Chance auf eine echte Filmkarriere ab, als sie zu Probeaufnahmen für einen Bergman-Film eingeladen wurde. Noch immer sprach sie von einer verpassten Gelegenheit, wenn die Rede darauf kam, aber die Wahrheit war, dass die Kamera sie nicht liebte. Auf der Leinwand wirkte sie fast durchscheinend, und mit Mitte zwanzig hatte sie sich mit einer Karriere abgefunden, die sich auf Nebenrollen am Theater beschränkte. Sie gab gerade die Dina in *Stützen der Gesellschaft* am Royal Exchange, als sie Ike Ozigbo kennenlernte. Sechs Monate später heirateten sie, und als sie nach der Trauung Arm in Arm durch die Kirche zum Ausgang schritten, machte sie, was für sie ungewöhnlich war, einen Witz:

»Ich hab doch gewusst, dass ich irgendwann mal eine Hauptrolle ergattere.«

Woraufhin er die romantische Antwort gab: »Und das Stück wird länger laufen als alle anderen!«

Er sollte recht behalten.

Die dreizehnjährige Alva war stolz auf ihren Vater, aber sie hatte stets ihre Mutter bedrängt, ihr Geschichten aus dem Leben am Theater zu erzählen. Jetzt, nachdem sie eine gute Stunde zwischen den beiden wichtigsten Vorbildern in ihrem Leben hin und her geschwankt hatte, schrieb sie schließlich nicht ohne das leise Gefühl, illoyal zu sein, dass sie einmal Schauspielerin werden wolle.

Damals meinte sie das ernst. Aber irgendwann im Verlauf der folgenden Jahre verlagerte sich der Drang, in die Haut einer erfundenen Figur zu schlüpfen, von Interpretation zu Analyse. Sie fand heraus, dass der Wunsch, zu verstehen, etwas anderes war als der Wunsch, zu sein. Eine Schauspielerin muss in ihrer Rolle aufgehen; Alva erkannte, dass sie sich selbst bewahren und distanzierte Beobachterin bleiben wollte, wenn die komplizierten Schaltkreise von Persönlichkeit und Motivation offengelegt wurden.

Die Psychiatrie bot ihr diese Möglichkeit, doch schon bald stellte sie fest, dass auch der Beobachter Schauspieler sein muss. Als sie Haddas Schilderung seiner ersten Begegnungen mit Imogen las, spürte sie, wie eine Welle von Aufregung sie erfasste. Sicherlich war da allerhand Übertreibung im Spiel. Je klarer er sich selbst als Opfer einer großen Leidenschaft für eine Frau darstellte, desto verschwommener wurde sein Sinn für jene andere unwürdige und widerliche Leidenschaft. Doch in dem Bemühen, deutlich zu machen, dass seine Liebe zu Imogen auf einer Art Kollision von Geist und Seele beruhte und nicht etwa auf der Lust eines Heranwachsenden, war er in seine eigene Falle getappt.

Wie hatte er sich ausgedrückt? Da war es ... *wie zart sie war! Sie war so dünn, dass ich ihre Rippen zählen konnte, ihre Brüste sahen aus, als würden sie gerade erst anfangen, sich zu formen, sie wirkte eher wie zehn als wie vierzehn* ... Dennoch hatte ihn diese vorpubertäre Gestalt sexuell erregt und auch sexuell befriedigt. Genau das hatte er wahrscheinlich später in seinen Fantasien gesehen, genau das war der Ursprung jener Begierden, die zu seinem Sturz geführt hatten.

Sie erinnerte sich an eine Passage in dem ersten Teil, den er für sie geschrieben hatte, als er noch in knallhartem Thrillerstil schrieb.

Inzwischen hatte sich Imogen im Bett aufgesetzt. Selbst unter diesen beängstigenden Umständen lenkte mich der Anblick ihrer vollkommenen Brüste ab.

Die Betonung seiner heißblütigen Männlichkeit war ganz klar ein Versuch, ihre Aufmerksamkeit – und auch seine eigene – von der Tatsache abzulenken, dass ihn in Wahrheit nach wie vor ungeformte, frisch knospende Brüste anmachten.

Und jetzt wusste sie, dass sie ihr ganzes Schauspieltalent aufbieten musste, wenn sie sich das nächste Mal mit ihm traf. Sie durfte ihm keinen Anhaltspunkt dafür liefern, dass sie in seiner Erzählung etwas anderes sah als eine ehrliche und anrührende Erinnerung an die erste Liebe. Tatsächlich wäre es vielleicht ganz gut, ihm einen kleinen Einblick in jene freudsche Laszivität zu geben, die er ihr unterstellte. Sie hielt ihn für einen Mann, der gerne recht hatte, der es gewohnt war, seine Einschätzungen von Personen und Politik bestätigt zu sehen. Ausgeschlossen, dass sie so einen Mann zur Konfrontation mit seinem eigenen dunklen Selbst zwingen konnte, aber mit Umsicht und Geduld würde sie ihn vielleicht dorthin führen können.

Ein weiterer Grund zur Vorsicht war die Tatsache, dass er sich offensichtlich mit dem Schreibvirus infiziert hatte. Sie hatte das schon bei anderen Patienten erlebt. Die Menschen, mit denen sie zu tun hatte, waren in der Mehrzahl der Fälle obsessive Charaktere, und das nutzte sie gern zu ihrem Vorteil aus. Sehr wahrscheinlich hatte er bereits ein weiteres Schulheft für sie vollgeschrieben, aber wenn sie ihn verärgerte, würde er es ihr zur Strafe nicht aushändigen.

Das war seine Waffe.

Ihre Waffe war natürlich sein Wunsch, dass das, was er schrieb, auch gelesen wurde! Es ihr vorzuenthalten mochte zwar eine Strafe für sie sein, aber zugleich strafte er damit auch sich selbst.

2

»Wolf«, sagte sie. »Erzählen Sie mir von Ihrem Vater.«

»Was?«

Sie hatte ihn auf dem falschen Fuß erwischt, das merkte sie ihm an. Er hatte gedacht, sie würde sich direkt auf sein erstes sexuelles Erlebnis oben auf dem Pillar Rock stürzen.

»Fred, Ihr Vater. Lebt er noch?«

»Aha. Ich weiß, worauf Sie hinauswollen. Ödipus und Co., was? Nein, ich hab ihm nicht die Schuld am Tod meiner Mutter gegeben. Nein, ich wollte ihn nicht umbringen. Und nein, nur für den Fall, dass Sie sich nicht trauen, zu fragen, er hat mich nie in irgendeiner Weise misshandelt. Es sei denn, Sie rechnen ein paar seltene Ohrfeigen dazu.«

»Unter gewissen Umständen würde ich die tatsächlich dazurechnen«, sagte sie lächelnd. »Mich interessiert eher seine Einstellung zu den Ereignissen, mehr nicht. Sie deuten an, dass er nicht sonderlich begeistert von Ihrer Heirat mit Imogen war.«

Das wurde mit einem schwachen Lächeln quittiert. Er lächelte jetzt zwar nicht regelmäßig, aber doch häufiger. Sie fasste das als ein gutes Zeichen auf, obwohl ihr Ziel, was die körperliche Reaktion anging, paradoxerweise Tränen waren und nicht ein Lächeln.

»Das ist noch sehr milde ausgedrückt«, sagte er. »Er war noch vehementer dagegen als Sir Leon. Der hat seine Tochter schließlich zum Altar geführt. Dad ist nicht mal zur Hochzeit erschienen.«

»Hat Sie das sehr verletzt?«

»Natürlich hat mich das verletzt, verdammt noch mal«, sagte er zornig. »Aber ich war wohl darauf gefasst. Er war nicht gerade Feuer und Flamme, als ich anfing, etwas aus mir zu machen. Ich hatte gedacht, er würde stolz auf mich sein, aber er gab mir deutlich zu verstehen, dass ich seiner Meinung nach besser daran getan hätte, in seine Fußstapfen zu treten und Förster zu werden.«

»Hatte er denn irgendeinen Grund zu der Annahme, dass Sie das tun würden?«

Hadda zuckte die Achseln und sagte: »Ja, ich denke schon. Er war genau wie ich ganz selbstverständlich davon ausgegangen, dass ich so früh wie möglich von der Schule abgehen und dann anfangen würde, unter seiner Regie zu arbeiten. Ich meine, wieso auch nicht? Ich hab gern mit ihm zusammengearbeitet, ich habe schon eine Axt geschwungen, seit ich gerade mal groß genug war, um einen Teddybär aufzuheben, ohne gleich umzufallen. Und draußen zu arbeiten, in der Natur, die ich so liebte, schien die beste Möglichkeit, mein Leben so weiterzuführen wie bisher.«

»Und was hat sich geändert?«

»Stellen Sie sich nicht dumm. Sie wissen, was sich geändert hat. Ich hab Imogen kennengelernt.«

»Sie haben sich nach dem ersten Mal weiter getroffen?«

»Na klar. Den ganzen Sommer lang, so oft wir konnten. Sie musste es natürlich geheim halten. Und ich auch. In meinem Fall war das leichter, ich machte einfach ganz normal weiter, zog morgens mit meiner Wander- und Kletterausrüstung los. Sie musste sich irgendwelche Ausreden einfallen lassen. Darin war sie ziemlich gut, glaube ich. Sie konnte nicht jeden Tag kommen, aber wenn sie sich mal drei Tage hintereinander nicht blicken ließ, war ich ziemlich frustriert.«

»Sie beide hatten weiter Sex?«

»Warum denn nicht?«

»Sie war minderjährig. Und hätte schwanger werden können. Haben Sie Kondome benutzt?«

»Nein, sie sagte, sie hätte an alles gedacht. Und was ihr Alter betrifft, nun ja, ich war selbst auch minderjährig. Jedenfalls hab ich daran nie einen Gedanken verschwendet. Wir haben es ständig gemacht. Immer im Freien und bei jedem Wetter. Auf dem Berg, im Wald.«

Er lächelte erinnerungsverloren.

»Auf dem Grundbesitz waren überwiegend Nadelbäume gepflanzt worden, weil die schneller Geld bringen, aber mittendrin hatte eine alte Eberesche überlebt, und an ihr trafen wir uns oft frühmorgens oder spätabends, wenn einer von uns sich tagsüber nicht hatte freimachen können. Imo schlich sich dann aus dem Schloss, und ich kletterte über die Mauer, die hinter Birkstane verlief, und war in rund zwanzig Minuten da. Wir mussten uns gar nicht extra verabreden. Es war, als wüsste jeder von uns, dass der andere unter dem Baum warten würde.«

»War das die Eberesche, die Sie in ihren Londoner Garten haben verpflanzen lassen?«

Er sagte: »Dass Sie das behalten haben! Ja, genau die. Als die Nadelbäume in dem Teil des Waldes gefällt werden sollten, hätte die Eberesche mit dran glauben müssen, weil ein Zugangsweg für die schweren Maschinen gebraucht wurde. Also hab ich sie gerettet. Romantische Geste, finden Sie nicht?«

»Eher sentimental, würde ich sagen. Besonders Männer neigen dazu, ihre jugendlichen Abenteuer in der Erinnerung zu verklären. Lust ohne Verantwortung. Ich kann verstehen, wie reizvoll das war. Sie trafen sich also unter dem Baum, hatten einen Quickie und gingen dann wieder nach Hause?«

Das war eine bewusste Provokation. Der Schlüssel zu dem, was aus ihm geworden war, musste in dieser ersten bedeutsamen sexuellen Beziehung zu suchen sein.

Er sah sie kalt an.

»So war das nicht. Wir wurden magnetisch voneinander angezogen. Ich spürte ihre Präsenz immer und überall, bei allem, was ich tat. Sie war immer bei mir. Unter der Eberesche waren wir vollkommen eins, aber wir konnten uns physisch noch so weit voneinander entfernen, sie war immer bei mir.«

Sie wollte schon nachfragen, wie er das heute sah, ob er noch immer glaubte, dass Imogen diese Gefühlsintensität wirklich genauso empfunden hatte wie er. Aber sie hielt den Moment für unpassend. Konzentrier dich auf die Fakten.

»Und wie ging es zu Ende?«

»Woher wissen Sie, dass es zu Ende ging?«

»Weil das auf der Hand liegt. Nach dem, wie Sie Lady Kira beschrieben haben, hat sie sich bestimmt nicht ewig an der Nase herumführen lassen. Außerdem haben Sie in dem ersten Teil, den Sie geschrieben haben und der wie ein Märchen anfängt, etwas über den Sohn des Holzfällers erzählt, der drei unmögliche Aufgaben gestellt bekommt und in die Welt hinauszieht und die Aufgaben meistert. Das impliziert ein Ende – und natürlich auch einen Neubeginn.«

»Das hab ich geschrieben? Ja, hab ich wohl. Kommt mir jetzt irgendwie sehr lange her vor.«

»Drei Wochen«, sagte sie.

»Mehr nicht? Dafür sind wir aber schon weit gekommen.«

Er sagte das gleichmütig, und sie hätte gern nachgehakt, entschied sich aber dagegen. Je mehr man voranschritt, desto gefährlicher wurde das Terrain.

»Also, das Ende?«, sagte sie.

»Das kam in den Weihnachtsferien«, sagte er langsam. »Im Herbst hatte für uns beide wieder die Schule angefangen. Sie kehrte in ihr piekfeines Mädchencollege im Süden zurück, ich ging wieder auf die Sekundarschule. Ich konnte die nächsten Ferien kaum erwarten.«

»Hatten Sie keine Angst, Imogen könnte es sich in den Monaten der Trennung mit der Beziehung zu Ihnen anders überlegen?«

»Daran hab ich nie gedacht«, sagte er matt. »Das war keine Eitelkeit, falls Sie das meinen. Es war einfach eine Gewissheit, so wie man weiß, dass die Sonne morgens aufgeht. Aber als wir uns im Dezember wiedersahen, war es schwieriger für uns, uns tagsüber länger zu treffen, weil das Wetter schlecht war. Ich meine, ein Mädchen, das bei Sonnenschein im Sommer allein einen Spaziergang macht, ist unverdächtig, bei Wind und Wetter im Winter sieht die Sache schon ganz anders aus. Wir trafen uns immer öfter unter der Eberesche. Ein Schneesturm kam auf, man konnte die Hand nicht mehr vor Augen sehen. Wir duckten uns unter dem Baum, bis der

Sturm etwas nachließ, dann bestand ich darauf, sie zu begleiten, bis das Schloss in Sicht kam. Sir Leon hatte sich Sorgen gemacht und einen kleinen Suchtrupp losgeschickt, bei dem auch mein Dad mit von der Partie war. Wir liefen ihnen auf der Zufahrt zum Schluss in die Arme. Ich hätte ja noch versucht, mich rauszureden, hätte gesagt, ich hätte Imogen zufällig getroffen und ihr angeboten, sie sicher nach Hause zu bringen, aber sie versuchte es gar nicht erst. Ich denke, sie hatte recht. Man hätte uns sowieso kein Wort geglaubt. Ich ging mit Fred nach Hause und sie mit Sir Leon, um sich ihrer Mutter zu stellen.«

»Was hat Fred gesagt?«

»Er hat gefragt, was ich mir bloß dabei gedacht hätte. Ich sagte ihm, ich wäre verliebt und würde Imogen heiraten, sobald das gesetzlich möglich wäre. Er sagte: ›Vergiss die Gesetze, es gibt kein Gesetz, dass dir je erlauben wird, das Mädchen zu heiraten!‹ Ich sagte: ›Wieso nicht? Sollen die Leute ruhig sagen, was sie wollen, das macht keinen Unterschied.‹ Und er lachte, mehr ein Knurren als ein Lachen, und sagte, oben im Schloss wäre dieser Unterschied schon vor langer Zeit gemacht worden. Ich verstand nicht, was er meinte, aber am nächsten Tag wurde es mir klar.«

»Sie haben Imogen wiedergesehen?«, vermutete Alva.

»Oh ja. Sir Leon brachte sie runter nach Birkstane. Sie ließen uns allein. Ich packte sie und redete auf sie ein, dass das nichts ändern würde, dass wir noch immer tun könnten, was wir geplant hatten, wir könnten zusammen durchbrennen und so weiter, jede Menge unausgegorenes pubertäres Zeug. Sie stieß mich weg und sagte leicht verwirrt: ›Wolf, red keinen Unsinn. Das haben wir nie geplant.‹ Und sie hatte recht, wie ich später einsah. All diese Pläne hatte ich ganz allein geschmiedet.«

»War das der Moment, wo sie Ihnen die drei unlösbaren Aufgaben gestellt hat?«, fragte Alva.

»Was sind Sie doch für eine schlaue kleine Psychiaterin«, spottete er. »Ja, plötzlich wurde dieses Mädchen, dessen Körper ich kannte wie meinen eigenen, so kalt und unerreichbar wie der Nordpol. Sie sagte, es tue ihr leid, es sei schön mit mir gewesen, aber sie habe immer gedacht, ich wüsste genauso gut wie sie, dass das mit uns irgendwann enden musste. Ich stammelte mühsam: ›Aber warum?‹, und sie erklärte es mir. Mit brutaler Offenheit.«

Sein Gesicht verdunkelte sich bei der Erinnerung, die ihm noch nach all den Jahren zu schaffen machte.

Alva fragte drängend: »Was hat sie gesagt?«

»Sie sagte, ich müsste doch wohl einsehen, dass sie unmöglich jemanden heiraten könnte, der nicht mal richtig sprechen konnte, weder Manieren noch Bildung besaß und höchstwahrscheinlich sein ganzes Leben mit dem Lohn eines Arbeiters fristen würde.«

Meine Güte!, dachte Alva. Diese Prinzessinnen werden wirklich anders erzogen!

»Und das waren dann Ihre drei unlösbaren Aufgaben?«, sagte sie. »Rhetorikkurse besuchen, sich weiterbilden, reich werden. Und Sie beschlossen, das alles zu schaffen, um es ihnen zu zeigen?«

»Machen Sie sich nicht lächerlich. Ich war jähzornig, schon vergessen? Ich hab einen fürchterlichen Wutanfall gekriegt und ihr gesagt, sie wäre eine verklemmte, blöde Tussi, genau wie ihre Mam, und ich würde mich nicht dafür schämen, dass ich so sprach wie alle hier in der Gegend, dass ein Hadda mindestens genauso viel wert war wie ein Ulphingstone und dass mein Dad immer sagte, ein Mann braucht lediglich genug Geld, um sich das Lebensnotwendige kaufen zu können, keinen Penny mehr. Sie lächelte und sagte: ›Offensichtlich falle ich für dich nicht in diese Kategorie. Das ist gut. Bis dann mal.‹ Und weg war sie.«

»Sie klingt sehr souverän für eine Vierzehnjährige«, sagte Alva.

»Da war sie schon fünfzehn«, sagte er, als wäre das etwas völlig anderes. »Und ich war sechzehn.«

»Was haben Sie dann gemacht?«

»Ich hab die ganzen Weihnachtstage den Kopf hängen lassen. Muss eine ganz schöne Zumutung gewesen sein. Dad blieb die meiste Zeit im Dog verschwunden. Dann kam Silvester. Der richtige Zeitpunkt für Vorsätze, sein Leben zu ändern, zumindest laut den Leuten im Fernsehen. Ich träumte immer öfter davon, von zu Hause abzuhauen, viele Abenteuer zu bestehen, reich zu werden, indem ich auf eine Goldader stieß oder so was in der Art, und dann total weltgewandt und sexy zurückzukehren, um Imogen den Hof zu machen. Bloß dass sie gar nicht merken würde, dass ich es bin, bis sie schließlich meinem männlichen Charme erlag. Jämmerlich, was?«

»Wir haben alle so unsere Träume«, sagte Alva und dachte an ihre Teenagerfantasie, in der sie einen Oscar für die beste weibliche Hauptrolle verliehen bekam.

»Klar. Ich würde gern behaupten, dass ich loszog, um meinem Traum nachzujagen, aber so war es nicht. Ich wusste nur eins: Was ich auch wollte, ich würde es nicht bekommen, wenn ich weiter in Cumbria herumhing. Also machte ich mich eines Morgens wie gewohnt auf den Weg zur Schule, in meiner Sporttasche alles, was ich besaß, und in der Hosentasche meine sämtlichen Ersparnisse. Und ich ging einfach immer weiter. Der Rest ist Geschichte, wie man so sagt.«

»Ich würde sie gerne hören«, sagte Alva.

»Ich bitte Sie«, sagte er. »Sie machen auf mich den Eindruck einer gewissenhaften kleinen Forscherin. Der kometenhafte Aufstieg von Wilfred Hadda vom ungehobelten cumbrischen Tölpel zum millionenschweren Wirtschaftsboss ist so oft dokumentiert worden, dass Sie ihn doch bestimmt auswendig können!«

»Allerdings«, sagte sie und griff in ihre Aktentasche. »Ich hab hier Kopien der meisten Artikel. Über die Ereignisse nach Ihrer Rückkehr herrscht generelles Einvernehmen. Aber die Spekulationen, was Sie in der Zeit zwischen Ihrem Verschwinden als armer Sohn eines Holzfällers und Ihrer Rückkehr als geschliffener Mann von Welt, mit genügend Geld auf dem Konto, um Ihr Unternehmen zu starten, gemacht haben, sind an Abenteuerlichkeit nicht zu überbieten. Kommt irgendeine davon der Wahrheit nahe?«

»Woher soll ich das wissen? Ich hab sie nie gelesen. Welche erscheint Ihnen am überzeugendsten?«

»Nun ja, ich schwanke wischen der südamerikanischen Diamantenmine und der mexikanischen Lotterie. Aber letzten Endes würde ich doch auf den *Observer* setzen; der schreibt, Sie seien wahrscheinlich von Feen entführt worden, wie Thomas der Reimer in der Ballade.«

Er lachte auf, ein seltener Klang, ein Lachen, das anstekkend sein konnte.

»Ja, nicht schlecht«, sagte er. »Weit weg bei den Feen, das kommt ungefähr hin. Hat er sich gut amüsiert, dieser Thomas?«

»Sie haben ihn an einen seltsamen Ort gebracht«, sagte Alva. »Moment, in dem Artikel wird aus der Ballade zitiert.«

Sie schlug die Akte auf und las vor:

»Die Nacht war dunkel und sternenlos,
Sie wateten knietief durch Ströme von Blut;

Denn alles Blut, das auf Erden vergossen
Rinnt durch jenes Land als Flut.«

Als sie verstummte, nickte er heftig und sagte: »Oh ja, der Mann weiß, wovon er spricht. Wie ist es denn diesem Thomas ergangen, als er zurückkam?«

»Na ja, er hatte ein kleines Problem, Wolf«, sagte sie. »Die einzige Bedingung für seine Rückkehr war, dass er von nun an nicht mehr lügen konnte.«

Ihre Blicke trafen sich. Dann lächelte er, diesmal nicht das attraktive gewinnende Lächeln, sondern eines, das sehr viel wissender war, nahezu spöttisch.

»Also genau wie ich, Elfe«, sagte er. »Ihr guter alter Lügendetektorverstand hat doch bestimmt schon längst gemerkt, dass Sie von mir immer nur himmlische Wahrheiten hören!«

»Himmlisch? Irgendwie kann ich mir nicht vorstellen, dass Religion in Ihren Jahren als junger Ausreißer eine große Rolle gespielt hat.«

»Da täuschen Sie sich sehr, Elfe«, sagte er mit einem Grinsen. »Ich bin regelmäßig in die Kapelle gegangen.«

»Kapelle?«, wiederholte sie. »Nicht in die Kirche? Das ist interessant. In den Zeitungen wurde an keiner Stelle spekuliert, dass Ihr Verschwinden auch einen religiösen Aspekt gehabt haben könnte.«

»Herrje«, sagte er plötzlich ungehalten. »Können wir endlich über was anderes reden als über die lebhaften Fantasien der Zeitungsleute? Hören Sie, Elfe, ich versuche, ehrlich zu Ihnen zu sein, aber wenn ich sage, dass es etwas gibt, worüber ich nicht reden möchte, dann müssen Sie das akzeptieren, okay?«

»Okay, okay«, sagte sie und machte sich eine Notiz. »Machen wir also einen Sprung. Als Einundzwanzigjähriger tauchen Sie wieder auf. Sie haben einen Koffer voll Geld, reden wie ein Gentleman, können mit Messer und Gabel essen und sind überhaupt ziemlich auf Zack. Wie hat Imogen Sie begrüßt?«

»Sie hat mich zum Dinner ins Schloss eingeladen. Es waren noch ein paar andere Gäste da. Sir Leon war sehr höflich zu mir. Lady Kira beobachtete mich wie die Schneekönigin, sagte aber so gut wie kein Wort. Ich beteiligte mich am Gespräch, schaffte es, das Besteck richtig zu benutzen und keine Weingläser umzustoßen. Nach dem Dinner nahm Imogen mich mit nach draußen in den Garten, angeblich damit ich einen sachkundigen Blick auf eine neue Magnolie warf, die an Stelle einer anderen, im Winter abgestorbenen gepflanzt worden war. Außer Sichtweite des Hauses blieb sie stehen und wandte sich mir zu. ›Und? Bin ich gut genug?‹, fragte ich. ›Mal sehen‹, sagte sie. Und dann stieg sie ebenso ungeniert aus ihrem Kleid, wie sie vor Jahren auf dem Pillar Rock aus ihren Shorts und Turnschuhen gestiegen war. Hinterher sagte sie: ›Du bist gut genug.‹ Ein paar Monate später waren wir verheiratet.«

»Trotz der Einwände vonseiten der Familie?«

»Da hatten wir schon einen Trumpf im Ärmel. Imo war schwanger. Mit Ginny. Was aber für Dad und Sir Leon nichts änderte. Die waren noch immer gegen die Heirat. Nur Lady Kira schien einzusehen, dass unter diesen Umständen eine Hochzeit vernünftiger war, und das genügte. Sie bestimmt im Schloss, wo's langgeht. Schon immer. Dem armen Leon blieb also keine andere Wahl, als seinen Segen zu geben und die Mottenkugeln aus seinem Cutaway zu schütteln, um die Braut zum Altar zu führen.«

»Der arme Leon«, echote Alva. »Das klingt, als täte er Ihnen leid.«

»Wieso nicht? Er ist schließlich mit der Schneekönigin verheiratet. Nein, im Ernst, auch wenn er mich nicht als Schwiegersohn haben wollte, ich hab mich immer gut mit Leon verstanden. Und er hat sich mächtig ins Zeug gelegt, um die Sache zwischen meinem Dad und mir wieder ins Lot zu bringen. Die ersten beiden Male hat er es auch fast geschafft. Beim dritten Mal wäre es vergebliche Liebesmüh gewesen.«

»Ich versteh nicht ganz ...«

Hadda sagte düster: »Überlegen Sie doch mal. Es heißt doch, aller guten Dinge sind drei. Wenn einer davon ein Lied singen kann, dann Fred. Als Erstes verschwinde ich für fünf Jahre. Als Zweites heirate ich Imogen, obwohl er dagegen ist und es für falsch hält. Als Drittes lande ich als Betrüger und Kinderschänder im Knast. Dreimal hab ich ihm das Herz gebrochen. Von dem letzten Mal hat es sich nicht mehr erholt.«

Und wem gibst du dafür die Schuld?, fragte Alva sich. Aber das war nicht der richtige Moment, um aggressiv zu werden, wo sie ihn doch gerade dazu gebracht hatte, über eine der wohl wichtigsten Beziehungen in seinem Leben zu sprechen.

Sie sagte: »Aber die ersten beiden Male hat Leon versucht zu vermitteln?«

»Oh ja. Ich denke, er hatte erkannt, dass Dad und ich vom selben Schlag waren. Uns selbst überlassen, hätten wir wahrscheinlich nie wieder miteinander geredet! Keine Ahnung, was er zu Fred über mich gesagt hat, aber er hat mir erzählt, dass er nach meinem Verschwinden oft mit Imogen in den Wald gegangen ist und sie manchmal an der alten Eberesche Dad gesehen haben, wie er gegen den Stamm gelehnt einfach nur dasaß und ins Nichts starrte, völlig weggetreten. Manchmal liefen ihm Tränen übers Gesicht. Hat mich ganz schön getroffen, als ich das hörte. Und deshalb hab ich immer, wenn ich Dad am liebsten gesagt hätte, er könnte sich von mir aus ruhig wie ein sturer alter Esel aufführen, daran gedacht, was

Leon mir erzählt hatte, und es mir dann verkniffen. Nach und nach besserte sich die Stimmung zwischen uns. Und als Ginny geboren wurde …«

Er verstummte unvermittelt und starrte sie an, als wollte er sagen: Wage es nicht, mich nach meiner Tochter zu fragen.

Sie sagte: »Aber zur Hochzeit ist Fred nicht gekommen.«

»Oh nein«, sagte Wolf und entspannte sich. »Das wäre zu viel des Guten gewesen. Ich hab bis zur letzten Sekunde gehofft, dass er doch noch kommen würde. Dann, als die Trauung losging, hatte ich Angst, er könnte auftauchen.«

»Warum?«

»Die Stelle, wo der Vikar fragt, ob jemand einen Hinderungsgrund gegen die Eheschließung sieht, da malte ich mir aus, wie die Kirchentür auffliegt, Fred mit seiner Axt reinkommt und brüllt: ›Wie wär's denn hiermit?‹ Ich weiß noch, dass der Vikar, nachdem er die Frage gestellt hatte, eine halbe Ewigkeit wartete. Dann schielte Johnny nach hinten in die Kirche und rief: ›Nun sag schon einer was!‹, und alle mussten lachen.«

»Johnny …?«

»Johnny Nutbrown. Er war mein Trauzeuge.«

»Also beileibe nicht mehr das aus der Nase blutende Opfer ihres Zorns«, sagte sie. »Wie kam das?«

»Sie meinen, wieso ich keine eigenen alten Freunde hatte, die das übernommen hätten? Ganz einfach. Ich war schon immer ein Einzelgänger, und den wenigen Kumpeln, die ich in der Schule hatte, hatte ich nach meiner Verwandlung, wenn man das so nennen will, nichts mehr zu sagen.«

»Aber haben Sie denn während der Verwandlungsphase keine neuen Freundschaften geschlossen?«, fragte sie. »Selbst einfache Holzfäller, die in die Welt hinausziehen, um drei unmögliche Aufgaben zu lösen, brauchen doch wohl unterwegs ein bisschen menschlichen Kontakt.«

»Keine Ahnung, ob das so ist, ich kenne keine anderen«, sagte er knapp.

Dann schob er seinen Stuhl zurück, stand auf und griff gleichzeitig in seine Jacke.

»Sie möchten mehr über mich und Johnny Nutbrown erfahren?«, sagte er. »Tja, ich denke, hierin finden Sie alles, was Sie wissen müssen.«

Und da war es, das nächste Schulheft, genau wie sie vermutet hatte.

Aber indem er es genau jetzt herausholte, hatte er erneut vermieden, über jene fehlenden Jahre zu sprechen, und als Alva das Heft nahm, kam es ihr so vor, als sei sie auf ein Ausweichmanöver hereingefallen.

Wolf

1

Lassen wir unseren kleinen Ausflug in Kindheitstraumata und pubertäre Sexualität hinter uns, ja? Wo war ich, ehe Sie mich auf diese faszinierende Nebenstraße lotsten?

Ach ja.

Ich hatte fast neun Monate im Koma gelegen.

Keine Ahnung, wie viel Zeit ich in der Frühphase meiner sogenannten Genesung in geistiger Umnachtung verbrachte. Ich weiß nur, dass einfach in jedem Moment, den ich klar bei Verstand war, noch mehr Dreck auf mich zugeflogen kam.

Ich verstand rasch, dass die Probleme während meiner Bewusstlosigkeit keineswegs verschwunden waren, sondern im Gegenteil unermesslich und nun auch noch unwiderruflich schlimmer geworden waren.

Ich möchte sie Ihnen darlegen, in keiner besonderen Reihenfolge.

Die Anklagepunkte gegen mich hatten sich vermehrt und waren weitaus gravierender geworden.

Allem Anschein nach hatte es während der Panik, die meine fingierte Warnung vor einem Terroranschlag auf das Amtsgericht ausgelöst hatte, einige Verletzte und ein Todesopfer gegeben. Es spielte keine Rolle, dass es sich bei dem Toten um einen herzkranken Häftling handelte, der genau wie ich versucht hatte zu fliehen, dabei auf der Treppe ausgerutscht war und einen Herzinfarkt erlitt. Den Schweinen genügte das trotzdem, mich zusätzlich zu der falschen Terrordrohung, die an und für sich schon mit einer langen Gefängnisstrafe geahndet werden konnte, auch noch wegen Totschlags anzuklagen.

Außerdem hatte der Busfahrer ein schweres Trauma erlitten, einige seiner Passagiere waren verletzt worden, zwei Stammgäste des Straßencafés mussten ins Krankenhaus gebracht werden und der Fahrer des Range Rovers entpuppte sich als Anwalt, der einen ganzen Rattenschwanz von Zivilklagen gegen mich anleierte.

Aber das waren noch meine geringsten Sorgen. Angesichts dieser Vorwürfe blieb mir nichts anderes übrig, als die Waffen zu strecken und mich schuldig zu bekennen. Der einzige mildernde Umstand, den ich anführen konnte, war der psychische Stress, den die offensichtlich absurde Anschuldigung, pädophil zu sein, bei mir ausgelöst hatte.

Nur dass die nicht mehr offensichtlich absurd war. Mir wurde nämlich längst nicht mehr bloß vorgeworfen, pornografische Bilder heruntergeladen zu haben, nein, hinzu kam jetzt der niederschmetternde Vorwurf, ich wäre sogar an diesem widerwärtigen Handel beteiligt gewesen, und zwar sowohl als Geschäftspartner wie auch als aktiver Teilnehmer.

Die Webseite von InArcadia, so die Behauptung, war mit Geld eingerichtet und betrieben worden, das über eines meiner Offshore-Unternehmen geflossen war. Manche Videos, die InArcadia anbot, waren angeblich in einigen meiner Häuser im Ausland gedreht worden. Und in etlichen ganz besonders unerträglichen Szenen war ein Rücken zu sehen, der ähnlich vernarbt war wie meiner.

Eine ganze Menge von diesem Material war nach und nach an die Öffentlichkeit gelangt, und die Medien hatten bereits ihr Urteil über mich gefällt. Ihr Schuldspruch schien durch die Nachricht untermauert zu werden, dass Imogen die Scheidung eingereicht hatte.

Und war das nun endlich der Schlusspunkt?

Nein, Elfe, von wegen!

Schon 2008 konnten wir alle das Grollen des langsam aufziehenden Sturms hören, der die gesamte Weltwirtschaft erfassen sollte. Ich gebe zu, ich sah dem ziemlich überheblich entgegen, weil ich arroganterweise davon ausging, dass Woodcutter ausreichend gewappnet war, um ihn unbeschadet zu überstehen. Als ich aus meiner Trance erwachte, stellte ich fest, dass der Sturm mit noch größerer Wucht zugeschlagen hatte, als irgendwer vorhergesehen hatte, und dass die westliche Ökonomie am Boden lag.

Wäre ich da gewesen, hätte ich vielleicht etwas tun können, um den Schaden für Woodcutter einzugrenzen.

Oder wie die *Financial Times* es formulierte: »Hätte Sir Wilfreds schmuddelige Pranke noch das Ruder geführt, wäre er möglicherweise imstande gewesen, die Seetüchtigsten in seiner Piratenflotte noch in einen außergerichtlichen Hafen zu lenken, da sie jedoch führerlos in diesen aufgewühlten Gewässern trieben, gingen sie entweder mit Mann und Maus unter oder wurden von den zuständigen Steuerbehörden ins Schlepptau genommen.«

In Krisenzeiten schwingen sich Journalisten gern zu blumigen Höhen auf.

Um bei dem Bild zu bleiben, so sprangen wohl viele meiner alten Schiffskameraden über Bord und klammerten sich an das nächstbeste Treibgut, während andere sich der Beamteninvasion ergaben und ihre eigene ehrlose Haut retteten, indem sie mich ihnen auslieferten.

Ich war anfangs davon ausgegangen, dass das Betrugsdezernat die frühmorgendliche Hausdurchsuchung bei mir veranlasst hatte, und ich erinnerte mich, Toby ganz entspannt versichert zu haben, dass sie nichts finden würden.

Jetzt nahm das Betrugsdezernat meine sämtlichen Geschäftsaktivitäten haargenau unter die Lupe und stieß dabei auf jede Menge illegalen Mist. Am schlimmsten war, dass ich mich in den allermeisten Fällen nicht erinnern konnte, ob ich davon gewusst hatte oder nicht. Das Trauma des Unfalls hatte so viele Löcher hinterlassen, sowohl körperliche als auch mentale, dass auf mein Erinnerungsvermögen einfach kein Verlass mehr war. Aber *Ich weiß es nicht mehr* ist keine Verteidigungsstrategie, die bei einem versteinert dreinblickenden Steuerfahnder auf großes Verständnis stößt.

Dennoch, all diese Geschehnisse und Vorwürfe trafen mich längst nicht so hart wie die Nachricht, dass Imogen sich von mir scheiden lassen wollte. Und selbst damit hatte das Trauma noch nicht sein volles Ausmaß erreicht. Am nächsten Tag ereilte mich die Nachricht, dass Fred einen schweren Schlaganfall erlitten hatte, während ich im Koma lag.

Ich wollte ihn unbedingt sehen, aber ich war nicht transportfähig, selbst wenn die Polizei keine Einwände gehabt hätte. DC McLucky war in dieser Phase sehr hilfsbereit, brachte mir das Telefon und rief für mich in dem Krankenhaus im Norden an, wo Dad lag. Als er den behandelnden Arzt am Apparat hatte, reichte er mir den Hörer, und ich erfuhr, dass Dads Zustand noch immer äußerst kritisch war und sich seine Genesungsaussichten unmöglich abschätzen ließen.

Fred und ich hatten uns nach unserem Zerwürfnis wegen der Heirat allmählich wieder angenähert. Ginny spielte dabei die entscheidende Rolle. In gewisser Weise bin ich froh, dass er ihren Tod nicht mehr erlebt hat.

Damals stürzte mich die Aussicht, ihn vielleicht nie mehr wiederzusehen, in tiefe Verzweiflung.

McLucky gab sich auf seine direkte Glasgower Art alle Mühe, mich zu beruhigen. Er erkundigte sich über das Krankenhaus und erfuhr, dass es die vielleicht beste Schlaganfallstation in ganz Nordengland hatte, dass Fred als Privatpatient dort lag und die Kosten von niemand Geringerem als meinem guten alten Schwiegervater Sir Leon übernommen wurden. Es war eine eigentümliche Ironie des Schicksals, dass ihr gemeinsamer Widerstand gegen unsere Heirat ihr gutes aber distanziertes Arbeitsverhältnis in fast so etwas wie Freundschaft verwandelt hatte und dass Fred es endlich vom Oberforstwart zum leitenden Gutsverwalter gebracht hatte.

Mehrere Tage lang konnte ich an nichts anderes denken als an meinen kranken Vater und meine Noch-Ehefrau. Und zum Denken hatte ich reichlich Zeit, weil ich abgesehen vom Krankenhauspersonal und DC McLucky keine Menschenseele sah.

Wie gesagt, ich war nie ein besonders geselliger Zeitgenosse, und als ich reich und mächtig geworden war, stand ich den angeblichen Zuneigungsbeweisen neuer Bekannter stets skeptisch gegenüber. Aber die Menschen mochten mich anscheinend, und so hatte ich irgendwann doch einen kleinen Kreis von Freunden um mich geschart, auf die ich einmal die altmodische Bezeichnung *treu und zuverlässig* angewendet hätte.

Keiner dieser Treuen und Zuverlässigen machte Anstalten, mich zu kontaktieren oder im Krankenhaus zu besuchen. Arschlöcher!, dachte ich. Aber wieso hätte sich einer von ihnen als treuer und zuverlässiger erweisen sollen als meine eigene Frau und mein guter Freund und Anwalt Toby Estover?

Der Einzige, bei dem ich sicher war, dass er sich mir gegenüber loyal verhalten würde, war Johnny Nutbrown.

Wie ich Ihnen bereits geschildert habe, war meine erste Begegnung mit dem fünfzehnjährigen Johnny alles andere als vielversprechend gewesen. Als ich nach meinen Jahren im Feenland zurückkehrte, stellte ich ziemlich überrascht fest, dass er sich noch immer in Imogens Dunstkreis aufhielt.

Johnny fühlt sich zwar überall wohl, aber er macht nie den Eindruck, irgendwo so richtig dazuzugehören. Natürlich hatte er dieselben Schulen besucht wie manche von ihnen, einschließlich Estover, und außerdem hatte er sich ziemlich heftig in Imos beste Freundin Pippa Thursby verliebt. Somit gab es genug Gründe, warum er sich noch immer am Rande ihres kleinen magischen Kreises bewegte.

Aber er schien nie wirklich dazuzugehören, was in meinen Augen für ihn sprach.

Imogen hatte sich garantiert einiges von ihren Freunden anhören müssen, als sie verkündete, dass sie mich heiraten würde. Sie hat mir nie irgendwas davon erzählt, und selbst wenn, es hätte mir nichts ausgemacht. Offen gestanden, fand ich die meisten von ihnen so überflüssig wie einen Kropf. Das einzige Interesse, das sie an mir hatten, war eine schmierige Neugier im Hinblick auf meine sexuelle Leistungsfähigkeit, die ihrer Meinung nach der einzige Grund für Imogens Faible für mich sein konnte. Ich denke, ich hätte wahrscheinlich die ganze Bagage bumsen können, die Männer genau wie die Frauen, wenn ich gewollt hätte.

Aber Johnny sah mich anders. Später, als wir uns nahe genug gekommen waren, um ehrlich zu sein, gestand er mir mit seinem typischen zynischen Grinsen: »Die anderen haben dich angesehen und gedacht *gut im Bett*; ich hab dich angesehen und gedacht *gut mit Geld*. Der Typ wird irgendwann jede Menge Kohle machen.«

Ich konnte mich über diese ökonomische Basis unserer Beziehung kaum beschweren, da ich selbst erst anfing, mich für ihn zu interessieren, als ich erkannte, dass mir noch nie jemand begegnet war, der so gut mit Zahlen jonglieren konnte. Wenn diese Fähigkeit mit einem unternehmerischen Geist einhergegangen wäre, hätte er selbst das Zeug zu einer furiosen Wirtschaftskarriere gehabt.

Mir wurde bald klar, dass wir füreinander geschaffen waren.

Die Sache war die, dass Johnny so ziemlich alles erreichen konnte, solange ihm jemand sagte, wo's langging.

Ein alter Schulkamerad von ihm – genauer gesagt, Toby Estover, mein ehemaliger Anwalt und ehemaliger Freund – erzählte mir einmal von Johnnys erstem Einsatz beim Schülerrugby. Er ließ weder Interesse noch Talent erkennen, und bei einem Trainingsspiel wies man ihm die Position des Außenläufers zu. Als ihm das erste Mal der Ball zugeworfen wurde, fing er ihn mit einer Hand auf, blieb stehen und betrachtete ihn mit gelindem Interesse, bis sich etliche Gegenspieler auf ihn stürzten. Als er wieder auf die Beine kam, nahm der Sportlehrer ihn sich zur Brust: »Um Himmels willen, Nutbrown, ich erwarte ja nicht, dass du Wunder vollbringst, wenn du den Ball kriegst, aber ich erwarte, dass du irgendwas tust.«

»Ja, Sir. Was genau?«, erwiderte Nutbrown.

»Also, im Idealfall wäre es schön, wenn du so schnell du kannst nach vorne stürmst, ohne dich von jemandem aufhalten zu lassen, bis du die beiden hohen Pfosten erreichst, die da aus dem Boden ragen, und den Ball behutsam zwischen ihnen ablegst. Falls das nicht geht, was ich stark vermute, kickst du ihn einfach, so weit du kannst!«

»Ja, Sir«, sagte Johnny.

Als er das nächste Mal den Ball bekam, flitzte er Haken schlagend und in einem Affenzahn übers ganze Spielfeld, ohne dass irgendwer ihn packen konnte, und legte den Ball zwischen den Pfosten ab. Das Problem war nur, dass er sich beim nächsten Mal für die zweite Anweisung entschied und den Ball so weit kickte, wie er konnte, und zwar schräg über eine Pappelreihe hinweg, die den Sportplatz von einem Fluss trennte, in dem der Ball auf Nimmerwiedersehen versank.

So war das mit Johnny. Man musste ihm sagen, was er machen sollte, man musste es ihm klar sagen und man musste es ihm jedes Mal sagen. Wir passten perfekt zusammen. Ich hatte den Ehrgeiz, die Energie und die Fantasie; er hatte den analytischen Verstand, der meine Angebote durchrechnen konnte, Fehler entdeckte, Verbesserungen vorschlug und die Risiken kalkulierte, und das alles in der Zeit, die es dauerte, um zwei große Wodka-Martini zu trinken, die er sich ohne Ausnahme vor jedem Lunch und Dinner genehmigte.

Ich wäre sicherlich auch ohne Johnny stinkreich geworden, aber mit ihm stellte sich der süße Erfolg wesentlich schneller ein.

Ohne mich wäre Johnny möglicherweise zu einer Art altmodischem Salonlöwen verkommen, der durch seinen Charme auf Kosten bereitwilliger und ständig wechselnder Frauen lebt. Ich war recht stolz darauf, ihn vor diesem Schicksal bewahrt zu haben, aber weniger stolz darauf, für seine Heirat verantwortlich zu sein.

Pippa Thursby war wie viele ihrer guten Freundinnen all das, was Imogen nicht war.

Während Imogen gegen den Widerstand von Freunden und Familie den Mann heiratete, den sie liebte, machte Pippa nie einen Hehl daraus, dass sie Johnny zwar ungemein attraktiv und höchst unterhaltsam fand und ihn obendrein für einen Maestro der Matratze hielt, dass er aber (wie sie es ausdrückte) lediglich ein Lückenbüßer war, bis sie sich irgendeinen vermögenden alten Sack angeln konnte, der ihr dann durch Tod oder Scheidung ein Leben in Luxus garantierte. Sie hatte es auf den Chef der Werbeagentur abgesehen, bei der sie arbeitete. Pippa war kein Hohlkopf, sie hatte ausgezeichnete IT-Kenntnisse und hätte selbst Karriere machen können, aber sie sah nicht ein, jeden Morgen mit dem Zug zur Arbeit zu fahren, wenn das doch jemand anders für sie erledigen konnte.

Ihre Beziehung mit Johnny war also schön und gut, aber es kam gar nicht in Frage, einen solchen Nichtsnutz zu heiraten. Dann taten er und ich uns zusammen, und plötzlich lagen die Dinge anders, als Pippa dämmerte, dass Johnny bei meinem Raketenstart in die finanzielle Stratosphäre mit an Bord war.

Johnny wiederum war glücklich und zufrieden mit seiner langjährigen unverbindlichen Beziehung, aber er war geliefert, sobald Pippa sich in den Kopf setzte, dass ein Leben als Mrs Nutbrown doch ein erstklassiges Arrangement sein könnte. Also spielte ich drei Jahre nach meiner Hochzeit für Johnny den Trauzeugen.

Er war mein engster Mitarbeiter und mein engster Freund, und deshalb hatte ich gehofft, nein, ich hatte fest geglaubt, dass er zu mir stehen würde.

Ich verdrängte diese Gedanken, während ich versuchte, mir darüber klar zu werden, was mit meiner Ehe passiert war.

DC McLucky hatte sich als ungeschliffener Rohdiamant mit einem Herzen aus Gold erwiesen. Er entschuldigte sich sogar indirekt dafür, dass er das Telefon nicht ständig neben meinem Bett eingestöpselt lassen durfte, aber er holte es jedes Mal anstandslos, wenn ich darum bat. Ich versuchte vergeblich, mit Imogen zu sprechen. Ich rief Pippa an, doch sie teilte mir unverblümt mit, dass sie mir nicht helfen könne, und legte auf. Ich rief mein Büro an und stellte fest, dass der Anschluss tot war. Als ich mich bei der British Telecom beschwerte, wurde das zunächst mit langem Schweigen quittiert, bis man mich mit einem DI im Betrugsdezernat verband. Ich erklärte ihm, das ganze Geld wäre in der Brust eines Toten auf einer Südseeinsel vergraben, aber ich hätte leider die Schatzkarte verloren, was nicht besonders clever war, aber clever war ich schon längst nicht mehr. Ich rief so ziemlich alle an, die ich kannte, und stellte fest, dass sie entweder das Sprechen verlernt hatten oder unerreichbar waren. Ein Anruf von mir klang offensichtlich wie das Bimmeln der Glocke eines Aussätzigen.

Aber ich versuchte nicht, Johnny Nutbrown zu erreichen. Ich erwähnte ihn nicht, als ich mit seiner Frau sprach. Ich denke, das war Aberglaube. Denn falls Johnny mich im Stich ließ, wäre ich wirklich am Ende. Er würde bestimmt aus eigenem Antrieb zu mir kommen. Und er würde selbstverständlich erst dann kommen, wenn es ihm zeitlich passte, denn eines lernte man schnell im Umgang mit Johnny: Er hatte ein ganz eigenes Zeitgefühl.

Doch als die Tage vergingen und er nicht auftauchte, war ich schließlich kurz davor, in Verzweiflung zu versinken.

Dann erwachte ich eines Nachmittags aus einem weiteren ungewollten Schlummer und sah eine schlanke langgliedrige Gestalt neben meinem Bett sitzen. Das Gesicht war hinter einer Ausgabe der *Racing Times* versteckt, aber ich wusste sofort, wer das war.

Schlagartig durchströmte mich unsägliche Freude.

Elfe, falls Sie einen präzisen Verlaufsplan meiner emotionalen Entwicklung aufstellen wollen, sollten Sie diesem Moment unbedingt eine Schlüsselposition zuweisen.

Das ist meiner Erinnerung nach das letzte Mal, dass ich froh war. Ich meine, in den letzten sieben Jahren gab es schließlich verdammt wenig, das mich hätte froh stimmen können, oder?

Aber in diesem Augenblick war ich Vollidiot wirklich glücklich.

Johnny war endlich gekommen.

2

Als ich mein eines Auge auf Johnny richtete, gesellte sich ein weiteres Gefühl zu dieser Freude.

Es war Erleichterung.

Er sah nämlich vollkommen entspannt aus, ganz wie der Mann, den ich viele Monate zuvor zuletzt gesehen hatte, sogar noch ganz wie die elegante Gestalt, die mir vor vielen Jahren zugezwinkert hatte, als ich ihm seinen Ehering reichte, und angesichts dessen schien es schlichtweg unmöglich, dass mit meinem Leben oder meinem Unternehmen irgendetwas wirklich ernsthaft im Argen lag.

»Mein lieber alter Wolf«, sagte er. »Wie schön, dass du beschlossen hast, dich zu uns zu gesellen.«

Ich drückte den Knopf, der das Kopfende des Bettes anhob.

»Johnny, schön dich zu sehen«, krächzte ich. »Bist du schon lange da?«

»Zehn Minuten oder so. Der Bursche mit dem Sprachfehler draußen auf dem Gang wollte mich nicht reinlassen, aber ich hab ihn überreden können.«

Es war tröstlich zu wissen, dass nicht mal DC McLucky gegen Johnnys Charme gefeit war.

Er sagte: »Ich hab dir einen Haufen Trauben mitgebracht. Leider gab's die nur gepresst.«

Er trug seine Wildererjacke, wie er sie nannte. Ich glaube, in der Bezeichnung steckte ein Körnchen Wahrheit. Johnny schoss sich viel lieber mal ungefragt was beim Nachbarn, als eine Einladung zu einer großen Treibjagd anzunehmen. Aus einer der tiefen Innentaschen zog er eine Flasche Rotwein und aus der anderen zwei Kelchgläser.

»Schraubverschlüsse sind eine gute Gabe Gottes, was?«, sagte er, öffnete die Flasche und füllte die Gläser. »Wohlsein.«

Wir tranken. Es war für mich der erste Alkohol seit Langem und der Geschmack war unangenehm, aber symbolisch war es ein Göttertrank. Trotz allem ertappte ich mich bei dem Gedanken, dass es jetzt, wo Johnny da war, wieder aufwärts gehen musste.

Ich sagte: »Na? Wie schaut's aus, Johnny?«

Mein Herz tat einen Sprung, als er sagte: »Gar nicht mal so schlecht, wenn man viel Freizeit mag.«

Dann fügte er mit einem Grinsen hinzu: »Und die hat man ja, wenn man Konkurs gemacht hat.«

Erst jetzt fiel mir wieder ein, dass ich Johnny in jedweder Krisensituation, beruflich oder privat, immer nur entspannt erlebt hatte! Sein Verstand konnte auf einen Blick gewaltige Zahlenmengen analysieren, wohingegen seine Zukunftsorientierung eher der einer Eintagsfliege glich.

»So schlimm kann's doch wohl nicht sein«, sagte ich und klammerte mich noch immer an einen letzten Rest Hoffnung.

»Du warst nicht da«, sagte er. »Vielleicht wäre es anders gekommen, wenn du da gewesen wärst. Ich hab getan, was ich konnte, aber es hieß überall nur noch *sauve qui peut*. Dieses Arschloch von Massie, der für die Offshores zuständig war, hat einfach die Biege gemacht. Hat sogar noch die hübschen Gillray-Drucke aus seinem Büro mitgehen lassen. Und dann haben die Leute vom Betrugsdezernat angefangen, überall rumzuschnüffeln. Danach bin ich dann einfach nicht mehr ins Büro. Es gab nichts zu tun, und Konversation ist absolut nicht deren Stärke.«

Ich sagte: »Was zum Teufel ist eigentlich los, Johnny? Schön, wir haben die Gesetze ausgereizt, höchstens mal ein bisschen überstrapaziert, aber nicht mehr als andere auch.«

Er zuckte die Achseln und sagte: »Wie heißt es so schön, Wolf, wenn die Ebbe kommt, sieht man erst den ganzen Dreck, der am Strand liegen bleibt. Im Augenblick gibt es für niemanden viel Verständnis, und weil du noch diese andere Sache an der Backe hast, bist du so ziemlich der Allerletzte, der auf Nachsicht hoffen kann.«

»Redest du von dem Kinderpornozeug? Um Himmels willen, Johnny, das können die mir nicht anhängen.«

»Ach nein? Tja, wenn es einer schafft, damit ungeschoren davonzukommen, dann bist du das, Wolf.«

Seine Ausdrucksweise gefiel mir ganz und gar nicht.

Ich sagte scharf: »Johnny, du glaubst diesen Scheiß doch hoffentlich nicht, oder? Ich sollte dir nicht sagen müssen, dass nichts davon wahr ist!«

Er zuckte erneut die Achseln und sagte: »Wie auch immer. Spielt ja auch wohl keine Rolle, was ich denke. Wie bei meinem Großonkel Nigel. Der hatte es mit seinen Schafen, und der ganzen Familie war das schnurz, waren ja schließlich seine Schafe, nicht? Aber als die Zeitungen darüber schrieben, war das was anderes. Er musste aus seinen Klubs austreten. Was die Zeitungen über dich schreiben, Wolf, na ja, da kann ich nur sagen, falls du beweisen kannst, dass an der Sache nichts dran ist, musst du dir um die Firma keine Sorgen mehr machen. Dann kannst du mit Verleumdungsklagen riesige Entschädigungssummen herausschlagen und wie Gott in Frankreich leben.«

Ich sah ihn entgeistert an. Ich hatte schon immer gewusst, dass Johnny in einer anderen Welt lebte als wir Übrigen, jetzt wurde mir klar, dass er in einer anderen Dimension lebte.

Wenigstens sagte er mir ehrlich, wie er die Dinge sah. Und er war meine beste Chance, die Wahrheit über die dringlichste meiner berghoch aufgetürmten Sorgen zu erfahren.

Ich sagte: »Wohnt Imogen noch bei euch?«

»Meine Güte, nein. Ist vor ein paar Monaten wieder ausgezogen. Ist rauf nach Cumbria, da kann man den Jungs von der Presse leichter Fallen stellen.«

»Und Ginny?«

»Ist bei ihr, glaube ich. Es war viel die Rede davon, dass sie auf diese Schule in Paris gehen soll, auf die alle Spitzenleute ihre Kinder schicken. Ist besser gesichert als das Pentagon. Weiß aber nicht, ob sie schon da ist oder nicht.«

»Hast du überhaupt mal mit ihr geredet – Imogen, meine ich? Über die Scheidung?«

Ich weiß nicht, was ich von ihm hören wollte. Vielleicht hatte ich die schwache Hoffnung, dass Imogens Verhalten irgendwie taktisch war, ein juristischer Schachzug, um sich selbst und einen Teil unseres Vermögens außer Reichweite der uns umkreisenden Haifische zu schaffen, während ich im Koma lag.

Ich wollte die Wahrheit von Johnny. Ich bekam sie.

»Ja, wir haben uns ein bisschen unterhalten, als Pippa mir erzählt hat, dass Imo an Scheidung denkt. Hat ja auch sonst keine große Wahl. Ich meine, das liegt doch auf der Hand. Ich wette, Toby hat ihr dasselbe gesagt. Der Göttergatte bleibt entweder auf ewig im Koma oder, falls er wieder aufwacht, hat sie es mit einem verurteilten Kinderschänder und Betrüger zu tun. So oder so, bringt es nichts, lange rumzutrödeln, mach, dass du so schnell wie möglich da rauskommst. Aber wie die Dinge liegen, kann einem das arme alte Mädchen echt leidtun.«

»Das arme alte Mädchen ...! Ich komm nicht mehr mit, Johnny«, sagte ich gepresst.

»Überleg doch mal. Wenn sie zum Beispiel ein Jahr früher die Scheidung eingereicht hätte, hätte sie den Hauptgewinn kassiert! Bei den großzügigen Abfindungen, die unsere Scheidungsrichter zusprechen, kommen sogar die Yankees in Scharen von Reno hierher. Sie hätte weiß der Himmel wie viele Millionen eingestrichen. Jetzt ... na ja ...«

Er verzog das Gesicht.

Ich sagte verbittert: »Falls du sie siehst, kannst du ihr bestellen, dass mir das richtig leidtut, Johnny.«

»Mach ich«, sagte er. »Das wird sie zu schätzen wissen. Warte, ich gieß dir noch mal nach.«

Ich schüttelte den Kopf. Im Verlauf unseres Gesprächs war meine anfängliche Euphorie völlig versiegt, und jetzt fühlte ich mich schlechter als zuvor. Mir wurde klar, dass Johnny meine letzte große Hoffnung auf Befreiung gewesen war, der einzige Korb, in den ich die letzten verbliebenen Eier legen konnte. Nicht seine Schuld, dass er nicht imstande war, mir zu geben, was ich brauchte. Ich hatte ihn in meiner Hilflosigkeit förmlich zu einem Erlöser überhöht. Außerdem waren die Eier wahrscheinlich längst gesprungen und faul. Er konnte nichts für mich tun, das erkannte ich jetzt. Ich wollte nur noch in Ruhe gelassen werden.

»Nein, danke«, sagte ich. »Ehrlich gesagt, ich bin ein bisschen müde. Wahrscheinlich verkrafte ich noch keinen längeren Besuch. Entschuldige.«

»Nein, ich muss mich entschuldigen. Blöd von mir, dich so zu strapazieren. Ich stell die Flasche da in deinen Schrank. Nicht dass sich noch die Krankenschwestern einen Schluck genehmigen, was?«

Er ließ die Flasche verschwinden und stand auf. Mit seinen zwei Metern war er gut zehn Zentimeter größer als ich. Jetzt schien er über mir aufzuragen wie ein Besucher auf der Insel Liliput, der ohne böse Absicht gekommen ist, es aber nicht vermeiden kann, den winzigen Figürchen, die ihm um die Füße wuseln, immer wieder schmerzhafte Tritte zu versetzen.

Ich sagte: »Falls du Gelegenheit hast, mit Ginny zu sprechen, sag ihr, dass ich sie lieb habe.«

»Klar, wird gemacht«, sagte er. »Ich melde mich, wenn du wieder einigermaßen bei Kräften bist. Bis bald und mach's gut.«

Er ging. Ehe die Tür wieder zufallen konnte, kam DC McLucky herein.

»Hat Ihnen der Wein geschmeckt?«, fragte er.

Das war für ihn eine subtile Art, mir zu vermitteln, dass er unser Gespräch belauscht hatte. Es war seltsam, aber der Anblick seines schwermütigen Gesichts und der Klang seiner barschen Stimme hoben meine Stimmung ein wenig. Es wäre übertrieben gewesen zu behaupten, dass er sanfter geworden war – ich glaube nicht, dass er irgendetwas Sanftes an sich hatte –, doch zumindest schien er mich als menschliches Wesen zu betrachten, und das unterschied ihn von einigen Ärzten und Pflegekräften, die ihren Ekel kaum verbergen konnten. Später wurde mir der Grund dafür klar: Die Nachricht von meiner allmählichen Genesung war publik geworden, und die Zeitungen hatten das ordentlich ausgeschlachtet. »Das Monster ist erwacht«, titelte der Observer, »*ES* LEBT!« die Sun.

Aber DC McLucky behandelte mich, wenn auch nicht wie einen Mann, der bis zum Beweis des Gegenteils als unschuldig gilt, so doch immerhin wie einen Kriegsgefangenen, auf den die Genfer Konventionen anzuwenden sind.

Ich sagte: »Nicht besonders. Bedienen Sie sich, wenn Sie wollen. Er ist offen, also hält er sich nicht lange.«

»Danke«, sagte er, nahm die Flasche aus dem Schrank und füllte mein Wasserglas. »Prost. Sehr gut.«

»Heißt das, Sie sind nicht im Dienst?«, fragte ich.

Er sagte: »Sie haben zu viele Krimis gelesen. Aber im Grunde liegen Sie richtig. Ich hab Pause. Zumindest bis ich das Glas hier getrunken hab.«

Er betrachtete mich mit einem Gesichtsausdruck, aus dem ich nicht richtig schlau wurde.

Er sagte: »Kumpel von Ihnen, dieser Mr Nutbrown?«

Ich sagte: »Ja. Ein guter Freund und Geschäftspartner. Wieso?«

Er trank noch einen Schluck Wein und sagte dann: »Nur so. Ist bestimmt ein Trost, einen so guten Freund und Kollegen zu haben, der auf freiem Fuß ist und einem Rückendeckung gibt.«

Er leerte sein Glas, während ich über die Andeutungen, die er gemacht hatte, nachdachte.

Wenn das Betrugsdezernat so gründlich ermittelte, wieso wurde mein engster Geschäftspartner dann nicht ins Visier genommen?

Im selben Moment trieb eine weitere Erinnerungsblase an die Oberfläche meines Gedächtnisses.

Vor meinem Unfall hatte ich mich mit Johnny im Black Widow verabredet, aber dann hatten dort die Bullen auf mich gewartet.

McLucky war schon an der Tür.

Ich sagte: »Mr McLucky.«

Er sagte warnend: »Jetzt bin ich wieder im Dienst.«

Ich sagte: »Ich hätte nur gerne das Telefon, wenn möglich. Ich denke, ich sollte mir einen Anwalt nehmen.«

Er nickte, und mir kam der Gedanke, dass sein schwer durchschaubarer Gesichtsausdruck irgendwie an Mitleid erinnerte.

Er sagte: »Das ist Ihre erste gute Idee, seit Sie aufgewacht sind, Sir Wilfred.«

3

Erst sechs Monate nachdem ich aus dem Koma erwacht war, war ich endlich verhandlungsfähig, und selbst dann gelangte ich nur mit Mühe und schwer auf einen Gehstock gestützt in den Gerichtssaal. Man hatte mir gesagt, dass ich dauerhaft hinken würde, womit wohl eher ein dauerhaftes Taumeln gemeint war. Wenn man sich dazu mein vernarbtes Gesicht vorstellt, die schwarze Augenklappe sowie den Lederhandschuh an meiner rechten Hand, sollte man eigentlich meinen, dass der krasse Unterschied zu dem, was ich früher mal war, einen Anflug von Mitleid bei der britischen Öffentlichkeit ausgelöst hätte.

Von wegen. Die Beleidigungen und Buhrufe, mit denen mich die Meute von Schaulustigen bei meinem ersten Auftritt begrüßte, ganz zu schweigen davon, dass ich obendrein mit Steinen beworfen und bespuckt wurde, ließen keinen Zweifel daran, wie erfolgreich die Meinungsmacher der Regenbogenpresse gewesen waren. Der *Mirror* stufte mich als Ungeziefer ein, während die *Mail* Fotos von mir vor und nach dem Unfall abdruckte, mit der Schlagzeile: »Jetzt sehen wir, wer er wirklich ist!«

Die sogenannte seriöse Presse war nicht viel besser. Der *Guardian* brachte statt Fotos eine Karikatur, in der zwei Polizisten mühsam einen verschnörkelten Bilderrahmen die Stufen des Old Bailey hinaufschleppten, in dem offensichtlich ein Porträt von mir steckte. Die Unterschrift dazu lautete: »Dorian Gray wird vom Speicher geholt.« Der *Telegraph*, der sich auf dem Gebiet der literarischen Anspielungen nicht ausbooten lassen wollte, veröffentlichte ein Foto, das ein Standbild aus einer Frankenstein-Verfilmung hätte sein können, und untertitelte es mit dem Browning-Zitat: »Schlecht muss der sein, der solchen Schmerz verdient.« Vorsorglich lieferten sie ihren Lesern auch noch die genaue Quellenangabe.

Mir sagte das Zitat nichts, aber ich schätze, eine gebildete junge Frau wie Sie, Elfe, hätte des Hinweises nicht bedurft.

Am schlimmsten war jedoch die Art, wie sie Dads Schlaganfall ausschlachteten. Die Verantwortung dafür wurde ausschließlich mir angelastet. Die Sünden des Sohnes, die den Vater heimsuchten, das war der Grundgedanke, wann immer Fred erwähnt wurde. Meine Anträge, ihn besuchen zu dürfen, wurden weiterhin mit der Begründung abgelehnt, dass (a) sein Zustand nicht lebensbedrohlich war und (b) ein solcher Besuch die Öffentlichkeit beunruhigen, wenn nicht gar in Aufruhr versetzen würde. Als ich meinen Anwalt bedrängte, mehr Druck zu machen, sagte er lakonisch: »Zwecklos. Selbst wenn wir die Erlaubnis bekämen, würde das an die Presse durchsickern, und die ganze Angelegenheit würde zu einem Karnevalsumzug mit dir als Hauptattraktion ausarten.«

Einen neuen Anwalt zu finden, war nicht so leicht gewesen, wie ich gedacht hatte. Toby Estover hatte mich bei seinem Abgang allein im Sumpf zurückgelassen, und keine andere Kanzlei war versessen darauf, mich da wieder rauszuziehen. Mir wurde bald klar, dass nicht Abscheu das Problem war, sondern Geld. Das, was der Börsencrash von meinem Vermögen übrig gelassen hatte, nahmen mir die Scheidungsgerichte, und mir wurde rasch klar gemacht, dass es eine meilenlange Warteschlange von Investoren mit finanziellen Ansprüchen an mich gab, die nichts lieber tun würden, als meinen Hungerlohn pfänden zu lassen, den ich mit dem Nähen von Postsäcken oder mit irgendeiner anderen Erwerbstätigkeit, wie sie in den Gefängnissen ihrer Majestät derzeit angeboten wurden, verdienen würde. Letztlich hätte ich wohl den erstbesten

Pflichtverteidiger nehmen müssen, wenn mir nicht Edgar Trapp eingefallen wäre, ein ziemlich unbedeutender Anwalt mit einer Kanzlei im East End, dem ich mal einen Gefallen getan hatte. Er hatte zwei große Vorzüge, der eine war seine Verfügbarkeit, der andere seine Offenheit. Weder im Vorfeld meines Prozesses noch während der Verhandlung machte er mir je irgendwelche Hoffnungen auf einen Freispruch.

Da Trapp aber keine Zulassung für höhere Gerichte hatte, wurde mir für die Hauptverhandlung ein entsprechender Prozessanwalt zugewiesen, und als ich erfuhr, dass das Gericht Andrew Stoller ernannt hatte, fasste ich vorübergehend etwas Zuversicht. Stoller war ein offensiver streitlustiger Anwalt, dem zunehmend der Ruf vorauseilte, hoffnungslose Fälle zu übernehmen und sie mitunter sogar zu gewinnen. Doch Trapp schüttelte den Kopf und sagte düster: »Das bedeutet nur, die Staatsanwaltschaft ist sich ihrer Sache so sicher, dass sie Strippen gezogen hat, damit du die bestmögliche Verteidigung bekommst und kein Spielraum mehr für eine Berufung bleibt.«

Ich sagte: »Himmelherrgott, Ed! Wenn ich dich bezahlen würde, würde ich dich rausschmeißen!«

Er brachte ein seltenes Lächeln zustande und sagte: »Wenn du mich bezahlen würdest, hätte ich wahrscheinlich schon längst die Brocken hingeschmissen.«

Es war ein Witz, aber ich wusste, dass es für jemanden wie Ed Trapp schwer sein musste, mich zu vertreten. Ich war die absolute Feindfigur. Die Spitzenbanker, die das Land an den Rand des Ruins getrieben hatten, saßen in der Mehrzahl noch immer auf ihren Posten. Manche von ihnen hatten fette Abfindungen kassiert, die Dutzenden Familien die Schlange vor den Arbeitsämtern hätten ersparen können. An die kam keiner ran. Mich dagegen hatte die Öffentlichkeit nicht nur im Visier, sondern auch in Reichweite, den skrupellosen Finanzbetrüger und Kinderschänder. Ich vermute, die Leute machten Ed das Leben ziemlich schwer. Aber wenn Eds Ehefrau und Assistentin dabei war, ließen sie ihn überwiegend in Ruhe. Nur sehr mutige oder sehr dumme Menschen legen sich mit Doll an!

Das waren die Gedanken, mit denen ich mich tröstete, wenn ich an die Schwierigkeiten dachte, in die ich Ed gebracht hatte. Wobei ich nicht sehr oft daran dachte. Um ehrlich zu sein, ich hatte nur noch wenig emotionale Energie übrig, um mich um die Kümmernisse anderer zu sorgen. Während die Monate verstrichen, ging mein körperlicher Heilungsprozess mit einem mentalen Abbau einher. Meine anfängliche Zuversicht, dass doch wohl niemand diesen wahnwitzigen Anschuldigungen Glauben schenken konnte, wurde durch die Beweise ausgehöhlt, die die Ermittler unermüdlich sammelten. Nach ein paar Wohnungsdurchsuchungen hatten sie genug Beweismaterial zusammen, um mich darin zu ertränken. Trapp meinte, sie legten ihre Karten so offen auf den Tisch, weil es Zeit und Geld sparen würde, wenn ich mich in allen Punkten schuldig bekannte. Das traf vor allem auf die Betrugsanklage zu, die sich über Monate hinziehen konnte, wie jüngste Erfahrungen gezeigt hatten.

»Sollen sie doch!«, war meine erste Reaktion. »Denen geht eher die Puste aus als mir.«

Ed schüttelte den Kopf und sagte schwermütig. »Wohl kaum. Jedenfalls, bis dahin sitzt du mit hoher Wahrscheinlichkeit schon im Knast. Deshalb haben sie die andere Sache zuerst angesetzt.«

Er bezeichnete die Kinderporno-Anklage für gewöhnlich als »die andere Sache«.

Schon bald wurde offensichtlich, dass Stoller, mein Prozessanwalt, meine Chancen in dem Pornofall ebenso pessimistisch einschätzte wie Trapp. Er fragte mich, worauf ich plädieren wollte.

Ich explodierte. »Nicht schuldig, natürlich!«

Er holte tief Luft wie ein Klempner, den man um einen Kostenvoranschlag gebeten hat, und sagte: »Wir wollen nichts überstürzen. Nicht ehe wir sämtliche Optionen ...«

Ich sagte: »Die einzige Option für mich ist nicht schuldig, weil ich unschuldig bin. Jeder, der mich etwas besser kennt, kann unmöglich denken, dass mich dieser Dreck anmacht. Und wenn Sie mir nicht glauben, dann sollte ich mir vielleicht einen anderen Anwalt suchen.«

Er lächelte und sagte: »Selbstverständlich glaube ich Ihnen jedes Wort, Sir Wilfred. Ansonsten könnte ich meine Arbeit nicht machen. Aber die Beweislast gegen Sie scheint erdrückend. Und ich fürchte, so wie sich die britische Bevölkerung mittlerweile an den Gedanken gewöhnt hat, dass sexuelle Perversionen hinter den ehrbarsten Fassaden lauern, wäre sogar Jesus Christus bei seiner Wiederkunft gut beraten, wenn er sich sein *Lasset die Kindlein zu mir kommen* verkneifen würde.«

Ich hatte verstanden. Er hatte sich die Beweise der Anklage angesehen und war seitdem alles andere als von meiner Unschuld überzeugt.

Ich denke, in diesem Moment ließ mein Kampfeswille deutlich nach. Solange ich mir hatte einreden können, dass die meisten Leute, die mich kannten, selbst wenn sie mich nicht besonders mochten, die Kinderpornoanklage absurd finden würden, ganz gleich, welche Beweise die Polizei zutage förderte oder welchen Mist die Zeitungen druckten, hatte ich noch etwas gehabt, woran ich mich klammern konnte.

Jetzt, da ich mich durch Stollers Augen betrachtete, sah ich, dass die meisten meiner Bekannten wahrscheinlich keineswegs erklärten: *Wolf Hadda? Nie im Leben steht der auf so was!*, sondern wohl eher sagten: *Hadda? Ach nee. Wer hätte das gedacht? Aber eigentlich war er schon immer irgendwie seltsam ...*

Und wie ich bereits andeutete, wurde die Bereitschaft, das Schlimmste von anderen zu glauben, die sich zwangsläufig aus der Abwärtsspirale moderner Werte ergeben hat, durch mein verändertes Aussehen nur noch verstärkt.

Stoller wollte sich gerne mit der Staatsanwaltschaft einigen. Er meinte, wenn ich mich schuldig bekannte, illegale Bilder runtergeladen zu haben, könnte er die Anklage überreden, die damit verbundenen Vorwürfe, ich hätte die Pornowebseite In-Arcadia mitfinanziert und wäre an einem ihrer Videos beteiligt gewesen, ad acta zu legen.

»Was das angeht, ist die Beweislage wesentlich dürftiger«, sagte er. »Und auf den ersten Blick wirkt es doch irgendwie unlogisch, dass Sie sich Bilder von der Seite runtergeladen haben sollen, wenn Sie nicht nur einer der Organisatoren waren, sondern sogar aktiver Teilnehmer an den Videos.«

Ich wurde hellhörig und sagte, da ich das Ganze ohnehin als abgekartetes Spiel entlarven wollte, könnten wir diese Schwachstelle doch sicher für unsere Zwecke nutzen.

Er antwortete geduldig: »Es ist eine sehr unbedeutende Schwachstelle, und wenn wir sie ausnutzen, wird die Gegenseite die schwerer wiegenden Vorwürfe aufs Tapet bringen. Wie es aussieht, könnten Sie mit einer relativ kurzen Gefängnisstrafe für das Herunterladen der Videos davonkommen, vor allem, wenn Sie gestehen und versprechen, sich einer Aversionstherapie zu unterziehen. Aber wenn die Sie mit allen Anklagepunkten bombardieren, könnten am Ende fünf oder sechs Jahre dabei rauskommen.«

Ich hörte nicht auf ihn. Koste es, was es wolle, niemals würde ich zugeben, mich an diesem Dreck aufgegeilt zu haben.

Wie sattsam bekannt ist, wurde ich in allen Punkten schuldig gesprochen. Ich kann nicht mal behaupten, dass ich bis zuletzt gekämpft hätte. Vor Beginn meines Prozesses war ich zutiefst deprimiert, aber ich machte mir noch immer vor, dass ich der Sache gewachsen wäre, sobald ich die Bühne betreten und der Regisseur *Action!* rufen würde.

Dann, am Ende unserer letzten Besprechung vor Prozessbeginn, sahen Stoller und Trapp einander an und nickten sich, wie ich fand, zögerlich zu.

Ich sagte: »Was ist los?«

Stoller sagte: »Wir müssen Ihnen etwas mitteilen, Sir Wilfred. Sie sollten es lieber von uns erfahren als von irgendwem, der es Ihnen während der Verhandlung zuruft. Es geht um Ihre Frau, ich meine, Ihre ehemalige Frau ...«

Ich weiß noch, wie mich eine schockartige Angst befiel, er würde mir eröffnen, dass Imogen etwas zugestoßen war. Stattdessen, und das war sogar noch schockierender, hörte ich da zum ersten Mal, dass Imo wieder heiraten würde und dass ihr Bräutigam mein Exanwalt und Exfreund Toby Estover war.

Stoller und Trapp versuchten, die Bedeutung dieser Neuigkeit herunterzuspielen. Natürlich bereitete es ihnen Sorgen, dass meine teure Gattin und mein lieber Freund in den Augen der britischen Öffentlichkeit, zu der auch meine zwölf Geschworenen zählten, genauso gut einen Spot im Hauptabendprogramm hätten schalten können, in dem sie erklärten, ohne jeden Zweifel zu wissen, dass ich schuldig im Sinne der Anklage war.

Aber derlei forensische Sorgen hatte ich längst hinter mir gelassen. Irgendwo tief in mir und weit jenseits aller Vernunft hatte ich wohl doch noch die Hoffnung gehegt, die Scheidung wäre bloß ein taktischer Schachzug, eine vorübergehende Maßnahme, die Toby ersonnen hatte, um Imo außer Reichweite der Medien und meiner Gläubiger zu bringen. Jetzt konnte ich das kolossale Ausmaß ihres Verrats nicht länger ignorieren.

Nach einer schlaflosen Nacht, in der ich jeden Zentimeter meiner Vergangenheit wieder und wieder abschritt, bis meine schweren Füße sämtliche Spuren der Wahrheit verwischt haben mussten, betrat ich den Gerichtssaal wie ein Zombie. Schon mein Gesicht und meine Haltung waren das reinste Schuldbekenntnis, und letzten Endes befand Stoller es nicht mal für nötig, mich in den Zeugenstand zu rufen.

Im Gefängnis wurde ich von Anfang an in den relativ sicheren Sondertrakt gesteckt, was aber die anderen sogenannten normalen Häftlinge nicht daran hinderte, mich jedes Mal wüst zu beschimpfen, wenn sie auf Ruf- und Spuckweite an mich rankamen. Als mein zweiter Prozess begann, war mir längst egal, wie er ausgehen würde. Ich bekannte mich zwar nicht direkt schuldig, aber ich hatte einfach keine Lust mehr, noch irgendeinen großartigen Versuch zu unternehmen, meine Unschuld zu beweisen. Kein Wunder, dass ich verurteilt wurde.

Und so endete es, mein Märchen.

Ein Jahr nachdem ich aus dem Koma erwacht war, wurde ich zu insgesamt zwölf Jahren verknackt.

Das fühlt sich auf alle Fälle an wie »das selige Ende«.

Genau wie dieser Thomas im Gedicht hab ich bloß die Wahrheit gesagt. Diese Feen waren gar nicht so dumm. Die Wahrheit befreit dich nicht, sie bringt dich für immer in den Knast!

Ich hatte keine Freunde mehr. Johnny ließ sich nie wieder blicken. Ich sah ihn nur noch ein einziges Mal, bei seinem Auftritt als Zeuge in dem Betrugsprozess. Eines muss ich ihm lassen, er war offensichtlich bemüht, nichts Negatives über mich zu sagen, aber seine dünnen Ausflüchte suggerierten nur, dass es verdammt viel zu verbergen gab, und die Tatsache, dass er immer wieder zu mir rüberschaute und mit einem betrübten und verwirrten Gesichtsausdruck sagte: »Tut mir leid, Wolf«, war auch nicht gerade hilfreich.

Genau in dem Moment, wenn du denkst, schlimmer kann es nicht mehr kommen, kommt es noch schlimmer. Sechs Monate nachdem ich meine Haftstrafe angetreten hatte, bekam ich Besuch von Ed Trapp. Wie immer machte er keine Umschweife.

»Dein Dad ist tot«, sagte er. »Mein Beileid.«

Ich hatte keine Gelegenheit gehabt, Fred noch einmal zu sehen. Ich war einfach davon ausgegangen, dass er mich besuchen kommen würde, sobald er in der Lage wäre zu reisen. Die Nachrichten über seinen Gesundheitszustand hatten etwas vielversprechender geklungen. Es war ihm langsam aber stetig besser gegangen. Und dann hatte er einen weiteren Schlaganfall gehabt, der so massiv war, dass nichts mehr für ihn getan werden konnte, obwohl Hilfe direkt zur Stelle gewesen war.

Ich beantragte erst gar nicht die Genehmigung, zu seiner Beerdigung zu gehen. Wozu? Er würde auf dem Friedhof von St Swithin's oben in Mireton beigesetzt werden. Alle würden da sein. Er war ein beliebter Mann gewesen. Meine Anwesenheit würde nur die Pressemeute anlocken, die ihre Objektive auf mich richten würden, um meine Reaktion zu beobachten, wenn der Vater, den ich umgebracht hatte, ins Grab gesenkt wurde.

So sah ich das, Elfe, und so sehe ich das noch immer. Ich muss es nicht in den Zeitungen lesen. So oder so habe ich Fred umgebracht, ich gestehe es ein.

Und das ist noch nicht alles. Greifen Sie zu, heute ist Ihr Glückstag.

Nachdem ich die Nachricht von Freds Tod erhalten hatte, setzte ich mich hin und schrieb Ginny einen Brief. In der Zeit vor meinem Prozess hatte ich ihr öfter geschrieben. Keine

Antwort, entweder weil sie nicht wollte oder weil sie meine Briefe vielleicht gar nicht erhalten hatte. Nach meiner Verurteilung schrieb ich ihr erneut, und wieder kam nichts zurück. Ich nahm es ihr nicht übel. Es ist schwer für ein Kind, mit dem Gedanken fertigzuwerden, dass der eigene Vater ein Perverser und Betrüger ist. Lass ihr Zeit, dachte ich, lass sie etwas älter werden. Weihnachtskarten, Geburtstagskarten verrieten ihr, dass ich noch am Leben war. Aber sie und ihr Großvater hatten sich nahegestanden, und ich wollte ihr sagen ... Ich weiß nicht, was ich ihr sagen wollte, außer, dass ich sie liebte. Als ich den Brief fertig hatte, las ich ihn durch, einmal, zweimal, dreimal. Dann zerriss ich ihn, weil ich mir im Geist vorstellte, dass sie genau das tun würde.

Noch ein Fehler. Ich hätte den Mut haben sollen, ihn abzuschicken. Ich hätte Himmel und Erde in Bewegung setzen müssen, um den Kontakt zu ihr wiederherzustellen. Wenn ich in der Lage gewesen wäre, mit ihr zu reden, hätte ich sie vielleicht von meiner Unschuld überzeugen können, vielleicht hätte sie sich dann nicht so einfach in ein anderes Land schicken lassen ...

Vielleicht wäre sie dann noch am Leben.

Aber wenn ich jetzt auf ihre Kindheit zurückblicke, muss ich mir eingestehen, wie selten ich für sie da war. Ich hab mich immer als liebevollen Vater gesehen, aber als ich nach meiner Verurteilung über Ginny nachdachte, wurde mir bewusst, dass ich sie vor dem großen Knall das letzte Mal zu Beginn ihrer Sommerferien gesehen hatte, als sie mich bat, ihr bei ihrer Wordsworth-Hausaufgabe zu helfen. Kurz danach musste ich eilig auf eine Geschäftsreise, und als ich zurückkam, war sie schon wieder im Internat. Im Grunde war unser Kontakt in den letzten paar Jahren immer so gelaufen: Ich war ständig unterwegs, so dass ich sie überhaupt nur zu sehen bekam, wenn sich meine Aufenthalte in England mit ihren Schulferien überlappten. Okay, wenn ich zurückkam, brachte ich immer einen Berg teurer Geschenke aus exotischen Ländern mit, aber das war wohl kaum eine Entschädigung dafür, dass ich sie vernachlässigte.

Was halten Sie davon, Elfe? Prima Dad, was?

Ganz gleich, inwieweit andere dafür verantwortlich sind, dass ich hier bin und Ginny drüben in Frankreich ums Leben kam, ich kenne die Wahrheit. Ich war für sie verantwortlich, und ich habe sie verraten. Ich habe sie von Anfang an verraten. Von dieser dreckigen Pariser Gasse, in der sie gestorben ist, führt eine lange Spur zurück, und die beginnt zu meinen Füßen.

Geht es Ihnen darum, Elfe? Wollen Sie das hören?

Dann bitte sehr, Mädchen.

Was auch immer man mir sonst angehängt haben mag, jetzt und hier lege ich ein vollständiges Geständnis ab.

Sie haben mich durchschaut. Ich hab meine Tochter im Stich gelassen und ich habe meinen Vater im Stich gelassen.

Ich habe beide getötet. Ich habe sie beide getötet.

Elfe

1

Da war er. Der Durchbruch!

Sie sah sich gern Sport im Fernsehen an. Die Eleganz und Durchtrainiertheit der Sportler bereiteten ihr echte Freude, und außerdem lernte sie viel, wenn sie mit klinischer Distanz das ganze Spektrum menschlicher Reaktionen auf Triumph und Scheitern beobachtete, auf Sieg und Niederlage. Sie hatte für eine psychologische Fachzeitschrift einen Aufsatz zu diesem Thema geschrieben. Angeblich war er auch für die breite Masse von solchem Interesse, dass eine überregionale Zeitung ihr ein stattliches Honorar für den Abdruck angeboten hatte, aber sie hatte abgelehnt, hauptsächlich, weil sie einige wichtige Passagen kürzen wollte, aber auch, weil ihr die anfängliche Freude über das Angebot im Rückblick wie ein Schritt weg von einer betrachtenden Objektivität und hin zur Befindlichkeit von Athleten beim Wettkampf vorkam.

Jetzt jedoch, als sie Haddas Bericht zum zweiten Mal las, verstand sie endlich den Impuls, die Faust in die Luft zu recken und lauthals *YES!* zu schreien.

Das war der Riss im Damm, der zu einer Bresche in dem gewaltigen Schutzwall führen konnte ... sollte ... könnte ... *musste,* den er um seine Taten herum errichtet hatte.

Wieder einmal hatte er die erzählerische Form geändert, diesmal subtiler. Er schrieb erneut in der ersten Person Präteritum, aber jetzt richtete sich der Bericht direkt und explizit an sie selbst. Diese Darstellung rückte sehr nahe an die eine Hälfte eines Dialoges heran.

Und das abschließende Eingeständnis, dass er seine Tochter und seinen Vater im Stich gelassen hatte, ohne dafür irgendwelche mildernden Umstände oder äußere Faktoren anzuführen, war geradezu monumental. Selbst das zynisch hingeknurrte *Wollen Sie das hören? ... Dann bitte sehr, Mädchen!* war bedeutsam. Es zeigte, dass er ihre Beziehung als eine zwischen Patient und Therapeutin anerkannte und, wenn auch zögernd und widerwillig, akzeptierte.

Natürlich verdrängte er nach wie vor ... *was auch immer man mir sonst angehängt haben mag* ... aber je aggressiver er wurde, desto mehr verdeutlichte das seinen inneren Aufruhr, weil er spürte, wie seine Abwehr ins Wanken geriet.

Das war nicht überraschend. Alle Beweise deuteten darauf hin, dass er eine Vorliebe für Mädchen im Frühstadium der Pubertät hatte. Er gab den Ulphingstones die Schuld an der Verbannung seiner Tochter ins Internat, aber aus seiner Perspektive war sie dadurch in der gefährlichen Phase ihrer Entwicklung gut zwei Drittel des Jahres vor ihm in Sicherheit gewesen. Und seine Klage, dass er während ihrer Schulferien so häufig geschäftlich verreisen musste, passte perfekt ins Muster. Er wusste von seiner Veranlagung und traute sich selbst nicht, wenn seine junge Tochter in der Nähe war, so schützte er sie und sich selbst, indem er räumlich möglichst weit zu ihr auf Distanz ging.

Er gestand also nicht nur seine Schuld ein, sie vernachlässigt zu haben, sondern die weit größere Schuld, die dazu geführt hatte!

Jetzt war der Moment gekommen, an dem sie nachhaken musste – aber äußerst behutsam. Bei einer Hetzjagd ist der gefährlichste Zeitpunkt der, in dem das Wild sich zur Verteidigung stellt. Daher bereitete sie sich sogar noch sorgfältiger als sonst auf die nächste Sitzung vor. Doch als es soweit war, wurde sie enttäuscht.

Er weigerte sich, sie zu sehen.

Sie konnte nichts dagegen tun.

Die Sitzungen waren freiwillig. Es hatte keinen Sinn, mit einem Häftling zu arbeiten, der unter Protest zu ihr geführt wurde.

In der Woche darauf passierte dasselbe.

Sie nahm an, er bedauerte, ihr so weit entgegengekommen zu sein. Er hatte das Gefühl, zu viel preisgegeben, sich ihr ausgeliefert zu haben.

Und vielleicht ängstigte ihn die Vorstellung, was noch kommen würde. Das war gut. Aber nur, wenn sie irgendwie Zugang zu ihm finden konnte.

Auch in der dritten Woche kam er nicht. Aber Officer Lindale, einer der wenigen, bei denen sie nicht automatisch davon ausging, dass sie alles an Chief Officer Proctor meldeten, nutzte einen Moment, den er mit ihr allein war, um zu sagen: »Hadda hat mich gebeten, Ihnen das zu geben, Miss.«

Er reichte ihr ein Schulheft.

Sie nahm es und warf einen kurzen Blick hinein.

»Haben Sie das hier gelesen?«, fragte sie.

»Hab's überflogen, Miss. Für den Fall, dass es irgendwie, Sie wissen schon, anstößig ist oder so.«

Und was hättest du gemacht, wenn es das deiner Meinung nach gewesen wäre?, fragte sie sich.

Aber sie wusste, dass Hadda sich bestimmt für Lindale als Überbringer entschieden hatte, weil auch er ihm vertraute, deshalb sagte sie nur: »Vielen Dank.«

Sie konnte nicht abwarten, bis sie zu Hause war. Sobald sie in ihrem Auto saß, nahm sie das Heft heraus und fing an zu lesen.

Wolf

1

Sehr geehrte Dr. Ozigbo, ich werde mich nicht wieder mit Ihnen treffen, es sei denn, die schleppen mich mit Gewalt zu Ihnen. Zuerst wollte ich einfach nicht mehr zu den Sitzungen erscheinen, aber das würde es Ihnen zu einfach machen, und ich habe mich dazu durchgerungen, Ihnen zu schreiben, nur damit Sie wissen, dass ich genau weiß, was Sie vorhatten.

Sie waren bestimmt richtig zufrieden mit sich, als Sie gelesen hatten, was ich über Johnnys Besuch geschrieben habe, und als Ihnen klar wurde, dass es Ihnen gelungen war, alle möglichen Gefühle aufzuwühlen, die ich nicht verstand. Und ich schätze, Sie mussten nicht unbedingt Sigmund Freud sein, um zu merken, dass Sie einen sehr empfindlichen Punkt trafen, als Sie mich nach Imogen fragten. Ich weiß, Sie werden sagen, das sei nun mal Ihre Aufgabe und alles, was Sie tun, sei nur zu meinem Besten, und ich wage zu behaupten, dass Sie davon selbst überzeugt sind. Ich war ja zu Anfang auch bereit, es zu glauben, aber jetzt nicht mehr. Ich habe erkannt, dass Sie bloß eine aufdringliche Wichtigtuerin sind, die auf der Grundlage krasser Fehlinformationen in Dingen herumstochert, die sie nicht versteht, und das Einzige, was Sie erreicht haben, ist, das bisschen Gleichmütigkeit zu zerstören, das ich mir erarbeitet hatte, um meine Strafe irgendwie zu überstehen.

Nehmen wir zum Beispiel das Schreiben. Sie haben gesagt, Ziel wäre es, meine Erinnerungen an das, was geschehen ist, und meine Gefühle darüber zu objektivieren, um sie dann von außen zu betrachten und damit ins Reine zu kommen. Okay, Sie würden das wahrscheinlich in irgendwelches kompliziertes Psychogeschwafel einpacken, aber darauf läuft es doch wohl hinaus, oder? Klarheit. Ich sollte dadurch Klarheit gewinnen, aber es hat bloß zu totaler Verwirrung geführt.

Als ich anfing, dachte ich, ich könnte Sie mir vom Hals halten, wenn ich Ihnen einen genauen Bericht der Ereignisse liefere sowie meine Erklärung dafür, warum es so gekommen ist. Stattdessen zweifele ich jetzt schon an meinen eigenen Erinnerungen. Ist *das* Ihr Job – dafür zu sorgen, dass Ihre Patienten hinterher noch beschissener dran sind?

Ich kann zum Beispiel nicht mehr schlafen. Früher habe ich prima geschlafen. Tief und fest. Aber seit ich angefangen habe, mit Ihnen zu reden, schlafe ich unruhig und träume schlecht und habe kalte Schweißausbrüche, und es wird immer schlimmer. In letzter Zeit sind meine Träume wirklich furchtbar geworden, denn ich stelle darin wirklich üble Dinge an. Ich werde Ihnen nicht verraten, was für welche, weil Sie darin ja doch nur eine Bestätigung dessen sehen würden, was Sie Ihrer Meinung nach mit mir machen. Aber ich weiß, was Sie in Wirklichkeit machen. Ich hab mich in der Bibliothek schlau gemacht. Das nennt sich False-Memory-Syndrom, und gemeint ist damit, wenn irgendein Seelenklempner ganz besessen von der Vorstellung ist, dass ein Patient in der Kindheit missbraucht wurde, und immer wieder davon anfängt, bis der arme Teufel ihm schließlich recht gibt, und dann sagt der Psychologe: *Hurra! Das ist eine verdrängte Erinnerung, die ich mit meiner klugen Therapie ans Tageslicht geholt hab*, obwohl er dem Patienten in Wahrheit bloß eine widerwärtige Idee in den Kopf gesetzt hat!

Ich denke, genau das haben Sie mit mir gemacht. Sie haben immer wieder mit diesem Pädophiliekram angefangen, bis Sie es schließlich geschafft hatten, mich mit diesen Albträumen aus Pseudoerinnerungen zu vergiften. Gut, ich will nicht zu hart sein, daher nehme ich an, dass das vermutlich nicht Ihre Absicht war. Sie haben die Prozessprotokolle gelesen, sind zu dem Schluss gekommen, dass ich schuldig bin, und haben kein einziges Mal den Gedanken zugelassen, dass alles, was ich geschrieben habe, die Wahrheit war, und dass Sie ganz einfach falschliegen. Nein, Sie haben sich von Anfang an darauf festgelegt, dass ich die Wahrheit verdränge, so nennt Ihr das doch, oder? Dass meine Schilderungen lediglich der Versuch waren, mich vor dem Wissen um meine perversen Verbrechen zu verstecken.

Na, herzlichen Glückwunsch, Dr. Ozigbo. Ich hatte noch nie Bilder von sexuell missbrauchten Kindern gesehen, bis Medler mir die gezeigt hat, die auf meinen Computer geschmuggelt worden waren. Ich dachte, ich hätte sie erfolgreich aus dem Gedächtnis verbannt. Aber dank Ihnen habe ich sie jetzt ständig wieder vor Augen. Diese Bilder sind in meinem Kopf, meinen Träumen, meinen Albträumen, genau da, wo Sie sie hingepflanzt haben!

Das haben Sie für mich getan. Ich hatte mich gut im Griff, hab meinen Porridge gegessen, die Minuten und Stunden und Tage gezählt, bis ich hier rauskomme.

Jetzt durchlebe ich die Hölle.

Besten Dank auch.

Und auf Nimmerwiedersehen.

Elfe

1

Sobald Alva Ozigbo Haddas Brief gelesen hatte, bat sie um ein Gespräch mit dem Direktor.

Während ihrer Zeit in Parkleigh hatte sie für Simon Homewood eine gewisse Bewunderung entwickelt. Er war keineswegs der weichgespülte Gutmensch, als den konservative Zeitungen ihn gern spöttisch darstellten. Er hatte eine Stärke an sich, die selbst George Proctor Respekt abverlangte, obwohl der Chief Officer keinen Hehl daraus machte, dass er diesen ganzen süßlichen Therapiequatsch, wie er sich ausdrückte, für reine Zeitverschwendung hielt und er es sinnvoller gefunden hätte, die Häftlinge Tüten kleben zu lassen. Doch nach einigen Anfangsscharmützeln hatte Proctor eingesehen, dass er den Direktor lieber schalten und walten ließ, wenn er sich nicht irgendwann nach einer neuen Stelle umsehen wollte.

Nach Homewoods Auffassung war es seine oberste Pflicht, für die ihm anvertrauten Häftlinge zu sorgen. Nur unter der Voraussetzung ließen sich alle anderen Aufgaben des Strafvollzugs wie Haft, Resozialisierung und öffentliche Sicherheit erfolgreich bewältigen. Als Alva nun mit ihm über Hadda sprach, erklärte sie daher lediglich, dass der Häftling im Prozess der Selbstwahrnehmung eine Stufe erreicht habe, in der die Last der Erkenntnis so erdrückend werden könne, dass er sich möglicherweise selbst Schaden zufügen würde.

Der Direktor hatte nie versucht, ihr Einzelheiten der Gespräche zwischen ihr und Hadda oder anderen Häftlingen zu entlocken, und er tat es auch jetzt nicht.

Er fragte: »Denken Sie, er sollte hospitalisiert werden?

»Nein«, sagte Alva mit Nachdruck. »Es wäre besser, wenn das, was in ihm vorgeht, aus ihm herausbrechen kann. Wenn er mitbekommt, dass er Anlass zur Sorge bietet, ermöglicht ihm das, seine Ängste und Zweifel erneut zu externalisieren. Derzeit bin ich das einzige äußere Ziel für seine nach außen projizierten Schuldgefühle. Im Augenblick beteuert er vehement, dass er mich nie wiedersehen will. Letztendlich wird sein innerer Aufruhr zu einem Höhepunkt führen, den er nur auflösen kann, indem er darum bittet, mit mir zu sprechen. Aber das wird er nicht bereitwillig zulassen, und es könnte sein, dass er nach Wegen sucht, dieses Ergebnis zu umgehen.«

»Meinen Sie Suizid?«

»Ich denke, er könnte das als den Versuch sehen, in den komatösen Zustand zurückzukehren, in dem er neun Monate lang existiert hat«, sagte Alva bedächtig. »Als er daraus erwachte, konzentrierten sich die behandelnden Ärzte verständlicherweise auf seinen körperlichen Zustand. Ich wünschte, es wäre etwas mehr darauf geachtet worden, was in seinem Kopf vor sich ging, sowohl vor als auch nach der Genesung. Soweit ich das aus den Unterlagen entnehmen kann, war das Schädeltrauma an sich nicht schwer genug, um eine so lang andauernde Bewusstlosigkeit zu erklären.«

»Sie meinen, er hat sie irgendwie selbst herbeigeführt?«

»Möglich. Auf jeden Fall hat er davon gesprochen, dass er sich in den Monaten nach dem Erwachen in gewisser Weise ins Koma zurückgesehnt hat.«

»Aber warum ist er überhaupt wieder aufgewacht, wenn das so ein wünschenswerter Zustand war?«, wollte Homewood wissen.

»Wahrscheinlich kam irgendwann der Punkt, an dem irgendetwas in ihm zwischen Leben und Tod wählen musste«, sagte Alva.

»Und jetzt fürchten Sie, diese Entscheidung könnte rückgängig gemacht werden«, sagte Homewood stirnrunzelnd. »Okay. Ich lasse Hadda wegen Suizidgefahr unter Beobachtung stellen.«

»So unauffällig wie nur eben möglich«, sagte Alva. »Er sollte nicht merken, dass er außer mir noch anderen Grund zur Sorge bietet.«

Als der Direktor zum Telefon griff und George Proctor kommen ließ, um die erforderlichen Vorkehrungen zu treffen, überflog sie ihre Notizen. Als sie wieder aufschaute, sah sie, dass Homewood sie betrachtete. Ihre Blicke trafen sich, er lächelte sie leicht verlegen an und sah weg.

Das war die einzige Schwachstelle in ihrer ansonsten ausgezeichneten Arbeitsbeziehung. Zuerst war sie leicht amüsiert gewesen, als sie bemerkte, dass sie ihn sexuell erregte. Ihrer Erfahrung nach konnte ein Schuss offen eingestandene unerwiderte sexuelle Attraktion zu einer fruchtbaren Beziehung führen, wie zum Beispiel zwischen ihr und Giles Nevinson. Natürlich versuchte Giles dann und wann, bei ihr zu landen, und wenn er sich eine Abfuhr einhandelte, warf er ihr vor, sie würde sich einen Spaß draus machen, ihn aufzugeilen. »Soll das heißen, du lässt dich nicht gerne aufgeilen?«, erwiderte sie dann. Und prompt lachten sie und blieben weiter locker und unkompliziert befreundet – bis zum nächsten Mal.

Bei Homewood kam so etwas nicht in Frage. Sein Begehren war offensichtlich ein großes Problem für ihn. Er war, so hatte sie erfahren, ein höchst moralischer Mann, glücklich verheiratet und überdies ein tiefgläubiger Christ. Sie nahm an, dass er diese Anfälle von Lust wahrscheinlich als stärkende Prüfung seines Glaubens rationalisierte.

Offensichtlich meinte er, alle Anzeichen seines Begehrens erfolgreich verborgen zu haben, und Alva ihrerseits war ständig auf der Hut, sich nicht anmerken zu lassen, dass sie sich seiner Gefühle bewusst war. Die einzige Person, der sie davon erzählt hatte, war John Childs, mit dem sie sich noch immer von Zeit zu Zeit traf. Die Beziehung zu ihm war vollkommen asexuell. Und obwohl es ihr schwerfiel, sie als Freundschaft einzuordnen, lehnte sie seine Einladungen zum Lunch oder einem gelegentlichen Konzertbesuch nur selten ab.

Ihre Begegnungen fanden stets auf neutralem Boden statt, bis sie ihn eines Abends nach einem Konzert noch auf einen Kaffee in ihre Wohnung einlud. Sie wusste selbst nicht genau, wieso, außer vielleicht, dass sie sich bereits seit über einem Jahr kannten und sie sich in seiner Gegenwart vollkommen sicher fühlte. Als hätte er das Bedürfnis, sich zu revanchieren (oder vielleicht, wie sie sich selbst amüsiert sagte, weil er sich jetzt in *ihrer* Gegenwart vollkommen sicher fühlte!), lud er sie an dem darauf folgenden Sonntag zum Tee in sein »kleines Domizil« ein. Das »kleine Domizil« entpuppte sich als dreistöckiges Haus mit Blick über den Regent's Park. Später fand sie heraus, dass er es von seiner Großmutter geerbt hatte. Er schien allein darin zu wohnen. Sie hatte nicht das Gefühl, dass sie ihn gut genug kannte, um sich genauer nach seinem Privatleben zu erkundigen, aber sie fragte, ob sie sich ein wenig umschauen dürfe, während er den Tee zubereitete. In seinem Arbeitszimmer im obersten Stock mit Aussicht auf den Park hing an einer Wand eine Reihe von gerahmten Fotos. Auf einem war ein Mann im Tropenanzug zu sehen, der finster in die Kamera blickte, als würde er sich nur ungern fotografieren lassen. Er sah Childs ähnlich, ebenso wie der Junge auf dem nächsten Bild, der schüchtern lächelnd neben einem dunkelhäutigen jungen Burschen in arabischer Kleidung stand, dem ein sehr viel breiteres Lächeln im Gesicht prangte und der einen Arm vertraulich um die Schultern des Jungen gelegt hatte.

Auf allen anderen Fotos waren junge Männer, und in einem von ihnen erkannte sie Simon Homewood. Sie vermutete, dass es sich bei ihnen um die glücklichen Nutznießer von Childs Gönnerschaft handelte, von der Giles Nevinson ihr erzählt hatte. Eine Lücke in der Reihe ließ vermuten, dass die Dinge nicht immer gut endeten. Der letzte und neueste, ein ernster junger Mann mit dichtem schwarzem Haar, das ihm ins Gesicht wehte und seine Züge halb verbarg, musste wohl sein Patensohn Harry sein, der angehende Psychiater, der einen Großteil ihrer Gespräche beherrschte. Seine Ambitionen und ihre Sachkenntnis, so ihre Vermutung, erklärten Childs' offensichtliches Interesse, die Beziehung zu ihr weiter zu pflegen. Giles dagegen behauptete, die gegenseitige Anziehung sei nur mit einem starken maskulinen Zug in ihrem Charakter zu erklären, der sie außerdem in die Lage versetzte, seinen Avancen zu widerstehen.

»Ich dachte, wir nehmen den Tee hier ein«, sagte Childs, der mit einem Tablett in der Hand hereinkam. »Für Londoner Verhältnisse ist das eine schöne Aussicht.«

Er stellte das Tablett auf den Schreibtisch, wobei er einen dicken Stapel Manuskriptblätter beiseiteschob, um Platz zu schaffen.

»Sie schreiben doch nicht etwa einen Roman, oder?«, sagte sie lächelnd.

Er sah sie ausdruckslos an, und einen Moment lang dachte sie schon, sie wäre zu vertraulich geworden, doch dann, als ihr Lächeln erstarb, setzte er eins auf und sagte: »Ach so, das da meinen Sie? Nein, ich versuche mich nur an einer kleinen Arbeit über die Phönizier.«

»Ganz so klein wohl nicht, wie's aussieht«, sagte sie. »Warum gerade die Phönizier?«

»Vielleicht, weil sie den Briten nicht unähnlich waren.

Großartige Kaufleute, ausgezeichnete Schiffsbauer, ungemein erfindungsreich, wenn es um Erleichterungen des praktischen Lebens ging. Und ebenso stur. Als ihre wichtigste Stadt Tyros von Alexander dem Großen erobert wurde, bot er ihnen an, jeden zu verschonen, der in den Tempeln Zuflucht suchte. Aber sie starben lieber bei der Verteidigung ihrer Häuser.«

»Und Sie denken, so würde das hier auch ablaufen?«

»Vielleicht«, sagte er lächelnd. »Auf jeden Fall tut es uns gut, Hilfe und Zuflucht in der fernen Vergangenheit zu suchen, meinen Sie nicht auch?«

»Ich glaube, Sie haben recht«, erwiderte sie. Dann sagte sie ermutigt von seiner freundlichen Reaktion auf ihre Neugier: »Ich hab mir Ihre Fotos angeschaut. Sind Sie der Junge da?«

»Ja«, antwortete er. »Und das da ist mein Vater.«

»Ich sehe die Ähnlichkeit«, sagte sie. »Simon hängt auch hier, wie ich bemerkt habe. Und sieht sehr attraktiv aus. Das tut er natürlich noch immer. Obwohl es mir lieber wäre, er würde sich nicht zu mir hingezogen fühlen.«

Sie wusste nicht recht, warum sie das gesagt hatte. Vielleicht hoffte sie auf einen Rat. Oder vielleicht wollte sie auch nur die nach wie vor vorhandene Stärke der psychologischen Verbindung zwischen Childs und seinen Schützlingen testen.

Er antwortete nicht sofort, sondern betrachtete sie einen Moment lang ernst mit seinen gütigen blauen Augen.

Er hätte ein Heiliger sein können, dachte Alva und spürte den Anflug eines schlechten Gewissens. Oder vielleicht Priester. Keiner, der Pech und Schwefel vom Himmel predigte, sondern einer, der versuchte, seine Schäfchen durch Liebe gen Himmel zu führen, nicht, ihnen Furcht einzuflößen und sie, so gefügig gemacht, vor sich her zu treiben. Eine seltsame Einschätzung seitens einer überzeugten Atheistin, die ihre Brötchen damit verdiente, nach den Wurzeln des Bösen im Menschen zu graben.

Dann lächelte er und sagte: »Offen gestanden, meine Liebe, sehe ich da kein Problem. Schön zu wissen, dass Simon auch nur ein Mensch ist. Sein einziger Fehler ist vielleicht, dass er ein bisschen was von einem Pfadfinder an sich hat. Aber wie schon Baden Powell wusste, können selbst Pfadfinder in Versuchung geraten. Er empfahl dagegen eiskalte Duschen, aber ich bin sicher, bei Ihren fachlichen Fähigkeiten können wir auf das Wasser verzichten! Und nun lassen Sie uns unseren Tee trinken.«

Alva empfand das nicht unbedingt als das größte Kompliment, das ihr je gemacht worden war, aber es bestätigte ihr Gefühl, dass die Lösung des Problems, obwohl es nicht ihres war, von ihr kommen musste, so ungerecht das auch sein mochte.

Sie achtete darauf, dass ihre Beziehung zu Homewood niemals zu zwanglos wurde; das war nicht immer leicht, da sie ihn sehr mochte. Da fiel ihr der Umgang mit George Proctor in gewisser Weise leichter. Der betrat jetzt das Büro und nahm vor dem Schreibtisch des Direktors seine übliche halbmilitärische Haltung ein.

Erst nachdem Homewood ihn dazu aufgefordert hatte, setzte er sich widerwillig ganz vorne auf die Stuhlkante. Die nächsten paar Minuten lauschte er aufmerksam Homewoods genauen Anweisungen, woraufhin er nickte und sagte: »Also besondere Beobachtung wegen Suizidgefahr, aber er soll nicht merken, dass wir ihn beobachten, richtig?«

Homewood, der Proctors knappe Art seit Jahren kannte, lächelte und sagte: »Ich denke, so könnte man es ausdrücken, George. Möchten Sie noch irgendwas hinzufügen, Dr. Ozigbo?«

»Nur dass Sie mich bitte sofort informieren, ganz gleich um welche Uhrzeit, falls Hadda darum bitten sollte, mich zu sehen.«

»Meinen Sie, die Zeit könnte eine entscheidende Rolle spielen?«, fragte Homewood.

»Der gestörte Geist ist unablässig damit beschäftigt, Fenster zu öffnen und zu schließen. Es ist wichtig, die Gelegenheit zu nutzen, wenn das richtige Fenster aufgeht.«

»Verstehe. Haben Sie das mitbekommen, George?«

»Ja, Sir. Dr. Ozigbo über ihren Piepser benachrichtigen, egal zu welcher Tages- und Nachtzeit. Dann müssen Sie aber gut drauf achten, dass Sie das Ding auch anhaben, Miss.«

»Oh, das werd ich, George. Das werd ich.«

Proctor stand auf, um zu gehen, und auch Alva erhob sich. Homewood schien kaum zu registrieren, dass sie ging, und beschäftigte sich mit irgendwelchen Papieren auf seinem Schreibtisch. Als Kavalier alter Schule stand er normalerweise auf und begleitete sie bis zur Tür. Aber er hatte sich angewöhnt, bewusst zu demonstrieren, dass er sie lediglich als ganz normale Angehörige seines Mitarbeiterstabs sah, wenn Proctor oder einer seiner Officer dabei waren.

Als sie gemeinsam den Flur entlanggingen, sagte Proctor: »Lust auf ein Tässchen, Miss?«

Das war etwas Neues. Sie wusste, dass Proctor ein eigenes kleines Büro gleich neben dem Aufenthaltsraum der Wärter hatte, aber sie war noch nie drin gewesen.

Neugierig, was wohl hinter seinem unverhofften Anfall von Leutseligkeit stecken mochte, sagte sie: »Sehr gern.«

Das Zimmer war klein und funktional. Das Mobiliar bestand aus einem Schreibtisch, zwei unbequemen Stühlen und einem Aktenschrank, auf dem ein kleines Transistorradio stand.

Proctor sagte: »Nehmen Sie Platz, Miss, ich hol uns schnell nebenan einen Tee. Milch und Zucker?«

»Nur Milch«, sagte sie.

»Alles klar. Bin gleich wieder da. Möchten Sie etwas Musik hören, während ich weg bin?«

Ohne ihre Antwort abzuwarten, schaltete er das Radio ein. Es war auf einen Musiksender eingestellt, der anscheinend nonstop Hardrock spielte. Die Musik schallte so laut von den Wänden wider, dass es schon beinahe wehtat, aber Alva traute sich nicht, sie leiser zu drehen, um diesen Moment der Annäherung nicht zu gefährden.

Proctor kam mit zwei Bechern Tee aus dem Aufenthaltsraum zurück. Er stellte ihr einen hin und ging mit dem zweiten auf die andere Seite des Schreibtischs, wo er Platz nahm.

»Prost«, sagte er.

»Prost.«

Sie tranken beide einen Schluck. Der Tee war extrem stark. Alva war froh, dass sie um Milch gebeten hatte.

»Sie und Mr Homewood scheinen sich gut zu verstehen«, sagte Proctor.

Alva musste sich über den Tisch lehnen, um ihn über den Lärm des Radios hinweg zu verstehen, der Chief Officer hingegen schien so daran gewöhnt zu sein, dass es ihn nicht störte.

»Ja, ich würde sagen, dass wir ein gutes Arbeitsverhältnis haben«, antwortete Alva vorsichtig. Sie spürte, dass Proctor nicht einfach nur Konversation machte, daher hielt sie Vorsicht für angebracht, bis sie wusste, worauf er hinauswollte. Ihr erster Verdacht war der, dass er Homewoods Gefühle für sie bemerkt hatte und es aus irgendeinem Grund für seine Aufgabe hielt, ihr dringend zu raten, den Direktor nicht zu animieren. Was, wenn sie damit richtig lag, eine ausgemachte Frechheit war!

»Gefängnisse sind was Eigenartiges«, sprach er weiter. »Mit Höhen und Tiefen, jeder Menge seltsamer Stimmungen, da kommt man leicht auf komische Ideen.«

War er vielleicht in seiner Freizeit Sektenprediger und wollte ihr hier eine strenge moralische Standpauke halten?

Sie sagte: »Ja, da haben Sie wohl recht, George. Sie müssen das ja am besten wissen. Weil Sie schon so lange hier sind, meine ich.«

»Wohl wahr«, sagte er. »Aber die ein oder andere Meinungsverschiedenheit wird's ja wohl auch mal geben. Zwischen Ihnen und dem Direktor, meine ich.«

»Eigentlich nicht«, sagte sie nachdrücklich. »Ich glaube, wir sind durchaus auf der gleichen Wellenlänge.«

»Das ist gut. Allerdings, bei Dr. Ruskin und dem Direktor war das auch so, bis sie sich zerstritten haben.«

Natürlich war Alvas Vorgänger gelegentlich erwähnt worden, seit sie die Stelle übernommen hatte, doch nun hörte sie zum ersten Mal von einem Konflikt.

»Ich wusste nicht, dass sie sich zerstritten hatten«, sagte sie.

»Doch, doch. Ich meine, deshalb wurde ja auch die Stelle frei.«

Das war sogar noch überraschender.

»Nein, der Grund war doch wohl der Autounfall?«, sagte sie.

»Nun ja, weil er bei dem Unfall gestorben ist, mussten sie nicht zugeben, dass er gekündigt hatte. Das behalten wir lieber für uns, hat Mr Homewood gesagt.«

»Wieso musste er Ihnen das sagen, George?«, fragte Alva.

»Weil ich mit dem Tagesbericht vor seinem Büro gewartet hab, als es zu dem Krach zwischen ihnen kam. War nicht zu überhören, so laut haben sie sich angebrüllt. Vor allem Dr. Ruskin. Dann ist er aus der Tür gerauscht und hat geschrien: ›Spätestens heute Abend haben Sie meine schriftliche Kündigung auf dem Schreibtisch.‹ Ich hab noch fünf Minuten gewartet, ehe ich reingegangen bin, aber der Direktor wusste, dass ich schon länger da war. Deshalb hat er mich drauf angesprochen, als Dr. Ruskin zwei Tage später dann den Unfall hatte. Er meinte, wir sollten das mit Dr. Ruskins Kündigung lieber für uns behalten. Dann würde Dr. Ruskins Witwe keine Probleme bekommen, wegen der Rente und so.«

Alva musste das erst mal verarbeiten, dann sagte sie: »Und warum behalten Sie es jetzt nicht auch für sich, George?«

»Ach, bei Ihnen ist das was anderes, Miss. Sie gehören zur Familie. In einer Familie sollte es keine Geheimnisse geben, das führt nur zu Problemen, nicht? Wie ist Ihr Tee, Miss? Möchten Sie noch ein Tässchen?«

»Nein danke, George. Ich muss jetzt los«, sagte Alva, die erkannte, dass der bedeutsame Teil des Gesprächs vorüber war.

Aber was hatte das zu bedeuten?, fragte sie sich auf dem Weg nach draußen.

Es kam ihr so vor, als hätte Proctor sie vor irgendwas gewarnt, obwohl ihr schleierhaft war, warum. Vielleicht aus Nettigkeit, damit ihr das Gefühl, mit Homewood auf einer Wellenlänge zu liegen, nicht zu Kopf stieg und sie sich in gefährliches Fahrwasser begab. Oder aber nur aus dem boshaften Bedürfnis heraus, einen kleinen Keil in ein Bündnis von zwei, wie er fand, allzu liberal Denkenden zu treiben.

Wahrscheinlich würde die Zeit es zeigen. Das war meistens so. Alva konzentrierte ihre Aufmerksamkeit erneut auf die heikle Phase, die sie in ihrer Behandlung von Wolf Hadda erreicht hatte. Sie hatte das Gefühl, dass in den kommenden zwei Wochen etwas passieren würde. Zumindest würde der seit neuestem so freundliche George Proctor ganz sicher sein Versprechen halten und sie anpiepsen, sobald es passierte.

2

Das geschah schneller, als sie erwartet hatte.

Drei Tage später um halb fünf Uhr morgens, um genau zu sein. Sie griff nach dem Telefon neben ihrem Bett und wählte Proctors Nummer. Er meldete sich sofort.

»Hat versucht, sich die Handgelenke aufzuschneiden, Miss«, sagte er. »Und als er auf die Krankenstation gebracht wurde, hat er immer wieder Ihren Namen gesagt.«

»Bin schon unterwegs.«

Sie sprang rasch unter die Dusche, um wach zu werden. Als sie sich abtrocknete, fiel ihr Blick in den großen Spiegel an der Wand. Sie hatte, dachte sie, sehr viel mehr zu bieten, als ihr Gefängnisoutfit versprach. Wenn Homewood sie so sehen könnte, würde dem armen Kerl vermutlich die Hose platzen!

Sie vertrieb diese narzisstischen Gedanken, steckte sich die Haare hoch und zog sich an.

Sie traf gleichzeitig mit Homewood im Gefängnis ein. Natürlich war er als Erster von dem Selbstmordversuch unterrichtet worden, aber er hatte einen etwas längeren Weg. Wie sie gehört hatte, wäre er gern in die unmittelbare Nähe seines Arbeitsplatzes gezogen, wenn seine Frau nicht verlangt hätte, bei der Auswahl eines Hauses für sie und ihre drei Kinder anderen Kriterien den Vorrang zu geben. Alva konnte das verstehen. Homewood engagierte sich so stark in seiner Arbeit, dass er sie vermutlich auch mit nach Hause nahm. Das an sich war schon schlimm genug, auch ohne dass die schaurige Realität des Gefängnisses gleich nebenan bedrohlich aufragte.

Er sagte: »Sie hatten recht.«

Es klang ebenso sehr nach Vorwurf wie nach einem Kompliment.

Proctor erwartete sie beide.

Als sie mit ihm zusammen zur Krankenstation gingen, schilderte er ihnen, was geschehen war.

»Er hat sich ins Bett gelegt, als das Licht ausging, und schien eingeschlafen zu sein, aber irgendwann in der Nacht hat er sich das rechte Handgelenk mit einer Rasierklinge aufgeschnitten. Normalerweise schläft er ziemlich unruhig, und in letzter Zeit war es noch viel schlimmer, da hat er sich die ganze Nacht hin und her gewälzt. Manchmal hat er einfach nur dagelegen, die Augen weit auf, als wollte er nicht wieder einschlafen. Zum Glück hatte Lindale Dienst. Der hat ein Gespür dafür, wenn irgendwas nicht stimmt, und ihm ist aufgefallen, dass Hadda ungewöhnlich still dalag, also ist er rein und hat nachgesehen.«

»Wie zum Teufel hat er es geschafft, eine Rasierklinge mit ins Bett zu nehmen?«, wollte Homewood wissen.

Proctor sagte hölzern: »Das wird untersucht, Sir.«

Alva vermutete, dass er dachte: Wenn dieses Gefängnis nach meinen Regeln geführt würde und nicht nach Ihren, wäre das nicht passiert.

Als sie die Krankenstation betraten, wartete der Arzt schon auf sie. Sein Name war Martens. Seiner eigenen Darstellung nach war er ein Spitzenstudent gewesen, und er konnte nicht verhehlen, dass er das Gefühl hatte, vom Schicksal betrogen worden zu sein, weil er es im frühen mittleren Alter noch nicht weiter als bis zum Gefängnisarzt gebracht hatte. Er war zweifellos kein großer Anhänger der forensischen Psychiatrie, aber als Alva ihn an diesem Morgen erblickte, war sie ein wenig beruhigt. Er hatte das müde, gereizte Aussehen eines Mannes, der möglichst schnell zurück ins Bett wollte, und nicht die traurige, resignierte Miene eines Mediziners, der gerade einen Patienten verloren hatte.

»Oh, gut. Da sind Sie ja endlich, *Dr.* Ozigbo«, sagte er in dem leicht höhnischen Tonfall, mit dem er immer ihren Titel aussprach.

Homewood runzelte die Stirn und fragte barsch: »Wie geht es Hadda?«

»Hadda geht's gut«, sagte Martens. »Wahrscheinlich wäre es ihm auch noch gut gegangen, wenn er nicht vor dem Frühstück gefunden worden wäre. Im Gegensatz zu dem, was man schon mal in der Sensationspresse liest, ist der Schnitt ins Handgelenk eine ziemlich ineffektive Methode, sich umzubringen. Die meisten Menschen, so auch Hadda, setzen den Schnitt quer zum Handgelenk, und nur wenige schneiden so tief, dass sie die Arterie treffen. Wenn Sie normales Blut haben, kann der Körper eine durchtrennte Vene ziemlich erfolgreich wieder verschließen. Wenn der Schnitt dagegen in Längsrichtung gesetzt wird statt quer, sind die Erfolgsaussichten wesentlich besser ...«

»Aber er kommt durch?«, unterbrach Homewood ihn ungeduldig.

»Oh ja«, sagte der Arzt. »Dennoch, der Entschluss ist wohl das Entscheidende.«

»Ist er ansprechbar?«, fragte Alva.

»Ja. Er hat sich ziemlich aufgeregt, als ich ihn sedieren wollte. Er hat Ihren Namen mehrfach genannt, *Dr.* Ozigbo. Nicht immer in besonders schmeichelhafter Weise.«

Er sagte das mit einer gewissen Genugtuung. Offensichtlich lag seiner Ansicht nach ein klares Versagen vor, wenn ein Patient in psychiatrischer Behandlung versuchte, sich das Leben zu nehmen.

Und meiner Ansicht nach ...?, fragte Alva sich.

Sie ging weiter Richtung Station. Homewood wollte ihr folgen, aber sie legte ihm eine Hand auf die Brust.

»Ich gehe allein«, sagte sie.

Hadda beobachtete sie, als sie an sein Bett trat. Er sah blass aus, soweit man das dem von Narben durchzogenen Gesicht überhaupt ansehen konnte. Sein rechtes Handgelenk war dick bandagiert, aber ihr Blick wanderte automatisch zu seiner unbehandschuhten Hand. Es war das erste Mal, dass sie sie unverhüllt sah. Jetzt verstand sie, warum er sonst immer den schützenden schwarzen Handschuh trug. Das Fehlen von zwei Fingern war entstellender als die Narben im Gesicht, sogar entstellender als die Wunde, die durch die Augenklappe angedeutet wurde.

Er sagte: »Treibt die Schadenfreude Sie her?«

»Wie bitte?«

»Stellen Sie sich nicht blöd«, sagte er. »Jeder hat das Recht auf ein ›Hab-ich's-doch-gesagt‹, sogar Psychiater.«

»Sie müssen schon genauer werden, Wolf«, sagte sie. »Was hab ich denn Ihrer Meinung nach gesagt?«

Sein Blick glitt von ihr ab, und seine Miene wurde starr, als widersetzten sich die Gesichtsmuskeln dem Befehl des Gehirns. Dann zwang er sein Auge mit sichtlicher Anstrengung, sich wieder auf ihr Gesicht zu richten.

Er sagte, zuerst leise, doch dann mit wachsender Kraft: »Alles, was die in dem Prozess über mich gesagt haben, ich meine den Pädophilenprozess, war die Wahrheit. Und noch viel mehr. Ich weiß, was für schreckliche Dinge ich getan habe. Ich weiß, was für ein schrecklicher Mensch ich war, was für ein schrecklicher Mensch ich immer noch bin. Ich erzähl Ihnen alles, haarklein, wenn Sie das wollen. Ich weiß es, ich gebe es zu, ich erkenne es an.«

Jetzt sah sie, dass sein Auge sich mit den Tränen füllte, auf die sie gehofft hatte, seit sie mit der Arbeit an dem Fall begonnen hatte, aber der Anblick erfüllte sie mit Mitleid statt mit Freude.

Sie wusste nicht, ob ihr Mitleid oder sein Schmerz für Hadda unerträglich wurde, jedenfalls brach er den Blickkontakt zu ihr ab, drehte den Kopf zur Seite und presste das Gesicht ins Kissen. Aber er sprach weiter, und sie senkte den Kopf, um zu verstehen, was er sagte.

Leise, gedämpft, halb geschluchzt, halb gesprochen, hörte sie die Worte:

»Hilf mir ... hilf mir ... hilf mir ...«

BUCH ZWEI

Die schönen Bäume

Ich habe die friedlichste Gesinnung. Meine Wünsche sind: eine bescheidene Hütte, ein Strohdach, aber ein gutes Bett, gutes Essen, Milch und Butter, sehr frisch, vor dem Fenster Blumen, vor der Tür einige schöne Bäume, und wenn der liebe Gott mich ganz glücklich machen will, lässt er mich die Freude erleben, dass an diesen Bäumen etwa sechs bis sieben meiner Feinde aufgehängt werden.

Mit gerührtem Herzen werde ich ihnen vor ihrem Tode alle Unbill verzeihen – die sie mir im Leben zugefügt – ja, man muss seinen Feinden verzeihen, aber nicht früher, als bis sie gehenkt werden!

Heinrich Heine: *Gedanken und Einfälle*

1

Die tiefen Furchen in der langen Zufahrt zur Birkstane Farm waren hart gefroren.

Selbst bei niedrigem Tempo bewegte sich der alte Nissan Micra wie ein kleines Boot auf rauer See, und sein Fahrer Luke Hollins verzog jedes Mal das Gesicht, wenn er in ein neues Wellental eintauchte. Sein einziger Trost war, dass er eine Viertelmeile durch knöcheltiefen Schlamm hätte stapfen müssen, wenn die Straße nicht gefroren gewesen wäre. Andererseits wäre es vielleicht klüger gewesen, zu Fuß zu gehen. Als Landvikar, der gleich vier Pfarrbezirke zu betreuen hatte, konnte er sich keinen ernsthaften Schaden an den Stoßdämpfern leisten. Sein Gehalt war nämlich kein Vierfaches. Im Jahre des Herrn 2017 musste die Kirche von England ihren Geistlichen kein Armutsgelübde mehr abnehmen. Das war unnötig, wenn Armut sozusagen automatisch mit dem Beruf einherging!

In Sichtweite des Hauses versperrte ihm ein klappriges altes Tor den Weg. Er stieg aus, schob es mühsam ein Stück auf und beschloss, den Rest zu Fuß zu gehen. Als er näher kam, konnte er Spuren des Angriffs sehen, der ihn hergeführt hatte. Eingeschlagene Fenster, notdürftig mit Pappe geflickt, das Scheunentor war angekohlt und quer über die Mauer des Wohnhauses in roter Farbe die Worte: Verpiss dich, Kinderschänder!

Hätte er irgendetwas tun können, um das zu verhindern? Er bezweifelte es, aber er hatte trotzdem Schuldgefühle, weil er immer wieder Gründe gefunden hatte, seinen Besuch bei diesem neuen und umstrittenen Gemeindemitglied aufzuschieben, seitdem sich in der Gegend herumgesprochen hatte, dass sieben Jahre nach Freds Tod wieder ein Hadda in Birkstane lebte.

Keiner hatte zur Begrüßung Girlanden aufgehängt.

Jimmy Frith, Wirt im Black Dog und die Sorte Konservativer, die Torquemada wie einen Gleichstellungsbeauftragten erscheinen ließ, sprach sehnsüchtig von Folterbänken und Scheiterhaufen. Viele der einheimischen Frauen steigerten sich in hysterische Entrüstung hinein. Selbst Hollins' Frau, eine ausgesprochen unorthodoxe Vikarsgattin, machte keinen Hehl daraus, dass sie in diesem Fall nichts von Toleranz hören wollte. Hollins selbst hatte Enttäuschung geheuchelt, aber unter seinem Plädoyer für Mitgefühl und Vergebung konnte er eine instinktive Sympathie für die mit Bibelzitaten untermauerte Ansicht, dass bei der besten Therapie für Pädophilie Mühlsteine eine gewichtige Rolle spielten, nicht unterdrücken.

Dann hatte er am Vorabend auf einer Gemeinderatssitzung erfahren, dass eine Bande von jugendlichen Hitzköpfen vierundzwanzig Stunden zuvor Birkstane angegriffen hatte, um Wolf Hadda unmissverständlich klar zu machen, dass er nicht erwünscht war.

»Die haben die Scheune in Brand gesteckt, ohne sich groß drum zu scheren, ob er drin war oder nicht«, sagte Len Brodie, der Kirchenvorsteher, Vater dreier Töchter, »aber dann hat dieser plötzliche Hagelschauer das Feuer gelöscht, und sie sind schnell wieder zurück ins Black Dog geflitzt. Ich könnte mir vorstellen, dass Sie das göttliche Vorsehung nennen würden, Herr Vikar.«

Das würde er nicht, aber er empfand es zweifellos als eine eindringliche Erinnerung daran, dass es von seiner Pflicht zur Seelsorge keine Rücktrittsklausel gab.

Und so näherte er sich jetzt dem demolierten Haus, widerwillig und doch entschlossen wie Brownings Roland auf dem Weg zum Dunklen Turm.

Zögernd klopfte er an die massive Eichenholztür.

Von drinnen war kein Laut zu vernehmen, und er hob die Faust, um fester zu klopfen, doch da hörte er hinter sich ein dunkles Knurren.

Er fuhr herum und sah sich einem großen Mann gegenüber, dessen tief vernarbtes Gesicht durch die leere Höhle an der Stelle, wo das rechte Auge hätte sein müssen, noch erschreckender wirkte. An der rechten Hand fehlten ihm zwei Finger, und sein linkes Bein sah aus, als wäre es gewaltsam abgerissen und dann mit Kunststoffkitt wieder angeklebt worden.

Die verstümmelte Hand fiel ihm auf, weil die noch verbliebenen Finger des Mannes den Stiel einer Holzfälleraxt umschlossen, und das verstümmelte Bein, weil der Mann splitternackt war. Neben dem kaputten Bein war etwas, das aussah wie ein schlecht als Border Collie verkleideter Wolf, der vermutlich für das Knurren verantwortlich war.

Der Vikar trat so schnell zurück, dass er gegen die Tür stieß, und rief: »Jesus Christus!«

»Wolf Hadda«, sagte der Mann. »Freut mich Sie kennenzulernen, Mr Christus. Für einen Moment hab ich gedacht, Sie wären einer von diesen Lümmeln und wollten es noch mal versuchen.«

»Nein, Verzeihung, ich heiße nicht ... ich meine ... ich war nur ein bisschen überrascht ...«

Er bemerkte ein amüsiertes Funkeln in dem einen Auge des Mannes, was ihn erleichterte. Spöttelei war in Ordnung. Die gehörte zu seinem Beruf dazu. Äxte dagegen ...

Er sammelte sich und sagte: »Ich bin Luke Hollins, Ihr Vikar. Ich dachte, ich schau mal vorbei und erkundige mich, wie Sie sich so eingelebt haben. Tut mir leid, die Sache hier … wahrscheinlich Jugendliche, die keinen Alkohol vertragen …«

Er deutete auf die Schmiererei und die zerbrochenen Fenster.

»Die haben also einfach nur ein bisschen Dampf abgelassen?«, sagte Hadda. »Wobei Jimmy Frith ihnen vorher ordentlich eingeheizt hat, schätze ich. Jimmy ist doch noch immer Wirt im Dog, oder? Weiß der Himmel, wie er sich vierzig Jahre hat halten können, wo er doch selbst sein bester Kunde ist. War immer ein hoher Preis, wenn man nur ein Bier trinken wollte und sich dabei anhören musste, wie er die Welt rettet.«

»Könnten wir ins Haus gehen, Mr Hadda?«, sagte Hollins. »Sie sehen aus, als wäre Ihnen kühl. Spazieren Sie immer nackt herum?«

»Nein. Ich komme gerade von meiner morgendlichen Dusche. Ich krieg mein Wasser von dem Bach hinterm Haus, aber bei dem schwachen Wasserdruck ist es einfacher, wenn ich rausgehe und mich an der Quelle wasche. Es gibt da einen kleinen Wasserfall, unter den ich mich setzen kann. Ich hab Ihr Auto gehört, und nach diesem Erlebnis neulich …«

Er wandte sich ab und ging ums Haus herum. Als er an einem Hackklotz vorbeikam, hob er die Axt und schlug sie hinein. Er tat das mit einer Hand und so lässig, dass Hollins froh war, den Mann nicht durch irgendetwas provoziert zu haben. Falls das je passieren sollte, wäre wohl die beste Strategie, so befand er, die Beine in die Hand zu nehmen. Das kaputte linke Bein des Mannes schien steif zu sein, was einen schwerfälligen, wiegenden Gang verursachte. In Verbindung mit den Entstellungen im Gesicht hätte die Wirkung eigentlich monströs sein müssen, doch während Hollins hinter ihm her ging, ertappte er sich dabei, wie er genüsslich das Muskelspiel auf dem breiten vernarbten Rücken beobachtete. Er senkte den

Blick zu den straffen, glatten Gesäßbacken und schlug dann rasch die Augen gen Himmel.

Vorsicht, mein Lieber!, ermahnte er sich. Du bist ein glücklich verheirateter Geistlicher der Kirche von England.

Drinnen im Haus war es nicht viel wärmer als draußen. Im offenen Kamin in der Küche war ein Holzfeuer vorbereitet.

Hadda sagte: »Halten Sie doch bitte ein Streichholz dran, ja? Sneck, lieg!«

Der Hund legte sich quer vor den Kamin und stieß erneut ein tiefes Knurren aus, als Hollins sich behutsam über ihn beugte, um das Feuer anzuzünden. Es flammte schnell auf, und er setzte sich an den alten Tisch und nahm seine Umgebung in Augenschein.

Der Raum sah aus, als hätte er sich in den letzten hundert Jahren kaum verändert. In dem schwarzen Deckenbalken steckten Haken, um Schinken daran aufzuhängen, die kleinen Fensterscheiben waren wolkig und uneben, und alles Holz hatte das ausgebleichte, verwitterte Aussehen, das sich nur durch lange Benutzung oder viel Geld einstellt. Der grobe Putz an den Wänden folgte den Wölbungen und Dellen der Granitsteine, aus denen sie erbaut waren. Fast in Deckenhöhe hing eine alte Stockuhr an einem langen Nagel, der in eine Ritze zwischen zwei Steinen getrieben worden war. Darunter hielt ein kürzerer Nagel, der in derselben Ritze steckte, ein Sticktuch mit Schriftzug, der aber durch eine dicke Schicht von Spinnweben unleserlich geworden war. Das Mobiliar bestand aus einem quadratischen Eichenholztisch, der so alt wie das Haus sein mochte, drei Küchenstühlen, die möglicherweise ein paar Jahrhunderte jünger waren, und einem Schaukelstuhl mit abgewetzter Sitzfläche am Kamin. Das zwanzigste Jahrhundert war durch einen alten Elektroherd vertreten, und das einundzwanzigste durch einen chromblitzenden Wasserkocher neben der Spüle.

Für einen leicht surrealen Anstrich sorgten ein kleines unaufgeblasenes Schlauchboot und eine Fußpumpe, die in einer Ecke lagen.

Hollins starrte einen Moment darauf, dann wandte er sich dem Sticktuch zu. Er wollte die Spinnweben nicht beiseitestreichen, daher musste er sich vorbeugen, um durch die silbrigen Fäden hindurch die gotische Schrift zu entziffern, die akribisch von einer Menschenhand hineingestickt worden war.

Es war das Vaterunser.

»Machen Sie sich keine großen Hoffnungen, Padre«, sagte Hadda trocken von der Innentür aus. »Ich glaube, es verdeckt einen Feuchtigkeitsfleck.«

Für einen großen hinkenden Mann bewegt er sich sehr leise, dachte Hollins und sah mit einiger Erleichterung, dass sein Gastgeber jetzt einen dicken Pullover mit Poloausschnitt, eine alte Cordhose und Stiefel trug. Außerdem hatte er seine leere Augenhöhle mit einer schwarzen Klappe bedeckt und einen schwarzen Lederhandschuh über die rechte Hand gezogen.

»Haben Sie aus Angst vor Feuchtigkeit eine Arche hier stehen?«, fragte Hollins und schaute zu dem Schlauchboot hinüber.

»Was? Ach so, das. Als Junge hab ich in den umliegenden Bergseen mit dem Netz gefischt. Ich hab das Boot unter einem Haufen anderem Kram aus meiner Kindheit gefunden und dachte, es würde sich vielleicht lohnen, es wieder seetüchtig zu machen, falls ich mir mein Futter selbst beschaffen muss. Apropos, möchten Sie einen Kaffee?«

»Ja, bitte.«

Hadda ließ etwas Wasser in den Kocher laufen, schaltete ihn ein und gab etliche Löffel Kaffee in eine Kanne. Dann setzte er sich und studierte seinen Gast.

Luke Hollins hatte sich daran gewöhnt, studiert zu werden, meistens mit einer gewissen Skepsis.

Er hatte einen geschorenen Schädel und ein unrasiertes Kinn. Er trug eine knallrote Fleecejacke, eine lange Khakihose, die sich durch Abnehmen der unteren Beinhälften in Shorts verwandeln ließ, und Nike-Turnschuhe. Was seine Kleidung betraf, war die einzige Konzession an seinen Beruf der römische Kragen, der unter der Jacke hervorlugte, und selbst der war leicht grünlich verfärbt.

»Lady Kira ist bestimmt ganz begeistert von Ihnen«, sagte Hadda.

»Verzeihung?«

»Das Schloss liegt doch in Ihrem Pfarrbezirk, oder? Sir Leon zieht bestimmt noch immer seine Gutsherrennummer ab und lädt den Pfarrer gelegentlich nach dem Sonntagsgottesdienst zum Lunch ein, richtig?«

»Ein einziges Mal bisher«, sagte Hollins. »Ich rechne nicht mit einer zweiten Einladung.«

»Die kommt schon noch. Die alte Garde wird mit Traditionsbrechern fertig, indem sie sie in die Tradition einbindet«, sagte Hadda. »Seit wann sind Sie hier?«

»Seit sechs Monaten«, sagte Hollins und dachte: Wieso stelle nicht ich hier die Fragen?

»Schon so lange? Die müssen verzweifelt sein.«

»Außer mir hatte sich nur noch eine Frau beworben«, erklärte Hollins zu seinem eigenen Erstaunen.

»Muss ein Kopf-an-Kopf-Rennen gewesen sein. Schön, was können Sie für mich tun, *Padre*?«

»Verzeihung?«

»Wissen Sie, wenn Sie genau hinhören würden, wenn man Sie anspricht, und den Worten ihre übliche Bedeutung zuweisen würden, dann müssten Sie vielleicht nicht dauernd ›Verzeihung?‹ sagen. Sie haben an meine Tür geklopft. Ich vermute, Sie möchten sich kein Pfund Zucker ausborgen oder um eine Spende für die Missionsgesellschaft bitten. Also sind Sie wahrscheinlich hergekommen, um Ihre Dienste anzubieten. Nicht im engeren Sinne des Wortes, hoffe ich. Mit Gebeten hab ich nichts am Hut. Also, was können Sie für mich tun?«

»Ich könnte Ihnen ein verständnisvoller Zuhörer sein ...«, begann Hollins.

»Ach ja? Dann sind Sie also pervers?«

»Verzeihung ... ich meine ... Verzeihung?«

Das Wasser kochte. Hadda schaltete den Kocher ab, wartete einen Moment, bis das Wasser aufhörte zu sprudeln, und goss es dann unter kräftigem Rühren in die Kanne.

»Das bin ich ja wohl, oder? Wenn Sie also ein verständnisvoller Zuhörer sind, impliziert das ... Verständnis. Aber das ist Ihr Problem. Hören Sie, ich möchte nicht, dass Sie sich hinterrücks an meine Seele ranschleichen, also lassen Sie uns zur Sache kommen und die wirklich wichtige Frage klären. Kaufen Sie selbst bei Tesco ein oder lassen Sie sich von denen beliefern?«

Er goss den Kaffee in zwei schwere Porzellanbecher und reichte einen rüber. Ohne Milch oder Zucker.

Hollins verkniff sich ein weiteres »Verzeihung?« und sagte: »Ja, ich meine ... ja, wir lassen uns beliefern.«

»Gut. Die weigern sich, mich hier zu beliefern, angeblich weil die Zufahrt zu holprig ist. Und selbst wenn ich ein bisschen fische und so weiter, brauche ich trotzdem noch andere Sachen. Wenn ich Ihnen also von Zeit zu Zeit eine Einkaufsliste gebe, könnten Sie die doch mit auf ihre Bestellung setzen, oder? Und die Sachen dann raus nach Birkstane bringen.«

»Tja, also, ich denke schon ...«, sagte Hollins und musste an die zu erwartende Reaktion seiner Frau denken.

»Nun, kommen Sie! Keine Bange, ich bezahle für mein Zeug. Außerdem dachte ich, die Speisung der Armen gehört zu Ihrem Berufsbild.«

»Natürlich. Es wird mir ein Vergnügen sein.«

»Ein Vergnügen? Dann sollte ich Sie vielleicht doch nicht bezahlen. Gut, schreiben Sie mir Ihre Telefonnummer auf, und ich melde mich bei Ihnen.«

Er warf einen Blick auf die Stockuhr an der Wand und stand dann auf.

»Muss Sie jetzt verlassen«, sagte er. »Bin mit meinem Bewährungshelfer in Carlisle verabredet. Außerdem muss ich mich regelmäßig bei der Ortspolizei in Whitehaven melden. Das sind die Höhepunkte meines gesellschaftlichen Lebens. Bleiben Sie ruhig noch und trinken Sie Ihren Kaffee aus. Ach ja, und wenn Sie nächsten Sonntag Ihre Kanzel besteigen, können Sie Ihren dämlichen Schäfchen zwei Dinge von mir ausrichten. Erstens: Ich bin keine Gefahr für ihre Kinder, ich hab mich behandeln lassen, die bittere Pille geschluckt, auch im übertragenen Sinne. Ich kann wieder meinen Platz in der Gesellschaft einnehmen – und wenn Sie das nicht glauben, können Sie ja Dr. Ozigbo fragen.«

»Ozigbo? Der Name klingt ... ungewöhnlich.«

»Ausländisch, meinen Sie?« Hadda grinste. »Ich hatte ganz vergessen, dass man hier schon Leute aus Westmorland für Ausländer hält. Nigerianische Abstammung, glaube ich, aber in England geboren und aufgewachsen. Und noch dazu gebildet, besser als Sie und ich, wage ich zu behaupten. Ja. Dr. Ozigbo ist die Psychiaterin, die mich gerettet hat. Und ich bin einer ihrer großen Erfolge. Würde mich nicht wundern, wenn sie jetzt ein Buch über mich schreibt. Erzählen Sie das Ihren Schwachköpfen. Jetzt muss ich aber los. Wenn ich zu spät komme, muss ich vielleicht in den Karzer. Bis dann. Sneck!«

Schwer auf einen robusten Gehstock gestützt, hinkte er langsam zur Tür hinaus. Der Hund knurrte den Vikar noch einmal vorsorglich an, erhob sich dann und folgte ihm nach draußen.

Nach einem Moment schüttete Hollins seinen Kaffee in die Spüle – er trank ihn gern mit zwei Stücken Zucker und einem Löffel Sahne – und spülte die Tasse dann in einem Rinnsal aus torfbraunem Wasser aus. Ihm kam der Gedanke, dass das jetzt eine gute Gelegenheit wäre, sich ein bisschen umzusehen, aber nicht mal radikale anglikanische Geistliche machten so was.

Er ging nach draußen. Das angekohlte Scheunentor stand offen und nach draußen drang das Geräusch eines Motors, der scheppernd zum Leben erwachte, unmittelbar gefolgt von einem uralten Land Rover Defender. Als der Wagen vor ihm stoppte, sah er, dass Sneck auf dem Beifahrersitz saß.

»Ist das da Ihr Spielzeugauto?«, fragte Hadda durch das offene Fenster und deutete mit dem Kinn auf den hellblauen Micra vor dem Tor.

»Ja.«

»Lassen Sie ihn das nächste Mal oben vor der Zufahrt stehen. Sie können von Glück sagen, dass Sie überhaupt so weit gekommen sind. Und wenn Sie den Winter überstehen wollen, würde ich ihn gegen so ein Prachtstück hier eintauschen.«

Der Motor des Defenders heulte auf, als würde er sich über das Kompliment freuen, und Hollins rief: »Sie haben gesagt, ich sollte meiner Gemeinde *zwei* Dinge ausrichten.«

»Freut mich, dass Sie so gut aufpassen«, rief Hadda zurück. »Das zweite ist: Ich bin zwar keine Gefahr für ihre Kinder, aber wenn Jimmy Frith seine Hitzköpfe aus dem Black Dog noch einmal hier raufschickt, werden sie feststellen, dass meine Axt eine Gefahr für sie ist. Lektion zu Ende. Amen und aus.«

2

Davy McLucky hatte sich als Lektüre für die Zugfahrt einen *Glasgow Herald* gekauft. Automatisch schlug er die Seite mit den Kleinanzeigen auf, um sich zu vergewissern, dass seine drin war.

Probleme?
McLUCKY HILFT!
Diskrete Ermittlungen
Sicherheitsdienste
Eintreiben von Schulden

Tatsächlich trieb er praktisch nie Schulden ein, dazu war ein Maß an Härte erforderlich, das er nicht anstrebte, aber wenn Glasgower einen Privatdetektiv einstellen, wünschen sie sich einen harten Kerl. Er hatte schon früh gelernt, sich diese Fassade zuzulegen. *Flennen nützt nix,* hatte sein Vater gesagt, als Davy völlig verweint aus der Schule gekommen war, weil Mitschüler ihn schikaniert hatten. *Du musst dich wehren.*

Versuch bloß nicht, aus unserem Davy einen harten Mann zu machen, hatte seine Mutter protestiert.

Ich will keinen harten Mann aus ihm machen, hatte sein Vater geantwortet. *Aber er soll lernen, wie man so tut, als wäre man einer.*

Er hatte seine Lektion gelernt, und das hatte ihm geholfen, seine Kindheit und Jugend in einem Glasgower Stadtteil zu überstehen, der nicht so recht in die Europäische Kulturhauptstadt passen wollte. Und es hatte ihm geholfen, als er schließlich zur Londoner Polizei ging. Sein neuer Bekanntenkreis in London, Kollegen und Ganoven gleichermaßen, hatte aus dem

Fernsehen gelernt, dass mit einem hart auftretenden Glasgower nicht zu spaßen war. Doch in dieser erbarmungslosen Atmosphäre, in der du jeden Tag neu beweisen musstest, wer du wirklich warst, blieb sein im Grunde weicher Kern nicht lange unbemerkt, und letztendlich wurde ihm klar, dass der Rang eines Detective Constable für ihn das Ende der Fahnenstange war. Mit Mitte dreißig, geschieden und desillusioniert, hatte er von der Polizei und der Hauptstadt genug und reichte seine Kündigung ein. Wieder zurück in Glasgow, wohnte er bei seiner Mutter und suchte sich einen Job bei einem privaten Wachdienst. Dann starb seine Mutter plötzlich und unerwartet, und er erbte sein kleines Elternhaus am Rande von Bishopsbriggs. Als er überrascht feststellte, wie viel es wert war, verkaufte er das Haus und gründete mit dem Geld seine eigene Privatdetektei.

McLUCKY HILFT! Nicht originell, aber griffig, dachte er zufrieden. Nach einem holprigen Start hatte sein Ruf, verlässlich und preisgünstig zu arbeiten, ihm eine solide Auftragslage beschert, so solide, dass er sich, wenn alles normal lief, die Freiheit herausnehmen konnte, wählerisch zu sein und Jobs abzulehnen, die ihm nicht gefielen, allen voran das Eintreiben von Schulden.

Warum also fuhr er jetzt runter nach Carlisle, um sich mit einem berüchtigten Exhäftling zu treffen?

Das war die Frage, die ihn veranlasste, den Blick von den Kleinanzeigen im *Herald* zu heben und nach draußen auf die frostige Grenzlandschaft zu starren, während er zum ersten Mal, seit er der Polizei den Rücken gekehrt hatte, wieder zurück nach England reiste.

Haddas Anruf hatte ihn völlig überrascht.

»Sind Sie der McLucky, der früher bei der Kripo in London war?«

»Der bin ich.«

»Hier spricht Wolf Hadda. Erinnern Sie sich an mich?«

»Ja.«

»Ich möchte Sie engagieren.«

»Und was soll ich für Sie tun?«

»Darüber reden wir, wenn wir uns sehen. Nächsten Donnerstag, zwei Uhr, im Old Station Hotel in Carlisle. Ich bezahle Ihnen die Anfahrtszeit und die Fahrkarte, noch bevor wir anfangen, uns zu unterhalten, okay?«

»Moment mal, ich würde gern ein bisschen genauer ...«

»Wenn wir uns sehen. Auf Wiedersehen, Mr McLucky.«

Mehr nicht. Er hatte lange darüber nachgedacht, ehe er sich entschloss, hinzufahren. Und er dachte noch immer darüber nach, während er mit seiner ungelesenen Zeitung auf dem Schoß dasaß und in die vorbeiziehende Landschaft starrte, ohne ihre mondartige Schönheit unter der Wintersonne wahrzunehmen.

Er hatte noch fast zwei Stunden Zeit, als er in Carlisle ankam. Nachdem er das Old Station Hotel gefunden hatte, bummelte er durch die Stadt und schaute sich die Sehenswürdigkeiten an.

Eine Minikathedrale und eine gedrungene Burg, beide aus rotem Sandstein, waren offenbar schon alles, doch er hatte keine große Lust auf eine Besichtigung und machte sich in dem schneidenden Wind, der ihm durch die stillen Straßen folgte, auf den Rückweg zum Hotel, wo er sich in der Bar einen Scotch genehmigte, als Hadda langsam hereingehinkt kam. Er hatte eine lange, warm aussehende Feldjacke an und stützte sich schwer auf seinen Gehstock.

Er steuerte geradewegs auf den Tisch zu, schuf ein wenig Platz, um das linke Bein auszustrecken, und setzte sich.

»Sie sind zu früh«, sagte er.

»Sie auch.«

»Ja. Mein Bewährungshelfer ist zu dem Schluss gekommen, dass ich ein braver Junge war, und hat mich nicht lange aufgehalten. Das Wichtigste zuerst. Was schulde ich Ihnen für die Zugfahrkarte und sonstige Auslagen?«

Er zückte ein Portemonnaie, als er das sagte. McLucky fiel auf, dass es prall gefüllt aussah.

Er sagte: »Das kann warten. Falls ich Ihren Auftrag nicht annehme, nehme ich auch Ihr Geld nicht an.«

»Warum nicht?«

»Weil es sich in dem Fall wahrscheinlich um etwas handelt, mit dem ich nichts zu tun haben will, und dann will ich auch kein Geld von Ihnen genommen haben.«

»Ihre Art zu denken gefällt mir«, sagte Hadda. »Wieso sind Sie aus dem Polizeidienst ausgeschieden?«

»Weil er mir nichts mehr gegeben hat. Und vielleicht konnte ich ihm auch nichts mehr geben. Wie sind Sie auf mich gekommen?«

»Ich hab Erkundigungen eingezogen. Mir wurde gesagt, Sie hätten gekündigt und wären zurück nach Glasgow gegangen. Da hab ich mich gefragt, was ehemalige Polizisten wohl so machen? Und dann hab ich McLUCKY HILFT gefunden.«

»Gut. Damit wäre das Wie geklärt. Kommen wir zu dem Warum.«

»Moment. Ich glaube, jetzt bin ich wieder dran mit fragen. Sie waren noch immer Detective Constable, als Sie aufgehört haben, richtig? Hat das zu Ihrem Entschluss beigetragen?«

»Ja und nein«, sagte der Schotte. »Wenn Sie damit meinen, dass ich das Gefühl hatte, Detective Constable zu sein wäre unter meiner Würde, dann ist die Antwort nein. Es war eine gute anständige Arbeit. Wenn Sie damit meinen, dass ich die Nase voll davon hatte, mir ansehen zu müssen, wie sich kleine

Klugscheißer mit miesen Zeugnissen und wenig in der Birne die schlüpfrige Karriereleiter hocharbeiten, dann ist die Antwort ja.«

»War DI Medler einer von diesen kleinen Klugscheißern?«

»Mag sein«, sagte McLucky und leerte sein Glas. »In einer halben Stunde fährt ein Zug zurück, den ich nehmen könnte. Wir sollten also zur Sache kommen.«

Eine Kellnerin hatte einem Paar, das an einem Tisch in der Nähe saß, Sandwiches gebracht. Hadda winkte sie mit seinem Stock zu ihnen.

»Noch einen Drink? Und ein Sandwich? Sie können für sich selbst bezahlen, falls ich Sie bitte, mich nach Thailand rauszuschmuggeln.«

McLucky antwortete nicht, und Hadda bestellte einfach.

»Geht das hier auf Kosten des Steuerzahlers?«, fragte McLucky.

»Wieso gehen Sie davon aus, dass ich keinen Job habe?«

Der Privatdetektiv ließ seinen sachlichen Blick über Hadda gleiten und sagte: »Na ja, ich kann mir nicht vorstellen, dass Sie in der internationalen Finanzwelt zu tun haben, also was können Sie sonst noch?«

Hadda setzte ein Grinsen auf, das seinem Spitznamen alle Ehre machte.

»Zurück zu den Anfängen, vielleicht. Man vergisst nie, was man als kleiner Junge von seinem Vater gelernt hat.

»Und damit wären Sie was?«

»Holzfäller«, sagte Wolf Hadda. »Ich wollte Sie etwas fragen. Hat Medler mich im Krankenhaus besucht?«

Der Schotte nickte.

»Ja. Kurz nachdem Sie aufgewacht waren. Nur das eine Mal.«

»Da bin ich froh«, sagte Hadda. »Damals war ich mir nie

ganz sicher, ob ich wach war oder im Dämmerschlaf. Meiner Erinnerung nach sah er leicht verbrannt aus und trug ein Hawaiihemd, das aussah, als wäre es für irgendeine andere Spezies gemacht worden.«

»Richtig. Er hat sich in Spanien niedergelassen, nachdem er seinen Abschied genommen hatte, vielleicht ist das eine Erklärung.«

»Möglich. Was wurde denn so gemunkelt, als er in den Ruhestand ging?«

»Was?«

»Ach kommen Sie. Ich bin sicher, Ihr Dezernat war so klatschsüchtig wie eine Mädchenkapelle. Was haben die Leute gesagt?«

McLucky überlegte kurz, ehe er antwortete: »Sie haben gesagt, dass jemand, der alle Schliche kennt, guten Grund haben muss, sich rauszuschleichen.«

»Und welchen Grund hat er angegeben?«

»Gesundheitliche Probleme, Stress.«

»Wenn er geblieben wäre, wie weit hätte er es bringen können?«

Der Schotte zuckte die Achseln.

»Vielleicht bis zum Commander. Aber wenn man auf dem Drahtseil balanciert, reicht schon ein Furz, um abzustürzen.«

»Wollen Sie damit sagen, dass er bestechlich war?«

»Wenn ich das angenommen hätte, ohne etwas dagegen zu unternehmen, wäre ich als Polizist keinen Deut besser gewesen. Er war nicht mein bester Freund, Typen wie er haben keine besten Freunde. Vielleicht war er ein bisschen egozentrisch und hat sich nicht immer sklavisch an den Dienstweg gehalten, aber das macht ihn noch nicht zu einem korrupten Bullen. Hören Sie, worauf wollen Sie hinaus?«

»Ich weiß nicht genau«, sagte Hadda. »Aber er kann nicht

völlig egozentrisch gewesen sein. Schließlich ist er zurückgekommen, um nach mir zu sehen, obwohl er mit dem Fall schon lange nichts mehr zu tun hatte. Das muss doch was bedeuten. Was meinen Sie, Mr McLucky?

»Nun ja, vielleicht hat ihn sein Mitgefühl mit einem schwer geprüften Mitmenschen zu Ihnen getrieben.«

Seine Miene war ausdruckslos, sein Ton neutral.

Hadda sagte: »Möglich. Und er muss sich ernsthaft Sorgen um mich gemacht haben, sonst hätte er nicht einen seiner alten Kollegen gebeten, ihn über meinen Zustand auf dem Laufenden zu halten.«

»Davon könnte er auch aus der Zeitung erfahren haben.«

Jetzt schüttelte Hadda den Kopf.

»Nein. Die Info ist erst zwei Wochen nachdem ich aufgewacht war, an die Presse gegangen. Das hab ich überprüft.«

Die Sandwiches und Drinks wurden gebracht. McLucky bekam einen Scotch hingestellt.

Hadda, so bemerkte er, trank Orangensaft.

Er sagte: »Ich kann den Zug noch immer erwischen, wenn ich mich beeile, also sagen Sie, weshalb ich bleiben sollte.«

»Also schön. Irgendwas an meinem Fall hat Sie gestört, nicht wahr?«

»Wie kommen Sie darauf?«

»Damals im Krankenhaus haben Sie zu Anfang einfach nur gewissenhaft Ihre Arbeit getan, aber später war Mitgefühl dabei. Nichts Dramatisches, aber zu dem Zeitpunkt, als ich schließlich ins Untersuchungsgefängnis verlegt wurde, haben Sie mich wie ein menschliches Wesen behandelt.«

»Wenn man sich lange genug um eine räudige Ratte kümmert, gewinnt man sie irgendwann lieb«, sagte McLucky.

»Mag sein. Aber da ist noch etwas.«

»Was denn?«

»Sie sind hier. Wie viele Expolizisten kennen Sie, die hundert Meilen Zugfahrt auf sich nehmen würden, nur um ein Glas mit einem kürzlich entlassenen Betrüger und Kinderschänder zu trinken?«

»Wollen Sie behaupten, ich hätte mich in Sie verliebt, Sir Wilfred?«, fragte der Schotte spöttisch.

»Mr Hadda, bitte. Wissen Sie nicht mehr, kaum war ich verurteilt, hat man überlegt, ob man mir nicht noch etwas wegnehmen könnte außer meiner Familie, meinem Vermögen, meinen Freunden und meiner Zukunft, und irgendwer hat gesagt, der hat doch noch immer seinen Titel, den hätte Ihre Majestät doch sicher gern wieder. Also haben sie ihn mir weggenommen. Nein, wenn Sie nicht noch perversere Neigungen haben als ich angeblich, hegen Sie keine besonderen Gefühle für mich. Ich dagegen hege besondere Gefühle für Sie.«

»Ach ja? Stört es Sie, wenn ich mir das Sandwich mit Räucherlachs nehme? Der kommt wahrscheinlich aus dem schottischen Hochland, ich krieg allmählich Heimweh.«

»Bitte bedienen Sie sich. Ja, meine besonderen Gefühle beruhen darauf, dass Sie Mitglied eines sehr exklusiven Klubs sind. Wissen Sie, Mr McLucky, ich denke, dass Sie, trotz der Tatsache, dass Sie mich nur einige wenige Wochen kannten, und im Unterschied zu meinen Freunden und Mitarbeitern, die mich schon ewig kannten, oder meiner Psychiaterin, die mich wahrscheinlich gründlicher und besser kennengelernt hat als jeder andere, oder auch im Unterschied zur britischen Öffentlichkeit, die mich überhaupt nie gekannt hat –, wie gesagt, trotz dessen und im Unterschied zu den anderen ist es Ihnen schwergefallen, absolut hundertprozentig sicher zu sein, dass ich schuldig im Sinne der Anklage war. Ja, das macht Sie zum Mitglied eines höchst exklusiven Klubs.«

McLucky schluckte den Lachs herunter, auf dem er herumgekaut hatte, spülte mit Whisky nach und sagte: »Sagen Sie mir, was Sie von mir wollen, Mr Hadda, oder ich verschwinde von hier, sobald ich das Sandwich aufgegessen habe.«

»Dem Himmel sei Dank, dass die Schotten Verschwendung hassen, was? Also gut, ich hab versucht, über die Londoner Polizei Kontakt zu Ihnen aufzunehmen, weil ich hoffte, Sie überreden zu können, mir ein paar Fragen zu DI Medler zu beantworten. Dann erfuhr ich, dass Sie sich in den Privatsektor zurückgezogen hatten, und mir kam der Gedanke, dass wir unserem Verhältnis eine echte geschäftliche Basis verleihen könnten.«

»Sie wollen mich beauftragen, meinen Sie? Womit genau?«, fragte McLucky und schob sich das letzte Stück Lachssandwich in den Mund.

Hadda sagte: »Für den Anfang hätte ich gern einige schlichte Informationen über die Leute auf dieser Liste: Ich will wissen, wo sie sind, was sie machen.«

Er reichte ein gefaltetes Blatt Papier über den Tisch.

Der Schotte blickte kurz darauf und stieß einen leisen Pfiff aus.

»Worauf sind Sie aus, Mr Hadda?«, fragte er.

»Das sagte ich doch schon. Informationen. Für den Anfang.«

»Okay? Und danach?«

»Vielleicht ein bisschen praktische Hilfe. Immer im Rahmen der Legalität, unter Berücksichtigung der für Ihren Berufsstand notwendigen Täuschungsmanöver.«

McLucky musterte ihn streng und sagte dann: »Apropos Legalität, nach dem, was ich zuletzt gehört habe, sind Sie pleite. Bei so einem Auftrag können zig Stunden zusammenkommen, mal ganz abgesehen von den Spesen. Sie müssten schon verdammt viele Bäume fällen, um meine Rechnungen bezahlen zu können.«

Statt einer Antwort griff Hadda in seine Feldjacke. Diesmal zog er kein Portemonnaie heraus, sondern einen dicken DIN-A5-Umschlag.

»Hier drin sind eintausend Pfund«, sagte er und legte ihn auf den Tisch. »Plus meine Handynummer. Führen Sie Buch über alles, und wenn die Tausend zu Ende gehen, rufen Sie mich an.«

»Und was machen Sie dann?«, fragte McLucky. »In den Wald gehen und noch mehr Bäume fällen?«

»Wie gesagt, was man als Kind gelernt hat, vergisst man nie«, sagte Hadda.

McLucky pickte mit dem Zeigefinger ein paar Krümel von seinem Teller und fragte: »Wie spät ist es?«

Hadda sah auf seine Uhr. Als er wieder aufblickte, war der Umschlag verschwunden.

»Ich glaube, den Zug haben Sie verpasst«, sagte er.

»Kein Problem. In einer Stunde geht der nächste. Gibt es für die Sache ein Zeitlimit?«

Hadda schüttelte den Kopf.

»Ich will vor allen Dingen gute Arbeit. Nehmen Sie sich so viel Zeit, wie Sie brauchen. Den ganzen Winter, falls nötig.«

»Den ganzen Winter«, echote der Schotte. »Und was werden Sie den ganzen Winter über tun, Mr Hadda?«

»Meine Axt schärfen«, sagte Wolf Hadda.

3

Imogen Estover erwachte und blieb still liegen. Sie versuchte herauszufinden, was sie geweckt hatte.

Alte Gebäude haben ihre eigene Sprache, die für den Eingeweihten ebenso vielsagend ist wie der Gesang der Wale oder das Geheul von Wölfen. Imogen konnte nahezu jedes Seufzen und Knarren des Hauses in Holland Park deuten. In den zwei Jahrzehnten, seit sie und Wolf Hadda hier eingezogen waren, hatte sie genug Zeit gehabt, das zu lernen.

Toby Estover hatte es verkaufen wollen. Es war eigenartig, hatte sie zu ihm gesagt, dass ein Mann, der keinerlei Skrupel hatte, von der Frau seines Freundes Besitz zu ergreifen, davor zurückscheuen sollte, das Haus seines Freundes in Besitz zu nehmen. Sie liebte das Haus und sah keinen Grund, es zu verlassen.

Also waren sie geblieben. Es hatte einige Veränderungen gegeben. Wolf hatte gewusst, was ihm gefiel, und sein Geschmack hatte sich im Haus ebenso niedergeschlagen wie der seiner Frau. Schon längst waren alle Spuren seiner rauen Männlichkeit verschwunden, und da Toby keinerlei Interesse daran zeigte, seine eigenen Duftmarken zu hinterlassen, duftete es jetzt nur noch nach Imogen.

Toby rollte sich schwerfällig neben ihr herum und warf einen Arm über ihre Brust.

Er wurde allmählich fett, dachte sie. Sie wusste, dass Wolf körperlich verändert war. Sie hatte ihn während des Prozesses gesehen. Sein Gesicht, seine Hand, sein Bein. Und die Jahre der Haft waren zweifellos auch nicht spurlos an ihm vorübergegangen. Aber er würde niemals zulassen, dass er übergewichtig wurde, da war sie sich ganz sicher.

Ob sie ihn immer noch so unwiderstehlich attraktiv finden würde wie damals? Er hatte versucht, zu beschreiben, welche Wirkung sie auf ihn gehabt hatte, als er sie zum ersten Mal auf dem Rasen vor dem Schloss hatte tanzen sehen. Sie hingegen hatte ihm weder damals noch später erzählt, welche Wirkung er auf sie gehabt hatte. Anziehungskraft auszuüben war Macht. Anziehungskraft zu empfinden war Schwäche. Das Leben war ein Kampf, wenn man sich seinen Gefühlen auslieferte. Das hatte sie von ihrer Mutter gelernt.

Inzwischen hatte sie herausgefunden, was sie geweckt hatte. Es war ein ferner Klang, sehr regelmäßig, eine Mischung aus dumpfem Schlagen und Krachen. Das Geräusch wirkte vage vertraut, ohne dass sie es zuordnen konnte.

Sie schob den Arm ihres Mannes weg und schlüpfte aus dem Bett.

Toby murmelte: »Was ist?«

Sie antwortete nicht, sondern ging zur Tür. So schwach, wie das Geräusch war, konnte es nicht von der Straße unter ihrem Schlafzimmerfenster kommen. Im Flur hörte sie es viel deutlicher. Sie blickte zu dem hohen Bogenfenster hinüber, das sich vom ersten Stock bis hinunter zum Treppenabsatz erstreckte. Es ging auf den Garten hinaus, und sie war sicher, dass das Geräusch von dort kam. Um näher an das Fenster ranzukommen, musste sie die Stufen bis zum Treppenabsatz hinuntersteigen. Als sie sich vorwärts bewegte, spürte sie die kalte Luft, die ihren nackten Körper liebkoste. Wenn es nach Toby gegangen wäre, liefe die Zentralheizung den ganzen Winter über auf höchster Stufe. Sie hatte ihm gesagt, er solle sich Bettschuhe und ein warmes Nachthemd anziehen.

Sie erreichte den Treppenabsatz und schaute hinaus in den Garten.

Es war eine trübe Nacht. Feuchter Dunst hing in der Luft,

so dicht, dass er stellenweise sogar das unaufhörliche Dämmerlicht der schlafenden Metropole auslöschte. Allmählich gewöhnten sich ihre Augen an die Dunkelheit da draußen und konnten erste Formen ausmachen, Bewegungen erkennen.

Eine große Form – die alte Eberesche.

Eine kleinere Form – eine Gestalt, die daneben stand.

Und jetzt eine Bewegung.

Über dem Kopf der Gestalt reflektierte irgendetwas das bisschen Licht, das zwischen den Dunstschleiern hing. Hell, metallisch, schnell.

Dann ertönte das Geräusch. Jetzt war es unverkennbar. Wie oft hatte sie es nicht auf den Ländereien ihres Vaters gehört?

Das Geräusch von scharfem Stahl, der tief in Holz eindringt.

Sie erinnerte sich, wie die Eberesche stolz zwischen den eintönigen Nadelbäumen im Wald von Ulphingstone gestanden hatte, viel kleiner als diese fremden Invasoren, aber groß für ihre Art und viel heller. Der Baum war einer ihrer liebsten Treffpunkte gewesen, damals, in jenem verrückten ersten Jahr, als sie gemeinsam in der freien Natur umhergestreift waren, sich an Berghängen und im Wald geliebt hatten, wann immer sie die Lust überkam. Und die Lust war oftmals so stark gewesen, dass sie den Schatten der Eberesche gar nicht erst verließen, sondern gleich dort übereinander herfielen.

Als Wolf von seinem Vater erfahren hatte, dass dieser Teil des Waldes abgeholzt werden sollte, und ihm klar wurde, dass die Eberesche zusammen mit ihren hochgewachsenen Nachbarn unweigerlich der Axt zum Opfer fallen würde, hatte er »Niemals!«, gesagt und ungeachtet der horrenden Kosten seinen Lieblingsbaum samt Wurzeln ausgraben und dreihundert Meilen weit hierher in ihren Londoner Garten transportieren lassen, wo sie ein neues Leben beginnen sollte.

Trotz Fred Haddas Behauptung, das Ganze wäre eine irrsinnige Geldverschwendung und der Baum würde keine zwei Wochen überleben, hatte die Eberesche gegrünt und geblüht und Früchte getragen. Imogen erinnerte sich, wie unwiderstehlich die leuchtend roten Beeren für ihre Tochter Ginny gewesen waren. Der bittere Geschmack hatte sie nicht abgeschreckt, und sie hatte sie so lange in sich hineingestopft, bis ihr schlecht wurde. Großvater Fred hatte gelacht, als die Kleine ihm die Geschichte erzählte, und ihr versichert, dass es früher bei ihnen zu Weihnachten niemals einen Gänsebraten ohne einen ordentlichen Schlag Ebereschengelee von seiner Tante Carrie gegeben hatte. Danach hatte Ginny nicht eher Ruhe gegeben, bis sie ein Rezept gefunden hatten, doch bis dahin hatten die Vögel schon alle Beeren aufgefressen. Aber im nächsten Herbst hatte Ginny sich daran erinnert und unter Anleitung von Mrs Roper die Beeren mit Apfelscheiben und Nelken und gemahlenem Zimt gekocht, und einige Stunden später war sie triumphierend zu ihrer Mutter gerannt gekommen und hatte ihr ein kleines Glas mit einem, wie sich herausstellte, erstaunlich schmackhaften Gelee präsentiert.

Von da an war es ein jährliches Ritual, und das Gelee wurde bis zum Weihnachtstag aufbewahrt. Als sie Weihnachten in Cumbria feierten, erklärte Sir Rowan, das sei das beste Ebereschengelee, das er je gegessen habe, und sogar Lady Kira verglich ihn wohlwollend mit dem Holzapfelkompott, das in ihrer Familie zum festtäglichen Spanferkel gereicht wurde. Alle hatten über das kleine Mädchen geschmunzelt, das angesichts solchen Lobs vergeblich versuchte, bescheiden zu wirken, und für einen kurzen Augenblick hatten sie sich wie eine richtige Familie gefühlt, in der alle ein Herz und eine Seele waren.

Alles nur wegen der blutroten Beeren von derselben Eberesche, die da jetzt von jemandem gefällt wurde.

Sie holte tief Luft.

Als hätte die Gestalt das Geräusch gehört, hielt sie inne, drehte sich um und schaute zum Haus herüber. Doch in der trüben Luft konnte Imogen das Gesicht des Mannes, wie sie vermutete, nicht erkennen. Sie hatte das Gefühl, als starrte er sie direkt an, aber wenn sie ihn nur undeutlich erkennen konnte, musste es ihm unmöglich sein, sie überhaupt zu sehen.

Langsam hob er den rechten Arm, streckte ihn aus, legte die flache Hand gegen den Baumstamm und drückte.

Im selben Moment ertönte Tobys mürrische Stimme: »Verdammt, hier ist es ja kalt wie im Kühlschrank. Imo, was machst du denn?«

Das Flurlicht ging an und ließ den Garten vor ihren Augen verschwinden.

Sie wusste, dass der Mann im Garten jetzt ihre nackte Silhouette im Fenster sehen konnte, aber sie rührte sich nicht.

Erneut war draußen ein Geräusch zu hören, es klang diesmal anders, kein einzelner kurzer Laut, sondern ein lang gezogenes, knarrendes, reißendes Geräusch, begleitet von einer Mischung aus Ächzen und Krachen, bis das Ganze in einem einzelnen dumpfen Schlag endete.

Dann Stille.

»Toby«, sagte sie ruhig, »mach das Licht aus.«

»Was? Ach so, ja klar. Was zum Teufel ist eigentlich los?«

Das Licht ging aus.

Es dauerte einen Moment, bis ihre Augen sich wieder an die Dunkelheit gewöhnt hatten, aber im Grunde wusste sie längst, was sie sehen würde.

Die Gestalt war verschwunden. Und nach all den langen Jahren, die die Eberesche gewachsen war, zuerst in Cumbria, wo sie im Wald von Imogens Vater herangereift war, dann hier in London, wo sie im milderen Klima neue Kraft entfaltet hatte, lag sie jetzt niedergestreckt auf dem verwüsteten Rasen.

Imogen merkte, dass sie weinte.

Worum, wusste sie nicht.

4

Eine Woche nach seiner ersten Begegnung mit Hadda hatte Luke Hollins eine Nachricht auf seinem Handy gefunden, in der ihm eine Einkaufsliste diktiert wurde. Zwei Tage später kreuzte er mit den bestellten Lebensmitteln in Birkstane auf.

Ihm kam der Gedanke, dass Hadda regelmäßig nach Carlisle fuhr, um sich mit seinem Bewährungshelfer zu treffen, und fragte sich, warum der Mann sich nicht bequem in einem der dortigen großen Supermärkte mit allem eindeckte, was er brauchte. Vielleicht hatte er was dagegen, auf einen Einkaufswagen gestützt wie auf einen Rollator durch die Gänge zu schlurfen. Oder vielleicht brauchte er doch, trotz seiner erklärten Ungeselligkeit, hier vor Ort ein wenig menschlichen Kontakt, eine Verbindung zu dem, was um ihn herum vor sich ging, und wollte wissen, wie die Leute über ihn dachten.

Aber eine solche Neugier war Hadda nicht anzumerken. Im Vergleich zu seiner brummigen Begrüßung klang selbst Snecks tiefes Grollen freundlicher. Hollins hatte den Micra an der Straße abgestellt, weil er seine Stoßdämpfer nicht wieder überstrapazieren wollte. Er hatte nicht alle Kartons auf einmal tragen können, also musste er zurückgehen, um die zweite Ladung zu holen. Hadda bot nicht an, ihn zu begleiten, was der Vikar großzügig dessen Behinderung zuzuschreiben versuchte, aber es fiel ihm schwer, sich nicht darüber zu ärgern.

Als er völlig außer Puste zurückkam, war Hadda dabei, den Inhalt der ersten Ladung Kartons in die Küchenschränke zu räumen. Auf den Tisch hatte er eine Tüte Zucker, eine Dose Kaffeesahne und eine Packung Hundekekse gestellt.

»Was ist damit?«, fragte er. »Das hatte ich nicht bestellt.«

»Und auch nicht bezahlt«, sagte Hollins. »Ein Geschenk.«

»Ach nee? So leicht kriegen Sie Sneck nicht rum.«

Und mich auch nicht, dachte Hadda wohl, sagte es aber nicht.

Hollins machte die Packung Hundekekse auf und warf Sneck einen hin. Der fing ihn auf, knabberte misstrauisch daran und verschlang ihn dann in einem Stück.

»Wo haben Sie ihn gefunden?«, fragte er Hadda.

»Hab ich nicht. Er hat mich gefunden. Gleich und Gleich gesellt sich gern.«

Er meinte wohl Ausgestoßene, vermutete der Vikar.

»Wieso der Name Sneck?«

»Weil man keinen braucht, wenn man einen Hund wie ihn hat. Wenn der Hagelschauer nicht gerade noch rechtzeitig runtergekommen wäre, hätte ich Sneck auf diese Idioten gehetzt, die neulich abends vom Dorf hochgekommen sind.«

Sneck, so hatte Hollins in der Zeit, die er hier war, gelernt, war das cumbrische Wort für einen Tür- oder Torriegel.

Er warf dem Hund noch einen Keks zu. Eine Beruhigungspille für den Zerberus.

Hadda, der weiter die Einkäufe verstaute, sagte: »Machen Sie sich mal ein bisschen nützlich. Setzen Sie Kaffee für uns auf.«

Hollins gehorchte und achtete darauf, sich tunlichst genau an das Prozedere seines Gastgebers zu halten, das er bei seinem ersten Besuch beobachtet hatte.

Als er dieselben zwei Becher wie zuvor gefüllt und sich an den Tisch gesetzt hatte, schob Hadda den Zucker und die Kaffeesahne zu ihm rüber.

»Lust, Ihr Geschenk auszuprobieren?«, fragte er süffisant.

Er trank seinen eigenen schwarz und ungesüßt.

»Nicht schlecht«, sagte er. »Bloß ein Teelöffel zu wenig, würd ich sagen.«

»Sie sind da sehr pingelig.«

»Hab ich im Knast vermisst. Ich glaub, die haben Soßenpulver benutzt. Die anderen Häftlinge haben größtenteils versucht, Drogen reinzuschmuggeln. Bei mir war's Kaffee.«

»Hatten Sie es dort schwer? Ich hab gehört, Leute mit einer Verurteilung wie Ihrer ...«

»Zuerst ja. Zum Glück, zumindest seh ich das im Rückblick so, hab ich am Anfang ohnehin nicht viel mitgekriegt, also ist das meiste wohl an mir abgeprallt. Und als ich es dann mitkriegte, hab ich zurückgeschlagen. Ganz egal, wer es war. Hab mir ziemlich viel Ärger damit eingehandelt, aber schließlich hat es sich rumgesprochen. Wenn sie sich ihren Spaß machen wollten, mussten sie dafür bezahlen.«

»Klingt ein bisschen alttestamentarisch«, sagte Hollins.

»Finden Sie? Tja, da stehen doch die besten Stellen drin, oder nicht? Auch Regeln für das Überleben in einer primitiven Gesellschaft.«

»Und Sie haben überlebt.«

»Könnte man sagen. Die Zeit hat geholfen. Die gute alte Zeit. Die ist entscheidend, sogar im Gefängnis. Wenn du lange genug drin bist, reagieren die Leute irgendwann auf dich selbst und nicht mehr darauf, wofür man dich verknackt hat.«

Im Verlauf der folgenden Wochen erlebte Hollins, dass ein ähnlicher Prozess auch hier ablief. Die anfängliche Empörung klang ab, und weitere bürgerwehrähnliche Übergriffe blieben aus. Vielleicht trug die Nachricht, dass Sneck ihn adoptiert hatte, dazu bei. Wie sich herausstellte, war der Hund nämlich in der Gegend als unnahbarer Einzelgänger bekannt, schwerer zu fassen als ein Fuchs und gefährlich wie ein Killer. Er wäre schon längst erschossen worden, wenn es einem der hiesigen Farmer gelungen wäre, ihn vor die Flinte zu bekommen. Haddas eigener Kommentar, *Gleich und Gleich gesellt sich gern*, wurde oftmals wiederholt.

Ebenso hilfreich war, dass niemand dem heimgekehrten und unversöhnlichen verlorenen Sohn vorwerfen konnte, er trete provozierend auf. Hadda hielt sich vom Dorf fern, wenngleich gelegentlich berichtet wurde, seine einsame, hinkende Gestalt sei auf Streifzügen durch die Gegend gesichtet worden. Nie sprach ihn jemand an. Selbst wenn einer das gewollt hätte, waren Sneck und die Tatsache, dass Hadda meist eine große Axt bei sich trug, abschreckend genug. Manchmal hallte das Geräusch einer Axt aus irgendeinem entlegenen Winkel des Waldes durch die kühle Luft.

»Hört sich an, als würde ein Mann auf etwas einschlagen, das er hasst, und nicht bloß einen Baum fällen«, meinte Joe Strudd, der nächste Nachbar.

»Stört es dich nicht, dass er so nah bei deiner Farm wohnt, Joe?«, erkundigte sich Len Brodie, der Kirchenvorsteher.

Strudd, ein überzeugter Freikirchler, der Anglikaner für Papisten in Zivil hielt, sagte: »Gott hält die Hand über sein Volk. Aber wenn du der Nachbar von diesem Sauhund wärst, dann würde ich mir Sorgen machen!«

Jedes Mal, wenn jemand berichtete, Hadda gesehen zu haben, und dabei einen Hauch Mitleid mitschwingen ließ, weil er den vitalen, athletischen jungen Mann, der Hadda einst gewesen war, mit der schlurfenden, gebeugten, vernarbten und hinkenden Gestalt verglich, die aus ihm geworden war, wurde dies rasch mit der strengen Beteuerung abgetan, das sei nur die gerechte Strafe für seine widerwärtigen Sünden.

»In fünfzig Jahren werden Mütter ihren ungezogenen Sprösslingen mit Geschichten von einem Schwarzen Mann namens ›Der Hadda‹ Angst einjagen«, prophezeite Hollins.

»Hoffen wir mal, dass er sie nicht schon sehr viel früher in Angst und Schrecken versetzt«, sagte seine Frau Willa bissig.

Es war seltsam, dachte der Vikar. Willa, kinderlos und in

den Augen vieler seiner Schäfchen unerhört liberal, war in ihrer Haltung gegenüber Hadda unerbittlich. Manchmal beschlich ihn der beunruhigende Verdacht, sie würde einen Übergriff auf ein junges Mädchen schon fast begrüßen, nur um sich bestätigt zu fühlen.

Hollins' Lebensmittellieferungen waren natürlich rasch in aller Munde. Bald schwante ihm, welchen Preis er für die Botschaft von Toleranz und Verständnis, die er predigte, zahlen musste: Er war zu Haddas Hüter erkoren worden.

»Was treibt er denn so?«, wurde er oft gefragt – nur sehr wenige sprachen den Namen laut aus.

»Er lebt friedlich vor sich hin«, lautete die beruhigende Antwort, die sie hören wollten. »Sehr zurückgezogen, so will er es haben.«

Nur im Schloss kam er mit dieser banalen Antwort nicht durch.

Er wollte nicht an einen Zufall glauben, als er, sobald sich seine regelmäßigen Besuche in Birkstane herumgesprochen hatten, plötzlich auch mit ziemlicher Regelmäßigkeit zum Lunch aufs Schloss eingeladen wurde.

Als er der Einladung zum ersten Mal folgte, ignorierte Lady Kira ihn, bis er seinen Teller mit Germknödel und Vanillesoße vor sich stehen hatte. Lady Kira selbst rührte diesen Nachtisch niemals an, doch seit sie begriffen hatte, dass er für Sir Leon ebenso zum Feiertag gehörte wie Abendmahlswein und Oblaten, hatte sie als überzeugte Traditionalistin dafür gesorgt, dass er im Schloss stets serviert wurde.

Hollins merkte, ohne hinzusehen, dass sich ihre Aufmerksamkeit auf ihn gerichtet hatte. Sie hatte diese Präsenz. Die Jahre, die Sir Leon in einen weißhaarigen Patriarchen verwandelt hatten, waren mit ihr sehr viel freundlicher verfahren, und jetzt hätten die zweiundzwanzig Jahre Altersunterschied zwischen ihnen gut das Doppelte betragen können. Mit sechzig war sie noch immer eine sehr attraktive Frau, wenn man hagere und raubtierhafte Frauen mochte. Mitunter hatte Hollins gespürt, wie ihr durchdringender Blick über seinen Körper glitt, wenn er die Kanzel bestieg, um seine Sonntagspredigt zu halten. Seine Frau hatte gelacht und gesagt: »Wunschdenken«, als er ihr erzählte, er verstünde jetzt, was Frauen meinten, wenn sie sagten, irgendwelche Männer hätten sie mit den Augen ausgezogen. Aber er wusste, was er meinte.

Lady Kira wartete, bis er den ersten Löffel der Süßspeise an den Mund hob, und sagte dann: »Und? Wie geht es unserem dorfeigenen Monster, Mr Collins?«

Ihre resolute Anglophilie hatte aus ihr eine begeisterte Bewunderin von Jane Austen gemacht (Dickens war ihr außer an Weihnachten viel zu radikal), und bei den wenigen Gelegenheiten, die sie den Vikar direkt ansprach, nannte sie ihn stets Mr Collins. Sir Leon hielt es ebenso, und in seinem Fall mochte das ein echter Fehler sein. Nicht jedoch bei Lady Kira.

Einen Moment erwog er, sich zu revanchieren, indem er vorgab, nicht zu wissen, von wem sie sprach, aber irgendwie schien es ihm nicht die Mühe wert.

Er ließ den Löffel sinken und sagte bedächtig: »Ich würde Mr Hadda nicht als körperlich gesund bezeichnen, aber er scheint großen Wert auf Unabhängigkeit zu legen. Er hat zwar ein Auge und ein paar Finger verloren, doch sein Oberkörper macht einen durchaus fitten Eindruck, und natürlich trainiert er seine Schultermuskulatur regelmäßig durch die Arbeit mit der Axt. Leider muss ich jedoch sagen, dass sein beschädigtes Bein ihm noch immer erhebliche Schmerzen bereitet. Vielleicht ist das kalte Wasser da nicht gerade förderlich.«

»Erhebliche Schmerzen?«, echote Lady Kira mit sichtlichem Genuss. »Na, immerhin etwas. Und seine Geistesverfassung? Wie schätzen Sie seine Geistesverfassung ein, Mr Collins?«

»Er scheint sein Los mit großem Gleichmut zu tragen«, Lady Kira.«

»Was Sie nicht sagen. Tja, dasselbe kann ich von mir nicht behaupten, seit man ihm erlaubt hat, förmlich vor unserer Haustür zu kampieren.«

»Der Bursche hat das Recht, in seinem eigenen Haus zu wohnen, Liebes«, wandte ihr Ehemann ein.

»Es wäre kein Haus mehr da, wenn du es abgerissen hättest, während er seinen unglaublich kurzen Kuraufenthalt im Gefängnis genoss«, fauchte Lady Kira. »Und wie kommt es überhaupt, dass er noch ein Haus hat, wo doch seine sämtlichen anderen Immobilien verkauft werden mussten, um für seine Betrügereien zu bezahlen, was unsere Tochter praktisch obdachlos gemacht hat!«

»Ich denke, du übertreibst ein wenig, Liebes«, sagte Sir Leon und bat Hollins mit einem kurzen Seitenblick um Verständnis. »Wie ich bereits erklärt habe, waren die Woodcutter-Finanzen zum Zeitpunkt von Freds Tod längst abgewickelt, so dass niemand mehr Anspruch auf Birkstane erheben konnte, als Wolf es erbte. Alles nach Recht und Gesetz.«

»Recht und Gesetz!«, rief seine Frau. »Ich dachte, Recht und Gesetz würden dafür sorgen, dass solche Perverslinge nicht mal in die Nähe unserer Kinder kämen. Was ist mit der Dorfschule?«

Das war das erste Mal, dass sie ein gewisses Interesse für die Dorfschule an den Tag legte, obwohl Hollins zuvor versucht hatte, die Unterstützung des Schlosses beim Widerstand gegen die kommunalen »Rationalisierungsmaßnahmen« zu gewinnen, die vorsahen, die Grundschule von Mireton zu schließen und die paar Dutzend Dorfkinder per Bus fünfzehn Meilen weit in eine größere Schule zu karren.

Er sagte: »Birkstane liegt sieben Meilen vom Dorf entfernt, Lady Kira. Außerdem, wenn wir den Gemeinderat nicht zum Umdenken bewegen, wird die Schule nächsten Sommer geschlossen.«

Sir Leon rutschte unruhig auf seinem Stuhl hin und her. Der arme Kerl hat das Gefühl, nicht genug für die Kampagne getan zu haben, vermutete Hollins. Aber im ganzen Landkreis wusste jeder, wer im Schloss das Sagen hatte.

»Viel Aufregung um nichts, was, Herr Vikar? Die hätten Wolf ja wohl kaum vorzeitig rausgelassen, wenn er nicht geheilt wäre.«

»Geheilt?«, rief Lady Kira. »Soll das heißen, sie haben ihn mit einer Kastrierzange behandelt?«

Hollins musste kurz daran denken, wie er Hadda das erste Mal gesehen hatte, und unterdrückte ein Schmunzeln, als er sagte: »Ich glaube nicht, dass es im Zuge seiner Therapie tatsächlich zu einem operativen Eingriff gekommen ist, Lady Kira, aber soweit ich weiß, wurde er und wird er vermutlich noch immer psychiatrisch behandelt und überwacht. Sir Leon hat sicherlich recht, dass er nicht auf Bewährung entlassen worden wäre, wenn die Experten nicht davon überzeugt wären, dass er keine Gefahr mehr darstellt.«

»Solange er ein Mann ist, ist er eine Gefahr«, sagte Lady Kira. »Wo leben diese Experten denn? Jedenfalls nicht hier in unserer Gegend. Man sollte es ihm mit seiner Axt abschlagen, das ist die einzige Garantie für unsere Sicherheit.«

Damit schien sie das Interesse sowohl an dem Thema als auch an ihrem Gast verloren zu haben, und Sir Leon sagte mit sichtlicher Erleichterung: »Ich dachte, ich gehe heute Nachmittag draußen im Long Spinney auf Jagd. Jagen Sie, Collins?«

Und Hollins, dem diese Frage bereits mehrmals gestellt worden war, erwiderte erneut: »Nein, Sir Leon«, aber er verkniff es sich, das Wort *Verzeihung* hinterherzuschieben.

5

Selbst die Natur scheint gelegentlich nostalgisch zu werden, und gerade als die Engländer sich mit nasskalten Wintern abgefunden hatten, besann sich die Jahreszeit darauf, wie sie früher einmal gewesen war, und lieferte Tag für Tag und Woche für Woche altmodischen strahlenden Sonnenschein gefolgt von bitterkalten Nächten.

Und das nicht nur in England. Das erfrischende Wetter dehnte sich über den Ärmelkanal aus und weiter über den Golf von Biskaya, bis selbst die sonnenhungrigsten britischen Auswanderer entlang der spanischen *costas* sich ganz gegen ihren Willen an alte Zeiten erinnert fühlten, von denen sie geglaubt hatten, sie für immer hinter sich gelassen zu haben. Geflieste Fußböden, die im Sommer wohltuend kühl waren, fühlten sich unter nackten Füßen jetzt eiskalt an, und eingelagertes Gepäck wurde nach Filzpantoffeln durchwühlt.

Arnie Medler fuhr vorsichtig von seiner Villa in den Bergen hinunter nach Marbella. Wenigstens war es um diese Jahreszeit und bei diesem Wetter unproblematisch, einen Parkplatz direkt vor dem Hotel Gaviota zu finden, wo das echteste englische Frühstück an der ganzen Costa del Sol zu haben war. Im Sommer reichten ihm Cornflakes und Fruchtsaft, aber während der dunklen Monate überkam ihn von Zeit zu Zeit das Verlangen nach einer Cholesterindröhnung, und seine Frau Tina hatte überdeutlich gemacht, dass sie nicht nach Spanien gezogen war, um sich am Herd abzuschuften.

Dieser Winter hatte ihn zum Stammkunden gemacht, und als er das Restaurant betrat, wurde er mit seinem Namen begrüßt. Er setzte sich wie immer an einen Ecktisch am Fenster mit Blick auf den menschenleeren Hotelpool. Das Restaurant war nur halb voll. Das Hotel überstand die Zwischensaison, indem es ermäßigte Preise anbot, die hauptsächlich von englischen Rentnern in Anspruch genommen wurden, um der neuesten Grippewelle zu entfliehen. Medler amüsierte sich damit, ihren oftmals erstaunlich intimen Gesprächen zu lauschen. In der Welt des einundzwanzigsten Jahrhunderts hatte sich vieles verändert, doch die Briten bereisten Europa noch immer wie Aristokraten des achtzehnten Jahrhunderts, die jeden Nichtbriten behandelten, als wäre er Luft, und nach einem Jahrzehnt hier war Medlers Haut sonnenverbrannt und sein Spanisch gut genug, um bei jedem Nichteinheimischen als Einheimischer durchzugehen.

An diesem Morgen waren seine nächsten Nachbarn Ehepaare, die offenbar alles, was sie sich zu sagen hatten, schon vor einer Ewigkeit gesagt hatten, und den Blick unablässig durch den Raum wandern ließen. Am anderen Ende wurde ein Mann zu einem Tisch geführt.

Leicht schockiert, aber eher verblüfft als erschrocken, registrierte Medler, dass ihm das Gesicht bekannt vorkam.

Lieber auf Nummer sicher gehen. Aufgrund der veränderten politischen und wirtschaftlichen Lage waren die *costas* nicht mehr der beliebteste Zufluchtsort für britische Ganoven, aber es tummelten sich hier noch immer so viele, dass ein Bulle im Ruhestand Vorsicht walten lassen sollte.

Er hob seine Serviette an die Lippen und ließ sie dort, bis der Mann mit dem Rücken zu ihm Platz genommen hatte.

Als er fertig gefrühstückt hatte, verließ er das Restaurant durch den Küchenausgang. Der Oberkellner war da und sah ihn verwundert an.

»Señor Medler«, sagte er, »ist etwas nicht in Ordnung?«

Er war stolz auf sein Englisch, und Medler wusste, wenn er

versuchen würde, auf Spanisch zu antworten, würde der Mann mitleidig lächeln und die Stirn runzeln.

Er sagte: »José, vielleicht können Sie mir ja helfen. Ich hab einen Gentleman gesehen, der allein am Tisch sitzt, da drüben ...«

Er zeigte durch das kreisrunde Fenster in der Küchentür.

»... und ich habe das Gefühl, ihn von irgendwoher zu kennen. Könnten Sie rausfinden, wer das ist?«

Er war für sein großzügiges Trinkgeld bekannt, und José hatte keinerlei Bedenken, ihm den Gefallen zu tun.

Wenige Minuten später erfuhr Medler vorne an der Rezeption, dass es sich bei dem einsamen Mann um einen ehemaligen Kollegen handelte, David McLucky, und dass er noch weitere fünf Tage hier sein würde.

Also kein Krimineller, der Lust haben könnte, ihm um der alten Zeiten willen eins auf die Nase zu geben.

Aber die große Bogart-Frage blieb: War es reiner Zufall, dass er von allen Kaschemmen der ganzen Welt ausgerechnet in diese kam, noch dazu allein?

»Danke«, sagte Medler und blätterte einen Zwanzigeuroschein hin.

»Ist er ein Freund von Ihnen, Señor?«

»Wir werden sehen. Kein Grund, mein Interesse zu erwähnen, ja?«

Ein weiterer Schein.

»Selbstverständlich nicht, Señor Medler. Ich hoffe, wir können Sie bald wieder begrüßen.«

»Vielleicht.«

Tatsächlich sah der Oberkellner Medler gleich am nächsten Morgen wieder ins Restaurant kommen. McLucky saß schon an seinem Tisch und sprach mit anscheinend wachsender Gereiztheit in sein Handy.

Medler marschierte zielstrebig auf seinen eigenen Tisch zu, warf McLucky im Vorübergehen einen Blick zu, stutzte, und drehte sich um.

»Davy McLucky, sind Sie das?«, fragte er.

Der Schotte blickte auf und sagte: »Wer will das wissen?«

»Kommen Sie, Davy. Ich hatt' einen Kameraden und so weiter!«

»Donnerlittchen, Medler, richtig?«, sagte McLucky ohne spürbare Begeisterung.

»Und ob das richtig ist! Was zum Teufel machen Sie denn hier?«

»Ich versuche, von hier wegzukommen, allerdings ohne großen Erfolg.«

Aus dem Handy war eine blecherne Stimme zu hören.

McLucky blaffte: »Sie können mich mal!«, ins Telefon und schaltete es ab.

»Probleme?«

»Ich versuche, einen Flug nach Hause zu kriegen, aber ohne gleich ein halbes Vermögen dafür zu berappen.«

»Vielleicht kann ich behilflich sein, falls es ein sprachliches Problem ist«, sagte Medler und zog einen Stuhl hervor. »Darf ich mich setzen?«

»So höflich waren Sie früher nie.«

»Musste ich auch nicht, wenn ich den Boss raushängen lassen konnte«, sagte Medler lachend. »Und? Wie geht's Ihnen, Davy? Noch immer bei der Kripo?«

»Nein. Hab schon vor Jahren die Brocken hingeschmissen.«

»Sind meinem guten Beispiel gefolgt, was?«

»Weniger. Ich hab gehört, Sie waren krank. Mich hat nur der Scheißjob krank gemacht.«

»Sie waren schon immer ein Einzelgänger, Davy. Und womit verdienen Sie jetzt Ihre Brötchen?«

»Sicherheitsbranche«, sagte McLucky knapp.

»Ach du Schande. Was heißt denn das? Nachtwächter auf einer Großbaustelle?«

»Nein! Ich hab in Glasgow eine eigene Detektei.«

»Ach ja? Und sind Sie beruflich hier?«

»Ich wünschte, ich wär's«, sagte McLucky. »Wäre ein schöner Gedanke, dass irgendein anderer Depp für den Saftladen hier bezahlt.«

»Oje. Ist Ihre bessere Hälfte auch hier? Wie heißt sie noch mal ... Jenny, nicht?«

»Jeanette. Nein, die ist mit einem Friseur durchgebrannt, aber schon ein paar Jahre bevor ich bei der Kripo gekündigt hab. Das hat bei meiner Entscheidungsfindung geholfen. Hatte die Witze auf meine Kosten satt.«

»Tut mir leid«, sagte Medler. »Dann sind Sie also allein hier?«

McLucky starrte ihn einen Moment lang missmutig an, dann zuckte er die Achseln und sagte: »Ja, stimmt, ich bin echt ein armes Schwein, was? War nicht so geplant, aber so ist es gekommen. Ich und meine Freundin – Exfreundin! – dachten, wir gönnen uns ein bisschen Erholung von dem vielen Schnee in Schottland. Haben im Internet eine Last-Minute-Billigreise gebucht. Und dann krieg ich am Flughafen einen Anruf: Sie kann nicht mitkommen, muss zu ihrer Familie. Miststück. Hat wohl ein besseres Angebot bekommen. Ich dachte, ich flieg trotzdem, weil ich mein Geld sowieso nicht zurückgekriegt hätte. Aber ich wünschte bei Gott, ich hätt's nicht getan. Hier ist es ja fast so schlimm wie zu Hause in Glasgow! Gerade hab ich versucht, einen früheren Rückflug zu ergattern. Auf diesen Charterflügen müssen doch noch Plätze frei sein, aber nein, entweder du fliegst wie geplant oder gar nicht, sagen diese Arschlöcher.«

Er sah Medler prüfend an und sagte: »Meinen Sie wirklich, Sie können mir helfen? Ich wäre Ihnen echt dankbar.«

»Möglich«, sagte Medler lächelnd. »Aber was halten Sie davon, wenn wir zuerst mal ordentlich frühstücken und ein bisschen über alte Zeiten plaudern? Danach sehen wir weiter.«

6

Die Tage wurden kürzer, der Winter verbiss sich immer tiefer und tiefer in die Erde, als wollte er der globalen Erwärmung eine Abfuhr erteilen, und Reverend Luke Hollins' Gedanken wandten sich allmählich dem Weihnachtsfest zu. Zwar galt sein Hauptaugenmerk natürlich dessen Spiritualität und er ließ auch keine Gelegenheit ungenutzt, die gnadenlose Kommerzialisierung des Festes zu verdammen, doch ein Teil seines Verstandes war gleichzeitig mit weltlicheren Fragen beschäftigt, zum Beispiel, welche Vorgehensweise bessere Aussicht auf Erfolg hätte – beim Bischof einen neuen Heizkessel für das Pfarrhaus zu beantragen oder einen Brief an den Weihnachtsmann am Nordpol zu schreiben?

Den meisten seiner Gemeindemitglieder, Hadda eingeschlossen, schien die Kälte nichts auszumachen. Die Menschen in Cumbria mussten wohl einen hohen Anteil Eiswasser in den Adern haben. Nur in Schloss Ulphingstone fand er jemanden, der sich ebenso nach behaglichen Zimmertemperaturen sehnte wie er selbst, aber da es sich bei dieser Person um Lady Kira handelte, führte die Übereinstimmung schwerlich zu größerer emotionaler Wärme.

Die Luncheinladungen und Lady Kiras Fragen nach Hadda (jetzt durchsetzt mit lautstarken und scharfen Befehlen an die Diener, ihren Mann und gelegentlich auch an den Vikar, mehr Holz ins Feuer zu legen) dauerten den ganzen Winter hindurch an.

In Birkstane war allerdings keine entsprechende Neugier vorhanden. Falls doch, hätte Hollins Haddas Fragen wahrscheinlich ebenso diskret wie Lady Kiras beantwortet. Doch die augenscheinliche Gleichgültigkeit, die der Mann gegenüber Neuigkeiten aus der Außenwelt im Allgemeinen und dem Schloss im Besonderen an den Tag legte, war irgendwie provozierend. So kam es, dass der Vikar sich bei einer erneuten Lebensmittellieferung irgendwann Mitte Dezember, als er die letzte Kiste auf den Küchenboden stellte, plötzlich sagen hörte: »Sir Leon hat mir erzählt, dass seine Tochter über Weihnachten zu Besuch kommt.«

Hadda, der gerade heißes Wasser in die Kaffeekanne goss, hielt inne und sagte langsam: »Wie kommen Sie darauf, dass mich diese Information auch nur im Geringsten interessieren könnte?«

»Na ja, immerhin war sie mal Ihre Frau, nicht? Und ich dachte, ich erwähne das vorsorglich, um Ihnen eine möglicherweise verstörende und peinliche Zufallsbegegnung zu ersparen ...«

Er merkte selbst, dass er plapperte, und zwang sich, den Mund zu halten.

Hadda rührte eifrig den Kaffee um.

Dann lächelte er.

»Das zeugt von christlicher Weitsicht, Padre. Und führe mich nicht in Versuchung, was? Apropos, seh ich da eine Flasche Shiraz aus der Kiste lugen? Ich kann mich nicht erinnern, die auf die Liste gesetzt zu haben.«

»Verzeihung ... ich meine, es ist ein Geschenk. Es war ein Sonderangebot, ich dachte, es würde Sie freuen.«

Dass er bei jeder Bestellung eine zusätzliche Packung Hundekekse mitbrachte, war mittlerweile akzeptiert worden, und obwohl Hollins seine Beziehung zu Sneck nicht gern auf die Probe gestellt hätte, klang das Knurren des Hundes bei seiner Ankunft jetzt eher freudig als bedrohlich.

Einen Moment lang weckte Haddas finstere Miene in ihm die Befürchtung, der Wein könnte ein Geschenk zu viel sein.

Dann hellten sich seine Gesichtszüge auf, und er sagte: »Besten Dank. Ich weiß das zu schätzen. Aber ich muss Sie wirklich bitten, Ihre Großzügigkeit in Zukunft zu zügeln. Bei den Almosen, die der Staat mir gewährt, kann ich es mir nicht leisten, teure Vorlieben zu entwickeln.«

»Na, hören Sie, der hat bloß vier Pfund gekostet«, widersprach Hollins.

»Trotzdem ...«

Er goss den Kaffee ein, und sie tranken schweigend eine Weile.

»Was machen Sie denn an Weihnachten?«, fragte Hollins.

Hadda stieß ein prustendes Lachen aus.

»Fragen Sie mich das noch mal, wenn ich die Zeit gefunden hab, meine vielen Einladungen durchzusehen. Aber, wie ich schon sagte, wirklich keine Geschenke mehr, ja? Den Shiraz werde ich mir für Weihnachten aufheben. Und was den Christbaum betrifft, da stehen ja mehrere Tausend gleich hinter der Mauer auf dem Anwesen.«

Der Vikar sah ihn bestürzt an, und Hadda sagte: »Keine Bange. War ein Witz. Ich sehe gerade, wie spät es ist. Muss los, ich hab einen Termin mit meinem Bewährungshelfer. Es ist schon wieder Waren-Sie-ein-braver-Junge-Tag. Packen Sie den restlichen Kram in den Schrank?«

Während er sprach, war er aufgestanden und hinkte zur Tür. Seine abschließende Bitte warf er fast beiläufig über die Schulter, und auf einmal spürte Hollins Ärger und Entrüstung in sich aufsteigen. Am liebsten hätte er gesagt: »Ich bin doch nicht Ihr Diener, zum Donnerwetter noch mal!«, aber die Frage, die er sich ziemlich erbost stellen hörte, war: »Ist das wirklich Ihre Haltung zu den Treffen mit dem Bewährungshelfer?«

Hadda stockte und blickte sich verblüfft zu ihm um.

»Um einen bekannten Ausdruck zu bemühen ... Verzeihung?«

»Immer, wenn Sie diese Treffen erwähnen, scheinen Sie sich darüber lustig zu machen, als wären sie bloß ein notwendiges Übel.«

»Ist mir gar nicht aufgefallen. Aber wenn ich recht drüber nachdenke, was sollten sie denn wohl sonst sein?«

»Ich weiß nicht. Vielleicht eine Gelegenheit zur Selbsteinschätzung. Eine Gelegenheit, Fortschritte zu beurteilen.«

»Fortschritte? Von wo nach wo?«

Hollins zögerte, ehe er antwortete. Er hatte nicht vorgehabt, das Thema in dieser Phase ihrer Bekanntschaft anzuschneiden, aber jetzt, wo er davon angefangen hatte, wäre es feige gewesen, zurückzurudern.

Er sagte langsam: »Es steht mir nicht zu, zu sagen, von wo nach wo. Aber ich weiß, wie ich den eigentlichen Weg nennen würde. Bußfertigkeit.«

»Buß-fer-tig-keit«, sagte Hadda, als würde er eine Fremdsprache lernen und versuchen, sich ein neues Wort einzuprägen.

»Ja. Ich bin sicher, Ihre Gefängnispsychiaterin, Dr. Soundso ...«

»Ozigbo.«

»... Ozigbo, hätte eine andere Bezeichnung dafür, aber so nennt es die Kirche. Ich würde meinen, es ist ein wesentliches Element in der wie auch immer gearteten Entwicklung, die Sie hierher geführt hat – aus dem Gefängnis, meine ich, zurück in die Gemeinschaft. Um ehrlich zu sein, habe ich im Verlauf unserer kurzen Bekanntschaft schon viele Ihrer Eigenschaften kennengelernt. Tapferkeit, Selbstbeherrschung, Mäßigung, Entschlusskraft. Aber ich kann nicht behaupten, dass ich viele Anzeichen von Bußfertigkeit gesehen hätte.«

»Woran würde die sich denn zeigen?«, fragte Hadda. »An härenen Gewändern? Selbstgeißelung? Beten und Fasten? Ich denke, was das Fasten angeht, bin ich ganz gut. Manchmal begnüge ich mich abends bloß mit einer Tasse Kaffee und einem Stück Käse. Zählt das, Heiliger Vater?«

»Sehen Sie, da haben wir's wieder«, sagte Hollins matt. »Sich hin und wieder mal hinter einer Fassade zu verstecken ist an sich nicht weiter schlimm. Aber wenn man es zu oft tut, wird die Fassade in Stein gemeißelt, und niemand, nicht mal Sie selbst, können Sie noch niederreißen.«

»Lassen Sie mich raten, das muss das Neue Testament sein«, sagte Hadda. »Im Alten ist doch kein Platz für so was, da wird nur gemetzelt und begattet. Ich bin ein wenig enttäuscht, Padre. Gerade hatte ich mich an den Gedanken gewöhnt, dass Sie ein echter postmoderner Geistlicher sind – Sie wissen schon, Predigten zu schwingen ist altmodisch, also lassen wir's bleiben und behandeln Menschen wie Menschen. Aber wenn Sie doch wieder in die alte Rolle zurückfallen, dann können Sie sich verpissen und Ihren Shiraz aus dem Sonderangebot gleich mitnehmen! Denken Sie drüber nach, während Sie meinen Schrank auffüllen.«

Er verließ die Küche. Sneck folgte ihm mit einem Blick, der beinahe entschuldigend wirkte. Kurz darauf hörte Hollins den Defender anspringen.

Nachdem das Dröhnen des Motors verklungen war, fing er an, die Lebensmittel wegzuräumen. Schließlich war nur noch die Weinflasche übrig. Wenn er sie daließ, würde Hadda denken, er hätte klein beigegeben. Aber wenn er sie mitnahm, könnte das das Ende ihrer Treffen bedeuten. Ein wenig bereute er seinen Ausbruch, aber nur ein wenig. Er hatte angefangen, den Mann zu mögen, aber er spürte die Gefahr, die darin lag, zumal ihr Verhältnis sich größtenteils nach Haddas Bedingungen entwickelte. Er erinnerte sich an ein Seminar über die Gefahren der Pädophilie, das er während seiner Ausbildung besucht hatte.

»Vergessen Sie nie«, hatte der Seminarleiter, ein älterer Priester, gesagt, »Pädophile zählen zu den durchtriebensten Geschöpfen auf Gottes Erde.«

Der Mann musste es ja wissen. Derzeit saß er wegen sexueller Übergriffe auf einen Ministranten eine zweijährige Gefängnisstrafe ab.

Es war also richtig von ihm gewesen, Hadda zur Rede zu stellen, und wenn nur, um eine Grenze zu ziehen.

Aber jeder Funke Vernunft und Urteilskraft in ihm sagte, dass der Mann in Ordnung war, dass seine Vergangenheit ein abgeschlossenes Kapitel war, das nie wieder aufgeschlagen werden würde. Und wenn er es sich recht überlegte, waren die mittelalterlichen Formen von Buße, die Hadda spöttisch aufgezählt hatte, nicht in Wahrheit überall um ihn herum sichtbar? Er lebte in diesem kalten, feuchten, freudlosen Haus, wusch sich jeden Morgen in einem eisigen Bach, ernährte sich von den kargen Lebensmitteln, die Hollins ihm alle paar Wochen brachte und die Hadda mit seiner kümmerlichen Sozialhilfe stets voll bezahlte – waren das nicht moderne Spielarten der Selbstgeißelung?

Irgendwo klingelte ein Handy.

Sein eigenes hatte er in der Tasche. Also musste es irgendwo im Haus sein. Oben, dem Klang nach. Hadda hatte es anscheinend vergessen. Und würde sich ärgern, wenn das sein Bewährungshelfer war, der ihr Treffen verschieben wollte.

Er ging die Treppe hoch, um das Handy zu suchen, doch als er auf halber Höhe war, hörte das Klingeln auf. Weiterzugehen schien ebenso einfach, wie sich auf der engen Treppe umzudrehen, also stieg er die restlichen Stufen zum ersten Stock hinauf. Durch eine halb offene Tür sah er das Handy auf einem ungemachten Bett liegen.

Er zögerte kurz, dann betrat er den Raum und hob es auf. Auf dem Display stand *Sie haben eine neue Sprachnachricht.*

Ohne nachzudenken, drückte er die Anruftaste. Oder ohne nachdenken zu wollen.

Neue Sprachnachricht abhören?

Falls es der Bewährungshelfer war, der absagen wollte, dachte er, fällt mir vielleicht noch eine Möglichkeit ein, wie ich den Defender abfangen kann.

Er ließ sich keine Zeit, diesen Anfall von Irrationalität zu durchleuchten, sondern bestätigte erneut.

Die Stimme, die dann ertönte, hatte einen starken schottischen Akzent.

Hi. Ich bin in der Villa! Aus der Einladung zum Abendessen ist ein »Bleib, solange du willst« geworden. Menschenskind, dem geht's richtig gut. Alles vom Feinsten, Swimmingpool, Whirlpool. Sehr sicherheitsbewusst, großes Tor, hoher Zaun mit Stacheldraht. Alle Fenster und Türen sind mit Sicherheitsrollläden aus Stahl ausgestattet, die sofort runterrauschen, wenn er auf den Knopf drückt. Könnte ich gut gebrauchen, um mir die Frau vom Leib zu halten. Die ist ein hübsches kleines Bündel wild gewordener Hormone. Nach der zweiten Flasche Rioja hat sie angefangen, mich zu beäugen, als wollte sie mich einladen, ihre Paella mit ihr zu teilen. Ich wünschte, ich hätte so einen Rollladen vor meiner Schlafzimmertür! Sobald ich kann, hau ich hier ab! Ich werde in London Zwischenstation machen, mal hören, ob es was Neues an der Heimatfront gibt. Freu mich drauf, wieder ein bisschen Leben mitzukriegen. Die Costa Geriatrica ist nix für mich. Bin froh, dass Sie mich dafür bezahlen. Ich melde mich. Vielleicht scheuch ich auf dem Heimweg sogar den Wolf in seiner Höhle auf. Bis dann!

Wovon redet der Mann?, fragte sich Hollins.

Er schaltete das Telefon aus und legte es aufs Bett.

Dann schaute er sich im Zimmer um.

Spärlich möbliert, aber vielleicht war es das ja immer schon gewesen. Ein Nachttisch, ein altmodischer Lloyd-Loom-Stuhl, ein Bild von einem Holzfäller an der Wand, ein Kleiderschlank, der so alt aussah wie die Rauputzwand, vor der er stand.

Die Schranktür stand einen Spalt weit offen.

Hineinzuspähen, ohne sie weiter zu öffnen, war doch keine Schnüffelei, oder?

Du hättest Jesuit werden sollen!, sagte er sich und zog die Tür weit auf.

Ein paar Arbeitshemden und zwei schwere Hosen. Und auf dem Boden ein großer Weinkarton.

Er sah sich den Inhalt genauer an.

Sechs Flaschen Gevrey-Chambertin sowie ein paar Flaschen fünfzehn Jahre alter Glenmorangie.

Er dachte an seine Vier-Pfund-Flasche Shiraz auf dem Küchentisch. Der dreiste Mistkerl hatte gesagt, er würde sie sich für Weihnachten aufheben! Und woher kam dann das Zeug hier? Vielleicht verteilte das Sozialamt jetzt, wo die Wirtschaft wieder boomte, besonders großzügige Weihnachtszulagen.

Er sah sich im Zimmer um, ob es noch weitere Anzeichen unerklärlichen Wohlstands gab.

Nichts Offensichtliches, aber die Decke, die vom Bett hing, hatte sich in etwas verfangen, das darunter geschoben worden war.

Er ging in die Hocke und zog eine alte Metallkiste hervor. Sie war an den Ecken verrostet, hatte einen schwarzen Lackanstrich, der stellenweise abgeblättert war, und auf dem Deckel waren mit weißer Farbe die Initialen W.H. aufgemalt.

Sie fühlte sich ziemlich schwer an.

Ein Schlüssel steckte im Schloss.

Also war wohl nichts zu verbergen darin, nicht wenn der Schlüssel im Schloss war ...

Wieso suche ich eigentlich noch immer nach Entschuldigungen?, fragte er sich.

Die Weinkiste ist doch wohl Rechtfertigung genug, oder?

Er rang noch immer mit sich, während er schon den Schlüssel umdrehte und die Kiste öffnete.

Sie war voller Geld. Bündel von Fünfzigpfundscheinen, ordentlich in vier Sechserreihen angeordnet und mindestens fünf Lagen hoch, wobei in der oberen Lage ein paar Bündel fehlten.

Ach du Schande!, dachte Luke Hollins und setzte sich schwerfällig aufs Bett.

Zumindest hatte er jetzt etwas gefunden, das seine Gedanken vom Heizkessel im Pfarrhaus ablenken würde.

7

Wolf Hadda war schon halb in Carlisle, als er merkte, dass er sein Handy vergessen hatte.

Ich werde alt, dachte er. Aber eigentlich spielte es keine Rolle. Den Anruf, den er tätigen wollte, sollte er ohnehin vielleicht besser über eine anonyme und sichere Festnetzleitung machen.

Öffentliche Telefonzellen waren rar geworden, und er war schon fast am Rande der Stadt, ehe er die erste entdeckte. Ihm schoss durch den Kopf, dass er die Nummer schon seit Jahren nicht mehr angerufen hatte und sie möglicherweise geändert worden war. Doch fast augenblicklich hob jemand ab.

»Personalagentur Kapelle, was kann ich für Sie tun?«, sagte eine muntere junge Stimme.

Er sagte, »Ich brauche einen Holzfäller.«

»Einen Moment bitte.«

Es trat eine lange Stille ein, dann sagte eine Männerstimme: »Guten Tag.«

»Dir auch einen guten Tag, JC.«

»Wie schön, deine Stimme zu hören. Was kann ich für dich tun?«

»Ich brauche etwas.«

»Ach ja? Und was bringt dich auf den Gedanken, dass ich gerade in Geberlaune sein könnte?«

»Die Tatsache, dass mich keine im Unterholz lauernden Journalistenhorden belästigt haben. Dafür fällt mir nur ein Grund ein, nämlich der, dass die Redaktionen unter Druck gesetzt worden sind. Und mir fällt nur einer ein, der die dazu nötige Überzeugungskraft hat.«

»Ich fühle mich geschmeichelt. Aber wenn ich schon so viel für dich getan habe, wieso sollte ich dann noch mehr tun wollen?«

»Weil dein gutes Werk ein gewisses Schuldgefühl verrät, JC. Wie groß das ist, weiß ich nicht genau. Irgendwann werde ich es rausfinden, aber bis dahin hast du vielleicht das Bedürfnis, noch etwas mehr guten Willen zu zeigen.«

»Noch nie was von simplem Altruismus gehört?«

Haddas Schweigen war vielsagender als jedes Lachen.

»Also schön. Was willst du?«

»Ein paar Kilo Kokain.«

»Verstehe. Besteht die Aussicht, dass ich den Grund dafür erfahre?«

»Nenn es Notwendigkeit.«

»Wenn das so ist, gib mir einen Moment Zeit.«

»Ich bin in Cumbria, am westlichen Stadtrand von Carlisle, falls du den Anruf zurückverfolgst.«

»Natürlich bist du da«, sagte der Mann. »Was übrigens durchaus praktisch sein könnte. Also, mal sehen ... Ah ja. Da hätten wir's. Ich denke, ein paar Kilo könnten schwierig werden.«

»Ein Kilo tut es vielleicht auch, zur Not.«

»Nein, das Problem ist genau umgekehrt. Falls du mit hundert Kilo vorliebnehmen würdest, könnte ich dir helfen. Unter geografischen Gesichtspunkten bist du sogar genau am richtigen Ort. Interessiert? Falls ja, leg auf, und ich melde mich in ein paar Minuten wieder.«

Hadda legte auf und setzte sich in den Defender. Nach drei Minuten klingelte das Telefon.

Er ging ran, lauschte, machte sich eine Notiz und sagte: »Danke.«

»Sei vorsichtig. Diese Leute sind Profis. Und du bist nicht mehr so jung, wie du mal warst.«

»Ich bin überhaupt nicht mehr, wie ich mal war«, sagte Hadda barsch und legte auf.

Er stieg wieder in den Land Rover und fuhr davon.

Während er den Wagen durch den dichter werdenden Verkehr Richtung Stadtzentrum steuerte, sagte er zu sich: »Na, das war ja ein Kinderspiel. Wie groß genau ist dein schlechtes Gewissen, JC?«

8

Alva Ozigbo fand, dass sie bei ihrer Abstammung in der Lage hätte sein müssen, sowohl winterliche Kälte als auch die größte Sommerhitze gleichmütig hinzunehmen.

In Wahrheit konnte ihre schlanke skandinavische Mutter Kälte nicht ausstehen und fand nichts schöner, als sich in der sengenden Sonne zu aalen, während ihr massiger nigerianischer Vater auch bei Minustemperaturen im kurzärmeligen Hemd herumlief und bei den ersten Anzeichen wärmeren Wetters anfing, sich die verschwitzte Stirn zu wischen und die Klimaanlage hochzudrehen.

Alva dachte, dass sie von beiden nur die Nachteile abbekommen hatte. Sie war keine Sonnenanbeterin und sie hasste die durchdringende Kälte der winterlichen Stadt.

Als sie an diesem Abend von der Arbeit nach Hause kam, hatte der Ostwind sie wie ein fanatischer Stalker verfolgt, seit sie aus ihrem Auto gestiegen war, und sie in die Eingangshalle ihres Mietshauses getrieben, wo ihr immer noch die Zähne klapperten, als sie stehen blieb, um in ihren Briefkasten zu schauen. Es befand sich bloß ein einziger Brief darin, und als sie den Poststempel sah, wurde ihr noch kälter.

Cumbria.

Soweit sie wusste, hatte sie nur eine Verbindung zu Cumbria.

Aber die Handschrift war ihr fremd.

Rasch lief sie die Treppe hoch zu ihrer Wohnung im zweiten Stock. Die Zentralheizung hatte sich schon automatisch eingeschaltet, und sie drehte das elektrische Kaminfeuer auf die höchste Stufe, damit ihr schneller warm wurde.

Pfarrei St Swithin's
Mireton
Cumbria

Sehr geehrte Dr. Ozigbo,

verzeihen Sie bitte, dass ich mich an Sie wende, aber ich benötige einen Rat, und soweit ich das derzeit beurteilen kann, sind Sie die Einzige, die ihn mir geben kann. Ich bin der Vikar von St Swithin's, in West Cumbria, und seit letztem November gehört Wilfred Hadda zu meiner Gemeinde. Vorab sei gesagt: Ich weiß, dass er früher Ihr Patient war, es vielleicht sogar noch immer ist, und dass Sie als Ärztin zu strengster Verschwiegenheit verpflichtet sind, daher habe ich nicht vor, Sie um irgendetwas zu bitten, das dagegen verstoßen könnte. Ich möchte Ihnen nur einige Informationen zukommen lassen und Sie um Ihren sachverständigen Rat bitten, ob ich deswegen etwas unternehmen sollte, und, wenn ja, was.

Ich besuche Mr Hadda etwa alle zwei Wochen. Ich kann zwar nicht behaupten, dass die hiesige Bevölkerung seine Rückkehr begrüßt hätte, aber nach einigen heftigen Reaktionen zu Anfang hat sich die Situation doch erheblich entspannt. Hilfreich dafür war sowohl die relativ abgeschiedene Lage von Birkstane, seinem Haus, als auch Mr Haddas Zurückhaltung, die er sich selbst auferlegt hat. Soweit ich weiß, hat er keinerlei Versuche unternommen, mit irgendjemandem in der Gemeinde Kontakt aufzunehmen. Meine eigenen Gespräche mit ihm verlaufen alles in allem auf einem durchaus formellen Niveau, obgleich ich das Thema seiner Straftat und deren Konsequenzen nicht vermieden habe. Einerseits hat er auf mich den Eindruck gemacht, ein recht ruhiger und ordentlicher Charakter zu sein (und zu meiner Überraschung auch ein ziemlich sympathischer), andererseits ist mir bewusst, dass die Bürde, die er mit sich herumträgt, oftmals schwer auf ihm lasten muss. Eines konnte ich jedoch nicht feststellen, nämlich ein deutliches Zeichen von Reue oder Bußfertigkeit. Als ich ihm das unterbreitete, sagte er mir mehr oder weniger, ich sollte mich um meine eigenen Angelegenheiten kümmern.

Nun ist dies aber in einem ganz konkreten Sinne meine Angelegenheit, und ich darf meinen generell guten Eindruck von Mr Hadda und meinen Respekt vor seinen Rechten nicht höher bewerten als meine Pflichten gegenüber den übrigen Angehörigen meiner Gemeinde. Ich möchte in der Lage sein, ihnen vorbehaltlos zu versichern, dass ich in Mr Haddas Auftreten oder Verhalten nichts festgestellt habe, das auf eine mögliche Gefahr für sie hindeuten könnte. Vermutlich könnte man anführen, es sei ein gutes Zeichen, dass er seine Reue nicht demonstrativ zur Schau stellt. Ich meine, ein Pädophiler, der noch immer nach Gelegenheiten für eine Straftat sucht, würde sich doch wohl bemühen, seinen Sinneswandel kundzutun, oder nicht? Ihre Meinung dazu würde mich interessieren. Doch der Grund für mein Schreiben hat nichts mit dem Zustand seiner Libido zu tun, sondern damit, dass ich auf etwas gestoßen bin, das die Vermutung nahelegt, er könnte in dem Bereich seiner anderen Straftat, Finanzbetrug, nach wie vor ein Meister der Verschleierung sein.

Mr Hadda behauptet, ausschließlich von Sozialhilfe zu leben. Gestern jedoch, als ich allein in seinem Haus war, stieß ich durch Zufall auf einen Karton mit teurem

Wein und eine Kiste voller Geld. Sehr viel Geld. Ich hab es nicht gezählt, aber es müssen mehrere Hunderttausend Pfund gewesen sein, jeweils in Bündeln von vierzig Fünfzigpfundscheinen, von denen zwei offenbar fehlten, also £4.000.

Ich habe darüber nachgedacht, und eine mögliche Erklärung wäre wohl die, dass er sich während seiner Zeit als Geschäftsmann der Risiken bewusst war, die er einging, und einen Notfonds beiseitegeschafft hat, den er so gut versteckte, dass er bei den Betrugsermittlungen unbemerkt blieb. Die Vorausplanung und die Fähigkeit zur Täuschung, die sich darin zeigen, bereiten mir Sorge. Ich weiß nicht, was ich machen soll. Wenn ich mich an die Behörden wende und er gegen seine Bewährungsauflagen verstoßen hat, könnte das zu seiner sofortigen erneuten Inhaftierung führen. Das möchte ich nicht verantworten. Wenn es jedoch symptomatisch für seinen betrügerischen Charakter ist und wenn sich herausstellt, dass er auch seine alten Triebe nur verborgen hat und sie irgendwann hervorbrechen und er einem meiner Gemeindemitglieder Schaden zufügen könnte, würde ich mir das wohl nie verzeihen.

Natürlich könnte ich ihn zur Rede stellen und rundheraus fragen, woher das Geld kommt und wofür er seit seiner Freilassung £4.000 ausgegeben hat. Aber das würde die sich anbahnende Freundschaft zwischen uns sicherlich im Keim ersticken, und ich bezweifle, dass ich die Fähigkeit habe, bei jeder Erklärung, die er mir möglicherweise geben würde, die Spreu vom Weizen zu trennen.

Ich befinde mich also in einem Dilemma, Dr. Ozigbo, und wende mich Rat suchend an Sie. Mr Hadda hat Ihren

Namen und Ihren Beruf erwähnt, beiläufig, aber voller Sympathie, wie mir schien, und ich habe Ihre Adresse aus dem Internet. Heutzutage ist es nicht weit her mit Datenschutz! Und ich möchte Sie Folgendes fragen: Wie überzeugt sind Sie als psychiatrische Expertin, die seine Fortschritte im Genesungsprozess (Verzeihung, ich weiß nicht, wie Sie das nennen, aber ich würde es so bezeichnen) verfolgt haben, dass er keine Gefahr für die Allgemeinheit mehr darstellt?

Im vergangenen Herbst waren Sie offensichtlich sehr davon überzeugt, sonst hätten Sie ja wohl kaum seine Entlassung auf Bewährung befürwortet. Aber wie überzeugt sind Sie nun, im Lichte dessen, was ich Ihnen soeben mitgeteilt habe?

Wir sind beide mit dem Heilen von Seelen beschäftigt, Dr. Ozigbo, wenngleich in unterschiedlichem Sinn. Ihr Anliegen ist individuell; Sie versuchen, beschädigte Psychen zu kurieren. Mein Anliegen ist seelsorgerlicher Art; mir geht es um das Wohl meiner Gemeinde. Falls Sie sich nicht imstande sehen, mein Schreiben zu beantworten, oder falls Sie in Ihrer Antwort meine Besorgnis nicht vollkommen zerstreuen, werde ich nicht umhin können, den Behörden zu melden, was ich weiß, obwohl ich fürchte, dass dies für Mr Hadda schlimme Folgen haben könnte.

In Erwartung Ihrer Antwort
verbleibe ich mit freundlichen Grüßen
Luke Hollins

Nachdem sie den Brief gelesen hatte, ging Alva in die Küche, holte einen fertigen Geflügelsalat aus dem Kühlschrank, goss sich ein Glas Weißwein ein und nahm beides mit ins Wohnzimmer, wo sie sich vor den Kamin setzte. Ehe sie anfing zu essen, schaltete sie das Radio ein, um die Sechsuhrnachrichten zu hören.

Sie brachten die immer gleiche Litanei. Die Welt steckte in argen Nöten. Nicht ganz dieselben Nöte wie damals, als Wilfred Hadda seine Strafe antrat – jetzt herrschte nicht mehr Besorgnis, weil die Wirtschaft daniederlag, sondern weil sie drohte, sich erneut zu überhitzen –, doch es wurden dieselben Kriege ausgefochten, dieselben Gruppierungen sprengten im Namen derselben Götter Menschen in die Luft, die Polkappen waren noch ein bisschen zurückgegangen, der Meeresspiegel noch ein bisschen gestiegen, ein paar weitere Spezies waren für ausgestorben erklärt worden – nein, alles in allem hatte Hadda bei seiner Freilassung wohl keine signifikante Veränderung festgestellt.

Sie rief sich ihre letzte Begegnung vor rund drei Monaten in Erinnerung. Sie hatte vor dem Gefängnis auf ihn gewartet, als er entlassen wurde. Ansonsten war nur ein kleiner bebrillter Mann in einem klapprigen Toyota da gewesen. Sie erkannte ihn als Mr Trapp, den Anwalt. Sie hatten nie miteinander gesprochen, aber sie hatte ihn gesehen, als er Hadda im Vorfeld der Bewährungsanhörung vertrat. Er war kein besonders beeindruckender Repräsentant seines Fachs, aber anscheinend war er kompetent.

Ihr kam der Gedanke, dass er Hadda einen ziemlich großen Gefallen schulden musste, wenn er nach all der Zeit immer noch dabei war, ihn zurückzuzahlen. Oder aber hier war wieder Haddas Fähigkeit am Werke, andere Menschen an sich zu binden. Sie hatte diese Fähigkeit selbst gespürt, und auch in Luke Hollins' Brief fanden sich Hinweise, dass er unter seinen Einfluss geraten war.

Bei einem Mann mit Haddas sexuellen Vorlieben war das eine gefährliche Eigenschaft.

So etwas wie eine Heilung war natürlich ausgeschlossen, außer man griff weit tiefer in den Medikamentenschrank, als sie auch nur in Betracht ziehen wollte. Man konnte nur versuchen, die Schranke zwischen Trieb und Tat wiederherzustellen, die dafür sorgt, dass die meisten von uns innerhalb der Grenzen sozial akzeptablen Verhaltens bleiben. Als Erstes musste man alle Entschuldigungen und Vorwände beseitigen, und sobald man den Patienten dazu gebracht hatte, sich als den zu sehen, der er war, konnte man anfangen, ein positives Bild dessen, wer er sein könnte, aufzubauen.

Es war ein beschwerlicher Weg, den man nur mit allergrößter Vorsicht beschritt, denn am Ende stand die Frage: Ist es sicher, diesen Mann wieder in die Welt zu entlassen?

Selbstverständlich hatte sie den Verlauf der Therapie in regelmäßigen Abständen mit Simon Homewood erörtert, der durchweg hilfsbereit und solidarisch gewesen war. Immer hatte er die abschließende Empfehlung für die Entlassung auf Bewährung als ihre gemeinsame Entscheidung bezeichnet. Im Grunde stimmte das auch, doch nichts, was Homewood sagte, änderte etwas daran, dass Alva sich für Haddas Entlassung letztendlich allein verantwortlich fühlte.

Sie hatte sich, ohne genauer zu werden, auch mit John Childs über den Fall unterhalten. Seltsamerweise beruhigten sie die Unterhaltungen mit ihm sehr viel mehr als die wesentlich detaillierteren Fachgespräche mit dem Direktor. Vielleicht lag das daran, dass Childs' Äußerungen in der Sache von einem sanften Zynismus durchdrungen waren, der sie zwang, ihre eigenen Schlussfolgerungen und Intuitionen genau zu überprüfen.

»Muss die Einsicht in die Sündhaftigkeit der eigenen Taten«, fragte er, »unvermeidlich mit dem Bedauern einhergehen, sie begangen zu haben?«

»Nicht in gewissen extremen Fällen soziopathischen Verhaltens«, erwiderte sie. »Aber ich stufe meinen Patienten nicht als Soziopathen ein.«

»Als was dann?«

»Als einen Menschen mit zwanghaften Trieben, die er selbst so sehr verurteilt, dass er sie vollkommen verdrängen musste, um damit leben zu können. So wie manche Alkoholiker.«

»Ist das nicht ein ziemlich gnädiges Urteil? Ich meine, Alkoholiker schädigen andere nicht. Außer ihre Familien. Und sie können bei den Anonymen Alkoholikern Hilfe suchen. Ich glaube kaum, dass die Öffentlichkeit eine Organisation unterstützen würde, die sich Anonyme Pädophile nennt.«

»Das Rechtssystem fällt Urteile«, sagte Alva. »Meine Aufgabe ist es, Feststellungen zu treffen und, wenn möglich, Veränderungen zu erreichen.«

»Und letztlich eine Empfehlung auszusprechen«, sagte Childs. »Das ist eine gewaltige Verantwortung.«

»Denken Sie, ich sollte mich davor drücken, indem ich meinen Patienten für alle Zeit eingesperrt lasse?«

»Meine Güte, nein. Ich bin sicher, Sie würden nicht im Traum daran denken, ihn rauszulassen, wenn Sie auch nur die geringste Sorge hätten, er könnte noch immer eine Gefahr für kleine Mädchen darstellen. Natürlich fällt es wohl kaum in Ihre Zuständigkeit, darüber hinaus festzustellen, ob er vielleicht noch für andere eine Gefahr ist.«

Er lächelte, während er das sagte, daher stufte sie seine Bemerkung als das ein, was im Innenministerium als Witz durchging, und lächelte zurück. Danach verlagerte sich das Gespräch auf den bevorstehenden Studienbeginn des jungen Harry.

Als Haddas Anhörung schließlich stattfand, hatte sie keinen Zweifel mehr, dass er geeignet war, in die Gesellschaft zurückzukehren, und ihre Gewissheit war für den Ausschuss maßgebend. Sie empfand auch keinerlei Unbehagen, als sie sah, wie er durch das Gefängnistor in die Freiheit trat, kurz stehen blieb und zum Himmel hochblickte.

Sie stieg aus ihrem Fiesta und ging auf ihn zu. Trapp war in seinem Auto sitzen geblieben.

»Elfe«, sagte Hadda, »wie schön, dass Sie gekommen sind. Schön zu sehen, dass Sie auch draußen existieren.«

»Darum geht es ja gerade«, sagte sie. »Sie sollten wissen, dass mein Interesse an Ihnen nicht am Gefängnistor endet. Das hat es nie.«

»Ich weiß das zu schätzen. Und ich weiß, ich hab mich drinnen schon bedankt, aber jetzt möchte ich Ihnen auch hier draußen für alles danken, was Sie für mich getan haben. Ohne Sie ... nun ja, ich weiß nicht, was ich dann wäre. Aber ich weiß mit Sicherheit, *wo* ich wäre! Danke. Und ich entschuldige mich für den ganzen Mist, den ich Ihnen zugemutet hab.«

Sie schüttelte den Kopf und sagte: »Sie haben verdrängt. Außerdem steckten viele Wahrheiten darin. Nicht immer die Wahrheiten, die Sie sich vorgestellt hatten, aber ohne sie hätte ich nicht gewusst, wie ich weitermachen sollte.«

Das amüsierte ihn, und das Lächeln, das ihn so verwandelte, umspielte kurz seine Lippen. Er sagte: »Es kann also helfen, wenn man mit Mist gefüttert wird? Das muss ich mir in Erinnerung rufen, wenn ich einmal darüber meckere, wie schlecht das Essen im Gefängnis war. Jetzt muss ich aber los. Um zehn Uhr soll ich im Heim sein. Und ich will mein neues Leben doch nicht gleich damit anfangen, dass ich zu spät komme.«

Sie wusste, dass er für ein paar Wochen in einem Resozialisierungszentrum untergebracht war, wusste auch, dass er vorhatte, nach Ablauf dieser Übergangszeit in das Haus seiner Familie in Cumbria zu ziehen.

Sie hatte gesagt: »Alles Gute. Der Bewährungsdienst wird mich auf dem Laufenden halten, wie sich alles entwickelt, aber falls Sie das Bedürfnis haben, direkten Kontakt zu mir aufzunehmen, nur zu.«

Er hatte gelächelt, und einen Moment lang dachte sie schon, er würde sich vorbeugen und ihr einen Abschiedskuss geben. Doch dann neigte er nur knapp den Kopf, wie Männer das gegenüber Respektspersonen tun, dann ging er zu dem alten Toyota hinüber, stieg ein und fuhr mit Mr Trapp davon, ohne sich noch einmal umzuschauen.

Das war gute Arbeit, hatte sie gedacht. Aber nicht unbedingt eine abgeschlossene Arbeit. Im Umgang mit der menschlichen Psyche kann man nie sagen, dass eine Arbeit abgeschlossen ist. Aber so weit, so gut.

Und jetzt kam dieser Brief.

Sie zwang sich, aufzuessen und ihren Wein zu trinken, ehe sie den Brief noch einmal las.

Luke Hollins war beunruhigt, und sie war es auch. Obgleich das Syndrom, das bei Hadda diagnostiziert worden war, eine ausgeprägte Fähigkeit zu geschickter Täuschung voraussetzte, war es bedenklich, dass diese offenbar unvermindert weiter bestand.

Genau wie Hollins machten ihr die fehlenden viertausend Pfund fast noch mehr Sorgen als die Frage, wo das Geld herkam.

Ein Mann mit Haddas Vorgeschichte, der in wenigen Monaten so viel Geld ausgab … ihr wurde bang ums Herz.

Sie wusste, was sie tun sollte, nämlich die ganze Angelegenheit sofort dem Bewährungsdienst zu melden. Und sie wusste, die nahezu unvermeidliche Folge dessen wäre, dass man Haddas Bewährung aufheben und ihn wieder in Haft nehmen würde, zumindest bis die Sachlage geklärt war.

Das alles wusste sie.

Zugleich wurde ihr klar, dass sie auch ohne stundenlang in sich zu gehen und sich das Hirn zu zermartern, genau wusste, was sie tun würde.

9

An einem schönen Sommertag ist Drigg Beach an der cumbrischen Küste ein himmlisches Fleckchen Erde. Ein paar Meilen glatter Sand, Lerchen über den Dünen, Austernfischer am Wasserrand, die Irische See weit glitzernd bis zur Isle of Man, im Süden die schützende, hoch aufragende Silhouette des Black Combe, im Norden die Klippe von St. Bees Head, die nachdenklich aufs Meer starrt, all das zusammen ergibt eine Kulisse, in der selbst der Blick auf das Kernkraftwerk Sellafield im Sonnenschein etwas Heiteres haben kann.

Aber in der Dunkelheit einer kalten Dezembernacht, in der ein starker Nordwestwind Graupelschauer vor sich herpeitscht und weißmähnige Wellen ans Ufer jagt wie rasende Heerscharen von Schlachtrössern, kann das Meer so unnahbar und gefährlich wirken wie die Barentssee.

Heute Nacht jedoch waren Menschen hier, am Ufer und auf dem Wasser.

Ein motorgetriebenes Schlauchboot fuhr Richtung Strand, bis es auf Sand lief. Zwei Männer in Neoprenanzügen sprangen heraus und trugen zwischen sich einen großen Lederkoffer. Gleichzeitig stiegen zwei weitere Männer aus einem Toyota Land Cruiser, der am Ufer parkte, und liefen runter zum Wasser, wo das erste Paar den Koffer abstellte. Während sie zu ihrem Schlauchboot zurückgingen, trugen die Männer aus dem Land Cruiser den Koffer zum Wagen. Sie waren sehr unterschiedlich gebaut, einer groß und schwerfällig, der andere sehr viel schmächtiger, aber mit athletisch geschmeidigen Bewegungen, die kräftige Muskeln verhießen. Jedenfalls schien er den gleichen Beitrag zu leisten, als sie ihre Last auf die Ladefläche des Toyota wuchteten.

Unterdessen hatten die Schlauchbootmänner einen zweiten Koffer auf den Sand gestellt. Dann stiegen sie wieder ins Boot, der Steuermann legte den Rückwärtsgang ein, setzte ein paar Meter zurück, wendete dann, beschleunigte und fuhr hinaus aufs Meer.

Als die Männer an Land den zweiten Koffer zum Toyota geschleppt hatten, war das Schlauchboot schon in der Dunkelheit verschwunden.

Erneut bückten sie sich, um ihre Last auf die Ladefläche zu hieven.

»Das wird nicht nötig sein«, sagte eine Stimme.

Hinter der dem Land zugewandten Seite des Fahrzeugs trat eine Gestalt hervor. Der Mann war groß, breitschultrig. Seine Gesichtszüge waren schwer auszumachen, aber sie konnten sehen, dass er über einem Auge eine schwarze Piratenklappe trug. In einer Hand hielt er eine langstielige Axt.

Der kleinere Mann reagierte als Erster, ließ den Koffergriff los und griff in seine Jacke. Der Axtstiel schwang herum und traf ihn am Unterkiefer, und er brach lautlos zusammen.

Der größere Mann war ins Taumeln geraten, als er plötzlich das volle Gewicht tragen musste, und als er schließlich losließ und sich aufrichtete, sah er, dass die Klinge der Axt zehn Zentimeter von seinem Hals entfernt war. Sie blieb auch dort, als der Axtmann seine behandschuhte rechte Hand vom Stiel nahm und nach unten griff, um eine Pistole aus der Jacke des Bewusstlosen zu ziehen.

»Eine Makarow«, sagte er abfällig. »Also bloß ein alter Nostalgiker.«

Er warf die Waffe hinter sich und deutete mit einem Nicken auf den Koffer.

»Aufmachen«, sagte er.

Der große Mann gehorchte.

Der Koffer war randvoll mit durchsichtigen Päckchen, die ein weißes Pulver enthielten.

»Leg sie auf den Sand«, sagte der Axtmann. »In einer geraden Reihe.«

Als das geschehen war, zeigte er auf den Koffer, der schon im Wagen war.

»Noch mal«, sagte er.

Der Mann wiederholte den Vorgang, nur dass der Axtmann diesmal, als nur noch zwei Päckchen im Koffer lagen, sagte: »Das reicht. Jetzt geh langsam an der Reihe entlang.«

Der Mann setzte sich in Bewegung. Plötzlich schrie er entsetzt auf, als die Schneide der Axt an seinem Ohr vorbeizischte. Sie senkte sich tief in das erste Päckchen und schlitzte es auf, so dass ihm das Pulver über die Schuhe spritzte.

Das wiederholte sich, bis sämtliche Päckchen zerplatzt waren.

»Die Fische haben heute Nacht bestimmt viel Spaß«, sagte der Axtmann. »Sieh nach, ob du deinen Kollegen irgendwie wach kriegst.«

Er legte die Axt in den Sand, nahm einen leeren Rucksack vom Rücken und verstaute die verbliebenen zwei Päckchen mit weißem Pulver darin. Der große Mann kniete sich neben seinen Gefährten.

»He, Pudo, Pudo, geht's wieder?«

Es kam keine Antwort, also versuchte der große Mann es mit einer Ohrfeige. Vielleicht hatte er ihn nur sanft schlagen wollen, aber er war nun mal nicht für Finesse gebaut. Mit einem Schmerzensschrei rollte sich der Mann auf dem Boden von ihm weg.

»Ich würde sagen, wenn der Unterkiefer vom armen alten Pudo nicht schon gebrochen war, dann ist er es jetzt ganz bestimmt«, bemerkte der Axtmann. »Versuch, ihn auf die Beine zu kriegen, ohne ihm sonst noch was zu brechen.«

Er warf sich den Rucksack über die breite Schulter, nahm die Axt auf, hob sie hoch und schlug mit dem Rücken der Schneide auf den Pistolenlauf. Dann nahm er die Waffe und warf sie auf die Ladefläche des Land Cruisers.

»Ich würde davon abraten, die benutzen zu wollen«, sagte er. »Aber ich würde dir raten, deinen Kumpel ins Auto zu verfrachten und so schnell du kannst von hier zu verschwinden. Falls du mit dem Gedanken liebäugelst, dich noch länger hier in der Gegend rumzutreiben, solltest du daran denken, dass ich bei unserer nächsten Begegnung vielleicht nicht so großzügig aufgelegt bin. Wer auch immer euch geschickt hat, richte ihm aus, er soll sich eine andere Landungsstelle suchen. Diese Küste ist tabu. Ist das klar?«

Der große Mann nickte. Sein verletzter Gefährte war inzwischen auf die Beine gekommen. Er sah noch immer so aus, als würden ihm ohne den stützenden Arm des anderen jeden Moment die Knie einknicken, aber der Blick, den er auf den Axtmann gerichtet hatte, war hellwach. Seine Augen waren schwarz und glitzerten hasserfüllt. Er versuchte zu sprechen, doch sein zerstörter Kiefer machte das unmöglich.

»Du musst dich nicht bedanken, Pudo«, sagte der Axtmann. »Hilf ihm beim Einsteigen.«

Der große Mann packte den anderen, schleifte ihn zur Beifahrertür und bugsierte ihn auf den Sitz. Dann ging er um den Wagen herum zur Fahrerseite. Dort blieb er stehen, als warte er auf weitere Anweisungen.

Aber der Axtmann war bereits ebenso verschwunden wie das auf dem Strand verstreute weiße Pulver in den anbrandenden Wellen.

10

Imogen Estover traf vier Tage vor Weihnachten in Schloss Ulphingstone ein. Sie parkte ihr himmelblaues Mercedes-E-Klasse-Coupé, hupte kurz und schritt dann durch den Haupteingang, wohl wissend, dass sich das gut ausgebildete Personal ihrer Mutter auch unaufgefordert um das Gepäck kümmern würde.

»Darling, du kommst früher als erwartet. Wie schön«, sagte Lady Kira und küsste die Luft rechts und links von Imogens Wangen, der engste Körperkontakt, den sie sich erlaubte, wenn sie Make-up aufgelegt hatte.

»London ist grässlich. Auf drei Meilen Entfernung kannst du den Gestank von der Oxford Street riechen«, sagte Imogen. »Ich hab an die Berge im Sonnenlicht gedacht und musste einfach weg. Ich kann's nicht erwarten, rauszukommen.«

Lady Kira rümpfte die Nase. Obgleich sie gelegentlich Sehnsucht nach den weiten Landstrichen kaukasischer Wildnis heuchelte, wo ihre Familie angeblich Besitzungen gehabt hatte, und sich sogar manchmal einer Jagdgesellschaft auf dem Anwesen anschloss – wobei sie sich oft als bessere Schützin erwies als die meisten Männer –, konnte sie der freien Natur nichts abgewinnen. Bergwandern war in ihrem Wortschatz ein Euphemismus für widerrechtliches Betreten fremden Grundbesitzes, und das einzig Gute an der Kletterei war, dass immer mal wieder ein Idiot, der diesem Hobby frönte, dabei umkam.

Dass ihre Tochter sich für derlei Beschäftigungen begeisterte, war in ihren Augen so etwas wie eine Art Geschlechtskrankheit, mit der sie sich bei dem Holzfällersohn angesteckt hatte. Aber wenn sie im Laufe ihrer Jahre als Imogens Mutter eines gelernt hatte, dann, dass ihre Tochter einen ebenso starken Willen hatte wie sie selbst, also ging sie nicht auf die Bemerkung ein und sagte lediglich: »Wo ist Toby?«

»Wahrscheinlich räumt er gerade seinen Schreibtisch frei, damit er seine fette Sekretärin darauf bumsen kann«, sagte Imogen. »Er kommt morgen mit dem Zug.«

Kira verzog den Mund, und einen überraschten Moment lang dachte Imogen, ihre Anspielung auf Tobys Untreue hätte sie aus der Fassung gebracht, doch sie wurde rasch eines Besseren belehrt.

»Mit dem Zug?«, sagte Kira ungläubig. »Pasha kommt morgen mit dem Wagen, genauer gesagt, er lässt sich in seinem schönen Bentley herfahren. Ich bin sicher, er würde Toby mit Vergnügen mitnehmen.«

»Ich denke, Toby nimmt lieber den Zug.«

Ihre Mutter runzelte die Stirn.

»Er fährt lieber mit dem Pöbel als mit jemandem, der nicht nur ein sehr wichtiger Mandant von ihm ist, sondern auch ein Verwandter von mir und jedermanns Freund«, sagte sie. »Wieso das?«

Imogen sagte: »Ich kann es mir wirklich nicht erklären, Mummy. Du vielleicht?«

Ihr Vater erschien.

Er sagte: »Da bist du ja, Liebes. Hab den Wagen gesehen«, und umarmte sie.

»Hallo, Daddy«, sagte sie. »Du siehst gut aus.«

»Ach ja?«, sagte Sir Leon skeptisch. »Nett, dass du das sagst. Bleibst du länger?«

»Nun ja, auf jeden Fall bis nach Weihnachten.«

»Ah ja, Weihnachten. Ist Toby nicht mitgekommen?«

»Der kommt morgen. Und wie ich höre, dürfen wir uns auch auf die Gesellschaft von Vetter Pasha freuen.«

»Was? Ach so. Nikotin«, sagte Sir Leon ohne jede Begeisterung.

»Ni-kii-tin«, sagte seine Frau gereizt.

Imogen lächelte ihren Vater an und tätschelte ihm sanft den Arm.

»Ich geh meine Sachen auspacken«, sagte sie.

Ihre Eltern sahen sie aus dem Raum gehen, dann fragte Sir Leon: »Weiß sie, dass Wolf wieder in Birkstane ist?«

»Davon gehe ich aus«, sagte seine Frau.

»Aber du hast es nicht erwähnt?«

»Wenn sie es weiß, warum sollte ich sie daran erinnern?«, entgegnete Lady Kira. »Und wenn nicht, warum sollte ich es ihr erzählen?«

Sie standen da und sahen einander an. In ihrem Blick lag Gleichgültigkeit und in seinem die leere Verständnislosigkeit, die rasch an die Stelle des nahezu mythischen Stolzes getreten war, den er als Vierzigjähriger empfunden hatte, als er sich umwandte und seine wunderschöne achtzehnjährige Braut durch die Kirche auf sich zukommen sah.

Eine Etage höher stand ihre Tochter im breiten Erker ihres Ankleidezimmers und blickte über den Rasen hinweg auf den Wald. Noch immer glitzerte Frost auf den schattigen Grasflächen, die die Sonne nicht erreicht hatte. In der klaren Luft konnte Imogen die einzelnen Zweige und die Furchen in den Stämmen der ersten Baumreihe erkennen, und weiter weg sah sie einige der großen Berggipfel im Lakeland, deren Namen ihr so vertraut waren wie die ihrer besten Freunde.

Sie kannte das Wetter in Cumbria. Daher wusste sie, dass sich unmöglich vorhersagen ließ, wie es sein würde, wenn sie am nächsten Morgen aufwachte. Wenn du etwas siehst, das du willst, greif zu, das war schon immer ihr Motto gewesen. Sie ließ ihre ungeöffneten Koffer stehen, ging hinunter in den

Trockenraum, wo sie ihre Wanderkleidung bei ihrem letzten Besuch liegen gelassen hatte. Stiefel standen geputzt und gewichst ordentlich in niedrigen Regalen, Jacken und Regenmäntel hingen an Haken. Sie hatte keine Ahnung, wer hier für Sauberkeit und Ordnung sorgte, wusste nur, dass es mit Sicherheit nicht ihre Mutter war. Sie schlüpfte in ein Paar leichte Wanderschuhe, schnappte sich irgendeine Jacke und ging zur Seitentür hinaus.

An der Terrassenecke traf sie ihren Vater.

»Hallo«, sagte er. »Gehst du ein bisschen spazieren?«

»Wäre eine Schande, das Wetter nicht auszunutzen«, sagte sie, ohne ihre flinken Schritte zu verlangsamen.

Er blickte ihr nach. Sie war zu einer eleganten, wohlgeformten Frau herangereift, aber als sie sich jetzt von ihm entfernte, sah sie nicht viel anders aus als der Teenager, der vor einem Vierteljahrhundert hier übers Anwesen gestromert war. Der Gedanke löste eine Erinnerung aus, die er meistens verdrängte. Plötzlich sah er seine Enkelin vor sich ... Ginny ... seine bezaubernde, tote Ginny. Bei ihrer Taufe hatte er sich geschworen, dass er alles in seinen Kräften Stehende tun würde, um sie zu beschützen, und er hatte versagt. Wie üblich hatten die Frauen in seinem Leben sich durchgesetzt, und Ginny war überstürzt nach Frankreich gebracht worden, weit weg ... um schließlich für immer zu verschwinden ...

Er zwang den Schmerz aus seinem Kopf und konzentrierte sich wieder auf seine Tochter. Die Richtung, in der sie den Garten durchquerte, verriet ihm, wohin sie vermutlich ging. Nicht zu ändern, dachte er, als sie in den Wald tauchte.

Es war nie zu ändern gewesen.

Eine halbe Stunde später stand Imogen am anderen Ende des Waldes und blickte auf die Rückseite der Birkstane Farm. Die

Grenzmauer war hier teilweise eingestürzt, und sie stieg leichtfüßig über die moosbedeckten Steine. Durch das Küchenfenster sah sie eine Bewegung. Sie war eine tatkräftige Frau und ging schnurstracks zur Hintertür und stieß sie auf, ohne vorher anzuklopfen.

Auf ihrem Gesicht zeigte sich nur selten Überraschung, aber jetzt war das der Fall.

Nicht Wolf Hadda saß da am Küchentisch, sondern eine schlanke schwarze Frau mit hohen Wangenknochen und glattem schulterlangem Haar, das einen eigenartigen Ockerfarbton hatte, der nicht künstlich wirkte.

Imogen sagte: »Hallo.«

Die Frau antwortete: »Hallo.«

Imogens Blick glitt durch den Raum. Schmutziges Geschirr in der Spüle, eine Tasse, eine Schüssel, ein Teller. Wolf, allein, spülte nie nach einer Mahlzeit, immer erst vor der nächsten. Also Frühstück für eine Person.

Sie sagte: »Ist Wolf nicht zu Hause?«

Die Schwarze antwortete: »Offensichtlich nicht.«

»Warten Sie auf ihn?«

»Ein Weilchen.«

Imogen gefiel die unaggressive Art, mit der sie sich weigerte, Informationen preiszugeben. Im Augenblick war der unausgesprochene Wettstreit darum, wer das größere Recht hatte, in Wolfs Küche zu sein, ziemlich ausgeglichen.

Im Kamin war Papier und Anzündholz vorbereitet, und daneben lag ein Stapel trockener Scheite.

Sie sagte: »So einen schönen Tag sollte man nicht drinnen vergeuden, aber falls Sie noch lange hier sitzen, sollten Sie das Feuer anmachen.«

Dann wandte sie sich um und ging, ohne sich damit aufzuhalten, die Tür hinter sich zu schließen.

11

Sie hätte die Tür zumachen sollen, dachte Alva Ozigbo.

Sie hatte gewusst, dass es Haddas ehemalige Ehefrau war, sobald sie die Küche betrat, und nicht nur weil sie in seiner Akte Fotos von ihr gefunden hatte. Allerdings wäre es nicht leicht gewesen, sie anhand der Fotos wiederzuerkennen. Auf all denen war sie nämlich modisch-elegant gekleidet und wirkte äußerst beherrscht. Die Frau, die in Stiefeln und einer alten Jacke durch die Tür getreten war, das Gesicht vom schnellen Gehen in der kalten Luft gerötet, kleine Ästchen und Rindenstücke im Haar, weil sie unter tiefen Zweigen nicht den Kopf eingezogen hatte, erweckte einen völlig anderen Eindruck. Aber Alva hatte sie sofort erkannt. Vielleicht war es die Beherrschtheit. Die war unverändert da.

Aber sie hatte die Tür nicht hinter sich geschlossen. Wahrscheinlich, weil sie nicht Gefahr laufen wollte, sie zuzuknallen.

Sie mussten ein prächtiges Paar abgegeben haben, dachte Alva. Beide groß, mit scharf geschnittenen Gesichtszügen, blauen Augen, blonden Haaren und mit der Haltung, die aus körperlicher Athletik und Selbstsicherheit erwächst. In Haddas Fall waren beide Eigenschaften dahin, doch diesem einen kurzen Eindruck nach zu schließen, waren sie bei seiner Exfrau noch so stark vorhanden wie und je.

Sie blickte hinüber zu der Stockuhr an der Wand.

Halb vier. Sie beschloss, noch eine weitere halbe Stunde zu warten. Luke Hollins hatte gesagt, wenn sie Hadda nicht anträfe, der Defender aber in der Scheune stände, würde er höchstwahrscheinlich vor Einbruch der Dunkelheit nach Hause kommen, was zu dieser Jahreszeit so gegen vier Uhr bedeutete.

Sie blickte auf, und da war er, stand in der offenen Tür.

»Sie hätten den Kamin anzünden sollen«, sagte er.

»Das hat Ihre Exfrau auch gesagt.«

Er ließ keine Überraschung erkennen, sondern bewegte sich mit diesem langsamen Hinken, das sie noch so gut in Erinnerung hatte, quer durch die Küche, bückte sich vor dem Kamin, zündete ein Streichholz an und hielt es ans Papier. Hinter ihm verharrte ein Hund auf der Türschwelle, der sie anstarrte, dann ein leises kehliges Knurren ausstieß und, ohne sie aus den Augen zu lassen, zum Kamin tapste und sich davor auf den Boden legte.

»Wussten Sie, dass sie da war?«, fragte sie.

»Ich hab sie weggehen sehen.«

»Aber Sie haben nicht mit ihr gesprochen?«

»Nein«, sagte er gleichmütig. »Vorläufig habe ich ihr nichts zu sagen. Außerdem schaffe ich es nicht, mich mit zwei Frauen gleichzeitig zu unterhalten, und ich wollte zuerst mit Ihnen reden.«

»Woher wussten Sie, dass ich hier bin?«

»Ich hab Ihr Auto am Ende der Zufahrt gesehen.«

»Sie haben ein Auto gesehen. Woher wussten Sie, dass es meins ist?«

»Mit dem sind Sie damals zum Gefängnis gekommen, wissen Sie noch? Grauer Fiesta, sehr unauffällig, ein echtes Psychiaterauto. Hat Hollins Ihnen geraten, nicht bis vors Haus zu fahren?«

»Ja. Er hat gesagt, die Spurrillen wären so tief, dass ein ganzes Hundegespann samt Schlitten drin versinken könnte.«

Hadda lächelte.

»Schön gesagt, für einen Pfaffen. Ich sag ihm dauernd, er

soll das Spielzeugauto, das er fährt, verscherbeln, aber er kann sich keinen Wagen mit Allradantrieb leisten.«

»Vielleicht könnten Sie ihm das Geld leihen. Wie ich höre, sind Sie im Augenblick sehr flüssig.«

Sie sah keinen Grund, lange drum herumzureden, warum sie gekommen war. Wenn er durchschaut hatte, dass Hollins irgendwas mit ihrem Besuch zu tun hatte, dann musste er auch vermuten – oder hatte anhand irgendwelcher Spuren, die der Vikar bei seiner Suche hinterlassen hatte, gefolgert –, dass die Kiste mit dem Geld entdeckt worden war.

»Vielleicht könnte ich das. Ich hab ein schlechtes Gewissen, dass der arme Teufel meine Einkäufe die letzte Viertelmeile schleppen muss. Und? Haben Sie und Imogen gemeinsamen Gesprächsstoff gefunden?«

Falls das ein Ausweichmanöver war, kaschierte er es sehr gut als Gleichgültigkeit.

»Nein, absolut nicht. Wir haben uns einander nicht mal vorgestellt.«

»Unnötig«, sagte Hadda. »Offensichtlich haben Sie sie erkannt. Und sie wird alles über Sie herausfinden können, was sie wissen muss.«

»Wie?«, fragte Alva verwirrt.

»Attraktive Schwarze besucht das Pfarrhaus und fährt dann raus nach Birkstane. Die Einheimischen haben jede Einzelheit registriert und analysiert. Man wird Hollins und seine Frau ausfragen. Sie wissen ja wohl am besten, was selbst die ausweichendste Antwort verraten kann. Dann hätten wir da noch Ihr Auto. Selbst unauffällige Psychiaterautos haben Kennzeichen. Imogen ist die Zufahrt hochgegangen, also wird sie es sich auch genau angesehen haben. Haben Sie es abgeschlossen?«

»Ich bin nicht sicher. Nein, hab ich nicht. Irgendwie, in dieser Einsamkeit hier ...«

»... mitten in der Pampa dachten Sie, das ist nicht nötig«, beendete er ihren Satz. »Sie werden es noch lernen. Haben Sie irgendwas drin rumliegen lassen?«

Alva sagte: »Meine Reisetasche ist im Kofferraum.«

Hadda stieß einen leisen Pfiff aus.

»Hoffentlich ist die nicht voller vertraulicher Unterlagen. Sie wohnen also nicht im Pfarrhaus?«

Schnell geschaltet, dachte sie. Vielleicht hatte sein emotionaler Ausnahmezustand während der meisten ihrer späteren Gespräche im Gefängnis verschleiert, wie scharf sein Verstand wirklich war.

»Mr Hollins hat es angeboten, aber ich hab ein Zimmer im Dorfgasthof reserviert. Als ich dort ankam, stellte sich leider heraus, dass kein Zimmer mehr frei war. Der Wirt meinte, es tue ihm leid, aber der jungen Frau, die die Reservierung angenommen hat, muss da wohl ein Irrtum unterlaufen sein.«

»Das wird Jimmy Frith gewesen sein«, sagte Hadda. »Groß, dick, irgendwas über sechzig, scharfes Lufteinsaugen, als er Sie sah, ein Dauerlächeln, während er Ihnen erklärt hat, Sie sollen sich verziehen?«

»Wollen Sie damit andeuten, er hat gelogen, weil ich schwarz bin?«, fragte Alva. Sie hatte es selbst schon vermutet, war aber nicht in der Stimmung gewesen, sich darüber aufzuregen.

»Schwer zu beweisen«, sagte Hadda. »Schließlich würde das gegen das Gesetz verstoßen, und man muss schon verdammt früh aufstehen, wenn man unseren Jimmy bei einem Gesetzesverstoß erwischen will.«

»Dann sollte vielleicht mal jemand verdammt früh aufstehen«, sagte sie verärgert über diese offensichtliche ländliche Nachsicht gegenüber rassistischen Vorurteilen.

»Vielleicht tut's ja mal einer«, sagte er lächelnd. »Jedenfalls sind Sie nicht zurück zum Pfarrhaus gefahren, um das Angebot des Padre anzunehmen.«

»Nein, ich hab mir gedacht, wenn ich gleich zu Ihnen rausfahre, schaff ich vielleicht heute Abend noch ein ordentliches Stück Richtung Süden.«

Er sagte: »Sie können hier übernachten, wenn Sie möchten.«

Das Angebot verblüffte sie.

Sie sagte: »Danke, aber ich glaube nicht ...«

»Keine Sorge, Sie müssen Ihre Transfertheorie nicht bemühen. Ich hab mich nicht unverhofft in Sie verguckt«, sagte er. »Es wird bald dunkel, Nebel kommt auf, es gibt Frost. Bei solchen Wetterbedingungen sollten Sie nicht auf unseren engen Straßen unterwegs sein.«

»Noch ist es nicht dunkel«, sagte sie.

»Nein, aber wenn Sie mit Ihren Fragen nach dem Geld durch sind, wird es das sein«, sagte er.

Ich hatte recht, dachte sie. Er weiß genau, warum Hollins sich an mich gewendet hat. Das ist kein guter Anfang!

Er redete weiter: »Außerdem würden Sie mir damit einen Gefallen tun.«

»Inwiefern?«

»Imo wird nicht wiederkommen, wenn sie denkt, dass Sie noch da sind, und ehrlich gesagt, ich bin noch nicht so weit, ihr persönlich zu begegnen.«

Das war wirklich ehrlich. Wenn es etwas gab, was einen bei Patienten wie Hadda misstrauisch machen sollte, dann war das Ehrlichkeit.

Alva zögerte ihre Entscheidung hinaus und sagte: »Aber wenn ich einmal hier übernachte, würde Ihnen das nicht viel helfen. Ihre Exfrau bleibt doch bestimmt über die Feiertage im Schloss, oder?«

Er sagte: »Ein misstrauischerer Mensch als ich könnte meinen, Sie wollen eine Einladung rausschlagen, Weihnachten in Birkstane zu verbringen.«

»Dann läge dieser Mensch vollkommen falsch«, sagte sie. »Meine Eltern erwarten mich.«

»Und Sie möchten Weihnachten bei ihnen verbringen?« Er klang ehrlich interessiert.

Sie sagte: »Allerdings.«

»Rührend«, sagte er und sah sie erwartungsvoll an.

Wieso schiebe ich diese Entscheidung hinaus?, fragte sie sich. Sie wusste, dass sie Nein sagen sollte. Aber sie wusste auch, dass es ein Ja werden würde.

Sie sagte. »Vielen Dank, dann bleibe ich über Nacht hier.«

»Großartig. Na los, holen Sie Ihre Reisetasche. Ich würde es ja selbst tun, aber Sie sind doppelt so schnell. Und schließen Sie diesmal Ihr Auto ab. Oh, Moment noch.«

Er ging aus der Küche und kam mit zwei schweren Decken zurück.

»Hier«, sagte er. »Nehmen Sie die.«

Einen Moment lang dachte sie, er wollte sie auffordern, sich ein Bett auf dem Küchenboden oder draußen in der Scheune zu bauen. Die Verunsicherung war ihr wohl anzusehen, denn er grinste und sagte: »Legen Sie die über die Motorhaube. Es wird verdammt kalt heute Nacht, und wir wollen doch nicht, dass Ihr Kühler einfriert.«

Sie nahm die Decken und ging aus dem Haus. Als sie zurückkam, sah sie, dass er nicht untätig gewesen war. Holzscheite prasselten im Kamin, das gespülte Geschirr trocknete neben der Spüle, und ein gefüllter Wasserkocher schaltete sich gerade ab, als sie den Raum betrat.

Offenbar hatte er sie reinkommen hören. Von irgendwo im ersten Stock rief er: »Hier oben.«

Sie ging durch die Küche und stieg eine steile ausgetretene Steintreppe hinauf.

Geräusche und eine offene Tür führten sie in ein Schlafzimmer, wo Hadda gerade ein frisches weißes Laken über das Bett zog.

»Stecken Sie das bitte an den Seiten fest, ja?«, sagte er.

Sie tat wie geheißen. Als sie ihm bei dem Kopfkissenbezug half, bemerkte sie einen Berg Bettzeug neben der Tür.

»Das ist Ihr Schlafzimmer«, sagte sie.

»Stimmt.«

»Aber ich kann Sie doch nicht aus Ihrem eigenen Bett vertreiben«, wandte sie ein.

»Kein Problem. Es gibt noch zwei andere Zimmer mit guten Betten drin«, sagte er und legte rasch und geschickt mehrere Decken aufs Bett. »Aber die müssen ein bisschen gelüftet werden.«

»Es würde mir nichts ausmachen ...«

»Mir aber«, fiel er ihr ins Wort. »Ich kann Ihnen garantieren, dass Ihre Tugend unter meinem Dach sicher ist, aber von Ihren Bronchien kann ich das nicht behaupten, wenn Sie in einem anderen Zimmer schlafen.«

»Und was ist mit Ihnen?«

»Sie vergessen, wo ich die letzten zehn Jahre überwiegend verbracht habe«, sagte er. »Wenn man die Gastfreundschaft ihrer Majestät lange genug genossen hat, ist man hinterher entweder ein Wrack oder man hat die Konstitution eines Eisbären. Bei der Geschwindigkeit, mit der ich mich bewege, musste ich ein hocheffizientes Wärmespeicherungssystem entwickeln. So, falls Sie noch mehr Decken brauchen, finden Sie welche in der Truhe dort. Ich mache Feuer im Kamin, damit es nicht ganz so kalt wird. Im Schrank müsste reichlich Platz für Ihre Sachen sein, es sei denn, in Ihrer Reisetasche steckt mehr, als es den Anschein hat.«

Er bückte sich, um ein Streichholz an das Feuer zu halten, während Alva ihre Tasche aufs Bett stellte und sie öffnete. Dann ging sie zum Schrank und sah nach, ob Haddas Vorstellung von reichlich Platz der ihren entsprach.

Dem war so, obwohl der Weinkarton auf dem Schrankboden stören würde, wenn sie das eine lange Kleid aufhängen wollte, das sie eingepackt hatte – nicht weil sie erwartet hatte, es zu benötigen, sondern weil ihre Schauspielermutter sie ein Motto gelehrt hatte, das sich angeblich auf ihren Tourneen bewährt hatte: *Versuch beim Packen stets, für beide Extreme zu planen, sowohl für die Übernachtung auf dem Fußboden der Garderobe als auch das Dinner mit einem Herzog.*

»Ja«, sagte Hadda hinter ihr. »Das ist das geheime Alkohollager, auf das Hollins zufällig gestoßen ist, wie er Ihnen sicherlich erzählt hat. Und da Sie nun davon wissen, sollten wir uns den billigen Shiraz von Tesco ersparen.«

Er bückte sich und zog eine Flasche heraus.

»Er hat mir auch von Ihrer Geldkiste erzählt, auf die er zufällig gestoßen ist«, sagte Alva.

»So hat er das formuliert?«, sagte Hadda. »Tja, falls Sie wie eine ängstliche alte Jungfer unterm Bett nachsehen, ehe Sie sich reinlegen, werden Sie feststellen, dass er sich zufällig hingekniet, die Kiste rausgezogen, den Schlüssel umgedreht und den Deckel angehoben haben muss.«

»Ich hätte vielleicht aus Neugier dasselbe getan«, sagte sie.

»Vielleicht. Aber Sie sind mein Gast, und das hier ist Ihr Zimmer, somit haben Sie gewisse Zugriffsrechte.«

Dann lachte er und sagte: »Aber keine Bange, ich werde tun, was Hollins predigt, und ihm vergeben. So, haben Sie alles, was Sie brauchen?«

»Ich denke schon…« Sie schaute sich um und bemerkte einige Bücher auf dem tiefen Sims des kleinen Fensters. »… Ja, sogar Bettlektüre. Hoppla, dieser grässliche grüne Einband kommt mir bekannt vor ...«

Sie ging zum Fenster und nahm ein Exemplar von *Seelen heilen* in die Hand.

»Na, da fühl ich mich ja richtig geschmeichelt«, sagte sie heiter. »Was ist passiert? Haben Sie eine übersinnliche Botschaft empfangen, dass ich zu Besuch komme, und sich gedacht, Sie könnten mich damit beeindrucken?«

»So ungefähr«, sagte er lächelnd und nahm ihr das Buch aus der Hand.

»Lassen Sie es mich wenigstens signieren.«

»Später vielleicht«, sagte er bestimmt. »Ach so, eins noch. Das Bad ist die erste Tür links. Der Wasserdruck ist lächerlich und das heiße Wasser schnell verbraucht, aber lassen Sie sich von der bräunlichen Farbe nicht abschrecken. Man kann sehr guten Tee damit kochen, und wenn Sie fertig sind und runterkommen, wird eine Tasse auf Sie warten.«

Er ließ sie allein.

Sie überlegte, demonstrativ nur das auszupacken, was sie für die Nacht brauchte. Aber das könnte nur dann etwas demonstrieren, wenn er irgendwann in ihr Zimmer käme und es auch bemerkte.

Sie packte alles aus. Während sie ihre Sachen in den Schrank hängte, musste sie immer wieder an die Kiste denken. Sollte sie sie öffnen oder nicht? Er hatte es ihr mehr oder weniger erlaubt. Mehr oder weniger. Jedenfalls bestand kein Grund, zuzugeben, dass sie sie aufgemacht hatte. Es sei denn, er könnte irgendwie merken, dass die Kiste angefasst worden war, irgendein kleiner Trick, den er im Gefängnis gelernt hatte, ein Haar auf dem Deckel zum Beispiel ...

Das ist doch albern, sagte sie sich. Mach das Ding auf, und wenn er fragt, gib es zu.

Sie kniete sich neben dem Bett auf den Boden, griff darunter und zog die Kiste vor.

Sie schabte über die Dielenbretter.

Vor ihrem geistigen Auge sah sie Hadda genau darunter stehen, nach oben schauen und schmunzeln.

Sie drehte den Schlüssel um und hob den Deckel an.

Da lagen die Geldscheinbündel, so wie Hollins sie beschrieben hatte. Aber obendrauf lag auch ein Zettel.

Auf dem stand: *Ihr Tee wird kalt.*

Das Spiel ist also eröffnet, dachte sie.

Sie hatte nichts dagegen. Er mochte ja denken, dass er in solchen Spielchen gut war, aber Alva hatte sie sich zum Beruf gemacht.

Sie schloss die Kiste und ging nach unten.

12

Nachmittags um halb drei war Toby Estover nicht damit beschäftigt gewesen, seine Sekretärin auf dem frei geräumten Schreibtisch zu bumsen, wie seine Frau vermutet hatte.

Das hatte er schon am späten Vormittag erledigt, kurz nach seiner Ankunft im Büro. In den Jahren seit seiner Hochzeit hatte er unaufhaltsam zugenommen, und jetzt betonten die eleganten Anzüge nicht mehr seine jugendliche Figur, sondern waren so geschnitten, dass sie die Leibesfülle eines Mannes im mittleren Alter kaschierten. Zudem war bei ihm eine leichte Herzschwäche diagnostiziert worden, die zur Folge hatte, dass er nach dem Koitus etwas kurzatmiger wurde, als seinem Arzt lieb war, und das, obwohl seine Sekretärin Morag Gray, eine zuvorkommende junge Schottin, dafür sorgte, dass er kaum mehr tun musste, als sich zurückzulehnen und an England zu denken (dem übrigens auch gerade leicht die Puste ausging, weil es im Finalspiel im fernen Mumbai eine ordentliche Abreibung verpasst bekam).

Nach einer längeren Ruhepause, eher sabotiert als gefördert von etlichen Tassen starken Kaffees, die seinem Blutdruck nicht gerade guttaten, hatte er Morag gefragt, ob in der morgendlichen Post irgendetwas dabei gewesen war, das seine sofortige Aufmerksamkeit erforderte, bevor er in den Weihnachtsurlaub aufbrach.

Sie antwortete: »Eigentlich nicht. Bloß ein paar Weihnachtskarten.«

Sie verteilte sie auf seinem Schreibtisch. Er machte eine abfällige Handbewegung, und sie begann, die Karten wieder zusammenzuschieben. Doch dann streckte er den Arm aus, zog eine von ihnen mit der Spitze des Zeigefingers zu sich heran und winkte den Rest ungeduldig weg.

Morag beobachtete ihn neugierig, während er die Karte eingehend studierte.

Ihr war schleierhaft, was die Karte mit Weihnachten zu tun haben sollte. Sie zeigte einen großen Mann, der einen Schlapphut und eine Art Overall trug. Seine rechte Hand ruhte auf dem Schaft einer langen Holzfälleraxt, und er stand auf einer Anhöhe mit Blick über eine gebirgige Landschaft. Der Himmel war tief mit dunklen Wolken verhangen. Das Ganze war in Blau- und Brauntönen gehalten. Der einzige leuchtende Farbtupfer war der rote Rand entlang der Axtschneide.

Jetzt nahm Estover die Karte in die Hand und öffnete sie. Da stand in fetter roter Schrift eine Widmung:

Mögest Du fröhliche Weihnachten feiern
und das neue Jahr Dir alles bringen, was Du verdienst.

Eine Unterschrift fehlte.

Estover sagte: »Wo ist der Umschlag?«

»Geschreddert«, sagte sie. »Warum?«

»Nur so. Versuchen Sie, Mr Nutbrown ans Telefon zu bekommen ... nein, wenn ich's mir recht überlege, vergessen Sie's. Manches sagt man besser von Angesicht zu Angesicht.«

»Oh ja, ich weiß, was Sie meinen«, flüsterte sie.

Er sah sie verständnislos an. Ganz wie du willst, dachte Morag. Ihr Chef hielt nichts von sexy Small Talk. Das wusste sie, aber sie war im Grunde ein liebes Ding und versuchte es immer wieder.

Er stand auf und schob die Karte in seine Innentasche, während er zur Tür ging.

Irgendetwas steckte schon darin, und er zog es heraus. Er

stockte, drehte sich um und sagte: »Hätte ich fast vergessen. Fröhliche Weihnachten, Morag. Und guten Rutsch.«

Als er weg war, betrachtete Morag den schlichten gelbbraunen Briefumschlag, den er ihr in die Hand gedrückt hatte. Unbeschriftet. Sie machte ihn auf. Geldscheine, benutzt, nicht durchnummeriert. Großzügig, aber ohne ein Wort des Dankes. Es wäre schon paradox gewesen, wenn Estover sich ausgerechnet dieses Jahr zu einer persönlicheren Geste durchgerungen hätte, aber ebenso, wie sie sich in den zweieinhalb Jahren, die sie für ihn arbeitete, daran gewöhnt hatte, dass intime Plaudereien mit ihm nicht möglich waren, hatte sie auch diesmal nichts anderes erwartet. Daran zeigte sich das Ausmaß seines Vertrauens zu ihr.

Sie griff zum Telefon und wählte.

»Hi, Mr Murray«, sagte sie. »Morag hier. Er hat die Karte gesehen und ist gleich los. Ich glaube, er will zu Mr Nutbrown.«

»Gut gemacht«, sagte eine Stimme in schottischem Tonfall.

Ihre gemeinsame Herkunft hatte es zweifellos einfacher gemacht, das Angebot des Mannes zu akzeptieren, obwohl sie sich selbst einredete, dass sie ihren Boss nie im Leben verraten hätte, wenn er beim Sex mit ihr je auch nur den Hauch einer emotionalen Bindung hätte durchblicken lassen. Aber Estover hatte ihr nie irgendetwas anderes gegeben als Geld, und zu was machte sie das? Nun, sie wollte nicht darüber nachdenken, zu was sie das machte, aber es machte sie jedenfalls nicht loyal, so viel war sicher.

Sie schob den Umschlag in ihre Handtasche und verdrängte jeden Gedanken an Toby Estover. Weihnachten stand vor der Tür, und die Oxford Street mit ihren schicken Geschäften lag gleich um die Ecke. Und mit ihrem Bonus und der Spende ihres neuen schottischen Bekannten konnte sie sich beidem nach Herzenslust widmen.

13

Toby Estover neigte nicht zu Hirngespinsten, und bis auf ein paar Fragmente römischen Rechts hatte er seine klassische Bildung schon längst vergessen, aber als er seinen Lexus aus der düsteren Tiefgarage in das gleißende Wintersonnenlicht steuerte, kam ihm der Gedanke, dass es sich so anfühlen musste, wenn man aus dem Hades auftauchte.

Obwohl der Londoner Verkehr jetzt, da die modernen Saturnalien ihrem Höhepunkt entgegenjagten, bloß eine andere Form der Hölle war. Während er langsam Richtung Norden rollte, war er versucht, sein Vorhaben aufzugeben und Johnny vom Autotelefon aus anzurufen. Aber das hatte er in letzter Zeit schon mehrfach versucht, rief er sich in Erinnerung. Ihn beschlich das ungute Gefühl, dass Pippa Nutbrown für die beiden einen Alleingang plante, obwohl er sie beschworen hatte, dass sie alles, was sie taten, gemeinsam tun müssten. Er brauchte Gewissheit.

Schließlich bog er mit großer Erleichterung auf die M11. Auch hier herrschte reger Verkehr, aber zumindest hatte er nun vierzig Meilen weit den Fuß öfter auf dem Gaspedal als auf der Bremse, bis er die Ausfahrt nach Saffron Walden nahm.

Sein Ziel, Johnny Nutbrowns Landsitz Poynters, war selbst für einen häufigen Besucher nicht leicht zu finden, und jetzt fuhr Estover absichtlich langsam, um bloß nicht die unscheinbare Seitenstraße zu verpassen, die ihn schließlich zu einem alten Steintor führte, das den Eingang zum Grundstück markierte.

»Ach nee, ach nee, ach nee«, murmelte er und hielt an.

Neben dem Tor stand ein Schild mit der Aufschrift ZU VERKAUFEN.

Er saß da und starrte darauf. Die Maklerfirma war Skinners in Mayfair. Er kannte sie. Sie waren auf Luxuslandsitze spezialisiert. Behaupteten, stets Höchstpreise zu erzielen. Das war auch gut so, weil sie nämlich auch die höchste Provision einstrichen.

Als er die Einfahrt hoch auf das Haus zufuhr, dachte er, dass es sich fast von allein verkaufen würde. Warmer roter Backstein im unteren Bereich, darüber schwarzes Fachwerk auf blendend weißem Putz, keines dieser weitläufigen Tudor-Herrenhäuser, sondern relativ klein, aber perfekt geformt, das Ganze in strahlendes Wintersonnenlicht getaucht, das entweder gnadenlos jeden Makel offenbart oder aber, wie in diesem Fall, jedes vollkommene Detail der Linien und Konturen betont. Der unerreichbare Traum fast jeden Engländers von einem Haus auf dem Land war hier Wirklichkeit geworden.

Estover wusste, wie sehr Johnny das Haus liebte. Weswegen das Verkaufsschild umso beunruhigender war.

Er parkte den Wagen und zog an der alten Klingelschnur neben der fast quadratischen Haustür.

Nach wenigen Minuten öffnete eine Frau, die ihn spürbar ohne Begeisterung ansah.

»Pippa«, sagte Estover lächelnd. »Das Haus sieht so toll aus, dass ich glatt versucht wäre, es selbst zu kaufen, wenn es mich aufs Land ziehen würde.«

Schon in jungen Jahren hatte Pippa Nutbrown selbst in Momenten größten Vergnügens stets leicht unzufrieden gewirkt, als könnte der Pfirsich, den sie aß, saftiger sein, oder die Musik, die sie hörte, besser gespielt werden, oder der Sex, den sie genoss, ekstatischer sein. Aber jugendliche Schönheit, guter Teint und eine lebhafte Art hatten diesen Eindruck überspielt oder die Männer in ihrem Leben dazu inspiriert, es beim nächsten Mal besser machen zu wollen.

Jetzt jedoch hatte die Zeit, die ihr Haus immer schöner hatte werden lassen, bei Pippa lediglich alles andere erodiert, so dass sie inzwischen permanent und unverkennbar unzufrieden aussah.

»Toby«, sagte sie kühl. »Wir haben schon gegessen. Mach dir keine Hoffnungen auf einen Lunch.«

»Kein Mann denkt an Essen, wenn er sich an deiner Schönheit weiden kann«, sagte er.

»Wenn mir nach nichtssagendem Geplapper zumute wäre, würde ich mir einen Papagei zulegen«, entgegnete sie.

Sie wandte sich ab, und er folgte ihr ins Haus.

Ihr Hintern, wie er mit Kennerauge bemerkte, war das einzige Merkmal an ihr, das sich mit dem Alter verbessert hatte. Früher war er für seinen Geschmack eine Spur zu eckig gewesen, doch nun hatte er sich zu einer Sattelform verbreitert, die einer Weltklassespringreiterin zu Ehren gereicht hätte. Vielleicht sollte man sich ihr so annähern. Er hatte Pippa in ihrer gemeinsamen Jugend von vorne gekostet, war aber nie versucht gewesen, das Experiment zu wiederholen. Er sah gern seine eigene Verzückung in den Augen der Frauen, die er vögelte, widergespiegelt, nicht ein Paar Kampfrichtertafeln, die ihm seine Punktzahl signalisierten.

Aber sie hatte andere Vorzüge, zu denen das völlige Fehlen eines moralischen Empfindens ebenso zählte wie die nahezu absolute Kontrolle, die sie über ihren Mann hatte. Andernfalls hätte sie ihn wohl kaum überreden können, Poynters zum Verkauf anzubieten.

Sie stieß die Tür zu einem kleinen Wohnzimmer auf und sagte: »Johnny, Toby ist da.«

Johnny Nutbrown saß schlaff auf einem riesigen Sofa, das

eine halbe Rinderherde die Haut gekostet haben musste. Er war dabei, ein Stück Pastete zu essen, vermutlich den Rest von dem Lunch, auf den Estover sich laut Pippa keine Hoffnungen machen sollte.

»Toby!«, sagte er. »Großartig, alter Knabe. Schön, dich zu sehen.«

Sein Enthusiasmus war nicht überzeugend. Estover kannte ihn lange genug, um zu vermuten, dass Nutbrowns Begrüßung wahrscheinlich ebenso ausgefallen wäre, wenn Adolf Hitler persönlich im Stechschritt hereinmarschiert gekommen wäre.

»Dito«, sagte er. »Du bist in letzter Zeit schwer zu erwischen. Genauer gesagt, ihr beide seid irgendwie ziemlich unerreichbar.«

Die Nutbrowns wechselten einen Blick, seiner war fragend, ihrer warnend.

»Viel um die Ohren«, sagte Johnny. »Setz dich doch, probier mal den Rotwein. Pippa, hol dem Mann ein Glas. Und gleich eins für dich mit.«

Pippa tat wie geheißen. Ihr Ehemann nahm die Weinflei- sche, die neben ihm auf dem Tisch stand, und goss ein.

»Zum Wohl«, sagte er.

Sie tranken, Nutbrown einen kräftigen Schluck, Estover nippte nur am Glas, Pippa benetzte kaum die Lippen.

»Mir war gar nicht klar, dass ihr umziehen wollt«, sagte Estover.

Pippa antwortete nicht, sondern richtete den Blick wie eine Fernbedienung auf ihren Mann.

»Ach, du weißt ja, wie das ist«, sagte Johnny. »Die Knochen werden älter, englische Winter und so weiter. Da kann man gleich mit Sack und Pack umziehen, anstatt immer alles zusammenzupacken, was man für ein paar Monate in der Sonne braucht.«

Er leierte das runter wie ein Schuljunge, der eine auswendig gelernte Formel wiederholt.

»Dann geht ihr also ins Ausland?«

Pippa sagte: »Kalifornien. Wir fühlen uns da wohl.«

»Sehr schön.« Er stellte sein Glas ab. »Und die Amerikaner sind ja so pingelig, wen sie reinlassen und wen nicht. Ein Fehltritt und schon bist du draußen.«

»Richtig«, sagte Pippa. »Hast du damit ein Problem, Toby?«

»Keineswegs. Oh, übrigens, ich hab eine interessante Weihnachtskarte ins Büro bekommen. Hab mich gefragt, ob ihr auch eine bekommen habt.«

Er zog die Karte aus der Tasche.

Pippa warf nur einen kurzen Blick darauf und sagte dann: »Ja, haben wir.«

Johnny sagte: »Tatsache? Kann mich gar nicht erinnern. Schönes Bild jedenfalls. Ich bin sicher, das hab ich schon mal irgendwo gesehen.«

Estover sah Pippa an und zog die Augenbrauen hoch.

Es klingelte an der Haustür.

Sie rührte sich nicht. Ihr Mann schien es nicht mal gehört zu haben.

Es klingelte wieder, diesmal länger.

Jetzt stand sie wortlos auf und ging aus dem Zimmer.

Als sich die Tür hinter ihr schloss, sagte Estover. »Also, Johnny, hat Wolf versucht, dich zu kontaktieren?«

»Nein. Wieso sollte er?«

»Weil du ein sehr guter Freund von ihm bist, warst.«

»Du auch, Toby.«

»Ich hab seine Exfrau geheiratet, schon vergessen?«, sagte Estover grimmig. Ich denke, das grenzt mich ein wenig aus. Und man könnte sagen, dass er unsere Eberesche gefällt hat, war eine Art Kontaktaufnahme.«

»Ja. Hast du deswegen je was unternommen?«

»Nein. Ich wollte zur Polizei, aber Imo hat das abgelehnt. Es ist sowieso nicht zu beweisen, dass es Hadda war, aber irgendein Bulle hätte bestimmt der Presse einen Tipp gegeben, und dann hätten uns diese Mistkerle belagert wie Schmeißfliegen.«

»Stimmt wahrscheinlich. Imo hat meistens recht«, sagte Nutbrown. »Aber ich wünschte, du hättest es Pippa gegenüber nicht erwähnt. Das hat das Fass zum Überlaufen gebracht, denke ich. Sie war schon die ganze Zeit nervös, seit wir gehört haben, dass Wolf früher rauskommt. Schon seltsam, dass du da so falschgelegen hast, Toby. Was hast du noch gesagt? Der geht die volle Länge! Du musst mir unbedingt Tipps fürs nächste Pferderennen geben.«

Er lächelte, während er das sagte, aber für Estover war es ein Hinweis, dass Pippa zwar die Fäden zog, Johnny Nutbrown aber noch immer selbst zutreten konnte.

»Lass gut sein, ja?«, sagte er müde. »Ich vermute, eure Umzugspläne gehen vor allem auf Pippas Konto, hab ich recht? Wie steht's mit dir, Johnny? Keine Angst, dass Wolf bei dir auftaucht?«

»Ist doch ziemlich unwahrscheinlich, findest du nicht? Ich meine, wir haben wirklich den Kontakt verloren. Okay, ich weiß, dafür gibt es gute Gründe, aber so was kommt auch vor, wenn nicht einer von beiden im Gefängnis sitzt. Schau dir uns beide an, wir sehen uns doch manchmal monatelang nicht.«

»In der letzten Zeit war es wirklich äußerst schwierig, dich zu erreichen«, sagte Estover. »Ich hab's ein paarmal versucht. Mich wundert vor allem, dass ich nichts von dir gehört habe, als ihr beschlossen habt, euer Haus zum Verkauf anzubieten. Oder wollt ihr die Eigentumsübertragung selbst vornehmen?«

»Darum kümmert sich Pippa«, sagte Nutbrown. »Das ist

doch sowieso nicht deine Spezialität, oder? Du hast Wichtigeres zu tun. Nein, wir fanden es praktischer, dafür einfach einen Notar hier aus der Gegend zu nehmen.«

»Dann wolltet ihr also einfach klammheimlich eure Sachen packen und verschwinden?«

Nutbrowns Augen wanderten langsam durch den Raum, als würde ihm jetzt erst klar, dass er all das verlassen würde.

Estover hakte nach.

»Johnny, ist eure Reaktion nicht ein bisschen übertrieben? Okay, wir müssen unsere Situation überdenken, aber solange wir zusammenhalten, haben wir doch eigentlich nichts zu befürchten.«

»Das hab ich Pippa auch gesagt«, murmelte Nutbrown. »Wolf ist wieder draußen, na und? Ehrlich gesagt, ich hab mich richtig gefreut, als ich es erfahren hab. So lange eingesperrt zu sein, da läuft's mir kalt den Rücken runter, wenn ich bloß dran denke. Deshalb tu ich es möglichst auch nicht. Übrigens, hast du eine Ahnung, wie er es geschafft hat, so früh wieder rauszukommen?«

»Ich hab ein paar Fühler ausgestreckt. Selbstverständlich ganz diskret. Anscheinend hat er sich zu allem bekannt, eine Therapie gemacht«, sagte Estover.

»Großer Gott, warum sollte er so was machen?«

»Um rauszukommen natürlich«, sagte Estover gereizt. »Früher mal war eine Gefängnisstrafe genau das, was sie sein sollte. Heute werden Leute dafür bezahlt, dass sie den Mistkerlen dabei helfen, das System auszunutzen! In Parkleigh arbeitet anscheinend irgend so eine afrikanische Psychotante. Ein Jammer, dass sie ihre Griffel nicht rausgehalten hat.«

Nutbrown verzog das Gesicht und sagte: »Pippa hat erzählt, er ist zurück nach Cumbria. Stimmt das?«

»Pippa hat immer recht. Ja, er ist da oben, und ich hab ihn genau unter Beobachtung, das kannst du mir glauben.«

»Lass mich raten: die unvermeidliche Lady Kira?«

»Ja. Und nach allem, was ich höre, führt er ein Einsiedlerleben. Er ist körperlich ein Wrack, lebt kümmerlich von Sozialhilfe, und was seinen Geisteszustand angeht, nun ja, vielleicht hat die Religion ihn tatsächlich in die Fänge bekommen, denn der einzige Mensch, mit dem er redet, ist der örtliche Vikar.«

»Na bitte«, sagte Johnny. »Dann besteht also kein Grund zur Sorge. Wie geht's Imo? Seid ihr beide über Weihnachten wieder im Froschfresserland?«

Die Estovers hatten ein Landhaus in der Gascogne.

»Nein. Seit Ginnys Tod hat Imo von Frankreich die Nase voll. Sie lässt es sich nicht anmerken, aber es hat sie wirklich schwer getroffen. Also verbringen wir die Feiertage im Schloss. Imo ist schon da. Ich fahr morgen hinterher.«

»Donnerwetter«, sagte Nutbrown beeindruckt. »Den Wolf in seiner Höhle stellen, was? Das hört sich eher nach Imo an als nach dir, Toby.«

»Ich kann dir versichern, dass ich nicht die Absicht habe, irgendwen irgendwo zu stellen«, sagte Estover. »Du kennst Kira. Sie mag nichts lieber als eine altmodische englische Hausparty.«

»Klingt grässlich. Irgendwer da, den ich kenne?«

»Nikitin kommt auch, glaube ich.«

»Pasha? Na, der kann ganz unterhaltsam sein.«

»Kommt drauf an, was man unterhaltsam findet.«

»Schleicht er immer noch um Imo herum?«, fragte Nutbrown mitfühlend. »Trotzdem, bei den Honoraren, die er dir bezahlt, glaubt er bestimmt, er hat gewisse Ansprüche auf alles, was dir gehört, könnte ich mir denken. War ein Witz, alter Knabe. Und außerdem gehört er zur Familie.«

»Ein entfernter Vetter ist er, so entfernt, dass Kira ihn nicht mal mit dem Hintern angeschaut hätte, wenn er nicht mit ein paar Milliarden Rubel im Gepäck hier aufgetaucht wäre«, sagte Toby verschnupft. »Jetzt ertapp ich sie andauernd dabei, wie sie mich beobachtet, und ich kann förmlich hören, was ihr durch den Kopf geht: Wenn ich doch nur ein bisschen länger gewartet und Imo nicht zugeredet hätte, diese Null zu heiraten, könnte jetzt der sagenhaft reiche Pavel Nikitin mein Schwiegersohn sein. – Manchmal hätte ich nicht übel Lust, ihr zu erzählen, womit Pasha sein Geld verdient!«

»Meinst du, das würde einen Unterschied machen?«, fragte Johnny. »Immerhin hat sie dafür gesorgt, dass er dein Mandant wird, das ist doch alles andere als schlecht. Jedenfalls, grüß alle von mir. Und falls du zufällig dem guten alten Wolf über den Weg läufst, bestell ihm von mir alles Gute.«

Estover schüttelte fassungslos den Kopf. Mit Johnny zu reden war so, als würde man in einem Goldfischglas schwimmen: Irgendwie landete man immer wieder da, wo man angefangen hatte. Das änderte sich nur, wenn man von Worten zu Zahlen wechselte. Fragte man Nutbrown, wie viel sie gebunkert hatten und wo, befand man sich unversehens auf offener See und konnte froh sein, so einen instinktiven Navigator bei sich zu haben, der einen zur Schatzinsel steuerte. Doch wenn es um irgendwas anderes ging, fühlte man sich bei ihm wie Alice, die gerade in den Kaninchenbau gefallen ist, um eine andere Metapher zu bemühen.

Als Estover aufstand und sich zum Gehen wandte, fragte er: »Wie läuft der Verkauf denn so? Schon irgendwelche Angebote?«

»Keins, das unserem Preis nahekommt«, erklärte Johnny, ohne seine Belustigung zu verhehlen. »Und du kennst ja Pippa, die hat gern einen dicken Knochen.«

»Ja, das weiß ich noch gut«, sagte Estover und lächelte erinnerungsselig.

»Bestimmt weißt du das«, sagte Nutbrown und erwiderte das Lächeln. »Obwohl, nach dem, was ich so gehört hab, ist ›dicker Knochen‹ in deinem Fall wohl ein bisschen übertrieben.«

Ja, wenn Johnnys Beine sich mal unabhängig bewegten, brachte er so manchen kräftigen Tritt zustande, dachte Estover, als er das Zimmer verließ.

In der Eingangshalle hörte er Stimmen und folgte ihnen in die Küche, wo Pippa mit einem langen dünnen Mann, der einen schwermütigen Gesichtsausdruck hatte, Kaffee trank. Sie lächelte und sah ganz wie ihr jüngeres Ich aus, bis sie Estover bemerkte.

»Toby, willst du wieder los?«, fragte sie schroff.

»Ja. Wenn ich dich noch kurz sprechen könnte ...«

Er sah zu dem Mann hinüber, der aufstand und ihm die Hand hinstreckte.

»Donald Murray«, sagte er mit einem schottischen Akzent. »Ich hoffe, Sie sind nicht hier, um sich das Haus anzuschauen.«

»Nein, ich bin nur ein guter Bekannter.«

»Gut! Ich schau es mir jetzt zum zweiten Mal an, und es gefällt mir noch besser als beim ersten Mal. Ich bin unangemeldet gekommen, aber so gastfreundlich, wie Mrs Nutbrown ist, dachte ich, wo ich schon mal in der Gegend bin ...«

»Kein Problem, Mr Murray«, sagte Pippa, jetzt wieder lächelnd. »Wissen Sie was, schauen Sie sich doch ruhig schon mal allein um, während ich mich mit meinem ... Bekannten unterhalte. Wird nicht lange dauern.«

Der Schotte nickte Estover zu und ging aus der Küche.

»Du scheinst große Hoffnungen in ihn zu setzen«, murmelte der Anwalt.

»Immerhin Hoffnungen«, sagte Pippa. »Also was kann ich für dich tun, Toby?«

»Anscheinend nichts. Ich wollte dir nur frohe Weihnachten wünschen.«

»Was? Keine klugen Ratschläge? Keine Vorhaltungen?«

»Nein. Offensichtlich hast du deine Entscheidung getroffen.«

»Ja, das hab ich. Und wenn ich noch irgendwelche Zweifel gehabt hätte, so hat die Karte sie endgültig beseitigt.«

»Du denkst, sie ist von Wolf?«

Sie lachte und sagte: »Du weißt, dass sie von ihm ist. Das ist dieses blöde Bild, das er so toll fand; er hatte sogar eine Kopie davon in seinem Büro und eine in seinem Arbeitszimmer zu Hause hängen. *Der Holzfäller*, heißt es. Aber das weißt du ja selbst, nicht wahr, Toby?«

»Mag sein. Aber was heißt das schon? Vielleicht hatte er noch ein paar alte Karten von früher übrig. Vielleicht kann sich der arme Teufel keine Weihnachtskarten leisten.«

Sie schüttelte den Kopf und sagte: »Bezahlen dir deine Mandanten tatsächlich Unsummen dafür, dass du ihnen so einen Schwachsinn erzählst, Toby? Wo ist das Problem? Nur weil du nicht alles aufgeben und das Land verlassen kannst, wäre es dir lieber, wir würden das auch nicht tun? Denkst du, zusammen sind wir sicherer?«

»Sicherer vor was? Es ist eine Weihnachtskarte, keine Drohung.«

Pippa sagte: »Sieh sie dir genau an, Toby. Ich hab mir das Bild noch mal im Internet angeschaut. In dem Originalgemälde hat die Axtschneide keinen roten Rand.«

Estover musterte die Karte, runzelte die Stirn und sagte: »Ist vielleicht nur eine schlechte Reproduktion. Mir ist aufgefallen, dass du Johnny anscheinend nichts von deinen Bedenken erzählt hast.«

Sie schüttelte ungehalten den Kopf und sagte: »Natürlich

hab ich das nicht. Du kennst doch Johnny. Zu viel Realität verkraftet er nicht. Du hast ihn hoffentlich nicht beunruhigt?«

»Johnny beunruhigt?« Estover lachte. »Das muss ein Witz sein. Weißt du, was er zum Abschied zu mir gesagt hat? *Falls du dem guten alten Wolf über den Weg läufst, bestell ihm von mir alles Gute.*«

Pippa sagte: »Und das hat dich nicht davon überzeugt, dass es vernünftig ist, wenn wir von hier verschwinden?«

»Im Gegenteil. Falls Wolf tatsächlich hinter uns her wäre, würde uns Johnny im Zeugenstand mindestens sechs Geschworenenstimmen einbringen.«

Sie sagte ungläubig: »Du denkst, Wolf würde gerichtlich gegen uns vorgehen? Das gibt's doch nicht!«

»Was soll er denn sonst machen?«

Pippa schüttelte den Kopf und sagte: »Toby, du magst ja ein Staranwalt sein, aber da draußen ist das richtige Leben, nicht bloß Worte. Hat der gefällte Baum in deinem Garten dir nicht die Augen geöffnet? Ich glaube kaum, dass Wolf Hadda gerade dabei ist, sich einen guten Anwalt zu suchen. Er ist ein gefährlicher Mann.«

»Meinst du?«, sagte Estover. »Na ja, ich hab auch ein paar gefährliche Freunde. Aber es gibt mir zu denken, dass du so reagierst, Pippa. Ich hab dich immer für einen Fels in der Brandung gehalten. Wie kommst du darauf, dass Wolf tatsächlich gefährlich sein könnte? Nach dem, was man hört, ist er nach all den Jahren im Knast ein gebrochener Mann.«

»Ich möchte einfach nicht mehr hier sein, sollte er sich doch wieder berappeln«, sagte sie. »Verlass du dich ruhig auf deine gefährlichen Freunde, Toby. Meine Erinnerungen an Wolf raten mir, lieber auf Abstand zu gehen.«

Estover betrachtete sie einen Moment lang nachdenklich, dann grinste er.

»Tja, was könnten das wohl für Erinnerungen sein? Mal überlegen. Ich hab mich oft gefragt, warum du Wolf so offensichtlich nie mochtest. Mir fällt dazu nur ein, dass du damals in der guten alten Zeit, als wir alle noch so gute Freunde waren, versucht haben musst, ihn zu bezirzen, und er dich hat abblitzen lassen. Er muss dir ja höllisch Angst gemacht haben, wenn du noch immer so unter den Nachwirkungen leidest.«

Sie überging seine Stichelei und sagte ruhig. »Du hast recht, wie immer, Toby. Er hat gesagt: ›Ich steig mit dir ins Bett, wenn du das wirklich willst, Pippa. Aber ich bin sicher, selbst wenn du gerade vor Lust schreist, werden dir die vielen guten moralischen Gründe durch den Kopf gehen, die dafür sprechen, es Imo zu beichten. Also müsste ich dich wahrscheinlich umbringen, sobald wir fertig sind. Na, was sagst du? Willst du immer noch?‹«

»Und das hast du tatsächlich geglaubt?«, fragte Toby.

»Ich bin dabei, das Haus zu verkaufen, oder etwa nicht? Und darum sollte ich mich jetzt lieber wieder kümmern. Übrigens, die Karte hast du ins Büro bekommen, nicht?«

»Richtig. Wieso?«

»Interessant, dass er sie nicht zu dir nach Hause geschickt hat. Vielleicht schwebt ihm für Imo eine andere Begrüßung vor. Fröhliche Weihnachten, Toby.«

Sie ging aus der Küche. Als Estover ihr folgte, war sie schon halb die Treppe hinauf.

Sie drehte sich nicht mehr um.

14

Ein Geräusch weckte Alva Ozigbo mitten in der Nacht, und eine Sekunde lang hatte sie das panische Gefühl, nicht zu wissen, wo sie eigentlich war.

Dann fiel es ihr wieder ein, und in ihrem verwirrten Kopf wurde das *Wo?* von *Wie?* und *Warum?* verdrängt.

Unter professionellen Gesichtspunkten sprach nichts dagegen, dass ein Psychiater für eine Nacht die Gastfreundschaft eines Patienten in Anspruch nahm. Natürlich nur, solange sie nicht das Bett miteinander teilten, und dieses Risiko hatte sie durch einen unter die Türklinke geklemmten Stuhl minimiert. Nicht, dass irgendwas an Haddas Verhalten darauf hingedeutet hätte, dass er sie begehrenswert fände. Im Gegenteil, er hatte ihr sogar einmal, als sie mit ihrer Analyse nach jenem ersten verzweifelten Hilfeschrei immer weiter in die Tiefe vorstieß, erzählt, seine Sexualtriebe seien anscheinend während der Haftstrafe in Winterschlaf gefallen.

»Ich wache morgens nicht mal mehr mit einer Erektion auf«, verriet er ihr. »Aber was das angeht, können Sie mir wohl nur glauben oder nicht.«

Und das war, wenn man von dem Vorfall absah, als er ihre Behauptung, der Ton des Überwachungssystems sei abgeschaltet, auf die Probe gestellt hatte, das einzige Mal gewesen, dass er leicht anzüglich geworden war.

Aber Winterschlaf war kein Dauerzustand, und Vorsicht ist die Mutter der Porzellankiste, also hatte sie in Ermangelung eines Schlosses den Stuhl unter die Klinke geklemmt, wenngleich sie sich des Gefühls nicht erwehren konnte, dass ihre Motive für eine solche melodramatische Maßnahme bestenfalls verworren waren.

Sie nahm sich vor, später darüber nachzudenken, und konzentrierte sich stattdessen darauf, zu durchleuchten, warum sie in Birkstane geblieben war.

Da waren zunächst einmal die praktischen Gründe, die ihr Gastgeber vorgebracht hatte. Es war schnell dunkel geworden. Die ersten Nebelschwaden stiegen schon auf, und sie brauchte mehr Zeit, um mit ihm über das Geld zu reden. Ziemlich dürftig. Wie sich herausstellte, war der Nebel nur ein leichter frostiger Dunst gewesen, und sie hätte problemlos langsam zurück zum Dorf fahren können. Auch wenn der Pub Sperrgebiet war, der Vikar hätte sie wohl kaum abgewiesen.

Letztlich war die Tatsache, dass sie geblieben war, ein Vorwand, den Zweck ihres Besuches aufzuschieben.

Das schlichte Abendessen wurde von einer alles andere als schlichten Flasche vorzüglichen Burgunders begleitet. Sie hatte sich das Etikett angeschaut und das für einen guten Anlass gehalten, die Geldkiste zur Sprache zu bringen. Kaum hatte sie davon angefangen, als Hadda auch schon die zwei Finger seiner rechten Hand an die Lippen hob und sagte: »Fußball und Finanzen sind während eines gepflegten Dinners Tabuthemen.«

»Ich dachte, Religion und Politik«, sagte sie.

»Nicht in Cumbria«, sagte er.

Hinterher, durch den Wein sowie einen Schuss Whisky im Kaffee milde gestimmt, hatte sie nicht widersprochen, als er auf ihren Versuch, das Thema erneut anzuschneiden, antwortete: »Verschieben wir die Auflösung auf morgen, wie in *Tausendundeine Nacht*, okay?«

Erst als sie schon fast eingeschlafen war, fiel ihr ein, dass es in *Tausendundeine Nacht* ja Scheherazade war, die den Schluss ihrer Erzählung ständig hinauszögerte, weil sie wusste, dass am Ende der Tod auf sie wartete.

Jetzt, wo sie erwacht war, fand sie das Schlafzimmer ausgesprochen hell. Zuvor, ehe sie den Vorhang zugezogen hatte, war es ihr stockfinster vorgekommen, eine Art von Dunkelheit, wie sie jemand, der an das permanente Dämmerlicht der modernen Großstadt gewöhnt ist, sonst nie erlebt. Daher fragte sie sich beim Anblick des hellen kleinen Fensterrechtecks, ob vielleicht ein Eindringling draußen einen Bewegungsmelder ausgelöst hatte, obwohl sie sich moderne Technik in Birkstane eigentlich schlecht vorstellen konnte.

Sie schlüpfte aus dem Bett und zog den Vorhang auf.

Keine moderne Technik; eher alte Mythologie.

Der Abendnebel war verschwunden, und der Mond war aufgegangen. Sein perlweißes Licht erfüllte Himmel und Landschaft, und überall, wo es auf den harten Raureif fiel, der an Zweigen und Ästen und Grashalmen und den Rippen und Rillen alter Steinwände haftete, explodierte es zu einem strahlenden Glitzern, als hätte man Schießpulver auf glimmende Holzscheite gestreut.

Es war keine menschliche Landschaft, auf die sie da blickte, es war ein Feenland, ein Land, in dem kein menschliches Warum und Wie noch Bedeutung hatte. Es war ein Zauber, der sie hier bannte. Ihre einzige Sicherheit lag in der Flucht vor dem Zauberer, doch in ihren klugen Büchern fand sich kein Elfenzauberspruch, der sie sicher durch diese Gefilde des Lichts tragen würde.

Ihr Blick glitt nach unten in den Hof vor ihrem Fenster. Auf den weiß überpuderten Pflastersteinen waren Spuren, als wäre irgendjemand darüber hinweggegangen, nachdem der Frost sie überzogen hatte. Sie erinnerte sich, von einem Geräusch geweckt worden zu sein, wusste aber nicht mehr, was es gewesen war.

Sie ging wieder ins Bett und war wohl auf der Stelle wieder

eingeschlafen, denn es kam ihr so vor, als würde sie nur Sekunden später schon wieder geweckt, diesmal von einer Faust, die an ihre Zimmertür schlug, und von Haddas Stimme, die rief: »In fünfzehn Minuten gibt's Frühstück.«

Sie stand auf. Vielleicht hatten die Reste des Kaminfeuers noch Wärme verströmt, als sie nachts ans Fenster getreten war, denn da hatte sie die Kälte nicht bemerkt, aber jetzt war es bitterkalt. Sie zog sich ihre Sachen an. Die Landschaft vor dem Fenster sah noch immer magisch aus, aber eher wie auf einer kitschigen Weihnachtskarte. Sie zog den Stuhl von der Tür weg und ging hinüber ins Badezimmer. Aus dem Hahn kam nur ein dünnes Rinnsal warmes Wasser. Die alte Badewanne damit zu füllen hätte eine halbe Stunde gedauert, und bis dahin hätte sie sich wahrscheinlich schon eine Lungenentzündung geholt, also begnügte sie sich mit einer Katzenwäsche am rissigen Waschbecken. Nachdem sie sich mit einem Kamm durch die Haare gefahren war, ging sie nach unten in die Küche.

Hier sorgte ein prasselndes Feuer für mollige Wärme, und es duftete nach gebratenem Speck. Hadda begrüßte sie mit: »Perfektes Timing, Elfe. Gut geschlafen?«

Es war das erste Mal seit ihrer Ankunft, dass er ihren Spitznamen benutzt hatte. Am Vorabend hatte er sie ... nein, er hatte sie überhaupt nicht angeredet, und jetzt merkte sie, dass ihr dieses Gefühl der Abgrenzung zu schaffen gemacht hatte.

»Ja, danke. Kann ich was helfen?«

»Wenn Sie möchten, können Sie Kaffee kochen.«

Sein Gesicht sah frisch und gerötet aus, was die Narben darin hervortreten ließ wie Quarzadern in einem Granitfelsen. Ihr fiel sein feuchtes Haar auf, das aussah, als hätte er es nur rasch mit den Fingern gekämmt.

Während sie den Kaffee machte, sagte sie vorwurfsvoll: »Sie sehen aus, als hätten Sie geduscht.«

Er sagte: »Was?«

Dann hob er eine Hand an den Kopf, lächelte und sagte: »Ach ja. Hab ich die Duschmöglichkeiten beschrieben?«

»Nein, haben Sie nicht«, sagte sie.

»Tja, jetzt ist keine Zeit mehr, aber falls Sie nach dem Frühstück noch immer duschen wollen, gehen Sie einfach zur Tür raus und auf die Grenzmauer des Anwesens zu, dann kommen Sie an einen Bach. Folgen Sie ihm rund zwanzig Meter bachaufwärts, dann finden Sie unter einem kleinen Wasserfall einen Tümpel, gerade groß genug für eine Person. Ich hol Ihnen ein Handtuch.«

Sie brauchte einen Moment, um zu begreifen, dass er keinen Witz machte. Sie dachte an die eisige Welt da draußen und fröstelte.

Er holte zwei Teller aus dem Backofen, die er dort vorgewärmt hatte, legte die Speckstreifen darauf, briet in dem restlichen Fett rasch ein paar Rühreier, verteilte sie auf die Teller und sagte: »Hauen Sie rein.«

Auf dem Teller schienen sich mehr Kalorien anzuhäufen, als sie normalerweise an einem ganzen Tag zu sich nahm, aber sie putzte ihn ohne nennenswerte Probleme leer.

Er schnitt zwei dicke Scheiben von einem Laib Brot ab, spießte eine Scheibe auf eine lange Gabel, die andere auf ein Brotmesser, und sagte: »So, jetzt müssen Sie selbst ran.«

Sie setzten sich vor den Kamin, rösteten das Brot, bestrichen es dick mit Butter und Marmelade und spülten mit Kaffee nach.

»Ich kann nicht mehr«, sagte sie nach drei Scheiben.

»Essen Sie«, befahl er. »In Birkstane weiß man nie, wann es Lunch gibt.«

Er schien unausgesprochen davon auszugehen, dass sie zum Lunch bleiben würde.

Ihr Frühstücksgespräch war entspannt und locker, es drehte sich um das Alter des Hauses (500 Jahre, grob geschätzt), wer das Tuch mit dem Vaterunser an der Wand bestickt hatte (Großtante Carrie) und warum über einem offenen Feuer geröstetes Brot so viel besser schmeckte als gegrilltes oder getoastetes (wie hätte es anders sein können?). Aber schließlich meinte sie, es wäre an der Zeit, zu sagen: »Also, Wolf, um noch mal auf das Geld zurückzukommen ...«

»Nicht bevor der Abwasch gemacht ist«, sagte er entschieden.

»Ist das schon wieder so eine alte cumbrische Sitte?«

»Allerdings. Wir haben immer erst gespült, bevor wir losgezogen sind, um Schotten oder Iren zu erschlagen. Wer auch immer gerade ins Land eingefallen war.«

Dann hattest du gestern offenbar nicht vor, Kelten niederzumetzeln, dachte sie in Gedanken an das schmutzige Geschirr in der Spüle.

Sie stand auf und ging zur Spüle.

»Dann mal los«, sagte sie. »Spülmittel?«

»Scheint alle zu sein«, sagte er und trat neben sie. »Hören Sie, das wird ein bisschen eng hier vor der kleinen Spüle. Gehen Sie doch mal nachschauen, ob Ihr Auto die Nacht überlebt hat. Sneck, du gehst mit Elfe.«

Wären die Umstände anders gewesen, hätte sie vielleicht erwidert, sie hätte nichts gegen ein bisschen Gedränge. Stattdessen zog sie sich gehorsam ihre Jacke über und ging vorsichtig durch den Hof, den der Frost in ein Eismeer verwandelt hatte.

Sneck war ebenso gehorsam und folgte ihr. Ob er sie behüten oder bloß bewachen sollte, wusste sie nicht, und sie hatte auch nicht vor, es herauszufinden, indem sie von dem direkten Weg die Einfahrt hoch zu ihrem Auto abwich.

Die Decken waren noch an Ort und Stelle, steif gefroren. Sie setzte sich ins Auto und drehte den Zündschlüssel. Der Motor sprang auf Anhieb an, und sie ließ ihn laufen, während sie den Kofferraum öffnete. Sie nahm ihre Wanderstiefel heraus. War es etwa Eitelkeit gewesen, die sie gestern bei ihrer Ankunft davon abgehalten hatte, ihre schicken Turnschuhe gegen vernünftigeres Schuhwerk zu tauschen? Sie nahm eine rasche Selbstanalyse vor. Psychiater waren ebenso anfällig für widersprüchliche Motive wie andere Menschen auch, aber sie sollten sich sehr viel mehr darüber im Klaren sein! Nein, befand sie. Gestern Nachmittag war der Boden so weit aufgetaut gewesen, dass die Einfahrt eher matschig als glatt war. Heute Morgen jedoch war ein bisschen Stabilität ausgesprochen ratsam. Einen verstauchten Knöchel konnte sie nun wirklich nicht gebrauchen.

Wäre es denkbar, dass Hadda diese Möglichkeit in Betracht gezogen hatte, als er sie zu ihrem Auto schickte?

Jetzt wurde sie aber wirklich paranoid!

Sie schreckte aus ihren Überlegungen auf, als Sneck ein lautes Bellen ausstieß.

Nach einer Weile hörte sie, was er schon länger gehört hatte, ein näher kommendes Auto, und gleich darauf kam ein blauer Micra, den sie zuletzt vor dem Pfarrhaus gesehen hatte, in Sicht.

Zu ihrer Verblüffung lief Sneck dem Auto schwanzwedelnd entgegen.

Luke Hollins stieg aus und hielt dem Hund die offene Hand hin, auf der etwas lag, das Sneck erstaunlich behutsam wegnahm.

»Das ist eine ziemlich überzeugende Demonstration der Macht des Glaubens«, sagte Alva.

»Leider bloß der Macht von Leckerchen«, entgegnete Hollins. »Zusammen mit den Lebensmitteln bring ich auch immer eine Packung Hundekekse mit. Heute gibt's keine Lebensmittel, aber zum Glück hab ich dran gedacht, mir eine Handvoll Honigpops einzustecken. Und Sie? Was haben Sie angestellt, um die Bestie zu zähmen?«

Sneck war an Alvas Seite zurückgekehrt und legte sich jetzt auf den eisigen Boden, seine warme Schulter an ihr Bein gedrückt.

»Eigentlich nichts. Ich hatte als Kind einen Hund. Er war nicht ganz so wolfsartig wie der hier, aber ziemlich verrückt. Er hieß Spot, aber mein Vater meinte, ich hätte ihn Genügend nennen sollen.«

Hollins blickte verwirrt, und Alva lachte und sagte: »Wird denn heutzutage in der Kirche nicht mehr die Bibel studiert? *Genügend ist die Plage*. Spot hat die ganze Nachbarschaft terrorisiert, den Garten umgegraben und das Mobiliar angeknabbert, wenn er allein im Haus war.«

»Dann haben Sie ja Erfahrung im Umgang mit wilden Kreaturen«, sagte er.

Als er das sagte, schaute er zum Haus hinüber.

Sie runzelte die Stirn und sagte leichthin: »Also, wenn es nicht die Lebensmittellieferung ist, was führt Sie dann her?«

»Ich wollte mich bloß vergewissern, dass alles in Ordnung ist. Als Erstes war ich im Dog. Die waren da in heller Aufregung. Jimmy Frith, der Wirt, trinkt immer gern ein Glas Ale zum Frühstück, aber als er sich eins gezapft hat, war es ganz schaumig.«

»Ale soll doch schaumig sein, oder?«

»Nein, ich meine total schaumig, und genauso war es mit den anderen Biersorten. Als er der Sache nachgegangen ist, hat er festgestellt, dass irgendwer in den Keller eingedrungen ist und Spülmittel in alle Fässer gekippt hat.«

Sie dachte sofort an das Geräusch, von dem sie wach geworden war, an die Spur auf den weiß bereiften Steinen im Hof, das fehlende Spülmittel im Farmhaus. Konnte Hadda in der Nacht runter ins Dorf gegangen sein, um den Wirt für seine rassistische Unverschämtheit zu bestrafen? Wohl kaum. In den Keller zu steigen und das Bier zu manipulieren, hätte eine Gewandtheit erfordert, die einem Mann, der sich bewegte wie ein verwundeter Bär, kaum zuzutrauen war. Aber irgendwie wurde ihr bei der Idee warm ums Herz.

Hollins lieferte gerade seine eigene sehr viel einleuchtendere Erklärung:

»Geschieht Jimmy ganz recht, weil er die jungen Leute, die zu ihm kommen, immer mehr trinken lässt, als sie vertragen. Eigentlich ein ziemlich pfiffiger Streich!«

Er grinste, doch dann, wohl weil er merkte, dass der Ärger eines seiner Gemeindemitglieder kein Grund zur Freude sein sollte, sagte er mit übertrieben besorgtem Gesicht: »Jedenfalls, als ich hörte, dass Sie nicht dort übernachtet hatten, war ich wirklich beunruhigt und dachte, ich fahr am besten gleich mal hier raus.«

»Haben Sie befürchtet, Wolf könnte mich umgebracht haben?«, sagte sie. »Na, wie Sie sehen, bin ich wohlauf.«

»Aber Sie haben die Nacht in Birkstane verbracht?« Er sagte das mit einer Beiläufigkeit, die bezeichnender war als jeder Vorwurf.

»Ja. Seine Frau ... seine Exfrau hat vorbeigeschaut, während ich auf ihn gewartet hab. Wir haben uns kurz unterhalten, dann ist sie wieder gegangen. Wolf dachte anscheinend, meine Anwesenheit würde sie von einem weiteren Besuch abhalten.«

Es klang für sie nicht besonders überzeugend, doch der Vikar fragte nicht weiter nach.

Er sagte: »Und wie hat er das Geld erklärt?«

»Bis jetzt noch gar nicht«, sagte Alva. »Aber er hat sich ausgerechnet, woher ich meine Informationen habe. Ich wollte gerade wieder zurück zum Haus, um die Frage endlich zu klären. Kommen Sie doch mit.«

Hollins blickte unsicher.

»Ich weiß nicht, ob das so eine gute Idee ist. Wenn er weiß, dass ich es war, der ...«

Doch in dem Moment ertönte ein lauter Ruf, der das Problem löste: »Sind Sie das Padre? Hat man Ihnen im Seminar nicht beigebracht, dass man eine Lady nicht so lange in der Kälte stehen lässt? Kommt endlich ins Haus, Herrgott noch mal!«

Hadda stand am Ende der Zufahrt.

Er pfiff einmal und wandte sich ab. Sneck warf Hollins einen dankbaren Blick zu, flitzte los und war im Handumdrehen an der Seite der langsam humpelnden Gestalt.

»Na, bitte«, sagte Alva. »Alles vergeben und vergessen.«

Während sie gemeinsam zum Haus gingen, sagte Hollins: »Also, was halten Sie von ihm?«

Alva sagte: »Als Gastgeber oder Patient? Wobei das eigentlich egal ist. Meine guten Manieren verbieten es mir, mich über ihn als Gastgeber zu äußern, und mein Berufsethos verbietet es mir, über ihn als Patient zu sprechen. Es tut mir leid, aber wie Sie schon in Ihrem Brief feststellten, haben wir beide recht unterschiedliche Anliegen. Aber ich bin sehr froh, dass Sie da sind, so können Sie sich seine Erklärung für das Geld mit anhören. In diesem Fall denke ich, dass vier Ohren ganz sicher besser sind als zwei.«

Hadda war dabei, frischen Kaffee zu kochen, als sie in die Küche kamen. Alva sah, dass sein Blick ihr gewechseltes Schuhwerk registrierte, und war törichterweise froh darüber, dass ihre Stiefel viel getragen und gut gepflegt aussahen und die passionierte Wanderin verrieten.

»Auto in Ordnung?«, fragte er.

»Ja, danke. War aber gut, dass Sie mir die Decken gegeben haben. Die sind bretthart gefroren.«

»Es war eine kalte Nacht. Heute Morgen musste ich ein paar Eiszapfen vom Wasserfall abbrechen, sonst wäre ich beim Duschen vielleicht aufgespießt worden. Wie steht's bei Ihnen, Padre? Ist das Pfarrhaus noch immer ein Kühlschrank?«

»Der Kessel heizt den Keller sehr schön, aber die physikalische Grundregel, dass warme Luft nach oben steigt, scheint im Pfarrhaus außer Kraft gesetzt«, sagte Hollins.

»Das ist die subtile Methode der Kirche von England, die Moral ihrer Priester aufrechtzuerhalten«, sagte Hadda. »Bitte sehr. Kaffee. Tut mir leid, Padre, keine Sahne heute. Mein Gast hat den letzten Rest von Ihrem kleinen Vorrat geplündert. Übrigens. Sie sollten meinen Hund lieber weiter mit dem Zeug füttern, nach dem er anscheinend süchtig ist, sonst verlieren Sie noch Ihre Jacke.«

Sneck saß neben Hollins, die Nase an die Tasche mit den Leckerchen gedrückt, und der Vikar gab ihm eine weitere Handvoll Honigpops.

»Gut«, sagte Hadda. »Ich denke, jetzt wird es Zeit, uns der Frage zu widmen, die bei Ihnen beiden ganz oben auf der Tagesordnung steht und die vermutlich lautet: Hält sich Hadda an seine Bewährungsauflagen oder sollte er in Hand- und Fußschellen gelegt und zurück in den tiefsten Kerker gestoßen werden, den der Staat zu bieten hat? Wenn Sie also beide bequem sitzen, werde ich anfangen.«

15

Es war, dachte Alva, entweder eine ausgezeichnete Darstellung oder eine ausgezeichnete Darbietung.

Nach ihrem Verständnis war der Terminus *Darstellung* neutral. Er implizierte keine Verstellung oder Unehrlichkeit. Lange Gefängnisstrafen machen die meisten, die sie absitzen müssen, in gewisser Weise zu Darstellern. Letztlich kann das Überleben im Gefängnis davon abhängen, dass man herausfindet, was ganz unterschiedliche Gruppen von Menschen wollen, und es ihnen dann liefert. Das Gesicht, das ein Mann seinem Mithäftling zeigt, unterscheidet sich wahrscheinlich von dem Gesicht, das er den Wärtern zeigt oder seinen Besuchern oder dem Direktor oder dem Bewährungsausschuss.

Oder der Gefängnispsychiaterin.

Aber eine solche Darstellung ist nicht dasselbe, wie eine Rolle zu spielen. Muss es zumindest nicht sein. Es kann einfach nur bedeuten, einen Aspekt der Persönlichkeit anderen gegenüber hervorzuheben. Ein Darsteller kann die Summe seiner Darstellungen sein, wohingegen ein Schauspieler fast nie die Summe seiner Rollen ist.

Also, Darstellung oder Darbietung?

Ihr kam der Gedanke, dass sie vermutlich mehr über Wolf Hadda wusste als sonst jemand auf der Welt. Aber sie wusste auch, dass man in der Wissenschaft der Psychologie genau wie in der Physik mit herkömmlichem Wissen nur bis zu einer gewissen Grenze kam. Danach stieß man in die Quantentheorie vor, wo keines der sorgsam geordneten Gesetze mehr galt.

Dennoch war sie sich ihrer Einschätzung, dass Hadda keine Bedrohung mehr war, so sicher gewesen, dass sie seine

Entlassung auf Bewährung so nachdrücklich empfohlen hatte wie bei keinem anderen Häftling zuvor.

Was natürlich der Grund dafür war, warum sie jetzt hier saß. Eine Frage war aufgeworfen worden. Falls sich herausstellte, dass sie sich geirrt hatte, würde ihr Ruf zwar großen, aber keinen irreparablen Schaden nehmen. Falls jedoch irgendeinem Mädchen etwas zustieße ...

Also Darstellung oder Darbietung? Zweifellos hatte er zum Auftakt eine geradezu theatralische Pose eingenommen, indem er sich vor dem Kamin aufbaute, das Gewicht überwiegend auf sein gesundes Bein stützte und vor ihnen aufragte wie ein Solist auf einer Konzertbühne. Selbst Sneck vergaß für einen Moment die Jackentasche des Vikars und blickte aufmerksam seinen Herrn an, als der anfing zu sprechen. Alva stellte ihre eigenen Parameter auf, indem sie ihn unterbrach, um ihren Notizblock aus der Handtasche zu holen und den Stift schreibbereit darüber zu halten.

Dann lächelte sie ihn an und erteilte ihm mit einem Nicken die Erlaubnis, weiterzumachen.

»Ich will direkt zur Sache kommen«, sagte er. »Aus reiner Herzensgüte und nicht weil ich mich in irgendeiner Weise verpflichtet fühle, das zu tun, möchte ich Ihnen erklären, wie ich an die Kiste voller Geldscheine in meinem Schlafzimmer gekommen bin. Oder möchte vielleicht jemand schon mal eine Vermutung anstellen?«

Er legte eine erwartungsvolle Pause ein.

Der Vikar blickte beklommen, Alvas Stift kritzelte Stenoschrift auf ihren Block. Sie schrieb Folgendes: *Wie selten kommen Menschen, die behaupten, sie wollen gleich zur Sache kommen, wirklich zur Sache! Gleich wird er seine eigene Frage beantworten.*

»Ich bitte Sie. Keine falsche Bescheidenheit«, sagte Hadda.

»Ich wette, irgendwelche alten Finanzbetrügereien standen ganz oben auf Ihrer Liste. Irgendein Konto, das ich geschickt vor dem Betrugsdezernat versteckt hatte. Oder eine Belohnung von einem Komplizen, weil ich den Mund gehalten habe. Vielleicht hab ich aber auch eine Bank ausgeraubt. Die Polizei sucht nach einem stark hinkenden Mann mit einem böse vernarbten Gesicht und einem gemeingefährlich aussehenden Hund. Keine sonstigen Verdächtigen.«

Wieder eine Pause. Wieder Schweigen. Alva machte sich eine Notiz.

»Also schön«, sagte er gespielt enttäuscht. »Ich werde Sie von Ihrer Qual erlösen. Ich habe das Geld geerbt. *Voilà!* Sie sehen überrascht aus, Padre. Oder sollte ich eher sagen ungläubig? Und Sie, Alva, haben diesen besorgt neutralen Gesichtsausdruck, ein Widerspruch, der mir nur allzu vertraut ist. Okay. Jetzt kommen die Fakten. In ferner dunkler Zeit, als ich von meiner Wanderung als neuer Mensch zurückkehrte und meine Braut einforderte, wollte ich, dass mein Vater an meinem neuen und unaufhörlich wachsenden Reichtum teilhaben sollte. Fred wäre es in jedem Fall schwergefallen, sich jemandem verpflichtet zu fühlen, selbst seinem eigen Fleisch und Blut gegenüber. In diesem Fall jedoch, wo er wegen der Wahl meiner Braut ohnehin schon stinksauer auf mich war, sagte er, er wolle nichts von meinem Geld haben. Er sagte mir, ich solle es behalten, mit äußerst präziser anatomischer Angabe des Aufbewahrungsortes.«

Seine Lippen täuschten ein Lächeln vor, aber es breitete sich nicht über seinen Mund hinaus aus, während er sich zum steinernen Kaminsims umdrehte, auf dem er seine Kaffeetasse abgestellt hatte. Er hob die Tasse, aber Alva merkte, dass er nicht trank.

Dann drehte er sich wieder zu ihnen um und sprach forsch

weiter. »Ja, er war ein sturer alter Sack. Manche Leute meinen, ich würde ihm nachschlagen, obwohl ich das selbst nicht so sehe. Aber ich gebe zu, auch ich kann gelegentlich ein wenig stur sein, daher ließ ich einfach jeden Monat tausend Pfund auf sein Konto überweisen. Was er damit machte, war seine Sache. Ich wäre sofort bereit gewesen, die Summe, falls nötig, um ein Vielfaches zu erhöhen, und ich hatte ein Auge auf ihn, aber er zeigte nie irgendwelche Anzeichen dafür, dass er knapp bei Kasse war, und ich wusste, wenn ich von Geld anfing, würden wir uns nur in die Wolle kriegen, also erhielt Fred all die Jahre, in denen es mir gut ging, seine monatlichen Tausend. Und was meinen Sie wohl, was er damit machte?«

Luke Hollins meldete sich beinahe erleichtert zu Wort.

»Er hat das Geld abgehoben, sobald es überwiesen wurde, und es in die Blechkiste gelegt.«

»Ganz genau, Padre. Ich schätze, er wollte es nicht auf seinem Konto haben, wo es seinen ehrlich verdienten Lohn hätte besudeln können. Und was den Gedanken angeht, es irgendwo anzulegen und ein paar nette Zinsen zu kassieren? Gott bewahre! Nein, er hat es abgehoben und weggepackt, und als er starb, war ich laut Testament sein Alleinerbe. Wie Sie wahrscheinlich beide wissen, starb er erst, nachdem sich der Staub um die Trümmer meines Unternehmens gelegt hatte und meine Gläubiger widerstrebend einsehen mussten, dass sie mir auch den letzten Penny abgenommen hatten. Daher konnte ich das Erbe ungehindert antreten, weshalb ich jetzt in diesem Luxuspalast lebe.«

»Sie scheinen es doch ganz behaglich hier zu finden«, sagte Alva.

»Stimmt, das tue ich. Ich beklage mich nicht. Nach den Jahren als Gast Ihrer Majestät hätte ich es schon behaglich gefunden, mich mit Sneck in der Scheune häuslich einzurichten. Jedenfalls, um es kurz zu machen, als ich auf dem Speicher herumstöberte, um ein paar Rattennester zu beseitigen, stieß ich auf Dads alte Blechkiste. Stellen Sie sich vor, wie überrascht ich war, als ich sie aufmachte und das viele Geld sah. Ich konnte mir schnell erklären, woher es stammte. Eine kurze Überprüfung von Dads alten Kontoauszügen bestätigte meine Vermutung. Ich holte mir juristischen Rat, was ich damit anstellen sollte ...«

»Mr Trapp?«, fragte Alva.

»Derselbige. Er versicherte mir, dass ich es bedenkenlos behalten könne.«

»Das Finanzamt oder das Sozialamt sind da vielleicht anderer Ansicht«, sagte Alva.

»Nur wenn ich es ihnen verschwiegen hätte«, erwiderte er. »Oder vielleicht wollte ich sagen, wenn ich es ihnen nicht verschwiegen hätte. Jedenfalls, so schaut's aus. Irgendwelche Fragen?«

Alva sah Hollins an. Der Vikar blickte zu Boden.

»Eine ziemliche Summe von dem Geld scheint zu fehlen«, sagte sie. »Wofür haben Sie es ausgegeben?«

»Gute Frage. Diesmal bitte ich nicht um mögliche Antworten, da einer von Ihnen etwas sagen könnte, das zu einem echten Zerwürfnis zwischen uns führen würde. Ich habe mir einen Vorrat an anständigen alkoholischen Getränken zugelegt, wie Sie beide bemerkt haben. Mein alter Defender ist unter seiner rustikalen Haube überraschend modern. Lassen Sie sich von dem Geräusch nicht täuschen. Ich habe ein paar lose Teile drin gelassen, damit er ordentlich klappert, und die Biester sind sowieso schon ziemlich laut.«

»Das ist alles? Ich finde, da kommt nicht genug zusammen.«

»Juristin, Psychiaterin und nun auch noch Buchhalterin!«,

spöttelte er. »Ich habe noch ein paar andere Ausgaben gehabt. So spende ich beispielsweise gern etwas, wenn ich denke, das Geld kann etwas Gutes bewirken.«

Jetzt hob Hollins den Blick und sagte: »Letzten Monat waren im Spendenkasten der Kirche zweihundert Pfund ...«

»Mea culpa«, sagte Hadda.

Der Vikar sagte: »Vielen Dank. Ich bin Ihnen sehr dankbar.«

Er schien sich, dachte Alva, weniger darüber zu wundern, als er eigentlich sollte, dass es diesem verkrüppelten Mann, diesem selbst erklärten Eremiten, diesem Dorfungeheuer, gelungen war, ebendieses Dorf unbemerkt zu betreten und die Kirche zu besuchen.

»Gute Weine und gute Werke also«, murmelte sie. »Scheint mir ein ausgewogenes Verhältnis.«

»Ja, fürwahr«, sagte Hollins.

Und Sneck ließ ein tiefes, lang gezogenes Knurren ertönen, das man als Zustimmung hätte deuten können.

»Ich bin froh, dass Sie das so sehen«, sagte Hadda. »Ich vermute mal, Sie würden jetzt gerne ungestört miteinander reden, und da ich ein paar Dinge zu erledigen habe, werde ich Sie ein Weilchen allein lassen.

Er trank seinen Kaffee aus und ging zur Tür, dicht gefolgt von Sneck.

»Das ist doch ganz gut gelaufen, finde ich«, sagte der Vikar.

»Ja. Vielen Dank, dass Sie noch mal nachgehakt haben, als ich von ihm wissen wollte, was er mit dem Geld gemacht hat«, sagte Alva spitzzüngig.

»Ich dachte, von Ihnen als seiner Psychiaterin nimmt er das eher an«, sagte Hollins kleinlaut. »Er mag es nicht, wenn ich den Anglikanerpfaffen raushängen lasse, wie er sich ausdrückt. Aber Sie müssen zugeben, seine Erklärung klang vollkommen logisch.«

»Sie lassen sich doch wohl nicht von seiner Spende an die Kirche beeinflussen, will ich hoffen«, sagte Alva.

»Natürlich nicht«, sagte er entrüstet.

»Aber hat es Sie denn gar nicht überrascht, dass ein Mann in seinem Zustand unbemerkt die Kirche besuchen konnte?«

»Nein. Um die Wahrheit zu sagen, ich hab gleich an Mr Hadda gedacht, als ich das Geld entdeckt hab«, gestand Hollins. »Am selben Morgen hab ich nämlich gesehen, dass jemand zwei Ebereschenzweige voller Beeren auf dem Friedhof abgelegt hatte. Einen auf das Grab seines Vaters, den anderen vor der Grabstätte der Ulphingstones, in der seine Tochter ruht.«

»Warum denn Ebereschen?«, fragte Alva und musste daran denken, dass Hadda mal von einer Eberesche in seinem Garten in Holland Park gesprochen hatte.

»Meine Frau kennt sich mit so was aus«, sagte Hollins. »Sie hat mir erzählt, dass der Eberesche im Volksglauben eine schützende Kraft gegen böse Geister zugesprochen wird, und außerdem soll sie die Toten daran hindern, wiederaufzuerstehen und auf Erden zu wandeln. Aber ich wusste ja nicht mit Sicherheit, ob es Mr Hadda war, bis jetzt. Also, Dr. Ozigbo, was denken Sie? Sind Sie mit seiner Erklärung zufrieden?«

Was Alva dachte, war: Falls Hadda die Eberesche zum Schutz gegen das Böse in seinen Londoner Garten gepflanzt hatte, so hatte der Baum ziemlich versagt. Und dass Hadda in ihren Augen nun erneut zum Hauptverdächtigen im Falle des schäumenden Bieres geworden war!

Zu Hollins sagte sie: »Ich denke, Mr Hadda ist vielleicht sogar eine noch komplexere Persönlichkeit, als wir dachten. So glaube ich zum Beispiel, dass er uns in Wahrheit nur deshalb zu einer Plauderei am Kamin allein gelassen hat, weil Sneck ihm die Ankunft eines weiteren Besuchers verraten hat.«

Sie testete ihre Theorie, indem sie aufstand und hinaus auf den Hof trat.

Sie hatte recht gehabt. Hadda stand am offenen Tor und unterhielt sich mit einem großen dünnen Mann. Der Besucher bemerkte sie und sagte etwas. Hadda wandte sich um, sah, dass Alva sie beobachtete, sagte irgendwas zu dem Neuankömmling, und dann kamen die beiden Männer gemeinsam über den Hof auf sie zu.

»Elfe, wir haben hier einen Reisenden in Not«, sagte Hadda. »Mr ... Verzeihung, wie war Ihr Name?«

»Murray«, sagte der Mann in einem unverkennbar schottischen Tonfall. »Donald Murray. Entschuldigen Sie die Störung. Mein Navi scheint zu spinnen.«

»Kein Verlass mehr auf die moderne Technik, was? Nun kommen Sie mal rein ins Warme, und dann zeig ich Ihnen die Strecke auf einer guten altmodischen Straßenkarte. Padre, Sie haben zurzeit bestimmt alle Hände voll zu tun. Ich brauche erst wieder eine Bestellung, wenn sich der Festtagsstaub gelegt hat. Also, frohe Weihnachten.«

Hollins, der Alva in den Hof gefolgt war, nahm seine Verabschiedung mit christlicher Seelenstärke auf.

»Vielen Dank ...«

Ziemlich zögerlich griff er in die geräumige Tasche seiner schweren Regenjacke und holte ein rechteckiges Päckchen hervor, das in rot-grünes Weihnachtspapier eingewickelt war.

»Da bin ich zufällig drüber gestolpert«, sagte er. »Dachte, es könnte Ihnen gefallen. Auch Ihnen fröhliche Weihnachten.«

»Ein Geschenk. Vielen Dank, Padre. Ich bin gerührt.«

Alva sagte zu Hollins: »Ich bring Sie noch zu Ihrem Wagen.«

Sie gingen schweigend die Zufahrt hinunter, um sie herum Stille, die alle Geräusche verstärkte. Das Knirschen der gefrorenen Gräser unter ihren Füßen, der gespenstische Ruf eines kreisenden Bussards, der die Erde nach den Kadavern irgendwelcher Lebewesen absuchte, die die Nacht nicht überstanden hatten, das Blöken eines Schafes in der Ferne, das Rascheln von winzigen Eiszapfen, die in der Morgensonne auftauten und von den obersten Zweigen in der Ilexhecke durch die reifbedeckten Blätter nach unten glitten; diese und unzählige andere winzige, fremde Laute vermischten und steigerten sich, bis Hollins sie alle wieder fast zur Bedeutungslosigkeit schrumpfen ließ, indem er das Wort ergriff.

»Dieser Mann ...«

»Mr Murray?«

»Ja, der. Wissen Sie noch, dass ich zufällig auf die Geldkiste gestoßen bin, weil Haddas Handy klingelte und ich deshalb nach oben gegangen war?«

»Aber es hatte aufgehört, als Sie ins Schlafzimmer kamen.«

»Ja. Aber jemand hat eine Nachricht auf die Mailbox gesprochen. Ich hab sie mir angehört.«

»Aha. Sie haben wahrscheinlich zufällig auf die Abruftaste gedrückt«, sagte Alva leicht spöttisch zu dem Geistlichen, dem es offensichtlich noch immer peinlich war, in Haddas Privatleben herumgeschnüffelt zu haben. Sie lächelte, um zu signalisieren, dass sie ihm keine Vorwürfe machte. Verbrechen wie das von Hadda brachten einen Vertrauensverlust mit sich, der wiederum ein Verhalten auslösen konnte, das mindestens grenzüberschreitend war.

»Ein Mann war am Telefon. Er hat mit schottischem Akzent gesprochen. Er klang ganz ähnlich wie Mr Murray.«

»So ein Akzent kann täuschen.«

Hollins sagte: »Sie meinen, alle Schotten hören sich gleich an? Ich finde, das klingt ein bisschen rassistisch, Dr. Ozigbo.«

Sie schielte zu ihm rüber und sah, dass jetzt er lächelte. Seine kleine Revanche. Sie hatte sich noch keine abschließende Meinung über Hollins gebildet, aber sie spürte, dass sie Zuneigung zu ihm fasste.

»Ich nehme an, Ihr scharfes Ohr hört Unterschiede heraus?«, sagte sie.

»Nein, aber einer meiner besten Freunde am College kam aus Glasgow. Ebenso wie Mr Murray – und ebenso wie der Mann am Telefon.«

»Und ebenso wie eine Million anderer Menschen. Da müssen Sie schon etwas präziser werden.«

»Also, mein Studienfreund war es jedenfalls nicht«, sagte er. »Ehrlich, ich sage ja nur, dass sie ganz ähnlich klangen.«

Und wenn es sich wirklich um ein und dieselbe Person handelt, wieso versucht Wolf Hadda dann zu vertuschen, dass er den Mann kennt?, fragte Alva sich. Es war ihr schon merkwürdig erschienen, dass er den Mann ins Haus gebeten hatte, um ihm den Weg zu erklären. Und er hatte es erst getan, als klar war, dass eine Begegnung mit ihr unumgänglich sein würde.

»Und wie lautete die Nachricht?«, erkundigte sie sich.

»Irgendwas mit einem Besuch in einer Villa«, sagte Hollins. »Ich glaube, der Anruf kam aus dem Ausland, weil er gesagt hat, er würde auf dem Rückweg in London Station machen und hören, was es da Neues gibt. Da, wo er war, hat es ihm nicht besonders gefallen, er hat es langweilig gefunden und gesagt, er wäre froh, dass Hadda ihn dafür bezahlt.«

Alva konnte zwar ihre Verärgerung kaschieren, aber nicht verhindern, dass ihre Stimme vorwurfsvoll klang, als sie sagte: »Und Sie fanden nicht, dass ich das hätte erfahren sollen? Sie müssen doch über die möglichen Implikationen nachgedacht haben.«

»Wenn man in meiner Branche vorschnelle Urteile fällt, ist man schnell dabei, Menschen ans Kreuz zu nageln«, sagte Hollins.

»Aber das Geld hat Sie so beunruhigt, dass Sie sich an mich gewendet haben«, sagte sie.

»Das Geld war eine Tatsache, die eine Erklärung verlangte. Die Kontaktaufnahme mit Ihnen war, keine Ahnung, eher eine Möglichkeit, mir noch etwas mehr Bedenkzeit zu verschaffen. Ich dachte, Sie würden bestenfalls zurückschreiben oder mailen oder vielleicht anrufen. Ich hab nicht damit gerechnet, dass Sie persönlich herkommen. Als Sie dann hier waren, dachte ich, ich warte ab, was sich so ergibt – wegen des Geldes, meine ich.«

»Und seine Erklärung hat Ihnen genügt, um Ihre Zweifel zu beschwichtigen, obwohl Sie genau wussten, dass er lügt?«

»Wie meinen Sie das?«

»Sie haben die Nachricht abgehört. Sie wussten, was auch immer der Mann am Telefon, also möglicherweise der Mann da im Haus macht, er wird von Hadda dafür bezahlt. Also geht es hier um einiges mehr als bloß um guten Wein und gute Werke. Die Tatsache, dass Hadda zweihundert Pfund in Ihren Almosenkasten gesteckt hat, macht ihn noch nicht zum Heiligen, Mr Hollins. Was, wenn es weniger eine mildtätige Geste war als vielmehr der Versuch, sich einen Ablass zu erkaufen? Haben Sie ihm den gerade gewährt? Einen päpstlichen Ablass?«

Sie waren an ihrem Auto angekommen. Dahinter parkten der Micra des Vikars und ein schwarzer BMW.

»Ich glaube, Sie haben sich in der Kirche vertan, Dr. Ozigbo«, sagte Hollins. »Hören Sie, vielleicht gibt es eine völlig plausible Erklärung für diese Mailboxnachricht. Und die Vermutung, dass dieser, wie heißt er noch gleich, Donald Murray sie hinterlassen hat, wird bloß durch mein nicht besonders verlässliches Gedächtnis gestützt.«

»Und durch Sneck. Der akzeptiert Fremde erst dann, wenn sein Herrchen es ihm sagt, und er schien sich vorhin mit Mr Murray ganz wohlzufühlen.«

Während sie sprach, spähte Alva in den BMW. Eingedenk

der Sorglosigkeit, mit der sie ihren Wagen in dieser einsamen Gegend unverschlossen gelassen hatte, versuchte sie, die Tür zu öffnen. Mr Murray war nicht so vertrauensselig. Auf der Rückbank lag eine Dokumententasche, auf der die verblassten goldenen Initialen D.M. eingestanzt waren.

Donald Murray. Die Initialen passten, aber war das sein richtiger Name? Irgendetwas an der Art, wie er ihn ausgesprochen hatte, als Hadda ihn dazu aufforderte, hatte unecht geklungen. Natürlich konnte es auch sein, dass sie in der Hinsicht einfach übersensibilisiert war, weil sie in ihrem Beruf ständig auf falsche Töne horchen musste. Manchmal fragte sie sich, ob sie überhaupt je wieder fähig sein würde, vorbehaltslos zu glauben, was sie jemanden sagen hörte.

»Was wollen Sie machen?«, fragte der Vikar.

»Was wollen *Sie* machen?«, fragte sie zurück.

Er sagte: »Verzeihung, aber das war kein Versuch, die Verantwortung abzuschieben. Ich meinte, was wollen Sie jetzt machen? Falls Sie noch eine Nacht bleiben möchten, aber nicht hier in Birkstane, sind Sie herzlich eingeladen, im Pfarrhaus zu übernachten. Und wir haben sogar eine richtige Dusche.«

Sie fühlte sich ertappt. Sie sollte doch wohl den Unterschied erkennen können zwischen einem Mann, der versuchte, alle bekannten Fakten zu ordnen, ehe er eine Entscheidung traf, und einem Mann, der versuchte, der Verantwortung aus dem Weg zu gehen.

Sie sagte: »Das ist sehr freundlich von Ihnen, aber falls ich tatsächlich beschließe, noch eine Nacht zu bleiben, komme ich hier schon klar. Abgesehen von der Dusche natürlich. Ich ruf Sie an, ehe ich wieder abfahre.«

»Das wäre nett.«

Sie schüttelten sich die Hand, und sie sah zu, wie er seinen Wagen wendete.

Als er davonfuhr, klingelte ihr Handy.

Ihre Mutter sagte: »Alva, bleib jetzt bitte ganz ruhig …«, und sofort war sie alles andere als ruhig.

Hadda und Murray sahen überrascht auf, als sie in die Küche gestürmt kam, und Sneck fuhr blitzartig hoch, duckte sich und bleckte die Zähne.

Sie sagte: »Ich muss fahren. Mein Vater ist krank. Herzinfarkt. Zum Glück ist es bei der Arbeit passiert.«

»Zum Glück?«, sagte Hadda.

»Er ist Chirurg in Manchester. Ich pack schnell meine Sachen, dann bin ich weg.«

Als sie wenige Minuten später wieder nach unten kam, war Hadda nicht in der Küche.

Murray sagte: »Er ist draußen. Ich hoffe, Ihr Dad wird wieder gesund.«

Kein falscher Ton. Er klang ehrlich besorgt.

Sie sagte: »Danke«, und ging. Hadda saß im Defender.

»Ich möchte nicht, dass Sie sich noch den Knöchel brechen, wenn Sie die Zufahrt runterrennen«, sagte er.

Sie sprang zu ihm in den Wagen. Als er anfuhr, sagte er: »Lassen Sie mir Ihre Handynummer da. Ich möchte mich erkundigen können, wie es Ihnen geht.«

Irgendwas an diesem Bild ist falsch, dachte sie, während sie die Nummer auf den Deckel einer Straßenkarte kritzelte. Als sie an ihrem Auto waren, griff er auf die Rückbank und gab ihr eine Thermoskanne.

»Kaffee«, sagte er. »Fahren Sie anderthalb Stunden, dann halten Sie an und trinken ihn, dann fahren Sie weiter.«

Die Präzision seiner Anweisungen war seltsam tröstlich.

Sie stieg in ihr Auto. Der Motor sprang sofort an. Hadda nahm die Decken von der Kühlerhaube und warf sie in den Land Rover.

Sie wendete das Auto, sah durch das offene Fenster zu ihm hoch und sagte: »Danke.«

»Gern geschehen«, sagte er. »Viel Glück, Elfe.«

Er beugte sich durchs Fenster, und seine Lippen streiften ihre Wange.

Es war, so wurde ihr klar, der erste körperliche Kontakt, den sie je gehabt hatten. Wie war das für sie? War es bedeutsam? Wenn ja, in welcher Weise?

Irgendwann würde sie diese Fragen vielleicht durchleuchten, aber ganz sicher nicht jetzt.

Jetzt konnte sie nur an ihren Vater denken, diesen massigen Bär von einem Mann, dessen braunschwarze Haut vor Energie förmlich pulsierte und der jetzt hilflos in seinem eigenen Krankenhaus lag.

Sie schaltete die Scheinwerfer ein und jagte ihren Wagen die schmale Landstraße hinunter.

BUCH DREI

Vereinigungen und Wiedervereinigungen

Weihnachten stand vor der Tür in all seiner biederen und herzlichen Ehrbarkeit. Weihnachten war die Zeit der Gastfreundschaft, des Frohsinns und der Offenherzigkeit. ... Wie viele Familien, deren Mitglieder durch die rastlosen Mühen des Lebens in alle Winde zerstreut wurden, vereinigen sich um diese Zeit wieder in jenem glücklichen Zustand der Zusammengehörigkeit und des gegenseitigen guten Willens, der eine Quelle so reiner und ungetrübter Freude ist ... Wie viele alte Erinnerungen und wie viele schlummernde Sympathien erweckt doch die weihnachtliche Zeit! ... Glückliche, glückliche Weihnachtszeit, die uns zu den Traumbildern unserer Kindertage zurückgeleiten ... kann!

Charles Dickens: *Die Pickwickier*

1

Wie die meisten Menschen bildete sich Ex-Detective Inspector Medler ein, dass er Weihnachten früher mal genossen hatte.

In seinem Fall war der Genuss sicherlich kurz und infantil gewesen, denn jenes Miasma aus Desillusionierung, Enttäuschung, Zynismus und Skepsis, das gemeinhin als Reife bezeichnet wird, senkte sich früh auf den jungen Arnie.

So befand er mit gerade mal sechs Jahren, dass ein Jahr Ganztagsschule mehr als genug war, um die kulturellen, spirituellen und intellektuellen Bedürfnisse eines heranwachsenden Jungen abzudecken, und er beschloss, mit sofortiger Wirkung bei der anglikanischen Grundschule von Wapping seinen Abschied einzureichen.

Die Erste, der er seinen Entschluss mitteilte, war seine Granny, Queenie Medler, die für Arnie eine gütige alte Dame voller Weisheit und Verständnis war und für ihre vielen Verehrer auf der anderen Seite der Theke des China Clipper in Wapping eine patente Frau, mit der man Pferde stehlen konnte.

Queenie empfahl ihm, eine Nacht darüber zu schlafen. Prompt bekam er einen kindlichen Wutanfall, weil er die Aussicht auf weitere zehn Jahre Schule einfach unerträglich fand und sich mit jeder Faser seines Herzens wünschte, er wäre schon erwachsen und so reich, dass er den lieben langen Tag im Bett bleiben könnte, wenn er dazu Lust hätte, verdammt noch mal, und sich von niemandem mehr was sagen lassen müsste.

Queenie hatte leise gelacht, während sie ihm gleichzeitig eine sanfte Ohrfeige gab und ihn ermahnte, er solle nicht fluchen und außerdem vorsichtig mit seinen Wünschen sein, weil die Götter sich einen Spaß daraus machen könnten, die Wünsche wahr werden zu lassen.

Tja, genau das hatten sie getan, und jetzt, vierzig Jahre später, dachte er düster, dass die Mistkerle wahrscheinlich wirklich ihren Spaß an ihm hatten.

Vorzeitiger Ruhestand, sonniges Klima und eine Pension, die ausreichte, um ihm bis ans Ende seiner Tage ein behagliches Leben zu ermöglichen – mehr hatte er nicht gewollt. Das war die erwachsene Version seines Kindheitstraums. Und genau das hatte er bekommen.

Aber er hatte auch die Langeweile bekommen. Und eine Gattin, die nicht einsah, warum sie, nur weil sie nicht mit einem Fußballstar verheiratet war, das Geld nicht wie die Frau eines solchen ausgeben sollte. Obendrein wurde er in den gesellschaftlichen Kreisen seiner ausgewanderten Landsleute von den Ganoven wie ein Bulle behandelt und von den Rechtschaffenen wie ein Ganove.

Er war nie ein Mann gewesen, der schnell Freundschaften schloss oder auch nur meinte, Freunde zu brauchen, aber er hatte einsehen müssen, dass es stimmte, was wahrscheinlich irgendein zynischer philosophierender Franzmann gesagt hatte: Es reichte nicht, wenn deine Wünsche in Erfüllung gingen, es musste auch jemand da sein, der dich deswegen beneidete.

Tinas Freunde und Verwandte zählten nicht – die waren durch die Bank ein Haufen Angeber. Von seinen eigenen Bekannten von früher hatten ihn zu Anfang ein paar besucht, angelockt von der Aussicht auf einen Gratisurlaub in der Sonne, und sie hatten bestätigt, dass er ausgesorgt hatte, was gut war, aber kaum einer hatte sich ein zweites Mal blicken lassen, was unerklärlich war.

Die Begegnung mit Davy McLucky hatte sein Ego gehörig gestreichelt und war zu einem wahren Vergnügen geraten, gerade weil es so wenig verheißungsvoll begonnen hatte. Der Ex-Detective Constable war natürlich nicht gerade begeistert davon gewesen, seinem Exboss über den Weg zu laufen, der ihm das Leben nie leicht gemacht hatte. Aber nachdem er widerwillig eine Einladung in die Villa angenommen hatte, konnte McLucky beim Rundgang durch das Haus seinen wachsenden Neid nicht verbergen. Selbst Tina hatte ihren Teil dazu beigetragen. Der Anblick eines neuen Mannes hatte sie aus ihrer üblichen häuslichen Lethargie gerissen, und sie war bei der Besichtigung vorausgegangen, hatte so auffällig mit dem Hintern gewackelt und die Titten geschüttelt, dass McLucky sichtlich fasziniert war.

Mit gelöster Zunge nach ein paar Flaschen Rioja hatte McLucky gejammert, wie sehr sich sein Leben nach dem Abschied aus dem Polizeidienst – *dieses scheißverregnete Glasgow und immer nur beschissene Scheidungsfälle!* – doch von Medlers unterschied – *dauernd Sonne und den ganzen Tag nichts anderes zu tun, als nach Lust und Laune saufen und vögeln!* Medler hatte noch eins draufgesetzt, indem er McLucky versicherte, er könnte ja auch so ein Leben haben, um ihm dann die Immobilienpreise und Lebenshaltungskosten zu nennen, als wären sie spottbillig, obwohl er ganz genau wusste, dass sie für McLucky absolut unerschwinglich waren.

Vielleicht hatte er zu dick aufgetragen. Vielleicht trug er immer zu dick auf. Jedenfalls hatte sein Gast am nächsten Tag alles andere als begeistert reagiert, als er ihn schon fast unter Druck setzte, doch noch länger zu bleiben, nicht mal, als der Druck von Tinas Melonenbrüsten ausgeübt wurde.

Arnie kannte den Kerl kaum, hatte ihn bloß in die Villa eingeladen, um seinen relativen Reichtum zur Schau zu stellen, doch als McLucky ankündigte, er würde nach Hause fahren, hatte er sich richtiggehend verlassen gefühlt.

Das war vor über einer Woche gewesen. Er war es gewohnt, in depressive Löcher zu fallen, aber normalerweise ging es ihm nach ein paar Tagen wieder besser. Diesmal jedoch spürte er, wie er immer tiefer darin versank, ohne jede Hoffnung auf Licht.

Es war Heiligabend, die Zeit für Freunde und Familie und allgemeine Fröhlichkeit, und er saß hier auf der Terrasse, starrte auf seinen Pool, in der einen Hand eine Kippe, in der anderen ein Glas Kognak, und fragte sich, wie zum Teufel er den Rest seines Lebens verbringen sollte.

Tina war nicht da. Obwohl sie alles andere als eine fromme Christin war, hielt sie sich doch an das abergläubische Verhaltensmuster, an Ostern den Morgengottesdienst und an Heiligabend den Mitternachtsgottesdienst in der anglikanischen Kirche zu besuchen. Hinterher würde sie sich zweifellos noch zu einem Weihnachtsumtrunk bei irgendwelchen Freunden überreden lassen. Die Leute mochten Tina, und er hatte den Verdacht, dass sie sie umso mehr mochten, wenn er nicht dabei war.

Tja, das störte ihn nicht. Er wusste nicht, wie weit sie ging, aber er wusste, sie würde niemals so weit gehen, dass sie nicht mehr zur Quelle all ihrer Annehmlichkeiten zurückfinden würde. Es gab jede Menge Männer da draußen, die es gern mal mit ihr treiben würden, aber nicht viele, die wollten, dass sie bis zum Morgen blieb, um es noch mal zu treiben. Vielleicht wäre es gar nicht so schlecht, wenn sie einen anderen Geldgeber fände. Vielleicht würde ihm das den Antrieb geben, sein Leben noch mal zu ändern.

Fast wünschte er, es würde passieren, es würde irgendetwas, *egal was*, passieren, nur um ihn aus diesem entnervenden Zustand der Depression zu reißen.

Sei vorsichtig mit deinen Wünschen.

»Hallo, Mr Medler. Und fröhliche Weihnachten.«

Auf die Terrasse trat eine Figur aus einem Albtraum. Im wörtlichen Sinne, denn mitunter sah er sie in seinen Albträumen. Das vernarbte Gesicht, die Augenklappe, die behandschuhte Rechte ...

Nur die behandschuhte Linke unterschied sich gravierend von dem Bild in seinen schuldbewussten Vorstellungen.

Da zeigte sie manchmal anklagend auf ihn.

Hier hielt sie eine kleine glänzende Axt.

Zwei Stunden später hielt ein Taxi vor dem Haupttor der Villa. Tina Medler hatte ein kleines Vermögen zahlen müssen, um den Mann dazu zu bringen, den weiten Weg bis hier heraus zu fahren, und er hatte darauf bestanden, dass sie im Voraus zahlte. Da könnte der Mistkerl doch wenigstens aussteigen und ihr die Tür aufhalten.

Andererseits würde er dann vielleicht sehen, dass sie die ganze Rückbank vollgekotzt hatte. Zum Glück hatte der Krach, den der klapprige Motor machte, die Peinlichkeit übertönt. Sie stieß die Tür auf, zog ihren ohnehin schon kurzen Rock noch höher und brachte einen nicht allzu würdelosen Ausstieg zustande. Der Fahrer glotzte auf ihr Spitzenhöschen.

»Nix da, *Compadre*«, sagte sie. »Ich hab dir Trinkgeld auf der Rückbank liegen gelassen. *¡Felices Pascuas!*«

Sie knallte die Tür so fest zu, dass die Scheibe bebte. Der Fahrer machte eine obszöne Geste und verschwand mit seinem klapprigen Taxi in der Dunkelheit.

Sie sah Licht in der Villa, also klingelte sie und wartete darauf, dass das Tor aufging. Nichts geschah. Arnie war bestimmt mal wieder sturzbesoffen eingeschlafen. Der blöde Idiot. So weit ging sie jedenfalls nie. Sie wusste immer, was sie tat, obwohl sie manchmal nicht wusste, warum sie es tat.

Sie wühlte in ihrer vollgestopften Handtasche, bis sie die Fernbedienung fand, richtete sie aufs Tor, drückte den Knopf, und das Tor schwang auf. Wenn sie die vergessen hätte, wäre sie echt aufgeschmissen gewesen. Arnie war ein Sicherheitsfanatiker, und sie hätte nicht gern versucht, über die Gartenmauer mit ihrer Krone aus Stacheldraht zu klettern. Ihre beste Chance wäre wohl gewesen, die Alarmanlage auszulösen, in der Hoffnung, dass der nutzlose Saufkopp von dem Krach wach wurde.

Sie schloss das Tor hinter sich, streifte die quälenden Designer-Riemchenpumps ab und ging barfuß die glatt asphaltierte Auffahrt hinauf. Jetzt eine Tasse Kaffee, ins Bett fallen, morgen gegen Mittag aufwachen, ein paar Drinks gegen den Kater und dann Bescherung! Arnie war ein bisschen knauserig mit Geschenken, aber das machte nichts, sie hatte auf seine Rechnung ein paar Einkäufe getätigt, und er konnte sich wohl kaum beschweren, wenn sie ihre Dankbarkeit auf die übliche Weise zeigte, immer vorausgesetzt, er war nicht zu besoffen, um einen hochzukriegen.

Als sie sich der Villa näherte, wurde ihr klar, dass das Licht, das sie gesehen hatte, von der Terrasse am Pool kam, also ging sie dorthin. Verwundert stellte sie fest, dass alle Sicherheitsjalousien unten waren. Als sie um die Ecke bog, sah sie den leeren Liegestuhl, den niedrigen Tisch, auf dem eine fast leere Flasche Kognak stand, und überall auf den Fliesen verteilt Scherben von einem zersprungenen Glas. Eines von ihren guten Kristallgläsern, wie es aussah. Dieser ungeschickte Trottel! Weihnachten hin oder her, sie würde ihn in der Luft zerreißen, wenn sie ihn in die Finger kriegte.

Aber dazu musste sie ihn erst mal aus seinem Versteck locken.

»Schatz, ich bin wieder da!«

Nichts.

Der Mistkerl hatte sich heute Abend wirklich die Kante gegeben. Plötzlich überkam sie die Befürchtung, er könnte so blöd gewesen sein, sturzbesoffen schwimmen zu gehen, und spähte in den Pool.

Nur eine Luftmatratze trieb auf dem Wasser, darunter nichts.

Sie atmete auf. Arnie machte nicht viel her, aber so wenig, dass ihr sein Tod gleichgültig gewesen wäre, nun doch wieder nicht. Die Erleichterung verwandelte sich auch gleich wieder in Gereiztheit, als sie sich zur Villa umwandte.

Ihr Blick fiel auf etwas, das auf den Fliesen vor dem schweren Metallrollladen lag, mit dem die Terrassentür gesichert war. Irgendwelche Gegenstände.

Sie ging darauf zu.

Es waren zwei.

Handschuhe, dachte sie. Seltsam. Im Dezember wurden die Nächte kühl, sogar hier an der Costa del Sol, aber doch nicht so kalt, dass Arnie, der genug Alkohol intus hatte, um eine Rakete anzutreiben, sich Handschuhe anziehen musste. Selbst ihr, die sie ständig fürchtete, sich die langen wunderschön manikürten und lackierten Fingernägel zu beschädigen, würde nicht im Traum einfallen, welche zu tragen. Sie hatte nicht mal gewusst, dass Arnie ein Paar Handschuhe besaß ...

Und wieso hatte er sie so ordentlich hingelegt, direkt an die Metalljalousie ...?

Schließlich gab ihr Verstand den Versuch auf, unter diesem Wirrwarr aus irrelevanten Gedanken die Wahrheit dessen zu verbergen, was die Augen ihr sagten.

Das waren keine Handschuhe.

Das waren Hände.

Abgetrennt von den Armen, die vermutlich auf der anderen Seite der Jalousie lagen.

Sie erkannte den Siegelring an einem Finger und sank auf die Knie, nicht, weil sie genauer hinsehen wollte, sondern weil ihre Beine den Dienst versagten.

Sie hatte gedacht, sie hätte alles, was rauszuwürgen war, auf der Rückbank des Taxis gelassen, aber jetzt merkte sie, dass sie sich getäuscht hatte.

Und als sie fertig mit Würgen war, hob sie das Gesicht zu den weihnachtlichen Sternen und schrie los.

2

Nach der Frühmette am Weihnachtsmorgen wollten die meisten Gemeindemitglieder von St Swithin's möglichst schnell nach Hause, um mit ihren säkularen Feierlichkeiten zu beginnen. Über ganz Mireton hing der appetitliche Duft von Truthahnbraten, und genau wie alle anderen freute sich auch Luke Hollins darauf, seine Haustür hinter sich zu schließen und die Beine unter dem eigenen reich gedeckten Tisch auszustrecken.

Es war sein erstes Weihnachten in der Gemeinde und zufällig war es auch das erste, das er und Willa allein verbringen würden. Normalerweise kamen ihre Eltern zu Besuch und manchmal seine Schwester mit ihrer Familie. Aber in letzterem Fall hatte frischer Nachwuchs und in ersterem die Abneigung vor der langen Fahrt von Devon herauf zu ihnen dafür gesorgt, dass sie sich diesmal nur um sich selbst zu kümmern hatten. Und natürlich um jedes Mitglied seiner Herde, dem es gefiel, die eigenen Bedürfnisse für wichtiger zu halten als die des Vikars.

Während er an der Kirchentür noch ein paar Worte mit den letzten Gottesdienstbesuchern wechselte, sah er, dass die Gesellschaft vom Schloss noch auf den Friedhof gegangen war, zum Familiengrab der Ulphingstones. Es war die mit Abstand monumentalste Grabstätte hier und erinnerte Hollins' demokratisches Auge an jene Hochbunker, die noch immer an manchen Abschnitten der britischen Meeresküste standen und aus denen die alterstrüben Augen der Bürgerwehr gespäht hatten, stets ängstlich damit rechnend, ganze Kohorten von Nazi-Sturmtruppen im Stechschritt aus den Wellen auftauchen zu sehen.

Das Grab war von seinen plebejischen Nachbarn durch einen Metallzaun getrennt, mit Pfosten in Form von Zulu-Wurfspeeren und mit gusseisernen Schnörkeln im keltischen Knotenmuster. Mit Ausnahme der Speerspitzen, denen man einen auffälligen Goldanstrich verpasst hatte, war das Ganze schwarz lackiert. Ob der Zaun die Lebenden draußen oder die Toten drinnen halten sollte, wusste Hollins nicht. Aber er wusste, dass er ihn für eine Beleidigung des guten Geschmacks und der demokratischen Prinzipien hielt.

Der lapidaren Inschrift nach war der jüngste Zugang zur Grabstätte »Virginia, geliebte Tochter von Imogen und Enkelin von Sir Leon und Lady Kira Ulphingstone« gewesen.

Hollins dachte, was Wolf Hadda wohl empfunden haben musste, als er mitten in der Nacht hierhergekommen war, um seinen Ebereschenzweig vor das Grab zu legen, und gesehen hatte, dass sein Name fehlte.

Hollins war erst nach dem Tod des Mädchens nach Mireton gekommen. Einmal hatte er beim Lunch im Schloss versucht, das Gespräch darauf zu bringen, aber lediglich erreicht, dass Lady Kira ihn einfach völlig ausblendete und Sir Leon das Gesicht zu einer schmerzerfüllten Maske verzog, woraufhin Hollins schnell irgendetwas über die Finanzierung der Kirchturmsanierung sagte, nur um ein anderes Thema anzuschneiden.

Die Schlossgesellschaft lauschte einem Vortrag Lady Kiras, die ihre Familienpflichten sehr ernst nahm und von ihren Gästen dasselbe erwartete. In diesem Fall standen sechs Gäste hinter den älteren Ulphingstones. Eine recht kleine Schar für Lady Kiras Verhältnisse, falls das alle waren, was vermutlich der Fall war, da man nicht im Schloss wohnte, ohne zum morgendlichen Gottesdienst zu erscheinen. Hollins war, kurz nachdem er seine Stelle angetreten hatte, aufgefallen, dass der Küster erst dann anfing, die Glocke zu läuten, wenn die Schlossgesellschaft in Sicht kam, selbst wenn sich dadurch alles um vier oder fünf Minuten verzögerte.

Am Ende des Gottesdienstes gebärdete Lady Kira sich ebenso gebieterisch. Heute war sie so darauf erpicht gewesen, die uralte Abstammung der Ulphingstones anhand der Grabstätte zu illustrieren, dass sie ihre Gesellschaft direkt an ihm vorbeigeführt hatte, ohne ihn auch nur eines Blickes zu würdigen, dabei hatte er in der Tür gestanden, um seiner Gemeinde zum Abschied eine gesegnete Weihnacht zu wünschen.

Tja, wer nicht will, der hat schon!, dachte er, als er sich abwandte, um zurück in die Kirche zu gehen. Er freute sich darauf, aus seinem Ornat und nach Hause zu seinem Truthahn zu kommen. Doch dann schwebte Sir Leons Stimme durch die klare Luft.

»Vikar Hollins, warten Sie bitte.«

Wenn er nicht schon mit einem Fuß über der Schwelle des Gotteshauses gewesen wäre, hätte er vielleicht »Scheiße!« gemurmelt, so jedoch unterdrückte er den Fluch und drehte sich mit einem Lächeln um.

»Ja, Sir Leon?«

»Ich glaube, Sie haben meine Tochter noch nicht kennengelernt«, rief der alte Mann.

Wär ja auch zu schön gewesen, dachte er, während er sich der Grabstätte näherte.

Die Frau, die er bereits von der Kanzel aus als Wolf Haddas Exfrau identifiziert hatte, wandte sich um, als ihr Vater sie leicht berührte. Sie und Wolf Hadda waren fast gleichaltrig, aber an ihr war die Zeit spurlos vorbeigegangen, während er von ihr gezeichnet worden war. Sie war von einer klaren Schönheit mit einem zarten hellen Teint, blauen Augen, goldblondem Haar – eine sehr englische Art von Schönheit, dachte er, die von Sir Leons Seite der Familie kommen musste, da sie ganz anders aussah als ihre attraktive Mutter mit den hohen Wangenknochen und dunklen Augen.

»Imogen, das ist, äh, Mark …«

»Luke.«

»Ach ja, richtig, ich wusste doch, dass es was Einsilbiges war. Luke Collins ist seit sechs Monaten bei uns. Hat sich gut eingelebt. Eigentlich.«

»Hollins«, sagte der Vikar. »Freut mich, Sie kennenzulernen.«

Sie nahm die dargebotene Hand und drückte sie fest. Er betrachtete sie mit einer Mischung aus Neugier und Mitgefühl. Das Mitgefühl erwuchs aus dem Wissen, welche Schläge ihr das Schicksal verpasst hatte. Eine junge Frau, die alles hat – ein schönes Zuhause, Reichtum, Luxus, eine hübsche, gesunde Tochter – muss erfahren, dass ihr vermeintlich treu sorgender und ungeheuer erfolgreicher Ehemann in Wahrheit ein Perverser und Betrüger ist. Er wandert ins Gefängnis, sie heiratet erneut, versucht, sich ein neues Leben aufzubauen, und dann stirbt ihre Tochter unter tragischen, elenden Umständen.

Und was die Neugier anging, nun ja, ein Maßstab dafür, wie gut er sich in seine neue Arbeit eingelebt hatte – *eigentlich!* –, war die Tatsache, dass seine Gemeindemitglieder ihm immer unbefangener begegneten. Sie unterbrachen ihre Gespräche nicht mehr, wenn er dazukam. Er mochte ja ein komischer Kauz sein, aber er war *ihr* komischer Kauz. Wenn sie jetzt alte Vasallentreue beschworen und ihre Reihen schlossen, um die Ulphingstones vor aufdringlichen Auswärtigen zu schützen, wurde er in ihre geschlossenen Reihen einbezogen. Und er hatte rasch gemerkt, dass Vasallentreue mit dem alten Vasallenrecht einherging, *die oben im Schloss* genau zu beobachten und noch genauer zu erörtern.

Im Dorf wurde erzählt, *die kleine Imogen* hätte ihren eigenen Kopf. Schon als junges Ding hatte sie Fred Haddas Jungen, Wilf, um den kleinen Finger gewickelt. Und dann hatte sie ihn fallen lassen wie eine heiße Kartoffel, als ihr Dad dahintergekommen war, aber als er fünf Jahre später mit einem Sack Geld und feinen Manieren wieder auftauchte, da war sie auf einmal ganz interessiert gewesen.

Dann kriegt er Ärger, und sie lässt sich von ihm scheiden, noch während er vor Gericht steht, und heiratet diesen Anwalt! Und als die Tochter, die sie zu den Franzmännern abgeschoben hat, unter die Räder kommt und schließlich stirbt, bringt sie ihren Leichnam zurück und bestattet ihn auf dem Friedhof von St Swithin's, und dann kommt sie bloß einmal im Jahr her, um ihr Respekt zu zollen!

Anders ausgedrückt, Hadda selbst genoss zwar so gut wie keine Sympathien, aber seine ehemalige Frau noch deutlich weniger, als man hätte erwarten können.

Sie hielt seine Hand weiter fest, nachdem er sie geschüttelt hatte.

Sie sagte mit lauter klarer Stimme und der für die herrschende Klasse typischen Gleichgültigkeit gegenüber eventuellen Zuhörern, ganz egal wie privat das Thema ist: »Mr Hollins, wie ich höre, sind Sie hier derjenige, der den meisten Kontakt zu meinem Exmann pflegt.«

Ihm fiel auf, dass Sie seinen Namen richtig und mit deutlicher Betonung auf dem H aussprach, um ihm zu signalisieren, dass sie sich dessen bewusst war.

Er sagte verhalten: »Ich besuche Mr Hadda gelegentlich, ja.«

»Dann frage ich mich, ob Sie wissen, wo er sich zurzeit aufhält.«

Er sagte: »Meines Wissens ist er oben in Birkstane.«

Sie ließ seine Hand los und runzelte die Stirn.

»Dann ist Ihr Wissen nicht viel wert, Mr Hollins. Ich wollte ihn letzte Woche besuchen, traf jedoch nur eine Schwarze an, bei der es sich anscheinend um seine Psychiaterin handelt. Als ich es gestern erneut versuchte, war wieder keine Spur von ihm zu sehen, und sein Fahrzeug stand nicht in der Scheune.«

»Soweit ich weiß, ist er nicht gezwungen, im Haus zu bleiben«, sagte er.

Der Rest der Gesellschaft betrachtete noch immer die Grabstätte und schien sich nicht für die Unterhaltung zu interessieren, obgleich Hollins vermutete, dass Lady Kira die Ohren spitzte. Ein kleiner, schmalgesichtiger Mann mit dunklem Teint, der einen elegant geschnittenen und trotz der Kälte leichten Anzug trug, kam herüber und stellte sich neben Imogen. Ihr zweiter Mann?, mutmaßte Hollins. Er hatte gesehen, dass er auf der Kirchenbank der Ulphingstones dicht neben ihr gesessen und sich ein Gesangbuch mit ihr geteilt hatte.

»In meinem Land wäre er gezwungen, in einer Gefängniszelle zu bleiben«, sagte er.

Während Hollins sich noch fragte, wieso ein englischer Anwalt wie ein Ausländer sprach, sagte Sir Leon förmlich: »Ich glaube, Sie kennen sich noch nicht. Paddel Nikotin, Cousin meiner Frau, Mark Collins, unser Vikar.«

Diesmal konnte Hollins über Sir Leons nonchalanten Umgang mit seinem Namen hinwegsehen, denn der kleine Mann verzog das Gesicht und sagte: »Pavel Ni-kii-tin.«

Jetzt mischte sich ein weiteres Mitglied der Schlossgesellschaft ein, ein Mann mit einem leicht geröteten Gesicht, der allmählich Fett ansetzte. Er erklärte ziemlich wichtigtuerisch: »Falls Sie wissen, wo er sich aufhält, Herr Vikar, und sich herausstellt, dass er gegen seine Bewährungsauflagen verstößt, würden auch Sie sich laut Gesetz strafbar machen, das ist Ihnen hoffentlich klar?«

Imogen sah den Zwischenrufer unwirsch an und sagte dann entschuldigend zu Hollins: »Mein Mann. Er ist Anwalt, daher sieht er alles so schwarz-weiß. Toby, bitte beherrsch dich. Mr Hollins ist unser Vikar, kein Zeuge der Gegenseite.«

»Verzeihung«, sagte der Mann und streckte ihm die Hand entgegen. »Toby Estover. Es ist eben ein bisschen beunruhigend, dass Hadda frei herumläuft. Natürlich könnte sich herausstellen, dass alles mit seinem Bewährungshelfer abgesprochen ist. Sie wissen nicht zufällig, wer das ist, oder?«

»Leider nein«, sagte Hollins.

»Ach, nein?«, sagte Estover skeptisch. »Ich hätte gedacht, Sie würden unter den gegebenen Umständen vielleicht Kontakt zu ihm aufnehmen.«

»Und welche Umstände wären das?«

»Ein verurteilter Sexualstraftäter, der gleich in ihrer Nachbarschaft lebt, ein Mann, bei dem unser Bewährungsdienst anscheinend noch Grund zur Sorge sieht, wenn seine Gefängnispsychiaterin bei ihm Hausbesuche macht. Finden Sie das nicht beunruhigend, wenn schon nicht persönlich, dann zumindest als Seelsorger?«

»Das Rechtssystem hat ihn auf freien Fuß gesetzt, Mr Estover, nicht die Kirche«, sagte Hollins. »Vielleicht sollten Sie sich an jemand anderen wenden. Tut mir leid, dass ich Ihnen nicht weiterhelfen kann, Mrs Estover. Wenn Sie mich jetzt entschuldigen würden. Ich glaube, ich rieche schon meinen Truthahn anbrennen.«

Er ging zurück Richtung Kirche.

»Da hat er dich wohl im Elfmeterschießen besiegt«, sagte Imogen zu ihrem Ehemann.

Nikitin lachte, und Estover sagte barsch: »Ich denke, er ist besorgter, als er sich anmerken lässt, was darauf hindeutet, dass er mehr Grund zur Sorge hat, als er zugibt.«

Lady Kira, die einsehen musste, dass die Grabstätte nicht länger im Mittelpunkt der Aufmerksamkeit stand, mischte sich ein.

»Schon seit ich ihn das erste Mal gesehen hab, sage ich Leon immer wieder, er soll ihn loswerden«, erklärte sie.

»Und ich sage dir immer wieder, dass die Pfründe nicht mehr vom Schloss gestiftet wird, schon seit anderthalb Jahrhunderten nicht«, sagte Leon. »Und was Wolf angeht, wozu die Aufregung? Du jammerst, wenn er gleich nebenan ist, und du jammerst, wenn er weg ist. Ich versteh sowieso nicht, wieso du ihn besuchen wolltest, Imo.«

»Wirklich nicht, Daddy?«, sagte Imogen. »Fahren wir nach Hause. Bin gespannt, was es zum Lunch gibt.«

Sie entfernte sich. Pavel Nikitin eilte ihr nach.

»Alles in Ordnung mit Imo?«, fragte Sir Leon seinen Schwiegersohn.

»Soweit das überhaupt je jemand beurteilen kann«, sagte Estover. Er wandte langsam den Kopf und betrachtete die Landschaft jenseits der Kirche und der verstreut liegenden Häuser des Dorfes. Die Berge zeichneten sich scharf wie Wolfszähne gegen den kalten blauen Himmel ab, die Ränder weiß schimmernd, die zerklüfteten tieferen Hänge, wo der Frost seine eisige Umklammerung gelöst hatte, wie krankes Zahnfleisch mit schwarzen Ablagerungen. Er sehnte sich zurück nach London.

»Könnte glatt der Scheißkaukasus sein«, sagte er mit einem Frösteln.

Lady Kira stieß ein überraschendes, schrilles Lachen aus.

»Sei nicht albern, Toby«, sagte sie. »Der Kaukasus ist was völlig anderes. Da wäre Mr Collins schon längst von wilden Pferden gevierteilt worden.«

Dann folgte sie ihrer Tochter und ihrem Cousin soundsovielten Grades.

»Sie liest viel«, sagte Sir Leon entschuldigend. »Soweit ich weiß, ist sie dem Kaukasus nie näher gekommen als bis Monte Carlo.«

Die beiden Männer genossen einen seltenen Moment der Verbundenheit, dann riefen sie den Rest der Gesellschaft zusammen und folgten Lady Kira.

Und endlich gingen auch die wenigen Dörfler, die sich hinter der Friedhofsmauer herumgedrückt hatten, in dem Bewusstsein nach Hause, dass die Vorstellung für diesen Weihnachtstag zu Ende war.

3

Zwei Tage nach Weihnachten humpelte Wolf Hadda im Luton Airport langsam durch den Ausgang für Reisende, die nichts zu verzollen hatten. Er war kaum von den betagten Leutchen zu unterscheiden, die ihn begleiteten und sich auf ihre mit Schmugglerware gefüllten Gepäckwagen stützten wie auf Rollatoren, um bei möglicherweise misstrauischen Zollbeamten Mitleid zu wecken.

Als er nach draußen trat, stand Edgar Trapp unter den Wartenden, von denen die meisten vordrängten, um ihre älteren Verwandten zu begrüßen, als wären sie gerade aus dem Dreißigjährigen Krieg heimgekehrt. Ehe er Trapp erreichte, schlang eine Frau mit kantigem Gesicht, die einen pinkfarbenen Overall und ein ebensolches Nonnenkopftuch trug und auf ihren Gepäckwagen genug Zigaretten geladen hatte, um ein ganzes Kloster auszuräuchern, ihren freien Arm um seinen Hals und gab ihm einen langen schmatzenden Kuss.

»War nett, dich kennenzulernen, Wally«, sagte sie. »Hast du dir auch wirklich meine Adresse aufgeschrieben? Du musst dich unbedingt bei mir melden, Schätzchen. Pass auf dich auf und geh mit Gott.«

Er löste sich mit Mühe und dem Versprechen immerwährender Freundschaft von ihr.

Trapp sagte: »Da hast du wohl auf jemanden ganz schön Eindruck gemacht. Ist sie wirklich Nonne?«

Er sagte: »Wenn ja, möge Gott uns beistehen! Ich weiß nicht, was der staatliche Gesundheitsdienst diesen Leutchen einflößt, aber es gehört verboten. Ed, was hast du dir bloß dabei gedacht?«

»Du hast gesagt, du willst möglichst wenig auffallen. Da schien mir eine Rentnerpauschalreise nach Fuengirola genau richtig.«

»Das werde ich jetzt mal überhören. Wie hat Sneck sich benommen?«

»Hat Doll einmal angeknurrt, aber dann hat sie ihn ordentlich ausgeschimpft, und seitdem ist er lammfromm.«

Hadda nickte verständnisvoll. Er hätte sich an Snecks Stelle genauso verhalten.

Als sie in Trapps alten Toyota gestiegen waren, sprach Hadda, der seinen Anwalt auch ohne Ablenkung für einen reichlich schlechten Autofahrer hielt, kein Wort, bis sie den Flughafen weit hinter sich gelassen hatten und die M1 hinunterbrausten.

»Hattet ihr schöne Weihnachten?«, fragte er.

»Wie üblich. Wie war's bei dir?«

»Ich glaub, du nimmst mich auf den Arm, Ed.«

»Ich meinte die andere Sache.«

»Ach so. Ja, in Ordnung.«

»Wirklich so schlimm, wie du dachtest?«

»So schlimm, wie ich dachte.«

»Das tut mir leid. Übrigens, dieser Schotte hat dir Nachrichten aufs Handy gesprochen. Klang ein bisschen aufgebracht. Liegt vielleicht aber auch nur am Akzent.«

Hadda hatte sich für Spanien ein neues Prepaid-Handy gekauft und sein altes bei Trapp gelassen. Er wollte nicht, dass auf seinem alten irgendwelche Anrufe ins Ausland eingingen. Die Einzelteile des neuen lagen verteilt in mehreren Abfalleimern in Fuengirola.

Auf der M25 herrschte dichter Verkehr, und als sie endlich vor Trapps Haus in Chinford anhielten, war es dunkel geworden. Es war ein solides Doppelhaus aus der Vorkriegszeit, so robust gebaut, dass es würdevoll fast hundert Jahre überstanden hatte und jetzt mehr wert war als die ganze Straße in den 1930ern gekostet hätte.

Als Trapp die Haustür öffnete, stellte sich ihnen Sneck mit geschwollenem Kamm, gebleckten Zähnen und einem tiefen drohenden Knurren entgegen. Dann, nachdem er seinen Herrn für die herzlose Vernachlässigung seiner Pflichten gebührend getadelt hatte, verzieh er ihm, indem er auf ihn zulief und Haddas Gesicht mit nasser Zunge bearbeitete.

»Hunde und Nonnen«, sagte Trapp. »Das nenn ich Charisma.«

Doll Trapp erschien, schob Sneck kurzerhand beiseite und umarmte Hadda.

»Gattinnen auch«, sagte er und zwinkerte Trapp über den Kopf der Frau hinweg zu. »Himmel, Doll, zerquetsch mich nicht.«

Mrs Trapps Leibesumfang hätte für ihren Mann zweimal gereicht. Sie hatte ein breites Gesicht, dessen von Natur aus gestrenge Miene sie durch die Wahl ihrer Haarfarbe zu mildern versuchte – vergeblich. Heute war ihr Haar zartrosa.

»Du bist ja nur noch Haut und Knochen, Wolf«, erklärte sie und ließ ihn los. »Das liegt an diesem ausländischen Fraß. Du bist bestimmt ausgehungert. Kommt rein. Das Abendessen ist fertig.«

Sie gingen ins Esszimmer. Hadda hätte so einiges lieber gemacht, aber bei Doll war Gehorsam die beste Taktik.

Sie aßen Rindfleisch-Nieren-Pastete gefolgt von Apfelkuchen mit Vanillesoße und spülten alles mit starkem Tee herunter. Alkohol kam den Trapps nicht ins Haus. Trapp war jetzt seit zwei Jahrzehnten trocken, und Doll hatte sich fest vorgenommen, dass er in seinen eigenen vier Wänden niemals in Versuchung geführt werden sollte.

Die Atmosphäre beim Essen war angenehm, ebenso die Unterhaltung, bei der Doll eindeutig den Ton angab. Jeder, der sie sah und hörte, hätte sie für eine eingefleischte Hausfrau gehalten, deren Interessen um Küche und Familie kreisten, doch Hadda wusste es besser. Trapps Entscheidungen, seien sie nun beruflicher oder privater Natur, wurden allesamt erst nach Absprache mit ihr getroffen. Hadda säße jetzt nicht hier an diesem Tisch, wenn sie es nicht abgenickt hätte, und das war eine Bestätigung, die ihm mehr bedeutete als sein verlorener Titel.

Am Ende der Mahlzeit fragte Doll: »Bleibst du länger bei uns, Wolf?«

»Nur heute Nacht. Ich habe morgen einen Termin bei meinem Aufpasser in Carlisle, also werde ich ganz früh losfahren, damit ich nicht in einen Stau komme. Ihr müsst nicht extra mit aufstehen.«

»Sei nicht albern. Ich will mich doch von meinem lieben Sneckie verabschieden. Ich werde ihn vermissen.«

Hadda schaute nach unten auf den Hund, der neben seinem Stuhl lag, und erntete einen Blick zurück, den er, wenn er einen Hang zur Anthropomorphisierung gehabt hätte, als »Und was bitte schön ist daran so komisch?«, hätte deuten können.

Trapp sagte: »Ich hab das Handy in dein Zimmer gelegt. Und meine aktualisierte Akte.«

Er sagte: »Danke«, und entschuldigte sich.

Auf dem Bett lagen das Handy und ein Ordner.

Zuerst hörte er seine Nachrichten ab. Zwei waren von Luke Hollins, der hoffte, dass es ihm gut ging, und ihn bat, sich zu melden. Und drei von Davy McLucky. Die erste war vom Vortag, die zweite klang schon drängender, und die letzte hatte er erst vor wenigen Stunden hinterlassen.

»Hadda, verdammt noch mal, das ist die letzte Gelegenheit, was auch immer Sie treiben, rufen Sie mich an. Ich muss mit Ihnen reden. Sofort!«

Er drückte die Rückruftaste.

»McLucky.«

»Hadda. Sie hatten angerufen.«

»Wo haben Sie gesteckt?«

»Nirgendwo. Tut mir leid, dass ich mich nicht früher gemeldet habe. Mein Akku war leer, und ich hab ihn gerade erst wieder aufgeladen. Also, wo brennt's denn?«

Schweigen. Das Schweigen des Zweifels? Vielleicht. Aber wieso sollte der Schotte auf eine sehr glaubhafte Lüge mit solcher Skepsis reagieren?

Jetzt sprach er weiter.

»Der alte Kumpel aus meiner Zeit beim Yard, von dem ich Medlers Adresse bekommen hab, hat mich angerufen. Hat gesagt, falls ich Medler noch nicht kontaktiert hätte, könnte ich mir die Mühe sparen. Für Arnie ist das gute Leben vorbei. Er ist tot.«

»*Was?*«

»Sie wussten es also noch nicht?«

»Nein, woher auch? Ist es in den Nachrichten gekommen?«

»Nein, und das wird es wahrscheinlich auch nicht. Das Yard ist benachrichtigt worden, weil Medler früher in dem Laden gearbeitet hat, aber anscheinend gibt's ein Memo, die Sache möglichst unter Verschluss zu halten. Muss ein ziemlich deutliches Memo gewesen sein, wo die Presse sich doch nach so einer grausigen Geschichte zur Weihnachtszeit die Finger leckt.«

»Grausig? Was zum Teufel ist denn passiert?«

»Seine Frau hat ihn am Weihnachtsmorgen gefunden. Er war im Wohnzimmer. Seine Hände auf der Terrasse. Der Sicherheitsrollladen ist runtergerauscht und hat sie abgehackt. Er ist verblutet.«

»Großer Gott! Hat Ihr Kumpel Ihnen noch mehr erzählt?«

»Dass er mehr Alkohol intus hatte als eine vollbesetzte Kanalfähre, weshalb die Polizei vor Ort davon ausgeht, dass er in seinem betrunkenen Zustand aus Versehen oder absichtlich auf die Fernbedienung für den Metallrollladen gedrückt hat und dann mit ausgestreckten Armen aufs Gesicht gefallen ist, die Arme in der Terrassentür.«

»Wie furchtbar«, sagte Wolf.

»Genau das hab ich auch gesagt. Dann hat mein Kumpel mich so ganz nebenbei gefragt, warum ich Arnie hatte sprechen wollen.«

»Und was haben Sie ihm gesagt, Davy?«

»Na ja«, sagte McLucky langsam, »als Exbulle und vor allem als Privatdetektiv, der an seine Lizenz denken muss, weiß ich, was ich ihm hätte sagen sollen. Ich hätte ihm sagen sollen, ich arbeite da für einen Typen, der hat echt Format, hat mir gutes Geld dafür bezahlt, dass ich rausfinde, wo Medler wohnt, seine Gewohnheiten, den Grundriss seiner Villa, alles Mögliche. Den solltest du dir vielleicht mal vornehmen, checken, wo er Weihnachten verbracht hat ...«

Jetzt war es Hadda, der einen Moment schwieg.

Dann sagte er: »Ich denke, wir sollten uns treffen.«

»Sie denken doch wohl nicht, dass ich mich noch mal in diese Scheißwildnis verirre, in der Sie wohnen, oder?«

»Ich bin morgen in Carlisle, können Sie noch mal dahin kommen? Das ist praktisch so, als würden Sie das Königreich gar nicht verlassen; es soll mal die Hauptstadt von Schottland gewesen sein, wie ich gehört hab.«

McLucky war nicht in der Stimmung für humorvolle Bemerkungen.

»Selbe Zeit, selber Ort. Ich werde da sein.«

Die Verbindung endete.

Hadda legte auf und blieb eine Weile gedankenversunken sitzen.

Dann nahm er die Akte und schlug sie auf. Er brauchte nur zehn Minuten, um sie zu lesen. Trapp war kein Mann vieler Worte.

Als er fertig war, öffnete er seine Reisetasche, legte die Akte hinein und nahm eine große Flasche teures Parfüm, eine elegante vergoldete Uhr und einen tragbaren Digitalrekorder heraus. Er war schon an der Tür, als ihm noch etwas einfiel und er zum Schrank ging. Von einem Regalbrett nahm er ein Päckchen. Es war Luke Hollins' Weihnachtsgeschenk, aber ein vager atavistischer Aberglaube hatte ihn davon abgehalten, es vor Weihnachten zu öffnen.

Trapp und seine Frau saßen vor einem glühenden Feuer im Wohnzimmer, das ein Tribut an die Siebzigerjahre hätte sein können.

Hadda sagte: »Ich hab eine kleine Aufnahme, die ich euch gern vorspielen möchte. Danach muss ich euch etwas Trauriges und ziemlich Beunruhigendes erzählen. Aber das Wichtigste zuerst. Bescherung! Tut mir leid, dass ich nicht zum Einpacken gekommen bin.

Er gab Doll die Uhr und Ed das Parfüm, dann sagte er: »Hoppla, ich war zu lange im Gefängnis«, und tauschte die Geschenke aus.

Sie lächelten beide, bedankten sich und sahen dann zu, wie Hadda sein Päckchen auspackte.

Es war ein postkartengroßes Bild in einem Goldrahmen. Es zeigte einen bärtigen Mann mit Heiligenschein. In einer Hand hielt er etwas, das aussah wie ein kleiner Baum, in der anderen eine Axt. An dem Rahmen klebte ein Post-it-Zettel mit der Aufschrift:

Das ist der heilige Gomer oder Gummarus. Der Doppelname könnte sich als nützlich erweisen, falls man Sie je nach den Namen von drei berühmten Belgiern fragt. Er ist der Schutzpatron der Holzfäller und unglücklichen Ehemänner. Hoffe, Sie können was mit ihm anfangen. LH

Hadda musste schmunzeln, und schließlich lachte er laut auf.

»Was ist?«, fragte Doll.

»Nichts. Bloß mein freundlicher Vikar. Ich hab ihm mal gesagt, ich würde mir nicht gern Predigten anhören, und jetzt hat er sich anscheinend gedacht, wenn du sie nicht mit Sermonen bekehren kannst, dann vielleicht, indem du mit ihnen lachst!«

Er betrachtete das Bild erneut, nickte dann und fügte hinzu: »Wisst ihr was, der Mann könnte recht haben!«

4

Das Einzige, was Alva Ozigbo von den Freuden eines traditionellen Weihnachtsfestes mitbekam, war die ziemlich deprimierende weihnachtliche Atmosphäre, die in den Krankenhausfluren hing.

Die Luftballons und die Weihnachtsdekoration machten vor der Intensivstation halt, aber nirgendwo war man vor den süßlichen Klängen der Weihnachtslieder sicher, die aus der hausinternen Lautsprecheranlage schallten. Für ihren Vater, wie sie gleich nach ihrer Ankunft erfuhr, war am folgenden Tag eine Angioplastie angesetzt, und ihre Mutter stand kurz vor dem Zusammenbruch. Alva war darauf gefasst gewesen, schließlich wusste sie seit ihrer Kindheit, dass Elvira in schwierigen Situationen unweigerlich mit dem Schlimmsten rechnete, als könnte sie es verhindern, wenn sie sich darauf einstellte. Wenn sie ihre düsteren Prognosen abgab, fiel sie stets in einen Tonfall, der ihr, wie ihr Mann und ihre Tochter oft gemutmaßt hatten, garantiert eine Rolle in einem Bergman-Film eingebracht hätte, wenn sie ihn beim Vorsprechen hätte zum Besten geben können.

Der Eingriff verlief gut, und zwei Tage später befanden sich sowohl Patient als auch Ehefrau auf dem Wege der Besserung. Offenbar hatte Ike Ozigbo es sich in den Kopf gesetzt, das alte Klischee zu bedienen, dass Ärzte die schlimmsten Patienten abgeben, und als sein behandelnder Arzt, Ikes Assistenzarzt, Alva erklärte, ihr Vater könne wahrscheinlich schon zu Silvester nach Hause, fügte er hinzu: »Und das auf vielfachen Wunsch!«

Nachdem Elviras abergläubischer Pessimismus seine Funktion erfüllt hatte, kehrte sie zu ihrem üblichen resoluten tüchtigen Selbst zurück. Natürlich war sie in Gedanken weiterhin bei der Gesundheit ihres Mannes, aber sie räumte auch wieder anderen Aspekten ihrer Persönlichkeit Platz ein, so vor allem einer bohrenden Neugier hinsichtlich der Frage, wie es um das Sexualleben ihrer Tochter bestellt war.

Selbst zur Zeit ihrer dunkelsten skandinavischen Depression hatte sie registriert, dass Alva Telefonanrufe von einem Mann erhielt. Das war Wolf Hadda, der zweimal anrief, einmal am Abend ihrer Abfahrt aus Cumbria, um sich zu vergewissern, dass sie wohlbehalten in Manchester angekommen war, ein weiteres Mal zwei Tage später. Alva, die sich außer Hörweite ihrer Mutter begeben hatte, ohne allerdings deren Spekulationen zu entkommen, ertappte sich dabei, dass sie, wie sie später fand, Elviras Verhalten unnötig detailliert beschrieb. Hadda sagte: »Da kann ich Ihre Ma verstehen. Das Beste hoffen, aufs Ärgste gefasst sein, das ist vernünftig. Im Innern hoffen wir alle das Beste. Also nähren Sie die Hoffnung und finden Sie sich mit dem Rest ab. Aber jetzt will ich einem alten Hund neue Tricks beibringen.«

Alva sagte: »Mein Hund konnte keine Tricks. Haben Sie Sneck welche beigebracht?«

Er sagte: »Sonst hätte ich ihn nicht adoptiert. Hören Sie, ich wollte damit nur sagen –«

Was er nur sagen wollte, ging in jähem Lärm unter.

Sie sagte: »Wie bitte? Ich hab Sie nicht verstanden.«

Er sagte: »Tschuldigung, hab das Radio an. Tut mir leid, ich muss los. Bis bald.«

Dann war er weg, und sie stand da und starrte ihr Telefon an und überlegte, ob sie das Radioprogramm durchforsten sollte, ob gerade auf irgendeinem Sender etwas lief, bei dem eine Lautsprecherdurchsage auf einem Bahnsteig oder in einem Flughafen vorkommen konnte.

Natürlich tat sie das nicht. Ihr Leben war zu hektisch, um sich so einen Luxus wie das Studium von Programmzeitschriften zu gönnen.

Aber sie war enttäuscht, als er nicht wieder anrief, und hatte Schwierigkeiten, sich über den Grund dafür klar zu werden.

Zwei Tage nach Weihnachten hatten sich die Dinge (will heißen, Elvira) so weit beruhigt, dass Alva daran denken konnte, den Anrufbeantworter in ihrer Londoner Wohnung per Fernabfrage abzuhören. Sie hatte jeden, der möglicherweise versuchen würde, Kontakt zu ihr aufzunehmen, davon in Kenntnis gesetzt, dass sie eine Weile verreist sein würde, daher gab es nur wenige Nachrichten, und nur eine war dabei, die sie aufmerken ließ. Sie war am Vortag hinterlassen worden.

»Dr. Ozigbo, hier spricht Imogen Estover. Ich denke, ein Gespräch zwischen uns könnte nützlich sein. Ich werde noch ein paar Tage hier im Schloss bleiben, danach bin ich wieder in London.«

Sie hinterließ ihre Handynummer, und damit war die Aufnahme beendet. Ihre Stimme hatte kühl geklungen, beinahe ausdruckslos, doch Alva hätte sie auch dann wiedererkannt, wenn sie nicht ihren Namen genannt hätte.

Nützlich. Für wen, fragte sie sich, während sie die Handynummer speicherte.

Sie überlegte, noch am selben Abend zurückzurufen, beschloss aber dann, eine Nacht darüber zu schlafen.

Am nächsten Morgen klingelte ihr Telefon, als sie Elvira nach dem Frühstück gerade beim Abwasch half.

Das Display zeigte eine Nummer in Cumbria. Entweder Hadda oder seine Exfrau, vermutete sie, als sie das Handy ans Ohr hob. Aber sie irrte sich. Es war Luke Hollins.

Sie ging aus der Küche in den Garten. Es war kühl, aber von hier aus konnte sie ihre Mutter in der Küche im Auge behalten, ohne belauscht zu werden.

»Dr. Ozigbo, hallo, ich wollte Sie schon früher anrufen und mich nach Ihrem Vater erkundigen, aber ich hatte hier alle Hände voll zu tun. Also, wie geht es ihm?«

Sie hatte ihn vor Weihnachten angerufen, um zu erklären, warum sie sich nicht mehr wie versprochen bei ihm gemeldet hatte, ehe sie Cumbria verließ.

Nachdem sie ihm das Neueste über Ikes Zustand erzählt hatte, sagte er: »Das freut mich. Bleiben Sie noch ein Weilchen länger dort?«

»Ich hatte vor, bis Neujahr zu bleiben«, sagte sie, ohne ihre geistige Zusatzklausel hinzuzufügen, falls meine Mutter mich nicht vorher mit ihren Verhören über mein Privatleben in die Flucht geschlagen hat!

»Gut. Das ist gut.«

Er will mir irgendwas sagen, scheut sich aber, mich angesichts der Krise in meiner Familie noch mehr zu belasten, dachte sie. Es kam nur ein Thema in Frage.

Sie sagte: »Wie läuft es so in Birkstane?«

Das öffnete die Schleuse. Er erzählte ihr von seiner Begegnung mit den Ulphingstones am Weihnachtsmorgen.

»Ich war beunruhigt, also bin ich am nächsten Tag rausgefahren. Keine Spur von ihm. Gestern hab ich es wieder versucht. Noch immer nichts. Der Defender stand nicht in der Scheune. Könnte natürlich sein, dass er den ganzen Tag unterwegs war. Also war ich ganz früh heute Morgen wieder da. Nichts. Es führt kein Weg dran vorbei, er ist nicht hier, und das wahrscheinlich schon seit vor Weihnachten.«

»Das muss nichts heißen«, sagte Alva. »Seine Bewährungsauflagen erlauben es ihm, sich frei im Land zu bewegen.«

»Ja, das ist mir klar, aber er müsste doch wohl seinen Bewährungshelfer informieren, hätte ich gedacht, und ganz sicher die Polizei.«

»Und? Haben Sie nachgefragt?«

»Äh, nein«, sagte Hollins zögernd. »Um ehrlich zu sein, ich wollte da nicht unnötig irgendwas lostreten. Ich dachte, Sie könnten vielleicht …«

»Verstehe«, sagte Alva.

Was sie verstand, war, dass die persönliche Zuneigung, die der Geistliche für Wolf empfand, wieder einmal seinen seelsorgerlichen Pflichten in die Quere gekommen war. Seine Versuche, das Problem mit ihrer Hilfe anzugehen, hätten sie eigentlich verärgern müssen, aber zu ihrem Erstaunen war dem nicht so.

Sie konnte Elvira hinter dem Küchenfenster sehen, noch immer an der Spüle, wo sie unaufhörlich ein und dieselbe Tasse abtrocknete, während sie sie beobachtete.

Sie brennt darauf, zu erfahren, ob es einen Mann in meinem Leben gibt!, dachte Alva. Was würde sie wohl sagen, wenn ich ihr erzähle, dass es gleich zwei sind, einer ein verurteilter Päderast und der andere ein verheirateter Vikar!

Sie winkte ihrer neugierig guckenden Mutter zu und hielt das Gesicht in die Morgensonne, die tief am südöstlichen Horizont stand. Es war noch keine neun Uhr. Der Tag breitete sich vor ihr aus, angefüllt mit Krankenhausgerüchen und Elviras doppelbödigen Fragen. Der Himmel war wolkenlos. Sie atmete einmal tief die frostige Luft ein, um ihren Verstand zu klären.

Die Autobahn war jetzt noch nicht so überfüllt wie sonst immer. Sie könnte in zwei Stunden in Cumbria sein. Und dann?

Hollins sagte: »Hallo, Dr. Ozigbo, sind Sie noch dran?«

Sie sagte: »Ja, Entschuldigung. Meinen Sie, Sie sind am späten Vormittag zu Hause? Ich könnte zu Ihnen kommen …«

Er sagte: »Großartig. Das wäre sehr hilfreich.«

Sie wollte ihn fragen: Inwiefern denn bitte?, aber das erschien ihr unpassend.

Sie sagte: »Bis später dann«, legte auf und ging zurück in die Küche.

»Mum«, sagte sie, »wäre es schlimm, wenn ich mich heute mal vor dem Besuch im Krankenhaus drücke?«

»Natürlich nicht, Schatz. Gönn dir eine Pause. Hast du irgendwas Bestimmtes vor?«

»Ich dachte, ich fahr ein bisschen rum und schau vielleicht mal bei einem alten Bekannten vorbei.«

»Jemand, den ich kenne?«, fragte Elvira ganz nebenbei.

»Ich denke, du kennst alle meine alten Bekannten, Mum«, sagte Alva.

Ihre Mutter lächelte, fragte aber nicht weiter nach.

Sie hat gemerkt, dass es um mehr geht, als ich ihr verrate, dachte Alva, aber sie meint natürlich, es geht um einen Mann. Ein Date, ein Rendezvous, vielleicht sogar eine Affäre!

Sie umarmte ihre Mutter und sagte: »Super. Bestell Dad schöne Grüße. Ich bin heute Abend wieder da. Warte nicht mit dem Essen auf mich.«

Als sie vom Haus abfuhr, hatte sie einen Anflug von schlechtem Gewissen, weil sie sich so befreit fühlte. Als Studentin hatte sie enttäuscht erkennen müssen, dass das Wissen um die oftmals irrationalen Ursprünge ganz normaler Gefühle uns nicht davon abhält, sie zu empfinden. Als sie das ihrem Vater beichtete, brach er in dröhnendes Gelächter aus und sagte: »Sogar Zahnärzte kriegen Zahnschmerzen!«

Und sogar Kardiologen kriegen Herzinfarkte, dachte sie.

Sie schob ihr schlechtes Gewissen beiseite und konzentrierte sich aufs Fahren, als sie vom Zubringer auf die Autobahn wechselte.

Bald wurde ihr klar, dass sie den Verkehr falsch eingeschätzt hatte, denn offenbar waren viele Leute demselben Irrtum erlegen. Aus den zwei Stunden, die sie für die Strecke kalkuliert hatte, wurden bald drei, die ihr Anlass und Zeit gaben, sich zu fragen, warum genau sie diese Fahrt eigentlich auf sich nahm.

Bemüht um absolute Ehrlichkeit, wie sie sie bei ihren Therapien anstrebte, ging sie systematisch alle ihre Motivationsquellen durch.

Erstens die berufliche: Sorge um einen Patienten; Sorge um die Menschen in seiner Umgebung; Luke Hollins' Bitte um Hilfe; Imogen Estovers Wunsch, mit ihr zu reden.

Dann die persönliche: ihre Angst, sich getäuscht zu haben; ihr Ärger, weil sie das Gefühl hatte, dass Hadda sie verunsicherte; ihre Frustration angesichts von Geheimnissen, die sie noch nicht hatte enträtseln können; ihr simples Bedürfnis, mal einen Tag nicht mit ihrer Mutter und ohne einen Besuch im Krankenhaus zu verbringen!

Das war alles. Ehrlicher kann ich nicht sein, sagte sie sich.

Nur dass absolute Ehrlichkeit, wie ihr Collegeprofessor gerne sagte, vergleichbar ist mit dem Ausmisten eines Kellers. Wenn man den ganzen Kram dann hinters Haus geschafft hat, sollte man keine Zeit damit verschwenden, sich für die getane Arbeit auf die Schulter zu klopfen. Nein, man sollte gleich wieder nach unten gehen und anfangen, den Betonboden aufzugraben.

Sie grub. Sie wusste längst, dass sie etwas finden würde. Etwas, das sie so gründlich verdrängt hatte, dass sie nicht genau sagen konnte, ob es bloß pure Einbildung war, wie das Krokodil unter der Couch, wegen dem sie als Kind immer nur mit hochgezogenen Beinen gesessen hatte, wie die Trolle aus Elviras schwedischen Märchen, die unter dem Steingarten vor dem Haus lebten. Irreale Dinge, aber ihre Angst war real, bis sie herausfand, dass sie sie ganz einfach loswerden konnte, indem sie die Dinge ans Tageslicht holte und zusah, wie sie zusammenschrumpften und verschwanden.

Genau das versuchte sie jetzt auch. Sie brauchte nicht lange, um es zu finden, nicht, weil es gleich unter der Oberfläche lag, sondern weil sie wusste, wo sie anfangen musste zu graben. Und da war es, versteckt unter dem ganzen Zeug, das mit diesem Lächeln zu tun hatte, das sein Gesicht so verwandelte, mit dem gefährlichen Charme, von dem sie sich selbstgefällig eingeredet hatte, ihn genau durchschaut zu haben.

Sie sprach es laut aus, um sich keinen Spielraum für Ausflüchte zu lassen.

»Tief verdrängter Grund für die Fahrt nach Birkstane: Ich fühle mich sexuell zu Wolf Hadda hingezogen.«

Jetzt konnte sie es testen, indem sie es dem hellen Tageslicht aussetzte.

Aber es schrumpfte nicht zusammen.

Verdammt! Aber kein Grund zur Panik. So etwas kam vor. Natürlich meistens in umgekehrter Richtung. Und es kam ihr in jeder Hinsicht besonders pervers vor, dass ihr Verlangen sich ausgerechnet auf einen Mann richtete, der körperlich mit Narben bedeckt, psychologisch beschädigt und moralisch abstoßend war. Aber wenn es keine perversen Menschen gäbe, hätte sie keine Arbeit mehr.

Sie würde damit umgehen, genau wie Simon Homewood mit seinen Gefühlen für sie umging.

Ihre Selbstanalyse hatte die Zeit schnell verstreichen lassen. Ein Schild verriet ihr, dass sie in Cumbria angekommen war.

Sie wusste nicht genau, was hier vor so vielen Jahren seinen Anfang genommen hatte, aber auf die eine oder andere Art bewegen wir uns alle im Kreis. Wir kommen nie irgendwo an, wo wir nicht schon mal waren.

Wo war Hadda jetzt?, fragte sie sich.
Und welches Ziel hatte er vor Augen?
Sie setzte den Blinker und fuhr von der Autobahn ab.

5

McLucky hatte sich verspätet.

»Scheißzüge«, sagte er. »Das reinste Glücksspiel.«

»Kein Problem«, sagte Hadda. »Ich bin selbst eben erst gekommen. Mein Bewährungshelfer wollte unbedingt, dass wir uns haarklein erzählen, wie wir Weihnachten verbracht haben.«

»Genau wie ich«, sagte McLucky und setzte sich schwerfällig.

Die Tür ging auf, und eine junge hübsche Kellnerin kam mit einem schwer beladenen Tablett herein.

»Ich hab Ihnen einen Scotch bestellt«, sagte Hadda. »Und ein paar Sandwiches mit Räucherlachs.«

»Und ich hab Ihnen schon mal gesagt, ich esse nicht mit jedem.«

»Wenn Sie weiter so rummosern, denkt die Kellnerin noch, wir wären ein Liebespärchen, das sich fetzt.«

»Meinen Sie, es würde sie beruhigen, wenn ich Ihnen eine reinhaue?«

»Sie sieht mir eher aus wie der romantische Typ, also fände sie es wahrscheinlich schöner, wenn Sie mir einen Kuss gäben.«

McLucky konnte sich kein Lächeln abringen, aber sein Gesicht entspannte sich ein wenig, und als die Kellnerin an ihren Tisch trat und die Teller und Gläser abstellte, nahm er sein Glas.

»Trinken kann ich dagegen mit jedem«, sagte er. »Prost. Und jetzt will ich Antworten.«

»Ja, ich war in Spanien«, sagte Hadda. »Ja, ich habe mit Medler gesprochen. Nein, ich habe ihn nicht umgebracht.«

McLucky sagte: »Ach, du Schande.«

»Sie wollten es wissen.«

»Wollte ich eigentlich nicht. Ich hatte gehofft, Sie würden mit Ihrem Freund dem Vikar aufkreuzen, und der würde auf die Bibel schwören, dass Sie das Land über die Weihnachtstage nicht verlassen haben. Wie zum Teufel haben Sie das angestellt? Ich dachte, Sie unterliegen Reisebeschränkungen.«

»Tu ich auch. Ich hätte eine Sondererlaubnis gebraucht. Wenn ich gefragt hätte.«

»Aber Ihr Pass ... man wird Ihre Daten gespeichert haben ...«

»Die Daten von Mr Wally Hammond, Witwer aus Gloucestershire, wurden gespeichert. Er hat zusammen mit sechzig anderen Rentnern einen schönen Weihnachtsurlaub im Hotel Flamenco verbracht. Ich habe einen Bekannten, der weiß, wie man so was regelt. Er ist, wie Sie wahrscheinlich vermuten, Kricketfan.«

McLucky starrte ihn ausdruckslos an und sagte dann: »Warum erzählen Sie mir das?«

»Weil ich glaube, Sie lassen sich nur dann davon überzeugen, dass ich Ihnen die ganze Wahrheit erzähle, wenn ich genau das mache. Ich bin spät an Heiligabend zu Medler gegangen, nachdem ich gesehen hatte, dass seine Frau zum Mitternachtsgottesdienst in der anglikanischen Kirche gefahren war. Wir haben uns lange unterhalten. Als ich ihn so gegen halb zwölf wieder verließ, war er trauriger und hoffentlich klüger als zuvor. Er war gesund und munter, wenn auch ziemlich betrunken. Und offenbar ist er danach noch betrunkener geworden. Zufrieden?«

»Zufrieden? Das soll wohl ein Witz sein.«

»Sie zweifeln noch immer? Ich dachte, das Tonband mit den Plaudereien von Estover und den Nutbrowns in Poynters hätte Sie beruhigt.«

»Es war verdächtig, aber noch lange nicht beweiskräftig«, sagte McLucky. »Außerdem sagt es nur etwas darüber aus, was Sie vielleicht mal waren. Mich beunruhigt aber, was Sie vielleicht geworden sind.«

»Schön.« Hadda trank einen Schluck von seinem Orangensaft. »An Ihrer Stelle wäre ich wohl auch vorsichtig. Dann wollen wir doch mal sehen, wie verdächtig Sie das hier finden. Ich schau in der Zwischenzeit nach Sneck, der ist nämlich draußen im Wagen. Rufen Sie mich an, wenn Sie sich alles angehört haben.«

Er stellte einen Digitalrekorder, in den Kopfhörer eingestöpselt waren, auf den Tisch und schob ihn zu McLucky hinüber.

McLucky blickte einen Moment lang argwöhnisch darauf, dann steckte er sich die Hörer ins Ohr und drückte die Starttaste. Hadda stand auf und ging schwer auf seinen Stock gestützt aus der Hotellounge. Er lächelte dankbar, als die junge Kellnerin herbeieilte, um ihm die Tür aufzuhalten.

Auf dem Parkplatz öffnete er die Heckklappe des Defender.

»Na hopp«, sagte er zu Sneck.

Der Hund wachte auf, gähnte, als müsste er erst mal drüber nachdenken, und sprang dann heraus. Hadda schloss den Wagen ab, ging zum Rand des Parkplatzes und setzte sich auf eine niedrige Mauer, die eine kleine städtische Grünanlage säumte. Sneck sprang über die Mauer, schnüffelte herum, hob das Bein an einem schlaff aussehenden Baum und kam dann zurück, um sich quer über die Füße seines Herrn zu legen und wieder einzuschlafen.

Hadda, der nach vorn gebeugt saß, die Hände auf den Stock gelegt und das Kinn auf die Hände, schloss ebenfalls die Augen und ließ seine Gedanken zurück zu seiner Begegnung mit Arnie Medler an Heiligabend wandern.

6

Medler hatte eine Minute oder länger gebraucht, um sich von seinem Anfangsschock zu erholen. Hadda sah keinen Grund, es ihm leichter zu machen. Er ließ sich in einem Sessel ihm gegenüber nieder und starrte ihn unverwandt an, als könne er das Wirrwarr von Gefühlen und Gedanken deuten, das dem Expolizisten durch den Kopf jagte. Schließlich streckte er den Arm mit dem Beil aus und schob die Kognakflasche ein Stück auf Medler zu.

»Sie sehen aus, als könnten Sie einen Drink gebrauchen«, sagte er.

»Und ob«, krächzte Medler. »Als ich Sie mit diesem verdammten Beil da gesehen hab, hätte ich fast 'nen Herzinfarkt gekriegt.«

»Das wollen wir nicht«, sagte Hadda. »Nicht bevor wir uns unterhalten haben.«

Medler kippte sein Glas in einem Zug hinunter, füllte es wieder und sah dann Hadda an.

»Auch einen?«

»Nein danke. Ich bin mit dem Auto da.«

Die stinknormale Antwort plus der Drink schienen Medlers Erholung zu beschleunigen, und seine Stimme klang fester, als er sagte: »Also, wie haben Sie mich gefunden? McLucky, richtig?«

»Könnte sein.«

»Ich hab gewusst, dass da irgendwas nicht ganz koscher war. Erste Lektion bei der Kripo. Nie an Zufälle glauben.«

»Warum haben Sie Ihre Skepsis dann über Bord geworfen?«

»Keine Ahnung. Ich hätte mich sofort nach Hause verziehen und die Jalousien runterlassen sollen, als ich ihn gesehen hab. Schätze, ich war einfach froh, mal ein Gesicht zu sehen, das ich von früher kannte. Irgendeines. Mit jemandem zu reden, der mich schon kannte, als ich noch ... jemand war.«

»Nämlich ein braver, ehrlicher Bulle«, sagte Hadda mit bitterer Ironie.

»Richtig! Genau das war ich. Zugegeben, manchmal hab ich ein Auge zugekniffen, mir ein paar Drinks spendieren lassen, aber nur, um dahin zu kommen, wo ich hinwollte.«

»Sie meinen hierhin?«

»Nein! Ich meine, um Ergebnisse zu erzielen. Ich fand es nicht schlimm, ein paar kleine Fische schwimmen zu lassen, wenn ich dafür einen verdammt großen Hai erwischen konnte. Und wenn ich zwischendurch mal ein paar Schmiergelder eingesteckt hab, dann doch nur, um meine Glaubwürdigkeit zu erhöhen, oder? Kommen Sie, Sir Wilf, Sie waren ein Finanzgenie. Okay, man hat Sie drangekriegt für Sachen, von denen Sie nichts wussten, aber Sie hätten nie im Leben so viel Geld gemacht, wenn Sie nicht auch mal die Finger irgendwo reingesteckt hätten, wo sie nicht hingehörten.«

»Wollen Sie damit sagen, ich hab meine gerechte Strafe bekommen?«, sagte Hadda fassungslos.

Medler schüttelte den Kopf.

»Nein. Natürlich nicht.« Er versuchte ein Lachen, aber es gelang ihm nicht richtig. Trotzdem sprach er weiter: »Aber ich verrate Ihnen jetzt mal was Lustiges: In einer Hinsicht war es Ihr eigener Fehler, dass es so gekommen ist. Schon paradox. Wie in der griechischen Tragödie. Jetzt staunen Sie, was? Ich bin nicht bloß ein blöder Bulle, ich hab mittlere Reife.«

Hadda beugte sich vor und sagte barsch: »Verdammt, Medler, ich will von Ihnen keine Literaturkritik hören. Sagen Sie mir einfach, was passiert ist. Und zwar dalli. Ich will hier weg sein, wenn die zauberhafte Tina von ihrer Andacht zurückkommt.«

»Keine Bange, ich bin sicher, die verbringt so oder so noch ein paar Stunden auf den Knien. Aber meinetwegen, ich erzähl's Ihnen …«

Er leerte erneut sein Glas. Füllte es wieder auf. Allmählich hatte er das Gefühl, die Situation einigermaßen unter Kontrolle zu haben. Hadda ließ ihn in dem Glauben. Es war ein Irrtum, der leicht auszuräumen war.

»Wollen Sie wirklich keinen? Okay. Also, es fing an mit einem Tipp, einer anonymen E-Mail, die uns nahelegte, doch vielleicht mal Sir Wilfred Hadda unter die Lupe zu nehmen. In der E-Mail wurde eine Webseite erwähnt, InArcadia. Wir wussten von InArcadia. Das waren clevere Hunde. Alles gut verschlüsselt, mehr Schutzschichten als eine Eskimohure, nie zu packen, und immer, wenn wir dachten, wir hätten sie im Sack, waren sie schon wieder über alle Berge. Aber es war bloß eine Frage der Zeit, und wir hatten gerade einen großen Durchbruch geschafft, als wir diesen Hinweis auf Sie bekamen. Wir hatten zwar nicht die Betreiber der Webseite erwischt – kein Wunder, die hätten irgendwo auf der ganzen weiten Welt sitzen können –, aber wir hatten rund zwanzigtausend Kreditkarteninformationen von Kunden gefunden.«

»Zwanzigtausend!«

»Die Spitze des Eisbergs, mehr nicht. Es laufen nun mal viele Verrückte frei rum. Jedenfalls, bei diesen Kreditkarteninformationen sind wir auf zwei gestoßen, die wir zu Ihrem Unternehmen zurückverfolgen konnten. Zusammen mit den Anschuldigungen in der E-Mail genügte das für einen Durchsuchungsbefehl, um uns genauer umschauen zu können. Höchste Diskretion. Sie waren ja ein wichtiger Mann.«

»Höchste Diskretion!«, rief Hadda. »Das war ein Massenaufgebot an Medien! Sie konnten einfach nicht widerstehen, was, Medler? Ein Riesenknüller, und Sie wollten, dass alle Welt Ihnen dabei zusah, richtig?«

Der Expolizist schüttelte entschieden den Kopf.

»Sie irren sich, Hadda. Bei einem wie Ihnen, der sich gewiefte Staranwälte leisten kann, gehen wir extrem vorsichtig vor, bis wir uns ganz sicher sind. Ich hab mich genau an die Vorschriften gehalten, alle, die von dem Einsatz wussten, waren handverlesen, und ich war noch der kleinste Fisch dabei. Ich hätte mir fast in die Hose gemacht, als ich ankam und sah, dass da vor Ihrem Haus praktisch ein Jahrestreffen der Paparazzi stattfand.«

Der Mann hatte keinen Grund zu lügen, dachte Hadda. Also hatte jemand anderes gewollt, dass die Welt von Anfang an zusah ...

»Aber ich wette, Sie haben es trotzdem genossen.«

»Wieso auch nicht? Macht doch Spaß, einer großen Nummer mal zu zeigen, wo der Hammer hängt. Bau sie auf, lass sie abstürzen, davon lebt doch das ganze Promi-Geschäft. Und als ich das Zeug auf Ihrem Computer gefunden hab, dachte ich mir gleich: Hallo! Bei dem Fall kann für mich gar nichts mehr schiefgehen.

»Sie hatten sich gleich eine feste Meinung gebildet, was?«, sagte Hadda. »Das Unschuldsprinzip gilt nicht, wenn man einen richtig dicken Fisch an der Angel hat.«

Medler lachte wieder und schüttelte den Kopf.

»Genau da liegen Sie schon wieder falsch, Sir Wilf ... Verzeihung, Mr Hadda. Das ist ja das Paradoxe, wovon ich eben geredet hab. Wenn Sie nicht so reagiert hätten, wie Sie reagiert haben, nämlich mir eine reinhauen, zweimal, und dann die Biege machen und im Krankenhaus landen, wissen Sie, was

Sie dann jetzt wahrscheinlich machen würden? Sie würden sich in Ihrer Karibikvilla entspannen, einen Drink in der Hand, und sich darauf freuen, ihren Weihnachtstruthahn am Strand zu essen!«

»Wovon zum Teufel reden Sie da?«

»Ich rede davon, dass ich ein guter Bulle war«, sagte Medler plötzlich lebhaft. »Ich rede davon, dass ich die Arbeit gemacht hab, für die ich bezahlt wurde. Wir durchleuchten Beweise sehr, sehr gründlich, und zwar nicht bloß, weil wir wissen, dass reiche Typen wie Sie für ihre Verteidigung mehr als das Jahresbudget des ganzen Departments ausgeben können. Wir machen das für Arm und Reich gleichermaßen, weil das nun mal unsere verdammte Pflicht ist!«

Hadda war auf vieles vorbereitet gewesen, aber nicht auf moralische Entrüstung.

Er redet, als wäre er noch immer Polizist, dachte er.

Doch dann sah er, wie die Entrüstung verflog und das Bewusstsein um den Ernst seiner Lage in Medlers Augen zurückkehrte.

Er rieb sich mit der Hand durchs Gesicht und sagte müde: »Ja, genau, Mr Hadda. Wenn Sie sich einfach nur schön brav verhalten hätten, Ihre Unschuld beteuert und uns in Ruhe hätten ermitteln lassen, dann hätte ich wahrscheinlich etwa eine Woche später vor den versammelten Medien eine Erklärung abgegeben, dass Sir Wilfred das Opfer eines niederträchtigen Versuches geworden ist, seinen guten Namen in den Schmutz zu ziehen, und dass er, soweit es das Yard angeht, mit unbeflecktem Leumund wieder auf freien Fuß gesetzt wurde.«

Er goss sich wieder ein und betrachtete seinen Besucher mit einem boshaften Glimmen in den Augen.

»Aber Sie konnten nicht schön brav sein, was? Doch nicht der große Wolf Hadda, der Actionheld der Stadt. Sie mussten austeilen und abhauen, und auf einmal war alles anders. Sie lagen flach, hatten ein paar Körperteile verloren, hingen an so vielen Geräten, dass man eine kleine Fabrik damit hätte betreiben können, und es war unmöglich, auch nur einen Buchmacher zu finden, der darauf gesetzt hätte, dass Sie noch eine Woche durchhalten. Also wurde der Fall genau wie Sie auf Eis gelegt. Wir hatten mehr als genug Perverslinge zu verfolgen, auch ohne zu viel Zeit mit einem Todgeweihten zu verlieren. Tatsächlich wurde es um diese Zeit echt hektisch, weil wir die vielen Kreditkarteninformationen zurückverfolgten.«

Plötzlich streckte Wolf Hadda den Arm aus und griff nach der Kognakflasche. Er hob sie an die Lippen und trank einen großen Schluck. Als er fertig war, musste er all seine Willenskraft aufbieten, um die Flasche nicht gegen die Hauswand zu schleudern. Stattdessen stellte er sie behutsam wieder auf den Tisch und sagte: »Wann haben Sie gemerkt, dass ich unschuldig war, Mr Medler?«

»Nach rund einem Monat. Die Aufmerksamkeit der Presseleute war verflogen, die haben es gern, wenn ihre Beute noch auf zwei Beinen rumläuft, deshalb war ich überrascht, als mein Boss von mir auf den neuesten Stand in Ihrem Fall gebracht werden wollte. Er und ich kannten uns schon ewig, also erklärte ich ihm, ich hätte Besseres zu tun, als gegen eine lebende Leiche zu ermitteln, und er sagte mir, das hätte er sich nicht selbst ausgedacht, sondern es gebe da ›gewisse Interessen‹. Tja, das heißt bei uns so viel wie Politik oder Geheimdienst oder beides. Irgendwo wollte irgendwer wissen, ob Sie's mit kleinen Mädchen getrieben haben oder nicht. Irgendeine Ahnung, wer das gewesen sein könnte, Mr Hadda?«

Er klang mittlerweile wieder viel zu sehr wie sein altes großspuriges Ich. Und sein altes großspuriges Ich würde Wahrheiten durchkämmen, Alternativen abwägen, nach Gelegenheiten suchen.

Wolf hackte mit dem Beil in die Armlehne des Sessels seines Gegenübers, bloß einen Fingerbreit von Medlers Handgelenk entfernt, der so heftig zusammenschreckte, dass ihm das Glas aus der Hand flog und auf den Fliesen zerbarst.

»Um Himmels willen! Was sollte das denn? Sie hätten mir ja fast die Hand abgehackt!«

»Ihre Hände sollten Ihre geringste Sorge sein, wenn Sie anfangen, mich zu verarschen, Medler. Das hier ist kein Plauderstündchen. Erzählen Sie mir einfach, was passiert ist!«

»Schon gut, schon gut, regen Sie sich ab!«

Er griff nach dem Kognak und nahm einen tiefen Schluck direkt aus der Flasche.

»Daraufhin bin ich hingegangen und hab das gemacht, was ich sowieso gemacht hätte, wenn Sie nicht den großen Actionhelden gespielt hätten. Ich bin die Akten und Beweisunterlagen gründlich durchgegangen. Auf den ersten Blick hatte das alles Hand und Fuß, aber als ich erst mal angefangen hatte zu graben, wurde schnell klar, dass da was faul war.«

»Ihnen kam also der Verdacht, dass ich reingelegt worden war? Wieso?«

»Ich hab auf bestimmte Muster geachtet. Wissen Sie, das war ja nicht das erste Mal, dass so was passiert ist. Da erlebt man so einiges, von entlassenen Angestellten bis zu betrogenen Ehefrauen oder sogar wütenden Kids, die auf die Idee kommen: Wäre doch eine prima Idee, ein paar Schmuddelbilder auf den PC von dem alten Sack zu laden und den Bullen dann einen anonymen Tipp zu geben. Oft springt es einem förmlich ins Auge. Wer auch immer das bei Ihnen gemacht hat, der war jedenfalls auf Zack. Hat mich fast eine ganze Woche gekostet, mit Unterbrechungen, aber am Ende kam ich dahinter.«

»Wie schön, meinen Glückwunsch«, höhnte Hadda. »Warum sind Sie dann nicht zu Ihren Vorgesetzten gegangen, haben denen erzählt, was Sie rausgefunden hatten, und dafür gesorgt, dass ich öffentlich rehabilitiert werde?«

Medler lächelte verbittert. »Oh, das hatte ich vor, glauben Sie mir. Aber zuerst – das wird Sie amüsieren – dachte ich, wäre es nicht schön, den Typen auf die Schliche zu kommen, die Sie reingelegt hatten? Klar, Sie hatten mir die Lippe aufgeschlagen, zweimal, aber so was hatten Sie deswegen noch lange nicht verdient.«

»Ich bin zutiefst gerührt. Was haben Sie dann gemacht?«

»Ich bin zu diesem Toby Estover gegangen. Damals war er natürlich noch Ihr Anwalt. Das war, bevor bekannt wurde, dass er mit Ihrer Gattin ins Bett ging. Sorry. Ich wollte bloß ein bisschen mit ihm reden, rausfinden, ob er mir einen Hinweis geben könnte, wer am ehesten in Frage kam. Aber wissen Sie was? Ich war noch keine zwei Minuten in seinem Büro, da wusste ich schon, dass ich nicht weitersuchen musste. Was auch immer da gelaufen war, wer auch immer es angeleiert hatte, Toby Estover steckte bis zu seinem schneeweißen Oberschichtenhals mit drin!«

Als er Hadda jetzt ansah, war sein Blick nicht mehr boshaft, sondern mitleidig.

»Kommen Sie, Hadda«, sagte er. »Sie hatten jahrelang Zeit, darüber nachzudenken. Sie müssen doch einen Verdacht gehabt haben.«

»Ich habe einen Verdacht gehabt ... gegen so einige Leute«, sagte Hadda. Dann atmete er tief durch und fragte: »Mit Ihrer superfeinen Spürnase hatten Sie also Estover aufgestöbert. Was haben Sie dann unternommen?«

»Ohne Beweise blieb mir nichts anderes übrig, als abzuwarten und ihn in dem Glauben zu lassen, dass ich sein Spielchen durchschaut hatte. An diesem Punkt wollte ich ihn nur dazu bringen, dass er sich selbst belastete, damit ich ihn drankriegen konnte! Estover, Mast und Turbery stehen bei den meisten Kollegen im Yard ganz oben auf der Hassliste! Ich wäre zum Cop des Monats gewählt worden, wenn ich denen einen Schraubenschlüssel ins gut geölte Getriebe geschmissen hätte. Und als er anfing, irgendwas von Entschädigung zu erzählen, hab ich mir innerlich die Hände gerieben bei der Vorstellung, ihm auch noch versuchte Bestechung nachzuweisen.«

»Aber dann hat er so viel geboten, dass Sie Ihre Meinung geändert haben«, sagte Hadda.

»Ganz so war es nicht. Zumindest nicht am Anfang. Nachdem ich rund eine Stunde lang so getan hatte, als wüsste ich alles, obwohl ich in Wirklichkeit einen Scheißdreck wusste und er genug juristische Rauchbomben zündete, um Feueralarm auszulösen, vereinbarten wir, uns am nächsten Tag noch einmal zu treffen. Natürlich nutzte ich die Gelegenheit, um mich verdrahten zu lassen. Wenn er den Bestechungsversuch laut und deutlich aussprach, wollte ich das auf Band haben.«

»Da dachten Sie also immer noch wie ein ehrlicher Polizist«, spöttelte Hadda.

»Ja, erstaunlicherweise war das so. Aber offenbar hatte irgendwer genau verfolgt, womit ich beschäftigt war. Ich saß gerade am Schreibtisch und schrieb meinen Bericht, als mein Chef mit einem merkwürdigen Typen in mein Büro kam und sagte: »Das ist Mr Wesley. Er möchte mit Ihnen über den Hadda-Fall reden. Er ist in alles einzuweihen.« Dann ließ er mich mit diesem Wesley-Kauz allein.«

»Wesley?« Hadda runzelte die Stirn. »Wie sah er aus?«

»Ganz normal. Irgendwas zwischen fünfzig und sechzig. Schütteres Haar, ein bisschen flaumig, bräunlich mit Grau durchsetzt. Knapp einsachtzig groß, sehr schlank, blaue Augen, wenig Kinn, roch gut, nettes Lächeln, das aber nicht immer zu dem passte, was er sagte. Teurer Anzug, Krawatte vom

Marylebone Cricket Club. Leises Auftreten, vornehm, aber nicht hochnäsig, von der Sprache her vielleicht ein leichter Anflug von East Anglia.«

»Dafür dass er ganz normal war, scheint er Sie aber mächtig beeindruckt zu haben«, sagte Wolf.

Medler zuckte die Achseln und sagte: »Als ich hörte, was er zu sagen hatte, hab ich ihn mir genau gemerkt. Und Sie? Kommt Ihnen bekannt vor, nicht?«

Er hatte seine superfeine Spürnase nicht verloren, dachte Hadda.

»Möglich. Was hat dieser Mr Wesley gesagt?«

»Ich hab ihm erzählt, was los war und welchen Verdacht ich gegen Estover hatte. Er hat gefragt, wer sonst noch wusste, was ich vorhatte. Ich sagte, mein Chef, aber nicht ganz genau. Sonst keiner. Er sagte, ich sollte dafür sorgen, dass das so blieb. Und falls Estover mir Schmiergeld anbieten würde, sollte ich rausfinden, wie weit er gehen würde. Aber nichts unternehmen, ehe ich wieder mit ihm gesprochen hatte. Und nichts Schriftliches oder auf meinem Computer. Ich sagte: ›Wie kann ich Sie erreichen?‹, und er lächelte und sagte: ›Machen Sie sich darüber keine Gedanken.‹«

»Und Sie haben nicht widersprochen oder mit Ihrem Chef darüber geredet?«

Medler zuckte die Achseln und sagte: »Er war nicht der Typ, dem man widerspricht. Aber wenn Sie ihn kennen, wissen Sie das bestimmt. Jedenfalls hab ich mich wieder mit Estover getroffen. Ich hab direkt gemerkt, dass er mir einen Deal vorschlagen wollte. Er fing an, über Sie zu reden, zeigte mir die letzten ärztlichen Untersuchungsberichte. Bloß ein Schritt vom Totenschein entfernt, sagte er. ›Und den Toten kann man nicht mehr helfen‹, erklärte er mir, ›warum dann den Lebenden schaden?‹ Ich schätze, er wollte mich weich klopfen. Aber er sagte noch immer nichts in der Art wie, hier haben Sie zehntausend, die gehören Ihnen, wenn Sie den Mund halten.«

»Zehntausend? Das alles hier hat mehr als zehntausend gekostet«, sagte Hadda.

»Richtig. Ich hab das gemacht, was der ganz normale Mr Wesley mir gesagt hatte, und ihm einen Schubs gegeben.«

Er lächelte, als würde er sich gern daran erinnern.

»Ich bin plötzlich aufgestanden und hab so richtig übertrieben entrüstet gesagt: ›Mr Estover, ich hoffe, Sie versuchen nicht, mir ein Angebot zu machen. Falls doch, sollten Sie wissen, dass ich kein Polizist bin, der seinen Ruf für eine Handvoll Silber aufs Spiel setzt.‹ ›Wie wär's dann mit einer Handvoll Gold?‹, hat er gesagt und dabei gelacht, um zu zeigen, dass es ein Witz war. Und ich hab gesagt: ›Was soll ich denn mit Gold anfangen? Nein, ich bin ein Mensch mit einfachen Bedürfnissen. Ich will nur lange genug arbeiten und mich dann irgendwo an einem sonnigen Plätzchen wie Spanien zur Ruhe setzen.‹ Dann hab ich gesagt, wir müssten uns noch mal unterhalten und ich würde ihn anrufen. Dann bin ich gegangen.«

»Und kaum waren Sie weg, hat ein Wagen neben Ihnen gehalten, und Mr Wesley hat Sie aufgefordert, einen kleinen Ausflug mit ihm zu machen«, sagte Hadda.

»Wo waren Sie? Im Kofferraum versteckt? 'tschuldigung. Ja, er hat sich das Band geben lassen. Hat es sich nicht mal angehört, schien aber zu wissen, was drauf war. Er hat mich gefragt, ob mir wirklich ein Alterssitz in Spanien vorschwebte. Ich sagte, es gebe da so einige Orte, die in Frage kämen. Ich hatte den spanischen Immobilienmarkt schon länger beobachtet. Die meisten Häuser, die mir gefielen, wären für mich normalerweise unerschwinglich gewesen, aber ich wusste, dass so einige Landsleute, die sich dort niedergelassen hatten, durch die Bankenkrise in Schwierigkeiten geraten waren und jetzt versuchten, billig zu verkaufen. Ich hatte gerade die Informationen über die Villa hier bekommen. Es war reine Spinnerei. Selbst bei fünfzig Prozent Nachlass hätte ich mir die nie im Leben leisten können. Aber dann sagte Wesley: ›Zeigen Sie die Sache Estover. Lassen Sie sich von ihm beraten.‹«

»Was Sie auch taten, als Sie sich das nächste Mal mit ihm trafen?«

»Ja. Am nächsten Tag. Diesmal nicht in seinem Büro. Ich hab den Treffpunkt bestimmt, im Freien, unten am Fluss. Er war genauso vorsichtig wie ich. Wenn uns einer gesehen hätte, wie wir uns abgetastet haben, um sicherzugehen, dass keiner von uns ein Mikro trug, hätte er gedacht, wir wären zwei Schwuchteln. Dann hab ich ihm die Unterlagen zu der Villa gezeigt und gefragt, was er davon hielt. Er hat gesagt, das sähe ihm ganz nach einer guten Investition aus, und welchen Teil der Kosten ich finanzieren wollte. Ich hab gesagt: ›Na, alles.‹ Und ich bräuchte noch ein ordentliches Sümmchen für die Instandhaltung und so weiter.«

Er legte eine Kunstpause ein. Allmählich genoss er seine Erzählung wieder.

Hadda hob das Beil und knurrte: »Verdammt noch mal, nun reden Sie schon weiter.«

»Schon klar, schon klar«, sagte Medler und trank wieder einen ordentlichen Schluck Kognak. »Ich hatte gedacht, er würde anfangen zu feilschen, aber er zuckte nicht mal mit der Wimper. Er sagte, ich sollte ihn nur machen lassen. Er würde die Verhandlungen übernehmen. Und er würde alles auf meinen Namen eintragen lassen. Plus ein hübsches Konto für die laufenden Kosten.«

»Und das war's dann?«, sagte Hadda. »Hört sich an, als hätten Sie für ziemlich wenig verdammt viel bekommen.«

»Da war noch was«, gab Medler zu. »Estover sagte: ›Wir

brauchen Garantien. Damit muss die Sache vom Tisch sein. Ganz gleich, was passiert. Für immer.‹«

»Was mussten Sie machen?«, fragte Hadda leise, hauchte auf die Schneide des Beils und strich sie an seinem Ärmel blank.

»Er meinte, in unser beider Interesse müsste er sicherstellen, dass jeder, der die Anklage noch mal genauer unter die Lupe nehmen würde, einen absolut wasserdichten Fall vorfände.«

»Und dann?«

»Haben wir uns per Handschlag verabschiedet. Danach habe ich Wesley getroffen. Er hat gesagt, ich sollte ein paar Tage abwarten und keinem irgendwas erzählen. Später in der Woche tauchte er in meinem Büro auf. Sagte, es wäre entschieden worden, dass ich mich auf Estovers Angebot einlassen sollte. Ich hab gefragt: ›Was heißt das genau?‹ Er hat ganz kühl geantwortet: ›Das heißt, Sie lassen ihn die Villa kaufen und auf Sie überschreiben. Dann tun Sie, was er verlangt hat, und machen die Anklage gegen Hadda noch wasserdichter als ein Entenarsch.‹ Ich hab gesagt: ›Und was ist mit dem Betrugsfall?‹«

»Wieso haben Sie danach gefragt? Sie hatten doch nichts mit dem Betrugsdezernat zu tun.«

Medler grinste und sagte: »Es geht immer entweder um Sex oder Geld, und hier ging es ganz offensichtlich nicht um Sex. Die Pornogeschichte hatte man Ihnen nur angehängt, damit Ihr Name schon zum Himmel stinken sollte, wenn die Jungs vom Betrugsdezernat Sie in die Finger kriegten. Ist doch klar.«

»Meinen Sie? Und was hat Wesley darauf gesagt?«

»Ich sollte mich um meinen eigenen Kram kümmern und glücklich und zufrieden bis an mein seliges Ende leben.«

»Das hat er gesagt? Eigenartige Wortwahl. Und Sie sagten daraufhin, na schön, für ein Haus im Süden und eine Flasche Sangria gehöre ich mit Haut und Haaren Ihnen.«

»Nein, das hab ich verdammt noch mal nicht gesagt! Hören Sie, Hadda, Sie können mir glauben, dass mir die Richtung, in die sich die Sache entwickelte, absolut nicht gepasst hat, und das hab ich auch gesagt.«

»Was genau haben Sie denn gesagt, Arnie?«, fragte Hadda ruhig.

»Ich hab gesagt, die Betrugsgeschichte wäre eine Sache – damals dachte doch die ganze Welt, ihr Finanzhaie würdet alle eure Bücher frisieren und man könnte euch gar nicht genug mit Dreck bewerfen –, aber diese andere Sache, einem Unschuldigen so was anzuhängen, das war einfach nicht drin.«

»Nett von Ihnen, dass Sie so besorgt waren«, sagte Hadda. »Und Ihr Mr Wesley sagte darauf ...?«

»Er sagte, Sie wären doch praktisch ein toter Mann und toten Männern sei es egal, ob man sie mit Dreck oder Erde überhäuft. Was Estover betraf, der wäre nützlicher, wenn er nach ihrer Pfeife tanzt und sich nicht auf Kosten Ihrer Majestät einen Lenz macht. Ich sagte: ›Sie meinen, es war alles umsonst?‹ Und er lachte und sagte: ›Umsonst ja wohl kaum. Sie haben immerhin eine schöne Villa für Ihren Ruhestand dafür bekommen. Könnte natürlich sein, dass Sie sich als Plappermaul entpuppen. In dem Fall glaube ich nicht, dass Ruhestand eine Option wäre.‹ Also, was hätte ich machen sollen?«

Er sah Hadda flehend an. Der Mistkerl will wegen seines traurigen Dilemmas auch noch von mir bedauert werden!, dachte Hadda.

»Sie hätten ihm sagen sollen, er kann Sie mal! Aber stattdessen haben Sie ein großzügiges Bestechungsgeschenk von Estover und seinen Komplizen angenommen, um zu verschleiern, dass sie mir die Sache angehängt hatten. Und ehe Sie verschwanden, haben Sie obendrein noch rasch alles, was die vermasselt hatten, vollkommen wasserdicht gemacht, richtig?«

Einen kurzen Moment lang sah Medler aus, als wollte er widersprechen, doch dann zuckte er die Achseln und sagte: »Ja, mehr oder weniger. Sobald ich fand, dass Ihre Akte überzeugend aussah, hab ich mich krank gemeldet und die bestmögliche Abfindung rausgeschlagen – wieso auch nicht? Ich hab mich jahrelang in dem Scheißladen abgerackert, ich fand, das hatte ich mir verdient!«

Jetzt blickte er trotzig. Als wäre das ein Punkt, in dem er keinen Widerspruch duldete.

Hadda sagte: »Dann steht Estover also im Zentrum der ganzen Aktion. Und was ist mit den anderen? Sie sind ein neugieriger kleiner Fuchs, das muss ich Ihnen lassen. Ich wette, Sie haben sich mit Ihren Kollegen im Betrugsdezernat unterhalten. Was haben die gesagt?«

Medler sagte: »Die waren ziemlich sicher, dass Ihr Finanzmensch, dieser Nutbrown, mit drinhing. Wo haben Sie den eigentlich gefunden? Vom Himmel gefallen, schätze ich! Die Jungs vom Betrug haben gesagt, der Versuch, aus dem irgendwas rauszukriegen, wäre so, als wollte man mit Daumen und Zeigefinger Wasser aus einem Teich schöpfen. Am Ende waren sie froh, ihn als bereitwillig kooperierenden Zeugen an Bord zu haben! Ich würde sagen, Estover hat da die Strippen gezogen. Und Nutbrowns Frau. Der bin ich nur einmal begegnet, und das hat mir gereicht!«

»Sonst noch wer?«

Jetzt sah der Mann ihn durchtrieben an und sagte: »Sie denken an Ihre Exgattin, hab ich recht?«

»Beantworten Sie einfach meine Fragen, Medler«, grollte Hadda.

»Ist ja gut, regen Sie sich nicht auf. Wissen Sie, auf mich hat sie einen sehr beherrschten Eindruck gemacht, hat bei allem nie auch nur ansatzweise die Contenance verloren. Damals hab ich gedacht, das wäre nur das typische Oberschichtverhalten, unter allen Umständen Haltung zu bewahren, aber als ich später erfuhr, dass sie Sie verlassen hat, um diesen Estover zu heiraten, nun ja, das verrät doch wohl einiges. Kommen Sie, Hadda, Sie kennen sie besser als ich. War sie wirklich so blöd, sich von diesem schleimigen Dreckskerl übers Ohr hauen zu lassen? Wohl kaum!«

Sein vielsagendes Grinsen erinnerte Hadda daran, wie er bei ihrer ersten Begegnung aufgetreten war.

Das war eine Provokation zu viel.

Er beugte sich vor, stieß Medler das Beil in den Schritt und fauchte: »Und warum sind Sie dann zu mir ins Krankenhaus gekommen, Sie Schleimscheißer? Um mir ein paar vergiftete Trauben zu bringen?«

Die Wirkung war noch durchschlagender, als er gehofft hatte. Medler erbleichte, oder zumindest wurde seine Sonnenbräune fahl, und er drückte sich in seinem Sessel so weit nach hinten wie nur möglich.

»Ein Exkollege hat mich angerufen und mir erzählt, dass Sie aufgewacht waren«, stammelte er. »Ich wollt's nicht glauben. Ich meine, damit hatte kein Mensch mehr gerechnet, nach so vielen Monaten ...«

»Und Sie sind vor lauter Erleichterung gleich an mein Bett geeilt?«

»Ich konnte gar keinen klaren Gedanken fassen«, räumte Medler ein. »Ich musste es mit eigenen Augen sehen. Ich meine, Sie hätten ja auch ein sabbernder Idiot sein können, oder? Im Krankenhaus hab ich den Kollegen, der vor Ihrem Zimmer Wache schob, überredet, mich reinzulassen ... da fällt mir ein, das war McLucky, nicht? Ja, genau, das war er. Verdammt, wie konnte ich das vergessen? Danach hab ich mit Estover geredet …«

»Haben Sie ihn kontaktiert oder er Sie?«

»Ich weiß nicht. Ich glaube, ich hab ihn kontaktiert … ja, stimmt … und er wollte bloß wissen, ob ich auch wirklich alles idiotensicher gemacht hatte. Ich hab gesagt, ja, absolut. Dann hab ich gesagt, ob ihm klar wäre, dass Sie nun, nachdem ich die Beweislage so manipuliert hatte, für verdammt lange Zeit in den Knast wandern könnten? Er meinte: ›Jetzt ist es zu spät, sich darüber Gedanken zu machen.‹ Aber ich hab mir Gedanken gemacht, Hadda, das müssen Sie mir glauben. Ich meine, ich hab mich nur selbst geschützt … Ich hätte doch nie für möglich gehalten … Ich dachte, Sie wären so gut wie tot!«

»Oh ja, mir ist klar, dass Sie ein fürchterlich schlechtes Gewissen hatten«, sagte Hadda. »Deshalb sind Sie ja auch schnurstracks zum Yard gegangen und haben denen alles erzählt.«

»Das konnte ich nicht machen, dann wäre es mir schlimmer ergangen als Ihnen!«, rief Medler. »Ich hatte eine Karte mit den besten Wünschen für den Ruhestand bekommen. Darunter stand der Name Wesley. Und selbst wenn ich einen anonymen Hinweis gegeben hätte, hätte dieser lächelnde Scheißkerl den todsicher bis zu mir zurückverfolgt. Es tut mir leid, es tut mir ehrlich leid, seitdem ist kein Tag vergangen, an dem ich nicht daran gedacht hab, was Ihnen angetan wurde, was die Menschen über Sie denken müssen …«

»Wenn ich das gewusst hätte«, sagte Hadda und stand auf, »wäre das ein gewaltiger Trost für mich gewesen.«

»Was wollen Sie jetzt machen?«, fragte Medler und blickte ängstlich zu ihm hoch.

»Ich werde jetzt gehen und mir überlegen, welche Optionen mir offenstehen«, sagte Hadda. »Zwei gefallen mir besonders. Die erste ist: Ich könnte zurückkommen, Ihnen mit dem Beil die Eier abhacken, sie in ein Highball-Glas werfen und Sie zwingen, es leer zu trinken. Die zweite ist: Ich könnte zum Yard gehen, Ihren alten Kollegen das hier vorspielen und mir anhören, was die dazu meinen.«

Er hielt einen Digitalrekorder in die Luft.

»So oder so, Arnie, ich glaube, Sie sind erledigt. Fröhliche Weihnachten!«

7

»Geh arbeiten!«

Wolf Hadda setzte sich auf. Eine Frau mittleren Alters, eine prall gefüllte Einkaufstüte in der Hand, starrte missbilligend auf ihn herab. Auf dem Boden zwischen Snecks Vorderpfoten hatte jemand eine Handvoll Kleingeld hingelegt. Sie wohl kaum, vermutete er.

Sein Handy klingelte.

Die Frau lief puterrot an vor gerechter Entrüstung.

»Mein Börsenmakler«, sagte Hadda.

Als er kurz darauf in die Hotelbar zurückkehrte, sah er, dass McLucky seinen Whiskey ausgetrunken hatte. Aber die Sandwiches waren noch immer unangetastet.

»Und?«, sagte er, als er sich setzte. »Sind Sie *jetzt* zufrieden?«

»Sie hätten das Ding abschalten und Medler dann umbringen können. Sie hatten eine Axt dabei, Herrgott noch mal!«

»Ein kleines Beil. Es hat Medler gehört. Ich hab es aus dem Geräteschuppen im Garten der Villa mitgenommen. Außerdem hat Ihr Informant doch gesagt, seine Hände wären von dem Sicherheitsrollladen abgehackt worden.«

»Sie hätten es so aussehen lassen können.«

»Sehr clever von mir«, sagte Hadda. »Dann sind Sie sich also noch immer nicht sicher, was mich angeht. Und wieso verständigen Sie dann nicht die Polizei?«

»Vielleicht, weil dieses Riesengroßmaul definitiv einen Tritt in den Arsch verdient hatte, nach dem, was er Ihnen angetan hat. Da drüben würde Ihnen nicht viel passieren. Diese Latinos haben Verständnis für Rache. Er hat Sie provoziert, Sie wollten nicht, dass er stirbt. Totschlag.«

»Und wie lange würden diese verständnisvollen Latinos mich dafür wegsperren?«

»Keine Ahnung. Da müssen Sie einen Anwalt fragen.«

»Hab ich schon«, sagte Hadda lächelnd. »Der schätzt so etwa drei bis vier Jahre, wenn ich Glück habe. Danach müsste ich dann hier den Rest meiner alten Strafe absitzen.«

»Mit dem hier«, sagte McLucky und hielt den Rekorder hoch, »würde die ganz sicher aufgehoben.«

»Ohne schlüssige Beweise?«, entgegnete Hadda. »Verstoß gegen die Bewährungsauflagen. Tod eines Expolizisten? Hier bei uns gibt es keine mildernden Umstände für Racheakte. So oder so würde ich wieder im Knast landen. Hören Sie, ich hätte damit zum Yard gehen können, aber jetzt nicht mehr, wo Medler tot ist.«

McLucky betrachtete sein Gegenüber forschend.

»Ich weiß ja nicht, ob Sie sich selbst was vormachen, Hadda, aber mir machen Sie jedenfalls nichts vor. Ich glaube, ich hab gleich bei unserem ersten Gespräch Bescheid gewusst. Bei der Arbeit, für die Sie mich bezahlen, geht es Ihnen doch gar nicht darum, Ihre Unschuld zu beweisen. Sie wollen die Sache selbst aus der Welt schaffen.«

»Haben Sie einen Fortbildungskurs in Psychologie absolviert?«

»Sollte ich vielleicht. Wie gesagt, mich haut man nicht so leicht übers Ohr wie dieses nette schwarze Mädchen, das Ihnen geholfen hat, aus dem Gefängnis zu kommen. Oder weiß die Bescheid?«

Hadda schüttelte den Kopf.

»Sie hat absolut keine Ahnung.«

»Sehr überzeugend. Was heißt, entweder Sie haben ihr gegenüber Skrupel oder Sie lügen.«

»Lügen? Wann habe ich Sie je angelogen?«

»So ungefähr jedes Mal, wenn Sie durch einen Raum schlurfen, als könnten Sie nicht mal dann ein bisschen Tempo zulegen, wenn ein geiler Gorilla mit einem Mordsständer Sie quer durch die Steppe jagen würde.«

»Ich glaube, Sie müssten Ihre Naturkundekenntnisse mal ein bisschen auffrischen.«

»Das liegt daran, dass ich so viel Zeit mit Psychologie verbringe.«

»Also? Wie geht's jetzt mit uns weiter?«, fragte Hadda.

McLucky sagte: »Ich weiß ja nicht, wie's bei Ihnen aussieht, aber ich kann tun und lassen, was ich will. Ich kann noch immer die Finger von diesem ganzen Mist lassen, ohne dass irgendwas davon an mir hängen bleibt. Was hab ich denn gemacht? Bin nach Spanien geflogen, hab mit einem alten Kollegen geredet. Okay, ich hab so getan, als wäre ich daran interessiert, das Haus von Ihrem alten Kumpel zu kaufen, aber dadurch hab ich mir keine finanziellen Vorteile verschafft. Also ist das nicht strafbar.«

»Na ja, immerhin haben Sie ein paar Wanzen im Haus versteckt, damit wir mithören konnten, was gesagt wird«, wandte Wolf ein. »Aber ich würde natürlich auch nicht von Ihnen erwarten, ernsthaft gegen das Gesetz zu verstoßen. Jedenfalls nicht für das Geld, das ich Ihnen bisher gezahlt hab.«

Er lächelte, während er das sagte.

»Hört sich für mich ganz nach dem Beginn einer Verhandlung an«, sagte McLucky. »Hören Sie, ehe ich überhaupt irgendwas entscheide, will ich wissen, was es mit diesen ›gewissen Interessen‹ auf sich hat? Worum geht's da? Whitehall? Geheimdienst?«

Hadda zuckte die Achseln.

»Weiß der Himmel. Wahrscheinlich das Wirtschaftsministerium, aus Angst, mein Prozess könnte den wirtschaftlichen

Interessen des Landes schaden. Ich war mal ziemlich wichtig, wissen Sie noch?«

McLucky bleckte die Zähne und knurrte: »Erzählen Sie mir keinen Scheiß. Dieser Wesley ist nicht bloß irgendein kleiner Beamter. Ich hab mir das Band angehört, klar? Die Art, wie Sie *Wesley* wiederholt haben, das klang, als würde Ihnen der Name was sagen. Medler hat das auch gemerkt.«

»Hat mich nur an jemanden erinnert, den ich mal kannte«, sagte Hadda leichthin.

»Ach ja? Alter Freund oder alter Feind? Wenn ich nämlich daran denke, was Sie für alte Freunde haben, will ich mir gar nicht vorstellen, wie Ihre alten Feinde wohl sind.«

»Ich hab noch immer ein paar echte Freunde«, sagte Wolf.

»Sie meinen, Ihren Anwalt und seine Frau. Ja, wenn ich bedenke, wie die Sie gedeckt haben, klingt das, als wären die beiden echte Kumpel. Oder wissen Sie bloß, wo die ihre Leichen im Keller verbuddelt haben?«

»Nein, auf Ed und Doll verlasse ich mich blind. Und es sind gute Menschen. Ich möchte, dass Sie sie kennenlernen. Vielleicht arrangier ich das, wenn Sie das nächste Mal in London sind. Überhaupt, Sie könnten bei ihnen wohnen. Wäre um einiges billiger als diese Nobelhotels, die ich immer auf ihren Spesenzetteln finde.«

»Moment mal! Wenn Sie jemanden wollen, der in irgendwelchen verwanzten Absteigen übernachtet, hätten Sie Ihren Hund schicken sollen. Und wer sagt überhaupt, dass ich wieder nach London fahre? Ich hab auch noch andere Kunden, um die ich mich kümmern muss.«

»Nennen Sie mir drei«, sagte Wolf. »Und während Sie überlegen, probieren Sie doch mal ein Sandwich.«

McLucky starrte ihn einen Moment lang an, dann nahm er ein Sandwich, klappte es auf, schnupperte an dem Räucherlachs und biss hinein.

»Das hätten wir also«, sagte Hadda. »Jetzt müssen wir nur noch Ihr Honorar aushandeln und uns überlegen, wann Sie wieder nach London fahren. Hab ich recht, Davy?«

»Davy? Meinen Sie im Ernst, Sie zahlen mir genug, um mich Davy zu nennen?«

Hadda schüttelte den Kopf.

»Ich spreche meine Freunde immer mit Vornamen an, und ich würde mir wünschen, dass jemand, den ich beauftrage, zu tun, was ich Sie bitte zu tun, mein Freund ist.«

McLucky schluckte den letzten Bissen runter und griff nach dem nächsten Sandwich.

»An diesen Räucherlachs könnte ich mich glatt gewöhnen, Wolf«, sagte er.

8

Mireton sah verlassen aus, aber Alva hatte das Gefühl, beobachtet zu werden, als sie durch das Dorf und an der Kirche vorbei zum Pfarrhaus fuhr.

Hollins trat schon aus der Haustür, als sie aus dem Wagen stieg.

Weil er sie gespannt erwartet hatte oder weil er eine Begegnung mit seiner unfreundlichen Frau vermeiden wollte?

Er sagte: »Dr. Ozigbo, es tut mir furchtbar leid. Sie hätten sich die Fahrt sparen können.«

»Heißt das, er ist wieder da?«

»Er ist auf dem Weg hierher. Wie gesagt, ich hab ihm mehrfach auf seine Mailbox gesprochen. Und vorhin dachte ich, ich versuch's noch mal, und da hat er sich gemeldet!«

»Und wo ist er?«, fragte Alva.

»In Carlisle. Bei seinem Bewährungshelfer.«

»Hat er das gesagt?«, sagte sie, bemüht, die Skepsis in ihrer Stimme zu unterdrücken.

»Nein, das hat mir sein Bewährungshelfer gesagt. Mr Hadda hat ihm das Handy rübergereicht. Anscheinend hat er Weihnachten in London verbracht, bei seinem Anwalt und dessen Gattin.«

Einen verrückten Moment lang dachte Alva, er meinte die Estovers.

Dann sagte sie: »Mr Trapp, also?«

»Genau der!« Hollins schien entzückt, dass sie den Namen kannte, als wäre damit alles in bester Ordnung. »Und das war alles vorher abgesprochen, und Mr Cowper, das ist der Bewährungshelfer, hatte es genehmigt, und Hadda hat sich dafür entschuldigt, dass er mich nicht zurückgerufen hat, aber sein Akku war leer, und das hat er erst gestern Abend gemerkt, als er selbst telefonieren wollte.«

Es war eine gute Erklärung, und noch dazu eine, die sich leicht nachprüfen ließ, weshalb sie bestimmt wasserdicht war, dachte Alva.

Aber warum war sie dann nicht so erleichtert, wie sie hätte sein sollen?

Vielleicht weil sich ein Teil von ihr darüber ärgerte, dass Hadda so getan hatte, als hätte er es gern, wenn sie über Weihnachten in Birkstane bleiben würde, dabei hatte er längst schon andere Pläne gehabt!

Sie musste diese verwirrenden Gefühle wirklich irgendwie loswerden. Zurück nach London fahren, sich auf ihre Arbeit in Parkleigh konzentrieren, sich in Erinnerung rufen, dass Hadda rein rechtlich noch immer dorthin gehörte, und sich die Gründe dafür vergegenwärtigen. Das müsste genügen.

»Er lässt Sie übrigens schön grüßen«, fügte Hollins hinzu.

»Sie haben ihm erzählt, dass ich herkomme?«

»Ja. Verzeihung, hätte ich das nicht tun sollen? Ich wollte ihm nur klarmachen, dass uns sein wortloses Verschwinden sehr beunruhigt hat. Er hat gesagt, das tue ihm sehr leid, hat sich nach Ihrem Vater erkundigt und gesagt, wenn Sie eine Übernachtungsmöglichkeit brauchen, steht Birkstane Ihnen zur Verfügung.«

»Nett von ihm, aber ich glaube eher nicht«, sagte Alva trocken, um nicht zuletzt vor sich selbst zu verbergen, wie verlockend das Angebot war.

»Nein, Sie möchten bestimmt so schnell wie möglich zurück zu Ihren Eltern. Es tut mir leid, dass ich Sie umsonst herbemüht habe«, sagte Hollins. »Wie wär's, wenn Sie auf einen Sprung hereinkommen und mit uns zu Mittag essen, ehe

Sie wieder zurückfahren? Willa würde Sie gern wiedersehen.«

War das die Kraft des Glaubens oder bloß eine klerikale Lüge?, fragte Alva sich.

»Danke, nein«, sagte sie. »Aber können Sie mir sagen, wie ich zum Schloss der Ulphingstones komme?«

»Sie wollen zum Schloss?«, fragte er verblüfft.

»Ja. Keine Sorge, ich werde sozusagen erwartet. Mrs Estover hat gesagt, sie würde sich gern mit mir unterhalten. Ich nehme an, es geht um ihren Exmann, daher bin ich natürlich neugierig. Ich hoffe, sie ist noch da.«

Sie wusste nicht recht, warum sie Luke Hollins gegenüber so mitteilsam war. Außer natürlich, dass sie ihn mochte und dass ihr gefiel, wie er auf Haddas Auftauchen vor seiner Kirchentür reagiert hatte. Ihrer Meinung nach waren die meisten Geistlichen entweder Mängelwesen, die ihre unterentwickelte soziale Kompetenz dadurch ausgleichen wollten, dass sie eine besondere Beziehung zu Gott für sich beanspruchten, oder aber sie waren Sozialarbeiter in Frauenfummeln. Hollins passte in keine der beiden Kategorien. Er war ein sympathischer junger Mann, der noch nicht recht wusste, wohin er gehörte.

Vielleicht würde es ja seiner resoluten Frau gelingen, ihn auf den richtigen Kurs zu bringen.

Dafür waren Ehefrauen doch schließlich da, oder?

Sie hatte so ihre Zweifel, dass Wolf Hadda ihr da beipflichten würde.

Er sagte: »Ja, sie ist noch da. Ich hab gleich im Schloss angerufen, nachdem ich mit Mr Hadda telefoniert hatte. Sein Verschwinden über Weihnachten hatte die Familie offenbar in helle Aufregung versetzt. Völlig grundlos, natürlich. Daher war ich froh, ihnen versichern zu können, dass alles ganz legal und einwandfrei war.«

Sie brachte es nicht übers Herz, ihn daran zu erinnern, dass seine eigene »helle Aufregung« über Haddas Abwesenheit sie überhaupt erst veranlasst hatte, die weite Fahrt auf sich zu nehmen. Stattdessen sagte sie: »Und wie hat Mrs Estover die Neuigkeit aufgenommen?«

»Ich hab nicht direkt mit ihr gesprochen. Einer der Gäste war am Telefon, Mr Nikitin. Er sagte, die anderen wären alle schon ganz früh am Morgen zu den Stallungen gegangen, um sich ein neugeborenes Fohlen anzusehen. Er selbst macht sich wohl nichts aus Pferden. Aber er hat versprochen, es Mrs Estover zu sagen, wenn sie zurückkommt. Sie müsste inzwischen wieder da sein. So lange wird das ja wohl nicht dauern, sich ein Fohlen anzusehen, oder?«

»Kommt drauf an, ob man kaufen oder verkaufen will, vermute ich«, sagte Alva. »Dieser Mr Nikitin, ist der Russe?«

»Ich glaube ja. Ein entfernter Verwandter von Lady Kira, soweit ich weiß.« Er stockte kurz und sprach dann weiter: »Ich hatte den Eindruck, er hat sich ein bisschen in Mrs Estover verguckt.«

Alva lächelte über die altmodische Formulierung, von der sie annahm, dass Hollins sie verwendet hatte, weil er fürchtete, sie mit etwas Zeitgemäßerem wie *Er ist scharf auf sie* zu schockieren.

»Und Mrs Estover …?«

»Schwer zu sagen, was sie denkt. Aber ich bin ihr nur einmal kurz begegnet. Also, jetzt beschreibe ich Ihnen mal rasch den Weg …«

Sein Beschreibung war kurz und die Fahrt auch, und fünf Minuten später rollte sie durch ein ziemlich pompöses Tor. Die Zufahrt zum Schloss, eine von alten Eichen gesäumte Allee, war beeindruckend, ebenso wie die Wagen, die da in einer Reihe parkten. Ein burgunderroter Bentley Continental, ein himmelblauer Mercedes und ein schwarzer Range Rover – vielleicht gab es ja irgendwo um die Ecke eine Abstellmöglichkeit für graue Fiestas! Das Gebäude selbst jedoch wäre eine Enttäuschung gewesen, hätte Haddas Beschreibung sie nicht darauf vorbereitet. Auf das wuchtige Herrenhaus aus dunklem Granit, das weder Zinnen noch Wassergraben oder Fallgitter vorzuweisen hatte, traf die Bezeichnung Schloss nicht mal ansatzweise zu.

Dennoch, als sie aus dem Auto stieg und die imposante dreigeschossige Fassade hinaufblickte, fühlte sie sich irgendwie abgewiesen.

Die Haupttür öffnete sich, als sie darauf zuging, und ein Mann kam heraus. Er war Ende siebzig, Anfang achtzig, hatte eine glatt aus der Patrizierstirn nach hinten gekämmte graue Haarmähne und überhaupt ein Äußeres, für das jeder Regisseur eines römischen Historienschinkens die rechte Hand seines Drehbuchautors geopfert hätte.

Das musste Sir Leon sein, dachte sie. Es sei denn, die Herrschaften legten Wert auf Butler, die aussahen wie ihre Doppelgänger.

»Guten Tag«, sagte sie. »Ich bin Alva Ozigbo. Mrs Estover hat mir eine Nachricht auf den Anrufbeantworter gesprochen, dass sie mich gern sprechen würde.«

Die Behutsamkeit ihrer vorsichtigen Ausdrucksweise war offenbar vergebliche Liebesmüh. Der Mann betrachtete sie so verständnislos, dass sie sich schon fragte, ob sie die Wegbeschreibung des Vikars falsch verstanden hatte. Vielleicht gab es eine halbe Meile weiter doch ein richtiges Schloss mit Wassergraben und Fallgitter.

Sie sagte: »Sir Leon, wenn ich mich nicht irre?«

Die Erwähnung seines Namens schien etwas in ihm freizusetzen.

Er sagte: »Ozigbo? Die Psychodingsbums?«

»Ganz recht. Ist Ihre Tochter zu Hause?«

»Freut mich, Sie kennenzulernen«, sagte er und schüttelte ihr die Hand. »Freut mich sehr. Imo? Ich glaube, die ist da, obwohl, bei ihr weiß man nie. War schon immer so, auch als sie noch klein war. Kam und ging, ganz wie es ihr passte. Bewegt sich wie ein Geist.«

»Ms Ozigbo, dann haben Sie meine Nachricht also erhalten. Ich hab wirklich nicht damit gerechnet, das Vergnügen zu haben, Sie persönlich kennenzulernen. Ein Telefonat hätte genügt.«

Imogen, als wollte sie beweisen, dass der Vergleich ihres Vaters treffend war, stand plötzlich in der offenen Tür. Als Alva sie das letzte Mal gesehen hatte, war sie in winterliche Wanderkleidung gehüllt gewesen. Selbst das hatte ihre Attraktivität nicht verbergen können. Jetzt trug sie einen Rock mit Blumenmuster und ein ärmelloses Top und sah aus, als befände sie sich auf einem Fototermin für ein Hochglanzmagazin.

»Ich dachte, eine persönliche Begegnung wäre besser. Natürlich nur, falls Sie nicht zu beschäftigt sind.«

»Ganz und gar nicht. Kommen Sie doch herein. Danke. Daddy.«

Sie entließ Sir Leon, als wäre er tatsächlich der Butler!

Alva folgte der Frau in die Eingangshalle, die eindeutig etwas Hochherrschaftliches an sich hatte, und eine ausladende Treppe hinauf, die vielleicht nicht ganz für eine zweispännige Kutsche gereicht, aber sicherlich ein paar Rittern in voller Rüstung Platz geboten hätte.

»Bitte hier entlang«, sagte Imogen und öffnete eine Tür.

Schluss mit hochherrschaftlich. Sie betraten einen Raum, der aussah wie einem modernen Lifestyle-Magazin entsprungen. Elfenbeinfarbener Teppich, alles andere in fein abgestuften Schattierungen derselben Farbe – ein Raum für jemanden, der sich bewegte wie ein Geist. Für die einzige kräftige Farbnote sorgte ein abstraktes Gemälde: eine geschlängelte leuchtend grüne Linie auf einem flächigen Feld aus glühendem Orange über einem breiteren Feld aus feurigem Rot, unterlegt von einem zerklüfteten Band aus reinem Schwarz. Rothko vielleicht?, dachte Alva. Was sagte es aus, wenn man einen Rothko an der Wand hängen hatte? Natürlich außer dem Wunsch, allen zu zeigen: Seht euch das an, ihr Bauern, und nehmt hin, dass wir stinkreich sind! Nach allem, was sie über Lady Kira gehört hatte, könnte das genau ihr Stil sein.

Sie sagte: »Was für ein hübscher Raum. Ist das ein Rothko?«

Imogen sagte: »Aber nein. Das hab ich selbst mal vor Jahren für mein Zimmer gemalt.«

Tja, das war schon sehr viel interessanter. Lady Kira hatte also nichts damit zu tun. Es war Imogens eigenes Gemälde in Imogens eigenem Privatraum. Nein, mehr als das. Durch eine halb offene Tür bemerkte Alva ein Bett. Ihre eigene Suite! Kinder entwickelten meist starke Besitzansprüche auf ihr eigenes Schlafzimmer. Aber nicht viele hatten das Ego – oder die räumlichen Möglichkeiten –, auch noch ein eigenes Wohnzimmer zu verlangen und zu bekommen. Oder nannte man das Ankleidezimmer?

Sie sagte: »Ist Mr Estover noch hier?«

»Nein. Toby musste gestern schon wieder zurück. Die Arbeit. Die gesamte westliche Welt macht für vierzehn Tage Pause, aber Toby muss trotzdem weiter arbeiten. Nehmen Sie Platz.«

Die einzigen verfügbaren Sitzmöglichkeiten waren eine Chaiselongue und ein Sessel an deren Kopfende.

Imogen deutete auf keins von beidem. Ein schwaches Lächeln umspielte ihre Lippen. Wartet sie ab, ob ich mich für die

Therapeuten- oder die Patientenposition entscheide?, dachte Alva.

Sie rückte den Sessel so, dass er der Chaiselongue gegenüberstand, und setzte sich.

Sie rechnete damit, dass Imogen es sich auf der Chaiselongue bequem machen würde, doch stattdessen setzte sie sich ganz vorne auf die Kante, wie ein Kind, das nervös auf ein Gespräch mit dem Schulleiter wartet.

»Ich hoffe, Sie hatten es nicht allzu weit«, sagte Imogen. »Haben Sie Weihnachten in Cumbria verbracht?«

Alva kam der Gedanke, dass die Frau vielleicht vermutete, ihre und Wolfs Abwesenheit hätten miteinander zu tun.

»Nein. In Manchester.«

»Das ist ganz schön weit weg. Sie sind doch wohl nicht nur auf die vage Chance hin, mich hier anzutreffen, extra hergefahren?«

»Nein, nein. Ich wollte einfach nur mal einen Tag rauskommen. Mein Vater ist erkrankt, und die Situation war sehr angespannt.«

»Tut mir leid, das zu hören. Hoffentlich nichts Ernstes?«

»Das Herz. Aber es geht ihm schon wieder besser.«

»Das freut mich. Zumindest hat er den richtigen Beruf.«

Sie hat Erkundigungen über mich eingeholt, dachte Alva. Und sie hat keine Hemmungen, es mich wissen zu lassen.

»Ja. Worüber wollten Sie mit mir reden, Mrs Estover?«

Und jetzt hat sie mich dazu gebracht, den ersten Zug zu machen.

»Natürlich. Lassen Sie mich gleich zur Sache kommen«, sagte Imogen, wodurch sie Alva irgendwie das Gefühl gab, die Verzögerung gehe auf ihr Konto. »Wie Sie ja wissen, habe ich versucht, Wolf zu besuchen. Erfolglos. Ich bin noch zweimal bei ihm gewesen. Einmal abends, einmal früh morgens. Er war nicht da.«

Sie hielt inne, als erwartete sie eine Erklärung. Das hört sich nicht so an, als hätte sie Luke Hollins' Nachricht erhalten, dachte Alva. Vielleicht ist Mr Nikitins Englisch nicht besonders.

Imogen nickte, als hätte sie eine Erklärung erhalten, und sprach weiter: »Meine Gründe dafür, ihn sehen zu wollen, sind vielfältig, um nicht zu sagen konfus. Aber ich könnte mir vorstellen, dass Sie das in Ihrem Metier oft erleben.«

»Ich erlebe nicht oft, dass die Leute das so bereitwillig zugeben«, sagte Alva.

»Vielleicht liegt das daran, dass ich nicht als Patientin mit Ihnen spreche«, sagte Imogen mit einem schwachen Lächeln.

Nein? In welcher Eigenschaft meinst du denn, mit mir zu reden?, überlegte Alva.

Wieder nickte die Frau knapp, als hätte ihr Gast etwas erwidert.

»Einer der Gründe, warum ich Wolf sprechen wollte, ist der, dass ich herausfinden möchte, ob er für mich oder meine Familie eine Bedrohung darstellt«, sagte sie. »Dann kam mir der Gedanke, dass ich die Antwort in seiner Abwesenheit vielleicht von Ihnen bekommen könnte.«

Das Eröffnungsgeplänkel war zu Ende, dachte Alva. Ab jetzt würde es zur Sache gehen.

»Wie kommen Sie darauf, dass er eine Bedrohung sein könnte?«, erkundigte sie sich.

»Er war immer ein sehr rücksichtsloser Mann. Gerade Sie müssten mir eigentlich sagen können, ob und, wenn ja, wie das Gefängnis ihn verändert hat.«

»Wenn Sie sagen rücksichtslos, wollen Sie damit andeuten, dass er gewalttätig war?«

Imogen überlegte.

»Mir gegenüber auf keinen Fall. Aber ich glaube nicht, dass

er die Möglichkeit von Gewalt je gänzlich ausgeschlossen hat, wenn er unbedingt etwas erreichen wollte. Und er neigte zum Jähzorn.«

»Auf Provokationen reagierte er also schnell mit Gewalt? Und wenn er Zeit hatte, über etwas nachzudenken, und zu dem Schluss kam, dass Gewalt die erfolgversprechendste Taktik war, entschied er sich dafür, sie anzuwenden? Das hört sich für mich sehr nach der Beschreibung eines gewalttätigen Menschen an, Mrs Estover.«

»Vielleicht dramatisiere ich ein wenig, weil ich Angst habe.«

Irgendwie schien Angst so gar nicht zu dieser Frau zu passen. Aber vorläufig war es besser, sie die Richtung des Gesprächs bestimmen zu lassen.

»Sie haben noch immer nicht gesagt, warum Sie Angst haben. Er hat sich seinen Taten gestellt. Er hat eingesehen, dass er allein für die Verbrechen verantwortlich ist, die ihn ins Gefängnis gebracht haben. Er hat die Kontrolle über sein Leben zurückgewonnen. Was meinen Sie, was er Ihnen vorwerfen könnte?«

Imogen fuhr sich mit der Hand seitlich übers Gesicht, den schlanken Hals hinunter, bis sie über der rechten Brust verharrte. So reglos, wie sie dagesessen hatte, war die Bewegung fast ein Schock.

Sie sagte: »Ich bitte Sie, Ms Ozigbo. Wollen Sie etwa behaupten, er würde mir nicht vorwerfen, ihn im Stich gelassen zu haben? Toby geheiratet zu haben? Er würde mir nicht die Schuld am Tod meiner Tochter geben?«

Meiner Tochter, registrierte Alva.

Alva sagte: »Wenn Sie wirklich befürchten, er könnte eine Gefahr für Sie sein, erscheint es mir nicht besonders klug, ihn allein in einem einsamen Farmhaus aufzusuchen.«

Imogen sagte: »Damals, als Wolf und ich zusammen klettern gingen, hat er mir Folgendes beigebracht: Wenn du dir eine Route für den Aufstieg überlegst, suche nach der riskantesten, je unmöglicher desto besser. Und dann widerstehe der Versuchung, sie auszuprobieren, wenn du kannst.«

»Tut mir leid, aber das verstehe ich nicht.«

Imogen lächelte, als überraschte sie das nicht.

Sie sagte: »Wolf hat immer gesagt, beim Felsklettern gehe es nicht um die Eroberung des Gipfels, sondern ums Fallen.«

»Die Angst vor dem Fallen zu überwinden, meinen Sie?«

»Das Verlangen nach dem Fallen zu überwinden«, sagte sie.

Alva ließ sich das durch den Kopf gehen. Wollte Imogen damit sagen, die Option, sich mit ihrem Ex allein zu treffen, wäre die verlockendste, weil sie sie auch für die gefährlichste hielt?

Die Psychologie der Felskletterei war interessant. Aber das galt auch für die Psychologie des Morris-Tanzes.

In der Hoffnung, die Frau weiter aus der Reserve locken zu können, indem sie schwieg, ließ sie den Blick durch den Raum schweifen. Bei allen offensichtlichen Unterschieden, was Größe, Komfort und Einrichtung anging, erinnerte er sie seltsamerweise an Haddas Zelle in Parkleigh. Abgesehen von dem Gemälde enthielt er nichts Persönliches. Keine Fotos, keine Bücher. Ob er vor dem tragischen Niedergang ihres ersten Mannes und dem tragischen Tod ihrer Tochter anders ausgesehen hatte?

Ihr Blick kehrte zu Imogen zurück. Die Frau machte keinerlei Anstalten, noch mehr zu sagen. Weshalb auch immer sie mit ihr hatte sprechen wollen, sie schien ihr Ziel erreicht zu haben.

Alva blickte auf die Uhr und sagte: »Es wird allmählich Zeit für mich. Mrs Estover, ich kann auf Ihre Frage nur antworten, dass ich selbstverständlich die zuständigen Behörden verständigen werde, falls ich je den Eindruck gewinne, Mr Hadda wäre eine Gefahr für andere.«

Sie stand auf.

Imogen sagte: »Gibt er mir die Schuld an Ginnys Tod?«

Aha, das hatte zweifellos seinen Zweck erfüllt. Im Gegensatz zu der beherrschten Art, durch die Imogens Äußerungen bislang geprägt worden waren, hatte die Frage geklungen, als wäre sie förmlich aus ihr herausgebrochen.

»Nicht so sehr, wie er sich selbst die Schuld gibt, würde ich meinen«, sagte Alva.

»Verstehe.« Ihre Augen fixierten die Besucherin, als wäre sie unsicher, ob sie noch mehr sagen sollte oder nicht. Aber plötzlich wusste Alva, dass da eigentlich keine Unsicherheit war. Was die Frau ihr sagen wollte, würde jetzt gesagt werden.

Imogen fragte beinahe beiläufig: »Würde es also Ihrer Einschätzung nach die Situation verbessern oder verschlechtern, wenn ich Wolf sagen würde, dass er nicht Ginnys Vater war?«

Großer Gott! Was hat sie vor – will sie mich als Botin benutzen?

Ehe sie ihre Gedanken sortiert hatte und eine Antwort zustande bringen konnte, ging die Tür auf. Falls zuvor angeklopft worden war, dann so flüchtig, dass es nicht zu hören gewesen war.

Eine Frau trat ein, eine kalte Schönheit mit der Art von Teint und Knochenbau, die kaum altert, groß, geschmeidig, sehr englisch in gedeckten Tweed gekleidet, trotzdem strahlte sie etwas gefährlich Exotisches aus.

Sie sagte: »Imogen, ich wusste nicht, dass du Besuch hast«, ohne sich große Mühe zu geben, es glaubwürdig klingen zu lassen.

»Mutter«, sagte Imogen ungerührt, »darf ich vorstellen, Ms Ozigbo, Wolfs Therapeutin.«

»Kein Beruf für eine Frau, würde ich meinen«, sagte Lady Kira unterkühlt. »Und ich vermute, für Ihr Gehalt kommt der Steuerzahler auf, nicht wahr?«

Alva mochte ja von Imogens Bemerkung über die Vaterschaft ihrer Tochter schockiert gewesen sein, aber hochherrschaftliche Unhöflichkeiten steckte sie locker weg.

»Freut mich, Sie kennenzulernen«, sagte sie und stand auf. »Sie müssen sich nicht für die Störung entschuldigen, ich wollte ohnehin gerade gehen.«

Lady Kira schien auf der Zunge zu liegen, dass sie nicht im Traum daran gedacht hatte, sich zu entschuldigen, doch Alva hatte sich bereits wieder Imogen zugewandt.

»Auf Wiedersehen, Mrs Estover«, sagte sie. »Es heißt übrigens *Dr.* Ozigbo. Bitte rufen Sie mich an, falls Sie sich noch mal mit mir unterhalten möchten.«

Imogen sagte: »Ich denke, das wird nicht nötig sein, *Dr.* Ozigbo.«

Sie stand auf, ging zu dem rot-orangefarbenen Gemälde und betrachtete es.

Von der Tür aus sagte Alva: »Ihr Exmann scheint ein Gemälde von Winslow Homer besonders zu mögen. Ich glaube, es heißt *Der Holzfäller*. Gibt es einen besonderen Grund, warum er es so mag?«

»Vielleicht weil es einen Mann zeigt, der sich einfachen Problemen gegenübersieht, die er aus eigener Kraft und mit eigenen Mitteln bewältigen kann«, sagte die Frau, ohne sich umzuwenden.

»Das ist ein interessanter Gedanke«, sagte Alva. »Ihr Bild übrigens, wie haben Sie es genannt?«

»*Fallen*«, sagte Imogen.

9

Alva zog die Tür hinter sich zu. Sie hätte gerne belauscht, was Mutter und Tochter einander zu sagen hatten, aber bei der dicken Tür hätte sie schon das Ohr ans Schlüsselloch legen müssen, um etwas mitzubekommen.

Am Fuße der Treppe wartete Sir Leon auf sie.

»Haben Sie noch einen Moment Zeit, meine Liebe?«, fragte er.

Ehe sie antworten konnte, öffnete sich die Tür hinter ihm, und heraus kam ein recht kleiner Mann Ende dreißig, der mit seinen hohen Wangenknochen und dem etwas breiten, slawisch angehauchten Gesicht nicht unattraktiv aussah.

Sein Blick glitt fast unverschämt langsam an Alvas Körper rauf und wieder runter.

Er sagte: »Euer Cumbria ist doch wirklich ein erstaunliches Ländchen, Leon. Solche Raritäten hatte ich nicht erwartet. Willst du mich nicht vorstellen?«

»Hä? Ach so, ja. Ms Ozigbo, eine Bekannte von Imogen. Und das ist Mr Nikotin, der bei uns zu Besuch ist.

»Ni-k*ii*-tin«, sagte der Mann. »Pavel Nikitin. Meine Freunde nennen mich Pasha. Sehr erfreut, Sie kennenzulernen.«

Er sah aus wie jemand, dem glatt zuzutrauen wäre, dass er ihre Hand nahm und an den Fingern lutschte, daher legte Alva, die sich nicht gern als Rarität bezeichnen ließ, als wäre sie irgendein ornithologisches Exemplar, die Arme auf den Rücken und nickte. Eine Frage war beantwortet worden. Aus welchem Grund auch immer Nikitin die Nachricht von Luke Hollins nicht weitergegeben hatte, sprachlich hatte er jedenfalls keine Probleme.

»Wenn du uns bitte entschuldigen würdest«, sagte Sir Leon. »Ich muss Ms Ozigbo etwas zeigen.«

Er wartete die Antwort nicht ab, sondern fasste Alva am Ellbogen und dirigierte sie in einen kleinen Erker und durch eine Tür in einen Raum, der aussah wie das Klischeebild, das sich ein Hollywoodproduzent vom Arbeitszimmer eines englischen Gentlemans macht.

»Ausländer«, sagte Sir Leon, als wäre das Entschuldigung und Erklärung zugleich. »Cousin meiner Frau oder so was Ähnliches. *Pasha!* Meinen Sie, er wird so genannt, weil er Nikotin heißt? Verzeihung, wahrscheinlich viel zu jung – Sie, meine ich. *Pasha* hieß nämlich eine ganz besonders grässliche Zigarette, die meine Ma während des Krieges geraucht hat, als es nichts anderes gab.«

Alva lächelte ihn an. Sie konnte verstehen, wieso Wolf den alten Knaben ins Herz geschlossen hatte. Er mochte ja in seiner eigenen Wodehouse'schen Welt leben, aber bei seinen Vorstößen in die reale Welt schien er absolut keine böswilligen Absichten zu hegen, weshalb sie auch nicht die geringste Lust verspürte, ihn daran zu erinnern, dass sie *Dr.* Ozigbo war.

Jetzt schaute sie sich in dem Zimmer um. Zimmer konnten einem viel verraten.

Auf einem wuchtigen Mahagonischreibtisch, der den Raum beherrschte, standen silberne Fotorahmen, ein Tintenfass aus Zinn und ein schwarzes Bakelittelefon mit Wählscheibe. Eine Wand wurde fast komplett von einem großen Bücherregal eingenommen, in dem Alva gebundene Ausgaben des Satiremagazins *Punch* und verschiedener Jagdzeitschriften ebenso entdeckte wie die Berichte der Cumbrian Archaeological Society, die bis in eine Epoche zurückreichten, die es selbst wert gewesen wäre, erforscht zu werden. An der gegenüberliegenden Wand stand ein verschlossener Gewehrschrank, und daneben hingen der Kopf eines Zwölfenders und, was besonders eigenartig war, der eines Wolfes.

»Der letzte Wolf, der in Cumberland erlegt wurde«, sagte Sir Leon, der ihrem Blick gefolgt war. »Zumindest hat das der Bursche erzählt, von dem Kira ihn gekauft hat. Ausgemachter Unsinn. Sieht doch jeder, dass das ein kanadischer Timberwolf ist, noch dazu ein ziemlich altersschwacher. Ist wahrscheinlich völlig vergreist in irgendeinem Zoo gestorben.«

»Ihre Frau begeistert sich für Geschichte?«, spekulierte Alva.

»Wenn Sie das so nennen wollen«, sagte Sir Leon. »Hat diesen Raum selbst eingerichtet. War früher mal ein gemütliches Refugium. Jetzt sehen Sie sich das an. Ich halt's hier nie lange aus.«

»Wenn das so ist, warum sind wir dann ...?«, fragte Alva.

»Was? Ach so, ja. Hier stört uns wahrscheinlich keiner. Ich wollte Sie fragen – wie geht's Wolf?«

Alva war in Gedanken noch bei der räudigen Kreatur an der Wand und war einen Moment lang verunsichert.

»Meinen Sie Mr Hadda?«

»Ja, Wolf«, sagte er ungeduldig. »Ich hab schon überlegt, mal nach Birkstane zu fahren, aber das gäbe nur Ärger. Hier draußen in der Pampa braucht man keine Überwachungskameras. Kira wüsste Bescheid, noch ehe ich wieder zu Hause wäre! Also, wie geht's ihm?«

»Ich hab ihn vor Weihnachten zuletzt gesehen, und da ging es ihm gut«, sagte Alva langsam. »Das heißt, im Vergleich dazu, wie Sie ihn sicher in Erinnerung haben, bewegt er sich sehr langsam. Und sein Gesicht ist voller Narben ...«

Sir Leon schüttelte den Kopf.

»Der arme Junge, der arme Junge«, sagte er. »Aber in ihm drin, sein Geisteszustand, meine ich, wie sieht's damit aus? Er war so voller Leben und voller Schwung.«

»Ich denke, alles in allem kann man durchaus sagen, dass es ihm einigermaßen gut geht«, sagte Alva.

Sie war verwirrt. Sie hätte nicht gedacht, dass sie so ein Gespräch mit dem Vater einer Frau führen würde, deren Ehe mit einem unerwünschten Mann noch katastrophaler geendet hatte, als abzusehen war.

»Schön, schön, das hör ich gern. Ist schon seltsam, was das Leben mit einem anstellt. Aber das wissen Sie bei Ihrem Beruf wohl am besten, meine Liebe. So viele Jahre eingesperrt zu sein. Ich glaub, ich hätte das nicht ausgehalten.«

Er wandte sich zum Fenster, als wollte er seine Emotionen verbergen. Alva trat vor und stellte sich neben ihn.

»Sir Leon, möchten Sie, dass ich Wolf etwas von Ihnen ausrichte?«

»Sagen Sie ihm nur, dass ich mich nach ihm erkundigt habe.«

»Gern. Aber wenn ich das sagen darf, es erstaunt mich ein wenig. Ich meine, soweit ich weiß, waren Sie doch absolut gegen diese Ehe, oder? Sie haben alles getan, um sie zu verhindern.«

»Ich dachte, das hätte ich. Aber es war nicht genug. Ich hätte mich noch mehr ins Zeug legen sollen.«

»Und wie sich herausstellte, hatten Sie recht, und es ist Ihrer Tochter sogar noch schlechter ergangen, als Sie hätten absehen können, warum also –«

»Nein, nein«, unterbrach er sie. »Sie sehen das ganz falsch. Ich wollte die Heirat nicht um Imos willen verhindern. Die konnte schon immer bestens auf sich selbst aufpassen. Ich hab mir Sorgen um den armen Wolf gemacht!«

Jetzt war sie vollends perplex.

»Aber warum …?«

»Weil der Apfel nicht weit vom Stamm fällt. Ich liebe meine Tochter, Ms Ozigbo, aber Vaterliebe macht nicht blind. Fred Hadda war ein anständiger Mann, ein zuverlässiger Arbeiter und ein guter Freund. Ich hatte gesehen, wie er litt, als der Junge jahrelang verschwunden war. Und der Grund dafür waren Wolfs Gefühle für Imogen. Als er zurückkam und ich merkte, dass alles wieder von vorne anfing, konnte ich doch nicht tatenlos zusehen, wie Freds Junge sich selbst zerstörte. Aber letztendlich ... Nun, geschehen ist geschehen. Sie sollten lieber gehen, ehe uns noch jemand bemerkt.«

Er fühlt sich in seinem eigenen Haus unter Beobachtung, dachte Alva. Ihr war noch immer nicht ganz klar, worin die Haltung des alten Mannes begründet lag. Da die Zeit drängte und er ohnehin nicht der Richtige für feinsinnige psychologische Fragestellungen war, entschied sie sich für den direkten Kurs.

Sie sagte: »Sir Leon, ich verstehe Sie noch immer nicht so ganz. Hatten Sie das Gefühl, die beiden würden aus gesellschaftlichen Gründen nicht zusammenpassen? Dass Wolf sich fehl am Platze fühlen würde, nachdem er von einer Schicht in die andere verpflanzt worden war?«

Wie sie aus eigener Erfahrung wusste, spielte selbst im England des einundzwanzigsten Jahrhunderts Standesbewusstsein eine große Rolle. Für Frankreich mochte gelten: *cherchez la femme*, in England hieß es normalerweise: *cherchez la classe!*

»Was? Nein, natürlich nicht«, antwortete er leicht entrüstet. »Das war früher mal so, dass man ewig den anderen hinterherhechelte, wenn man nicht die richtige Schule besucht hatte. Vielleicht ist das teilweise immer noch so, aber ein Junge wie Wolf, der hätte die meisten anderen im Handumdrehen eingeholt und abgehängt. Eigentlich hat er doch genau das gemacht, finden Sie nicht? Nein, das war etwas Persönliches. Imogen war nicht die Richtige für ihn. Es war klar, dass er auf jeden Fall verletzt werden würde.«

»Und Imogen?«

»Imo? Ich liebe meine Tochter, Ms Ozigbo. Aber wissen Sie, was seltsam ist? Ich hab sie in vierzig Jahren nicht ein einziges Mal weinen sehen. Nicht mal als Baby. Wirklich seltsam.«

Wenn das stimmte, war das allerdings höchst bemerkenswert. Obwohl es auch bloß eine physiologische Besonderheit sein könnte.

Sie fragte: »Und haben Sie Wolf von Ihren Bedenken erzählt?«

»Das wäre sinnlos gewesen. Er hätte sowieso nicht auf mich gehört. Wenn das Blut in den Adern eines jungen Mannes brodelt, verliert er als Erstes den Gehörsinn, hab ich recht?«

Er wandte sich vom Fenster ab, und zum ersten Mal sah Alva die Fotos in den Silberrahmen. Lady Kira kam öfter vor. Sie glaubte offensichtlich, dass Familienfotos auf dem Schreibtisch ebenso in das Arbeitszimmer eines traditionellen Gentlemans gehörten wie Jagdtrophäen an der Wand.

Auf einem der Fotos blickte sie besitzergreifend auf ein hübsches Mädchen herab, das sich vorbeugte, um die Kerzen auf einer Geburtstagstorte auszublasen. Bei der Ähnlichkeit des Mädchens mit Imogen musste das ihre Tochter sein, dachte Alva.

Sie nahm das Foto in die Hand und sagte sanft: »Es muss ein entsetzlicher Schock für Sie gewesen sein, Ihre Enkeltochter zu verlieren.«

Sofort wünschte sie, sie hätte das nicht gesagt. Das Gesicht des alten Mannes, ja, sein ganzer Körper schien zusammenzuschrumpfen, als versuchte er verzweifelt, ein Gefühl im Zaum zu halten, das ihn zerreißen könnte, wenn er es rausließ. Er war ein Mann, der in ein Leben voller Reichtum und Privilegien hineingeboren worden war, dem sämtliche dazugehörigen

Annehmlichkeiten und Möglichkeiten mit in die Wiege gelegt worden waren. Und doch hatte Alva jetzt das Gefühl, die Art von Schmerz und Verzweiflung vor Augen zu haben, wie man sie normalerweise nur nach irgendeiner gewaltigen und vernichtenden Naturkatastrophe im Fernsehen zu sehen bekam.

»Verzeihung, Verzeihung«, sagte sie kleinlaut. »Ich dachte nur, weil sie auf dem Foto so reizend aussieht.«

»Welches Foto?«, sagte Sir Leon und flüchtete sich aus seiner Trauer in Gereiztheit. »Ich hab hier kein Foto von Ginny. Das könnte ich nicht ertragen.«

»Aber das hier«, sagte Alva und hielt den Rahmen hoch. »Ist sie das nicht?«

»Seien Sie nicht albern. Natürlich nicht. Das ist Imo.«

»Imogen? Ihre Tochter?«, sagte Alva ungläubig und versuchte, die Kerzen zu zählen.

»Ja klar. An ihrem vierzehnten Geburtstag. Eben noch vierzehn, und schon gehen sie auf die vierzig zu, das sagt man doch heute über junge Mädchen, nicht wahr?«

Vierzehn! Imo in dem Alter, als sie Hadda kennenlernte.

Aber etwas passte da nicht. Sie war gar nicht auf die Idee gekommen, dass es sich bei dem Mädchen um Imo handeln könnte, weil es überhaupt nicht zu ihrem Bild von dem mageren vorpubertären Kind passte, das sich Hadda angeblich auf dem Pillar Rock hingegeben hatte. Das hier war ein gesunder junger Teenager, und da sie sich vorbeugte, ließ ihr Ausschnitt ein Paar sehr gut entwickelte Brüste erahnen.

Selbst auf eine Psychiaterin können mitunter zu viele Informationen auf einmal einstürmen.

Trotz Sir Leons offensichtlich immer dringender werdendem Wunsch, sie aus dem Arbeitszimmer und dem Haus zu bekommen, blieb sie wie gebannt stehen und starrte auf das Foto.

Sie musste ausführlicher mit dem alten Mann reden, sie musste erneut mit Imogen sprechen und vor allem musste sie Hadda zur Rede stellen.

Aber in welcher Reihenfolge und in welcher Weise sie das tun sollte, war ihr nicht klar.

Dann klingelte ihr Handy. Sir Leon verzog bei dem Geräusch das Gesicht. Sie holte es aus der Tasche und schaute aufs Display. Es war Elvira.

Sie will sich nach meinem mutmaßlichen Date erkundigen, vermutete Alva. Egal, sie soll eine Nachricht hinterlassen.

Jetzt nahm Sir Leon sowohl die Situation als auch Alvas Ellbogen fest in die Hand, und eine Minute später stand sie draußen vor dem Haus, und die Tür schloss sich hinter ihr.

Sie hatte ihre Gedanken noch immer nicht sortiert. Es kam ihr wie eine vertane Gelegenheit vor, Imogen nicht noch mehr Fragen zu stellen, wo sie schon mal hier war. Vielleicht sollte sie zurück ins Haus gehen und weiter nachbohren. Aber als sie sich zum Haus umwandte, fiel ihr nicht nur erneut auf, wie abweisend es wirkte, sondern sie bemerkte auch das Gesicht von Lady Kira, die aus einem der oberen Fenster spähte, sowie das von Mr Nikitin hinter einem der unteren.

Sie stieg ins Auto und ließ sich die neuen Informationen durch den Kopf gehen, versuchte, ihre Bedeutung einzuschätzen und sie in verwertbare Daten umzuwandeln.

Die wichtigsten Punkte waren:

Erstens: Imogen sagte, Ginny sei nicht Haddas Kind. Wahr oder falsch?

Zweitens: Leon sagte, er sei nicht um seiner Tochter willen, sondern um Haddas willen gegen die Heirat gewesen, aber nicht aus Standesgründen. Mit an Sicherheit grenzender Wahrscheinlichkeit wahr, befand sie.

Drittens: Mit vierzehn war Imogen ein gut entwickeltes

Mädchen mit einem fraulichen Busen gewesen. Eindeutig wahr!

Was also tun?

Sie könnte zurück nach Manchester fahren und weitergrübeln. Sie könnte aus dem Auto steigen, an die Tür trommeln und erneuten Einlass verlangen. Sie könnte rüber nach Birkstane fahren und auf Hadda warten. Sie könnte ...

Sie schüttelte ungehalten den Kopf. Entscheidungsfreiheit ist größtenteils illusionär, hatte ihr Studienleiter oft gesagt. Wir haben sehr viel weniger davon, als wir uns einbilden, sei es in der Politik, in moralischen Fragen oder beim Einkaufen. Das, was wir letzten Endes tun müssen, taucht gar nicht auf unserer Liste von Pseudomöglichkeiten auf.

Sie holte ihr Handy hervor und hörte die Nachricht ihrer Mutter ab, und wieder einmal wurde ihr bewusst, wie recht ihr Studienleiter doch hatte.

»Alva! Wo bist du? Du musst so schnell wie möglich zurückkommen. Deinem Vater geht es schlecht. Sie sagen, er könnte sterben!«

10

Wolf Hadda gab sich gern dem Glauben hin, seine Gefühle fest im Griff zu haben. Man überstand keine lange Haftstrafe, wenn man seiner Fantasie freien Lauf ließ. Kümmere dich um die Minute und überlass die Stunde sich selbst. Ein Mann kann sich mit einem Teelöffel in die Freiheit graben, aber nur, wenn er nichts überstürzt, schön konzentriert Löffel für Löffel weitergräbt. Wenn du dich zu sehr entspannst, kann es passieren, dass Gefühle und Fantasie sich hinterrücks anschleichen und dich überrumpeln.

Er hatte einen Gutteil des Nachmittags damit verbracht, mit Davy McLucky zu reden, dann hatte er auf dem Heimweg noch einen Abstecher zum Supermarkt gemacht. Es war schon ein paar Wochen her, dass er Luke Hollins eine Einkaufsliste gegeben hatte, und er hatte praktisch nichts Frisches mehr im Haus. Auf dem Rückweg hielt er auf einem Bergrücken, um Sneck ein bisschen Auslauf zu gönnen, und so war es fast acht Uhr, als er Birkstane erreichte.

Vielleicht hatte er sich in der Vorfreude auf den einzigen Ort, den er als sein Zuhause betrachtete, zu sehr entspannt, jedenfalls wurde ihm klar, dass sein Gehirn irgendwie auf den letzten paar Meilen vor seinem geistigen Auge ein so lebendiges Bild davon abgespielt hatte, wie er um die letzte Kurve vor der Zufahrt nach Birkstane bog und Alva Ozigbos grauen Fiesta dort parken sah, dass er einen völlig unlogischen Schock der Enttäuschung empfand, als der Wagen nicht dort stand.

»Also bloß wir zwei Hübschen, Sneck«, sagte er, als er mit dem Defender vor der geschlossenen Scheunentür hielt.

Der Hund sprang heraus und begann, den Hof abzusuchen. Mit gesenkter Schnauze beschnüffelte er die Pflastersteine und knurrte leise tief in der Kehle.

Wolf beobachtete ihn einen Moment, ehe er steifbeinig ausstieg. Die Einkaufstüte vom Supermarkt baumelte ihm in einer Hand, und mit der anderen lehnte er sich schwer auf den Stock, während er langsam zum Haus hinkte.

Die Küche war kalt und ungemütlich. Seine Fantasievorstellung, so wurde ihm klar, hatte sich klammheimlich dahingehend erweitert, dass Alva jetzt schon den Kamin angezündet hatte und dabei war, eine Kanne Kaffee zu kochen. Aber jetzt schlug seine anfängliche Enttäuschung in Erleichterung um. Als er die Tür schloss, sah er ein Blatt Papier, das jemand darunter hindurchgeschoben haben musste.

Er strich es auf dem Küchentisch glatt und las, was darauf stand.

Ich bin bis Neujahr im Schloss. Wir sollten miteinander reden.

Keine Unterschrift. Die war auch nicht erforderlich.

Er benutzte den Zettel, um Feuer zu machen, und während es langsam in Gang kam, setzte er den Kessel auf, schaltete das Radio ein und stellte es laut. Das alles tat er mit langsamen und schwerfälligen Bewegungen, die Ed und Dolly Trapp ernsthaft Sorgen bereitet hätten. Als das Wasser kochte, brühte er sich eine Tasse Kaffee auf und setzte sich mit dem Rücken zu dem kleinen Fenster an den Tisch. Nach einer Weile erhob er sich mit einem Frösteln und ging zum Fenster, um die Vorhänge zu schließen, als könnte er so die Zugluft abhalten.

Aber als er sich wieder umdrehte, ging er nicht zurück zum Tisch. Mit entschlossener Schnelligkeit durchmaß er die Küche, nahm im Vorbeigehen seine Axt mit dem langen Stiel von der Wand und eilte die Treppe hinauf zu dem Schlafzimmer auf der dem Hof abgewandten Seite des Hauses. Das Fenster dort ging nach Norden hinaus und war selbst für ein cumbrisches Farmhaus klein, aber Hadda schob sich auf dem Rücken hindurch, Kopf voran, griff nach oben, um in einer Ritze zwischen zwei groben Granitblöcken Halt zu finden, und zog sich nach draußen, bis er auf dem Fenstersims stand. Dann ließ er sich runter, bis seine Arme auf dem Sims ruhten, griff ins Zimmer und nahm seine Axt.

Sneck stand wachsam dabei und beobachtete ihn.

Hadda sagte: »Achtung!«

Das war ein stärkerer Befehl als *Platz!* In Snecks Kopf hatte *Platz!* ein zeitliches Limit mit eingebaut, das für ihn nach maximal zehn Minuten abgelaufen war. Aber *Achtung!* hieß, dass er die ganze Nacht auf der Stelle verharren und jeden angreifen würde, der ihm zu nahe kam.

Hadda hielt sich jetzt nur noch mit einer Hand fest, ließ sich so tief herab, wie er konnte, und sprang die letzten anderthalb Meter bis zum Boden.

Er richtete sich auf, eilte zu der alten Begrenzungsmauer, über die er lautlos und flink hinwegkletterte, und trat zwischen die Bäume. Dann hielt er sich parallel zu der Mauer, bis er in Höhe der Scheune war.

Jetzt tauchte er wieder zwischen den Bäumen hervor, kletterte zurück über die Mauer und wartete.

Ein Mann schlüpfte aus der Scheune und huschte leise quer über den Hof. Er war schwarz gekleidet, und in der rechten Hand hielt er eine Pistole.

Langsam drückte er die Klinke der Küchentür hinunter, dann riss er sie auf und trat ein.

Einen Moment später tauchte er wieder auf und gab ein Zeichen. Ein zweiter Mann kam aus der Scheune, während der erste wieder im Haus verschwand.

Zwei also. Der erste hatte gedacht, ihn in der Küche überraschen zu können. Nachdem das fehlgeschlagen war, würde er jetzt das Haus durchsuchen, und er hatte den zweiten dazugerufen, um ihm Rückendeckung zu geben.

Ob es noch einen dritten gab? Wohl kaum, denn dann hätten sie den ersten Angriff zu zweit versucht.

Er verlor keine Zeit damit, weiter darüber nachzudenken, und als er eine Entscheidung getroffen hatte, war er schon bei dem zweiten Mann, der neben der Küchentür kauerte.

Der Mann hatte wohl etwas gehört, denn er fuhr herum – was sein Pech war. Der betäubende Schlag mit dem Axtstiel in den Nacken, den Hadda geplant hatte, traf ihn jetzt mit voller Wucht auf den Adamsapfel. Normalerweise gab es bei einem solchen Treffer nur ein Ergebnis, aber Hadda hatte es zu eilig, um sich zu vergewissern.

Die Küche war leer, das Wohnzimmer ebenfalls. Der zweite Mann war schon die Treppe hoch. Falls er die Tür zu dem Schlafzimmer öffnete, das Sneck bewachte, würde der Hund angreifen. Und eine Kugel ist schneller als der schnellste Hund.

Hadda stürmte die Treppe hinauf, ohne auch nur den Versuch zu machen, leise zu sein. Der Mann stieß gerade die Schlafzimmertür auf. Er sah nach hinten, als er Hadda kommen hörte. Dann sprang Sneck ihn mit solcher Wucht an, dass er rückwärts über den schmalen Flur taumelte. Instinktiv hob er den linken Arm, um den Angriff abzuwehren, und schrie auf, als Snecks Reißzähne durch den Stoff seiner engen Jacke drangen und sich in das Fleisch darunter gruben. Doch sein rechter Arm war noch frei, und er hob die Waffe, um die Mündung an den Hundekopf zu drücken, aber im selben Moment fuhr ihm die Axtschneide tief in den Schädel.

Ein Schuss fiel.

Der Mann glitt zu Boden, Blut und Hirnmasse troff ihm

ins Gesicht. Sneck lag auf ihm, die Zähne noch in den Arm geschlagen. Hadda ließ die Axt fallen und kniete sich neben den Hund. Der Geruch nach versengten Haaren stieg von einer Brandspur zwischen seinen Ohren auf, als hätte jemand dort kurz einen glühenden Schürhaken hingehalten. Doch die Augen, die zu Hadda hochblickten, waren so klar wie immer.

»Okay, du kannst jetzt loslassen«, sagte er und richtete seine Aufmerksamkeit auf den Mann.

»Verdammt«, sagte er. Dann schaute er genauer hin. Der Tod, vor allem wenn er durch einen Axthieb herbeigeführt wurde, verändert die Gesichtszüge, aber dieses Gesicht kam Hadda irgendwie bekannt vor.

Er stand auf und ging zurück die Treppe hinunter. Nachdem er den zweiten Mann im Hof untersucht hatte, sagte er wieder »Verdammt.«

Es schien lange her, dass er die Zufahrt entlanggefahren war und sich in der Hoffnung gewiegt hatte, Alva Ozigbo vorzufinden, die ihn freudig erwartete.

Stattdessen hatte er jetzt zwei tote Männer zu verantworten. Er wusste noch nicht so recht, was das für ein Gefühl in ihm auslöste. Enttäuschung schien unpassend.

»Gut, dass du nicht da bist, Elfe«, sagte er zu dem dunklen Himmel. »Ich hab jetzt wirklich keine Zeit für Psychoanalyse!«

Er machte sich an die Arbeit. Die Lebenden zuerst.

Er sah sich Snecks Verbrennung an. Sie schien nicht allzu schlimm zu sein. Er rieb etwas antiseptische Salbe auf die Brandspur der Kugel und befahl dem Hund dann, sich in die Küche zu legen.

Dann die Toten.

Er untersuchte ihre Taschen und fand nichts, aber in der Scheune entdeckte er einen kleinen Rucksack mit zwei Handys, einem Autoschlüssel für einen Toyota und der Generalstabskarte für das Gebiet. Den Schlüssel steckte er ein, die Handys legte er beiseite, um sie später genauer zu untersuchen, die Karte schlug er auf. An der Landstraße, etwa eine halbe Meile oberhalb der Stelle, wo die Zufahrt nach Birkstane abging, war ein Kreuz. Er rief sich den Ort in Erinnerung. Dort zweigte ein alter, seit Langem unbenutzter Feldweg ab, der zu einem traurigen Steinhaufen führte, den Überresten einer ehemals blühenden Farm. Büsche und Bäume boten ein gutes Versteck für ein Fahrzeug. Dann waren die Männer offenbar zu Fuß die Straße zurück und die Zufahrt hochgegangen, und als sie merkten, dass er nicht zu Hause war, hatten sie sich auf die Lauer gelegt.

Demnach mussten sie gewusst haben, dass er bald kommen würde.

Auch dieses Problem würde er wie die Handys später genauer untersuchen.

In der Scheune lagen viele alte Plastikplanen herum, Überbleibsel aus einer besseren Zeit.

Er machte sich daran, die Leichen zu verpacken, indem er große Steine um sie herum verteilte, ehe er die Planen mit Bindegarn und Draht verschnürte. Dann lud er die makabren Pakete in den Defender und ging ins Haus zurück, um die Sauerei oben im Flur zu beseitigen. Die Axtschneide wusch er unter fließendem Wasser in der Küche ab.

Die Kugel, die Sneck gestreift hatte, steckte in der Schlafzimmerwand. Er würde sie später herauspulen.

Er ging zurück in die Scheune und klappte den Deckel einer alten, aber noch immer stabilen metallenen Futtermittelkiste auf. Darin hatte er bei seiner Rückkehr alles gefunden, was ihm als Kind gehört hatte, ordentlich verpackt und etikettiert. Irgendwann während der Jahre, in denen er verschwunden gewesen war, musste sein Vater das alles sicher eingelagert haben, damit es vollständig erhalten und noch brauchbar wäre, wenn er zurückkam. Ihm waren die Tränen gekommen, als er sah, mit wie viel Sorgfalt Fred vorgegangen war, und sich vorstellte, wie seinem Vater dabei zumute gewesen sein musste.

Natürlich war er bei seiner Rückkehr zumindest seiner eigenen Einschätzung nach ein Mann, der die Dinge der Kindheit weit hinter sich gelassen hatte. Im Rückblick fand er es unverzeihlich, dass er durch seine Fixierung auf Imogen und die Euphorie, als er sie dann für sich gewonnen hatte, für jede echte Einsicht, was er seinem Vater angetan hatte, blind gewesen war. Erst als er selbst viele Jahre später den alles durchdringenden Schmerz des Verlustes erlebte, wurde ihm das allmählich und viel zu spät klar.

Jetzt hob er das Schlauchboot aus der Kiste, das bei Luke Hollins' erstem Besuch in der Küche gelegen hatte. Es war ein Kinderspiel gewesen, es wieder gebrauchsfähig zu machen. Sei gut zu deiner Ausrüstung, dann ist deine Ausrüstung auch gut zu dir, das war eine Lektion, die Fred ihm eingetrichtert hatte, und er hatte sich stets an seine eigenen Maximen gehalten. Das Gummi war gründlich eingeölt worden und das Aufblasventil dick mit Fett eingeschmiert. Wie viele Male sein Vater die Schutzschicht im Laufe der Jahre wohl erneuert hatte – als hätte er nicht nur das Boot erhalten, sondern damit auch die Hoffnung, dass der Junge, der ihn verlassen hatte, irgendwie unverändert heimkehren würde?

Er legte das Schlauchboot und die Fußpumpe hinten in den Defender. Dann ging er in die Küche, schürte das Feuer und brachte erneut Wasser im Kessel zum Kochen.

Er hatte keinen großen Appetit, aber es würde eine lange Nacht werden und sein Körper brauchte Nahrung. Also öffnete er eine Dose Eintopf, wärmte ihn auf und aß ihn direkt aus dem Topf, den er anschließend noch mit einem Stück Brot sauber wischte. Während er am Tisch einen Tee trank und an einem Müsliriegel knabberte, untersuchte er die Handys. Keine der Nummern sagte ihm etwas. Als Nächstes sah er die gespeicherten Fotos durch. Auf dem einen waren hauptsächlich Großaufnahmen weiblicher Genitalien. Vielleicht war das eine Art Trophäensammlung. Sie ließen Hadda kalt. Auf dem anderen waren Aufnahmen von einem Familienpicknick, eine hübsche Frau mit osteuropäischen Gesichtszügen und zwei kleine Kinder auf einem sonnigen Hang mit Blick aufs Meer. Das ließ ihn nicht kalt. Das bedrückte ihn.

Er schaute auf die Uhr. Es war elf. Drei Stunden waren vergangen, seit er nach Hause gekommen war. Aber es war noch zu früh. Er fütterte Sneck, der den Zusammenstoß mit der Pistole des Eindringlings anscheinend gut verkraftet hatte, setzte sich dann in den hölzernen Schaukelstuhl am Kamin und schloss die Augen.

In Parkleigh hatte er gelernt, sozusagen auf Kommando einzuschlafen und zu jeder Tages- und Nachtzeit aufzuwachen, die er sich vornahm, aber jetzt wollte der Schlaf nicht kommen. Als er endlich einnickte, hatte er einen Traum, in dem er von zwei Männern durch einen dunklen Wald gehetzt wurde, und er konnte sie nicht abschütteln, ganz gleich, welche Haken er schlug. Dann war er plötzlich von einem Schritt zum nächsten nicht mehr der Verfolgte, sondern der Verfolger, und seine Beute nicht die zwei Männer, sondern eine einzelne Frau, die nackt durch das Mondlicht lief und deren Haut zunächst hell wie Perlmutt und dann schwarz wie Ebenholz glänzte.

Als er erwachte, stellte er fest, dass er sexuell erregt war.

»Was zum Teufel sollte das denn?«, fragte er den Hund, der zu seinen Füßen lag und ihn beobachtete.

Es war jetzt ein Uhr. Er stand auf, kochte sich noch eine Kanne Tee und trank eine siedend heiße Tasse. Den Rest goss er in eine Thermoskanne, die er zusammen mit zwei Tafeln Schokolade in seinen Rucksack steckte. Er zog sich seine wärmste Bergkleidung an und stieg in seine Wanderschuhe.

»Also, Sneck, wie fühlst du dich?«, fragte er.

Der Hund erhob sich augenblicklich.

»Okay, wenn du meinst. Aber es könnte ein langer Fußweg werden.«

Der Defender, der anscheinend ebenso bereit war wie der Hund, sprang gleich beim ersten Versuch kraftstrotzend an, und Hadda lenkte ihn holpernd die gefrorene Zufahrt hinunter.

Er fand den Wagen der Eindringlinge genau dort, wo er ihn vermutet hatte. Es war ein Toyota Land Cruiser. Jetzt fiel ihm ein, wo er den ersten Toten schon einmal gesehen hatte. Aber er war ziemlich sicher, dass die andere Leiche nicht die des zweiten Mannes am Drigg Beach war, den sie Pudo genannt hatten. So schnell verheilte ein gebrochener Kiefer nicht.

Der Land Cruiser hatte einen geräumigen Kofferraum, in dem ausreichend Platz für Haddas schaurige Ladung und den Rest seiner Ausrüstung war. Im letzten Moment holte er noch den Kanister Benzin, den er immer im Defender hatte, und warf ihn hinten in den Toyota.

»Okay, Sneck, auf geht's«, sagte er.

Er nahm eine schmale kurvenreiche Straße, die in das entlegene Wasdale-Tal führte und an dessen Ende aufhörte. Falls also niemand so spät noch in das kleine Dörfchen wollte, das dort lag, oder in den alten Gasthof, würde er in dieser bitterkalten Winternacht wohl ungestört bleiben. Nicht nur die Abgeschiedenheit hatte ihn hierher geführt, sondern auch Wastwater, der finsterste und tiefste See in Cumbria, der sich zwischen der Straße und den Screes erstreckte, jenem beängstigend steilen Hang, der von dem langen Kamm zwischen Ill Gill und Whin Rigg herabstürzte.

Er parkte so nah wie möglich am Wasser und machte sich daran, das Schlauchboot aufzupumpen. Soweit er das in der nahezu stockfinsteren Nacht sehen konnte, hatte die umsichtige Lagerung seines Vaters ihren Zweck erfüllt, und das Gummi weitete und straffte sich und blieb in Form, als er es schließlich aufgepumpt hatte.

Er hob die oberste Leiche aus dem Wagen und legte sie ins Boot. Wie erwartet, reichte der Platz gerade mal für eines der beiden Bündel, kaum noch für ihn selbst, und er musste sich so hinknien, dass seine Knie gegen die des Toten drückten, als er sich vom Ufer abstieß und lospaddelte. Der unvorstellbar ferne Himmel über ihm war mit Sternen übersät, aber das Licht, das sich vor vielen Millennien auf den Weg zur Erde gemacht hatte, schien zu ermatten und zu verzagen, während es in das terrestrische schwarze Loch des Wastwater gesaugt wurde.

Vor ihm war Dunkelheit, hinter ihm war Dunkelheit, um ihn herum war Dunkelheit. Er zog das Paddel durchs Wasser, wieder und wieder. Die Versuchung, den Körper über Bord zu kippen, dann umzudrehen und schnell zum Land zurückzukehren, war groß, aber er wusste, dass er näher an das am weitesten entfernte Ufer heran musste. Dort war der See an einer Stelle fast achtzig Meter tief, weit tiefer als der Sicherheitsgrenzwert für die Freizeittaucher der Gegend. Aber nur die Screes vor ihm stießen in diese bedrohliche Tiefe hinab, und wenn er seine Last zu früh loswurde, würde sie auf dem sehr viel flacheren nördlichen Sockel landen.

Jetzt kam es ihm endlich so vor, als würde die Dunkelheit vor ihm mit unterschiedlichen Schwarzschattierungen durchdrungen, und einige Paddelschläge weiter konnte er den Steilhang ausmachen, der sich sechshundert Meter hoch über ihn erhob.

Er legte das Paddel ins Schlauchboot und versuchte, den Leichnam seitlich über den Rand zu rollen. Ihn in das Auto und wieder raus zu hieven, war schon schwer genug gewesen. Ihn in diesem wackeligen kleinen Boot zu bewegen war fast unmöglich und noch dazu gefährlich. Eine Seite tauchte für einen Moment unter die Oberfläche und Wasser schwappte herein. Hadda machte sich keine Illusionen. Mit den schweren Stiefeln und der dicken Kleidung würde er bei diesen Wassertemperaturen wohl kaum lange genug überleben, um das Ufer in Sichtweite zu erreichen. Und wenn doch, müsste er den ganzen Weg über felsiges Gelände bis zu dem einen oder anderen Ende des Sees gehen und dann wieder die Straße zurück bis zum Auto.

Das würde bestimmt zwei Stunden dauern, er wäre klatschnass, durchgefroren und erschöpft, und er hätte noch immer die zweite Leiche zu entsorgen.

Der Gedanke ließ ihn ruhiger werden. Vermeidung fällt Menschen leichter als Leistung. In einer misslichen Lage sollte man nicht versuchen, eine optimale Lösung anzustreben, sondern etwas noch Schlechterem zu entgehen!

Er fragte sich, wie dieser pessimistische Blick auf die menschliche Psyche Alva wohl gefallen würde. Aber jetzt war entscheidend, dass er ihm half. Schließlich gelang es ihm, mehr von dem in Plastik gewickelten Paket aus dem Schlauchboot rauszubekommen, als noch drin war, und plötzlich, als hätte nun auch das Paket einen Entschluss gefasst und sich für die friedliche Ruhe in der dunklen Tiefe entschieden, glitt es widerstandslos ins Wasser und verschwand.

Ohne das tote Gewicht kam es ihm vor, als bewegte sich das

Schlauchboot jetzt wie ein elfenleichter Kahn (wo hatte er diesen Ausdruck her?) unter seinen starken gleichmäßigen Paddelschlägen, und das, was ihm auf dem Hinweg unermesslich weit erschienen war, hatte er jetzt im Handumdrehen bewältigt, und Sneck begrüßte ihn zurück auf festem Boden mit wildem Schwanzwedeln.

Aber jetzt musste er die ganze Prozedur wiederholen.

Er legte keine Pause ein, weil er fürchtete, dass ihn dann der Mut verlassen könnte.

Es heißt, eine schwierige Aufgabe einmal zu meistern verleiht Zuversicht, so dass sie einem beim zweiten Mal schon leichter fällt.

Wie üblich ist auch das erstunken und erlogen!

Der See kam ihm breiter vor, die Nacht kam ihm dunkler vor, das Schlauchboot hing tiefer im Wasser, und einmal hatte er völlig die Orientierung verloren und wusste nicht mehr, in welche Richtung er eigentlich paddelte.

Dann erhielt er einen Anhaltspunkt, aber in einer Form, die noch beängstigender war als die Lage, aus der er ihn rettete.

Die Scheinwerfer eines Autos durchschnitten die Dunkelheit auf der Straße, die das Tal hinaufführte.

Es schien für einen Moment langsamer zu werden, als es die Stelle passierte, wo er den Toyota abgestellt hatte. Doch dann, vielleicht weil der Fahrer sich dachte, dass der wahrscheinlichste Grund, warum ein Auto so spät nachts in so einer einsamen Gegend parkte, der war, dass die Insassen einer äußerst intimen Beschäftigung nachgingen, beschleunigte er, und schon bald verlor sich das Licht auf dem Weg zu dem Gasthof in der Ferne.

Nach dem kurzen hellen Intermezzo war die zurückkehrende Finsternis undurchdringlich, aber Hadda wusste wieder, wo er war. Noch ein paar weitere Paddelschläge, dann rollte er die zweite Leiche über den Rand, ohne sich drum zu scheren, wie viel Wasser dabei hereinschwappte, und machte sich auf den Rückweg zum Ufer.

Das Schlauchboot war jetzt wahrhaftig kein elfenleichter Kahn mehr, sondern fühlte sich bleiern an und schob sich eher durch als übers Wasser. Aber endlich hatte er es geschafft. Er überlegte kurz, ein Loch ins Boot zu stechen und es zu versenken, aber das wäre dumm. Es würde nicht auf den Grund sinken, wäre leicht zu entdecken, die Leute würden anfangen, sich Sorgen zu machen, der Autofahrer könnte sich an das geparkte Fahrzeug erinnern, und selbst wenn Hadda recht damit hatte, dass die Leichen zu tief abgesunken waren, um noch geborgen zu werden, könnte der Vorfall irgendwem zu Ohren kommen, der gespannt auf Nachricht von den beiden Männern wartete, die er auf eine mörderische Mission geschickt hatte ...

Er ließ die Luft aus dem Schlauchboot, sprang mehrmals darauf, um den letzten Rest herauszupressen, und warf es dann hinten in den Land Cruiser.

»Komm, Sneck«, sagte er. »Los geht's!«

Er fuhr durch die Berge, vorbei an dunklen Farmen, die unter uralten Sternen schliefen, und sah kein anderes Fahrzeug, bis er die Hauptstraße erreichte. Selbst hier war um diese Uhrzeit kaum ein Wagen unterwegs. Irgendwann bog er wieder ab und war kurz darauf wieder auf der einspurigen Bergstraße, wo er auf dem Heimweg angehalten hatte, um Sneck ein wenig Auslauf zu geben, ehe das letzte Licht am Himmel verschwunden war. Ganz oben angelangt, steuerte er den Toyota von der Straße auf das gefrorene Gras und fuhr immer weiter, bis der Motor schließlich abwürgte. Er stieg aus dem Wagen, der Hund dicht hinter ihm. Von der Ladefläche nahm er seinen Rucksack und den Benzinkanister.

Das Schlauchboot ließ er, wo es war.

Er schraubte den Verschluss vom Kanister und tränkte das Wageninnere mit Benzin. Seine Überlegung war einfach. Lass ein leeres Auto im Lake District stehen, und es wird irgendwann von irgendwem den Behörden gemeldet. Möglicherweise würde die Bergrettung losgeschickt, um die Umgebung abzusuchen, während die Polizei versuchte, den Besitzer des Fahrzeugs ausfindig zu machen.

Dagegen kam es einigermaßen oft vor, dass ein paar einheimische Rabauken sich nach reichlich Bier ein Auto klauten, um damit wie verrückt über die ruhigen Landstraßen zu rasen und es am Ende an einer einsamen Stelle abzufackeln, ehe sie sich nach Hause trollten.

Ein ausgebranntes Wrack würde also sehr viel weniger Aufsehen erregen, weil es sozusagen die Erklärung für sein Vorhandensein gleich mitlieferte.

Er goss eine Benzinspur auf die Erde, die rund sechs Meter vom Wagen wegführte, dann ging er noch einmal zurück und warf den Kanister auf die Rückbank. Er hob seinen Rucksack auf, warf ihn sich über die Schulter und ging bis ans Ende der Benzinspur.

Jetzt zog er eine Schachtel Streichhölzer aus der Tasche, zündete eins an und warf es auf die Erde.

»Fuß«, sagte er zu Sneck und entfernte sich zügig mit gleichmäßigen Schritten, was alle überrascht hätte, die ihn immer nur schwerfällig hatten hinken sehen.

Hinter ihm ertönte ein *Wuuumff!*, als das Feuer den Wagen erreichte.

Er schaute nicht zurück, bis er einige Minuten später eine Explosion hörte, die ihm verriet, dass der Tank des Wagens in die Luft geflogen war.

Jetzt blieb er stehen und drehte sich um.

Er hatte schon einen Viertelmeile zurückgelegt und befand sich jetzt etwa sechzig Meter höher.

Unterhalb von ihm leckten die Flammen des brennenden Fahrzeugs die Dunkelheit aus der Luft. Zweitausend Jahre zuvor hätten die Menschen es für einen Scheiterhaufen gehalten. In gewisser Weise war es das auch. Er dachte an die beiden Männer, die für alle Zeiten (so hoffte er) auf dem Grund des Sees liegen würden. Er wusste aus Erfahrung, wie lang der menschliche Verstand braucht, um mit der Verantwortung für den Tod eines anderen Menschen fertigzuwerden. Irgendwann würden die Gründe für mildernde Umstände sich in den Vordergrund drängen – immerhin hatten sie vorgehabt, ihn zu töten –, aber in diesem Moment war ihre Schuld oder Unschuld bedeutungslos. Sie waren nur zwei Leben, denen er ein jähes Ende bereitet hatte. Der Mann mit den versauten Bildern auf seinem Handy und der Mann mit der liebevollen Familie waren beide gleichermaßen tot.

Er würde lange brauchen, um das zu verarbeiten, aber sieben Jahre im Gefängnis hatten ihn gelehrt, seine Gedanken zu filtern.

Er wandte den anklagenden Flammen den Rücken zu. Es war fünf Uhr morgens, und er hatte einen weiten Weg vor sich.

Zu Anfang führte dieser Weg ihn nach Osten, und obwohl es bis zur Morgendämmerung noch Stunden hin waren, meinte er, vor sich die Umrisse der dunklen Berge ausmachen zu können, die sich vor einem blasseren Himmel abzeichneten.

Es gab immer ein stärker werdendes Licht, auf das man zugehen konnte, ebenso wie ein ersterbendes Licht, das man hinter sich ließ.

Und der Boden, auf dem er ging, war heilig. Sein größter Fehler war es gewesen, ihn je zu verlassen.

»Komm, Sneck«, sagte er. »Wir gehen nach Hause.«

BUCH VIER

Wolfsgeheul

Draußen lag Dauerregen überm Land,
Wo nicht der Frost mit scharfer Kälte alles
In Starrheit bannte. Mitten unterm Spiel
Kam dann von Esthwaites Gletscher, wenn er barst
Und Luft, entpreßt den Höhlen unterm Eis
Sich Wege schuf, ein lautes, langes Ächzen,
Das über Weidegrund und Hügel herklang
Wie Wolfsgeheul in rauhen Ostseebuchten.

William Wordsworth: *Präludium*

1

Johnny Nutbrown war wahrhaft ein Mann des Augenblicks, dem Angst vor Zukünftigem und Reue über Vergangenes gleichermaßen fremd waren. Für ihn war jeder Tag eine Schachtel, die er abends, wenn er sich schlafen legte, schloss. Im Laufe der Nacht wurde sie dann weggebracht, mit dem Etikett »unerwünschtes Reisegepäck« versehen und in irgendeinem dunklen Laderaum verstaut. Auf diese Weise erwachte er morgens nie ohne das Gefühl, sich auf den neuen Tag zu freuen, und sollte es doch einmal vorkommen, dass sich mit der Rückkehr des Bewusstseins auch das Wissen um eine Bedrohung einstellte, die ernst genug war, um sogar seine Gelassenheit zu erschüttern, überstand diese Beunruhigung nur selten ein herzhaftes Frühstück.

Nur eine Sorge verblieb mitunter bis zum Lunch bei ihm, und das war der geplante Verkauf von Poynters und der Umzug nach Kalifornien. Toby Estovers Besuch hatte ihn stärker verunsichert, als er zugeben wollte, aber als sich der übertrieben lange Weihnachtsurlaub dem Jahresende näherte, fiel er langsam in seine alte Unbekümmertheit zurück.

Jedes Jahr gaben die Nutbrowns eine allseits beliebte Silvesterparty, und wie üblich war Johnny der perfekte Gastgeber. Drinks, Essen, Musik, alles vom Feinsten, und das H und Koks, das er zum Genuss seiner vertrautesten Gäste bereitstellte, war so rein, dass viele ihn löcherten, um ihm seine Bezugsquelle zu entlocken. Doch die Unbestimmtheit, die Johnny im Verlauf seines Lebens so gute Dienste geleistet hatte, ließ ihn auch in dieser Situation nicht im Stich. Wie er wusste, bestand eine Verbindung von seinem Lieferanten zu Toby Estovers Mandanten Pavel Nikitin, und das war ein Mann, mit dem er es sich nun wirklich nicht verscherzen wollte.

»Och, bloß ein Bursche, den ich in irgendeinem Klub kennengelernt hab«, sagte er. »Harold hieß er, glaub ich. Oder George. Meine Güte, es ist gleich so weit! Alle Mann ab in die große Halle!«

Und wenige Minuten später stand er auf einem Stuhl und zählte lautstark die Sekunden bis Mitternacht, als sehnte er sich von ganzem Herzen danach, das alte Jahr zu verabschieden und das neue zu begrüßen, obwohl er im Grunde genommen nie viel Sinn darin gesehen hatte, zwischen dem letzten Tag im Dezember und dem ersten im Januar großartig einen Unterschied zu machen.

Als eine Nachbarin seufzte: »So eine tolle Party, Johnny. Kaum zu glauben, dass es die letzte ist«, sah er die Frau daher nur verständnislos an, bis sie hinzufügte: »'tschuldigung, ich dachte, Pippa hätte gesagt, dass ihr einen Käufer gefunden habt oder zumindest einen Interessenten, der ein Gutachten bezahlen will.«

»Ach so, das«, sagte er ohne große Begeisterung. »Ja, Pippa meint, irgendein Schotte wäre vielleicht bereit, unseren Preis zu akzeptieren.«

»Wie wunderbar«, sagte die Frau, die zu beschwipst war, um zu bemerken, dass sie damit ihrem soeben geäußerten Bedauern angesichts der Möglichkeit, ihre Nachbarn zu verlieren, widersprach.

In Wahrheit war sie trotz ihrer gemischten Gefühle nicht unaufrichtig. Allgemein ging man in der Nachbarschaft davon aus, dass die Nutbrowns ihre Preisvorstellungen um ein paar Hunderttausend würden runterschrauben müssen, um das Haus in dieser Jahreszeit zu verkaufen. Falls sie durch irgendein Wunder doch den verlangten Preis erzielten, so würde die daraus resultierende Wertsteigerung sämtlicher Immobilien der Gegend sie mehr als genug für die entgangene Schadenfreude entschädigen.

In den frühen Morgenstunden, nachdem sie die letzten Gäste mit herzlichen Worten und Versprechen ewiger Freundschaft zum Abschied gedrängt hatten, betrachteten die Nutbrowns die traurigen Überreste der Party.

»Tut mir alles andere als leid, dass ich keinen von dieser grässlichen Bande wiedersehen werde«, sagte Pippa.

Pippas Fähigkeit, permanent enttäuscht zu sein, hatte zur Folge, dass jedes gesellige Beisammensein, auch wenn es in ihrem eigenen Haus stattfand, bei ihr eine tiefe Antipathie gegenüber den Gästen auslöste.

»Gehen wir schlafen«, sagte ihr Mann, ohne auf die indirekte Anspielung auf ihre mögliche Emigration einzugehen. »Hoffentlich machen Mrs P und ihre Truppe nicht zu viel Krach.«

Gemeint war ihre Putzfrau Mrs Parkin, die am Neujahrstag traditionell mit Verstärkung anrückte, um die Ordnung wieder herzustellen.

»Ich kann nicht lange ausschlafen«, sagte Pippa. »Muss aufpassen, dass Parkin nicht schludert. Das Haus muss tiptop aussehen, wenn Mr Murray am dritten kommt.«

»Wer?«

»Murray, der Interessent. Er bringt diesmal sogar seinen eigenen Gutachter mit. Das hab ich dir doch erzählt.«

Hatte sie nicht, aber sie wusste, dass ihr Mann dem nicht widersprechen würde.

»Großer Gott«, sagte er ein wenig aufgebracht. »Ich dachte, Schotten verbringen die erste Woche nach Silvester im Alkoholkoma.«

»Sei nicht so rassistisch. Und komm ins Bett.«

Es war abzusehen, dass Pippa trotz der vorgerückten Stunde nicht sofort schlafen wollte. Nach Partys war sie immer noch aufgekratzt und würde endlos lange wach liegen, wenn sie nichts unternahm, um diese nervöse Energie abzubauen. Sie streifte sich die Kleidung ab und half ihrem Mann beim Ausziehen, um sich dann rückwärts aufs Bett fallen zu lassen und ihn mitzuziehen.

Es war Johnnys größte Tugend als Sexualpartner, dass er nur selten aufdringlich wurde, aber auf Wunsch allzeit bereit war und Pippa vollauf befriedigte. An diesem Abend reichten ihr fünf Minuten. Nachdem Pippa gekommen war, schob sie ihn runter, rollte sich auf die Seite und schlief ein. Johnny lag noch etwas länger wach und starrte in die Dunkelheit, ohne richtig zu denken, aber in dem Bewusstsein, dass Gedanken im Raum schwebten, die ihn wach halten würden, wenn er so töricht wäre, sie zu denken. Schließlich schlief auch er ein.

Der Tag von Donald Murrays Besuch war perfekt für einen Hausverkauf. An Neujahr hatte ein Ostwind noch Graupelschauer aus den Steppen herangeweht, doch als sich das Wetter zwei Tage später wieder beruhigt hatte, war der Himmel klar, und strahlender Sonnenschein leuchtete das Anwesen mit dem feinfühligen Geschick eines Hollywood-Beleuchters aus, so dass jeder Schatten und jedes Schlaglicht genau die Botschaft des Regisseurs verkündete, die in diesem Fall lautete: Liebe mich! Kauf mich!

Johnny hatte sich dafür entschieden, Golf spielen zu gehen. Es war schwer, die Augen vor der Tatsache zu verschließen, dass sie das Haus verkauften, wenn ein Gutachter überall herumtrampelte. Er blickte verstört auf, als es an der Tür klingelte, während sie noch beim Frühstück saßen.

»Großer Gott, sind die das etwa schon?«, fragte er.

»Die kommen erst um zehn«, sagte Pippa. »Wahrscheinlich die Post.«

Wenige Augenblicke später kam sie mit der Morgenpost zurück, darunter auch zwei identisch aussehende Päckchen, ungefähr dreißig mal fünfzehn Zentimeter groß und acht Zentimeter dick, von denen eines an ihn und eines an sie adressiert war.

Sie entfernten das äußere braune Packpapier so synchron, dass sie damit hätten auftreten können, stießen aber bloß auf eine dicke Schicht durchsichtige Plastikverpackung. Auch diese entfernten sie. Jetzt hatte jeder von ihnen eine Art Schuhkarton vor sich.

Beide hoben den Deckel.

»Warum schickt mir denn jemand zwei Gideon-Bibeln?«, fragte Johnny verwundert. »Was hast du bekommen, altes Mädchen?«

»Dasselbe«, sagte Pippa.

»Wirklich seltsam. Was meinst du, was das zu bedeuten hat?«

»Weiß der Himmel und vielleicht weiß es auch noch Gideon, aber ich werde keine Zeit damit vertun, es rausfinden zu wollen«, sagte seine Frau.

Sie sammelte die ganze Verpackung und die Bücher ein, trug sie aus der Küche in den Wirtschaftsraum, wo Recyclingbehälter in unterschiedlichen Farben standen, und kam mit den Worten »Müll zu Müll« wieder zurück.

»Braves Mädchen. Ich zieh dann mal los«, sagte Nutbrown.

Seine Frau war froh, dass er ging. Verhandlungen führte sie am liebsten allein, und obwohl sie sich mit Donald Murray über den Preis einig geworden war, hatte sie das Gefühl, dass es noch das eine oder andere auszuhandeln gab.

Um Punkt zehn klingelte es erneut an der Haustür, und als

Pippa aufmachte, sah sie die lange hagere Gestalt von Mr Murray vor sich, der zu ihr herablächelte. Ein Stück hinter ihm schlich ein zweiter Mann herum, der die Fassade von Poynters musterte, als wäre er zufällig auf das Haus Usher unmittelbar vor dessen Untergang gestoßen. Er wurde herbeigerufen und als der Gutachter, Duff, vorgestellt. Ob das sein Vor- oder Nachname war, blieb unklar, aber Pippa ging davon aus, dass er ebenfalls Schotte war.

Ihre Vermutung wurde bestätigt, als er in Erwiderung auf ihr munteres »Na, Sie haben aber schönes Wetter mitgebracht«, kräftig die Luft durch die Nase einsog, als witterte er schon Feuchtigkeit und Holzfäule, und etwas in einem dermaßen starken Dialekt sagte, dass es genauso gut Gälisch hätte sein können.

Sie schielte zu Murray hinüber, und der übersetzte: »Geht das in Ordnung, wenn Duff sich ein bisschen umsieht?«

»Aber ja«, sagte sie. »Das Haus steht Ihnen offen.

Der Mann schlurfte davon, gebeugt unter dem Gewicht eines Rucksacks, der vermutlich seine Gutachterutensilien enthielt.

»Sie haben ihn extra aus Schottland mitgebracht, nicht wahr?«, sagte sie staunend.

»Ja. Wenn ich für eine Dienstleistung bezahle, nehme ich gern jemanden, dem ich vertrauen kann.«

»Ist ja Ihr Geld«, sagte sie. »Gibt es vielleicht irgendetwas, das Sie sich noch mal genauer anschauen möchten, während er seine Arbeit macht, Mr Murray?«

Er lächelte sie seltsam an, und einen Moment lang fürchtete sie schon, er wollte ihr an die Wäsche. Nicht, dass sie prinzipiell etwas dagegen hatte – ganz gleich, ob sie sich darauf einließ oder nicht, normalerweise führte das zu einer Beziehung, in der sie die Oberhand behielt. Aber ihrem Gefühl nach wäre es im Fall von Mr Murray keine gute Idee, das Angenehme mit dem Nützlichen zu verbinden.

Zum Glück hatte sie sich getäuscht, oder er verwarf den Gedanken wieder.

»Klar«, sagte er. »Ich würd gern noch mal einen kleinen Rundgang machen, nur um zu sehen, ob wirklich alles so großartig ist, wie ich es in Erinnerung habe.«

Während sie ihn herumführte, erst draußen, dann drinnen, war von Duff nichts zu sehen, allerdings hörten sie Knarren und Klopfen, was vermuten ließ, dass er fleißig bei der Arbeit war.

Schließlich landeten sie in der Küche, wo sie anbot, Kaffee zu kochen. Er sagte Ja, und sie fragte, ob er ins Wohnzimmer gehen wolle, aber er sagte, nein, die Küche sei ihm sehr recht, er fände, sie sei immer das Herz eines Hauses.

»Ist Mr Nutbrown nicht da?«, fragte er.

»Nein. Er hat geschäftlich zu tun«, log sie.

»Dann müssen Sie sich allein um den Verkauf kümmern? Der Mann kann sich glücklich schätzen, so eine fähige Frau zu haben«, sagte er.

Er hörte sich an, als ob er das ernst meinte.

Sie sagte: »Denken Sie, Mr Duff hätte auch gern ein Tässchen?«

»Duff ist kein Kaffeetrinker«, sagte er. »Irn-Bru und einen Whisky hinterher. Aber nie bei der Arbeit. Konzentration ist ihm wichtig. Würde ihn fuchsen, wenn er irgendwas übersähe, das dann später rauskommt.«

»Ich hoffe, er findet gar nichts, was später rauskommen könnte«, sagte sie spitz.

Wieder musterte er sie mit einem seltsamen Blick, dann sagte er: »Denken Sie nicht, ich wollte Sie übers Ohr hauen, Mrs Nutbrown. Ich kauf ein Haus gern so, wie das bei uns in

Schottland üblich ist: Ich mache ein Angebot, Sie nehmen es an, wir geben uns die Hand drauf, und fertig ist die Kiste. Andererseits wäre ein klitzekleiner Nachlass auch nicht schlecht. Aber wir müssen ja alle irgendwie sehen, dass wir klarkommen, sogar Maklerfirmen, was? Wie viel verlangt Skinners eigentlich? Fünf Prozent?«

»Sechs«, sagte sie.

Er stieß einen Pfiff aus.

»Donnerwetter. Sechs Prozent ist ein ordentlicher Batzen Geld, wenn man mal im sechsstelligen Bereich ist.«

Jetzt kommt's, dachte sie. Das war die Art von Annäherungsversuch, auf die sie seit ihrer ersten Begegnung mit Murray gewartet hatte.

Sie sagte: »Wie wär's mit einem Stückchen Kuchen?«

Er betrachtete die Zitronenbiskuit-Torte, die sie auf den Tisch gestellt hatte.

»Später vielleicht«, sagte er. »Apropos Skinners, was für eine Vereinbarung haben Sie eigentlich mit denen getroffen?«

»Eine, die ich schnell wieder auflösen kann«, sagte sie. »Darauf hab ich Wert gelegt, als ich ihre Provisionsforderungen gehört hatte. Im Gegenzug haben sie mich darauf aufmerksam gemacht, dass die Bedingungen auch nach Vertragsauflösung weiterhin Gültigkeit haben, falls ich das Haus an jemanden verkaufe, den sie mir vermittelt haben.«

»Klar, das ist so üblich«, sagte er. »Sonst würde ja nie einer diesen Haien das Geld in den Rachen schmeißen, was? Aber Vermuten und Beweisen sind zwei völlig verschiedene Paar Schuhe, wie der Priester sagte, als er aus dem Massagesalon kam.«

»Will heißen?«

»Will heißen, dass ich ebenso wie der Priester möglicherweise ein bisschen vage gewesen bin, als ich den Termin gemacht hab. Und es lief rein telefonisch, also bin ich nie jemandem von Skinners persönlich begegnet. Außerdem, Mrs Nutbrown, falls wir uns einig werden, würde ich das Ganze aus steuerlichen Gründen wahrscheinlich über eine kleine Holdinggesellschaft laufen lassen, die ich ab und an benutze.«

Er schaute sie erwartungsvoll an.

Sie sagte: »Hätten Sie jetzt vielleicht Lust auf das Stückchen Kuchen, Mr Murray?«

»Und wie«, sagte er. »Und wie.«

2

Erst in der zweiten Januarwoche kam Alva Ozigbo zurück nach London.

Der Rückfall ihres Vaters war schwer gewesen, aber er hatte überlebt.

»Das Gute daran ist«, hatte sein Stellvertreter gesagt, »dass Ike sich jetzt vielleicht nicht länger einbildet, er wüsste alles besser, und davon absieht, sich selbst behandeln zu wollen.«

»Ich würde nicht drauf wetten«, sagte Alva.

Mit Beginn des neuen Jahres war die Prognose wieder optimistischer, aber jetzt verließ sich Elvira nicht mehr darauf, und Alva sah ein, dass sie ihre Mutter unmöglich allein lassen konnte, solange die sich nicht von dem Schock erholt hatte. Kurz nach Neujahr war Ike so weit genesen, dass er nach Hause entlassen werden konnte, aber nur unter der Bedingung, dass er rund um die Uhr von einer Krankenschwester betreut wurde. Als er erbost dagegen protestierte, sprach Alva ein ernstes Wörtchen mit ihm.

»Hör auf, dich wie eine Diva aufzuführen, und denk doch auch mal an Mum«, sagte sie streng. Dann fügte sie in sanfterem Ton hinzu: »Außerdem, hab ein paar Tage Geduld, dann schmeißt Elvira die Krankenschwester wahrscheinlich selbst raus.«

Und so ähnlich kam es dann auch, als Elvira der Schwester, einer gutmütigen Frau aus Oldham namens Maggie Marley, erklärte, sie sei durchaus in der Lage, die medizinische Versorgung ihres Mannes allein zu bewältigen.

»Meinetwegen«, sagte Schwester Marley. »Aber ich komm trotzdem jeden zweiten Tag vorbei, nur um nach dem Rechten zu sehen, okay?«

Ike betrachtete das als gewonnene Schlacht.

»Was bist du doch für eine schlaue kleine Psychiaterin«, sagte er. »Und wie geht's jetzt weiter, Coach?«

»Ich lass euch zwei miteinander allein«, sagte Alva. »Und Gott stehe euch bei!«

Sie hatte per Telefon und Internet ihr Möglichstes getan, um ihren beruflichen Verpflichtungen nachzukommen, aber natürlich mussten alle Termine mit ihren Patienten entweder verschoben oder fürs Erste gestrichen werden, was alles andere als zufriedenstellend waren. Wolf Hadda war völlig in den Hintergrund gerückt. Sie hätte ihre Mutter nicht allein lassen können, um erneut nach Cumbria zu fahren, selbst wenn sie das gewollt hätte. Sie hatte Luke Hollins angerufen, um ihm die Situation zu erklären und ihm zu sagen, dass Hadda ihrer inoffiziellen Einschätzung nach für niemanden eine Gefahr darstellte, dass der Vikar aber, sollte er neuerlichen Grund zur Besorgnis haben, selbstverständlich die Maßnahmen ergreifen müsse, die er für notwendig hielt, und sie hatte indirekt durchblicken lassen, dass ihr eigenes Engagement in dem Fall damit bis auf Weiteres beendet war.

Was sowohl ihren Besuch im Schloss betraf als auch das, was sie dabei erfahren hatte, so nahm sie jedes einzelne, scheinbar bedeutsame Detail genau unter die Lupe.

Imos Behauptung, was die Vaterschaft ihrer Tochter betraf, war, ob nun wahr oder falsch, ohne Bedeutung. Wolfs Trauer über ihren Tod würde es nicht lindern, wohingegen der Schmerz über den Verrat seiner Frau kaum noch gesteigert werden konnte.

Sir Leons Aussage, er habe sich der Heirat widersetzt, weil er um Wolfs Wohl besorgt gewesen sei, nicht etwa um Imogens, war nur so lange verblüffend, bis man bedachte, was für ein Leben der Ärmste mit seiner dominanten Frau und der eigensinnigen Tochter geführt haben musste. Außerdem hatte er gesehen, was Wolfs Verschwinden mit seinem treuen und geschätzten Oberförster Fred Hadda angerichtet hatte. Die Vorstellung, dass dem armen Teufel noch mehr Schmerz zugefügt wurde, weil sein Sohn auf einer in Freds Augen törichten und möglicherweise verhängnisvollen Heirat beharrte, hatte ihn gewiss stark beeinflusst. Kein Wunder, dass er sich mit der wenigen Kraft, die er aufbieten konnte, gegen die geplante Ehe aufgelehnt hatte.

Und schließlich das Foto. Vielleicht hatte der alte Herr sich mit dem Geburtstag vertan. Vielleicht war Wolfs Erinnerung fehlerhaft gewesen. Vielleicht hatte er eingedenk seiner späteren sexuellen Vorlieben unbewusst versucht, zu betonen, dass pubertierende Mädchen aktive Verführerinnen sein konnten.

Schlussfolgerung: Einzeln betrachtet, war jedes dieser »bedeutsamen« Details erklärbar und vernachlässigbar.

Es gab jedoch noch etwas anderes, das sich einer genauen Analyse erstaunlicherweise stärker widersetzte.

Zweimal hatte sie sich in etwas eingemischt, das sie eigentlich nichts mehr anging, zweimal hatte sie sich dabei ertappt, dass sie sich eher wie eine Privatdetektivin verhalten hatte als wie eine Psychiaterin.

Beide Male war sie von der Nachricht überrascht worden, dass ihr Vater schwer erkrankt war.

Sie war nicht abergläubisch, doch sie wusste, dass Menschen oftmals Gefühle und Intuitionen als Aberglauben bezeichnen, die nützliche Warnungen außerhalb der Vernunftsphäre vermitteln.

Obgleich sie Hadda nicht für gefährlich hielt, jedenfalls nicht in einem Sinn, der sie beruflich beunruhigen sollte, glaubte sie inzwischen, dass in seiner Nähe Gefahr lauerte. Und daher zog sie, als sie endlich wieder in London war, bewusst, wenn auch mit einer Spur Unbehagen, einen Strich unter den Fall Wolf Hadda.

Was die leisen Anflüge von Begehren betraf, die sie empfand, wenn sie an ihn dachte, so redete sie sich ein, dass sie kaum lästiger waren als die leichten Verdauungsbeschwerden, die sie nach dem Genuss von Blauschimmelkäse bekam.

Und ebenso leicht zu beheben, indem sie darauf verzichtete.

Sie stürzte sich in die Arbeit. Nach der ausgedehnten Pause wartete ein ganzer Berg auf sie. In Parkleigh begrüßte Simon Homewood sie überschwänglich.

»Gott, hab ich Sie vermisst«, sagte er.

Seine Begeisterung klang nicht bloß professionell. Er sah nicht gut aus, und als sie sich erkundigte, wie er Weihnachten verbrachte habe, sagte er: »Wie gewohnt«, und wechselte das Thema.

Wenige Tage später suchte sie ihn abends in seinem Büro auf, um ihn wie üblich über den Stand ihrer Arbeit zu unterrichten. Dabei sprach sie normalerweise über einzelne Häftlinge, die ihr besondere Sorgen bereiteten, achtete aber stets peinlich darauf, ihm keinerlei Einzelheiten mitzuteilen, die sie als vertraulich eingestuft hätte, wenn die Patienten auf freiem Fuß gewesen wären.

Als sie fertig war, öffnete Homewood zu ihrem Erstaunen eine Schreibtischschublade und förderte eine Flasche Sherry und zwei Gläser zutage.

»Sie waren vor Weihnachten so schnell weg, ich hatte gar keine Gelegenheit mehr, mit Ihnen anzustoßen«, sagte er.

Der Grund für den überstürzten Aufbruch war ihre Entscheidung gewesen, Hadda in Cumbria zu besuchen. Sie hatte damals nichts davon gesagt und sah auch jetzt keinen Grund dazu.

Er goss ein und reichte ihr ein Glas.

»Frohes Neues Jahr«, sagte er. »Ich denke, das hätten wir beide verdient, als Ausgleich für zwei ziemlich schauerliche Weihnachten.«

»Wieso war denn Ihr Weihnachten so schlimm?«, fragte sie.

»Ach, Familienangelegenheiten«, sagte er ausweichend. Dann trank er einen Schluck und sagte: »Wieso scheu ich mich eigentlich so? Es kommt sowieso bald raus. Sally und ich haben uns getrennt.«

Ihr egoistischer erster Gedanke war: *Ach, du Scheiße!* Das änderte alles. Wenn sie Glück hatte, würde er erst dann versuchen, bei ihr zu landen, wenn er seine häuslichen Probleme einigermaßen geregelt hatte, aber dann ...!

Bestimmt würde er versuchen, die Abfuhr, die sie ihm erteilen musste, wie ein altmodischer Gentleman hinzunehmen, aber ihr Verhältnis würde sich zwangsläufig ändern. Sie konnte sich nicht vorstellen, dass er sich wie Giles mit einer offenen, freundschaftlichen, wenn auch gelegentlich leicht anzüglichen Beziehung abfinden würde.

Sie sagte: »Das tut mir leid.«

»Danke«, sagte er und betrachtete sie nachdenklich. Auf einmal beschlich sie die Befürchtung, er könnte es vielleicht überstürzen. Um ihn abzulenken, sagte sie munter und ohne zu überlegen: »Übrigens, über die Feiertage bin ich Hadda begegnet.«

Er schien nicht überrascht.

»Ach ja, Hadda. Und wie kommt er so zurecht, da oben in seiner Bergfestung?«

Wieso hatte sie bloß damit angefangen?, fragte sie sich.

»Er hat einen guten Eindruck gemacht«, sagte sie. »Sehr häuslich. Er kann sogar kochen.«

»Sie haben mit ihm zu Abend gegessen?«

Sie sagte: »Es war eigentlich eher einen Imbiss.«

»Sie beide allein?«

»Na ja, der Vikar aus dem Dorf war eine Zeit lang dabei.«

Während sie das aussprach, fragte sie sich: Wieso hab ich ein schlechtes Gewissen? Und was bildet der sich ein, mich auszufragen wie ein viktorianischer Vater, der befürchtet, seine Tochter habe sich kompromittiert?

Oder ist das eine Überreaktion von mir, und er erkundigt sich bloß so, wie ein Gefängnisdirektor sich bei seiner Gefängnispsychologin nach einem auf Bewährung Entlassenen erkundigt?

Homewood sagte: »Für Hadda sind jetzt seine Bewährungshelfer zuständig, Alva. Wir sollten ihn denen überlassen, meinen Sie nicht? Während er hier war, haben Sie bei ihm Wunder bewirkt, und gerade jetzt, wo Ihre jährliche Beurteilung ansteht, wollen wir uns doch keine Schwierigkeiten einhandeln, oder?«

Er sagte das mit einem Nachdruck, der ihr missfiel. Ihr Vierjahresvertrag war zur Hälfte um, und sie hatte angenommen, dass die obligatorische jährliche Beurteilung so ablaufen würde wie im Vorjahr, in Form eines entspannten Gesprächs, bei dem ihr der Direktor zugesichert hatte, er werde überall an der richtigen Stelle seine Kreuzchen machen. Mit einem Mal kam ihr der unangenehme Gedanke, Homewood könnte das Thema angesprochen haben, um sie daran zu erinnern, dass es in ihrem Interesse sei, sich gut mit ihm zu stellen!

Nein! Das wollte sie nicht glauben. Aber das hieß nicht, dass sie seine indirekte Kritik einfach hinnehmen musste.

Sie sagte trotzig: »Bloß weil ein Patient Parkleigh verlassen hat, hört er für mich nicht auf, Patient zu sein. Wenn ich das Gefühl habe, ein Patient braucht Hilfe, dann bekommt er sie auch.«

»Und Sie hatten das Gefühl, dass Hadda Hilfe brauchte? Aus welchem Grund, wenn ich fragen darf?«

Sie erwog, ihm von Luke Hollins' Brief zu erzählen, aber dann würde sie ihm womöglich ihren gesamten Besuch in Birkstane schildern müssen, was sie lieber vermeiden wollte.

Sie sagte: »Aus keinem besonderen Grund. Ich wollte mich nur vergewissern, dass alles in Ordnung ist.«

»Sehr gewissenhaft von Ihnen«, sagte er. »Wenngleich mir nicht einleuchtet, wieso dafür eine Mahlzeit und eine Übernachtung erforderlich waren. Schauen Sie, Alva, ich spreche hier nicht als Ihr Vorgesetzter, sondern als Ihr Freund. Sie sollten vorsichtiger sein. Es ist völlig in Ordnung, unter kontrollierten Bedingungen mit diesen Menschen zu reden, aber sie können unberechenbar sein. Mag sein, dass Hadda während seiner Zeit im Gefängnis ein paar Spielchen gespielt hat, aber das heißt nicht, dass er sich nicht echten sexuellen Fantasien hingegeben hat, in denen vermutlich nicht bloß Ihr Fuß eine Rolle gespielt hat!«

Du Arschloch!, dachte sie. Kein Wunder, dass deine Frau dich verlassen hat, wenn du auf die Tour versucht hast, sie zu kontrollieren.

Sie leerte ihr Glas und stand auf.

»Ich muss los«, sagte sie. »Vielen Dank für den Drink.«

Als sie sich dem Haupttor näherte, sah sie, wie gerade ein Besucher herausgeführt wurde. Sie beschleunigte ihre Schritte, um dem Officer die Mühe zu ersparen, das Tor zweimal öffnen und schließen zu müssen, doch Chief Officer Proctor trat aus dem Wachhaus und ging neben ihr her. Am Tor nickte er dem Officer zu und sagte: »Ich bringe Dr. Ozigbo hinaus.«

Er sah dem Mann nach, bis der im Wachhaus verschwunden war, dann sagte er: »Ich hab das mit Ihrem Vater gehört, Miss. Ich hoffe, es geht ihm wieder besser.«

Sie hatte ihn seit ihrer Rückkehr ein paarmal aus der Ferne gesehen, aber jetzt erst bot sich ihnen die Gelegenheit für ein Gespräch.

Sie sagte: »Danke, George. Ja, es geht ihm schon besser.«

»Schön. Und wie geht es Ihnen, Miss?«

»Mir geht es gut, George.«

»Das ist schön. Mr Homewood hat Sie vermisst.«

»Tatsächlich? Ich hoffe, Sie haben mich auch vermisst, George.«

Sie sprach ein wenig spitzzüngig, weil sie sich an jene frühere Unterhaltung erinnerte, bei der Proctor für ihren Geschmack zu vertraulich geworden war. Was war sein Motiv? Vielleicht hatte er von Homewoods Eheproblemen erfahren und versuchte sich jetzt als sein Kuppler! Nein, das ergab keinen Sinn ...

»Hab ich tatsächlich, Miss. Schön, wir sind nicht immer einer Meinung, aber Sie sind in Ordnung. Und diskret. Mr Ruskin war auch in Ordnung. Vielleicht nicht ganz so diskret. Jedenfalls, wie gesagt, wir sind froh, dass Sie wieder da sind. Vor allem der Direktor. Ist schon ein einsamer Job. Er muss über alles Bescheid wissen, wenn er ihn richtig machen will, deshalb interessiert er sich auch so für alles. Aber ich will Sie nicht aufhalten, Miss. Es fängt gleich an zu regnen. Also schönen Abend noch.«

Was zum Teufel war das denn?, fragte sie sich auf dem kurzen Weg zum Besucherparkplatz. Neben dem Eingang sah sie den Mann stehen, der vor ihr aus dem Gefängnis gegangen war. Diesmal erkannte sie ihn. Es war Wolf Haddas Anwalt, Mr Trapp.

Sie hatten noch nie ein Wort miteinander gewechselt, aber sie hatte ihn bei den Anhörungen gesehen und als er Hadda bei dessen Freilassung abholte.

Erste Regentropfen lieferten ihr einen Vorwand, um den Kopf zu senken und an ihm vorbeizuhasten, ohne in seine Richtung zu blicken. Zwischen ihnen gab es nur eine einzige Verbindung, und ihr kurzer Wortwechsel mit Homewood hatte ihr vor Augen geführt, wie gefährlich präsent Wolf Hadda in ihrem Kopf noch immer war.

Sie stieg in ihr Auto. Es regnete jetzt richtig, und sie machte die Scheibenwischer an. Jedes Mal, wenn sie über die nasse Windschutzscheibe glitten, kam Trapp in Sicht. Warum um alles in der Welt stand er bloß da, hutlos, schirmlos, nur von einem dünnen Regenmantel geschützt, der schon völlig durchnässt aussah?

Jetzt sah sie ihn, jetzt wieder nicht. Es war, als ließen die Scheibenwischer ihr die Wahl. Oder eher, als würde die Wahl für sie getroffen. Wie Blütenblätter, die von einer Blume gezupft wurden ... er liebt mich ... er liebt mich nicht ... Sie konnte einfach davonfahren. Dafür musste sie nicht mal an ihm vorbei.

Doch das Auto bewegte sich auf ihn zu. Meine Wahl, sagte sie sich entschlossen. Ein Akt der Menschlichkeit, sonst nichts.

Sie kurbelte die Scheibe runter und sagte: »Mr Trapp, nicht wahr?«

»Ja«, sagte er.

Sie sagte: »Sie werden ganz nass.«

Er sagte: »Ja.«

Sie verlor die Geduld, eher mit sich selbst als mit ihm, und sagte. »Na los, nun steigen Sie schon ein!«

Er zögerte, ging dann um den Wagen herum und schob sich feucht auf den Beifahrersitz.

Er war wirklich ein unscheinbar aussehender kleiner Mann; nicht direkt verwahrlost, aber doch ziemlich heruntergekommen. Sie hatte Fotos von Toby Estover gesehen. Zwischen dieser aalglatten, eleganten, makellos gekleideten Gestalt und Mr Trapp lagen Welten. Wenn man sie miteinander verglich, bekam man eine Ahnung, wie tief Hadda gestürzt war. Dennoch, nach allem, was sie den Prozessakten entnehmen konnte, hatte Trapp seine Sache gut gemacht. Und hatte Hadda in einem Teil seiner Lebensgeschichte nicht angedeutet, ihn schon von früher zu kennen? Es musste mit einem Gefallen zu tun haben und über das rein Berufliche hinausgehen, vermutete sie, wenn Wolf bei den Trapps Weihnachten verbracht hatte ...

Vorsicht, du spielst schon wieder Detektivin, ermahnte sie sich.

Sie sagte: »Alva Ozigbo.«

»Ja, ich weiß«, sagte er. Dann fügte er hinzu, als meinte er, sich erklären zu müssen: »Meine Frau holt mich ab. Sie müsste gleich kommen. Ich war etwas früher fertig, als ich gedacht hatte.«

»Na, dann versuchen wir mal, Sie trocken zu bekommen«, sagte sie und drehte das Gebläse voll auf. »Es wäre doch ungerecht, wenn Sie sich eine Erkältung einfangen, bloß weil Sie besonders tüchtig waren.«

Er lächelte, ein sanftes, fast ein wenig melancholisches Lächeln, das sein Gesicht erhellte.

»Das wohl kaum«, sagte er. »Als ich meinem Mandanten erklärt habe, es wäre in meinen Augen reine Zeit-, Geld- und Energieverschwendung, in Berufung zu gehen, hat er angedeutet, ihm eine Rechnung zu schicken wäre in seinen Augen so ziemlich das Gleiche, und falls es mir in den Sinn käme, irgendwelche Schritte dagegen zu unternehmen, hätte sein Bruder noch ein paar schlagende Argumente mit einem Baseballschläger zu bieten.«

»Klingt nach einem gebildeten Mann.«

»Ich hab es sinngemäß wiedergegeben«, sagte er förmlich. »Seine Wortwahl war anschaulicher.«

Sie lachte. In Mr Trapp steckte offenbar mehr, als man auf den ersten Blick sah. Oder eher, als sie auf den ersten Blick sah. Vermutlich hatte Hadda genauer hingesehen.

Als ob schon allein der Gedanke an ihn sie zwänge, seinen Namen auszusprechen, hörte sie sich selbst fragen: »Kannten Sie Mr Hadda schon, bevor Sie in dem Prozess sein Anwalt waren?«

Ich mache hier bloß Konversation, beruhigte sie sich. Bis seine Frau kommt.

Er ließ sich mit der Antwort Zeit. Schließlich sagte er: »Wir waren uns schon mal begegnet.«

»Beruflich?«

Er lächelte wieder und sagte: »Ja. Unsere erste Begegnung war beruflicher Natur.«

Unsere erste Begegnung. Sie versuchte, sich eine Situation auszumalen, in der Wolf Hadda, frisch mit seiner Prinzessin verheiratet und fest entschlossen, die Geschäftswelt zu erobern, einen Anwalt wie Mr Trapp benötigt haben könnte. Nicht völlig ausgeschlossen, aber höchst unwahrscheinlich.

Also fiel dieser Kontakt vermutlich in die fünf Jahre nachdem der junge Wolf von zu Hause weggelaufen war und bevor er seine drei unmöglichen Aufgaben gemeistert hatte und zurückkehrte.

Die geheimnisvollen Jahre, die Jahre der Smaragdminen, der Piraterie und der vergrabenen Schätze ...

Ein Auto bog auf den Parkplatz, ein verdreckter und verbeulter Toyota. Trapp beugte sich herüber und drückte auf die Hupe, um die Fahrerin des Toyotas auf sie aufmerksam zu machen, die prompt neben ihnen hielt.

Alva kurbelte ihre Scheibe herunter und blickte in das breite Gesicht einer Frau mit rosaroten Haaren und einem irritierend direkten Blick.

Trapp sagte: »Doll, das ist Dr. Ozigbo. Sie hat mir freundlicherweise Unterschlupf geboten, als ich auf dich gewartet habe. Dr. Ozigbo, meine Frau Doll.«

»Freut mich, Sie kennenzulernen«, sagte Alva.

»Dito«, sagte die Frau. »Hoffentlich hat er Ihnen nicht den Wagen versaut.«

»Vielen Dank«, sagte Trapp, stieg aus und lief hastig zu dem Toyota, um sich neben seine Frau zu setzen.

Gleich trennen sich unsere Wege, dachte Alva. Das Schicksal ist nicht untätig, aber man muss ihm auf die Sprünge helfen.

Sie rief: »Mr Trapp, was ich Sie noch fragen wollte, wie geht's Mr Hadda? Es gibt da eine Reihe von Leuten, die es interessieren würde, wie es ihm geht. Und ich wäre beruhigt, wenn ich wüsste, dass alles gut läuft ...«

»Bestens, soweit ich weiß. Ich werde ihm ausrichten, dass Sie nach ihm gefragt haben, ja?«, sagte Trapp.

»Danke«, sagte sie. Sie hatte das Gefühl, als sollte sie noch etwas sagen, aber ihr wollte nichts einfallen.

Die Frau, die sie während des kurzen Gesprächs mit ihrem Mann unverwandt angestarrt hatte, schob jetzt den Kopf aus dem Fenster, als wollte sie sie noch genauer in Augenschein nehmen. Alva musste sich zwingen, vor diesem taxierenden Blick nicht zurückzuschrecken.

Doll sagte: »Diese Farbe, wie kriegen Sie die hin?«

Es dauerte einen Moment, bis Alva begriff, dass die Frage sich auf ihr Haar bezog, nicht auf ihre Haut, wenngleich die Antwort in beiden Fällen dieselbe war.

»Die ist Natur, ehrlich.«

»Ach so. Schade. Hätte ich gern mal ausprobiert. Hat mich

gefreut, Liebes. Wenn Sie mal in Chingford sind, schauen Sie doch bei uns vorbei.«

Sie reichte Alva eine Visitenkarte. Dann kurbelte sie die Fensterscheibe hoch und fuhr davon.

Was ist da gerade passiert?, fragte sich Alva. Die Karte ließ vermuten, dass Doll Trapp hoffte, sie wiederzusehen, und wahrscheinlich nicht, um über ihre Haarfarbe zu diskutieren.

Das einzige Thema, das infrage kam, war Wolf Hadda.

Wenn Homewood ihr keinen Drink angeboten hätte, wäre sie schon auf dem Nachhauseweg gewesen, ehe Trapp aus dem Gefängnis kam. Sie wäre vielleicht sogar George Proctors Überraschungsangriff entgangen. Also sollte sie eigentlich schon längst gemütlich vor dem Fernseher sitzen und ihren Abend genießen, anstatt mit dem Auto unterwegs zu sein, während ihre Gedanken synchron mit den Scheibenwischern zwischen Hadda und Proctor und Simon Homewood hin und her glitten.

Eines war ihr durch die Begegnung mit den Trapps klar geworden: Der Strich, den sie unter Hadda gemacht hatte, war kein Schlussstrich, sondern diente der Betonung.

Als sie schließlich vor ihrer Wohnung hielt, verriet ihr das Quietschen der Wischer, die trocken über die Windschutzscheibe stotterten, dass der Regen aufgehört hatte. Und darüber hinaus führte es die drei Männer zusammen, mit denen sie während der Fahrt in Gedanken beschäftigt gewesen war.

Proctor hatte gesagt, dass Homewood über alles Bescheid wissen müsse, um seinen Job richtig zu machen.

Aber jetzt, wo sie Zeit gehabt hatte, ihr Gespräch mit dem Direktor mit abgekühlter emotionaler Temperatur zu überdenken, fand sie gewisse Dinge, über die er Bescheid wusste, verwirrend.

Als sie ihm von ihrem Treffen mit Hadda erzählte, hatte er

sofort vorausgesetzt, es hätte in Cumbria stattgefunden und nicht in Manchester, obwohl er doch wusste, dass sie bei ihren Eltern gewesen war.

Okay, das war vielleicht nicht so wichtig. Aber später war er auf ihre Übernachtung in Birkstane zu sprechen gekommen, obwohl sie die bewusst mit keinem Wort erwähnt hatte.

Vielleicht ein Zufallstreffer.

Aber das Letzte ließ sich nicht mit purem Raten erklären. Er hatte ihren Fuß erwähnt.

Also woher zum Teufel wusste er von der Scharade, die Hadda mit ihr gespielt hatte, um herauszufinden, ob der Ton an den Überwachungsbildschirmen auch wirklich abgestellt war?

3

Toby Estover überlegte, ob es nicht an der Zeit war, die Sekretärin zu wechseln.

Dabei war Morag, was ihre beruflichen Pflichten anging, genauso verlässlich wie immer, und was ihre persönlichen Dienste anging, so entgegenkommend wie eh und je. Das Problem war nur, dass sie in den ersten zwei Wochen seit seinem Weihnachtsurlaub deutliche Anzeichen dafür gezeigt hatte, dass sie sich mehr von der Beziehung zu ihm versprach als einen regelmäßigen Quickie auf dem Schreibtisch.

So hatte sie zum Beispiel versucht, ihn in eine lockere Plauderei über die Weihnachtstage zu verwickeln, indem sie ihm mehr von ihren Familienfeierlichkeiten erzählte, als er hören wollte, um dann eine erwartungsvolle Pause einzulegen.

Und nachdem sie rittlings über ihm gekniet und ihn zum Höhepunkt gebracht hatte, erhob sie sich nicht mehr sofort mit einem freundlichen Lächeln, um sich auf die Damentoilette zu begeben und wenige Minuten später perfekt zurechtgemacht und bereit zum Diktat wieder herauszukommen. Nein, jetzt hatte sie die Angewohnheit entwickelt, sich auf ihn sinken zu lassen, ihm die Lippen zum Kuss darzubieten und so dummes Zeug zu murmeln wie: »War's schön für dich, Liebster?«

Wenn er durch seine Reaktion deutlich machte, dass er weder für entspannte Tratscherei noch für postkoitale Zärtlichkeiten zu haben war, ließ sie von ihm ab, aber die Erfahrung war nicht angenehm gewesen. Also war es vielleicht Zeit für Veränderungen. Selbstverständlich nicht, was die Größe anging. Er hatte eine Schwäche für gut gepolsterte Büromöbel.

Die Farbgebung war dagegen etwas anderes. Morag war blond und sommersprossig, ihre üppigen Brüste cremeweiß mit kleinen Brustwarzen. Er merkte, dass er von einer braunhäutigen Frau träumte, mit Nippeln wie Daumen, die aus einem Ring aus pflaumendunklem Knautschsamt ragten ...

Der Gedanke machte ihn matt, und er blickte ungehalten auf, als Morag nach einem extrem flüchtigen Anklopfen sein Büro betrat und sagte: »Sie denken doch an Ihren Lunch mit Kitty Locksley?«

Kam es ihm nur so vor, oder war ihr schottischer Akzent in den letzten Tagen noch deutlicher geworden? Sie würde gehen müssen. Er würde mit Miss Jenner sprechen, der Personalleiterin der Kanzlei. Sie würde eine Versetzung in die allgemeine Verwaltung veranlassen. Keine Gehaltskürzung, aber normalerweise verstanden sie, was Sache war, und kündigten nach rund einer Woche selber.

Er sagte gereizt: »Natürlich denke ich dran. Obwohl ich keine Ahnung habe, wieso ich mich mit diesem Miststück zum Lunch treffe. Trotzdem, es ist ratsam, die Presse auf seiner Seite zu haben.«

Kitty Locksley war die Nachrichtenredakteurin eines Boulevardblatts der etwas anspruchsvolleren Sorte, eine Zeitung, die zu lesen manchmal auch seine Bekannten zugaben.

Er stand auf und wartete. Normalerweise ging Morag zur Garderobe, holte seinen Mantel und half ihm hinein. Heute rührte sie sich nicht. Das war's! Sie musste gehen, keine Frage. Er holte sich den Mantel selbst, und während er ihn sich unbeholfen anzog, sagte er: »Ich bin gegen drei zurück. Bitten Sie Miss Jenner, dann zu mir zu kommen, ja?«

Morag wartete, bis sie die Aufzugstüren zugleiten hörte, dann holte sie ihr Handy hervor und wählte.

»Hi, Mr Murray«, sagte sie. »Er ist unterwegs.«

»Gut gemacht. Muss los. Bis später dann.«

Sie steckte ihr Handy ein, schlenderte um Estovers ausladenden Schreibtisch herum und ließ sich in seinem äußerst bequemen ledernen Bürosessel nieder. Sie war stolz darauf, dass sie stets versuchte, die Dinge auch aus dem Blickwinkel anderer Leute zu sehen, und von hier aus sahen die Dinge nun wirklich ganz anders aus. Nicht, dass sie sich beklagte. Als sie den Job angenommen hatte, war ihr bewusst gewesen, was sie erwartete. Sie hätte schon sehr naiv sein müssen, um nicht zu erkennen, was Toby Estover durch den Kopf ging, als er den Blick während des Vorstellungsgesprächs von oben bis unten über ihren Körper gleiten ließ. Tja, nicht weiter schlimm, er schien einigermaßen nett zu sein, und sie war eine durch und durch moderne junge Frau, die keine Probleme damit hatte, Sex um seiner selbst willen zu genießen, und außerdem bescherte es ihr alle möglichen Vergünstigungen wie das Weihnachtsgeld. Daher hatte es sie lediglich amüsiert, als ein paar ihrer Kolleginnen es für ihre Pflicht und Schuldigkeit hielten, ihr zu sagen, dass Estovers Sekretärinnen im Schnitt drei Jahre blieben. Der Moment würde kommen, in dem die Büroleiterin Miss Jenner sie ansprach und ihr irgendeinen Quatsch erzählte von wegen, sie würde Mitarbeiterinnen gern auch mal anderweitig einsetzen, damit sie ihr Erfahrungsspektrum erweitern könnten, um sie dann aufzufordern, ihr komfortables Vorzimmer vor Estovers piekfeinem Büro zu räumen und in den allgemeinen Pool eine Etage tiefer zu tauchen.

»Das wär doch nett«, hatte sie mit einem Lächeln geantwortet. »Ich fänd's schön, mehr Zeit mit euch verbringen zu können.«

Als sie nach den Weihnachtsferien wieder zur Arbeit erschien, hatte sich fast augenblicklich ihr schottischer Bekannter bei ihr gemeldet. Er machte ihr einen neuen Vorschlag, den sie aber befremdlich fand. Murray darüber auf dem Laufenden zu halten, wo sich Estover wann aufhielt, war bloß eine harmlose Illoyalität gewesen. Aber ganz gleich, wie man es drehte und wendete, auf Estovers vertrauliche Unterlagen zuzugreifen, sie zu kopieren und zu verkaufen, das war eindeutig kriminell.

Das Geld, das Murray ihr bot, war gut. Und sie mochte den Mann. Also hatte sie nicht gleich rundweg abgelehnt. Als sie sich das nächste Mal trafen, brachte er den Vorschlag erneut zur Sprache und erhöhte sein Angebot von gut auf großzügig. Außerdem versicherte er ihr, dass Estover infolge ihrer Handlungen nichts widerfahren würde, das er nicht verdient hätte. Was, gemessen an ihren eigenen Kenntnissen von Tobys Arbeitspraktiken, die Vermutung nahelegte, dass der arme Teufel sich auf eine ziemlich schlimme Zeit gefasst machen musste!

Trotzdem zögerte sie weiter. Morag war nicht nur eine durch und durch moderne junge Frau, sie hatte auch eine altmodisch sentimentale Seite. Sie erwartete keine Liebesschwüre von Estover, und noch weniger hoffte oder wollte sie, dass er eine ehrbare Frau aus ihr machte. Aber nach allem, was in den vergangenen zwei Jahren zwischen ihnen gewesen war, hatte sie das Gefühl, dass doch eine gewisse gegenseitige Zuneigung bestehen musste.

Daher hatte sie Estover jede Gelegenheit geboten, ihr seine Wertschätzung zu zeigen, ihr zu demonstrieren, dass sie für ihn mehr war als bloß eine erstklassige Wichsmaschine.

Er hatte die Gelegenheit nicht genutzt. Und deshalb hatte sie einige Tage zuvor den Sprung gewagt. Als sie Murray das nächste Mal traf, überreichte sie ihm den winzigen USB-Stick, den er ihr gegeben hatte.

»Da ist alles drauf«, sagte sie. »Das meiste ist verschlüsselt.«

»Kein Problem«, sagte er. »Ich bin Ihnen sehr dankbar.«

Dann beugte er sich vor und sah ihr in die Augen, und sie dachte, aha – jetzt macht er mich an!

Aber stattdessen sagte er bloß: »Falls Sie je Interesse an einem Job in Glasgow haben, hätte ich da vielleicht was für Sie.«

Überrascht stellte sie fest, wie enttäuscht sie war, dass er ihr bloß ein berufliches Angebot machte und kein privates!

»Ich werde darüber nachdenken«, sagte sie kühl.

»Gut«, sagte er und lehnte sich zurück. »So, demnächst wird eine Journalistin namens Kitty Locksley wahrscheinlich um ein Treffen mit Ihrem Chef bitten. Zum Lunch, schätze ich mal. Ich muss wissen, wo und wann.«

Und schon geht's wieder ums Geschäft, dachte sie. Die sind doch alle gleich! So oder so quetschen sie dich aus bis auf den letzten Tropfen, und dann heißt es: Such dir was anderes, Süße!

Er murmelte noch etwas, das sie vor lauter Ärger nicht richtig mitbekam.

»Was?«, fragte sie.

»Ich dachte nur gerade«, sagte er ziemlich verlegen. »Vielleicht könnten wir beide uns ja mal auf einen Drink treffen, nur so, um uns besser kennenzulernen.«

»Wie ein Date, meinen Sie?«, fragte sie nach und musste ihre Freude unterdrücken.

»Genau.«

»Ich denk drüber nach.«

Tja, inzwischen hatte sie drüber nachgedacht. Ein Date klang gut. Und da sie keineswegs die Absicht hatte, sich von den Zicken da unten dumme Sprüche anzuhören, weil sie ein Jahr früher als der Durchschnitt von Estovers Schreibtisch gekugelt worden war, klang auch Murrays Bemerkung über einen Job in Glasgow gut. Sie hatte genug von den verfickten Engländern – in jeder Hinsicht.

Sie griff nach dem Telefon auf dem Schreibtisch und wählte Miss Jenners Nummer.

Unterdessen gefiel Estover die Begrüßung, die ihm im Restaurant zuteil wurde, besser als sein Abschied im Büro. Während die hübsche Blondine am Empfang ihm aus dem Mantel half, sagte sie: »Schön, Sie wieder bei uns zu haben, Mr Estover. Miss Locksley wartet bereits an Ihrem Tisch.«

»Danke«, sagte er und lächelte sie freundlich an. Ein Jammer, dass sie so gertenschlank war. Und außerdem hellhäutig, also war da wahrscheinlich nichts mit pflaumendunklem Knautschsamt.

»Miss Locksley?«, sagte eine Männerstimme. »Miss Kitty Locksley?«

Estover drehte sich um und sah einen Mann in Motorradkurierkleidung mit Sturzhelm und Lederjacke hinter sich stehen. Er war schlaksig, mit einem ungeduldigen Gesichtsausdruck, und er hatte einen schottischen Akzent, was Estover derzeit für ein echtes Manko hielt.

»Wer sind Sie?«, fragte er so herablassend, wie er konnte.

»Kurier. Hab ein Päckchen für sie. Hier, Kumpel, können Sie das nehmen? Meine Maschine steht auf dem Bürgersteig und kriegt wahrscheinlich gerade ’ne Parkkralle verpasst!«

Er schob Estover ein kleines Päckchen in die Hand, drehte sich um und ging.

Unverschämtheit!, dachte Estover. Die Kelten hatten sich heute anscheinend gegen ihn verschworen.

»Soll ich das nehmen, Sir?«, fragte die Empfangsdame.

»Nein, schon gut.«

Kitty Locksley blickte auf und lächelte ihn an, als er an ihren Tisch trat. Er beugte sich hinab, um ihr einen flüchtigen Handkuss zu geben. Sie war klein, feingliedrig, hatte nicht mal genug Fleisch am Körper, um eine hungrige Schmeißfliege satt zu kriegen, und war somit eindeutig nicht sein Typ.

Als er sich setzte, sagte er: »Das ist für dich.«

»Ein verspätetes Weihnachtsgeschenk, Toby?«, spöttelte sie.

»Nein! Ein Kurier hat es abgegeben, als ich gerade reinkam.«

Sie schob es in ihre Handtasche, die unter dem Tisch stand, und sagte: »Dass die mich noch nicht mal beim Mittagessen in Ruhe lassen können!«

»Aber das hier ist doch ein Arbeitsessen, oder?«, sagte Estover. »Du hast mich doch nicht hergebeten, weil du dich plötzlich in mich verguckt hast, oder etwa doch, Kitty?«

»Ganz bestimmt nicht«, sagte die Frau etwas zu nachdrücklich für Estovers Geschmack. Auch wenn er nicht begehrte, wurde er gern begehrenswert gefunden.

Ein Kellner unterbrach sie mit der Frage, ob sie einen Drink wünschten, und sie plauderten zwanglos, bis ihr Gin Tonic und sein großer Scotch serviert wurden. Wenn Estover mit Journalisten sprach, hatte er gern etwas in der Hand, woran er sich festhalten konnte, für alle Fälle.

»Also Kitty, worum geht's?«, fragte er. »Meine Sekretärin meinte, du hättest ziemlich geheimnisvoll geklungen.«

»Das war nun wirklich nicht meine Absicht«, sagte sie. »Es ist bloß ein wenig seltsam. Sagt dir der Name Arnie Medler was?«

Jetzt war Estover froh über das Glas in seiner Hand. Er trank einen kräftigen Schluck Scotch und sagte vorsichtig: »Hab ich schon mal irgendwo gehört.«

»War Detective Inspector beim Yard, bis er sich in Spanien zur Ruhe gesetzt hat.«

»Ja, natürlich. Daher kenne ich den Namen. Die Bullen. In meiner Branche muss man sich gelegentlich mit ihnen befassen.«

Er klang vielleicht ein bisschen zu jovial. Er widerstand der Versuchung, sich einen weiteren Schluck zu genehmigen, und sagte: »Was ist mit ihm?«

»Ich bin froh, dass er kein Freund von dir war«, sagte sie. »Er ist nämlich tot.«

»Großer Gott!«

»Ja. Er ist in den Weihnachtstagen bei einem ziemlich makabren Unfall ums Leben gekommen. Hast du nichts davon gehört?«

»Nein, wie auch? Stand es in der Zeitung?«

»Nein. Kein Wort. Aber bei all den guten Storys über Familienmassaker beim Weihnachtsessen hat der Tod eines Engländers, der sich im sonnigen Spanien zur Ruhe gesetzt hat, nicht gerade Sensationspotenzial. Also Toby, in welcher Verbindung standest du zu ihm?«

Mittlerweile hatte Estover sich wieder völlig unter Kontrolle.

»Komm zur Sache, Kitty, schließlich hast du mich hergebeten. Was willst du?«, fragte er.

Sie zuckte die Achseln. »Nichts Schlimmes. Irgendwer hat in der Redaktion angerufen und gesagt, es gebe da eine Verbindung zwischen dir und dem Toten, der wir vielleicht nachgehen sollten. Außerdem hat er angedeutet, du würdest das lieber Auge in Auge besprechen, und da der Mensch nun mal essen muss, dachte ich, die Zeitung könnte mir und meinem guten alten Freund ein Mittagessen spendieren.«

Genau genommen hatte der Anrufer gesagt: »Es wäre nicht schlecht, wenn Sie Estovers Reaktion beobachten könnten, vorzugsweise in irgendeiner Lokalität, wo er seine Sekretärin nicht anweisen kann, ihn mit einem dringenden Telefonanruf zu unterbrechen.«

Bislang war seine Reaktion zwar interessant, aber keineswegs verdächtig gewesen.

Er sagte: »Tja, wie schon gesagt, ich kann mich kaum an den Namen erinnern, und ich müsste erst nachschauen, in welchem Kontext ich dem Mann begegnet bin.«

Sie sagte: »Der Anrufer hat irgendwas erzählt, du hättest Medler geholfen, eine Villa in Spanien zu kaufen. Ich wusste gar nicht, dass du so was machst, Toby.«

»Ach, na ja, vor sieben Jahren war ich noch dabei, mich nach oben zu arbeiten«, sagte er.

»Tatsächlich?«, sagte sie und registrierte den Widerspruch zwischen *kaum erinnern* und der präzisen Zeitangabe *sieben Jahre.* »Da sieht man mal wieder, wie falsch unsere Archive sein können. Denen zufolge warst du damals schon ein Topjurist. Mir war gar nicht klar, dass du dir da noch als Makler ein paar Pennys hinzuverdient hast.«

Er überging den Sarkasmus und sagte: »So entzückend es auch immer wieder ist, dich zu sehen, Kitty, ich fürchte, deine allseits bekannte Redlichkeit wird es dir schwer machen, dieses Mittagessen über dein Spesenkonto laufen zu lassen. Pensionierter Polizist stirbt bei Unfall in Spanien. Londoner Anwalt hat ihn möglicherweise gekannt. Selbst dein findiger Chefredakteur dürfte sich schwertun, daraus eine Story zu stricken! Übrigens, du hast den Unfall als ziemlich makaber bezeichnet. Wieso?«

Er sagte das beiläufig. Warum taten Anwälte immer so beiläufig, wenn sie auf etwas zu sprechen kamen, das sie wirklich wissen wollten?, fragte sich die Journalistin.

Sie beobachtete aufmerksam sein Gesicht, als sie antwortete.

»Anscheinend hat dein alter Freund, Verzeihung, Bekannter, Mr Medler, im Ruhestand angefangen, öfter mal einen über den Durst zu trinken. Als seine Frau früh am Weihnachtsmorgen nach Hause kam, stellte sie fest, dass er sich sinnlos besoffen hatte und dann offenbar in der Villa gestürzt war. Beim Sturz muss er irgendwie einen Mechanismus ausgelöst haben, durch den ein schwerer Sicherheitsrollladen aus Metall vor der Schiebetür zur Terrasse runtergelassen wurde. Leider war die Tür offen, und Medler ist so hingefallen, dass seine ausgestreckten Arme über die Türschwelle ragten. Das Erste, was seine Frau sah, als sie nach Hause kam, waren seine abgetrennten Hände, die auf der Terrasse lagen und so aussahen, als wären sie mit einer Axt abgehackt worden.«

Hallo, dachte Kitty Locksley, jetzt wurde es doch noch interessant. Entweder dieses Detail hatte für Estover eine besondere Bedeutung, oder er hatte vielleicht einfach nur einen schwachen Magen. Jedenfalls glaubte sie nicht, dass die Rechnung für sein Mittagessen allzu üppig ausfallen würde.

Und Davy McLucky, der jetzt unbehelmt in einem parkenden Wagen gegenüber vom Restaurant saß, fand Toby Estovers Gesichtsausdruck dermaßen unterhaltsam, dass er noch ein Foto mehr schoss, zusätzlich zu den anderen, die er bereits von dieser faszinierenden Begegnung im Kasten hatte.

4

Am Sonntag nach ihrem Gespräch mit den Trapps aß Alva Ozigbo ihr spärliches Frühstück, stellte den Anrufbeantworter auf stumm und setzte sich umgeben von dem ganzen Material, das sie über den Fall Hadda gesammelt hatte, in ihrer Wohnung auf den Boden.

Ihr einziger Termin an diesem Tag war eine Einladung zum Tee bei John Childs. Er hatte am Vortag angerufen, um ihr zu sagen, dass er seinem Enkelsohn Harry zum Geburtstag ein Exemplar von *Seelen heilen* gekauft hatte und dass er sich freuen würde, wenn sie so nett wäre, es zu signieren. Sie hatte gesagt, dass sie das selbstverständlich gern tue, woraufhin er in seiner zurückhaltenden Art gefragt hatte, ob er sie dann vielleicht am nächsten Tag einladen dürfe.

Sie hatte also den ganzen Vormittag, um Haddas Akten zu durchforsten, und als sie sie ordentlich aufgereiht auf dem Boden liegen sah, wurde ihr klar, dass sie dafür auch den ganzen Vormittag brauchen würde!

Es war wirklich verdammt viel Material.

Mehr, als bei den meisten ihrer Patienten zusammenkam.

Aber der Grund dafür, so beruhigte sie sich, war eher in der Kompliziertheit des Falles zu sehen als in irgendeinem besonderen Interesse an Hadda.

Aber sie fühlte sich nicht sonderlich beruhigt.

Sie holte tief Luft und fing wieder ganz von vorne an.

Drei Stunden später tauchte sie aus ihrer zweiten kompletten Durchsicht auf, goss sich einen ordentlichen Gin ein und hörte, um auf andere Gedanken zu kommen, ihren Anrufbeantworter ab.

Die Nachrichten waren alle belanglos, bis auf eine von ihrer Mutter, die nervös klang und sie bat, möglichst bald zurückzurufen. Seit Ike zur endgültigen Genesung nach Hause entlassen worden war, klangen die meisten Nachrichten von Elvira so, daher hielt sich Alvas Beunruhigung in Grenzen, aber sie rief trotzdem gleich zurück. Zu ihrer Erleichterung gab es nichts Neues.

»Er isst nicht, was er essen sollte, er ruht sich nicht aus, wenn er müsste, er sagt, dass Ganze sei ein Komplott, um ihn von seiner Arbeit abzuhalten, und behauptet, ich stecke bis zum Hals in der Verschwörung mit drin!«, sagte Elvira.

Während sie redete, hörte Alva Ikes sonoren Bass im Hintergrund fragen, wer denn am Telefon sei. Elvira ging nicht darauf ein, die Stimme wurde lauter, bis sie Elvira schließlich mitten im Wort unterbrach und rief: »Elfe! Gott sei Dank! Schnell, ruf die Kripo, ich werde hier gegen meinen Willen festgehalten! Falls das nicht geht, rette bitte meinen gesunden Menschenverstand, indem du irgendwas Vernünftiges sagst.«

Alva lachte laut auf, teils aus Erleichterung darüber, diese Stimme wieder in ihrem alten Dezibelpegel zu hören, teils, weil sie wusste, dass das die Reaktion war, die ihr Vater sich wünschte.

Es war seltsam, dachte sie, dass Elvira, die Schauspielerin, offenbar nie die Ausbrüche ihres Ehemannes als das durchschaut hatte, was sie für gewöhnlich waren: theatralisches Getue, für das er von seinem Publikum bloß anerkennenden Applaus erwartete.

Dann rief sie sich ihren wachsenden Verdacht in Erinnerung, dass Hadda sie ausgetrickst hatte, und prompt fühlte sie sich nicht mehr überlegen.

Nachdem sie ein Weilchen geredet hatten, sagte er: »Genug jetzt von mir. Was ist mit dir, Elfe? Du hörst dich ein bisschen erschöpft an.«

Er hatte schon immer gute Antennen für ihre Stimmungen gehabt.

»Mir geht's gut«, sagte sie. »Mir ist bloß gerade klar geworden, dass einer meiner Patienten mir möglicherweise was vorgemacht hat, mehr nicht.«

Er sagte: »Schlimm? Ich meine, du hast doch nicht etwa einen Irren laufen lassen, der jetzt durch die Gegend rennt und reihenweise Leute absticht?«

»Nein. Keine Sorge.«

»Warum bist du dann so niedergeschlagen? Ich würde meinen, von jemandem etwas vorgemacht zu bekommen ist doch wohl Berufsrisiko in deiner Branche.«

»Ich weiß. Aber ich fühl mich irgendwie so, als wäre ich für die Übersetzung des Steins von Rosette gefeiert worden, um dann erfahren zu müssen, dass ich vielleicht völlig danebengelegen hab, weil es sich bei den Hieroglyphen bloß um einen ägyptischen Einkaufszettel gehandelt hat.

Er lachte schallend und sagte: »Sieh es doch mal so. Eine Einkaufsliste hätte uns sehr viel mehr über die Ägypter verraten als der hochtrabende Mist, der sonst so in Stein gemeißelt wird.«

»Mag sein«, sagte sie.

»Du klingst, als würdest du es persönlich nehmen«, sagte Ike. »Wieso nur? Hast du mir nicht mal erzählt, es gäbe in deinem Metier eine Trennung zwischen Beruflichem und Privatem, die deine Patienten ständig überschreiten wollen, und dass du dafür sorgen müsstest, dass sie sowohl von ihnen als auch von dir akzeptiert wird?«

Mein Gott, wie scharfsichtig er war!

Sie sagte im munteren Tonfall: »Daddy, hatten wir nicht vereinbart, du überlässt mir die Analysen und ich dir die Operationen?«

»In der Vereinbarung war nie die Rede davon, dass ich tatenlos zusehe, wenn mein kleines Mädchen verletzt wird«, sagte er.

»Und wenn ich mal finde, es hätte jemand eine ordentliche Tracht Prügel verdient, bis du noch immer der Erste, den ich anrufe«, sagte sie. »Aber dafür brauch ich dich wieder richtig fit und schlagkräftig. Also geh zurück ins Bett und hör auf, so fies zu Mummy zu sein. Du weißt doch, sie nimmt es persönlich, auch wenn es nichts zu bedeuten hat.«

»Jaja. Vielleicht hast du das von ihr. Schlechtes Erbgut. Keine Sorge, ich verspreche, ich bin brav. Pass auf dich auf, Elfe. Ich hab dich lieb.«

»Ich dich auch.«

Sie legte auf. Hatte Ike recht? Nahm sie etwas persönlich, das nichts zu bedeuten hatte?

Sie wandte sich wieder den Notizen zu, die sie sich bei der Durchforstung von Haddas Akten gemacht hatte.

Sie unterschieden sich von ihren ursprünglichen Notizen durch die neuen Erkenntnisse, die sie inzwischen gewonnen hatte. Auch wenn die sich in Grenzen hielten.

Mit vierzehn Jahren war Imogen Ulphingstone nicht das magere, frühpubertäre Mädchen gewesen, das Hadda beschrieben hatte, als er von seinem ersten sexuellen Erlebnis mit ihr oben auf dem Pillar Rock erzählte. Sie war vielmehr eine frühreife junge Frau gewesen, die bereits die vollkommenen Brüste aufwies, von denen Hadda in den ersten Erinnerungen, die er für Alva zu Papier gebracht hatte, abgelenkt worden war.

Sir Leon war nicht gegen die Hochzeit gewesen, um seine Tochter vor Hadda zu schützen, sondern um Hadda vor seiner Tochter zu schützen, und indirekt auch vor seiner Frau.

Es war also wirklich nicht viel. Aber es bedeutete, dass sie sich das, was Wolf geschrieben hatte, noch einmal anschauen musste. Und sie musste einräumen, dass ihre eigene kurze Begegnung mit den beiden Ulphingstone-Frauen bei ihr ein gewisses Verständnis für die Sichtweise des alten Mannes geweckt hatte.

Und jetzt war die Klarheit ihrer ursprünglichen Interpretation und Analyse fragwürdig geworden. Das Ganze ähnelte mehr und mehr einem von diesen Bildern, in denen ein kleiner Perspektivwechsel eine Gans in ein Kaninchen verwandelt. Es war alles eine Frage des Blickwinkels. Ursprünglich hatte sie einen Pädophilen wahrgenommen, dem nach anfänglicher Verdrängung allmählich seine Taten bewusst werden. Aber wenn man diese Wahrnehmung veränderte und einen Unschuldigen sah, der allmählich begreift, dass seine einzige Chance auf vorzeitige Entlassung darin besteht, diesen Prozess vorzuspielen, dann ergab alles plötzlich sehr viel mehr Sinn.

Sie dachte an die Anfänge ihrer Beziehung zu Hadda zurück. An ihre Freude, als er ihr den ersten Teil seiner Niederschrift gegeben hatte. Sie hatte die rasante Beschreibung der Ereignisse, die zu seinem Unfall führten, als klaren Beleg dafür gedeutet, dass er noch immer verdrängte. Niemals, nicht eine Sekunde lang, hatte sie die Möglichkeit in Erwägung gezogen, er könnte tatsächlich die reine Wahrheit geschrieben haben.

Und sie hatte sich ihre Skepsis mit an Sicherheit grenzender Wahrscheinlichkeit anmerken lassen.

Sie erinnerte sich an die Art, wie er sie angesehen hatte, ehe er das zweite Schulheft hervorholte, die Beschreibung des Erwachens aus dem Koma.

Sie hatte das als großen Fortschritt gedeutet. Und vielleicht hatte Hadda gewollt, dass sie das genau so sah. Aber nur falls ihre Reaktion auf den ersten Teil ihm verraten hatte, dass keine Hoffnung bestand, sie von seiner Unschuld überzeugen zu können.

Nachdem er diesen Weg einmal eingeschlagen hatte, gab es kein Zurück mehr. Er hatte seine Rolle perfekt gespielt, hatte seinen Text so geschrieben und gesprochen, dass sie der Überzeugung war, sie würde ihn gegen seinen Willen dazu bringen, sich seinem Brockengespenst zu stellen. Dabei hatte er sie die ganze Zeit dorthin geführt, wo er sie haben wollte, und sie war ihm bereitwillig gefolgt …

Sie konnte es nicht glauben, sie wollte es nicht glauben. Wie hatte sie, der Profi, sich so täuschen lassen können … von einem *Holzfäller*! Wie hatte er gewusst, welche Knöpfe er drücken musste?

Dann fiel ihr ein, dass sie im Schlafzimmer in Birkstane ein Exemplar von *Seelen heilen* entdeckt hatte, und wie hastig er es ihr weggenommen hatte.

Warum? Vielleicht weil das Buch voll mit seinen Randnotizen war.

Der Saukerl hatte ihr eigenes Buch benutzt, um sich in ihren Kopf zu schleichen, in ihre beruflichen Denkprozesse!

Aber warum, verdammt noch mal, war sie so stinksauer bei dem Gedanken, dass dieser Mann, für den sie etwas empfand, auch wenn sie noch nicht genau wusste, was, die widerwärtigen Verbrechen, für die er verurteilt worden war, vielleicht gar nicht begangen hatte? War seine Unschuld nicht mehr als genug Entschädigung für die Tatsache, dass er sie ausgetrickst hatte?

Denkbar war natürlich auch, dass er einfach noch gerissener und manipulativer war als der durchschnittliche Kinderschänder.

Alva schüttelte wütend den Kopf.

Sie musste sich diesen ganzen persönlichen Kram aus dem Kopf schlagen. Sie war Psychiaterin, und ihr Interesse an der Sache war rein professionell. Doch noch während sie sich das einredete, wusste sie, dass sie nicht professionell handeln würde. Denn das hätte bedeutet, ihre Überlegungen den zuständigen Behörden vorzutragen – dem Bewährungsdienst und/oder der Polizei. Und falls sie ernsthaft Grund zu der Annahme hatte, ein Patient plane möglicherweise ein Verbrechen, blieb ihr natürlich keine andere Wahl.

Aber, so beruhigte sie sich, du hast keinen Grund zu der Annahme! Wenn überhaupt, ziehst du allmählich die Möglichkeit in Erwägung, dein Patient könnte Opfer eines Verbrechens sein.

Okay, antwortete sie sich selbst, dann solltest du die Sache zumindest mit jemandem besprechen, dessen sachkundige Meinung du respektierst.

Zum Beispiel?

Normalerweise hätte ihr Vater ganz oben auf der Liste gestanden, aber nicht in seinem derzeitigen Zustand. Er hatte bereits gespürt, dass irgendetwas sie bedrückte. Wenn er auch nur ansatzweise witterte, dass ihrem Problem unangemessene Gefühle für einen verurteilten Päderasten zugrunde lagen ...

Nein, Ike kam nicht in Frage. Elvira erst recht nicht.

Und auch kein Kollege.

Sie wusste nur zu gut, was ihr jeder andere Psychiater raten würde. Informieren Sie die Behörden, damit die eine offizielle Ermittlung einleiten. Das Problem dabei war nur, dass Hadda dann als Erstes wieder in Gewahrsam genommen werden würde, ungeachtet dessen, was bei der Ermittlung auf lange Sicht herauskam. Vor ihrem geistigen Auge sah sie ihn in der Küche in Birkstane seinen starken schwarzen Kaffee trinken, ein prasselndes Feuer im Ofen, vor dem Sneck leise schnarcht, während der Winterwind peitschenden Hagel gegen die Fensterscheiben treibt …

Gott! Jetzt malte sie sich schon kitschige Weihnachtskartenszenarien aus! Aber sie wusste, solange sie keine besseren Gründe hatte als bislang, würde sie es nicht verantworten können, ihn von dort wegschleifen zu lassen.

Vor nicht allzu langer Zeit hätte sie vielleicht ein inoffizielles Gespräch mit Homewood in Erwägung gezogen, aber nachdem sie bereits Bekanntschaft mit seiner aufreizend besitzergreifenden Haltung gemacht hatte, die vermutlich durch seine neue häusliche Situation ausgelöst worden war, wollte sie ihn nicht zu noch vertraulicherem Umgang ermutigen.

Außerdem war da noch immer die nagende Frage, wieso er offenbar Dinge wusste, die er unmöglich wissen konnte. Sie hatte sich das Gespräch wieder und wieder durch den Kopf gehen lassen und glaubte nun fast, etwas ziemlich Unbedeutendes einfach nur fehlinterpretiert zu haben.

Dann sagte eine innere Stimme: Genau wie die Merkwürdigkeiten im Schloss Ulphingstone? Ja, klar!

Mit wem also konnte sie reden?

Es blieb nur ein Kandidat übrig, und mit dem war sie am Nachmittag verabredet!

Pünktlich um vier Uhr klingelte sie an Childs' Haustür. Wie immer begrüßte er sie mit einem Entzücken, das ihr schmeichelte.

»Dr. Ozigbo, guten Tag. Hereinspaziert, hereinspaziert«, sagte er. »Wie schön, Sie zu sehen.«

»Sie auch, Mr Childs«, sagte sie.

Würde sich ihr Verhältnis zueinander je zu einer salopperen Form der Anrede weiterentwickeln? Nach über zwei Jahren bezweifelte sie das, und eigentlich störte es sie auch nicht.

Seine freundliche Förmlichkeit hatte etwas angenehm Altmodisches. Sie implizierte die Nähe der Gleichwertigkeit ohne die Risiken der Intimität, obwohl sie der Trennlinie zwischen beidem gefährlich nahe kommen könnte, wenn sie ihn in dieser Sache um Rat fragte.

»Gehen wir hinauf in mein Arbeitszimmer«, sagte er. »Ich finde immer, der Aufstieg nach oben ist so angenehm appetitanregend.«

Während sie die Treppe hochgingen, sagte er: »Und? Was macht die Arbeit? Haben Sie sich wieder gut eingefunden?«

Sie sagte: »Ja und nein. Ehrlich gesagt, es gibt da etwas, wozu ich gern Ihren Rat hören würde, falls es Ihnen nichts ausmacht, beim Tee über meine Probleme zu reden.«

»Sie machen mich neugierig«, sagte er. »Und ein Gefallen verdient eine Gegenleistung. Bitte sehr, da wären wir.«

Sie hatten den oberen Flur erreicht und betraten das Arbeitszimmer. Auf seinem Schreibtisch lag ein jungfräuliches Exemplar von *Seelen heilen*.

»Vielleicht wären Sie so nett, es zu signieren, während ich den Tee hole«, schlug er vor. »Danach können wir uns zusammensetzen und über Ihr Problem nachdenken.«

»Gern«, sagte sie. »Was soll ich denn reinschreiben?«

»Ach, irgendetwas Aufmunterndes«, sagte er unbestimmt. »Ich weiß, er wird sich riesig über eine kleine Widmung von Ihnen und über Ihre Unterstützung freuen.«

Sie hatte wohl etwas skeptisch dreingeblickt, denn er lächelte verschmitzt und fügte hinzu: »Ich bin sicher, er wird sich auch über den dicken Scheck freuen, den ich ihm zusammen mit dem Buch überreichen werde.«

Alva lächelte zurück und sagte: »Ich bin froh, das zu hören. Universitäten sind voller Bücher, aber Bargeld ist stets Mangelware.«

Sie setzte sich an den Schreibtisch, während er sich entschuldigte und wieder nach unten ging.

In einem kleinen Behälter auf dem Schreibtisch steckte ein Kugelschreiber. Sie nahm ihn, schlug das Buch auf und versuchte, sich etwas Geistreiches einfallen zu lassen.

Sie musste an einen Satz von R. D. Laing denken: *Heutzutage sind nur wenige Bücher verzeihlich.* Ja, das würde sich gut machen, gefolgt von: *Ich hoffe, Sie finden in diesem das ein oder andere Verzeihliche. Alles Gute und herzlichen Glückwunsch zum Geburtstag!*

Sie nahm den Kuli und begann zu schreiben. Oder versuchte es zumindest. Der Kuli war eingetrocknet. Der einzige andere Stift in dem Becher war ein roter Bleistift, den sie schlecht nehmen konnte.

Ohne nachzudenken, zog sie die oberste Schreibtischschublade auf, um einen funktionstüchtigen Kugelschreiber zu finden.

Es lagen einige Stifte darin. Und ein gerahmtes Foto.

Sie nahm es heraus, starrte darauf, blickte dann auf die Lücke in der Fotoreihe an der Wand und wieder auf das Bild.

Es war ein Gesicht, das sie kannte, wenngleich nicht so.

Sie hörte das leise Klimpern von Geschirr auf der Treppe.

Als die Tür aufging, war die Schublade wieder geschlossen, und Alva unterschrieb gerade schwungvoll.

»Fertig?«, sagte Childs mit dem Teetablett in der Hand.

»Ja, fertig«, sagte sie munter.

Zu munter? Sie hoffte nicht. Aber sie fand, es war eine Glanzleistung von ihr, dass sie ihm nahezu normal geantwortet hatte, während in ihrem Kopf die Frage brodelte: Wieso zum Teufel hatte John Childs ein Foto des jungen Wolf Hadda in seinem Schreibtisch versteckt?

5

Davy McLucky pfiff fröhlich vor sich hin, als er in die stille Straße in Chingford einbog, an der das gemütliche Stadthaus der Trapps lag. Er war nicht gerade begeistert gewesen, als sich herausstellte, dass Hadda es mit seinem Vorschlag, er solle bei seinem nächsten Aufenthalt in London bei dem Anwalt wohnen, tatsächlich ernst gemeint hatte, aber jetzt war er ganz zufrieden damit. Mal abgesehen von der alkoholfreien Zone, zu der sie ihr Haus erklärt hatten, waren Ed und Doll Leute nach seinem Geschmack, und dank des Flachmanns, den er immer bei sich hatte, konnte er das einzige Manko ausgleichen.

Aber nicht die Vorfreude auf die wärmende Tasse Kakao, die ihn zusammen mit einem großen Stück Schokoladenkuchen erwartete, ließ ihn jetzt federnd dahinschreiten und ein Liedchen pfeifen, sondern die Erinnerung an den Abend, den er soeben mit Morag Gray verbracht hatte.

Gleich zu Anfang hatte er ihr reinen Wein eingeschenkt, oder zumindest so rein, wie er es für vertretbar hielt. Sie hatte nicht überrascht gewirkt, als er ihr seinen richtigen Namen und Beruf gestand. Bei ein paar Drinks hatten sie biografische Details ausgetauscht und waren dann in ihre Wohnung gegangen, wo der Austausch biologischer wurde.

Und jetzt schlenderte er diese stille Vorstadtstraße so beschwingt und unbekümmert hinunter, wie er sich seit seinen Teenagertagen nicht mehr gefühlt hatte.

Er erreichte das Haus der Trapps und ging durchs Gartentor.

Als er den Schlüssel aus der Tasche holte und ihn ins Haustürschloss schob, hörte er Schritte hinter sich. Sie hatten nicht die bedrohliche Schnelligkeit eines Angriffs, aber er wirbelte trotzdem herum, die Arme abwehrbereit erhoben.

»Guten Abend, Mr Murray«, sagte Alva Ozigbo. »Irgendwie bin ich weniger erstaunt, als ich sein sollte, Sie hier zu sehen. Spinnt Ihr Navi schon wieder?«

Beim Anblick von Alva, die McLucky in das altmodische Wohnzimmer folgte, wo sie mit ihrem Mann Ed gerade die Sonntagszeitung las, lächelte Doll Trapp übers ganze Gesicht und sagte: »Dr. Ozigbo! Ich hatte gehofft, Sie würden uns besuchen kommen. Nehmen Sie doch Platz, Liebes. Ed, mach uns eine Tasse Tee. Davy, ruf bitte Wolf an. Und hör mal, was er meint, okay?«

Alva dachte: *Davy*. Während Hadda im Krankenhaus war, hatte sich ein schottischer Polizist um ihn gekümmert. Anscheinend waren sie gut miteinander ausgekommen. *Davy McLucky*. Das war's: *D. M.*

Der Schotte folgte Ed Trapp aus dem Zimmer.

Doll sagte: »Ich weiß, es ist Ihre natürliche Haarfarbe, aber ich hab's trotzdem mal versucht. Wie finden Sie's?«

Sie schüttelte den Kopf, um auf ihr Haar aufmerksam zu machen, das nicht mehr rosa getönt war, sondern strohgelb leuchtete.

»Es ist sehr hübsch«, sagte Alva.

»Ja, aber jetzt, wo ich Sie wiedersehe, trifft es Ihren Ton nicht mal ansatzweise, oder? Ist schwer, sich Farben zu merken. Da kauf ich mir einen Schal und denke, er passt zu meiner blauen Jacke, und dann komme ich nach Hause und stelle fest, dass er noch schlechter dazu passt als eine Kippa in eine Moschee. Was meinen Sie, wieso ist das so schwer?«

»Unsere Wahrnehmung ist immer ungenau. Deshalb sind Zeugenaussagen auch so heikel. Mrs Trapp, handelt es sich bei diesem Mann um Davy McLucky, der mal Detective Constable beim Yard war?«

»Woher, um alles in der Welt, wissen Sie das?«, fragte Doll.

»Wolf hat über ihn geschrieben.«

»Ach so. Und Sie haben eins und eins zusammengezählt. Er hat gesagt, dass Sie schlau sind.«

»Nicht schlau genug, denke ich allmählich. Hören Sie, Mrs Trapp –«

»Doll. Nennen Sie mich Doll. Ich denke, wir werden uns gut verstehen. Und warten Sie noch etwas mit Ihren Fragen, Alva ... Das hab ich doch richtig behalten, hoffe ich? Was für ein hübscher Name. Wie lange braucht ein Mann, um Tee zu kochen? Kein Wunder, dass man Ewigkeiten auf einen Klempner warten muss. Na endlich!«

Die Tür ging auf und Ed Trapp trug ein Tablett mit Tee und einem Teller Kekse herein.

»Nun sehen Sie sich bloß mal an, wie er die Kekse angeordnet hat«, meckerte Doll. »Hab ich ›angeordnet‹ gesagt? Ich glaube, er hat sie einfach von einem Ende der Küche auf den Teller geschmissen.«

Aber während sie an ihrem Mann herumnörgelte, lächelte sie ihn zugleich liebevoll an. Die beiden waren ein Herz und eine Seele, vermutete Alva.

Ihr fiel auf, dass auf dem Tablett nur zwei Tassen standen. Während Doll dabei war, den Tee einzuschenken, trat Murray/McLucky ins Zimmer.

Er sagte: »Das geht in Ordnung.«

»Mehr nicht? Er hat doch bestimmt noch mehr gesagt!«, protestierte Doll.

»Ja«, erwiderte der Schotte. »Um genau zu sein, hat er gesagt, ihr könnt sie entweder fesseln, knebeln und für ein paar Wochen auf dem Speicher verstecken, oder ihr könnt ihr alles sagen, was sie wissen will.«

»Wolf ist ein echter Witzbold«, sagte Doll.

Alva dachte, sie wäre lieber nicht hier gewesen, falls Doll Wolf beim Wort genommen hätte.

»So, ihr zwei, jetzt verschwindet mal und guckt ein bisschen Fußball oder so«, sprach die Frau weiter. »Alva und ich haben ein paar Dinge zu klären.«

Die beiden Männer verließen gehorsam den Raum.

»Milch? Zucker? Keks?«, sagte Dolly. »Nein? Kein Wunder, dass Sie so eine gute Figur haben. Bei mir ist Hopfen und Malz verloren.«

Sie schaufelte zwei Löffel Zucker in ihren Tee und nahm sich einen Keks, den sie in die Tasse tunkte.

»Also, was hat Sie veranlasst, uns besuchen zu kommen?«, fragte sie dann.

Ich will Antworten, dachte Alva. Und mir ist niemand sonst eingefallen, dem ich gefahrlos Fragen stellen kann, und auch bei euch bin ich mir da nicht sicher!

Aber eine gute Psychiaterin gibt niemals preis, was sie alles nicht weiß. Sie hatte die Frau damit beeindruckt, dass sie McLucky erkannt hatte. Darauf sollte sie aufbauen.

Sie sagte. »Ich will noch ein paar Lücken in meinen Unterlagen füllen, ehe ich entscheide, ob ich mich an die Behörden wende oder nicht.«

Doll grinste sie schief an, als würde sie ihr kein Wort glauben, und sagte: »Dann haben wir ein Problem, Liebes, weil ich Ihnen nämlich nichts erzählen kann, wenn Sie mir nicht versprechen, dass alles, was Sie hören, unter uns bleibt. Als würden Sie einem von Ihren Patienten zuhören.«

Alva erwiderte: »Wenn einer meiner Patienten mir erzählen würde, dass er vorhat, das Parlament in die Luft zu jagen, und ich ihm glauben würde, dann müsste ich das melden.«

Doll lachte gellend und sagte: »Ich würde den Burschen

fragen, ob er Hilfe braucht! Aber ich verstehe Ihren Standpunkt. Macht die Sache aber schwierig. Ihre Entscheidung, Liebes.«

Sie aß noch einen Keks und sah ihren Gast erwartungsvoll an.

Alva versuchte, sich ganz auf das Problem zu konzentrieren. Es schien, als würde sich die Lücke zwischen dem Professionellen und dem Privaten bei allem, was sie tat, immer weiter öffnen. Ihre Reaktion auf Luke Hollins' Brief war die Wurzel allen Übels gewesen. Anstatt damit schnurstracks zum Bewährungsdienst zu gehen, hatte sie nichts Eiligeres zu tun gehabt, als nach Cumbria zu fahren. Höchst unprofessionell.

Andererseits hatten auch Homewood und Childs noch bis vor Kurzem zu den Behörden gehört, an die sie sich zu wenden drohte, warum also zögerte sie? Als sie nach dem Tee bei Childs wieder nach Hause gekommen war, kreisten ihr alle möglichen Spekulationen durch den Kopf, von denen sie wusste, dass sie ihr nichts weiter als eine schlaflose Nacht einbringen würden. Sie brauchte mehr Informationen, und der Personenkreis, den sie auf der Suche danach ansprechen konnte, war sehr begrenzt. Tatsächlich waren die Trapps die Einzigen in erreichbarer Nähe.

Sinnlos, noch mehr Zeit mit fruchtlosen Grübeleien zu vergeuden. Sie hatte Dolls Visitenkarte hervorgeholt und war direkt nach Chingford gefahren, wo sie genau in dem Moment ankam, als Murray/McLucky den Bürgersteig entlang auf das Haus zuging.

Sie sagte: »Falls Sie mir unmissverständlich sagen, dass ein Verbrechen begangen werden soll, dann muss ich das melden. Ansonsten garantiere ich Ihnen maximale Verschwiegenheit.«

Doll verzog das Gesicht und sagte: »Das muss wohl genügen. Also gut, Liebes, sitzen Sie bequem? Dann fang ich am besten ganz von vorne an. Damit, wie Ed und ich Wolf kennengelernt haben. Da war er erst sechzehn, und ich, Gott steh mir bei, ich war gerade dreißig geworden!«

Als Doll zwanzig Minuten später verstummte, sagte Alva: »Ich möchte nur sichergehen, dass mir nichts entgangen ist. Sie sagen, Ed hat Wolf in seiner Eigenschaft als Pflichtverteidiger kennengelernt, vermutete, dass der Junge minderjährig war, hielt ihn für schuldig im Sinne der Anklage, wusste, dass er aus dem Untersuchungsgefängnis geflohen und in sein Büro eingebrochen war ... Und trotz allem hat Ed nicht das Jugendamt eingeschaltet, sondern dafür gesorgt, dass die Klage fallen gelassen wurde, und hat die Flucht und den Einbruch vertuscht. Dann haben Sie ihn bei sich zu Hause aufgenommen und ihm Arbeit besorgt. Hab ich das so richtig verstanden?«

»Hundertprozentig, Schätzchen«, sagte Doll. »Obwohl, ich muss zugeben, es klingt ein bisschen seltsam, wenn Sie es so auf den Punkt bringen.«

»Seltsam!«, sagte Alva. »Es klingt ... Ich weiß gar nicht, wie es klingt, aber ich hab schon Patienten gehabt, deren Wahnvorstellungen mir realistischer vorgekommen sind als das.«

»Nun ja, aber eines ist Ihnen doch entgangen, Liebes. Obwohl schon allein die Tatsache, dass Sie hier sind, in mir den Verdacht weckt, dass es Ihnen vielleicht doch nicht entgangen ist. Sie wollen es bloß nicht zugeben. Die Sache ist die, Wolf war ... ist ... sehr anziehend, und zwar nicht bloß im üblichen Mann-Frau-Sinn, obwohl das auch. Aber die meisten Menschen mögen ihn einfach! Sogar die Polizisten haben sich damals ein wenig um ihn bemüht. Und Ed hat richtig von ihm geschwärmt, als er von dem ersten Treffen auf dem Revier zurückkam. Ich weiß noch, dass ich gesagt habe: ›Ich hoffe, du wechselst nicht die Seiten, Ed!‹ Er hat bloß gelacht und entgegnet: ›Wenn du den Jungen kennenlernen würdest, wüsstest du, was ich meine.‹ Ich hab natürlich nicht geglaubt, dass ich ihn je kennenlerne. Aber dann hab ich ihn kennengelernt. Und ich hab's verstanden. Ergibt das für Sie irgendeinen Sinn, Liebes?«

Und ob. Alva dachte daran, was sie über Wolfs Kindheit wusste. Ein Einzelgänger, ja. Aber weil *er* es so wollte, nicht weil andere ihn ausschlossen.

Genau genommen (wieso war ihr das nicht schon früher aufgefallen?) hatte er gerade aufgrund der Tatsache, dass er so anziehend war, frohgemut seinen eigenen Weg gehen können. Es war so offensichtlich: Die Lehrer in der Schule, die so ungeheuer nachsichtig mit ihm waren; die Mädchen, die mit ihm gehen wollten; Sir Leon, der ihm das Haar zerzauste und in Wolfssprache mit ihm redete; die Männer von der Bergwacht, die ihn unter ihre Fittiche nahmen; Johnny Nutbrown, der nicht tödlich beleidigt war, als dieser ungehobelte Bauerntölpel ihm eine blutige Nase verpasste; Imogen, die sich oben auf dem Berg auszog und ihn aufforderte, sie zu vögeln; und selbst nachdem er in Ungnade gefallen war, sah ein hartgesottener Bulle wie Davy McLucky in diesem kaputten Pädophilen etwas, das ihm sympathisch war und sein Mitgefühl weckte. Und Luke Hollins empfand offensichtlich mehr als nur ein rein seelsorgerisches Interesse für sein neues Gemeindemitglied.

Und dann war da noch sie selbst ...

Als hätte Doll ihre Gedanken gelesen, sagte sie: »Ja, und auch wenn er ein Auge, ein paar Finger und sein gutes Aussehen verloren hat, das ist immer noch da, nicht wahr? Sie müssen sich nicht schämen, es zuzugeben, Liebes. Es ist unmöglich, ihn nicht zu mögen, hab ich recht? Nun stellen Sie sich mal vor, wie er damals war, ein junger Bursche, allein auf den gefährlichen Straßen vom verruchten alten London. Selbst wenn ich ihn nicht gemocht hätte, wäre es schwer gewesen, ihn dorthin zurückzuschicken. Aber er konnte nicht ewig bei uns wohnen. Damals hatten wir dieses Haus hier noch nicht gekauft. Eine enge kleine Wohnung in einem Hochhaus in Whitechapel. Jede Menge Versuchungen für die gelangweilte Jugend. Er brauchte einen richtigen Job.«

»Und was für einen haben Sie ihm verschafft, Doll?«, fragte Alva, froh darüber, von ihren eigenen Gefühlen für Hadda abgelenkt zu werden.

»Die Sache ist die«, sagte Doll, »um Wolfs Job zu verstehen, müssen Sie zuerst ein bisschen über meinen erfahren. Meinen damaligen, meine ich. Jetzt arbeite ich natürlich für Ed. Aber meinen ersten Kontakt mit der Juristerei hatte ich, als ich im Sekretariat einer Anwaltskanzlei anfing. Das heißt, eigentlich war ich da das Mädchen für alles. Aber meinen Tee mochten alle.«

Sie lächelte erinnerungsselig.

Alva sagte fassungslos: »Sie wollen mir doch wohl nicht erzählen, Sie hätten Wolf einen Job in einer Anwaltskanzlei verschafft.«

»Nicht ganz so, wie Sie das verstehen«, sagte Doll. »Obwohl er da wahrscheinlich mehr Erfolg gehabt hätte als ich. Am Anfang hatte ich noch den Ehrgeiz, es in einer Topkanzlei zur Chefsekretärin zu bringen. Da kann man sich eine goldene Nase verdienen, wenn man es richtig anstellt. Und obwohl sie versucht haben, mich in die Teeküche zu verbannen, war ich lern- und wissbegierig. Nach ein paar Jahren dachte ich mir, ich wäre jetzt gut genug, um mich als Chefsekretärin zu bewerben. Von wegen! Da war nichts zu machen. Absolut nichts. Nachdem ich mich ein Jahr lang vergeblich beworben hatte, war ich schon fast so weit, als Kassiererin bei Tesco anzufangen. Kennen Sie das Gefühl, Liebes?«

»Ich hab sehr viel Glück im Leben gehabt«, sagte Alva. »Aber Sie sind nicht zu Tesco gegangen.«

»Richtig. Und das lag an Geoff Toplady. Der war der einzige Anwalt in der Kanzlei, mit dem ich mich wirklich gut verstand. Zuerst dachte ich, er wollte mir bloß an den Busen grapschen. Ich hatte nichts dagegen, solange er sich mein unzufriedenes Gejammer anhörte, während er grapschte. Eines Tages sagte er, falls ich an einem Job interessiert wäre, wo ich mehr Anerkennung bekäme, wüsste er von einem Laden, der immer nach fähigen Mitarbeitern suchte. Ich sagte, auf Lap Dance hätte ich keine Lust, und er lachte und sagte, nein, das wäre was ganz Seriöses, sogar so was Ähnliches wie öffentlicher Dienst. Verzeihung, Liebes, wollten Sie was sagen?«

»Dieser Anwalt, Geoff Toplady, ist der inzwischen Richter?«

»Ja. Hat eine Bilderbuchkarriere gemacht, der gute Geoff. Sitzt jetzt im Berufungsgericht. Dem stehen alle Wege offen. Kennen Sie ihn?«

»Nicht direkt. Verzeihung. Erzählen Sie weiter.«

»Ich kann nicht behaupten, dass ich unbedingt scharf auf den öffentlichen Dienst war, aber alles war besser, als weiter auf der Stelle zu treten, also bin ich zu dem Vorstellungsgespräch, das Geoff arrangiert hatte. Mir wurde schnell klar, dass es nicht um eine Anstellung in irgendeinem Ministerium ging, sondern um etwas sehr viel Geheimeres. Die wussten alles über mich. Ich hatte einen Fragebogen ausgefüllt, mit den üblichen kleinen Lügen und Auslassungen. Die pickten jede einzelne Schwindelei raus, aber es schien sie nicht zu kümmern. Sie fragten mich sogar, ob sie vielleicht noch irgendwas übersehen hätten!

Sie sagten mir, wenn ich den Job bekäme, müsste ich mich mit meiner Unterschrift zu allerstrengster Geheimhaltung verpflichten. Und das sei nicht bloß eine Formalität, wie sie betonten. Falls ich dagegen verstieße, hätte das gravierende Folgen für mich. Sehr gravierende Folgen. Ich glaubte ihnen, und ich hab nie dagegen verstoßen. Aber jetzt verstoße ich dagegen, Schätzchen, deshalb hoffe ich, dass Ihre Pfadfinderehre noch intakt ist.«

Nicht Alvas Ehre war das Problem, sondern ihre Bereitschaft, Doll zu glauben.

»Wollen Sie mir etwa erzählen, Sie waren eine Spionin oder irgendwas ähnlich Glamouröses?«, sagte Alva mit einer Skepsis, die eine andere Frau womöglich beleidigend gefunden hätte.

Bei Doll löste sie nur ein weiteres kreischendes Lachen aus.

»Glamourös? Ich? Seien Sie nicht albern! Ich hab in einem schäbigen Büro in Clerkenwell gearbeitet. Darf Ihnen nicht verraten, wo genau, weil ich Sie dann töten müsste, aber man nannte uns die Kapelle, weil das Gebäude früher mal eine Methodistenkapelle gewesen war.«

»Und Wolf hat auch in dem Büro gearbeitet?«, sagte Alva und fragte sich, welche Geheimorganisation denn wohl einen sechzehnjährigen Ausreißer als Bürogehilfen einstellte.

»Natürlich nicht«, sagte Doll ungeduldig. »Hören Sie doch einfach mal zu, ja? Wie gesagt, da, wo ich saß, war die Kapelle wahrhaftig nicht glamourös. Aber ich war ja auch nicht draußen in der großen weiten Welt als Indiana Jones unterwegs. Ich saß bloß an einem Computer und suchte alle möglichen Informationen zusammen.«

»Was für Informationen?«, wollte Alva wissen.

»Och, dies und das«, sagte Doll ausweichend. »Das Gehalt war nicht berauschend, aber alles in allem hat mir die Arbeit Spaß gemacht. Jeder weiß doch gerne Dinge, die die anderen nicht wissen. Muss in Ihrem Beruf genauso sein, Liebes. Vielleicht verstehen wir uns deshalb so gut.«

»Schön wär's«, sagte Alva. »Hat Ihr Mann auch da gearbeitet?«

»Ed? Nein. Aber wir sind durch die Kapelle zusammengekommen. Als ich etwa ein Jahr für sie gearbeitet hatte, sagte mein Boss JC (nein, nicht der, Schätzchen, die Kapelle hatte mit Religion nichts am Hut), die Kapelle bräuchte einen Anwalt, den man von Zeit zu Zeit engagieren wollte, jemand Unbekannten, der niemandem auffiel. Er fragte mich, ob ich während meiner Zeit als Mädchen für alles in der Kanzlei vielleicht jemanden kennengelernt hätte, der dafür geeignet wäre. Da fiel mir Ed ein, ich weiß auch nicht, wieso. Er machte wirklich nicht viel her, aber selbst Anwälte, die nicht viel hermachen, haben manchmal Mandanten, die gelegentlich einen Topanwalt brauchen. Vor allem die Sorte von Mandanten, auf die Ed sich spezialisiert hatte.«

»Was für eine Sorte war das?«

»Verhinderte Banker, nennt Ed sie. Typen, die denken, das Geld anderer Leute wäre in ihren Taschen besser aufgehoben. Jedenfalls, JC ließ ihn überprüfen. Später dann, als ich anfing, mich persönlich für Ed zu interessieren, hab ich mir heimlich die Ergebnisse angesehen. Gott steh mir bei, aber ich glaube, ich wusste mehr über den Mann, den ich schließlich geheiratet hab, als jede andere Frau in der Menschheitsgeschichte!

Aber Sie wollen bestimmt nicht haarklein hören, wie wir ein Paar wurden. Schließlich hab ich JC eröffnet, dass wir heiraten wollten. Er sagte, er habe keine Einwände, auch Ed hatte sich zur Verschwiegenheit verpflichtet, und es wäre besser für mich, wenn ich nicht verheimlichen müsste, was ich beruflich machte.

Wir waren ein paar Jahre verheiratet, als Wolf auftauchte. Die Geschichte haben Sie ja schon gehört. Das Ende vom Lied war, dass ich JC von dem Jungen erzählte, ihm sagte, ich würde einen Job für ihn suchen, und fragte, ob er da vielleicht eine Idee hätte. Er sagte, er würde Wolf gern kennenlernen, also haben wir uns zum Mittagessen in einem Pub getroffen. JC war gut darin, Leute dazu zu bringen, sich ihm zu öffnen. Er hatte Wolf schnell so weit, dass er ihm aus der Hand fraß. Und Wolf ... tja, Sie wissen ja, der musste sich nicht anstrengen, um gemocht zu werden.

Ein paar Tage später sagte JC zu mir, die Sache wäre geregelt und er würde am nächsten Morgen einen Wagen schicken, der Wolf abholen sollte. Und genauso kam es. An dem Morgen packte Wolf die paar Sachen ein, die wir für ihn gekauft hatten, während er bei uns wohnte, bedankte sich überschwänglich bei uns beiden, und weg war er. Und danach hörten wir über zwölf Jahre lang nichts mehr von ihm.«

Doll verstummte. War es eine schmerzliche Erinnerung? Oder überlegte sie bloß, wie viel mehr sie erzählen konnte?

Alva sagte beiläufig: »Dieser JC, Ihr Boss. Waren das etwa seine wirklichen Initialen?«

Doll musterte sie wieder mit einem durchtriebenen Blick und sagte: »Das darf ich Ihnen nicht verraten, Liebes. Ich erzähle Ihnen sowieso schon viel mehr, als ich sollte.«

Mit Beiläufigkeit komm ich hier nicht weiter, dachte Alva. Also versuchen wir's mal auf die direkte Tour.

»Okay«, sagte sie. »Um Ihr Gewissen zu entlasten und für den Fall, dass wir abgehört werden, erkläre ich hiermit, dass Sie mir nie irgendetwas erzählt haben, das mich auf den Gedanken gebracht hat, der volle Name dieses ominösen JC könnte John Childs sein.«

Zum ersten Mal hatte sie das Gefühl, bei Doll Trapp einen Treffer gelandet zu haben.

»Donnerwetter, Sie stecken wirklich voller Überraschungen«, sagte Doll. »Interessante Theorie. Ich würde sie nicht gleich jedem auf die Nase binden. So, wo war ich?«

Mehr Bestätigung werde ich nicht kriegen, dachte Alva.

Sie sagte: »Sie erzählten gerade, dass Sie einem Jungen, an denen Ihnen etwas lag, einen Job bei einer Organisation besorgt haben, die moralisch höchst zweifelhaft scheint und von einem Mann geleitet wurde, dessen sexuelle Neigungen sich schon in der griechischen Antike großer Beliebtheit erfreuten. Dann schafften Sie es, über ein Jahrzehnt lang jeden Kontakt mit ihm zu verlieren.«

Sie gab sich keine Mühe, ihren vorwurfsvollen Ton zu verhehlen.

Doll sagte trotzig: »An der Kapelle war nichts moralisch zweifelhaft, Schätzchen. So was behaupten Dummköpfe, die nicht wissen wollen, was die Sicherheitsdienste so machen, aber verdammt froh darüber sind, dass sie es machen. Und was die Sache mit der griechischen Antike angeht, da bestand kein Grund zur Sorge. Spielt sich bei JC alles bloß im Kopf ab. Leute wie Sie nennen das wohl Sublimierung, richtig?«

Sie klang, als sei sie fest davon überzeugt. Alva hatte das Gefühl, dass sie mehrere intensive Gespräche mit Childs benötigen würde, ehe sie diese Überzeugung teilen konnte. Und angesichts ihres wachsenden Verdachts, dass Hadda sie komplett hinters Licht geführt hatte, würde selbst das vielleicht nicht reichen!

Sie sagte: »Sie haben sich doch bestimmt erkundigt, wie es Wolf ging?«

»Natürlich hab ich das. Dann hat JC bloß gelächelt und gesagt: ›Bestens, es geht ihm bestens.‹«

»Und damit haben Sie sich zufriedengegeben? Gab es keine Unterlagen? Die müssen doch Aufzeichnungen gehabt haben, was ihre Mitarbeiter gerade so trieben.«

Doll grinste und sagte: »Ich merke, Sie sind genauso neugierig wie ich, Liebes. Deshalb kommen wir so gut miteinander klar. Ja, dann und wann hab ich mal einen Blick in ein paar gut versteckte Winkel meines Computers geworfen.«

»Und?«

»Sicher bin ich mir nicht, die haben bei der Kapelle Codenamen benutzt – angeblich aus Sicherheitsgründen, aber ich schätze, der Hauptgrund war der, dass kleine Jungs sich gern Spitznamen geben! Nach einer Weile tauchte öfter der Name Woodcutter auf. Könnte das Wolf sein?, hab ich mich gefragt. Ich musste daran denken, wie amüsiert mein Boss reagiert hatte, als er Wolf fragte, was er denn sonst noch könne außer senkrechte Wände hochklettern, und er antwortete, er könne Bäume fällen.«

»Das war alles? Sie haben nicht genauer nachgeforscht?«

»In der Kapelle war es nicht ratsam, seine Nase in Dinge zu stecken, die einen nichts angingen«, sagte Doll. »Wenn Sie wirklich wissen wollen, was er in den Jahren gemacht hat, müssen Sie ihn schon selbst fragen.«

»Vielleicht tue ich das«, sagte Alva. »Wie sind Sie und Wolf dann wieder in Kontakt gekommen?«

Doll sagte: »Das war 2001. Wir hatten in der Kapelle alle Hände voll zu tun, seit Labour an die Regierung gekommen war und Tony damit angefangen hatte, den Amis in den Hintern zu kriechen. Ich hab Überstunden ohne Ende gemacht und es nicht mal gemerkt. Deshalb habe ich auch nicht gemerkt, was mit Ed los war.

Seine Mandanten waren immer schon anstrengend gewesen. Ich weiß nicht, welche schlimmer waren, die ausgemachten Ganoven oder die armen Teufel, denen das Leben und die Umstände übel mitspielten. Er wurde noch immer gelegentlich von der Kapelle engagiert, aber das war auch nicht gerade stressfrei.

Um es kurz zu machen, Ed hatte ein Alkoholproblem. Ich

wusste, dass er gerne mal einen trank. Das musste noch lange nicht heißen, dass er abhängig war, aber zwischen diesen beiden Polen verläuft eine kaum sichtbare Trennlinie, und ich war zu beschäftigt, um mitzukriegen, dass er dabei war, sie zu überschreiten.

Die Arbeit wurde für Ed zu einer unerträglichen Belastung, und im Stress griff er immer häufiger zum Alkohol. Erst als ich eine Wodkaflasche versteckt im Spülkasten von der Toilette fand, wurde ich wach. Ich stellte Ed zur Rede. Zuerst stritt er ab, überhaupt davon zu wissen, aber als er damit nicht durchkam, wollte er mir weismachen, dass das nichts weiter zu bedeuten hätte. Aber jetzt fiel mir sein ganzes Verhaltensmuster auf. Ich stauchte ihn lauthals zusammen. Was nicht besonders clever war. Dass ich Bescheid wusste, bedeutete für ihn nur, dass er sich nicht mehr anstrengen musste, um seine Sucht zu verbergen. Nach einem besonders üblen Vollrausch rang ich ihm das Versprechen ab, zu den Anonymen Alkoholikern zu gehen. Ich stand dabei, als er dort anrief und ein Treffen mit einem Berater vereinbarte. Ich hätte ihn selbst hingebracht, aber im Büro wartete zu viel Arbeit auf mich. Großer Fehler. Auf dem Weg zu dem Treffen fiel ihm ein, dass er einen Prozesstermin am Amtsgericht hatte.

Den Rest muss ich Ihnen wahrscheinlich gar nicht mehr erzählen. Er kippte ein paar Drinks, um seine Nerven zu beruhigen. Dann noch ein paar mehr, einfach nur, weil er ein hilfloser Säufer war.

Leider merkte keiner, wie sturzbesoffen er war, ehe er den Gerichtssaal betrat. Er machte sich völlig zum Narren. Als der Richter ihn aufforderte, sich hinzusetzen, wurde er pampig. Und als der Gerichtsdiener versuchte, ihn rauszuführen, wurde er gewalttätig.

Sämtliche Zeitungen schrieben über die Sache. Es sah aus,

als wäre das das Ende seiner Karriere. Er würde angeklagt werden, vielleicht sogar zu einer Gefängnisstrafe verurteilt werden, und auf jeden Fall seine Zulassung verlieren. Ich glaube, er war selbstmordgefährdet. Ich war es jedenfalls.

Und dann hält auf einmal so ein Fünfzigtausend-Pfund-Wagen vor unserem Haus, und ein schicker junger Bursche in einem Dreitausend-Pfund-Anzug steigt aus, und als ich die Tür aufmache, nimmt er mich in die Arme, gibt mir einen dicken Kuss und sagt: ›Hallo Doll. Du siehst großartig aus.‹

Es war Wolf. Oder Sir Wilfred Hadda, wie er inzwischen hieß. Er hatte das mit Ed in der Morgenzeitung gelesen, alle seine Termine abgesagt und war schnurstracks zu uns gekommen.

Ich kann noch immer kaum glauben, was er getan hat, und ich weiß nicht, wie er es getan hat. Aber innerhalb von zwei Tagen war der Skandal aus der Welt. Ed war eine Art moderner Heiliger geworden, der unter der Last seiner allzu vielen guten Werke zusammengebrochen war; der Richter war zufrieden, die Anwaltskammer war zufrieden, und Ed, das war überhaupt das Beste von allem, wurde in die beste Entzugsklinik des Landes verfrachtet, wo man ihn behandelte wie einen Filmstar.

Jetzt wissen Sie's, meine Liebe«, kam Doll Trapp zum Ende. »Wenn Sie jetzt nicht begreifen, warum wir *wissen*, dass Wolf mit diesen schrecklichen Sachen nichts zu tun hat, für die sie ihn verurteilt haben, dann sollten Sie sich vielleicht umschulen lassen!«

6

John Childs saß zu Hause am Schreibtisch und arbeitete an seinem Buch.

Auf ein leeres Blatt Papier schrieb er ganz oben *Kapitel 97*, in derselben tadellosen Handschrift, mit der er vor fast vierzig Jahren *Kapitel 1* geschrieben hatte. Manchmal blickte er ein wenig betrübt auf den von ihm gewählten Titel zurück, *Eine kurze Geschichte des phönizischen Volkes,* doch ein feiner Sinn für Humor hielt ihn davon ab, ihn zu ändern.

Da sein Verstand ebenso akribisch war wie seine Schrift, schätzte Childs, dass er weitere siebzehn Jahre brauchen würde, um seine *Kurze Geschichte* abzuschließen. Falls er und die Nachfrage nach Büchern dieser Art noch so lange währten, rechnete er nicht damit, die Bestsellerlisten zu stürmen. Vielmehr amüsierte ihn der Gedanke, dass die Mehrzahl seiner Leser vermutlich Kollegen aus Organisationen sein würden, die mit der seinen artverwandt waren, Kollegen, die sein Manuskript immer mal wieder heimlich überprüft hatten, nur um sich zu vergewissern, dass er nicht dabei war, einen Schlüsselroman zu verfassen.

Etwas kratzte an seiner Fensterscheibe. Er stand auf, um den Vorhang zurückzuziehen und die Glastür zu öffnen, die auf einen kleinen Balkon mit Blick über den Regent's Park führte.

»Du hättest auch einfach an der Haustür klingeln können«, sagte er.

Wolf Hadda trat ins Zimmer.

»Hallo, JC«, sagte er. »Ich brauchte ein bisschen Bewegung.«

Die beiden Männer beäugten einander kritisch.

»Du bist alt geworden«, sagte Hadda.

»Und du bist ... nun ja, du siehst besser aus, als du solltest«, sagte Childs. »Nach allem, was ich höre, bist du extrem fit. Erlaubt dein Trainingsplan den Genuss von Alkohol?«

»In Maßen.«

»Wie wär's dann mit einem maßvollen Scotch? Nimm Platz.«

Hadda sank in den drehbaren Lehnstuhl und schwang mit ihm herum, um den ganzen Raum zu überschauen. Seine Augen glitten über die Fotos an der Wand – Childs senior im Tropenanzug und mit sehr ernster Miene; ein Junge, von dem er wusste, dass es John Childs war, neben einem jungen Araber, der ihm einen Arm um die Schultern gelegt hatte; und dann die jungen Männer, manche lässig, manche förmlich; und zwischen ihnen eine Lücke.

»*Et tu, Brute*«, sagte er. »Wie ich sehe, bin ich verbannt worden.«

»Was? Ach so. Eine vorübergehende Vorsichtsmaßnahme. Warte, ich bring das wieder in Ordnung.«

Er reichte Hadda ein Glas und zog eine Schreibtischschublade auf. Dann stockte er und runzelte kurz die Stirn, als wäre ihm etwas an deren Inhalt seltsam vorgekommen. Schließlich nahm er ein gerahmtes Foto heraus und ging damit zu der Wand, um die Lücke zu schließen.

»Bitte sehr«, sagte er. »Alles, wie es sein sollte.«

»Ja, hat sich nichts verändert. Ein paar Fotos mehr, natürlich. Und der Manuskriptstapel sieht ein bisschen höher aus. Geht's den Phöniziern gut?«

»Sie machen langsam Fortschritte«, sagte Childs, der zu seinem Sessel zurückkehrte. »Du hattest schon immer ein gutes Gedächtnis, Wolf.«

»Es ist sogar besser denn je, wie ich festgestellt habe.«

»Dann wirst du dich daran erinnern, dass ich dir immer nur Gutes gewünscht habe.«

Hadda schmunzelte und sagte: »Wenn Wünsche Pferde wären, würden Bettler reiten.«

»Ist das eine von deinen alten cumbrischen Weisheiten?«, fragte Childs. »Hoffentlich ja. Sie scheint der Tatsache Rechnung zu tragen, dass grimmige Notwendigkeit Vorrang vor allem anderen hat.«

»Du verleihst einem Lieblingssprichwort meiner Großtante Carrie ganz neues Gewicht. Aber wenn ich jetzt drüber nachdenke, hast du, glaube ich, auch damals schon auf grimmige Notwendigkeit plädiert, als das Gute, das du mir immer gewünscht hast, zum ersten Mal auf der Strecke blieb.«

»Stimmt. Doch als Wiedergutmachung habe ich geholfen, dir deinen größten Traum zu erfüllen.«

»Und was ist daraus geworden?«

Childs runzelte die Stirn, als würde er eine genaue philosophische Analyse dieser Frage erwägen, doch ehe er etwas sagen konnte, summte ein Handy in Haddas Tasche.

»Sorry«, sagte der und nahm es heraus.

Er warf einen Blick aufs Display, sagte dann: »Entschuldige mich kurz«, und trat hinaus auf den Balkon, wo er die Glastür hinter sich zuzog.

»Hi, Davy«, sagte er.

Er lauschte einen Moment und lächelte dann.

»Sie lässt sich so leicht nichts vormachen. Es tut mir leid, dass ich dazu gezwungen war. Was tun? Tja, ich schätze, ihr könntet sie fesseln und knebeln und auf den Speicher sperren. Falls das nicht klappt, halte ich es für das Beste, wenn du und Doll ihr alles erzählt, was sie wissen will. Und denk dran, dein Angebot für Poynters zurückzuziehen, ja? Gut. Bis bald, Davy.«

Er drückte die Gesprächsendetaste und kam wieder ins Zimmer.

»Verzeihung«, sagte er.

»Kein Problem. Zumal es offenbar gute Nachrichten waren.«

»Bin ich noch immer so leicht zu durchschauen? Sogar mit meinem umdekorierten Gesicht! Ach, was soll's.»

Er setzte sich wieder und trank einen kleinen Schluck von seinem Scotch.

»Also, worüber sprachen wir gerade? Ach ja. Grimmige Notwendigkeit. Was, wie ich vermute, der Grund für deine Entscheidung war, nicht einzuschreiten, obwohl du doch hundertprozentig wusstest, dass man mir eine Falle gestellt hatte. Du hast sogar beschlossen, dafür zu sorgen, dass die Geschichte wasserdicht gemacht wurde. Also muss die Notwendigkeit wirklich ausgesprochen grimmig gewesen sein.«

»Es sah so aus, als lägest du im Sterben. Was hätte es da genützt, deine Unschuld beweisen zu wollen?«

»Und als klar wurde, dass ich nicht sterben würde?«

»Glaub mir, niemand war glücklicher, von deiner Genesung zu hören, als ich«, sagte Childs. »Aber nachdem wir mit der Manipulation angefangen hatten, gab es kein Zurück mehr, das musst du doch einsehen. Ich konnte bloß noch ein wachsames Auge auf dich haben. Und auch ein fürsorgliches Auge.«

»Du meinst, du hast dich hinter den Kulissen für meine Freilassung eingesetzt?«, spottete Hadda.

»Sinnlos, solange du nicht selbst freigelassen werden wolltest. Und nachdem du dich dafür entschieden hattest, schienst du durchaus in der Lage, das mit deinen eigenen raffinierten Methoden zu bewerkstelligen.«

»Du scheinst sehr gut über meine Aktivitäten informiert zu sein«, sagte Hadda stirnrunzelnd.

»Ich finde, alte Bekannte vergisst man nicht. Und nach deiner Freilassung war es mir ein Vergnügen, ein paar Journalisten kräftig ins Gemächt zu greifen, damit die Schakale dir nicht zu dicht auf den Fersen folgten.«

»Ja, das ist mir aufgefallen. Ich hab mich gefragt, warum du dich so in meiner Schuld fühlst. Aber dann hab ich ja mit Medler gesprochen und erfahren, wie groß deine Schuld in Wirklichkeit war.«

Childs zuckte die Achseln und sagte: »Es wäre ein Leichtes gewesen, dein Treffen mit Medler zu verhindern. Aber ich fand, du hattest das Recht, alles zu erfahren, und dachte mir, du würdest wohl eher etwas glauben, das aus Medlers Mund käme als aus meinem.«

»Da könntest du recht haben. Bleibt natürlich die Frage, mit wem er nach unserem Gespräch als Nächstes geredet hätte. Aber zum Glück für dich hatte er ja diesen Unfall. Ein Unfall, der mich in ein schlechtes Licht rücken würde, falls ich je versuchen würde, mit dem, was der arme Arnie mir erzählt hat, an die Öffentlichkeit zu gehen.«

Er starrte Childs vielsagend an.

»Ja, es gab in der Kapelle so einige, die das als glücklichen Zufall betrachtet haben«, sagte der ausdruckslos.

»Für den armen Kerl war er weniger glücklich«, sagte Wolf. »Und gibt es vielleicht auch ein paar Kapellenbesucher, die der Auffassung sind, es wäre ein noch glücklicherer Zufall, wenn ich Medler möglichst bald folgen würde?«

John Childs trank ein Schlückchen Whisky und sagte langsam: »Hast du Probleme gehabt? Mit Profis, meine ich, nicht bloß mit der dörflichen Bürgerwehr?«

»Ein wenig.«

»Zum Glück bist du zu dem Schluss gelangt, dass ich höchstwahrscheinlich nicht direkt etwas damit zu tun hatte.«

»Bin ich das? Wie kommst du darauf?«

»Weil du nicht deine Axt schwingend durch mein Fenster gekommen bist. Was ist?«

Childs wache Augen hatten eine Reaktion wahrgenommen.

»Nichts.«

»Lass mich raten. Du hattest Besuch, und den hast du wirklich mit der Axt begrüßt?«

»Besucher«, sagte Hadda. »Zwei.«

»Das ist eine Erklärung. Einen kannst du dir lebend schnappen, zwei schließen diese Möglichkeit mehr oder weniger aus.«

»Wieso denkst du, dass ich sie mir nicht lebend geschnappt habe?«

»Weil du nicht genau weißt, wer sie geschickt hat. Du bist dir zwar *fast* sicher, dass es nicht die Kapelle war, aber du musstest trotzdem fragen. Ich denke, wenn du einen am Leben gelassen hättest, wüsstest du jetzt, von wem sie kamen.«

»Vielleicht nicht«, sagte Hadda gereizt. »Ich bin nicht so ein eiskalter Drecksack wie du.«

»Und dennoch, trotz deines warmherzigen Wesens sind sie jetzt beide tot. Wie kann das sein, frage ich mich. Aber erzähl mir von ihnen.«

Hadda stritt es nicht ab, sondern schilderte, was passiert war.

»Der eine war eindeutig einer von den beiden, denen ich am Drigg Beach die Drogen abgenommen habe«, schloss er. »Okay, verständlich, dass sie sich rächen wollten, aber wie haben sie mich so schnell gefunden, das macht mich stutzig. Dich hingegen offenbar nicht, JC.«

Childs lächelte und sagte: »Nein, aber nicht aus dem Grund, den du offenbar argwöhnst. Die Kapelle hat niemandem einen Tipp gegeben. Das war gar nicht nötig. Hast du je von einem Mann namens Pavel Nikitin gehört? Aha, anscheinend ja.«

Hadda dachte, der alte Sack kriegt noch immer alles mit!

Er log glattzüngig: »Nur weil ich mich neulich mit Luke Hollins unterhalten habe, meinem Dorfpadre, der großen pastoralen Anteil an meinen Angelegenheiten nimmt. Er bringt mich auf den neusten Stand der Dinge, wenn er glaubt, es könnte mich interessieren. Dazu gehört auch eine Liste von Leuten, die sich über Weihnachten in Schloss Ulphingstone aufgehalten haben. Und einer davon war ein Mann, der sich ganz ähnlich anhörte, wie dein Bursche, Nikitin.«

Childs nickte und sagte: »Das ist er. Russischer Geschäftsmann. Einer von denen, die stinkreich aus dem Untergang der alten Sowjetunion aufgetaucht sind. Vor fünf Jahren hat er beschlossen, sich im Westen niederzulassen, wohl aus Furcht, es könnte im guten alten Moskau zu viele Exgenossen geben, die sich noch immer dem marxistischen Grundsatz verpflichtet fühlen, Reichtum sollte geteilt werden. Derzeit läuft sein Antrag auf die britische Staatsbürgerschaft. Was vonseiten der Politik stark befürwortet wird, wie ich hinzufügen möchte. Selbstverständlich aus gutem Grund.«

»Zum Beispiel dem, dass er unsere Multikultigesellschaft so überaus bereichern würde? Nicht? Dann wohl, weil sein Reichtum als politische Spende akzeptiert werden kann, sobald er britischer Staatsbürger ist.«

»Volltreffer, wie immer«, lobte Childs.

»Aber mir ist nicht klar, was die Ulphingstones mit ihm zu tun haben«, sagte Hadda. »Leon ist der unpolitischste Mensch, den ich kenne, und Kira hält jeden, dessen Macht sich auf öffentliche Wahlen stützt, für einen gefährlichen Extremisten. Wie kommt es also, dass dieser Nikitin zu einem Besuch auf dem Schloss eingeladen wird?«

»Politisch liegt er sehr auf einer Linie mit Lady Kira«, sagte Childs. »Aber entscheidender ist, dass er behauptet, entfernt mit ihr verwandt zu sein. Und da er reich ist, ansehnlich, sich in höchsten Kreisen bewegt und wichtige Leute in seine verschiedenen Villen und auf seine Luxusjacht einlädt, erkennt Lady Kira diese Verwandtschaft liebend gern an. Ich könnte mir denken, dass sie ihn als Personifizierung der guten alten zaristischen Werte sieht, die 1917 so tragisch zerstört wurden.«

»Hört sich ganz nach ihrer Kragenweite an. Aber, JC, wenn du so viel über ihn weißt, ist das bestimmt nicht alles.«

»Du kennst mich zu gut«, murmelte Childs. »Ich weiß nichts Genaueres darüber, mit welchen dubiosen Mitteln Nikitin in Russland sein Vermögen gemacht hat, aber ich weiß, in welche Art von Geschäften er investiert hat, seit er in den Westen gekommen ist. Neben einigen herkömmlichen und legalen Firmenbeteiligungen besitzt er ein ausgewogenes Portfolio, das von Menschenhandel über Drogenhandel bis zu illegalem Waffenhandel reicht.«

»Großer Gott! Und Sir Leon lässt ihn in sein Haus!«, rief Hadda.

»Sei nicht naiv. Wieso sollte Sir Leon irgendwas davon wissen? Nikitin kann sich die besten Anwälte leisten. Jede noch so leise Andeutung in den Medien wird vom Gewicht eines sehr gut gepolsterten Juristenhinterns erstickt, der, wie du dir wohl denken kannst, unserem gemeinsamen Freund Toby Estover gehört.«

Hadda leugnete das nicht, sondern sagte: »Dann gehörten die Drogen, die ich abgefangen habe, diesem Nikitin?«

»Selbstverständlich. Vermutlich ist ihm während einer seiner Aufenthalte im Schloss die Idee gekommen, manche Abschnitte der cumbrischen Küste würden sich ideal als sicherer Landepunkt für nicht gerade sperrige illegale Fracht eignen. Ich glaube kaum, dass er das noch mal versuchen wird.«

»Aber das erklärt nicht, wie er so schnell auf mich gekommen ist. Und ich verstehe noch immer nicht, was er im Schloss gemacht hat. Okay, ich kann mir vorstellen, dass Kira sich ein Bein ausreißt, um zu einer seiner famosen Partys eingeladen zu werden. Aber warum zum Teufel ist er bereit, ihre Einladung ins Schloss anzunehmen? Ich musste immer gleich gähnen, kaum dass ich durch die Tür war!«

»Du vergisst die Estover-Verbindung.«

»Du meinst, Toby hat ihn vorgestellt? Aber das erklärt trotzdem nicht ...«

»Es gibt auch noch eine andere Estover«, sagte Childs.

Es dauerte einen Moment, bis das ankam.

»Was?«

»Oje. Jetzt bin ich wirklich froh, dass du deine Axt nicht dabeihast. Ich behaupte ja nicht, dass die reizende Imogen an dem Anschlag auf dein Leben beteiligt war, obwohl ich nicht ganz nachvollziehen kann, warum es dich dermaßen aufwühlen würde, wenn dem doch so wäre ...«

Er sah Hadda auffordernd an, doch der überging die unausgesprochene Frage und sagte: »Also, worauf willst du hinaus, JC?«

»Nikitin hat allem Anschein nach großen Gefallen an Mrs Estover gefunden. Nachdem er erfahren hatte, dass ihre Mutter russischer Herkunft ist, hat er zweifellos Nachforschungen angestellt, bis er die Familienverbindung fand oder vielleicht sogar erfand. Als er Kira dann kennenlernte und sah, wie sie ist, hat er angefangen, sie zu seiner Verbündeten zu machen.«

»Und Imogen, ist sie ...?«

»Ich habe keine Ahnung, ob er ihr Liebhaber ist oder nicht. Aber er weiß bestimmt alles über dich, falls nicht von einem der beiden Estovers, dann mit Sicherheit von Lady Kira, die keine Hemmungen hat, der Welt zu verkünden, dass es ein schwerer Verstoß gegen Sitte und Anstand war, dich aus dem Gefängnis zu lassen und dir zu erlauben, in unmittelbarer Nähe von Schloss Ulphingstone sesshaft zu werden. Ob es ihn interessierte oder nicht – Nikitin wird einiges über diesen großen, hinkenden, einäugigen Holzfäller gewusst haben, den man ihm als Gefahr für die Frau, die er liebt, dargestellt hat. Und als seine Männer ihm berichtet haben, seine Drogenlieferung wäre von einem großen, hinkenden, einäugigen Mann mit einer Axt abgefangen und zerstört worden ... tja, da wusste er genau, wo er dich findet, und auf einmal hatte er gleich zwei Gründe, dich loswerden zu wollen, einen geschäftlichen und einen sentimentalen.«

Wolf sagte: »Warum lässt die Kapelle diesen Dreckskerl denn frei herumlaufen?«

»Wir befassen uns mit der nationalen Sicherheit, nicht mit der internationalen Kriminalität.«

»Ihr könntet das, was ihr wisst, an die Polizei weiterleiten.«

Childs sagte: »Die was damit machen würde? Ich bezweifle, dass es überhaupt zu einer Anklage käme. Er ist gut beschützt. Einwände gegen seinen Einbürgerungsantrag wurden von Mr Estover bereits mit seinem üblichen aalglatten Durchsetzungsvermögen und von seinen Freunden in hohen Positionen mit dem üblichen Augenzwinkern und Nicken ausgeräumt, und wo das nichts fruchtete, hat sich Nikitin persönlich mit skrupelloser Brutalität durchgesetzt.«

»Ihr könntet ihm jederzeit eine Falle stellen«, sagte Hadda. »In so was seid ihr gut.«

»Dazu müssten wir ihn mit einer Leiche vor den Füßen und Blut an den Händen erwischen«, sagte Childs. »Nimm dich vor ihm in Acht, Wolf. Er wird nicht glücklich darüber sein, dass seine Männer nicht zurückgekommen sind. Und der Mann, dem du den Unterkiefer gebrochen hast, lebt noch, und er ist der Schlimmste von allen. Er heißt Pudovkin, seine Freunde nennen ihn Pudo. Es war gut, dass du ihn als Ersten außer Gefecht gesetzt hast, aber es wäre besser gewesen, wenn du ihn endgültig erledigt hättest. Er ist Nikitins wichtigster Kampfhund. Es war dein Glück, dass er sich wahrscheinlich noch von seinem Erlebnis am Drigg Beach erholte, als Nikitin beschloss, dich beseitigen zu lassen.«

Hadda zuckte gleichgültig die Achseln und sagte: »Vielleicht war es sein Glück. JC, mir fällt gerade ein, dass du in Wirklichkeit vielleicht versuchst, Estover zu schützen. Der Deal, den du mit ihm gemacht hast und dem ich sieben Jahre in Parkleigh zu verdanken habe, weißt du noch? Zugriff auf die vertraulichen Akten zu allen seinen prominenten Mandanten – wie weit würdest du gehen, um das zu schützen?«

»Wohl nicht so weit, wie du denkst«, sagte Childs. »Meiner Meinung nach ist Estover als Quelle ziemlich passé. Sein Verlust würde eine sehr kleine Lücke hinterlassen, die sich leicht wieder schließen ließe.«

»Also wenn ihn sich jemand vornehmen würde, hättest du kein großes Problem damit?«

»Ich persönlich überhaupt keins. Vorausgesetzt, die Sache würde diskret erledigt.«

»Das heißt so, dass die Kapelle schön außen vor bleibt«, sagte Wolf. »Was meinst du, wie viel Imogen über Tobys Arbeit weiß?«

»Schwer zu sagen. Wie ich höre, ist sie nicht leicht zu durchschauen. Aber das muss ich dir ja nicht sagen. Hast du schon mit ihr geredet?«

»Warum sollte ich mit ihr reden wollen?«

»Wolf, ich wünschte, ich könnte dir sagen, inwieweit sie in das Komplott gegen dich eingeweiht war, aber das kann ich nicht. Das musst du selbst herausfinden. Und dazu musst du möglicherweise mit ihr reden. Oder hast du Angst davor, was du vielleicht tun könntest? Oder was du nicht tun könntest …?«

»Versuch nicht deine Psychospielchen mit mir, JC«, sagte Hadda.

»Nicht? Ich dachte, du hättest jetzt eine kleine Schwäche für Psychospiele, Wolf.«

Hadda sah ihn durchdringend an, doch das milde, freundliche Gesicht verriet nichts.

Ich rede mit Imogen, wenn ich dazu bereit bin«, sagte er.

»Natürlich wirst du das«, sagte Childs. »Kann ich noch irgendwas für dich tun, ehe du gehst? Scheu dich nicht zu fragen.«

Hadda musterte ihn kritisch und sagte dann: »Also schön. Besteht die Möglichkeit, mir Informationen über die Konten zu besorgen, auf denen Nutbrown und Estover ihre illegalen Gewinne gebunkert haben?«

»Aha, da hat die geschätzte Mrs Trapp also Probleme, was? Seltsam, dass Anwälte ihre eigenen Geheimnisse so viel gründlicher verstecken als die ihrer Mandanten! Selbstverständlich. Sonst noch Wünsche?«

»Du bist sehr hilfsbereit, JC. Du musst wirklich ein schlechtes Gewissen haben!«

Childs sagte: »Möglich. Obwohl ich natürlich keins haben sollte. Mein Anteil an deinen Problemen kam erst spät und war klein, und er beruhte auf der glücklicherweise falschen Information, dass du so gut wie tot warst. In gewisser Weise sind wir beide Opfer von Zufall und grimmiger Notwendigkeit.«

»Unsere alten Freunde, was? Ich weiß noch, was du damals gesagt hast, als du mich das erste Mal mit ihnen bekannt machtest. Dass Liebe immer verliert, oder so ähnlich, glaube ich.«

»Soweit ich weiß, habe ich dir gesagt, du würdest eines Tages schon verstehen, was ich meine. Ich vermute, dieser Tag liegt jetzt längst hinter dir.«

»Warum sagst du das? Nichts von dem, was mir passiert ist, war Zufall, außer vielleicht ...«, er hob seine verstümmelte Hand an das vernarbte Gesicht und lächelte »... mein Unfall. Und was den Konflikt zwischen grimmiger Notwendigkeit und Liebe angeht, so ist das zum Glück eine Wahl, die ich nie werde treffen müssen.

»Wirklich? Und wie willst du das vermeiden?«

»Indem ich beides vermeide. Indem ich mein Leben von jetzt an selbst kontrolliere.«

»Und du denkst, das ist möglich? Vielleicht ist es das ja, aber nur, wenn du extrem seltene Eigenschaften hast ... praktisch einzigartige ... mal sehen, ich glaube, ich weiß, wo es steht ...«

Er stand auf, ging zum Bücherregal, nahm einen Band heraus und blätterte darin herum.

»Ja, da hab ich's: *Es bleiben Zufall und Notwendigkeit mir beide fern, und was ich will, das wird.*«

»Klingt ungefähr richtig«, sagte Hadda. »Als wäre es von mir. Und von wem ist es tatsächlich?«

»Von Milton«, sagte Childs und hielt den Band hoch, damit Hadda den Titel lesen konnte.

»*Das verlorene Paradies*«, sagte Hadda. »Hab ich nie gelesen. Scheint aber ziemlich gut auf meinen Fall zuzutreffen. Und wem hat Milton diese Worte in den Mund gelegt?«

»Das sollte dir zu denken geben, Wolf«, sagte Childs. »Es war Gott.«

7

Es war so viel zu verarbeiten, dass Alva sich in ihren Sessel zurücklehnte und die Augen schloss, um konzentriert alles in eine sinnvolle Ordnung zu bringen. Aber sie sah immer nur Wolf Hadda vor sich, wie er lachte, als sie aus dem Artikel im *Observer* zitierte, in dem spekuliert wurde, Hadda wäre von Feen entführt worden, und dann mit einem spöttischen Lächeln behauptete, er wäre genau wie Thomas der Reimer nach seiner Rückkehr nicht mehr fähig zu lügen.

Insgeheim hatte er bestimmt ziemlich viel gelacht, während er sie auf den trügerischen Weg zu seiner Rehabilitation führte.

Sie öffnete die Augen. Doll Trapps Gesicht trug einen Ausdruck heiterer Zuversicht. Sie war offensichtlich fest davon überzeugt, Haddas Unschuld zweifelsfrei bewiesen zu haben. Einen kurzen Moment lang war Alva versucht, sie darauf hinzuweisen, dass jemand, der in einer Hinsicht sehr gut war, in einer anderen durchaus sehr böse sein konnte. Menschen waren viel zu komplex, um eine so glatte Gleichung aufzumachen.

Stattdessen sagte sie: »Sind Sie nie auf die Idee gekommen, Sir Wilfred Hadda, der millionenschwere Geschäftsmann, und Ihr Wolf der Holzfäller könnten ein und dieselbe Person sein?«

»Nein«, sagte Doll. »Hab nie großartig auf Wirtschaftsnachrichten geachtet, und auch nicht auf die Klatschspalten.«

Alva war nicht sicher, ob sie ihr glauben konnte.

»Na schön«, sagte sie. »Aber es ist doch seltsam, dass Wolf sich nicht gleich bei Ihnen gemeldet hat, als er nach London gezogen war.«

Doll lachte und sagte: »Eigentlich nicht. Ich schätze, JC hatte ihm gesagt, es wäre nicht gut für mich, wenn er versuchen würde, den Kontakt wiederaufleben zu lassen.«

»Wieso sollte er das gesagt haben?«

»Er ist ein sehr vorsichtiger Mann«, sagte Doll.

»Und warum hat Wolf dann den Kontakt trotzdem wiederaufleben lassen?«, fragte Alva.

»Weil er nun mal so ist«, sagte Doll. »Wolf hatte sich vielleicht um meinetwillen verkniffen, uns zu besuchen, weil man ihn gewarnt hatte, aber es wäre schon ein Sondereinsatzkommando nötig gewesen, um ihn von uns fernzuhalten, als er erfuhr, dass Ed ernsthaft in Schwierigkeiten steckte.«

»Hätten Ihre Freunde in der Kapelle das nicht regeln können?«

»JC war der Erste, an den ich mich gewendet habe«, sagte Doll grimmig. »Er meinte, sie würden die Lage bereits genauestens beobachten, und falls es noch schlimmer würde, müsste die Kapelle eventuell Maßnahmen ergreifen, um sich zu schützen. Ich hab verstanden, was das hieß. Die mögen keine Publicity. Wenn Eds Verbindung zur Kapelle irgendwie ruchbar geworden wäre, hätten sie das behandelt wie eine undichte Gasleitung: Da wird die Zufuhr sofort abgestellt. Nein, wenn Wolf nicht gewesen wäre ... Jedenfalls, als alles vorüber war, hab ich gekündigt. Das kam nicht so gut an, und es gab auch kein Abschiedsgeschenk für mich, nur die unverblümte Warnung, meine Verschwiegenheitspflicht würde bis ans Ende aller Zeiten weiterbestehen! Mir war das piepegal! Ich wusste, dass Ed mich in seiner Nähe brauchte, also wurde ich wieder Anwaltsgehilfin und hielt sein Büro am Laufen, bis er wieder arbeiten konnte.«

»Und Wolf? Was meinen Sie, wie eng waren seine Verbindungen zur Kapelle zu dem Zeitpunkt?«

»Weiß ich nicht, wollte ich auch nicht wissen. Aber ein international tätiger Geschäftsmann mit Kontakten in der ganzen Welt – ich bin sicher, sie hatten Verwendung für ihn.«

»Und wie haben sie wohl reagiert, als seine Probleme anfingen?«

Doll sagte: »Ihre Hauptsorge wird gewesen sein, es könnte irgendwas rauskommen, das sich bis zu ihnen zurückverfolgen ließe. Wie bei Ed, nur dass Wolf natürlich viel wichtiger war.«

»Sie klingen verbittert«, sagte Alva, die keinen Grund sah, nicht ebenso offen zu Doll zu sein wie sie zu ihr.

»Tu ich das? Das wäre schön blöd von mir. Bei der Kapelle haben Sentimentalitäten nichts zu suchen.«

Die Art von Sentimentalität, die dich zwang, einem Jungen in Not zu helfen, die Art von Sentimentalität, die denselben Jungen dazu veranlasste, zu eurer Rettung herbeizueilen, als du und Ed in Not waren, dachte Alva.

Sie sagte: »In der Politik heißt es, Loyalität ist eine Einbahnstraße. Dann haben Sie jetzt also keinerlei Kontakt mehr zur Kapelle?«

»Das letzte Mal hab ich von denen gehört, als Ed Wolfs Anwalt wurde. Das Telefon ging. JC war dran. Zuerst dachte ich, er wollte uns davor warnen, Wolf zu vertreten. Stattdessen klang er ehrlich bestürzt, als ich ihm erzählte, wie schlecht die Dinge standen, wegen der vielen Beweise und Wolfs psychischem Zustand. Ich hab ihm klipp und klar gesagt, dass ich von Wolfs Unschuld absolut überzeugt war, und er sagte: ›Das bin ich auch, Doll. Das bin ich auch. Aber in dieser bösen Welt reicht Unschuld manchmal einfach nicht aus.‹ Und das war's.«

»Also kein Hilfsangebot?«

»Nichts! Aber nachdem ich mit ihm geredet hatte, war ich mir immerhin sicher, dass Wolf nicht von der Kapelle reingelegt worden war. Jedenfalls nicht direkt. Inzwischen weiß ich, dass sie dann später die Finger mit im Spiel hatten.«

Alva behielt das im Hinterkopf, um dem irgendwann nachzugehen, doch zunächst wollte sie sich ein klares Bild von der Ausgangssituation machen.

»Wieso hielten Sie es für möglich, dass die Kapelle hinter der ganzen Sache steckte?«

Doll zuckte die Achseln und sagte: »Wolf ist einer, der gern seine eigenen Entscheidungen trifft. So wie damals mit Ed. Falls er irgendwas gemacht hätte, was die so richtig auf die Palme gebracht hätte, dann wäre die Kapelle durchaus bereit und in der Lage gewesen, ihn aus dem Verkehr zu ziehen. Nur hätten sie sich wahrscheinlich weniger Umstände gemacht. Autounfälle – Autounfälle waren ihre Spezialität. Also hat er vielleicht noch Glück gehabt.«

»Glück? Sie nennen das Glück, wenn einer unschuldig in den Knast wandert?«

Doll schien das als Vorwurf aufzufassen.

»Wir haben alles für ihn getan, was wir konnten«, sagte sie zornig. »Aber Wolf hat sich damals für nichts mehr interessiert, das war das Problem. Imo ließ sich von ihm scheiden und heiratete Estover, seine Freunde wandten sich von ihm ab, der Unfall hatte ihn zum Krüppel gemacht. Es war einfach zu viel. Und es hörte nicht auf, als er im Gefängnis war. Erst starb sein alter Dad, dann seine Tochter. Es war, als wäre Wolf selbst gestorben.«

»Ich glaube, Ginnys Tod war der Auslöser, der ihn ins Leben zurückgeholt hat«, sagte Alva.

»Tatsache? Tja, das ist wohl eher Ihr Gebiet. Ed hat getan, was er konnte, und hat auch weiter versucht, rauszufinden, was hinter dem Ganzen steckte, noch lange nachdem Wolf aufgegeben hatte. Aber wir sind keine Detektive, und es ist schwer, jemandem zu helfen, der keine Hilfe will. Wir dachten, er würde einfach im Gefängnis verkümmern, bis er die volle Strafe abgesessen hatte. Deshalb waren wir heilfroh, als er sich meldete und Ed bat, ihm bei der Bewährungsanhörung beizustehen.«

»Haben Sie sich denn nicht gewundert?«, fragte Alva. »Ed muss Ihnen doch erzählt haben, dass die Anhörung überhaupt nur deshalb stattfinden konnte, weil Wolf seine Schuld voll und ganz gestanden und sich bereit erklärt hatte, sich einer Therapie zu unterziehen.«

Doll lachte und fragte: »Wie hätte er denn sonst rauskommen sollen, Liebes?«

Dann hörte sie auf zu lachen und sah Alva mitleidig an.

»Es tut mir leid. Es muss ein echter Schock für Sie gewesen sein, rauszufinden, wie er Sie getäuscht hat. Aber was hätte er denn anderes tun können? Ihr Gutachten, dass er für niemanden mehr eine Gefahr darstellte, war seine einzige Chance, wieder auf freien Fuß zu kommen. Er musste Sie benutzen. Das verstehen Sie doch.«

Alva nickte nur, weil sie ihrer Stimme nicht traute. Getäuscht zu werden war Berufsrisiko; jede Therapiesitzung mit einem Patienten war gewissermaßen ein Manipulationswettkampf; aber sich persönlich hintergangen zu fühlen, das war irrational, als wäre ihre Beziehung irgendwie nicht nur rein therapeutisch gewesen.

Doll streckte den Arm aus und tätschelte ihr die Schulter.

»Nehmen Sie es sich nicht so zu Herzen, Liebes«, sagte sie. »Er hätte seine eigene Mutter ausgetrickst, wenn das nötig gewesen wäre, um rauszukommen.«

Alva hatte sich wieder unter Kontrolle.

Sie wich zurück und sagte: »Was mich beunruhigt, ist, dass er meinte, rauszukommen sei es wert, vor aller Welt zuzugeben, dass er wirklich so schlimm war, wie man ihn dargestellt hatte. Es geht ihm nicht darum, seine Unschuld zu beweisen, nicht wahr? Er will sich an den Menschen rächen, denen er die Schuld dafür gibt, dass er im Gefängnis gelandet ist.«

Doll sah zum ersten Mal verunsichert aus. »Ganz so ist es nicht«, sagte sie. »Er will rausfinden, was genau damals passiert ist.«

»Und dann wird er eine Wiederaufnahme seines Verfahrens beantragen, wollen Sie mir das damit sagen?«

Doll schüttelte den Kopf und sagte: »Nein. Sie haben ihn kennengelernt, Schätzchen. Sie wissen, wie er ist. Und ich werde ihm keinen Vorwurf machen, ganz gleich, was er tut. Solange es auf Fakten basiert.«

Sie sprach trotzig. Auch sie hat so ihre Bedenken, dachte Alva.

Sie sagte: »Und wie hat er vor, an die Fakten zu kommen?«

»Oh, das ist er schon«, sagte Doll. »Wir sind jetzt mitten in Phase zwei.«

»Phase zwei! Himmelherrgott, erzählen Sie mir erst mal was über Phase eins!«

Doll sagte: »Jetzt geraten wir allmählich wirklich auf gefährliches Gebiet, Liebes.«

Jetzt kommt's!, dachte Alva. Sie hatte von Anfang an gewusst, dass sie früher oder später das uneindeutige Terrain verlassen würden, auf dem sie sich noch immer einreden konnte, es wäre eine Frage der persönlichen Entscheidung, ob sie das Gehörte für sich behielt oder nicht. An diesem Punkt waren sie jetzt angekommen.

Sie sagte bedächtig: »Falls Wolf eine Gewalttat begangen hat oder vorhat, eine zu begehen, dann bleibt mir keine andere Wahl, als die Behörden zu informieren. Aber kleinere Verstöße, zum Beispiel gegen die Bewährungsauflagen, würden mich nicht weiter stören.«

»Großartig«, sagte Doll. »Wenn das so ist, macht es Ihnen bestimmt nichts aus zu erfahren, dass Wolf über Weihnachten in Spanien war, um einen Expolizisten zu treffen, den Detective, der ihn damals festgenommen hat. Wolf dachte, der wüsste vielleicht etwas, das ihm weiterhelfen könnte.«

»Soll das heißen«, sagte Alva, »dass Wolf, der angeblich über Weihnachten bei Ihnen war, in Wahrheit das Land verlassen hatte? Und Sie haben ihm geholfen und ihn gedeckt? Ist Ihnen klar, in welche Schwierigkeiten Sie das bringen kann?«

»Ed ist Anwalt«, sagte Doll ungerührt. »Hören Sie, Wolf dachte, es könnte was bringen, wenn er mit diesem Expolizisten Arnie Medler spricht, der in Spanien lebte, also musste Wolf dorthin.«

Medler. Der Name kam ihr bekannt vor. Das war der Beamte, den Hadda angegriffen hatte. Zweimal.

»Und hat es geholfen?«, fragte sie.

»Und wie. Wolf hat Ed erzählt, dass Medler eine Menge von dem bestätigen konnte, was er vermutet hatte. Und er hat alles auf Band aufgenommen. Sie können es sich anhören, wenn Sie möchten.«

»Das werde ich«, sagte Alva. »Ich und auch die zuständigen Behörden. Das müsste genügen.«

Doch Doll schüttelte den Kopf.

»Ich wünschte, das wäre so einfach, Schätzchen. Die Sache ist leider die: Kurz nachdem Wolf wieder gegangen war, hatte dieser Medler einen Unfall und ist gestorben. Das hat die Lage wirklich verkompliziert.«

Es wurde immer schlimmer. Hadda verlässt illegal das Land, um einen Expolizisten aufzusuchen, von dem er annimmt, dass er Informationen zurückhält, und plötzlich ist dieser Polizist tot. Das hörte sich nicht gut an, und Alva musste gar nicht erst überlegen, wie es sich wohl für die Behörden anhören würde.

»Wie ist Medler gestorben?«, fragte sie.

»Seine Frau hat ihn am frühen Weihnachtsmorgen gefunden. Er war im sturzbetrunkenen Zustand umgekippt, und zwar so, dass seine Hände über die Schwelle der Terrassentür ragten. Beim Fallen muss er wohl irgendwie an eine Fernbedienung gekommen sein. Ergebnis: Eine Sicherheitsjalousie aus Metall ist runtergesaust und hat ihm die Hände abgehackt. Er ist verblutet.«

»Allmächtiger«, sagte Alva entsetzt. Eben hatte sie noch gedacht, katastrophaler könnte es nicht mehr werden, da wurde sie schon wieder eines Besseren belehrt.

»Ja, ich weiß«, sagte Doll. »Da denkt man doch sofort: Holzfäller. Aber so was ist nicht Wolfs Stil, Schätzchen. Der hätte dem Sauhund vielleicht den Kopf abgeschlagen, wenn er es verdient hätte, aber nicht die Hände!«

Offenbar war die Bemerkung beruhigend gemeint. So wirkte sie aber nicht auf Alva.

Sie sagte: »Und was werden Sie und Ed tun, falls demnächst jemand mit abgeschlagenem Kopf gefunden wird?«

Doll betrachtete sie prüfend, als überlegte sie, ob der erste der beiden Vorschläge von Wolf Hadda, wie sie mit Alva verfahren könnten, nicht vielleicht doch der bessere gewesen wäre.

Die Tür ging auf, Ed Trapp schaute herein und tippte bedeutungsvoll auf seine Armbanduhr.

»Ich denke, das dürfte fürs Erste genügen, Liebes«, sagte Doll. »Sie sollten nach Hause fahren und sich das Band anhören. Ich hab noch was zu erledigen.«

Ed hielt ihr auffordernd die Tür auf.

»Ich bring Sie noch zum Auto«, sagte er.

Sie gingen schweigend zu ihrem Fiesta. Als sie die Tür aufschloss, sagte Trapp leise: »Machen Sie sich wegen Wolf keine

Gedanken, Dr. Ozigbo. Er würde niemals einem Unschuldigen etwas antun.«

»Was macht Sie da so sicher?«

»Da ist irgendetwas in ihm, ich glaube, es hängt mit einer Geschichte zusammen, die vor langer Zeit passiert ist. Vielleicht hat er es einmal getan. Er wird es nie wieder tun.«

»Er sollte überhaupt nicht daran denken, irgendwem etwas anzutun, Mr Trapp. Unschuld, Schuld, Strafe, dafür gibt es Recht und Gesetz. Gerade Sie sollten das wissen.«

Er lächelte sie irgendwie traurig an.

»Sollte ich das?«, sagte er. »Wo Recht und Gesetz einen Unschuldigen für sieben Jahre hinter Gitter geschickt haben und ich nichts dagegen tun konnte? Und wo er nur wieder rauskommen konnte, indem er eine Frau hinterging, die er schätzt und achtet? Sollte ich das? Gute Nacht, Dr. Ozigbo.«

Sie stieg ins Auto und fuhr nach Hause.

Sie versuchte, das soeben Gehörte irgendwie im Kopf zu sortieren, aber mit jedem dritten Gedanken landete sie wieder bei Mr Trapps Abschiedsworten.

Eine Frau, die er schätzt und achtet.

Das musste doch etwas bedeuten!

Aber nicht besonders viel, ermahnte sie sich. Nicht solange die Erinnerung an Imogen Ulphingstone noch in seine Seele eingebrannt war, wie ein Schatten auf einer Hauswand nach einer Atomexplosion.

8

Der Montagmorgen dämmerte strahlend und bitterkalt herauf. Frost überzog die Fensterscheiben und erhellte die nackten Zweige und Äste der Bäume und Büsche auf dem Gelände von Poynters.

»Wo willst du hin, Johnny?«, wollte Pippa Nutbrown wissen.

»Ich mache einen kleinen Spaziergang in den Wald«, sagte ihr Mann. »Mal sehen, ob ich ein Kaninchen erwische.«

Pippa blickte verächtlich auf die Schrotflinte, die er aufgeklappt in der Armbeuge hielt.

»Genauso unwahrscheinlich wie die Chance, einen sibirischen Tiger zu erlegen«, sagte sie.

»Fragst du, weil ich irgendwas für dich erledigen soll, altes Mädchen?«

»Sei nicht albern«, blaffte sie herablassend. »Was zum Teufel solltest du für mich erledigen, das ich nicht besser selbst machen könnte?«

Nutbrown fiel da durchaus etwas ein, aber er hütete sich, es auszusprechen. Wenn Pippa in dieser Stimmung war, und das war sie in letzter Zeit andauernd, hielt man sich besser von ihr fern. Vor zwei Wochen hatte sie erklärt, sie hätte Skinners eine Abfuhr erteilt und sich privat mit Donald Murray geeinigt. Die Nachricht hatte Nutbrown mit einer Bestürzung erfüllt, gegen die sogar die Freude seiner Frau nichts ausrichten konnte. Doch als die Tage vergingen und sie nichts mehr von Murray hörte, verdunkelte sich ihre Stimmung mehr und mehr, wohingegen ihr Gatte neue Hoffnung schöpfte, obwohl er sich tunlichst nichts davon anmerken ließ.

Als er sich jetzt vom Haus entfernte, begann er, »Happy Days Are Here Again« zu pfeifen, aber erst, als er ganz sicher außer Hörweite war. Er hatte weder den Willen noch die Gerissenheit, sich Pippas Forderung zu widersetzen, sie müssten Poynters verkaufen und irgendwo im Ausland leben, aber er war im tiefsten Innern davon überzeugt, dass es nie dazu kommen würde. Dafür gab es natürlich keine logische Begründung, aber das war ja nichts Neues! Er hatte schon immer nach dem Motto gelebt: Geh den Weg des geringsten Widerstands und in den allermeisten Fällen regeln sich die Dinge dann schon von allein.

Er erreichte den kleinen Wald. Hier drang die Wintersonne kaum herein, und die Temperatur sank um mehrere Grad. Er hörte einen Ast knacken und blieb stehen. Alles war wieder still. Mist. Es wäre schön, Pippa zu verblüffen und tatsächlich mit irgendeiner Beute in der Jagdtasche zurückzukommen. Das Problem war nur, dass er es bei den wenigen Gelegenheiten, wenn ihm mal was vor die Flinte lief, selten übers Herz brachte, auch wirklich abzudrücken. Die Tiere hier bewohnten Poynters ebenso wie er und hatten das gleiche Recht auf ein unbehelligtes Leben.

Aber vielleicht doch nicht alle.

Etwas knurrte, ein tiefes, bedrohliches Grollen, und plötzlich sah er rund fünfzehn Meter von ihm entfernt, wo der Weg eine Biegung machte, einen Hund stehen.

Eigentlich mochte Johnny Nutbrown Hunde. (Pippa nicht, also hatten sie keinen.) Aber der da sah nicht aus wie ein Hund, dem man *Braver Kerl!* zurief, um ihm dann zwischen den Ohren zu kraulen, wenn er schwanzwedelnd angelaufen kam. Er stand ganz still da. Das wenige Licht hier zwischen den Bäumen glänzte auf seinen gelblichen Zähnen und in den Augen, die irgendwie rötlich glimmten, während sie den näher kommenden Mann fixierten.

Er ließ den Lauf der Schrotflinte zuschnappen.

Das Vieh stellte die Ohren auf. Es stieß ein letztes Knurren aus, in dem so was wie eine Ankündigung mitschwang, drehte sich dann um und verschwand.

Langsam, die Flinte noch immer schussbereit, bewegte er sich um die Biegung herum.

Und blieb stehen.

Da war der Hund. Er lag zu Füßen eines Mannes, der auf einem umgestürzten Baumstamm saß. Mit seinem vernarbten Gesicht und der Klappe über dem rechten Auge sah er fast noch bedrohlicher aus als der Hund. Neben ihm stand eine langstielige Axt gegen den Stamm gelehnt.

Der Mann sagte: »Als ich ein Junge war, hat man mir eingeschärft, nie mit einem Gewehr auf etwas zu zielen, das ich nicht auch schießen will.«

Nutbrown trat einen Schritt näher und sagte: »Lieber Himmel, bist du das, Wolf?«

»Wer denn sonst? Lange nicht gesehen, Johnny.«

»Zu lange, Wolf«, sagte Nutbrown heftig und senkte die Flinte. »Wie schön, dich zu sehen!«

Wolf Hadda lachte. Er hatte nicht gewusst, auf welche Reaktion er sich einstellen sollte; bestimmt nicht auf diese, aber jetzt, da er sie gehört hatte, erschien ihm alles andere ausgeschlossen. Er rutschte ein Stück beiseite, um auf dem Baumstamm Platz zu machen. Der Hund knurrte, als Nutbrown sich setzte, verstummte aber, als sein Herr ihn warnend mit dem Fuß anstupste.

»Schon lange da?«, fragte Nutbrown und lehnte die Schrotflinte gegen den Stamm. »Menschenskind, du musst ja völlig durchgefroren sein! Du hättest zu uns kommen sollen.«

»Besser nicht, Johnny.«

Nutbrown überlegte kurz und nickte dann.

»Hast wahrscheinlich recht. Pippa macht sich leider ein bisschen ins Hemd wegen dir.«

»Wirklich? Was meinst du wohl, woran das liegt?«

»Na ja, sie denkt anscheinend, nach allem, was passiert ist, könnte es zwischen uns böses Blut geben, kannst du dir doch vorstellen, oder?«

»Nach allem, was passiert ist«, wiederholte Hadda. »Genau darüber wollte ich mit dir reden, Johnny. Über alles, was passiert ist. Ich würde es gern aus deiner Perspektive hören, natürlich nur, falls du einen Moment Zeit hast.«

»Ja, klar. Ich fröne doch inzwischen dem Müßiggang. Aber damit wir nicht vollends einfrieren, probier mal ein Schlückchen hiervon.«

Er holte einen Flachmann hervor, machte ihn auf und reichte ihn Hadda. Der nahm einen kräftigen Schluck von dem Brandy, ließ ihn sich über die Zunge rollen und schluckte dann.

»Noch immer nur das Beste, Johnny.«

»Gibt's was anderes? Prost!«

»Prost. Also, fang ganz vorne an, Johnny.«

Nutbrown trank noch einen Schluck, denn so entspannt er sich auch gab, brauchte er offenbar einen kleinen Mutmacher. Oder aber, dachte Hadda, ihm ist wirklich einfach nur kalt.

»Tja also, da war das viele Geld, das einfach so rumlag«, begann er. »Das waren goldene Zeiten damals, weißt du noch, Wolf? Und du hattest das goldene Händchen. Als würde man Wasser aus einem Teich schöpfen, der nie leer wurde. Der Vorrat versiegte nie. Wurde nie weniger.«

»Heißt das, du hast dich selbst bedient, Johnny?«

»Nein. Oder ja, schon. Aber eigentlich nicht. Du hast doch immer dafür gesorgt, dass ich mehr als genug hatte, Wolf. Aber Toby und Pippa fanden, du hättest deine Möglichkeiten noch besser nutzen können. Ein kluger Mann füllt seine Stiefel, solange er noch Stiefel hat, die er füllen kann, so hat Toby das formuliert. Und Pippa sah das genauso. Toby hat sich um die rechtliche Seite gekümmert, und Pippa war ja schon immer ein Computergenie.«

»Und du, Johnny?«

»Mich brauchten sie für die Zahlen. War gar nicht so leicht, immer für ausgeglichene Bilanzen zu sorgen, weißt du? Genau die richtige Aufgabe für mich. Ich konnte schlecht Nein sagen, als Pippa und Toby mich drum baten. Und sie hätten dich auch mit reingenommen, Wolf, ehrlich, das hätten sie. Aber Toby meinte, du hättest noch immer diese Arbeiterklassenhaltung gegenüber Reichtum, obwohl du Imo geheiratet hattest und so, und es wäre am besten für dich, wenn wir dich außen vor ließen. Ich persönlich fand das ziemlich schwachsinnig, mir war nämlich auf Anhieb klar gewesen, dass du einer von uns bist, aber die beiden hielten es trotzdem für besser, wenn du deinen Anteil bekämest, ohne Bescheid zu wissen.«

»Und du hast dich drauf eingelassen?«

»Das war alles ein bisschen kompliziert für mich, Wolf. Zahlen, meinetwegen. Aber weit im Voraus planen, das ist nicht mein Ding. Obwohl ich damals, 2006, doch irgendwie gespürt hab, dass alles allmählich den Bach runterging.«

»Du hast damals schon die Finanzkrise vorausgesehen?«, sagte Hadda. »Und du hast es nicht für erforderlich gehalten, mir gegenüber mal ein Wort davon zu erwähnen?«

»Hab ich doch, hab ich«, sagte Nutbrown entrüstet. »Aber du warst ja immer zu beschäftigt, Wolf. Und wenn du mir mal zugehört hast, dann hast du bloß gelacht und gesagt, wir wären im Märchenland, dem Land, wo Milch und Honig fließen, und keiner würde uns je daraus vertreiben. Und ich hab gedacht, der gute alte Wolf, ihm hab ich's zu verdanken, dass es mir so gut geht, der wird das Kind schon schaukeln.«

Hadda betrachtete ihn traurig und fragte: »Hab ich das wirklich gesagt, Johnny? Ja, ich kann's mir vorstellen. Das hab ich damals ehrlich geglaubt. Vielleicht hättest du mir noch stärker in den Ohren liegen sollen. Mir vielleicht eins auf die Nase geben. Du hattest ja noch einen Schlag bei mir frei.«

Nutbrown lachte, ein fröhlicher Klang, und sagte: »Ja, hatte ich, was? Hab ich noch immer, glaube ich.«

»Nein, Johnny«, sagte Hadda leise. »Jetzt nicht mehr. Also, wen hast du sonst noch versucht zu warnen?«

»Pippa natürlich. Nicht direkt gewarnt, hab nur beim Frühstück ein bisschen mit ihr geplaudert. Zuerst hat sie nicht weiter auf mich gehört. Wie üblich. Aber als die US-Immobilienblase zu platzen drohte, konnte jeder mit auch nur einem Funken Verstand sehen, was da im Anmarsch war.«

»Ein Jammer, dass du nicht Finanzminister warst«, sagte Hadda. »Und da hat Pippa auf dich gehört?«

»Sie hat immer noch gesagt, ich würde Unsinn reden. Aber dann hat sie doch Toby angerufen, und der kam her und hat mich gefragt, was denn eigentlich los wäre.«

»Und was hast du ihm erzählt, Johnny?«

»Ich hab gesagt, es wäre vielleicht ratsam, ein bisschen für die Zukunft zu planen. Zuerst sollten wir unsere kleinen Finanzpolster sicher verstecken. Ich hab ein paar Vorschläge gemacht, aber er hat erst richtig aufgemerkt, als ich ihm gesagt hab, er sollte mit dir reden, weil das, was wir gemacht hatten, ganz sicher rauskommen würde, falls die Märkte zusammenbrachen. Solange der Teich voll ist, merkt keiner, dass jemand ein paar Eimer abgezweigt hat, aber wenn der Teich langsam austrocknet ...«

»Ich hab's kapiert«, sagte Hadda. »Aber Toby hat nicht auf deinen Rat gehört.«

»Was unsere eigenen Finanzpolster angeht schon«, sagte Johnny. »Aber er meinte, er müsste erst drüber nachdenken, ob wir dich einweihen sollten.«

»Kann ich mir vorstellen. Und was ist dabei herausgekommen, als er nachgedacht hatte?«

»Keine Ahnung«, sagte Johnny munter. »Ich hab es Pippa gegenüber erwähnt, aber die hat bloß gesagt, es wäre in der Mache. Toby auch. Als ich dich erwähnt habe, hat er gesagt, alles wäre in Butter. Schließlich fing dann alles an, ernsthaft aus dem Ruder zu laufen, genau wie ich gesagt hatte. Ich dachte, der gute alte Wolf wird sich schon um Woodcutter Enterprises kümmern. Und das Nächste, was ich höre, ist, dass sie dich drangekriegt haben, weil du dir auf deinem Computer Pornosachen angeguckt hast oder so.«

»Nein, Johnny«, sagte Hadda sanft. »Das Nächste, was du gehört hast, war ich am Telefon, als ich dich gebeten hab, dich mit mir im Black Widow zu treffen.«

»Stimmt. Aber da war ich im Büro, und da war ein Bulle dabei, und der hat mehr oder weniger mitgehört. Er hat gefragt, wo das Black Widow ist, und ich hab gesagt: ›Das Black Widow kennt doch jeder!‹ Und er hat gemeint, er würde es nicht kennen, also hab ich's ihm natürlich gesagt. Dann bin ich aufgestanden, um mich auf den Weg zu machen, aber er hat gesagt, ich sollte schön bleiben, wo ich bin, weil es für dich besser wäre, wenn sich einer von ihren Jungs da mit dir treffen würde. So richtig froh war ich nicht darüber, ehrlich, Wolf. Aber was hätte ich denn machen sollen?«

Hadda nahm Nutbrown den Flachmann aus der Hand und nahm einen kräftigen Schluck. Und zwar nicht, weil ihm kalt war.

»Und dann?«, fragte er leise.

»Dann warst du auf einmal im Krankenhaus, an irgendwelche Geräte angeschlossen, und die Ärzte haben keinen Pfifferling mehr für dich gegeben. Kurz danach gingen die ersten Banken pleite, die Kurse sackten in den Keller und die vom Betrugsdezernat haben sich wie die Schmeißfliegen auf Woodcutter gestürzt.«

»Und was haben sie gefunden?«

Zum ersten Mal sah Nutbrown ein bisschen beklommen aus.

»Sie haben Fehlbeträge gefunden, Wolf. Ich meine, das ließ sich nicht vermeiden. Es wäre alles bestens gewesen, wenn die guten Zeiten angedauert hätten. Dann wäre auch jetzt alles bestens, wo alles wieder so ist wie vorher, mehr oder weniger. Aber damals gab es keine Möglichkeit, irgendwas zu verbergen.«

»Aber du hast es irgendwie geschafft, Johnny. Hast dich so gut versteckt, dass nicht mal jemand nach dir gesucht hat. Wie hast du das angestellt?«

»Ich hab bloß Glück gehabt, schätze ich.«

Er hörte sich an, als würde er das ehrlich glauben, dachte Hadda. Vielleicht tat er das sogar. Und vielleicht hatte er auf seine Art tatsächlich Glück gehabt. Nämlich das Glück, in einer nach außen abgeschlossenen Blase zu existieren, in der sein eigenes Wohlergehen, sein eigener Komfort und sein eigenes Überleben die Realität ausmachten. Er empfand keinerlei Schuldgefühle wegen der Ereignisse, nur ein wenig Bedauern. Während die Nachricht von Wolfs vorzeitiger Entlassung die anderen offensichtlich stark beunruhigt hatte, war Johnnys einzige Reaktion gelinde Erleichterung, weil sein alter Freund wieder frei war, also bestand kein Grund mehr zur Sorge!

»Aber du und Toby, ihr müsst doch eure Geschichten haarklein abgesprochen haben«, sagte er.

Nutbrown nickte entschieden. »Allerdings. Toby war großartig. Die haben ihm alles aus der Hand gefressen. Ich weiß ehrlich nicht, was ich ohne ihn an meiner Seite gemacht hätte.«

»Wirklich schade, dass ich ihn nicht auch an meiner Seite hatte«, sagte Hadda. »Als sie mir diesen ganzen Dreck angehängt haben, meine ich.«

»Was? Ehrlich, Wolf, ich kann mir vorstellen, wie das für dich aussieht. Aber sei fair, zu dem Zeitpunkt warst du so gut wie tot, da hätte es doch keinen Sinn mehr gehabt, deinen guten Namen zu schützen, und außerdem wäre das sowieso unmöglich gewesen, ohne dass Toby für eine halbe Ewigkeit in den Knast gewandert wäre. Und Pippa vielleicht auch. Das hättest du Pippa doch nicht zumuten wollen, oder? Frauen werden heutzutage auch nicht mehr mit Glacéhandschuhen angefasst!«

Dieser Versuch, an seine Ritterlichkeit zu appellieren, entlockte Hadda beinahe ein Lächeln. Außerdem hatte Nutbrown kein Wort darüber fallen lassen, dass er selbst mit Sicherheit auch ins Gefängnis gemusst hätte. Ob er sich wirklich für unverwundbar hielt?

Er sagte: »Davon hast du gar nichts erzählt, als du mich im Krankenhaus besucht hast, Johnny. Da konntest du doch sehen, dass ich durchkommen würde. Du hättest also die Möglichkeit gehabt, meinen guten Namen zu schützen, um den du dir solche Gedanken gemacht hast.«

»Stimmt nicht«, sagte Nutbrown eifrig. »Nicht, wo du auch noch diese andere Sache am Hals hattest und alle Zeitungen meinten, sie hätten dich zu Recht deswegen drangekriegt. Außerdem war da schon längst alles gelaufen. Aussagen auf Band, schriftlich und sogar auf Video. Und sie hatten die Bücher genau unter die Lupe genommen, die ganze Chose war abgeschlossen. Zu spät, um die Uhr noch zurückzudrehen,

Wolf. Wie Toby sagte, du warst erledigt. Aber ich hab dich immerhin besucht, oder etwa nicht? Pippa hat mich ganz schön fertiggemacht, als sie dahinterkam. Toby war auch nicht begeistert. Aber ich hab ihnen gesagt, ich hätte dir nun mal viel zu verdanken und ich hätte nicht mehr in den Spiegel schauen können, wenn ich dich nicht besucht hätte.«

Gerade wenn man dachte, man wäre an die Grenzen von Nutbrowns moralischem Vakuum gestoßen, stellte man fest, dass man immer noch frei im Raum schwebte!

Hadda sagte: »Denk nicht, ich wäre undankbar, Johnny. Aber jetzt sag mal, siehst du Imo gelegentlich? Wie geht's ihr?«

»Och, gut, gut«, sagte Johnny, und die Erleichterung über den Themenwechsel stand ihm ins Gesicht geschrieben. »Aber ehrlich gesagt, seh ich sie nicht oft. Pippa und sie gehen manchmal zusammen zum Lunch. Und sie lässt immer schöne Grüße bestellen.«

»Dir, meinst du?«

»Ja, klar ... ich meine, wem denn sonst ... Ach so, das war ein Witz. Haha.«

»Wer keinen Spaß versteht, soll zu Hause bleiben, was, Johnny? Nur interessehalber, wie viel wusste Imo über euer spezielles Finanzgebaren bei Woodcutter, ehe die Ebbe einsetzte und der ganze Dreck am Strand ans Licht kam?«

Er sprach so zwanglos wie möglich, aber ein scharfsichtigerer Mann hätte die Anspannung in seiner Stimme bemerkt.

»Nichts, absolut nichts, in der Hinsicht musst du dir keine Gedanken machen, Wolf«, sagte Nutbrown beruhigend. »Nein, sie hatte überhaupt nichts damit zu tun. Aber als wir dann anfingen, nach Auswegen zu suchen, da musste sie natürlich informiert werden.«

»Wieso das?«, fragte Hadda.

»Versteh doch, da braute sich richtig was zusammen, das konnte ich schon aus der Ferne sehen. Wie gesagt, ich hatte Mühe, Toby und Pippa davon zu überzeugen. Die beiden sind prima Organisatoren, aber wenn es um Wirtschaftsdinge geht ...«

Er lächelte duldsam. Um zu überleben, braucht jeder einen Blickwinkel, von dem aus er auf alle anderen herabschauen kann, dachte Hadda. Bei manchen ist das der Intellekt, bei manchen das gute Aussehen, bei manchen die Religion.

Was ist es bei mir?, fragt er sich.

Rache, lautete die unwillkommene Antwort.

»Ich glaub, ich versteh das nicht ganz«, sagte er. »Wieso Imo informiert werden musste, meine ich.«

»Wenn du mit ihr zusammen aufgewachsen wärst wie wir Übrigen, dann wüsstest du's«, sagte Johnny. »Alle Pläne, die wir früher machten, funktionierten immer nur, wenn Imo dafür war. Wenn sie kein Interesse hatte, kamen sie nur schleppend voran. Aber wenn sie dagegen war, konntest du gleich einpacken.«

»Und deshalb habt ihr meine Frau gebeten, bei dem Plan mitzumachen, alle Schuld auf mich abzuwälzen, richtig?«

»Nein, Wolf, so einfach war das nicht«, sagte Nutbrown eifrig. »Ich meine, du wärst doch sowieso als Erster drangewesen, sobald die Sache rauskam.«

»Wie bitte?«, sagte Hadda, der seinen Ohren nicht trauen wollte.

»Na ja, du hattest schließlich das Sagen, oder etwa nicht? Woodcutter war dein Baby. Es hätte doch keiner geglaubt, dass du keine Ahnung hattest, was da gelaufen war. Ich weiß noch, dass ich manchmal selber gedacht hab, Wolf muss doch einfach mitkriegen, was wir hier machen!«

Seine Stimme hatte einen leicht vorwurfsvollen Ton angenommen. Lass dich nicht provozieren!, dachte Wolf.

Und Johnny hatte sogar nicht ganz unrecht!

»Vielleicht hab ich meinen Freunden einfach ein bisschen zu sehr vertraut«, sagte er.

»Na ja, stimmt, das auch«, sagte Nutbrown, der sich jetzt ein wenig kleinlaut anhörte, aber nicht sehr. »Betrachte die Sache doch mal von unserem Standpunkt aus, Wolf. Du hättest sowieso eins aufs Dach gekriegt, du warst der Leitwolf, du hattest die Verantwortung. Da hätte es doch nichts gebracht, wenn man uns andere auch drangekriegt hätte.«

»Und Imo war damit einverstanden?«

»Oh ja. Nachdem Toby und Pippa es ihr erklärt hatten.«

»Du warst nicht dabei?«

»Nein. Hätte doch nichts gebracht, wenn wir ihr alle auf die Pelle gerückt wären.«

»Sehr rücksichtsvoll«, sagte Hadda. »Hattest du den Eindruck, sie mussten mit Engelszungen auf sie einreden?«

»Eigentlich nicht. Jedenfalls nachdem sie das mit dem Geld begriffen hatte.«

»Welches Geld?«

»Das Geld, das wir beiseitegeschafft hatten«, sagte Johnny geduldig, als würde er einem Kind etwas erklären. »Die Sache war die, nachdem wir durch den Zusammenbruch der Märkte bloßgestellt worden waren, war Woodcutter praktisch im Eimer. Das Betrugsdezernat würde sich vor allem auf dich stürzen, dein gesamtes Vermögen beschlagnahmen und letztlich veräußern. Das einzige Geld des Unternehmens, das gerettet werden konnte, waren die Summen, die Toby und ich umgeleitet hatten.«

Es sagte das, als erwartete er ein Schulterklopfen.

»Und wenn die Ermittler dich und Toby ins Visier genommen hätten, hätten sie keine Ruhe gegeben, bis sie das Geld gefunden hätten«, sagte Hadda langsam. »Und selbst wenn ihnen das nicht gelungen wäre, hätten sie dafür gesorgt, dass ihr eine verdammt lange Zeit hättet schmachten müssen, ehe ihr was von der Kohle gehabt hättet.«

»Ganz genau. Du siehst also, Imo musste nicht lange überlegen. Wie man es auch drehte und wendete, du würdest untergehen. Aber wenn wir uns aus der Sache raushielten, wäre sie wenigstens nicht mittellos.«

»Wie viel hat sie verlangt?«

»Die Hälfte. Ich glaube, Pippa wollte mit ihr feilschen, aber Toby meinte, das hätte keinen Sinn.«

Er hatte recht, dachte Hadda verbittert. Die konnten von Glück sagen, dass sie ihnen überhaupt noch was gelassen hatte.

Und außerdem war Toby zu dem Zeitpunkt wahrscheinlich schon dabei gewesen, die Zukunft zu planen. Erst würde er die Scheidung durchpeitschen, dann Imo heiraten. Aber falls er gedacht hatte, er würde dadurch wieder vollen Zugriff auf seine illegal erworbenen Gelder erhalten, dann kannte er Imo offensichtlich nicht so gut, wie er gedacht hatte!

Anders als er selbst, der sie offensichtlich überhaupt nicht kannte.

Oder vielleicht kannte er sie nur allzu gut, hatte es sich aber nie richtig eingestanden.

Drei Bedingungen hatte sie ihm gestellt, als Preis für ihre Hand. Vermögen, Bildung, gesellschaftlicher Schliff. Er war als armer, dummer Tölpel fortgegangen und vielleicht nicht unbedingt als reicher vornehmer Gentleman zurückgekommen, aber doch als ein Stück geschmeidiger Ton, den sie nach ihren Vorstellungen formen konnte.

Sie hatte ihren Teil der Abmachung eingehalten, mehr oder weniger. Und dann musste sie erfahren, dass er seinen brechen würde. Es spielte keine Rolle, dass der Verlust seines Vermögens nicht seine Schuld war, es zu besitzen war Teil des Vertrages gewesen.

War ihre Ehe denn wirklich niemals mehr gewesen? Das Gefühl hatte er nicht gehabt. Aber was für ein Gefühl hatte er eigentlich gehabt?

Jedenfalls nicht das Gefühl, dass sie hinter seinem Rücken rumvögelte. Aber wenn er das jetzt hörte ...

Er sagte: »Dann hat sich für sie ja alles ganz gut entwickelt, nicht? Ich meine, dass sie und Toby auf diese Art zusammengekommen sind. Läuft alles gut bei ihnen?«

»Scheint so«, sagte Nutbrown. »Sie haben so ihre Höhen und Tiefen, schätze ich. Wie wir alle, was? Und du kennst ja Toby, der gönnt sich immer gern seine kleinen Bürofreuden nebenher. Pippa sagt, sie würde ihm die Eier abschneiden, aber Imo scheint das nicht zu stören. Aber die beiden kennen sich ja auch schon furchtbar lange.«

»Das stimmt. Ihr wart schon dicke Freunde, lange bevor ich aufgetaucht bin. Also, wie lange haben die beiden es schon getrieben, was würdest du sagen?«

Diesmal waren seine Gefühle so unüberhörbar, dass sie selbst Nutbrowns Panzer aus Achtlosigkeit durchdrangen.

»Ach, komm schon, Wolf, bringt doch nichts, in der Vergangenheit rumzuwühlen, alles Schnee von gestern, was?«

»Natürlich. Trotzdem, rein interessehalber, was würdest du schätzen, wie lange?«

»Keine Ahnung. Ich denke mal, mit Unterbrechungen, solange ich die beiden kenne. Hatte aber nie was zu bedeuten, die waren ja schon ewig befreundet, war doch bei uns allen so ...«

Bei uns allen! Hatten die es alle miteinander getrieben? Sich gegenseitig ausprobiert, Vergleiche angestellt ...

Denk nicht an so was. Nicht jetzt.

»Ja, klar. Also immer wenn sich zwei von euch getroffen haben und ihr ein bisschen Zeit hattet, seid ihr für einen

Quickie in die Büsche verschwunden, ja? Absolut verständliches Verhalten. Bei Packratten!«

Das wütende Knurren, mit dem er das letzte Wort aussprach, ließ Nutbrown aufspringen. Bei der jähen Bewegung erhob sich auch der Hund und fletschte die Zähne.

»Ganz ruhig, Wolf. Dreh nicht gleich durch. Ich weiß noch gut, wie du sein kannst. Du willst mir doch nicht noch mal eine blutige Nase verpassen, oder?«

Hadda atmete tief durch und brachte sogar ein kurzes Lächeln zustande, als auch er sich erhob.

»Keine Sorge, Johnny«, sagte er. »Ich bin nicht mehr der Alte. Ist ja keiner von uns, was? *Tempus fugit*. Die Vergangenheit ist vorbei. Was zählt, ist die Zukunft.«

»Du ahnst ja gar nicht, wie froh ich bin, dass du das sagst, Wolf«, versicherte Nutbrown und sah ehrlich erleichtert aus. »Nicht, dass ich das bezweifelt hätte. Ich hab versucht, das den beiden anderen zu erklären. Kein Grund zur Sorge, freuen wir uns doch einfach, dass Wolf aus diesem grässlichen Gefängnis raus ist. Weißt du was? Komm doch mit mir zurück ins Haus und sprich mit Pippa. Sag ihr, dass der Plan, Poynters zu verkaufen und das Land zu verlassen, völliger Kokolores ist.«

»Sehr verlockend«, sagte Hadda. »Aber heute nicht. Keine Bange, ich sorge schon dafür, dass die Sache zwischen Pippa und mir wieder ins Lot kommt, und zwar sehr bald, okay? Aber vielleicht solltest du ihr vorerst lieber nicht sagen, dass du mich gesehen hast. Der richtige Zeitpunkt will sorgfältig gewählt sein.«

»Wenn du meinst, Wolf«, sagte Johnny. »Ich dachte nur, damit hätte sich die ganze Verkaufsgeschichte erledigt. Die Sache ist nämlich schon fast unter Dach und Fach, weißt du.«

Wolf lächelte und sagte: »Mach dir deshalb nicht allzu große Sorgen, Johnny. Ich hab irgendwie das Gefühl, dass der

Verkauf nicht zustande kommt und du Poynters noch eine Weile genießen kannst.«

»Meinst du wirklich? Das wäre großartig.«

Sein Gesicht hellte sich auf wie das eines Kindes, dem man ein Stück Schokolade versprochen hat. Der Anblick erfüllte Hadda mit großer Traurigkeit. Er war zu Nutbrown gekommen, weil der Mann damals zu ihm gekommen war und er das Gefühl hatte, dass er es ihm schuldig war, sich zumindest anzuhören, was er zu sagen hatte. McLucky und die Trapps hatten ihm gesagt, das hätte keinen Sinn, aber er hatte darauf bestanden, obgleich er genau wusste, was er vorfinden würde: ein Kind im Körper eines Mannes, ein Kind, dessen Reaktionen ausnahmslos auf seinen eigenen unmittelbaren Bedürfnissen und Wünschen basierten.

Die Bestrafung eines Kindes sollte sich von der eines Mannes unterscheiden. Aber vielleicht fühlte sich die Bestrafung eines Kindes immer anders an.

»Für dich wird es sein, als hätte man dich ohne Abendessen ins Bett geschickt, Johnny«, murmelte er halblaut vor sich hin.

»Was hast du gesagt?«

»Nichts«, sagte Hadda. »Hier, vergiss dein Gewehr nicht.«

Er bückte sich, um die Flinte aufzuheben.

»Hübsches Teil. Immer nur das Beste, was?«

Er hob sie an die Schulter und zielte damit auf Nutbrown, der ängstlich einen Schritt zurücktrat.

Dann bemerkte er, dass Hadda ihn mit dem Auge ins Visier genommen hatte, auf dem er die Klappe trug.

»Verdammt, ich kann doch überhaupt nichts sehen!«, lachte Wolf. »Fang!«

Er warf Nutbrown das Gewehr zu, hob seine Axt mühelos mit einer Hand auf, schwang sie sich auf die Schulter, drehte sich dann um und hinkte langsam davon, ohne sich umzusehen. Aber der Hund, der ihm auf den Fersen folgte, warf noch so manchen Blick zurück.

9

Als George Proctor am Mittwochabend nach Hause fuhr, wusste er, dass er verfolgt wurde, er wusste, von wem, und er hatte einen starken Verdacht, warum.

Weiter vorne war ein Rastplatz, auf dem normalerweise zahllose Fernfahrer parkten, um sich die Gourmetküche von *The Even Fatter Duck* schmecken zu lassen, einer mobilen Imbissbude, wo man angeblich die besten Schinkensandwiches von ganz Essex bekam. Doch an diesem trüben Winterabend hatte The Duck längst seine Zelte abgebrochen, und alles war verlassen.

Proctor setzte den Blinker und fuhr auf den Rastplatz, hielt aber erst an, als er schon fast am hinteren Ende war. Im Rückspiegel sah er, dass der graue Fiesta knapp hinter der Einfahrt stoppte. Er stieg aus dem Wagen und winkte gebieterisch.

Nach einem Moment setzte sich der Fiesta langsam wieder in Bewegung. Proctor machte mit seiner Hand eine hektische abweisende Bewegung, und als der Fiesta erneut stoppte, zeigte er ein paarmal mit dem Zeigefinger darauf und machte dann mit demselben Finger eine herbeiwinkende Bewegung.

Alva Ozigbo verstand, was er wollte.

Sie schob sich aus ihrem Auto und ging auf den Chief Officer zu.

»Was wollen Sie, Miss?«, fragte Proctor.

Sein Atem hing sichtbar in der eiskalten Luft. Ein Comiczeichner hätte seine Worte hineinschreiben können.

»Ich möchte mit Ihnen reden, George. Unter vier Augen.«

Ihre Atemblase quoll hervor und verschmolz mit seiner.

»Sie hätten doch in mein Büro kommen können, Miss.«

»Oh, das hab ich, George, schon vergessen? Dreimal war ich diese Woche bei Ihnen.«

»Und?«

»Sie haben nie das Radio angemacht. Einmal haben Sie es sogar ausgemacht.«

Er betrachtete sie einen Moment stirnrunzelnd, dann entspannte sich sein Gesicht zu einem Lächeln.

»Ich hab von Anfang an gemerkt, dass Sie clever sind, Miss. Und ich sage Ihnen, Sie müssen auch clever sein, wenn Sie sich in Parkleigh halten wollen.«

»Und warum wollten Sie kein zweites vertrauliches Gespräch mehr mit mir, George?«

»Weil ich das sinnlos fand. Aber egal. Jetzt unterhalten wir uns ja, also sagen Sie, was Sie wollen, ehe wir uns beide noch eine Lungenentzündung holen.«

»Wir könnten uns in mein Auto setzen. Oder in Ihres.«

»Könnte okay sein. Ist es wahrscheinlich auch. Aber Vorsicht ist die Mutter der Porzellankiste, was? Also?«

Das schockierte sie wirklich. Aber selbst ganz vernünftige Menschen konnten fixe Ideen entwickeln.

»Okay, ich mach's kurz. Ich hab den Eindruck, dass alles, was in Parkleigh gesagt wird, mitgehört wird.«

»Ach ja?«

»Und ich denke, dass Sie denselben Eindruck haben.«

»Mag sein.«

»Und ich denke, dass das der Grund für den Streit zwischen meinem Vorgänger und dem Direktor war, von dem Sie mir erzählt haben.«

»Gut möglich.«

»Himmelherrgott, George«, sagte Alva aufgebracht. »Wollen Sie so weitermachen, bis wir beide erfroren sind? Ich spreche mit Ihnen, weil die einzige Alternative die wäre, Mr Homewood deshalb zur Rede zu stellen.«

»Das würde ich an Ihrer Stelle lieber nicht tun, Miss«, sagte Proctor erschrocken.

»Warum nicht?«

Er betrachtete sie prüfend, dann zuckte er die Achseln, als hätte er nach Alternativen gesucht und keine gefunden.

»Hören Sie«, sagte er. »Ich weiß gar nichts, ich hab bloß schon seit geraumer Zeit bei Gesprächen mit dem Direktor immer mal wieder das Gefühl, dass er Sachen weiß, ehe ich sie ihm erzähle, oder die ich ihm gar nicht erzählt habe! Ich hab ein paar kleine Tests gemacht und leider feststellen müssen, dass mein Gefühl mich nicht getrogen hat. Ich vermute, sie haben Parkleigh bei der Renovierung mit einem Allroundabhörsystem ausgestattet. Es gibt überhaupt keine Privatsphäre. Alles, was man irgendwo sagt, wird abgehört. Also dreh ich in meinem Büro das Radio auf. Oder ich gehe vors Haupttor, wenn ich mal ungestört sein will.«

Danach hatte Alva gefragt, das hatte sie erwartet. Dennoch war Proctors schonungslose Bestätigung ihres Verdachts für sie ein Schock.

»Aber warum?«, wollte sie wissen, obwohl sie sich die Antwort denken konnte.

»Überlegen Sie doch mal, wer so alles in Parkleigh einsitzt. Politische, Terroristen, Betrüger im ganz großen Stil, Serienmörder. Wenn man mithört, was die so alles reden, mit ihren Anwälten, ihren Besuchern, am Telefon, im Hof, egal wo, überall – stellen Sie sich bloß mal vor, wie interessant das sein könnte. Alle meinen, wer nach Parkleigh muss, könnte auch gleich in einen altmodischen Kerker gesteckt werden. Aber in Wahrheit ist es ein topmoderner Horchposten!«

»Sie haben offensichtlich viel darüber nachgedacht, George. Aber Sie haben vermutlich nie was gesagt, oder?«

»Ich? Niemals! Ich bin nicht so blöd, wie ich aussehe, hat meine alte Oma immer gesagt.«

»Aber Sie haben mit mir geredet. Ein bisschen durch die Blume, zugegeben. Aber Sie haben es mir signalisiert. Warum also?«

Proctor schlug die Arme gegen den Körper, um die Kälte zu vertreiben, und sagte: »Vielleicht werde ich auf meine alten Tage weich. Es war einfach so, wenn ich Sie mit Mr Homewood gesehen hab, kam es mir so vor, als wären Sie ein bisschen zu ihm auf Distanz gegangen. Im Vergleich zu Ihrer ersten Zeit in Parkleigh. Ich kann's nicht genau benennen, aber wenn Sie mit ihm geredet haben, waren Sie manchmal irgendwie zurückhaltend, als würden Sie ihm nicht so richtig trauen. Und umgekehrt war es auch so. Und der einzige Grund, den ich mir dafür denken konnte, war der, dass Sie mitgekriegt hatten, dass er Dinge wusste, die er eigentlich nicht wissen konnte, persönliches vertrauliches Zeugs, das die Gefangenen Ihnen erzählen.«

Das stimmte. Aber doch erst seit Kurzem.

Alva glaubte, sich erklären zu können, was passiert war. Nachdem ihr Anzeichen dafür aufgefallen waren, Homewood könnte scharf auf sie sein, hatte sie im Umgang mit ihm größere Vorsicht walten lassen. Doch der hellsichtige Chief Officer Proctor, dessen Sensoren durch den lebenslangen Umgang mit gewalttätigen Männern, deren Stimmungsschwankungen eine Frage von Leben und Tod sein konnten, hoch empfindlich waren, hatte das gespürt. Gespürt und fehlinterpretiert.

Besonders verstörend fand sie, dass dieser vernünftige, bodenständige, altgediente Officer lieber hier draußen im eisigen Nieselregen stehen blieb, als das Risiko einzugehen, sich mit ihr in seinem Wagen zu unterhalten. Oder auch in ihrem. Ein schwerer Fall von Paranoia? Sie sah den Mann an, der da vor ihr stand, und wünschte, sie könnte das glauben.

Sie sagte: »Sie haben gesagt, die Haltung des Direktors mir gegenüber hätte sich ebenfalls verändert. Wie kommen Sie darauf?«

»Wieder nur Kleinigkeiten. Ich finde, er ist irgendwie schroffer zu Ihnen geworden.«

Proctor hatte also ebenso wie sie bemerkt, dass Homewood, wohl um gegen die Anziehung, die er für sie empfand, anzukämpfen, übertrieben deutlich zu machen versuchte, dass sie bloß eine Mitarbeiterin wie alle anderen auch war.

Aber Proctor war noch nicht fertig.

»Und er hat mich dauernd gefragt, wie Sie klarkommen, hat gesagt, er hoffte, ich würde dafür sorgen, dass Sie in Ihrer Arbeit nicht behindert werden, als ginge es ihm bloß darum, dass Sie Ihre Sache gut machen können. Aber manchmal hatte ich so das Gefühl, als wollte er von mir, dass ich Ihnen nachspioniere. Und dann, am Montag ...

Er stockte. Alva hakte nach.

»Was ist passiert, George?«

»Er hat mich zu sich kommen lassen und mir irgendwas erzählt, er müsste bis Ende des Monats für das Innenministerium einen Bericht über Sie fertig machen.«

»Das stimmt allerdings, George«, unterbrach sie ihn. »Mehr oder weniger. Mein Vertrag muss zwar erst in zwei Jahren wieder verlängert werden, sieht aber eine jährliche Leistungsbewertung vor. Es geht nur darum, ein paar Häkchen an den richtigen Stellen zu machen.«

»Ach ja? Klang für mich aber nicht so, als wollte der Direktor bloß irgendwo ein paar Häkchen machen«, sagte Proctor. »Er hat mich rundheraus nach meiner Meinung zu Ihrer Arbeit gefragt. Das hat er vorher noch nie gemacht. Was ich meinen würde, welche Wirkung Sie auf die Moral der Häftlinge haben? Ob es ein Fehler gewesen sei, eine Frau einzustellen? Hoppla, hab ich gedacht, was ist denn jetzt los?«

»Und was haben Sie gesagt?«

»Ich hab gesagt, klar wäre ich am Anfang dagegen gewesen, Sie zu nehmen, aber jetzt, wo ich Zeit gehabt hätte, Sie kennenzulernen und zu beobachten, wie Sie arbeiten, fände ich, dass Sie Ihre Sache gut machen.«

Das war das beste unaufgefordert ausgestellte Zeugnis, das sie je bekommen hatte, dachte Alva.

Sie sagte: »Danke, George.«

»Keine Ursache. Später hab ich mir dann gedacht, dass ich Ihnen damit vielleicht keinen Gefallen getan hab.«

»Ich versteh nicht.«

»Vielleicht wäre es am besten, wenn die Sie einfach mit einem Schulterklopfen entlassen, kein geeigneter Job für eine Frau, so was in der Art, damit es Ihnen beruflich nicht schadet, oder zumindest nicht sehr, und alle wären zufrieden.«

»Also deshalb wollten Sie nicht noch mal unter vier Augen mit mir reden!«, sagte sie entrüstet. »Sie wollen mich also doch nicht da haben! Warum haben Sie mich dann nicht gleich beim Direktor schlechtgemacht?«

»Hab ich in dem Moment nicht dran gedacht, Miss. Aber falls er mich noch mal fragt, weiß ich, was ich ihm sage.«

Ihre Gedanken überschlugen sich auf der Suche nach einer Perspektive, aus der das alles klar erscheinen würde.

Zweifellos könnte ein negativer Bericht von Homewood, auch ohne dass Proctor ins selbe Horn blies, ihren Arbeitsplatz gefährden. Aber warum sollte er das wollen? Und warum war Proctor so gewillt, von dem zögerlichen Eingeständnis, sie würde einigermaßen gute Arbeit leisten, auf seine anfängliche Haltung zurückzuschwenken und sie loswerden wollen? Das ergab keinen Sinn ...

Es sei denn, der Mann glaubte, es gäbe schlimmere Arten zu gehen, als bloß gekündigt zu werden!

Aber das war absurd! Oder?

Sie sagte: »Damals, bei unserem Gespräch in Ihrem Büro, haben Sie gesagt, mein Vorgänger hätte einen Riesenkrach mit dem Direktor gehabt. Ging es dabei um die Abhörvorrichtungen?«

»Ganz genau, Miss. Dr. Ruskin war dahintergekommen, genau wie Sie. Liegt vielleicht irgendwie an Ihrer Ausbildung. Leute wie Sie sind aufmerksam. Aber ansonsten war er gar nicht wie Sie. Sie sind eher von der ruhigen, vernünftigen Sorte. Aber Dr. Ruskin, wenn dem was nicht gefiel, dann hat er es einem deutlich gezeigt. Ich hab gehört, wie er den Direktor angebrüllt hat, das würde gegen die ärztliche Ethik verstoßen, es wäre ein Skandal, und er hielte es für seine Pflicht, die Menschen im Land darüber aufzuklären, wofür ihre schwer verdienten Steuergelder ausgegeben werden.«

»Und dann ist er gestorben. Und ich wurde seine Nachfolgerin. War für Sie ein ziemlicher Schock, George, wenn ich mich recht erinnere.«

»Kann sein, zu Anfang, aber dann hab ich drüber nachgedacht, und ...« Er verstummte.

»Was?«

»Hören Sie, Miss, nehmen Sie's mir nicht übel. Zuerst hab ich gedacht, verdammte politische Korrektheit und der ganze Scheiß. Die müssen eine Frau einstellen, und wenn sie noch dazu schwarz ist, umso besser. Aber später dann hab ich mir so meine Gedanken gemacht ...«

»Was für Gedanken haben Sie sich gemacht, George?«

»Ich hab mir gedacht, wenn die gerade einen Psychodoc losgeworden sind, der sich als Unruhestifter entpuppt hat und schwer zu kontrollieren war, na ja, dann würden sie so jemanden von derselben Sorte ja nicht noch mal wollen, oder?«

Es wurde immer schlimmer!

»Sie meinen, die wollten nicht noch mal einen geistig unabhängigen, erfahrenen Mann mittleren Alters, sondern viel lieber eine junge, unerfahrene Frau, die sich nicht trauen würde, Ärger zu machen, und falls doch, wahrscheinlich kaum ernst genommen werden würde.«

Proctor blickte ziemlich kleinlaut drein.

»Ja, so ungefähr, Miss. Aber dann hab ich allmählich gemerkt, dass sie sich die Falsche ausgesucht hatten, und da hab ich angefangen, mir Sorgen zu machen.«

»Weil Sie fürchteten, ich könnte auch bei einem Unfall ums Leben kommen, wie Ruskin?«

Er sah sie erschrocken an und schüttelte heftig den Kopf.

»Legen Sie mir keine Worte in den Mund, Miss. Ich würde nicht eine Sekunde lang behaupten, es hätte da eine Verbindung gegeben zwischen seiner Kündigung und dem Unfall. Ich meine, der war dermaßen außer sich, da musste ja was passieren. Aber als ich dann anfing, mir Sorgen zu machen, Sie würden denselben Weg einschlagen ...«

Er stockte, als fürchtete er, ein so unmännliches emotionales Gebiet wie Mitgefühl zu betreten. Oder aber ihm war gerade der schwarze Humor seiner Metapher bewusst geworden.

Alva ergriff wieder das Wort.

»Und nachdem Sie drüber nachgedacht hatten, sind Sie diese Woche zu dem Schluss gekommen, es wäre vielleicht am besten, einfach zuzulassen, dass ich mit der Begründung abserviert werde, ich wäre ungeeignet für den Job, ein gescheitertes Experiment? Hätte Ihr Leben sehr viel einfacher gemacht, was?«

Die Verbitterung, die sie empfand, richtete sich nicht gegen ihn, aber sie konnte nicht verhindern, dass sie in ihrer Stimme mitschwang.

Er sagte behäbig: »Völlig richtig, Miss. Purer Egoismus.

Wenn Sie sich wohlbehalten und frei einen neuen Job suchen würden, das würde mir absolut gefallen. Die Sache ist nämlich die: Unfälle passieren nun mal, damit müssen wir leben. Aber wenn ein Unfall zweimal passieren würde, dann müsste ich den Mund aufmachen. Keine Ahnung, ob es was nützen würde, aber es wäre das Ende meiner Karriere, da bin ich mir ziemlich sicher. Dann sag ich mal gute Nacht, Miss.«

Er wandte sich ab und ging zurück zu seinem Auto.

Plötzlich schämte Alva sich.

Sie rief ihm nach: »George!«

Er blieb stehen und drehte sich um.

»Ja, Miss?«

»Es tut mir leid. Ich hab keinen Grund, Ihnen irgendwelche Vorhaltungen zu machen, ich kann Ihnen nur danken. Sie haben sich wie ein guter Freund verhalten. Das werde ich Ihnen nicht vergessen. Aber ich werde es niemandem sagen, es sei denn, es kommen Daumenschrauben zum Einsatz.«

Das entlockte ihm ein Lächeln.

»Ich schätze, die Schrauben müssten sie schon ordentlich anziehen, um Sie zum Reden zu bringen, Miss. Also, machen Sie's gut.«

Alva sah zu, wie er ins Auto stieg und davonfuhr.

Wahrscheinlich sind wir bei den meisten aktuellen politischen und sozialen Themen unterschiedlicher Ansicht, dachte sie. Aber er ist ein Mann mit Moral!

Homewood dagegen, von dem sie gesagt hätte, sie würde weltanschaulich mit ihm nahezu vollkommen auf einer Wellenlänge liegen, und John Childs, den sie geachtet und bewundert hatte, hatten sie nicht etwa ausgesucht, weil sie eine neue Generation von Psychiatern repräsentierte, sondern weil sie unerfahren war, leicht zu beeinflussen und abzulenken, leicht wieder loszuwerden, falls es hart auf hart kam ...

Irgendetwas an ihrem Verhalten in Childs Haus musste ihm verraten haben, dass sie anfing, Fragen zu stellen. Er wusste sicherlich von Homewood über ihr besonderes Interesse an Hadda Bescheid, und vielleicht hatte er bemerkt, dass sie das Foto entdeckt hatte. Zumindest hatten ihre Ausflüchte, als er sich erkundigte, welche dringende Angelegenheit sie mit ihm besprechen wollte, bestimmt nicht gerade überzeugend geklungen. Sie hatte so getan, als ginge es bloß um ihre Befürchtung, Homewood könnte jetzt, da seine Ehe in die Brüche ging, versuchen, einen direkten Annäherungsversuch zu starten, und um die Probleme, die sich daraus in ihrem Arbeitsverhältnis ergeben würden. Als wäre Childs eine Kummerkastentante! Herrje!

Ein kurzes Gespräch mit Homewood hatte seinen Argwohn wahrscheinlich bestätigt. Vielleicht war dem Direktor durch Childs' Nachfragen klar geworden, dass er ein größeres Wissen hinsichtlich ihrer Gespräche mit Hadda hatte durchblicken lassen, als er hätte haben sollen.

Wie auch immer, gleich am nächsten Tag hatte Homewood angefangen, Erkundigungen über ihre Arbeitsleistung einzuholen. Bestimmt war er ziemlich geschockt gewesen, dass Proctor sie nicht für völlig unqualifiziert hielt! Zumindest schien es, als wären sie der Meinung, sie könnten die Situation lösen, indem sie ihren Vertrag beendeten – und nicht ihr Leben.

Sie riss sich zusammen.

Ohne konkrete Beweise konnte sie nicht einfach von der Annahme, dass Joe Ruskins Tod ein tragischer Unfall gewesen war, zu der Überzeugung umschwenken, er sei ermordet worden!

Was waren das für Leute, die fähig waren, mit einem Menschenleben so achtlos umzugehen?

Und in welcher Eigenschaft hatte Childs den jungen Hadda, den Holzfäller, eingestellt?

Ich bin keine Privatdetektivin!, beschwor sie sich.

Tatsächlich fragte sie sich allmählich, ob sie überhaupt das Zeug zur Psychiaterin hatte. Plötzlich war sie es satt, nach verborgenen Wahrheiten zu suchen, dunkle und mitunter schändliche Geheimnisse erzählt zu bekommen. Es wäre doch besser gewesen, in die Fußstapfen ihrer Mutter zu treten, nur fiktionale Charaktere auszuloten und deren Traumata zusammen mit der Theaterschminke abzuwischen. Oder in die Fußstapfen ihres Vaters, wo man gelegentlich Blut an den Händen hatte, aber es am Abend abwaschen konnte.

Plötzlich merkte sie, dass sie sich ein Leben ohne Parkleigh ausmalte. Ein Leben, in dem sie das Gefängnis ohne jede Reue einfach hinter sich ließ. Lange Urlaub bei ihrer Familie machte und sich dann einen bequemen Job als Universitätsdozentin irgendwo weit weg von England suchte, in einem Land, in dem es richtige Sommer gab, beispielsweise!

Aber sie würde nicht aufhören, sich um Wolf Hadda zu kümmern. Sie wusste nicht, was er vorhatte, aber was immer das war, auf die eine oder andere Weise hatte sie damit zu tun.

Sie ging zurück zu ihrem Auto. Sie hatte den Motor laufen lassen, und die Heizung war voll aufgedreht.

Irgendwann hörte sie auf zu zittern, aber als sie weiterfuhr, spürte sie tief in ihrem Inneren eine Kälte, die keine Heizung der Welt vertreiben konnte.

10

Am nächsten Morgen bestellte Simon Homewood Alva zu sich in sein Büro.

Dort wartete bereits eine streng aussehende junge Frau mit einem Notizblock. Es handelte sich nicht um die Sekretärin des Direktors, und Alva blickte sie fragend an.

»Das ist Miss Leslie vom Innenministerium«, sagte Homewood. »Sie wird bei unserer Besprechung Protokoll führen.«

»Das klingt nicht gut«, murmelte Alva.

»Eine reine Formalität«, sagte Homewood bemüht heiter. »Dr. Ozigbo, Sie wissen ja, dass diesen Monat wieder die jährliche Beurteilung Ihrer Leistung ansteht, wie es der Arbeitsvertrag für alle unsere Beschäftigten vorsieht, und deshalb hab ich Sie hergebeten.«

»Ja, das weiß ich. Aber die Leistungsbewertung im letzten Jahr ging meiner Erinnerung nach ohne diesen ganzen Aufwand über die Bühne.«

»Ach ja? Nun, unsere Verfahrensweisen werden modernisiert, vor allem in den sensiblen Bereichen. Also fangen wir an, ja?«

Während der folgenden halben Stunde wurde sie mit Fragen zu ihrer Arbeit bombardiert. Der Ton der beiden blieb durchgängig höflich, aber sie legten es unverkennbar darauf an, sie dazu zu bringen, Probleme einzuräumen und Schwierigkeiten einzugestehen. Sie wehrte alle entsprechenden Versuche einigermaßen ruhig, aber mit wachsender Gereiztheit ab. Falls sie sie loswerden wollten, sollten sie sich schon ein bisschen anstrengen!

Schließlich schaute Homewood auf seine Uhr und sagte:

»Machen wir eine Pause. Miss Leslie, vielleicht wären Sie so nett, meiner Sekretärin Kaffee und ein paar Kekse abzuluchsen, damit wir bei Kräften bleiben.«

Miss Leslie sah nicht aus wie eine Frau, die bei ihrer Arbeit gern die Kellnerin spielte, aber sie stand anstandslos auf und verließ den Raum.

Das gehört mit zum Spiel, dachte Alva. Oder besser, jetzt geht das Spiel vermutlich erst richtig los.

Sie hatte recht. Aber sie war nicht darauf gefasst, wie brutal dieses Spiel tatsächlich war.

Homewood sagte: »Alva, es fällt mir nicht leicht, das zu sagen, aber ich denke, wir kennen uns so gut, dass ich offen zu Ihnen sein kann. Ihre Anstellung hier war immer recht umstritten, und der Widerstand dagegen hat sich eigentlich nie gelegt. Ich hab mich selbstverständlich immer für Sie eingesetzt, und Sie haben auch weiterhin meine volle Unterstützung. Aber wenn man in der Öffentlichkeit steht, muss man beim Boxen bisweilen äußerst gewieft sein. Ein kluger Mann überlegt sich gut, gegen wen er antritt, und sucht sich nur Gegner aus, die er auch besiegen kann.«

Er hielt inne. Alva hatte ihm mit wachsender Besorgnis zugehört. Diese Aneinanderreihung von Klischees beleidigte ihre Intelligenz mehr als die plumpe Taktik der offiziellen Befragung. Aber Homewood war nicht dumm, und er sprach mit der ruhigen Gewissheit eines Menschen, der sicher war, eine Auseinandersetzung zu gewinnen.

Sie sagte: »Mag ja sein, dass ein kluger Mann das tut. Aber ich fechte meine Kämpfe selbst aus, Simon. Und Sie sollten wissen, ob ich gewinne oder verliere, diesen hier werde ich bis zum bitteren Ende durchstehen!«

Sie sprach mit einer Überzeugung, die sie nicht mehr empfand.

Er sagte: »Das ist mir klar. Etwas anderes hätte ich auch nicht erwartet. Aber da ist noch etwas, das Sie wissen sollten.«

Erneut spürte sie diese durch Mark und Bein dringende Kälte, die das Gespräch mit Proctor am Vorabend bei ihr ausgelöst hatte. Jetzt kam es, das schlagende Argument, oder die Drohung, oder der Bestechungsversuch, der ihren Verdacht bestätigen würde.

Er legte eine Pause ein, als wartete er auf eine Frage von ihr.

Ihr Schweigen zwang ihn, weiterzureden.

Er sagte: »Irgendwie ist einer der Personen, die von Anfang an gegen Ihre Einstellung waren, ein Gerücht über Sie und Hadda zu Ohren gekommen. Über eine unangemessen enge Beziehung zwischen Ihnen.«

»*Wie bitte?*«

Er lächelte sie beruhigend an.

»Keine Sorge, ich weiß, das ist absurd. Aber Sie haben ihn immerhin in Cumbria besucht. Und noch dazu die Nacht in seinem Haus verbracht, glaube ich. Ich habe der betreffenden Person gesagt, dass mich das in keinster Weise beunruhigt, dass es unter den gegebenen Umständen völlig verständlich ist, aber solche Sachen können leicht eine unerwünschte Eigendynamik entwickeln, wenn man ihnen nicht von vornherein Einhalt gebietet ...«

»Dann gebieten wir ihnen doch Einhalt!«, entfuhr es ihr. »Das ist ungeheuerlich. Wer behauptet das? Ich will selbst mit dieser Person reden ...«

»Ich glaube kaum, dass das hilfreich wäre«, sagte Homewood gelassen. »Im Gegenteil, es könnte kontraproduktiv sein. Schauen Sie, ich will damit keineswegs sagen, diese lächerliche Unterstellung wäre ein Grund, den Vertrag mit Ihnen zu beenden. Jedenfalls noch nicht. Aber betrachten Sie die

Dinge doch mal aus der Perspektive der Gegenseite. Ihre jährliche Leistungsbewertung bietet Ihnen die Gelegenheit, sich ehrenvoll und mit Würde und ohne jeden Schaden Ihres beruflichen Ansehens zurückzuziehen. Aber falls Sie diese Gelegenheit nicht nutzen, wer weiß, was für andere Unterstellungen noch aufkommen? Können Sie sich vorstellen, wohin das führen könnte? Eine ungebührliche Beziehung zwischen einem Häftling und der Psychiaterin, die den Bewährungsausschuss fast im Alleingang davon überzeugt hat, besagten Häftling auf freien Fuß zu setzen ... Alles würde plötzlich fragwürdig. Eine gründliche Untersuchung der Vorgänge wäre das Mindeste. Weiß der Himmel, wie lange sich die hinziehen würde. Ich bin sicher, Sie würden das nicht tatenlos hinnehmen ...«

»Darauf können Sie wetten!«, rief sie. »Ich würde durch alle Instanzen gehen!«

»Genauso kenne ich Sie. Und Sie hätten auch meine volle Unterstützung. Aber ...«

Sie hatte ihre wachsende Empörung nur mühsam im Zaum gehalten. Dieses *Aber* half ihr dabei. Wieder hatte sie das Gefühl, dass auch diese Rede, wie die Fragen und die Klischees, nur die Ouvertüre zum Hauptereignis war.

Jetzt wollte sie endlich zur Sache kommen und sie lieferte ihm sein Stichwort.

»Aber was?«, zischte sie.

»Aber«, sprach er leise weiter, »in Anbetracht der Art der Unterstellung müsste Haddas Freilassung auf Bewährung selbstverständlich widerrufen werden und er müsste wieder in Haft genommen werden, bis die Untersuchung abgeschlossen ist, und wenn das noch so lange dauert.«

Sie öffnete den Mund, um »Aber er ist unschuldig!«, zu rufen. Und schloss ihn wieder.

Der Dreckskerl lächelte sie mitleidig an. Er verstand ihr Dilemma. Wenn sie sich gegen ihre Entlassung wehrte, würde Hadda wieder im Gefängnis landen. Und wenn sie jetzt anfing, Haddas Unschuld zu beteuern, würde das nur den Eindruck einer ungebührlichen Beziehung zwischen ihnen bestärken!

Homewood sagte beschwörend: »Alva, die Welt der nationalen Sicherheit ist undurchsichtiger, als sich das sogar eine Kriminalpsychiaterin vorstellen kann. Manchmal hat grimmige Notwendigkeit Vorrang vor allem anderen: Gesetze, Loyalitäten, Moral. Ich bin Ihr Freund. Wie Sie wissen, wäre ich auch gern mehr gewesen als nur Ihr Freund. Das wird nun vermutlich unmöglich sein. Aber ich hoffe, dass ein wenig von unserer Freundschaft bestehen bleibt. Und als Freund sage ich Ihnen, es ist keine Schande, diese Arbeit aufzugeben. Der Druck hier ist gewaltig. Und der äußere Druck, den Sie aufgrund ihrer familiären Situation erlebt haben, hat gewiss sein Übriges getan. Verbringen Sie etwas Zeit mit Ihrem Vater. Beruflich steht Ihnen die Welt offen. Und ich verspreche, falls ich Ihnen ein Zeugnis ausstellen soll, werde ich Sie in den höchsten Tönen loben. So, sollen wir jetzt ein Tässchen Kaffee trinken und uns wieder der Leistungsbewertung widmen?«

Alva antwortete nicht. Es war für eine Psychiaterin schwer, das zuzugeben, aber manchmal sind Worte unzulänglich und nur eine Ohrfeige würde der Situation gerecht.

Wenige Augenblicke später kam Miss Leslie mit dem Kaffeetablett herein.

Hat die blöde Ziege etwa gelauscht?, fragte Alva sich.

Sie merkte, dass es ihr egal war.

Denn plötzlich wurde ihr Zorn von einer gewaltigen Welle der Euphorie hinweggespült! Sie brauchte nur ein paar Sekunden, um den Grund dafür zu benennen.

Ohne jede Anstrengung ihrerseits würde sie genau das bekommen, wovon jeder Insasse von Parkleigh träumte, was sie selbst sich noch am Vorabend sehnsüchtig ausgemalt hatte – Freiheit! Sie würde diesen Ort mit all seinen Zwängen, seinen Ängsten, seinen Geheimnissen, seinen Klängen, seinen Gerüchen, seiner bedrohlichen Präsenz hinter sich lassen. Sie wusste, einen Teil davon würde sie mitnehmen, und das wollte sie sogar. Aber da, wo es drauf ankam, in ihrer Entscheidungskraft, ihrer Wahlfreiheit, wäre sie wieder ihr eigener Herr.

Sie schüttete schnell ihren Kaffee in sich hinein, lächelte Homewood zuckersüß an und sagte: »Dann wollen wir mal.«

BUCH FÜNF

Ein erschreckendes Licht

... dann, in jenem Moment, da sie sich schon in Sicherheit wähnten, in der stillsten Stunde der Nacht – dann begab sich's, daß in einer der oberen Kammern von lautloser Hand angefacht ward ein erschreckendes Licht!

Zunächst war es wie ein gewöhnliches Licht, doch so unheilverkündend, wie auch ein gewöhnliches Licht zu so ungewöhnlicher Stunde sein kann. Aber da es den dreien zu folgen begann gleich einem wandernden Auge, und röter und röter sich färbte bei solcher Verfolgung, ward auch die letzte Hoffnung zunichte.

Und der kopflose Sippy versuchte zu fliehn [sic], und der kopflose Slorg suchte nach einem Versteck.

Lord Dunsany: *Glaubhaft berichtetes Abenteuer dreier Liebhaber der schönen Literatur*

1

Den ganzen Januar hindurch hatte es immer mal wieder geschneit, und im Osten waren die Schneefälle besonders heftig gewesen. Gegen Ende des Monats stiegen die Tagestemperaturen allmählich an, und schon bald tauten die vom Wind geglätteten Schneewehen, die den Park um Poynters in einen surrealistischen Skulpturengarten verwandelt hatten, zu dreckigem Matsch. Die Landschaft, die über etliche Wochen hinweg etwas Überirdisches an sich gehabt hatte, sah jetzt aus wie ein Streifen Niemandsland in einem winterlichen Krieg.

Aus irgendeinem Grund brachte Johnny Nutbrown diesen Verfall mit Wolf Haddas Besuch in Verbindung. Seine euphorische Stimmung nach der Begegnung mit ihm war am darauf folgenden Tag noch verstärkt worden, als Pippa einen Anruf von ihrem Anwalt bekommen hatte.

Johnny lag noch im Bett, als er ihren wütenden Aufschrei von unten hörte.

»Schlechte Nachrichten, Schatz?«, fragte er überflüssigerweise, als sie ins Schlafzimmer gestürmt kam.

»Dieses schottische Arschloch ist vom Kauf zurückgetreten!«, tobte sie. »Familiäre Probleme. Wenn ich das Schwein in die Finger kriege, sorge ich dafür, dass er nie wieder irgendwelche familiären Probleme hat!«

Insgeheim jubelte Johnny. Der gute alte Wolf hatte mal wieder die richtige Nase gehabt. Auf Wolf war wirklich Verlass.

Aber er hütete sich sorgfältig, sich irgendetwas anmerken zu lassen.

Er hatte sich vorgenommen, Pippa sein Treffen mit Wolf zu verschweigen, aber als sie gar nicht mehr aufhören wollte, über den gescheiterten Verkauf zu jammern, als wäre das der Weltuntergang, beschloss er schließlich, ihr von dem Gespräch zu erzählen; wenn sie hörte, wie gut die Begegnung verlaufen war, wie harmlos Wolf sich verhalten hatte, würde sie sich vielleicht beruhigen.

Ihm wurde schnell klar, wie sehr er sich geirrt hatte.

»Er war hier? Auf unserem Grundstück? Das darf doch wohl nicht wahr sein! Du hattest dein Gewehr dabei, wieso hast du das Schwein nicht einfach abgeknallt?«

»Jetzt mach aber mal halblang«, sagte er. »Ich kann doch nicht rumlaufen und Leute erschießen, selbst wenn ich wollte. Wirklich, Liebling, es ging ihm gut. Und wenn es ihm gut geht, müssen wir uns keine Sorgen machen, dann müssen wir nicht verkaufen und in den Sonnenuntergang ziehen, als wäre Interpol hinter uns her und als würden wir um unser Leben laufen!«

Sie schüttelte den Kopf und sagte mit einer Intensität, die schlimmer war als ihr lautes Geschrei: »Du verdammter Idiot. Kriegst du es denn nicht in deinen Schädel, dass es genau darum geht? Bloß dass wir vor etwas davonlaufen, das um einiges schlimmer ist als Interpol!«

Danach verdoppelte sie ihre Bemühungen, das Haus zu verkaufen, und setzte zugleich ein endgültiges Datum Anfang April für ihren Umzug in die Staaten fest, ob das Haus bis dahin verkauft war oder nicht.

Während die Tage vergingen und der Schnee weiter schmolz, stellte Nutbrown fest, dass seine Euphorie ebenfalls schmolz. Seine Frau hatte schon immer einen stärkeren Willen gehabt als er. Er hatte das gerne hingenommen und irgendwie als eine Art Schutzbarriere gegen die Übel der Welt betrachtet. Nun endlich war er bereit zu akzeptieren, dass es, wenn sogar ihre Stärke angesichts einer diffusen Bedrohung ins Wanken geriet, da draußen vielleicht wirklich etwas gab, vor dem er sich fürchten sollte. Es ging ihm wie jemandem, der nie im Leben krank gewesen ist und deshalb die ersten Symptome einer möglicherweise tödlichen Krankheit, die ihn befallen hat, nicht richtig einschätzen kann. Schließlich wurde ihm langsam klar, dass er zum ersten Mal seit sieben Jahren so etwas wie Schuldgefühle empfand, wegen der Art und Weise, mit der er seinen ehemaligen Chef, Kollegen und Freund behandelt hatte. Auf einmal fielen die acht Stunden ungestörten Schlafes, die er Zeit seines Lebens genossen hatte, in sich zusammen wie der Schnee. Er erwachte um ein Uhr, zwei Uhr, drei Uhr morgens in der Dunkelheit, und damit war seine Nachtruhe zu Ende. Weil er fürchtete, Pippa zu wecken, wenn er sich im Bett hin und her wälzte, gewöhnte er sich an, leise aufzustehen und hinunter in die Küche zu gehen, um sich eine Tasse Tee mit einem Schuss Brandy zu machen, und dann saß er da und grübelte bis zum Morgengrauen über alles nach. Das geschlossene Buch der Vergangenheit öffnete sich jetzt vor ihm, nicht als durchgängige Erzählung, sondern als zusammenhanglose Fragmente, in denen er manchmal seine eigenen Erinnerungen erkannte, die aber oftmals jemand anderem zu gehören schienen. Eine Szene, die wieder und wieder vor seinem geistigen Auge ablief, war die, in der Wolf an jenem Herbsttag vor vielen Jahren in aller Frühe von der Polizei geweckt wurde, die ihn dann aus dem Haus schleifte, das er nie wieder betreten sollte.

Daher blieb er, als er an einem dunklen Februarmorgen eine Türglocke hörte, begleitet von einem donnernden Hämmern, noch einige Augenblicke länger am Küchentisch sitzen, um zu entscheiden, ob es an seiner eigenen Haustür klingelte oder in seinem Kopf.

Erst Pippas laute Stimme, die von oben seinen Namen rief

und wissen wollte, wo zum Teufel er steckte, rückte die Störung unstrittig ins Hier und Jetzt.

Er stand auf, ging zur Tür und öffnete sie.

Gerade noch rechtzeitig. Vor ihm stand ein kräftiger Polizist in Uniform, mit einem von diesen Rammböcken, die Johnny aus dem Fernsehen kannte. Der Polizist sah enttäuscht aus, dass ihm die Chance genommen wurde, das Ding einzusetzen.

Ein Mann in Zivil schob ihn beiseite. Er hielt Johnny einen Dienstausweis und ein paar bedruckte Seiten Papier vor die Nase.

»DI O'Reilly«, sagte er. »Sie sind Mr Nutbrown?«

»Ja?«

»Ich habe einen Durchsuchungsbefehl für Ihr Anwesen, Mr Nutbrown. Los, Jungs.«

Er trat in die Diele, wobei er Johnny nicht direkt beiseitestieß, ihn aber doch eindeutig aus dem Weg schob.

Hinter ihm kamen mindestens ein Dutzend weitere Männer herein, manche in Uniform, manche in Zivil. Schneematsch fiel von ihren Schuhen auf den Boden. Das wird Pippa gar nicht gefallen, dachte Johnny.

Er hatte recht. Sie kam die Treppe herunter wie der heilige Michael, der sich auf den Drachen stürzte. Hätte sie Erklärungen verlangt oder die Rechtmäßigkeit des Durchsuchungsbefehls in Frage gestellt, wäre DI O'Reilly in der Lage gewesen, sich durchzusetzen. Doch ihr Augenmerk galt ausschließlich dem Zustand der Fußbekleidung der Eindringlinge.

Eine halbe Minute später hatte sie sie alle wieder vor die Tür verbannt, wo sie vor der Fußmatte Schlange standen, um sich die Schuhe abzuputzen, ehe sie wieder hereinkamen.

Erst dann nahm sie dem DI den Durchsuchungsbefehl aus der Hand und studierte ihn gründlich.

Als sie ihn gelesen hatte, sagte sie zu ihrem Mann: »Du solltest Toby anrufen.«

Er sagte verwirrt: »Findest du nicht, dazu ist es ein bisschen früh am Morgen, altes Mädchen? Wahrscheinlich schläft er noch. Außerdem, ich glaub nicht, dass Toby hier viel machen kann.«

Sie stieß ein wütendes und fassungsloses Schnauben aus.

»Verdammt noch mal, Johnny! Begreifst du denn überhaupt nichts?«, sagte sie und ging selbst zum Telefon.

Aber dieses eine Mal irrte sie sich. Hier äußerte sich nicht bloß Johnnys übliche Realitätsfremdheit.

Er hätte ihr nicht genau erklären können, wieso er es begriff, aber eines begriff er: Heute ging etwas zu Ende, und etwas Neues begann, etwas, das nicht mal der gerissenste Anwalt hätte aus der Welt schaffen können, etwas, wonach nichts mehr so sein würde, wie es mal war.

2

Toby Estover bestieg das Schafott ohne zu zögern, nicht weil er tapfer war, sondern weil seine Beine sich von selber bewegten, obwohl sein Verstand laut schrie: Renn! Renn um dein Leben!

Mit dem Rücken zu ihm stand der Henker wartend neben dem Richtblock. Seine rechte Hand, die nur zwei Finger hatte, ruhte locker auf dem Griff einer langstieligen Axt, und er blickte ruhig in die Ferne über ein weites Panorama aus Bergen und Seen und Urwäldern, das ihm irgendwie bekannt vorkam.

Bei aller Panik empfand Estover einen Anflug von Entrüstung. Seine bevorstehende Hinrichtung war doch wohl wichtiger, als diese Scheißaussicht zu bewundern! Aber er bekam kein Wort heraus, sein Mund war vollauf damit beschäftigt, so viel Luft in die Lunge zu saugen, wie ihm in den nächsten vierzig Jahren zugestanden hätte, so viel Luft, wie sie jedem zugeständen hätte, die ganze verdammte Luft der Erdatmosphäre, scheiß auf die anderen, scheiß auf die Klimaerwärmung, scheiß auf einfach alles!

Als seine Beine den Richtblock erreichten, blieben sie stehen und knickten ein, und er sank auf die Knie. Dann gab seine Rückenmuskulatur nach, er fiel nach vorne, kraftlos, bis sein Adamsapfel gegen den tiefsten Punkt der flachen, dunkel befleckten u-förmigen Höhlung im Block gedrückt wurde.

Aus den Augenwinkeln sah er, wie die Füße des Henkers sich umwandten, er sah die glänzende Schneide nach oben aus seinem Gesichtsfeld verschwinden, er sah die Berge und die Seen und den Wald.

Dann hörte er ein *Wusch!*, als die Schneide herabsauste.

Und als er starb, wachte er auf und stellte überrascht fest, dass die Bettdecke und das Kissen von seinem Schweiß durchtränkt waren, nicht von seinem Blut.

Außerdem fiel ihm noch zweierlei auf.

Er war allein, und das Telefon klingelte.

Er war nicht überrascht darüber, dass er allein war. Nach zwei Wochen gewöhnte er sich allmählich daran.

Er war eines Abends ins Schlafzimmer gekommen und hatte festgestellt, dass Imogen mit ihren sämtlichen Sachen in ein anderes Zimmer umgezogen war, in das Zimmer, das einmal ihrer Tochter gehört hatte.

Der Umzug war am selben Tag erfolgt, an dem er ihr von seiner neuen Sekretärin erzählt hatte, aber er konnte sich nicht vorstellen, dass das eine mit dem anderen zusammenhing. Sieben Jahre lang hatte sie doch gern das Schlafzimmer mit ihm geteilt, und das trotz der Tatsache, dass ihre sexuellen Begegnungen immer seltener geworden waren. Grund dafür war eine Kombination aus ihrer wachsenden Gleichgültigkeit und seinen gesundheitlichen Problemen gewesen, die zur Folge hatten, dass die regelmäßigen Vergnügungen auf seinem Büroschreibtisch mehr als genügten, um seine sinnlichen Bedürfnisse zu befriedigen.

Der Umzug war unangekündigt gekommen, ohne Diskussion, ohne Streit. Vielleicht, so seine Vermutung, war während ihres Aufenthalts in Cumbria irgendetwas passiert. Was das gewesen sein könnte, war ihm ein Rätsel, und er wusste, dass Fragen sinnlos gewesen wären. So war Imogen nun mal. Ihre Entscheidungen erfolgten ohne Drama, nur mit einer ruhigen Unvermeidlichkeit. Eines Morgens war er in ihr neues Schlafzimmer geplatzt, und sie saß auf dem Bett, eine Stoffpuppe in der Hand, die Ginny besonders geliebt hatte. Imogen hielt die Puppe nicht an sich gedrückt, sondern einfach in der ausgestreckten Hand, und sie starrte darauf, als hoffte sie, die Puppe würde anfangen zu sprechen. Sie hatte nicht mal einen Blick in seine Richtung geworfen, und nach einem Moment war er wieder gegangen. Seitdem hatte er den Raum nicht mehr betreten.

Das Telefon verstummte. Entweder es hatte so lange geklingelt, dass der Anrufbeantworter angesprungen war, oder jemand war rangegangen.

Er rollte sich aus dem Bett und ging ins Bad.

Fünfzehn Minuten später, geduscht und in einen Bademantel mit Monogramm gehüllt, von dem Imogen sagte, er sehe aus, als wäre er aus einem besonders protzigen Hotel geklaut worden, ging er nach unten, um zu frühstücken.

Imogen stand auf dem Treppenabsatz und schaute zum Fenster hinaus. Sie hatte eine Tasse Kaffee in der Hand und war splitternackt. Er musste an die Nacht denken, in der dieser verdammte Hadda den Baum gefällt hatte.

»Morgen«, sagte er. »Was siehst du da draußen?«

»Ich glaube, sie bekommt neue Triebe«, sagte sie.

Er trat hinter sie.

Draußen im Garten konnten sie im noch dämmrigen Morgenlicht undeutlich den Stumpf der Eberesche ausmachen.

Nachdem der Baum gefällt worden war, hatte Estover Stamm und Astwerk wegschaffen lassen, aber Imogen hatte nicht zugelassen, dass er auch den Stumpf aus dem Rasen ausgraben ließ.

»Ebereschen sind unglaublich widerstandsfähig«, sagte sie. »Das müssen sie sein. Sie wachsen an Stellen, wo andere Bäume keine Chance hätten. Ich hab schon welche gesehen, die in sechshundert Metern Höhe aus steilen felsigen Nordwänden ragten.«

»Mag ja sein«, sagte er. »Aber selbst wenn, für uns ist und bleibt dieser Stumpf ein unschöner Anblick.«

»Er bleibt am Leben«, sagte sie. »Wolf hat ihn zum Schutz gegen das Böse gepflanzt.«

»Ach ja? Der Sauhund hätte besser ganze Arbeit leisten sollen, als er den Baum gefällt hat, und die Wurzeln gleich mit ausbuddeln!«, sagte er. »Bist du vorhin ans Telefon gegangen?«

»Ja.«

»Und? Wenn du mich sehr, sehr glücklich machen willst, dann sag bitte, dass sich einer verwählt hat.«

Sie sah aus, als würde sie die Möglichkeit in Erwägung ziehen, dann sagte sie: »Es war Pippa.«

»Pippa? Was zum Teufel will die denn schon um sieben Uhr an einem kalten Februarmorgen?«

»Sie sagt, sie haben das ganze Haus voller Polizisten mit einem Durchsuchungsbefehl.«

»Du machst Witze, hoffe ich.«

Sie schüttelte leicht den Kopf.

»Meine Güte! Wonach suchen die denn?«

»Woher soll ich das wissen? Pippa sagt, sie hat keine Ahnung. Ich denke, sie braucht einen juristischen Rat.«

»Was hast du ihr gesagt?«

»Ich hab ihr gesagt, du stündest nie vor dem Frühstück für Rechtsberatung zur Verfügung. Ich hab vorgeschlagen, sie sollten abwarten, was bei der Durchsuchung herauskommt. Entweder es wird nichts gefunden, dann soll sie dich anrufen und fragen, wie sie eine offizielle Beschwerde einreichen kann. Oder sie finden ein paar Leichen bei ihnen im Keller, dann werden sie Johnny und Pippa bestimmt auf irgendein Polizeirevier bringen, wo du dann hinkommen kannst, sobald du erfahren hast, wo sie sind.«

»Gut gemacht«, sagte er. »Das war ein Fünfhundert-Pfund-Honorar wert. Ist noch Kaffee da?«

»Bestimmt. Ich hab Mrs Roper geweckt und ihr gesagt, dass du früher als sonst frühstücken wirst, weil du wahrscheinlich bald nach Cambridge fahren musst.«

»Cambridge?«

»Da werden sie Pippa und Johnny doch wahrscheinlich hinbringen, oder?«

»Du scheinst ziemlich sicher zu sein, dass sie finden werden, was sie suchen.«

Sie sagte: »Meiner begrenzten Erfahrung mit Hausdurchsuchungen im Morgengrauen nach ist das doch meistens der Fall, oder?«

Darauf fiel ihm keine Antwort ein und er ging nach unten.

In der Küche stand eine Kanne Kaffee auf dem Herd. Er goss sich gerade eine Tasse ein, als Mrs Roper mit der Morgenzeitung hereinkam. Die Haushälterin war ein Überbleibsel aus der Zeit, als Wolf Hadda noch Herr im Hause gewesen war, und sie hatte Estover gegenüber keinen Hehl daraus gemacht, natürlich im Rahmen der ihr als Angestellte gesetzten Grenzen, dass sie ihn nicht gerade für eine Verbesserung hielt.

»Morgen«, sagte sie. »Wie immer?«

»Ja, bitte, Mrs Roper.«

Während die Frau begann, ihm sein allmorgendliches Rührei mit Schinken und Pilzen zuzubereiten, wandte er sich dem Stapel Zeitungen zu. Es war ein dicker Stapel, denn er bestand aus je einem Exemplar sämtlicher überregionaler Tageszeitungen. Im Büro hatte er Leute, die sie alle wesentlich gründlicher durchsahen, als er das je tat. Gefahr erkannt, Gefahr gebannt, das erklärte er seinen Mitarbeitern gern, und es war zweifellos richtig, dass ein aufmerksames Auge manchmal in einem kleinen Absatz durchaus einen Hinweis auf etwas entdecken konnte, das sich letztlich auf die wirtschaftliche Lage oder das innere Gleichgewicht eines seiner Mandanten auswirken konnte. Er selbst überflog meistens nur die Schlagzeilen, las mitunter aber auch die unterschiedlichen Berichterstattungen über Fälle, mit denen er zu tun hatte, um auf Fehlinterpretationen oder tendenzielle Darstellungen oder andere interessante Details reagieren zu können.

Heute lagen die, wie er sie nannte, *Busenblätter* zuoberst, und als sein Blick auf die Titelseite der dritten fiel, rief er laut: »Scheiße!«

»Wie bitte, Mr Estover?«, fragte die Haushälterin.

»Nichts, nichts«, knurrte er und schlug die Zeitung auf.

Es war das Blatt von Kitty Locksley, der Nachrichtenredakteurin, die ihn vor einigen Wochen über Arnie Medler hatte ausfragen wollen. Das hatte er einigermaßen leicht abschmettern können, aber was er jetzt auf dem Titelblatt las, erfüllte ihn mit einer unguten Vorahnung.

Russische Invasion. Klebt an Pasha Nikitins Stiefeln mehr als nur Schnee? Exklusiver Bericht auf Seite 6!

Er schlug Seite 6 auf.

Sie war voll mit Fotos von Nikitin auf Empfängen und Partys und in Begleitung allerlei prominenter Gesichter aus Politik, Showbusiness und Sport. Die Schlagzeile darüber lautete: *WAS TRITT ER IHNEN IN DEN TEPPICH?*

Der eigentliche Artikel begann auf der nächsten Seite. Estover ließ die Augen mit geübter Schnelligkeit über die Spalten huschen und sagte wieder halblaut: »Scheiße!«

Kittys Journalisten verstanden es meisterlich, die Grenze zwischen Spekulation und Anschuldigung zu verwischen. Aber einiges, was hier stand, überschritt diese Grenze dermaßen weit, dass sie sich wohl kaum getraut hätten, es zu drucken, wenn sie nicht überzeugt wären, es auch belegen zu können, falls sie juristisch unter Druck gerieten.

Der Beitrag endete mit dem Versprechen, die nächste Ausgabe würde einige wirklich schockierende Enthüllungen bringen.

Das wollen wir doch mal sehen!, dachte Estover grimmig.

Er formulierte bereits im Kopf die Begründung für einen Antrag auf eine einstweilige Verfügung. Kitty Locksley mochte ja ihren Chefredakteur überzeugt haben, dass sie genug in der Hand hatte, um Nikitin aufs Korn zu nehmen, aber ob sie auch einen Richter davon überzeugen konnte, dass das nicht bloß heiße Luft war, stand auf einem ganz anderen Blatt. Und während die Anwälte der Zeitung ihren Gegenantrag auf Aufhebung der einstweiligen Verfügung aufsetzten, würde Estover, der ganze Akten über sämtliche Chefredakteure und Verleger aller wichtigen Zeitungen hatte, sich überlegen, welche Kombination aus Drohung, Bestechung und Abrufung alter Gefälligkeiten die beste wäre, um das Ganze schon im Keim zu ersticken.

Imogen, die jetzt einen blassblauen Kimono trug, kam in die Küche und goss sich noch einen Kaffee ein. Als sie sich ihm gegenüber hinsetzte, schob er die Zeitung über den Tisch.

Sie warf einen Blick darauf und sagte dann: »Ist es so schlimm, wie es aussieht?«

»Nicht sehr schön, aber kontrollierbar«, sagte er zuversichtlich. »Ich hau denen eine einstweilige Verfügung um die Ohren, um die Ausgabe von morgen zu verhindern. Das verschafft uns Zeit, damit wir die schweren Geschütze auffahren können.«

»Will heißen?«

»Pasha hat Freunde, wie du genau weißt. Wichtige Freunde. So wichtig, dass sogar ein Zeitungsverleger anfangen könnte, darüber nachzudenken, wie er sich den Rest seines Lebens vorstellt.«

»Also Unterdrückung, nicht Widerlegung.«

»Ist stets ungefährlicher«, sagte er. »Danke, Mrs Roper.«

Die Haushälterin hatte ihm einen üppig gefüllten Teller hingestellt. Er griff nach dem Tomatenketchup und spritzte seine Initialen in Kursivschrift über sein Frühstück.

»Du denkst doch hoffentlich an Pippa und Johnny?«

»Ich weiß doch noch nicht mal, ob sie mich überhaupt brauchen.«

»Sie werden dich brauchen«, sagte sie mit Überzeugung. »Und sie haben versucht, dich zu erreichen. Pasha nicht.«

»Stimmt«, sagte er und hob die erste Gabel mit Schinken an den Mund. »Wundert mich eigentlich. Vielleicht hatte er eine lange Nacht, und seine Leute trauen sich nicht, ihn mit schlechten Neuigkeiten zu wecken.«

»Vielleicht«, sagte sie, als hielte sie das für unwahrscheinlich.

Er aß in Ruhe, trank noch mehr Kaffee und sah die Zeitungen durch.

Imogen knabberte an einer Scheibe Toast und plauderte mit Mrs Roper.

Schließlich stand er auf, sagte: »Das war köstlich wie immer, Mrs Roper«, und ging aus der Küche.

Während er sich anzog, klingelte erneut das Telefon. Es hörte fast augenblicklich wieder auf.

Er zog sich fertig an. Es war Viertel nach acht, und der Himmel war jetzt hell. Der Februar galt gemeinhin als der tristeste Monat von allen, aber manchmal barg er schon die Verheißung des Frühlings, dachte Estover.

Er ging wieder in die Küche, wo Imogen dabei war, im *Guardian* das Kreuzworträtsel zu lösen.

Er sagte: »Pasha oder wieder Pippa?«

»Pippa.«

»Und?«

»Sie sind festgenommen worden. Man bringt sie jetzt nach Cambridge.«

»Großer Gott!«, sagte er. »Weswegen denn?«

»Drogen.«

Sie sagte das so beiläufig, dass er einen Moment brauchte, um es zu begreifen.

»*Drogen?* Klar, Johnny hat meistens einen kleinen Vorrat Koks im Haus, nur für den seltenen Fall, dass ihm die Wirklichkeit zu aufdringlich wird, aber ich kann mir nicht vorstellen, dass die wegen so was in aller Herrgottsfrühe eine Hausdurchsuchung machen.«

»Nein, ich denke, die haben sie wegen des halben Zentners von dem Zeug gemacht, den sie, wie Pippa sagt, unter dem Wassertank auf dem Speicher gefunden haben.«

»Das gibt's nicht! Soll das ein Witz sein? Vermutlich nicht. Was hast du ihr gesagt?«

»Ich hab gesagt, dass du unterwegs bist.«

»Was? Menschenskind, ich kann nicht. Ich muss mich erst um die Geschichte mit Nikitin kümmern.«

»Er hat dich doch bislang noch nicht gebeten, irgendwas zu unternehmen, oder?

»Nein, noch nicht, aber dafür gibt es wahrscheinlich irgendeine einfache Erklärung ...«

»Wahrscheinlich«, sagte Imogen. »Aber bis du die erfährst, warten zwei deiner ältesten Freunde auf dich. Fahr nach Cambridge, Toby. Bleib da, falls nötig. Vielleicht solltest du auch dableiben, falls es nicht nötig ist.«

Er blickte seine Frau verwundert an. In letzter Zeit hatte er mehr und mehr das Gefühl, sie ebenso wenig zu verstehen, wie ihr Vater ihre Mutter verstand. Aber meistens stellte sich raus, dass sie richtiglag.

Er sagte: »Aber zuerst muss ich noch kurz ins Büro und

denen Instruktionen geben, damit sie Bescheid wissen, wenn Pasha anruft.«

Imogen zuckte die Achseln.

»Wenn's sein muss«, sagte sie gleichgültig. »Übrigens, falls du dann doch nach Cambridge fährst, mach dich auf ein Medienaufgebot gefasst. Pippa hat gesagt, irgendwie haben Presse und Fernsehen Wind von der Hausdurchsuchung bekommen und belagern sie jetzt. Das schien sie mehr zu beunruhigen als alles andere.«

»Dreckspack«, sagte er. »Man sollte meinen, es gäbe wichtigere Dinge in der Welt, mit denen sie sich beschäftigen sollten.«

Das brachte ihm ein schwaches spöttisches Lächeln ein, dann richtete sie ihre Aufmerksamkeit wieder auf das Kreuzworträtsel.

»Dann fahr ich jetzt«, sagte er und beugte sich vor, wie um sie zu küssen, begnügte sich dann aber damit, ihr kurz die Schulter zu drücken.

Sie blickte nicht auf, sondern sagte fast wie zu sich selbst: »Ich denke, mit der Eberesche hast du recht. Es wird lange dauern, bis sie wieder groß genug ist, um uns zu schützen.«

Er sagte: »Mach dir keine Sorgen, Liebste. Solange wir uns hinter dem Gesetz verstecken können, haben wir nichts zu befürchten.«

Jetzt sah sie auf.

»Aber wenn du das Gesetz fällst«, sagte sie, »wie lange braucht das, um wieder zu wachsen?«

3

Auch Alva Ozigbo erwachte an diesem Februarmorgen früher als sonst. Einen Moment lang blieb sie in der Dunkelheit liegen und erlebte diesen Geburtsmoment, in dem wir nicht wissen, wer oder was oder wo wir sind.

Dann setzte die Erinnerung ein, und Freude überflutete ihren Verstand und Körper wie die Mittagssonne.

An diesem Morgen musste sie nicht aufstehen und sich für die Fahrt nach Osten zum Dunklen Turm zurechtmachen.

Gestern hatte sie Parkleigh zum letzten Mal verlassen!

Wider Erwarten hatte sie keinen Funken Scham wegen ihrer kampflosen Kapitulation empfunden. Das würde vielleicht später kommen. Wenn sie gewollt hätte, hätte sie sich die offensichtlichen Gründe für ihre Entscheidung, in aller Stille zu gehen, aufsagen können – vor allem die Gefahr für Haddas Freiheit und die Tatsache, dass sie keinerlei konkreten Beweis für ihren Verdacht hatte, Childs' Leute hätten die Renovierung des Gefängnisses genutzt, um in jedem Winkel Abhörmikrofone einzubauen. Aber sie war zu ehrlich, um sie für wichtiger zu halten als die Einsicht, dass sie einfach nur froh war, diesen Job los zu sein.

Erkenne dich selbst ist ein gutes, wenn nicht sogar notwendiges Motto für Psychiater. Und sie war bereit, sich einzugestehen, dass die Zeit in Parkleigh ihrer Selbsterkenntnis mehr als zuträglich gewesen war.

Ihr Vater hatte sich ein *Hab ich doch gleich gesagt* verkniffen, als sie ihm die Neuigkeit am Telefon unterbreitete, aber er hatte keinen Hehl daraus gemacht, dass er es für eine frohe Botschaft hielt.

»Jetzt such dir nicht gleich wieder einen neuen Job«, sagte er. »Lass dir Zeit, sieh dich in Ruhe um. Und vor allem, Elfe, nimm dir die Zeit, herzukommen und deinen armen alten Dad vor diesem schwedischen Ungeheuer zu retten, das ihn an die Wand gekettet hat! Ich sieche dahin und krieg immer bloß Salat zu futtern. Wenn es nach ihm ginge, würde ich sechs Stunden täglich in der Sauna verbringen und mich mit Weidenruten geißeln. Ich hab diesen Monat Geburtstag, und ich wette, es lässt mich nicht mal ein Stück Kuchen essen, wenn du nicht da bist!«

An dieser Stelle hatte sich das »schwedische Ungeheuer« eingeschaltet und ließ ausrichten, es hoffe, die Tochter würde so schnell wie möglich kommen, weil Ike jetzt sogar noch schwerer unter Kontrolle zu halten sei als vor seinem Herzinfarkt.

Und Alva, die aus den Stimmen der beiden Liebe heraushörte und den Wunsch, sich mit eigenen Augen davon zu überzeugen, dass es ihr wirklich gut ging, hatte Mühe, ihre Stimme munter und ruhig klingen zu lassen, als sie ihnen versprach, zu Ikes Geburtstag zu kommen und mindestens eine Woche zu bleiben.

Sie hatte ihre Gefühle für Hadda und ihre Besorgnis wegen seiner möglichen Pläne und seiner Zukunft in den letzten zwei Wochen beiseitegeschoben. Nachdem die Entscheidung, zu gehen, gefallen war, verspürte sie eigentlich keine Lust, noch länger zu bleiben, andererseits jedoch wollte sie sicherstellen, dass die Akten und Aufzeichnungen, die sie ihrem Nachfolger hinterließ, vollständig und auf dem neuesten Stand waren. Sie überlegte, irgendeine Art von Warnung zu hinterlassen, dass die Vertraulichkeit der Gespräche mit den Häftlingen nicht gesichert war. Aber wenn sie die Warnung zu allgemein hielt, wäre sie nutzlos, und wenn sie zu explizit war, würde sie Fragen provozieren, die Alva nicht beantworten konnte. Oder wollte.

Sie wusste, dass es im Leben Auseinandersetzungen gab, die man ausfechten musste, auch wenn die Widerstände unüberwindlich waren und die Niederlage unausweichlich. Aber sie glaubte nicht, dass das auf diese Auseinandersetzung zutraf. Okay, die Debatte über die Rechte der Häftlinge im Gegensatz zum Allgemeinwohl war wichtig. Aber hier ging es weder um Folter noch um körperliche oder seelische Misshandlungen. Es war eher mit der Diskussion zu vergleichen, inwieweit bei Strafrechtsfällen das Anzapfen von Telefonen zulässig sein sollte. Die Leute kriegten sich zwar deswegen an die Köpfe, aber niemand opferte deswegen seine eigene Reputation oder die Freiheit eines anderen.

War das jetzt bloß eine schönfärberische Selbstrechtfertigung?, fragte sie sich, nachdem das Hochgefühl verklungen war, das sie beim Aufwachen über ihre neu gewonnene Freiheit empfunden hatte. Sie glaubte nein, aber sie empfand fast so etwas wie Erleichterung, als sie sich vom Nachdenken über diese moralische Frage dem anderen und persönlicheren Problem zuwandte, wie sie sich jetzt Hadda gegenüber verhalten sollte.

Sie war von seiner Unschuld überzeugt. Ihre Pflicht war es daher, diese Überzeugung öffentlich zu machen und dafür einzutreten, für eine Wiederaufnahme der Ermittlungen und des Verfahrens zu sorgen ...

Das klang alles ziemlich unkompliziert, wäre da nicht der Umstand gewesen, dass sie wohl kaum darauf zählen konnte, dass ihre vermeintlichen Mitstreiter – Doll und Ed Trapp, Davy McLucky, Wolf selbst – sie dabei unterstützen würden.

Und das führte sie zu der nächsten, sogar noch drängenderen Frage.

Was hatte Hadda vor – und was sollte sie deswegen unternehmen?

Ach, Schluss damit – genieße deinen ersten Morgen als freie Frau!, sagte sie sich.

Sie schlug die Decke zurück und stand auf.

Die Morgendämmerung überzog den Himmel mit einem zarten Rosa. London kam rumorend wieder zu vollem Bewusstsein. Nachdem sie sich gewaschen und angezogen hatte, ging sie in die Küche.

Der Raum könnte einen gründlichen Frühjahrsputz gebrauchen, befand sie, während sie frühstückte. Bei dem ganzen Stress in den letzten paar Monaten hatte sie die Dinge irgendwie schleifen lassen. Eigentlich hatte die ganze Wohnung eine Grundreinigung nötig. Sie war sich der symbolischen Implikationen dieses Gedankens bewusst, aber das änderte nichts an deren faktischer Wahrheit. Ihre Wohnung wirkte vernachlässigt. Noch ein paar Wochen länger, und sie wäre regelrecht verdreckt! Alva stellte sich vor, was Elvira mit ihren skandinavischen Hygienestandards wohl sagen würde, wenn sie in diesem Augenblick hereinkäme.

Sie hatte ihren Eltern versprochen, rechtzeitig zum Geburtstag ihres Vaters zu ihnen in den Norden zu kommen. Damit blieben ihr drei Tage Zeit, um die Wohnung wieder auf Vordermann zu bringen. Und ein bisschen gute harte unverkopfte Arbeit war genau das Richtige für arbeitslose Psychiaterinnen.

Bis zum späten Vormittag hatte sie die relative Ordnung der Wohnung in Chaos verwandelt, aber zumindest war es ein Chaos, das peu à peu sauberer wurde. Als es an der Tür klingelte, stand sie gerade auf einer Leiter und kämpfte mit einem Spinngewebe von kankraschen Ausmaßen. Sie überlegte, das Klingeln zu ignorieren, aber es hörte und hörte nicht auf.

Missmutig stieg sie von der Stehleiter und ging zur Tür.

Es war John Childs. Er stand da und wirkte im Gegensatz zu dem Durcheinander hinter ihr noch adretter und ordentlicher als sonst. Sein liebenswertes Lächeln wurde nicht breiter, aber es erstarb auch nicht, während er ihre zerzauste Erscheinung musterte.

»Ich hatte mir vorgestellt, Sie würden es sich an Ihrem ersten Tag ohne die Mühsal des Arbeitslebens schön gemütlich machen«, sagte er. »Vielleicht hätte ich es besser wissen müssen.«

Bei Homewood war es leichter gewesen, so zu tun, als wäre ihr Abschied aus vernünftigen Gründen und in gegenseitigem Einvernehmen erfolgt.

Bei Childs sah sie keinen Grund, diesen Schein zu wahren.

»Was wollen Sie?«, fragte sie kühl.

»Mich entschuldigen«, sagte er. »Und mit Ihnen über Wolf sprechen.«

Das, so wurde ihr klar, war vermutlich die einzige Antwort, die ihm Einlass in ihre Wohnung verschaffen konnte. Sie vermutete, dass er immer die richtige Antwort parat hatte, ganz gleich, an wessen Tür er klopfte.

Sie ließ ihn selbst einen Sessel frei räumen und sie bot ihm keinen Kaffee an, teils weil sie ihm nicht das Gefühl geben wollte, er wäre willkommen, aber hauptsächlich, weil die Küche Sperrgebiet war, ehe sie nicht alle Schränke wieder eingeräumt hatte.

»Also, entschuldigen Sie sich«, sagte sie.

»Es tut mir ehrlich leid, Sie unter Vorspiegelung falscher Tatsachen für die Stelle in Parkleigh angeworben zu haben. Ich gehe davon aus, dass Sie inzwischen aufgrund Ihres eigenen scharfen Intellekts und der Informationen, die Ihnen der geschätzte Chief Officer Proctor geliefert hat, vollauf im Bilde sind. Falls Ihr Selbstwertgefühl durch die Erkenntnis, dass Sie weniger wegen Ihrer positiven Qualitäten als vielmehr wegen Ihrer Jugend und Unerfahrenheit eingestellt wurden, irgendwelchen Schaden genommen hat, so sollte der behoben werden können, indem Sie mir nicht nur glauben, sondern vor allem sich selbst vor Augen führen, dass Sie Ihre Aufgaben in vorbildlicher Weise und mit einer Sachkundigkeit bewältigt haben, die Ihre Jugend Lügen straft. Das Loblied, das Simon Homewood in Ihrem Zeugnis sicherlich auf Sie singen wird, entspricht voll und ganz der Wahrheit, und Sie haben es absolut verdient.«

Er hielt inne. Sie quittierte seine Rede mit einem ironischen Händeklatschen und merkte dabei, dass sie noch immer Gummihandschuhe trug.

»Nette Entschuldigung«, sagte sie. »Sie mussten sich bestimmt eine halbe Stunde von Ihren Phöniziern losreißen, um sie zu formulieren und einzustudieren.«

»Ich bitte um Verzeihung«, sagte er. »Es will mir einfach nicht gelingen, spontan zu klingen, selbst wenn ich genau das bin. Ich habe unsere Bekanntschaft aufrichtig genossen, und ich bereue sehr, dass diese nun wahrscheinlich beendet ist.«

»Wahrscheinlich!«, entfuhr es ihr.

»Das Leben birgt mehr Überraschungen als Gewissheiten«, sagte er. »Und je besser ich Sie kennenlernen durfte, desto stärker wurde meine Vermutung, dass Sie mich überraschen würden. Das wäre also meine Entschuldigung. Wir alle werden bis zu einem gewissen Grad von grimmiger Notwendigkeit bestimmt. In meinem Berufsfeld ist sie leider ein beinahe ständiger Begleiter. Kommen wir auf Wolf zu sprechen.

»Ja, bitte«, sagte sie.

»Ich darf davon ausgehen, dass Ihnen die Umstände, die zu seiner Gefängnisstrafe geführt haben, größtenteils bekannt sind?«

Sie nickte.

»Gut. Das Geschehene war natürlich bedauerlich, aber aufgrund der Entwicklung der Ereignisse leider auch unvermeidlich. Hätte ich früher gewusst, was vor sich ging, wäre ich vielleicht in der Lage gewesen, etwas zu unternehmen, doch zu dem Zeitpunkt, als ich informiert wurde, lag das schon nicht mehr in meiner Hand.«

»Nicht mehr in Ihrer Hand!«, rief Alva. »Er war unschuldig, dieser Mann, für den Sie eine gewisse Zuneigung empfinden – zumindest schließe ich das aus der Tatsache, dass Sie sein Foto in Ihrer Bildergalerie haben ...«

Er nickte und sagte: »Ja, in der Tat. Ich habe Wolf stets sehr gemocht.«

»Und dann haben Sie zugelassen, dass er der widerlichsten Straftat überhaupt angeklagt und für schuldig befunden wurde! Mein Gott, Childs, was machen Sie eigentlich mit Ihren Feinden?«

Er lächelte sie milde an und sagte: »Das ist nicht der richtige Moment, um darüber zu sprechen. Aber was die Menschen betrifft, die ich mag, so, fürchte ich, hat die grimmige Notwendigkeit von Zeit zu Zeit und in viel zu vielen Fällen verlangt, dass ich daran beteiligt war, sie weit schlimmere Schicksale erleiden zu lassen als das des armen Wolf.«

Sie sah ihm an, dass er das todernst meinte. Ihr drehte sich der Kopf, aber sie wollte die Gelegenheit, möglichst viel über Hadda zu erfahren, nicht ungenutzt verstreichen lassen.

Sie sagte: »Als Doll Trapp ihn zu Ihnen brachte, was haben Sie da mit ihm gemacht?«

»Ich habe ihm ein Zuhause und Bildung geboten. Überdies hat er eine Spezialausbildung bekommen, obgleich er die eigentlich nicht brauchte, da sein besonderes Talent, unüberwindbare Hindernisse zu überwinden, bereits sehr weit entwickelt war. Er konnte fast überall rein- und wieder rauskommen.«

»Sie meinen, Sie haben ihn als Einbrecher eingesetzt?«, fragte sie fassungslos.

»Gelegentlich. Aber meistens ging es eher darum, etwas zurückzulassen als etwas mitzunehmen.«

»Zurückzulassen? Was denn?«, hakte sie nach. Sie wollte es eigentlich nicht, aber sie musste fragen.

»Abhörvorrichtungen«, sagte er. »Und manchmal auch andere Vorrichtungen.«

»Meinen Sie etwa Bomben? Sie haben ihn zu einem Mörder gemacht?«

»Ich fürchte ja. Bei nur zwei Gelegenheiten. Ich habe ihn nicht ahnungslos in den Einsatz geschickt. Jedes Mal konnten wir ihm aus den Akten über die jeweilige Zielperson schlagkräftige Informationen vorlegen, die ihn zu der Überzeugung brachten, die Tötung wäre zum Wohle der Allgemeinheit, eine notwendige Exekution und kein wahlloser Mord.«

Höhnisches Schnauben ist keine Reaktion, die Psychiater häufig einstudieren können, aber Alva gelang es auf Anhieb.

»Sie haben ihn angestiftet! Einen Jungen, bestenfalls einen naiven jungen Mann, dessen Arbeitgeber Sie waren, der Ihnen anvertraut war und vermutlich emotional und finanziell von Ihnen abhängig! Und Sie haben ihn zu einem Killer gemacht. Ich wette, das hat Ihren suggestiven Fähigkeiten einiges abverlangt!«

Er sagte: »Ich denke, wenn ich Ihnen Details nennen würde, kämen vielleicht auch Sie zu der Überzeugung, dass der Tod dieser Männer die Welt besser und unser Land sicherer gemacht hat. Aber Ihr Vorwurf ist nicht unberechtigt. Ich hatte während der Zeit unserer Bekanntschaft große Zuneigung zu dem jungen Wolf gefasst. Keine Sorge, Miss Ozigbo. Das hatte nichts Sexuelles an sich, jedenfalls nicht offenkundig. Es wird Sie vielleicht freuen zu hören, dass Wolfs Vorlieben entschieden heterosexueller Natur sind.«

Er verstummte kurz, als erwartete er eine Reaktion, und Alva hätte am liebsten empört gefragt: »Wie kommen Sie darauf, dass mich das sonderlich freuen sollte?« Aber sie tat es nicht. Allmählich wurde ihr klar, dass Childs seine Worte in den allermeisten Fällen mit Bedacht wählte.

Er sprach weiter: »Und daher kamen mir selbst Bedenken, den Jungen weiter auf diesen Weg zu schicken. Ich beruhigte mich mit dem Gedanken, dass es noch nicht zu spät für Alternativen war. Dann bot sich eine dritte Gelegenheit, die seines besonderen Talents bedurfte. Definitiv das letzte Mal, sagte ich mir. Und ich hatte recht, aber aus anderen Gründen. Die Sache lief nicht wie geplant.«

»Nicht wie geplant?«, echote Alva, die seine gezierte Sprache satt hatte. »Sie meinen, sie lief aus dem Ruder?«

»Ja und nein. Die Zielperson wurde getötet. Leider aber auch einige Mitglieder seiner Familie, die eigentlich nicht hätten da sein sollen. Seine Frau. Und zwei Kinder.«

»Mein Gott«, sagte Alva entsetzt. »Und Wolf hatte das zu verantworten?«

»Nein, wie ich auch ihm zu erklären versuchte, war grimmige Notwendigkeit dafür verantwortlich. Solche Dinge passieren. Das ist keine Frage von Entscheidungen. Wie ich Wolf bei unserer letzten Begegnung sagte, kann nur Gott für sich in Anspruch nehmen, nicht Zufall und Notwendigkeit ausgeliefert zu sein.«

»Sie haben Wolf getroffen? Und haben keine Knochenbrüche?«

»Sie scheinen das zu bedauern, Miss Ozigbo«, sagte er lächelnd. »Es gibt also doch Situationen, in denen Sie Gewalt billigen würden?«

»Billigen niemals, Mr Childs«, sagte sie kühl. »Aber ich bin nicht nur Wissenschaftlerin, sondern auch ein menschliches Wesen. Ich habe Gefühle. Also, Sie waren gerade dabei, mir zu erzählen, wie Sie einen Jungen unter Ihre Fittiche nahmen und ihn zerstörten.«

»Ja. Um ihn dann so gut ich konnte wieder heil zu machen. Ich bot ihm den einzigen Preis an, der den Schaden, den ich angerichtet hatte, wiedergutmachen konnte. Sie werden aus Ihren interessanten Gesprächen in Parkleigh wissen, was das war.«

»Sie haben ihm Imogen Ulphingstone angeboten«, sagte sie.

»Gewissermaßen. Er hatte mir erzählt, warum er von zu Hause weggelaufen war. Ich konnte natürlich nicht garantieren, dass Miss Ulphingstone seinen Antrag annehmen würde, und nachdem ich einige diskrete Erkundigungen über die Lady eingeholt hatte, war ich mir auch keineswegs sicher, ob es gut für Wolf wäre, falls sie es tat. Aber auch diesmal hatte ich keine Wahl. Hätte ich Wolf irgendetwas anderes geboten, wäre er einfach abgehauen, und weiß der Himmel, was ihm dann widerfahren wäre.«

»Vielleicht hätte er es geschafft, ein schönes, zufriedenes Leben zu leben!«, sagte sie. »Zumindest wäre er Ihrem schädlichen Einfluss entronnen!«

Childs verzog das Gesicht.

»Verzeihen Sie bitte, ich drücke mich unnötig ungenau aus. Wenn ich sage, weiß der Himmel, was ihm dann widerfahren wäre, meine ich die Details, nicht das Ergebnis. Einem jungen Mann, der in die Art von Ereignissen eingeweiht ist, die ich Ihnen gegenüber gerade angedeutet habe, konnte doch wohl kaum erlaubt werden, einfach auf eigene Faust loszuziehen. Unsichere Kandidaten müssen entweder eingebunden oder entfernt werden. Das müssen Sie doch einsehen.«

»Das heißt, er wäre getötet worden? Was sind Sie bloß für ein Monster, Childs?«

»Eines, das Wolf das Leben gerettet hat. Mir war von Anfang an klar, dass er nicht nur einen ungeheuren persönlichen Charme besaß, sondern auch erstaunliche unternehmerische Fähigkeiten. In Amerika werden diese Eigenschaften sehr viel höher bewertet als hier bei uns, und ich sorgte dafür, dass er dort eine höhere Bildung bekam. Danach brauchte er nur noch eine günstige Gelegenheit und natürlich Geld. Letzteres war nun wirklich kein Problem. Der Lohn für geleistete und noch zu leistende Dienste. Er kehrte als sympathischer junger Mann nach England zurück, der seine erste Million schon auf dem Konto hatte und vor dem eine strahlende Zukunft lag. All die Aufgaben, die die junge Frau ihm gestellt hatte, waren von ihm bravourös gemeistert worden. Und sie hielt sich leider an ihren Teil der Abmachung.«

»Sie sagten, noch zu leistende Dienste. Soll das heißen, Wolf hat weiter für Sie gearbeitet, nachdem er Woodcutter gegründet hatte?«

»Nicht in der Eigenschaft, die Sie befürchten«, sagte Childs. »Aber in seiner Eigenschaft als internationaler Geschäftsmann war er in Kreisen willkommen, über die wir gern mehr wissen wollten. Und die Menschen öffneten sich ihm auf wunderbare Weise. Oh ja, er war sein Geld wert. Und da er schon bald so erfolgreich war, dass er nicht mehr mit öffentlichen Geldern unterstützt werden musste, warf unsere Anfangsinvestition prächtige Renditen ab.«

»Und trotzdem haben Sie zugelassen, dass dieser wertvolle Aktivposten zerstört wurde?«

»Selbst wenn er gerettet worden wäre, nach dem Zusammenbruch von Woodcutter war er erheblich weniger wert. Und dass Imogen sich auf die andere Seite schlug, hätte ich unmöglich verhindern können. Sein Lebenswerk vernichtet, seine Frau untreu, all das hätte ihn so labil gemacht wie Othello. Wie gesagt, unsichere Kandidaten müssen eingebunden werden, und das wäre derart schwierig geworden, dass der Staat uns einen Gefallen getan hat.«

»Er ist jetzt nicht eingebunden«, sagte Alva.

»Völlig richtig. Und außer meiner Entschuldigung ist das der zweite Grund, der mich heute zu Ihnen führt. Der Holzfäller läuft frei herum. Ich bin sicher, Sie machen sich ernsthaft Sorgen im Hinblick auf seine möglichen Pläne.«

Sie sagte: »Ja, das tue ich. Aber ich habe keinen Grund zu der Annahme, dass seine Pläne, wie auch immer die aussehen, irgendwie Ähnlichkeit mit seiner Arbeit für die Kapelle haben werden. Sie sagten, Sie haben mit ihm geredet. Dann hat er Ihnen das doch sicherlich deutlich gemacht, oder?«

»Sie meinen, weil ich ohne Knochenbrüche davongekommen bin?« Er schmunzelte. »Richtig. Aber ich bin nicht in meiner Eigenschaft als Strippenzieher hier, Alva. Ich bin als Wolfs Freund hier.«

Dass er sie mit Vornamen ansprach, war ebenso schockierend wie alles, was sie bislang von ihm gehört hatte. Es signalisierte ... sie wusste nicht genau, was es signalisierte, aber es versetzte sie in höchste Alarmbereitschaft.

»Sein Freund? Sie meinen, Sie wollen ihn vor sich selbst retten und seine möglichen Rachepläne vereiteln?«, fragte sie spöttisch. »Und es wäre natürlich reiner Zufall, dass dadurch wahrscheinlich jemand geschützt wird, der sich ganz wie ein weiterer Ihrer wertvollen Aktivposten anhört, der unsägliche Toby Estover.«

»Dafür ist es zu spät, fürchte ich«, sagte er.

Die Worte vibrierten ihr durchs Gehirn wie eine Migräne.

»Was soll das heißen?«

»Es hat gewisse Entwicklungen gegeben. Sie waren wahrscheinlich zu sehr mit Ihren Reinigungsritualen beschäftigt, um Nachrichten zu hören, aber wenn Sie das getan hätten, dann wüssten Sie vielleicht, dass die Polizei den Landsitz der Nutbrowns heute Morgen durchsucht hat und Johnny und Pippa Nutbrown vorläufig festgenommen wurden. Natürlich wollten sie umgehend ihren Anwalt, Mr Toby Estover, mobilisieren. Der ist jedoch leider unauffindbar. Sein Wagen steht auf seinem reservierten Parkplatz in der Tiefgarage seines Bürogebäudes. Aber von Mr Estover selbst fehlt jede Spur.«

»Oh Gott«, sagte Alva und spürte, wie ihr alle Kraft aus den Muskeln wich.

»Bitte, regen Sie sich nicht auf«, sagte Childs. »Es besteht kein Grund zu der Annahme, dass Wolf an seinem Verschwinden beteiligt ist, zumindest nicht physisch. Er arbeitet wesentlich raffinierter, und ich bin sicher, er befindet sich in diesem Moment mit einem wasserdichten Alibi dreihundert Meilen entfernt in Cumbria. Nein, das Schicksal der Nutbrowns und Estovers muss uns nicht bekümmern.«

»Wollen Sie behaupten, Wolf hat nichts damit zu tun?«, fragte sie ungläubig.

»Seien Sie nicht albern«, sagte er mit dem ersten Anflug von Ungeduld, den sie je bei ihm wahrgenommen hatte. »Das behaupte ich natürlich nicht. Aber welche Verbindung da auch immer besteht, sie wird nicht nachweisbar sein, dessen bin ich mir sicher. Vergessen Sie diese Leute, die bekommen nur, was sie verdient haben. Und da ich nicht der Auffassung bin, dass sie den Tod verdient haben, werde ich mein Möglichstes tun, es nicht so weit kommen zu lassen.«

»Sehr nett von Ihnen, dass Sie Ihr gutes Gewissen schützen, indem Sie derart feine Unterscheidungen treffen!«, sagte sie höhnisch.

»Nein, ich will nicht mein gutes Gewissen schützen«, sagte er leise. »Sondern Wolf. Ich hege die Hoffnung, dass wir seine Verurteilung irgendwann aufheben lassen können. Ich habe einen gewissen Einfluss. Doch zunächst muss die Saat des Zweifels gesät werden. Und unterdessen sollten wir unbedingt dafür sorgen, dass er keine Aufmerksamkeit auf sich lenkt.«

»Denken Sie tatsächlich, eine Wiederaufnahme seines Verfahrens wäre noch immer möglich?«, fragte Alva. Trotz ihres Vorsatzes, Childs nie wieder zu vertrauen, merkte sie, dass er ihr Hoffnung gab.

»Alles ist möglich, wenn Sie über die Mittel verfügen, es notwendig zu machen«, sagte er. »Aber lassen Sie mich offen reden. Bislang ist Wolf behutsam und vorsichtig vorgegangen, ich fürchte jedoch, dass er seinen letzten Akt nicht so sorgfältig geplant hat und aus einer so großen Distanz in Szene setzen wird wie die ersten beiden. Falls Wolf seiner Exfrau etwas antut, verbringt er mit Sicherheit den größten Teil seines restlichen Lebens im Gefängnis. Und das könnte sogar noch seine geringste Sorge sein, fürchte ich. Wie sich eine solche Tat auf sein seelisches Gleichgewicht auswirken würde, das können Sie besser beurteilen als ich. Deshalb bin ich zu Ihnen gekommen, Alva. Ich möchte, dass Wolf frei bleibt, körperlich und geistig. Ich denke, Sie möchten dasselbe. Was ich tun kann, habe ich getan. Aber ich habe das Gefühl, dass es vielleicht nicht ausreicht. Er braucht andere Gründe, sich zurückzuhalten, als ich sie liefern kann. Falls Sie der Meinung sind, ihm diese Gründe geben zu können, dann bitte ich Sie, es zu versuchen, ehe es zu spät ist.«

»Um Gottes willen«, stieß Alva hervor. »Kann Imogen denn nicht in Schutzhaft genommen werden?«

»Um vor was geschützt zu werden?«, fragte Childs zurück. »Falls die Behörden einen Hinweis bekommen, dass Wolf irgendeine Gefahr darstellt, ist er derjenige, der sofort wieder in Haft genommen wird. Wobei ich nicht unbedingt darauf setzen würde, dass sie ihn finden werden, falls er beschließt, in dieser Wildnis, die er so liebt, unterzutauchen.«

»Sie könnten ihn doch wenigstens beobachten lassen, damit genug Zeit ist, sie zu warnen, falls er Anstalten macht, sein Haus zu verlassen ...«

»Ich glaube nicht, dass er das vorhat. Ein guter Jäger weiß, wie seine Beute reagieren wird. Er legt sich auf die Lauer und wartet.«

»Ich verstehe nicht«, sagte Alva. »Was denken Sie, was passieren wird?«

In einer Innentasche von Childs' tadellosem Sakko summte ein Handy.

Mit einer gemurmelten Entschuldigung fischte er es heraus, blickte angewidert darauf, hielt es sich nah, aber nicht direkt ans Ohr und sagte: »Ja?«

Er lauschte, sagte: »Ich bin unterwegs«, steckte das Handy wieder in die Tasche und stand auf.

»Tut mir leid«, sagte er. »Ich muss gehen. Aber um Ihre Frage zu beantworten: Ich denke, Mrs Estover wird in nächster Zukunft feststellen, dass ihr Haus von den Medien belagert wird. Das letzte Mal, als das geschah, konnte sie sich in das Haus der Nutbrowns flüchten, nach Poynters, im waldreichen Essex. Diese Möglichkeit besteht nicht mehr, daher vermute ich, sie wird sich letztendlich nach Norden begeben, um Trost im Schoß ihrer Familie in Ulphingstone Castle zu suchen, einerseits, weil es ein guter Ort ist, um sich zu verstecken, aber auch, weil ich ahne, dass sie genau dort sein möchte. Und nach allem, was ich von der Lady weiß, gehe ich davon aus, dass Wolf gar nicht versuchen muss, an sie ranzukommen. Sie wird zu ihm kommen.

4

Die Nutbrowns waren in zwei verschiedenen Fahrzeugen mit Blaulicht und Sirene, um hoffentlich die Medienkarawane abzuhängen, zum Polizeipräsidium Cambridge gebracht worden. Natürlich hatte das lediglich zur Folge, dass sich im Verkehr ein Korridor öffnete, durch den der bunte Haufen Reporter und Kameraleute problemlos hinterherrasen konnte.

Auch im Präsidium blieben sie weiterhin getrennt voneinander, während ihre Personalien aufgenommen und ihnen die Fingerabdrücke abgenommen wurden.

Beide weigerten sich, vor dem Eintreffen ihres Anwalts eine Aussage zu machen.

Als Estover nach zwei Stunden noch immer nicht da war, rief DI O'Reilly in der Londoner Kanzlei des Anwalts an, um nach dem Grund für die Verspätung zu fragen. Er erfuhr, dass die Mitarbeiter dort ebenso ratlos wie besorgt waren. Toby Estovers Wagen stand auf seinem reservierten Parkplatz, doch von dem Mann selbst fehlte jede Spur.

Wie seine Gattin, die daraufhin kontaktiert wurde, bestätigte, war ihr Ehemann früh am Morgen ins Büro gefahren, um dort noch rasch etwas Dringendes zu erledigen, ehe er sich auf den Weg nach Cambridge machen wollte, um die Nutbrowns zu vertreten.

Daraufhin setzte DI O'Reilly die Nutbrowns einzeln davon in Kenntnis, dass Mr Estover anscheinend nicht kommen würde, und forderte sie auf, einen zweiten Wunschanwalt zu nennen. Falls sie davon absehen wollten, könnten sie selbstverständlich die Dienste eines Pflichtverteidigers in Anspruch nehmen.

Als Pippa Nutbrown das hörte, brachte sie ihre Meinung über den abwesenden Anwalt mit derart markigen Tönen zum Ausdruck, dass der DI trocken bemerkte, falls auch nur die Hälfte davon auf den Mann zuträfe, wäre sie wahrscheinlich ohne ihn besser dran. Johnny Nutbrown fragte, wie sich seine Gattin entschieden hätte. Am Ende wählte er einen Pflichtverteidiger, während Pippa sagte, um möglichst schnell wieder aus diesem Drecksloch rauszukommen, würde sie O'Reilly gerade genug Fragen beantworten, um ihm zu zeigen, was für ein Volltrottel er doch sei.

Letztendlich dauerten beide Vernehmungen nicht sehr lange, wenngleich aus ganz unterschiedlichen Gründen.

Pippa Nutbrown stritt ab, von den Kokainpäckchen gewusst zu haben, die auf ihrem Speicher gefunden worden waren. Auf die Frage, wie denn dann ihre Fingerabdrücke auf die Plastikfolie gekommen seien, schüttelte sie heftig den Kopf und sagte: »Das ist eine Lüge.«

Als Nächstes wurde sie gefragt, ob es der Wahrheit entsprach, dass auf ihren Partys stets großzügig Koks angeboten worden sei.

Sie fauchte: »Mag sein, dass es zur Entspannung hier und da mal eine Line gegeben hat, aber wir haben das Zeug doch nicht eimerweise verteilt, verdammt noch mal.«

»Dann verdienen Sie also kein Geld mit Koksdealen?«, fragte O'Reilly nach.

»Allerdings nicht!«

»Wenn das so ist, haben Sie doch bestimmt eine vollkommen plausible Erklärung für Ihr Konto auf den Kaimaninseln, das sich laut meinen Informationen derzeit mit über fünf Millionen Pfund im Plus befindet?«

Daraufhin sagte sie gar nichts mehr.

Auf dieselben Fragen folgten bei ihrem Mann ganz andere Antworten.

Nach den auf dem Speicher gefundenen Päckchen gefragt, sagte er: »Ich war ewig nicht mehr da oben, das ist der reinste Trödelladen; würde mich nicht wundern, wenn ihr zwischen dem ganzen Kram das Bernsteinzimmer gefunden hättet.«

Darauf hingewiesen, dass seine Fingerabdrücke auf der Folie eines Päckchens gefunden worden waren, sagte er: »Dann muss es wohl mir gehören. Kaum zu glauben, dass ich so viel Zeug da oben rumliegen hatte. Ich darf gar nicht dran denken, welchen Preis ich in der Stadt für ein paar Tütchen bezahlt hab.«

Gefragt, ob er auf seinen Partys Kokain angeboten hatte, sagte er: »Macht das denn nicht jeder?«

Und schließlich, als er nach dem Konto auf den Kaimaninseln gefragt wurde, zog er die Augenbrauen hoch und sagte: »Ich dachte, da wäre mehr drauf. Na ja, Pippa ist ganz schön auf Zack, die hat's wahrscheinlich ein bisschen gestreut.«

An diesem Punkt erkundigte sich DI O'Reilly höflich, ob Mr Nutbrown vielleicht eine kleine Stärkung wünsche, weil er nämlich das Gefühl habe, diese Vernehmung könne sich etwas hinziehen.

Er ließ Johnny mit einem Standardfrühstück aus der Kantine allein und ging wieder zu Pippa.

»Mr Nutbrown ist überaus kooperativ«, sagte er. »In Fällen, bei denen es zwei Angeklagte gibt, neigen Richter normalerweise dazu, dem Geständigeren von beiden größeres Wohlwollen entgegenzubringen.«

»Scheiß drauf«, sagte sie. »Irgendwas von Estover gehört?«

»Leider nein.«

Sie wirkte nicht überrascht.

»Ich hoffe, der Sauhund schmort in der Hölle«, sagte sie.

5

Es kommt nicht häufig vor, dass ein so bösartiger Wunsch wie der von Pippa Nutbrown in Erfüllung geht, aber im übertragenen Sinne war die Hölle zweifellos der Ort, an dem Toby Estover die vergangenen paar Stunden verbracht hatte.

Er war in der Tiefgarage aus seinem Wagen gestiegen, und sogleich hatte sich ihm eine bullige Gestalt genähert, in der er einen von Pavel Nikitins Leuten erkannte. Die Sorte Mitarbeiter, die sich in feiner Gesellschaft im Hintergrund halten, sich aber in einer weniger gepflegten Umgehung drohend aufbauen.

Der Mann, der sich in dem Moment tatsächlich vor ihm aufbaute, sagte: »Mr Nikitin möchte mit Ihnen reden.«

»Ja, das dachte ich mir«, sagte Estover. »Ich rufe ihn gleich an, wenn ich in meinem Büro bin.«

»Er möchte jetzt mit Ihnen reden.«

»Ja, ich sagte doch schon ... Ach so, Sie meinen persönlich. Tja, also ich muss jetzt dringend weg, ich werde ihn anrufen und einen Termin für später vereinbaren, falls er das wünscht.«

Plötzlich baute sich der Mann ausgesprochen drohend vor ihm auf.

»Jetzt sofort«, sagte er.

Und Estover spürte, wie der Mann seinen Arm packte, ihn herumriss, ein paar Schritte vorwärts schob und dann auf den Rücksitz eines Wagens stieß, dessen Scheiben dunkel genug getönt waren, um eine Orgie zu verbergen.

Auf dem Beifahrersitz saß ein Mann, den er wiedererkannte. Sein Name war Pudovkin, kurz und vertraulich Pudo genannt, obwohl sein Anblick eigentlich nicht zu einer solchen

Vertraulichkeit herausforderte. Toby hatte nie herausgefunden, welche Funktion genau er in Nikitins Entourage ausübte. Er war klein und drahtig und längst nicht so bullig wie der bedrohliche Kraftprotz. »Achte immer darauf, dass deine Bodyguards breit genug sind, um die erste Kugel abzufangen«, hatte Pasha mal in einem entspannten Augenblick zu ihm gesagt. Also kein Bodyguard. Aber offensichtlich von großem Wert für Nikitin, der ihn immer nur Pudo nannte und dem kleineren Mann gelegentlich einen Arm um die Schultern legte, so dass Estover sich schon gefragt hatte, ob die von Pudo geleisteten Dienste nicht vielleicht ganz besonders privater Natur waren. Doch der Respekt, den die großen Bodyguards ihm gegenüber an den Tag legten, ließ vermuten, dass er sehr viel mehr war als bloß ein Lustknabe.

»Pudo«, sagte der Anwalt, der vor Zorn die vertrauliche Anrede riskierte, »was zum Teufel soll das?«

Der Mann drehte sich um, starrte ihn kalt an und zischelte: »Still sitzen!«, fast ohne dabei den Mund zu bewegen. Vielleicht weil er einen Draht im Kiefer hatte. Auf jeden Fall war die Wirkung extrem beängstigend, und während der Wagen durch Straßen raste, die weder zu Nikitins Haus noch zu seinem Büro führten, soweit Estover das durch die verdunkelten Scheiben sehen konnte, wich sein Zorn immer mehr einer überhandnehmenden Furcht.

Wie sich herausstellte, war ihr Ziel ein Lagerhaus am Fluss, irgendwo in Wapping, schätzte er. Pavel Nikitin erwartete ihn dort hinter einem schäbigen Schreibtisch in einem Büro, das aussah, als hätte es schon längere Zeit ausschließlich Mäuse und Spinnen beherbergt.

»Herrgott, Pasha, wir sind hier doch nicht in Russland, du hättest mich einfach anrufen können«, sagte Estover übertrieben ärgerlich, um seine Verunsicherung zu kaschieren.

Der Kraftprotz stieß ihn auf einen Stuhl, den Estover lieber kurz mit einem Taschentuch abgewischt hätte, ehe er sein in feine Mohairwolle gehülltes Gesäß darauf platzierte. Nikitin sagte nichts.

»Hör mal«, sagte Estover, »es besteht kein Grund zur Sorge, bloß weil einem übereifrigen Redakteur irgendwas zu Kopf gestiegen ist. Es ist doch immer dasselbe. Bis zum Mittag haben wir eine einstweilige Verfügung gegen sie, und Ende der Woche drucken sie eine kleinlaute Entschuldigung ab und zahlen ein fettes Sümmchen an irgendeine Wohltätigkeitsorganisation unserer Wahl.«

Jetzt sprach der Russe.

»Nein«, sagte er. »Die haben mehr, viel mehr.«

»Was soll das heißen? Wie viel mehr? Woher weißt du das? Haben die sich bei dir gemeldet?«

»Heute früh, kurz bevor die Zeitung erschienen ist. Sie haben mich geweckt, um mir zu sagen, was in dem Artikel steht, und gefragt, ob ich einen Kommentar dazu abgeben wollte. Sie haben gesagt, es würde noch mindestens drei Fortsetzungen geben. Und sie haben mir auch erzählt, was in denen stehen wird.«

»Die bluffen!«, beteuerte Estover. »Die haben genau gewusst, dass ich dafür gesorgt hätte, dass dieser verdammte Mist niemals gedruckt worden wäre, wenn sie dich früher kontaktiert hätten.«

Dann fragte er ehrlich verwundert, weil Nikitin nicht dafür bekannt war, auf die Ungestörtheit oder Behaglichkeit anderer Rücksicht zu nehmen: »Wieso hast du mich nicht direkt angerufen? Ich wäre zu dir gekommen, egal um welche Uhrzeit.«

»Weil ich dich sehen wollte, ohne dass jemand weiß, dass ich dich sehe«, sagte Nikitin.

Für einen Moment wirkte diese Antwort wie ein undurchdringliches Rätsel.

Dann holte der Russe einen Umschlag aus der Tasche und schüttelte einige Fotos auf die Schreibtischplatte.

Estover starrte darauf, und allmählich klärte sich das Rätsel auf.

Sie zeigten ihn an einem Restauranttisch, wie er Kitty Locksley ein Päckchen überreichte, wie die Frau es irritiert betrachtete, wie sie beide lächelten, während sie es ungeöffnet in ihre Handtasche steckte.

»Die wurden bei mir zu Hause abgegeben, kurz bevor der Anruf von der Zeitung kam«, sagte der Russe.

In beruflichen Extremsituationen kam Toby Estovers Verstand immer schnell auf Hochtouren. Das war eine der Fähigkeiten, die ihn zu so einem guten Anwalt machten. Und während er die Optionen eines Mandanten im Kopf durchspielte, sagte er stets das beruhigende Mantra auf: »Keine Sorge, es gibt immer einen Ausweg.«

Jetzt arbeitete sein Verstand schnell genug, um ebenso zu erfassen, was diese Fotos implizierten, wie die Tatsache zu begreifen, dass niemand wusste, dass er hier bei dem Russen war. Plötzlich kam ihm das beruhigende Mantra nicht ganz passend vor, und er sagte gerade: »Pasha, ich bitte dich, du glaubst doch wohl nicht ...«, als der Stuhl unter ihm weggerissen wurde und er auf dem Boden landete. Er schrie erschreckt auf und brüllte dann vor Schmerz, als der Fuß des Kraftprotzes ihn hart im Schritt traf.

Sie warteten geduldig, bis er sich so weit erholt hatte, dass er sich in eine sitzende Position hieven konnte.

»So, Toby«, sagte Nikitin. »Jetzt unterhalten wir uns ein bisschen.«

Einige Stunden später, etwa zu der Zeit, als Pippa Nutbrown ihre Verwünschung ausstieß, sagte Pudovkin zu seinem Herrn: »Ich glaube, er sagt wahrscheinlich die Wahrheit.«

Nikitin nickte und betrachtete die Fotos auf dem Schreibtisch.

»Das glaube ich auch, Pudo«, sagte er. »Das heißt, wir müssen anderswo nach Erklärungen suchen. Fahr zu dem Restaurant. Versuch rauszufinden, wie und wo die Fotos gemacht wurden.«

Pudovkin nickte und ging.

Auf dem Boden bewegte Estover sich schwach und stöhnte.

»Was sollen wir jetzt mit ihm machen, Boss?«, fragte der Kraftprotz.

Nikitin machte eine ungeduldige Handbewegung und holte sein Zigarettenetui hervor. Er zündete sich eine Zigarette an und betrachtete stirnrunzelnd die schlaffe, blutüberströmte Gestalt auf dem Boden. Ein Auge war unter einem blutigen Fleischwulst verschwunden, das andere spähte aus dem verbliebenen schmalen Schlitz wie eine gehetzte Maus, die sich vor lauter Panik in einen winzigen Mauerspalt gezwängt hat. Auf den zermatschten Lippen wurde eine rosa Blase langsam größer und zerplatzte dann mit einem leisen, kaum hörbaren Seufzen.

Er kannte Estover. Der Mann war weich. Nie im Leben hätte er unter diesem Druck standgehalten. Also hatte irgendwer das Ganze inszeniert. Die Frage war: Warum? Um an Estover ranzukommen, oder um an ihn ranzukommen?

Er rauchte die erste Zigarette zu Ende und zündete sich die nächste an. Seltsamerweise ertappte er sich dabei, dass er diese ganze Sache am liebsten mit dem Mann zu seinen Füßen besprochen hätte. Der Anwalt mochte ja weich sein, aber wenn es darum ging, sich Maßnahmen und Gegenmaßnahmen einfallen zu lassen, war Toby Estover zweifellos der Beste seiner Branche.

Oder war es gewesen.

Eines war klar. Sie konnten ihn nicht einfach aufheben, ihm den Staub vom Anzug klopfen und ihn dann nach Hause schicken.

Der Kraftprotz sah ihn erwartungsvoll an.

Er drückte die zweite Zigarette aus und sagte: »Häng so viel Gewicht an ihn dran, dass er zu deinen Lebzeiten nicht mehr nach oben kommt.«

»Klar doch«, sagte der Kraftprotz voller Selbstvertrauen.

Und falls der Mann einen Gott verehrte, dann lächelte der jetzt in dem Wissen, dass diese Lebzeiten nur noch knapp neunzig Sekunden währen würden.

Die Tür flog auf, jemand schrie: »Polizei! Hände hoch!«, und der Kraftprotz griff in sein Jackett. Zwei Schüsse fielen, und er sackte leblos in sich zusammen.

Pavel Nikitin blieb mit teilnahmsloser Miene und absolut regungslos stehen. Als die Männer ihn anbrüllten, er solle sich mit dem Gesicht nach unten auf den Boden legen und die Hände hinter den Kopf nehmen, gehorchte er sofort. Sekunden später wurden ihm die Hände auf den Rücken gerissen, man legte ihm Handschellen an und zerrte ihn wieder auf die Beine.

Ein gut gekleideter Mann mit dünnem Haar und einem gütigen Lächeln stand da und schaute auf Estover hinunter. Zwei Sanitäter kamen herein, warfen einen Blick auf den Toten, schüttelten den Kopf, um dann John Childs beiseitezuschieben und sich um den Anwalt zu kümmern.

Childs wandte sich dem Russen zu.

»Sehr erfreut, Sie endlich kennenzulernen, Mr Nikitin«, sagte er.

Der Mann starrte ihn ausdruckslos an.

»Wer sind Sie, verdammt noch mal?«

»Ein Freund. Ich denke, Sie werden einen guten Anwalt

benötigen, aber nachdem Sie Ihren letzten so schlecht behandelt haben, könnte es schwer für Sie werden, Ersatz zu finden. Wie auch immer, es sieht ganz so aus, als würden Sie etliche Jahre in einem unserer Gefängnisse verbringen. Parkleigh wäre da vielleicht genau das Richtige für Sie, es ist mit allem Komfort ausgestattet und von London aus gut zu erreichen. Es gäbe da natürlich noch eine Alternative ...«

»Was?«

»Laut dem jüngsten Auslieferungsabkommen wäre es möglich, Sie in russischen Gewahrsam zu übergeben, so dass Sie Ihre Strafe tröstlicherweise in der fürsorglichen Obhut Ihrer Landsleute absitzen können.«

»Fahr zur Hölle!«, fauchte der Russe.

»Das werde ich bestimmt. Aber ich hoffe, zuvor sehen wir uns wieder. Wer weiß? Vielleicht finden wir sogar eine Möglichkeit, uns gegenseitig von Nutzen zu sein. Grimmige Notwendigkeit führt zu den seltsamsten Allianzen, Mr Nikitin. Ich bin sicher, es gibt ein altes russisches Sprichwort, das mir da recht gibt.«

Der Mann hatte seine Fassung wiedergewonnen. Er brachte sogar ein Lächeln zustande, als er sagte: »Sie können gut reden, mein Freund. Aber wie wichtig sind Sie wirklich? Sie sind ein alter Mann, und ich glaube, ich kenne die wahre Bedeutung alter Männer in diesem Land. Ja, bald werden Sie merken, dass ich andere Freunde habe, die noch besser reden können als Sie. Das hier ist bloß ein Missverständnis, ein kleines Problem, das sich leicht lösen lässt.«

»Selbstverständlich«, sagte Childs. »So wie Sie das kleine Problem mit Mr Hadda gelöst haben, meinen Sie?«

Nikitin merkte auf. Er sah ehrlich verwirrt aus, als er fragte: »Was hat Hadda hiermit zu tun, alter Mann?«

»Nichts«, sagte Childs, der bedauerte, Hadda aus einem

Impuls heraus erwähnt zu haben. »Ich weiß nur zufällig, dass Sie einen kommerziellen Interessenkonflikt mit ihm hatten. Und auch einen kleinen emotionalen Konflikt, scheint mir. Und obwohl Sie angeblich so viel Durchblick haben, konnten Sie weder das eine noch das andere aus dem Weg räumen.«

Aber er konnte sehen, dass seine Ablenkungsversuche nicht fruchteten. Der Blick des Mannes glitt von Estovers Körper, um den sich die Sanitäter scharten, zu den Fotos auf dem Tisch.

Childs dachte, so wie sie Estover offenbar in die Mangel genommen hatten, konnten sie jetzt getrost davon ausgehen, dass er die Zeitung nicht informiert hatte. Und weil er so töricht gewesen war, unbedingt den Allwissenden spielen zu wollen, stellte dieser Dreckshund jetzt die Verbindung zu Wolf her.

Er wandte sich abrupt ab und winkte den Polizisten, die an der Tür standen.

Er sah zu, wie Nikitin aus dem Raum bugsiert wurde, und richtete sein Augenmerk dann auf Estover. Die Sanitäter waren mit der Notversorgung fertig und legten ihn jetzt auf eine Rolltrage.

»Wird er durchkommen?«, erkundigte sich Childs.

»Wahrscheinlich«, sagte einer der Männer. »Aber er wird Langzeitschäden zurückbehalten. Und er wird entstellt bleiben. Ein Auge ist nicht zu retten.«

»Oje. *So schlägt das Schicksal am Ende zu mit seinem Hämmerchen*, was?«

»Wie bitte?«

»Schon gut. Lassen Sie sich nicht aufhalten.«

Wenige Sekunden später war er allein mit dem toten Bodyguard. Natürlich wäre es eine elegantere Lösung gewesen, wenn Toby Estovers Leichnam hier gelegen hätte. Der Anwalt war noch immer in der Lage, die Kapelle in Verlegenheit zu bringen, vor allem wenn sein Nahtoderlebnis ihn in einen schwatzhaften Büßer verwandelte, was nicht selten vorkam.

Andererseits, dachte er, während er die Fotos auf dem Tisch studierte, wenn man der Presse ein paar schmackhafte Häppchen über einige andere Mandanten von ihm zuwarf und denen dann einen Blick auf die Fotos ermöglichte, würde ihm keiner je wieder auch nur ein einziges Wort glauben!

Er steckte die Fotos in die Tasche.

Aus der Situation ließ sich durchaus Kapital schlagen: Er konnte Nikitin entweder an die Russen verkaufen oder er konnte ein Geschäft mit dem Mann machen, um auch noch die kleinste nützliche Information aus ihm herauszuholen. Und hatte ein Mann erst einmal seine Genossen verraten, gehörte er unwiderruflich dir.

Dennoch, er würde behutsam vorgehen müssen. Wäre das hier eine ausschließlich von der Kapelle durchgeführte Operation gewesen, hätte man Nikitin schnellstens aller Möglichkeiten beraubt, Kontakt nach außen aufzunehmen. Aber da sich nun schon das konventionelle Rechtssystem seiner angenommen hatte, wäre es unmöglich, ihn vollständig zu isolieren. Der Mann hatte nicht gelogen, als er sagte, er hätte Freunde, und zwar sowohl ganz oben als auch ganz unten.

Würde er sich bei all seinen anderen Sorgen die Zeit nehmen, der Möglichkeit nachzugehen, dass Wolf Hadda der Grund für seine missliche Lage war? Dieser Pudovkin befand sich noch auf freiem Fuß. Er war gesehen worden, als er kurz vor dem polizeilichen Zugriff von dem Lagerhaus wegfuhr. Ein paar Männer waren ihm hinterhergeschickt worden, um ihn festzunehmen, sobald er in sicherer Entfernung vom Einsatzort war, aber entweder sie waren unachtsam oder er extrem aufmerksam gewesen, jedenfalls war er ihnen entwischt.

Mit an Sicherheit grenzender Wahrscheinlichkeit würde Nikitin ihn wissen lassen, was passiert war, und ihm überdies seinen Verdacht mitteilen, wer dahintersteckte. Wenn es dazu kam und der Kampfhund von der Leine gelassen wurde, könnte Wolf die Erfahrung machen, wie es war, nicht nur Rache zu nehmen, sondern selbst auch Ziel von Rachegelüsten zu werden.

Auf dem Rückweg zu seinem Wagen zückte Childs sein Handy und wählte.

»Dr. Ozigbo«, sagte er. »John Childs hier. Ich wollte Sie fragen, ob Sie Wolf, falls Sie ihn zufällig in den nächsten Tagen sehen, vielleicht eine Nachricht von mir übermitteln könnten.«

BUCH SECHS

Der Rand der Welt

Aber Slith, welcher wußte, weshalb jenes Licht angefacht worden in der geheimen, oberen Kammer, und wer es angefacht hatte – Slith warf sich mit einem einzigen Sprung über den Rand der Welt ... und fällt nun hinweg von uns allen, fällt und fällt in die lautlose Schwärze des Ewigen Abgrunds.

Lord Dunsany: *Glaubhaft berichtetes Abenteuer dreier Liebhaber der schönen Literatur*

1

Während Luke Hollins die Zufahrt nach Birkstane hinaufging, hörte er das Geräusch einer Axt, die in Holz getrieben wurde. Es kam von irgendwo hinter dem Haus, jenseits der Grenzmauer zum Wald der Ulphingstones.

Als er näher herankam, sah er die große Gestalt von Wolf Hadda, der seine Axt locker und rhythmisch schwang und helle Holzspäne aus einer jungen Kiefer schlug. Der Mann war nackt bis zur Taille, sein Oberkörper glänzte vor Schweiß. In dem schimmernden Sonnenlicht betrachtete Hollins anerkennend das Muskelspiel in Armen und Brust, wenn die Axt sich hob und senkte.

Michelangelo hätte damit was anfangen können, dachte Hollins während er »Juhuu!«, rief.

Der Kopf des Holzfällers drehte sich langsam zu ihm um. Er trug seine Augenklappe nicht, und beim Anblick des vernarbten Gesichts mit dem einen Auge, das ihn anfunkelte, wanderten die Gedanken des Vikars von griechischen Statuen zu griechischen Ungeheuern.

»Bleiben Sie lieber nicht da stehen«, sagte Hadda, als er eine Hand an den Stamm legte und dagegendrückte.

»Warum nicht? Ach so ...«

Er drehte sich um und rannte zurück und zur Seite, während der Baum sich in seine Richtung neigte. Er hätte schwören können, dass er den Luftzug spürte, als das Geäst dicht an ihm vorbeirauschte, und er spürte eindeutig den Boden erzittern, als der Stamm auf die Erde krachte. Doch als er sich umwandte, sah er, dass der Baum einige Meter von der Stelle, an der er gestanden hatte, entfernt gelandet war und dass Hadda breit grinste.

»Ich glaube, seit der Razzia in dem Puff neben der Kathedrale von Carlisle ist kein cumbrischer Pfaffe mehr so schnell gerannt«, sagte er, kam näher und trocknete sich mit seinem T-Shirt ab, um es sich dann über den Kopf zu streifen.

»Sehr lustig«, sagte Hollins ein wenig atemlos. »Weiß Sir Leon, dass Sie seine Bäume klauen?«

»Ich schätze, er kann einen entbehren«, sagte Hadda gleichmütig. »Außerdem denke ich, dass er meinem Dad wahrscheinlich noch ein paar schuldig ist. Aber falls er verärgert reagiert, wenn Sie es ihm erzählen, sagen Sie ihm, er soll mir eine Rechnung schicken.«

»Selbst wenn ich Lust hätte, Sie zu verpetzen, bezweifle ich, dass ich in absehbarer Zeit die Gelegenheit dazu hätte«, sagte Hollins. »Anscheinend bin ich seit Weihnachten auf dem Schloss unerwünscht. Lady Kira war sogar seit zwei Sonntagen nicht mehr in der Kirche, obwohl das vielleicht auch mit dieser unglückseligen Affäre um Mr Nikitin zusammenhängt.«

»Ach ja? Worum ging's denn dabei?«, fragte Hadda, während er vor ihm her zum Haus stapfte und Sneck neben dem Vikar hertrottete und versuchte, seine Nase in dessen Hosentasche zu stecken.

Hollins fischte das gesuchte Leckerchen heraus und musterte Hadda skeptisch. Auch wenn er in dieser selbst gewählten Isolation lebte, konnte ihm da wirklich entgangen sein, was das Interesse der Einheimischen schon seit mehreren Tagen fesselte? Außerdem hatten es alle Medien lang und breit durchgehechelt.

Er sagte: »Offenbar hat Lady Kiras entfernter Vetter (die Entfernung wird von Tag zu Tag größer, wie ich höre) versucht, ihren Schwiegersohn zu ermorden. Selbst wenn Sie in den Nachrichten nichts davon mitbekommen haben, müssen

Ihnen doch Journalisten auf die Pelle gerückt sein, in der Hoffnung, von Ihnen einen Kommentar zu ergattern. Im Dorf waren sie immerhin bei fast jedem.

Und nicht jeder im Dorf ist ein berüchtigter, auf Bewährung entlassener Häftling, für den der angegriffene Mann früher mal als Anwalt tätig war, ehe er seinen Mandanten im Ehebett ersetzte, lautete der unausgesprochene Zusatz.

»Ach *das*«, sagte Hadda gleichgültig. »Ja, ein paar waren hier. Hab gar nicht erst gefragt, was sie wollten. Sneck hat sie verjagt. Dann hab ich mir Joe Strudds Miststreuer ausgeliehen und ihn oben an der Zufahrt geparkt. Als wieder welche aufkreuzten, hab ich den Streuer eingeschaltet, als sie aus dem Auto stiegen. Danach haben sie mich nicht weiter belästigt.«

Hollins konzentrierte sich auf den ungewöhnlichsten Teil dieser Aussage.

»Joe Strudd hat Ihnen seinen Miststreuer geliehen?«, fragte er ungläubig.

Strudd, Haddas nächster Nachbar, war ein cumbrischer Bauer alter Schule und ein frommer Kirchgänger, der Hollins St Swithin's-Gemeinde für einen Vorposten papistischer Freizügigkeit hielt.

»Ja. Ich hab eine von seinen Holstein-Kühen, auf die er so stolz ist, im Hillick Moss aus dem Morast gezogen, sie war schon halb eingesunken. Irgendwer muss mich dabei gesehen haben, wollte aber wohl nicht riskieren, sich schmutzig zu machen und mit anzufassen. Einer aus Ihrer anglikanischen Herde, denke ich mir. Immerhin hat er es Joe erzählt, und der ist vorbeigekommen, um sich zu bedanken. Hätte auch noch ein paar Gebete gesprochen, aber ich hab ihm gesagt, in der Hinsicht wäre ich schon versorgt. Und er hat gesagt: ›Ja, kann mir gut vorstellen, dass du dich in St Swithin's wie zu Hause fühlst.‹ Da sehen Sie mal, was Sie für einen Ruf haben, Padre!«

Hollins grinste und sagte: »Wenn Strudd mich sieht, begrüßt er mich meistens mit: ›Grüßen Sie die Hure von Babylon von mir!‹ Aber dennoch, dass Joe Strudd Ihnen seinen Miststreuer leiht ... schön, schön. Das ist ein Schritt in die richtige Richtung.«

»Demnächst bitten sie mich noch, im Frauenverein einen Vortrag zu halten«, sagte Hadda gleichmütig. »Also? Was führt Sie her? Ich hab noch keine neue Tesco-Bestellung aufgegeben.«

Sie waren jetzt in der Küche. Sneck, wohl in der Annahme, dass keine Leckerchen mehr zu erbetteln waren, streckte sich vor dem Kamin aus. Hadda hatte den Kessel aufgesetzt und löffelte Kaffee in die Kanne.

Hollins sagte: »Hauptsächlich wollte ich nachschauen, ob Sie nicht von Journalisten belagert werden, aber wie ich sehe, war meine Sorge unbegründet. Eigentlich haben die Medien Sie die ganze Zeit ziemlich in Ruhe gelassen, nicht? Sogar als Sie ganz frisch hergekommen sind. Man könnte fast meinen, Sie ständen unter irgendeinem Schutz ...?«

»Stehen wir das nicht alle, Padre? Das ist doch wohl Teil Ihrer Botschaft.«

»Ich dachte mehr an die irdische Sphäre«, sagte Hollins trocken.

Hadda goss Kaffee ein. Der junge Vikar war ihm ziemlich ans Herz gewachsen, und er nahm erfreut zur Kenntnis, dass Hollins' beruflicher Drang, in jedem Menschen das Gute zu sehen, weder seinen Scharfblick noch seine Wachsamkeit beeinträchtigt hatte.

»Keine Sahne da, leider. Nein, nicht leider, ich hoffe noch immer, Sie zu der Einsicht zu bekehren, dass schwarz am besten ist.«

»Vielleicht können wir uns auf eine gegenseitige Bekehrung freuen? Vielleicht auch nicht. Aber apropos schwarz ist am besten, ein weiterer Grund für mein Kommen ist der, dass Ms Ozigbo mich angerufen hat.«

Die Tasse stockte einen Moment auf ihrem Weg zu Haddas Mund, dann trank er einen Schluck und sagte sanft: »Ich überlege, ob das rassistisch war oder nicht.«

»Wohl kaum, da ich ebenso wenig wie Sie, wenn Sie Ihre kleinen Bonmots über die Kirche abgeben, weder diskriminierend oder fanatisch noch beleidigend sein will.«

Oh ja, dachte Hadda, man hätte viel aus Reverend Luke Hollins machen können, wenn man ihn in jungen Jahren kennengelernt hätte!

Er sagte: »Was wollte Alva denn? Sich vergewissern, dass ich mit meiner Axt nicht Amok laufe?«

»Sie hat mir einiges erzählt. Zum Beispiel, dass sie in Parkleigh gekündigt hat.«

»Du meine Güte! Aus irgendeinem besonderen Grund?«

»Mir hat sie keinen genannt. Sie hat gesagt, sie ist zurzeit wieder bei ihren Eltern in Manchester. Ihrem Vater scheint es übrigens deutlich besser zu gehen.«

»Das freut mich. Sonst noch was?«

Hollins grinste. Es tat gut, sich in einem Gespräch mit Hadda mal obenauf zu fühlen. Seine Bemühungen, sich nur beiläufig interessiert zu geben, waren nicht sehr überzeugend.

»Es schien sie besonders zu interessieren, ob Ihre Exfrau sich im Schloss aufhält. Ich habe gesagt, angesichts des, wie man hört, bedenklichen Gesundheitszustandes ihres Mannes hielte ich das für unwahrscheinlich.«

Hadda sagte gleichmütig: »Ich wüsste nicht, wieso. Falls Imo noch die Alte ist, kann ich mir kaum vorstellen, dass sie stundenlang am Krankenbett wacht, Estover die fiebrige Stirn kühlt und ihm beruhigend die Hand hält.«

»Mit Ihrer Vermutung haben Sie recht. Ich hab bei meinem Kirchenvorsteher nachgefragt, dessen jüngste Tochter im Schloss putzt, und er hat gesagt, Mrs Estover werde dort heute im Laufe des Tages erwartet.«

»Sie passen sich wirklich gut ans Landleben an, Padre«, sagte Hadda. »Ohne ein straff organisiertes und hoch motiviertes Netz von Spionen kann man hier unmöglich überleben. Und haben Sie Alva diese Neuigkeit mitgeteilt?«

»Nein. Ich dachte, das hat Zeit, bis ich sie persönlich sehe.«

Das ließ ihn aufmerken.

»Bis Sie sie persönlich sehen?«

»Ja, sie kommt auch heute her.«

Deine beiden Frauen unterwegs nach Norden, dachte er. Vielleicht begegnen sie sich auf einer Raststätte und trinken zusammen einen Kaffee.

Hadda betrachtete ihn forschend, als hätte er seine Gedanken gelesen. Oder vielleicht hatte er ihn selbst gerade gedacht.

»Und sie kommt den weiten Weg hierher, nur um Sie zu sehen?«, fragte Wolf.

»Sie hat nichts anderes angedeutet«, sagte Hollins. »Sie sagte, sie hätte Informationen, die sie mit mir besprechen wollte.« Er stockte, zählte bis drei und fügte dann hinzu: »Soweit ich das verstanden habe, hat es mit Ihnen zu tun.«

»Nur dass ich das richtig verstehe: Meine Psychiaterin kommt nach Cumbria, um mit meinem Dorfvikar über etwas zu sprechen, das mich betrifft?«

Hadda klang verärgert, aber nur, so schien es Hollins, um eine andere Emotion zu verbergen.

»Ich schätze, so könnte man es ausdrücken.«

»Dann verraten Sie mir doch mal, Padre, warum Sie das Bedürfnis hatten, mir das mitzuteilen? Geheimtreffen, um die Gemütsverfassung eines Patienten zu besprechen, werden für gewöhnlich geheim gehalten, würde ich meinen.«

»Vermutlich. Aber da Ms Ozigbo nichts davon hat verlauten lassen, dass sie über Ihre Gemütsverfassung reden möchte, trifft das in diesem Fall wohl kaum zu. Bestimmt wird sie alles erklären, wenn sie Sie besuchen kommt.«

»Aber Sie haben doch gesagt, sie hätte nicht vor, mich zu besuchen.«

»Nein, ich hab gesagt, sie hat nichts davon gesagt, ob sie das vorhat. Aber ich würde drauf wetten, dass sie es tut.«

»Ach ja? Jetzt hat sie auch noch den Glücksspieler in Ihnen geweckt? Also, was soll ich jetzt machen, den ganzen Tag hier warten, nur für den unwahrscheinlichen Fall, dass sie auf einen Sprung vorbeischaut?«

»Sie sollten tun, wonach Ihnen zumute ist, Wolf«, sagte Hollins und stand auf.

»Sollte ich das? Na, jedenfalls sollte ich mich wohl bei Ihnen bedanken, dass Sie den Mittelsmann gespielt haben.«

»Nein, ich bin kein Mittelsmann«, sagte Hollins streng. »Und ebenso wenig bin ich Ihr oder Ms Ozigbos Vertrauter. Falls Sie beide Geheimnisse voreinander haben, sollten Sie es sich zur Regel machen, nicht mit mir darüber zu reden. Es sei denn natürlich, einer von Ihnen möchte sich mir in meiner Eigenschaft als Geistlicher anvertrauen.«

»Donnerwetter«, sagte Hadda. »Schöne kleine Rede. Ich lass sie mir später noch mal durch den Kopf gehen. Aber dass Sie kein Lieferant sind, kam nicht drin vor, oder? Dann können Sie doch eigentlich meine Tesco-Bestellung aufnehmen, wo Sie schon mal da sind.«

Er nahm einen Notizblock aus einer Schublade, überflog die Liste, die darauf stand, und fügte noch ein paar Posten hinzu. Dann gab er Hollins den Zettel.

»Hätte fast Ihre Sahne vergessen«, sagte er beiläufig. »Ich will Sie doch nicht vertreiben, indem ich Ihre fleischlichen

Schwächen nicht bediene. Mir gefällt's, wenn meine Priester die eine oder andere fleischliche Schwäche haben.«

Hollins sagte: »Genau wie mir kleine Werke der Großherzigkeit bei meinen Sündern gefallen. Übrigens, nur so aus Neugier, was genau haben Sie mit dem Baum vor, den Sie gestohlen haben?«

»Der Firstbalken in der Scheune hängt ein bisschen durch«, sagte Hadda. »Ist bestimmt schon an die dreihundert Jahre da oben. Eine Weile wird er noch halten, aber ich möchte einen gut abgelagerten Ersatzbalken parat haben, wenn es so weit ist.«

»Verstehe. Dann haben Sie also vor, hierzubleiben?«

»Wohl kaum die nächsten dreihundert Jahre«, lachte Hadda. »Aber ich wüsste nicht, wo ich lieber wäre. Sie wollen mich doch wohl nicht loswerden, oder?«

»Natürlich nicht.«

»Und Sie, werden Sie auch hierbleiben?«

»Sie wollen mich doch wohl nicht loswerden, oder?«, konterte Hollins.

»Wo ich gerade dabei bin, Sie abzurichten? Ausgeschlossen. Sonst schicken Sie beim nächsten Mal noch eine Frau!«

»Das klang jetzt aber sexistisch.«

»Nein. Ich bin es nur nicht mehr gewohnt, mit Frauen zu tun zu haben. So, jetzt geh ich lieber mal meinen Baum entasten und schaffe ihn weg, bevor noch einer von Leons Waldarbeitern ihn da rumliegen sieht.«

Sie traten gemeinsam hinaus in den Hof. Als sie sich verabschiedeten, sagte Hadda: »Übrigens, bestellen Sie Alva, falls sie sich doch dafür entscheidet herzukommen und ich nicht da bin, soll sie es sich gemütlich machen. Und diesmal soll sie das Kaminfeuer anzünden.«

»Werd ich ihr ausrichten«, sagte Hollins.

Dann ging er die harte, furchige Zufahrt hinunter und fragte sich, wie es kam, dass er mit jeder weiteren Begegnung mit Hadda zunehmend das Gefühl hatte, einen guten Freund zu treffen.

2

Imogen Estover saß am Frühstückstisch und las die Morgenzeitung. Vor ihr stand eine Schale Müsli, die sie kaum angerührt hatte. Hinter ihr war die elektrische Warmhalteplatte auf dem Sideboard wie üblich mit einer Vielzahl von Speisen unter silbernen Tellerhauben bedeckt. Dabei spielte es keine Rolle, dass sie und ihre Eltern derzeit die Einzigen waren, die sich im Schloss aufhielten. Wenn irgendwer Lady Kira gegenüber andeutete, dass es doch unsinnig sei, für so wenige Personen eine so große Auswahl zuzubereiten, antwortete sie nur: »Warum soll ich meine Gäste besser behandeln als mich selbst?«

Imogen blätterte um und ließ den Blick über die nächste Seite wandern. Sie las nicht richtig, sondern suchte nur nach eventuellen Artikeln über den Angriff auf ihren Mann und die Verhaftung von Pavel Nikitin.

Sie fand keinen. Die breite britische Öffentlichkeit liebt Frischfleisch, und jeder erfolgreiche Redakteur weiß, dass die Lüge von heute sich stets besser verkauft als die Wahrheit von gestern. Es würde alles wieder von vorne losgehen, wenn Nikitin vor Gericht gestellt würde, aber ein Mann in einer Gefängniszelle und ein anderer, der komatös in einem Krankenhausbett lag, reichten nicht aus, um großes Interesse zu wecken.

»Guten Morgen, Darling.«

Ihre Mutter war ins Zimmer gekommen.

»Guten Morgen, Mummy. Du bist früh auf.«

Draußen wurde es gerade erst hell.

»Ich schlafe in letzter Zeit schlecht. Du auch?«

»Nein. Die Tage sind kurz, und ich dachte, ich geh heute wandern.«

»Ja, wie ich sehe, bist du sehr rustikal gekleidet«, sagte Kira und betrachtete missbilligend die Wollsocken, die Cordhose und das karierte Hemd ihrer Tochter. »Irgendwas Neues in der Zeitung?«

»Keine Silbe. Ich denke, du kannst jetzt wieder unbesorgt das Haus verlassen.«

Als Imogen am Vorabend eingetroffen war, hatte sie erfahren, dass ihre Mutter seit fast vierzehn Tagen keinen Fuß mehr vor die Tür gesetzt hatte.

Das jähe Interesse der Medien an den Ulphingstones, das nach der sogenannten Lagerhaus-Schießerei in Wapping über sie hereingebrochen war, hatte eine tagelange Belagerung des Schlosses zur Folge gehabt. Das Haupttor zu verschließen hatte wenig genutzt, da die Grenze des Anwesens lediglich von Schafzäunen und halb verfallenen Bruchsteinmauern geschützt wurde. Lady Kiras erste Reaktion war gewesen, sich eine Schrotflinte unter den Arm zu klemmen und wahllos auf jeden Fremden zu schießen, der ihr über den Weg lief. Erst nach einigen Vorfällen dieser Art, die gerade noch mal gut gegangen waren, konnte eine förmliche Verwarnung vom Polizeichef sie zu der Einsicht bringen, dass sie nicht berechtigt war, Eindringlinge zu töten, zu verstümmeln oder auch nur ernsthaft in Angst und Schrecken zu versetzen.

»Dann sollen sie doch hier rumlaufen so viel sie wollen. Mich kriegen sie jedenfalls nicht zu sehen!«, hatte sie erklärt.

Jetzt füllte sie sich einen Teller üppig mit Schinken, Würstchen und Rührei und nahm ihrer Tochter gegenüber Platz.

»Wie schaffst du's bloß, so gesund zu bleiben?«, fragte sie mit kritischem Blick auf das Müsli.

»Das würde ich von dir auch gern wissen«, sagte Imogen.

Es stimmte. Mit Anfang sechzig war Kira Ulphingstone fast noch genauso schlank wie damals, als sie vor über vier

Jahrzehnten als junge Braut ins Schloss gekommen war. Und sie hatte ihre schlanke Linie halten können, ohne dass es sich irgendwie negativ auf ihr Aussehen ausgewirkt hätte. Die hohen Wangenknochen waren jetzt vielleicht ein wenig ausgeprägter als auf den Hochzeitsfotos, aber ihre Stirn war nach wie vor glatt, ihr Teint gut, ihre Augen waren noch immer strahlend, und ihre Figur, zumindest im bekleideten Zustand, war noch immer verführerisch kurvenreich.

Etwas hatte sich jedoch seit diesen Fotos geändert: Der Altersunterschied zwischen ihr und ihrem Mann war offensichtlicher geworden. Sir Leon war über zwanzig Jahre älter als sie. An seinem Hochzeitstag schien der Unterschied kleiner zu sein. Doch wenn sie jetzt gemeinsam auftraten, hätte man meinen können, sie wären fast ein halbes Jahrhundert auseinander.

»Will Daddy nicht frühstücken?«, fragte Imogen.

Lady Kira zuckte die Achseln.

»Wer weiß? In letzter Zeit störe ich ihn möglichst wenig.«

Es war Jahre her, dass sie und ihr Mann ein gemeinsames Schlafzimmer gehabt hatten. Eigentlich konnte sich Imogen überhaupt nicht erinnern, dass es je so gewesen war. Als sie alt genug war, um solche Dinge zu registrieren, hatte sie ihren Vater gelegentlich aus seinem Zimmer kommen und in dem seiner Frau verschwinden sehen, um dann kurze Zeit später wieder zurückzugehen. Derlei Exkursionen wurden seltener, je älter sie wurde, und soweit sie wusste, hatten sie längst gänzlich aufgehört.

Diese Trennung, da war Imogen sich sicher, war nicht auf Frigidität seitens ihrer Mutter zurückzuführen. Tatsächlich war wohl eher das Gegenteil der Fall. Sie war überzeugt, ihre eigene starke Sexualität von Kira geerbt zu haben, und sie vermutete auch, dass ihre Mutter schon als junge Braut von ihrem wesentlich älteren Ehemann nicht befriedigt werden konnte. Dieses Problem zumindest hatte sie selbst nie gehabt, solange Wolf da war, dachte Imogen, aber als er dann immer öfter und länger auf Reisen war, hatte er eine Lücke hinterlassen, die gefüllt werden musste …

Sie fragte sich manchmal, wie ihre Mutter mit ihren Bedürfnissen umgegangen war, aber irgendwie war trotz der Ähnlichkeiten zwischen ihnen nie eine Nähe entstanden, die es ihr ermöglicht hätte, sie danach zu fragen. Vielleicht war es aber auch die Zuneigung zu ihrem Vater, die sie davon abhielt, es wissen zu wollen. Sie fand, Sir Leon hatte es ohnehin schon schwer genug im Leben getroffen. Eine Frau, die er nicht befriedigen konnte, eine Frau, die seine Freunde nicht besonders mochte und von deren Freunden er nicht viel hielt, eine Frau, die es sich zur Aufgabe gemacht hatte, die traditionell entspannte, für den Landadel typische Beziehung zwischen Schloss und Umland in etwas nachgerade Feudales zu verwandeln, eine Frau, die ihm keinen männlichen Erben geschenkt hatte, nur eine Tochter, die ebenso eigensinnig war wie ihre Mutter und sich mit ihrer Heirat dem Willen der Familie widersetzt hatte.

Er hatte es nicht verdient, dass seine Tochter darin eingeweiht wurde, dass seine Frau ihn betrogen hatte.

Ihrer Mutter hingegen schienen derlei Hemmungen fremd zu sein.

Nachdem Kira sich ein ordentliches Stück Würstchen einverleibt hatte, sagte sie: »Tut mir überhaupt nicht leid, dass sie Pasha auf die Schliche gekommen sind. Ich hatte schon immer das Gefühl, dass mit seinem Geld irgendwas faul war. Und außerdem war er im Bett eine Riesenenttäuschung.«

Imogens Überraschung grenzte fast an einen Schock.

In der Hoffnung, diese Wirkung einigermaßen erfolgreich

verbergen zu können, antwortete sie: »Und wie kommst du darauf, das könnte mich auch nur im Geringsten interessieren?«

»Sei nicht so unaufrichtig, Liebes. Du weißt sehr gut, dass ich mir Hoffnungen gemacht hatte, du würdest eines Tages mit ihm zusammenkommen.«

»Ich hoffe, du erzählst mir jetzt nicht, dass diese Hoffnungen dich bewogen haben, ihn zum Mordversuch an Toby zu animieren.«

»Sei nicht albern. Mir war doch ohnehin klar, dass das zwischen dir und Toby sich so ziemlich erschöpft hat. Wann hattest du das letzte Mal Sex mit ihm?«

»Ich hätte nicht gedacht, dass du ehelichen Sex als eine Grundvoraussetzung für eine dauerhafte Ehe ansiehst, Mutter«, sagte Imogen.

»Bei mir liegt der Fall anders. Ein Titel und ein Schloss sind es wert, daran festzuhalten. Ein verfetteter Anwalt, der dafür bekannt ist, es mit seinen Sekretärinnen zu treiben, ist etwas völlig anderes. Wie dem auch sei, das tut nun nichts mehr zur Sache. Ich wage gar nicht, mir vorzustellen, in welchem Zustand er sein wird, falls er durchkommt. Aber da Pasha ja nun aus dem Rennen ist, müssen wir an deine Zukunft denken. Kein großes Problem. Du bist noch immer in vielerlei Hinsicht eine begehrenswerte Frau. Es wird zahlreiche geeignete Kandidaten geben.«

Imogen sagte: »Hast du die Absicht, sie alle so gründlich auf Herz und Nieren zu testen, wie du das bei Pasha getan hast?«

Lady Kira zuckte die Achseln.

»Pasha war hier, und er war wie immer ausgesprochen frustriert von der Art, wie du mit ihm gespielt hast. Der arme Junge musste Druck ablassen. Und ich brauchte … Wie soll ich das ausdrücken? – ein bisschen Druck. Tu nicht so schockiert, meine Liebe. Du bist meine Tochter, du weißt, was wir für Bedürfnisse haben.«

»Rein interessehalber, wie lange hast du diese tiefer gehenden mütterlichen Dienste schon angeboten? Und wem? Oh Gott, sag bitte nicht, dass du und Toby …?

Kira winkte mit ihrer Gabel ab.

»Ist lange her«, sagte sie. »Er war besser, als ich gedacht hatte. Nachdem du und dein Bauer euch getrennt hattet, fand ich, Estover würde sich gut für dich eignen. Geld, Ansehen, gute Schule, alte Familie – es gibt sogar einen Titel, weißt du, aber leider ist er drei widerwärtig gesunde Vettern davon entfernt.«

Imogen konnte sich ein kleines Lächeln nicht verkneifen.

»Mutter, ich dachte, du hättest schon lange die Fähigkeit verloren, mich zu überraschen, aber wie ich sehe, hab ich mich getäuscht. Nun ja, zumindest kann ich mir sicher sein, dass meine erste Wahl von niemandem getestet wurde außer von mir selbst. Du hättest dich doch nie im Leben mit einem Bauern eingelassen!«

»Nicht so voreilig, meine Liebe. In der guten alten Zeit hatten unsere Vorfahren bestimmt keine Hemmungen, sich mit einem gut gebauten Kulaken zu vergnügen. Und allem Anschein nach sind gerade Holzfäller besonders gut gebaut …«

Sie lächelte, während sie das mit einer bedeutungsvollen Verschämtheit sagte, die bei ihrer Tochter die Alarmglocken gellen ließ.

Imogen sagte: »Mutter, falls du damit andeuten willst, dass du und Wolf … Das glaub ich dir nicht!«

»Und wenn es so gewesen wäre, was würdest du dann empfinden?«, fragte Kira. »Oder genauer gesagt: Was empfindest du für Hadda? Die Frage beunruhigt mich. Du scheinst ihn nicht so zu hassen, wie du solltest. Und schlimmer noch, du scheinst ihn nicht so zu fürchten, wie du solltest! Um Himmels willen, du begehrst ihn doch hoffentlich nicht noch immer?«

»Was ich für Wolf empfinde, hat nichts mit dir zu tun«, sagte Imogen.

Lady Kira betrachtete ihre Tochter mit einem eisigen, vernichtenden Blick, bei dem Leibeigene früher wahrscheinlich sehnsüchtig an die guten alten Zeiten denken mussten, als sie bei Minustemperaturen draußen auf den Feldern schuften durften, bis ihnen die erfrorenen Finger abfielen.

Dann entspannte sie sich und lächelte ein Lächeln, das schlimmer war als der starre Blick.

»Nun ja, meine Liebe, das stimmt nicht ganz«, sagte sie. »Ich werde dir jetzt mal eine Geschichte erzählen ...«

Fünfzehn Minuten später stand Kira am Fenster und sah dem Mercedes ihrer Tochter nach, der die Einfahrt hinunterbrauste.

War das nun gut oder schlecht gelaufen?, fragte sie sich. Sie wusste es nicht, aber sie würde sich davon nicht das Frühstück verderben lassen.

Sie trug die erkalteten Reste ihrer ersten Auswahl zurück zum Sideboard, stellte sie ab und begann, sich einen neuen Teller zu füllen. Ihre Arroganz hinderte sie nicht daran, für die Segnungen des Schicksals dankbar zu sein. Neben der Fähigkeit, sich nicht über Dinge aufzuregen, die sie nicht ändern konnte, war ihr Körper eine der größten Segnungen, denn er konnte nahezu alles aufnehmen, was Essen, Trinken oder Männer betraf, das größtmögliche Vergnügen daraus gewinnen und dann einfach weitermachen, als wäre nichts gewesen, ohne nennenswerte Spuren davon zurückzubehalten.

Sie hob die nächste Tellerhaube an, und jetzt ließ sie ihren Gefühlen freien Lauf!

Keine Blutwurst!

Diese Stümper in der Küche konnten sich auf was gefasst machen!

3

Wolf Hadda trat unter den eiskalten Wasserfall und schrubbte sich kräftig mit einem Stück Kernseife ab.

Er blieb so lange dort stehen, bis das rauschende Wasser ihm den Schaum vom Körper gespült hatte, dann ging er ein paar Schritte in den flachen Teich hinein.

Am Ufer stand jemand. Sneck blickte wachsam auf, hielt die Person aber alles in allem für harmlos.

Hadda sagte: »Ich hätte nicht gedacht, dass Sie voyeuristische Neigungen haben.«

Alva Ozigbo sagte: »Ich wollte nur sehen, ob Sie tatsächlich jeden Morgen in aller Herrgottsfrühe hier duschen oder ob Sie bloß bei mir Eindruck schinden wollten.«

»Das nennen Sie in aller Herrgottsfrühe, Sie Stadtmensch? Es ist doch bestimmt schon fast neun Uhr! Ich komme jetzt raus.«

»Und was soll ich machen? Mich errötend abwenden?«

»Selbstverständlich nicht. Ein Mann sollte nichts vor seiner Psychiaterin verbergen. Aber wenn ich zu lange hier stehen bleibe und mich bewundern lasse, hab ich bald Eiszapfen. Gehen wir ins Haus. Möchten Sie vor oder hinter mir gehen?«

»Ich denke, vor Ihnen. Hinter Ihnen wüsste ich nicht, wo ich hingucken soll.«

»Kein Problem für mich«, sagte er und tappte hinter ihr her. »Hollins war gestern hier. Hat mir gesagt, Sie würden sich wahrscheinlich hier blicken lassen. Wann sind Sie angekommen?«

»Gestern Abend. Ich hab im Pfarrhaus übernachtet.«

»Zugige alte Hütte, wenn ich mich recht erinnere. Hier

hätten Sie's schöner gehabt. Was hat seine Frau denn dazu gesagt, dass ihr auf einmal so eine heiße Schnitte aus der Großstadt ins Haus schwirrt?«

Wieso freue ich mich, wenn er mir sagt, dass ich in Birkstane hätte übernachten können und mich als heiß bezeichnet?, fragte Alva sich.

Sie sagte: »Ich glaub, sie kann mich nicht besonders leiden.«

»Damit hätten wir zwei wohl noch etwas gemeinsam.«

Noch etwas …

Um sich das Gefühl nicht zu verderben, fragte sie nicht nach, was denn noch, sondern ging voraus in die Küche, wo sie erleichtert feststellte, dass in dem alten Kamin bereits aus einem Wigwam aus Holzscheiten Flammen züngelten.

Hadda sagte: »Entschuldigen Sie mich kurz. Machen Sie sich nützlich. Sie wissen ja, wo der Kaffee steht.«

Als er vollständig angezogen zurückkam, sagte sie beiläufig: »Um noch mal auf Luke zurückzukommen, ich hab ihm gesagt, ich bin sicher, Sie sind unschuldig; Sie wurden reingelegt.«

»Da muss ihm ja ein Stein vom Herzen gefallen sein. Ist bestimmt nicht besonders spaßig, für einen Perverso einzutreten. Hat er Ihnen so ohne Weiteres geglaubt? Keine unwiderlegbaren Beweise verlangt?«

»Er hat nur genickt, als hätte ich bloß etwas bestätigt, was er schon die ganze Zeit gewusst hat.«

»Klar hat er das. Deshalb hat er sich ja auch fast ins Chorhemd gemacht, als er das Geld entdeckt hat. Schütten Sie den Kaffee auch irgendwann mal ein oder warten Sie aufs Dienstmädchen?«

Die gut gelaunte Schroffheit bestätigte das, was sie von dem Moment an gespürt hatte, als sich ihre Blicke draußen am Teich trafen. Er war froh, sie zu sehen! Das war ... Sie wusste nicht genau, was es war, aber es war schon mal etwas.

Aber es wurde Zeit, zur Sache zu kommen.

Sie sagte: »Ehe ich's vergesse. John Childs hat mich gebeten, Ihnen etwas auszurichten.«

»Großer Gott!«

Er war wirklich überrascht. Gut so! Er musste auch mal überrascht werden.

Er setzte sich schwerfällig hin und blickte sie unter gerunzelten Augenbrauen hinweg an.

»Was zum Teufel haben Sie mit Childs zu tun?«, fragte er.

Sie erklärte es ihm knapp, aber ohne wichtige Details auszulassen.

Er hörte aufmerksam zu, und als sie fertig war, sagte er vorwurfsvoll: »So, so. Ein Jammer, dass Sie seinen Namen nicht schon viel früher mal erwähnt haben.«

»Warum hätte ich das tun sollen?«, wollte sie wissen.

Er dachte nach, entspannte sich dann und sagte: »Egal. Also, was sollten Sie mir ausrichten?«

»Dass Nikitin Bescheid weiß und der Mann mit dem gebrochenen Kiefer frei herumläuft oder so ähnlich.«

»Mehr nicht?«, fragte er ruhig.

»Mehr nicht.«

»Sehr mysteriös. Der gute alte JC hat sich schon immer gern kryptisch ausgedrückt. Über was Nikitin wohl Bescheid weiß, frage ich mich?«

Alva sagte: »Wenn ich raten müsste, würde ich sagen, er weiß, dass Sie es waren, der Estover eine Falle gestellt hat, damit der Russe Ihnen die Drecksarbeit abnimmt.«

Das war schon das zweite Mal innerhalb weniger Minuten, dass sie ihn überraschte. Beim dritten Mal durfte sie ihn vielleicht behalten!

Er sagte: »Psychiater sollten nicht raten. Sie waren also die ganze Zeit über dick mit JC befreundet. Der alte Knabe ist wirklich auf Draht. Hat ein eigenes Gefängnis mit einer Rundumabhöranlage, eine echte Glanzleistung der Kapelle! Wenn ich das gewusst hätte, hätte ich vielleicht so einiges anders gemacht.«

»Sie meinen, Sie hätten nicht so ein Spielchen mit mir getrieben?«, fragte sie, wobei sie ihn über den Rand ihrer Kaffeetasse hinweg fixierte.

»Spielchen?«

Sie sagte: »Tun Sie nicht so, als hätte es Ihnen keinen Spaß gemacht, mich hinters Licht zu führen.«

Er sagte: »Natürlich hab ich meinen Spaß gehabt. Jedenfalls am Anfang. Wer trickst nicht gerne mal Experten aus? Aber andererseits hatte ich ja auch den besten Ratgeber, wie ich das anstelle ...«

Er sah sie vielsagend an.

»Mein Buch, meinen Sie? Und ich war auch noch so naiv, mich leicht geschmeichelt zu fühlen, als ich es in Ihrem Schlafzimmer entdeckt hab.«

»Ich bitte um Verzeihung. Das war nachlässig von mir.«

»Übrigens hab ich es in Ihrer Zelle in Parkleigh nicht gesehen. Das war wirklich eine bücherfreie Zone. Bis auf *Der Graf von Monte Christo*.«

Er grinste und sagte: »Ich konnte nicht widerstehen, das für Sie dazulassen.«

»Sie wussten, dass ich nachschauen würde?«

»Ich hielt es für wahrscheinlich, schließlich spricht aus *Seelen heilen* echter Forscherdrang«, sagte er. »Deshalb hab ich bei meinem Zellennachbarn Stauraum für Bücher angemietet, die Sie bei mir nicht finden sollten.«

»Bücher?«

»Ja. Tut mir leid. Ich konnte mich ja schließlich nicht bloß auf *Seelen heilen* verlassen. Es war immerhin doch ein wenig – wie haben die Rezensenten es noch mal bezeichnet? – frühreif. Deshalb hab ich mir noch ein paar populärere Sachen besorgt.«

»Umso besser. Es wäre ja auch nicht gut für Sie gewesen, wenn Sie sich bei Ihrem Schwindel auf das Werk einer so zweitrangigen Psychiaterin verlassen hätten, wie ich es offenbar bin«, sagte sie, unfähig, die Verbitterung aus ihrer Stimme herauszuhalten.

»Oje«, sagte er. »Und jetzt verabscheuen Sie mich mehr, weil ich unschuldig bin, als Sie mich je verabscheut haben, als Sie mich für schuldig hielten? Finden Sie das nicht seltsam?«

»Ich verabscheue Sie nicht«, sagte sie. »Das hab ich nie.«

»Einen Kinderschänder und Betrüger? Ich bitte Sie!«

Es schien nicht der richtige Zeitpunkt, ihm zu gestehen, dass sie sich fast von Anfang an zu ihm hingezogen gefühlt hatte, trotz allem, was sie über ihn zu wissen geglaubt hatte, trotz seines Aussehens, trotz all ihrer Anstrengungen, diese beunruhigende Reaktion ihrer Psyche zu analysieren. Es war wichtig, das Gespräch wieder auf eine förmliche professionelle Ebene zu bringen.

»Verabscheue die Sünde, nicht den Sünder, so lautet die erste Zeile des Glaubensbekenntnisses für Psychotherapeuten, sagte sie. »Wenn man verabscheut, kann man nicht helfen. Und ich wollte Ihnen helfen. Das will ich noch immer.«

»Wirklich?«, sagte er gespielt überrascht. »Aber was gibt's denn jetzt noch zu helfen, wo Sie doch anerkennen, dass ich unschuldig bin, dass man mich reingelegt hat?«

Sie sah ihn traurig an und sagte: »Wolf, nach allem, was Sie durchgemacht haben, müssen Sie einfach beschädigt sein, Sie sind zu intelligent, um das nicht zu begreifen.«

»Beschädigt ist ein bisschen übertrieben, finden Sie nicht? Ich hab ein paar Tiefschläge eingesteckt, ja, aber ich finde, alles in allem habe ich das Ganze innerlich weniger angeschlagen überstanden als äußerlich. Hören Sie, Elfe, nehmen Sie's nicht persönlich. Es tut mir leid, dass Sie das Werkzeug waren, das ich benutzt hab, um aus dem Gefängnis rauszukommen. Okay, anfangs hat es mir Spaß gemacht, Sie auszutricksen, aber als ich Sie besser kennenlernte, hörte der Spaß bald auf.«

»Warum haben Sie nicht einfach versucht, mich davon zu überzeugen, dass Sie unschuldig sind?«

Er lachte und gab ihr so ziemlich dieselbe Antwort wie Doll Trapp.

»Wie zum Teufel hätte ich das denn anstellen sollen, wenn jede Beteuerung meiner Unschuld in Ihren Augen immer nur ein weiterer Beleg dafür war, dass ich noch immer verdrängte? Und selbst wenn es mir gelungen wäre, wer hätte denn auf Sie gehört? Der Bewährungsausschuss hat Sie als Sachverständige ernst genommen, weil Sie denen erklärten, dass ich gut auf die Therapie angesprochen hätte und nun unbesorgt auf freien Fuß gesetzt werden könnte. Aber wenn Sie denen erzählt hätten, ich wäre unschuldig, hätten sie in Ihnen bloß eine leichtgläubige Frau gesehen, die sich von einem manipulativen Soziopathen an der Nase hat herumführen lassen.«

Sie widerstand der Versuchung, ihm zu sagen, dass er gerade ziemlich präzise beschrieben hatte, was ohnehin passiert war, und erwiderte: »Na schön. Zweck der Übung war also, aus dem Gefängnis zu kommen und den Beweis dafür zu finden, dass Sie reingelegt wurden. Und den haben Sie von Medler bekommen. Warum sind Sie dann nicht schnurstracks zur Polizei gegangen und haben gesagt: ›Hört euch das mal an?‹«

Er lachte erneut.

»Seien Sie nicht naiv, Elfe«, sagte er. »Die wollen nicht,

dass ich unschuldig bin, genauso wenig, wie Sie das wollten. Klar, die würden der Sache nachgehen, aber währenddessen säße ich wieder im Knast.«

»Aber doch bestimmt nicht lange, wenn sie sich erst mal die Aufnahme angehört hätten.«

»Meinen Sie? Aber wie beweise ich, dass da auf dem Band wirklich Medler geredet hat? Oder dass er nicht unter Zwang stand? Schließlich ist der arme Teufel kurz danach tot aufgefunden worden. Ich wüsste da so einige, die mir das liebend gern in die Schuhe schieben würden. Und ich muss auch an Ed denken. Angeblich war ich ja bei ihm. Die Anwaltskammer würde ihn rausschmeißen, weil er mich gedeckt hat. Und wenn die nachweisen könnten, dass Ed und Doll mir den falschen Pass besorgt haben, was meinen Sie wohl, was dann mit den beiden passieren würde?«

Sie sagte eine Weile nichts, saß einfach nur da und sah ihn unverwandt an.

Dann nickte sie und sagte: »Gute Argumente. Sie haben das alles offensichtlich gründlich durchdacht. Aber ich denke, selbst wenn nichts davon zuträfe, hätten Sie sich trotzdem andere ebenso überzeugende Gründe dafür zurechtgelegt, nicht mit dem Tonband zur Polizei zu gehen und eine Wiederaufnahme des Verfahrens zu verlangen.«

Jetzt wurde er zornig, oder aber er flüchtete sich in Zorn, dachte sie, ohne zu wissen, dass Hollins am Vortag einen ähnlichen Gedanken gehabt hatte.

»Haben Sie denn immer noch nicht begriffen, wie so was läuft?«, fragte er. »Um Beweise zu finden, die Medlers Behauptungen belegen, müssten sie Estover und die Nutbrowns unter die Lupe nehmen. Toby ist einer der geschicktesten Anwälte des Landes. Pippa Nutbrown ist so schwer zu packen wie ein Sack voll Schlangen. Und was Johnny betrifft, wer seinen

Denkprozessen folgen will, könnte genauso gut versuchen, die Bläschen in einem Sektglas zu zählen. Nicht zu vergessen, dass die drei draußen wären und heftigst protestieren würden, während ich in einer Zelle auf meinem Hintern säße.«

»Childs sagt, er kann womöglich dafür sorgen, dass Ihr Name offiziell reingewaschen wird.«

»Ach ja? Ich würde nicht drauf wetten.«

»Ich meine ja bloß, mit ihm auf Ihrer Seite scheint doch eine echte Chance auf Gerechtigkeit zu bestehen.«

»Er hat mich doch überhaupt erst in den Mist reingeritten«, sagte Hadda abschätzig. »Ich hab immer gewusst, wenn ich Gerechtigkeit wollte, würde ich auf meine Art danach suchen müssen.«

»Wollen Sie das, was den Nutbrowns passiert ist, etwa Gerechtigkeit nennen?«

Sein Gesichtsausdruck wurde eisig.

»Im Morgengrauen durch eine Polizeirazzia aus dem Bett geschreckt zu werden, alles zu verlieren, was einem etwas bedeutet, oh ja, das hört sich für mich sehr nach Gerechtigkeit an.«

»Und Estover?«

»Ich schätze, sein berufliches Ansehen befindet sich im Sturzflug, und falls er sich mit dem kleinen Haufen Gold trösten will, den er für Notzeiten irgendwo gebunkert hat, dürfte ihm eine fette Überraschung blühen. Also kein Ansehen, kein Geld. An wen erinnert mich das bloß? Selbstverständlich tut es mir leid zu hören, dass er sein frisches attraktives Aussehen verlieren und wohl für den Rest seines Lebens hinken wird. Vielleicht können wir uns ja zusammentun und als Duo auftreten?«

Er machte es ihr sogar schwerer, als sie befürchtet hatte.

Sie sagte: »Also Auge um Auge. Das klingt für mich sehr viel mehr nach Rache als nach Gerechtigkeit.«

»Alles, was sie kriegen, wird weniger sein, als sie verdienen«, sagte er abfällig.

»Hätten Sie das auch noch sagen können, wenn Estover gestorben wäre? Ohne Childs' Intervention wäre es wahrscheinlich dazu gekommen, und das wussten Sie.«

Er zuckte die Achseln.

»Mag sein, dass Toby irgendwann denkt, das wäre die bessere Alternative gewesen«, sagte er. »Was JC betrifft, ich denke, ich werde meine Dankbarkeit sammeln, bis ich irgendwann genug für eine dankbare Träne habe.«

»Ich denke trotz allem, dass er Ihnen geholfen hat, weil er Sie mag.«

»Und das trifft auf Sie ohne Zweifel ebenso zu. Aber Johns Göttin ist die Notwendigkeit, und ihr Götzenbild ist in Granit gemeißelt. Man sollte aufpassen, jemals zwischen sie und etwas, das einem lieb und teuer ist, zu geraten.«

»Er macht sich aufrichtig Sorgen darum, was Sie wohl als Nächstes vorhaben«, sagte sie.

»Muss er nicht. Was nützt es, sich wegen des Schicksals zu sorgen?«

»Er hat gesagt, Sie könnten unter dem Wahn leiden, ein Werkzeug Gottes zu sein. Wolf, glauben Sie mir, wenn dieser Wahn zu lange währt, könnte er schwer erträglich für Sie werden.«

Plötzlich entspannte er sich und lachte laut los.

»Meine Güte, Elfe, allmählich hören wir uns an wie zwei Figuren in einem altmodischen Melodram! Was meinen Sie denn, was passieren wird? Ich hab nicht vor, einen Raketenangriff auf Schloss Ulphingstone zu starten, oder so was in der Art. Ehrlich, die meisten Rachegelüste hab ich jetzt abreagiert. Ich will nur ein bisschen Ruhe und Frieden, damit ich entspannt auf den Frühling warten kann.«

Sie wollte ihm glauben. Sie hatte das Gefühl, dass er sich selbst glauben wollte. Aber gute Psychiater, so war ihr eingetrichtert worden, wärmen stets die Couch für ihre Patienten vor. Anders ausgedrückt, als Erstes musstest du tief in dich selbst hineinschauen und dafür sorgen, dass du ohne Vorbelastung anfingst.

Sneck erhob sich plötzlich vom Boden vor dem Kamin und lief mit einem tiefen kehligen Knurren zur Tür.

Auch Hadda stand auf.

»Moment bitte«, sagte er.

Er winkte Sneck bei Fuß, zog die Tür auf und wartete einen Moment, ehe er hinausschlüpfte. Wieder einmal ertappte Alva sich dabei, dass sie die geschmeidige, leicht wiegende Bewegung, die sein kaputtes Knie verursachte, mit dem schwerfälligen Hinken verglich, das sie noch aus der Zeit in Parkleigh in Erinnerung hatte.

Jetzt stand auch sie auf und ging zur Tür.

Durch das offene Scheunentor hindurch sah sie ihn neben dem Defender stehen. Er zog ein Stück Papier hinter den Scheibenwischern hervor, faltete es auseinander und begann zu lesen. Sneck drehte sich um und sah Alva an. Wolf sollte nicht denken, dass sie ihm nachspionierte, deshalb wich sie zurück, nahm wieder am Tisch Platz und hielt sich an ihrer Kaffeetasse fest, bis er wieder hereinkam.

»Probleme?«, fragte sie.

»Nein«, sagte er und warf ein kleines Papierknäuel Richtung Feuer. »Könnte ein Reh gewesen sein. Sneck und ich werden allmählich leicht neurotisch. Wir hatten ein paar Probleme mit Reportern.«

»Ja, Luke Hollins hat mir das mit dem Miststreuer erzählt. Er schien die Idee ziemlich inspirierend zu finden.«

»Er ist schwer in Ordnung«, sagte Hadda, setzte sich wieder und griff nach seiner Tasse. »Also, wo waren wir?«

Er versuchte so zu klingen wie vorher, aber irgendetwas war anders.

Sie sagte: »Sie waren gerade dabei, mir zu erzählen, dass Sie sich hier in Ihrem gemütlichen Häuschen dem süßen Müßiggang hingeben wollen, weit weg von den Sorgen der Welt, um auf die Rückkehr von Narzissen und Schwalben im Frühling zu warten.«

»Hab ich das gesagt? Klingt doch gut. Wieso schauen Sie mich jetzt mit diesem misstrauischen Psychiaterblick an?«

»Weil ich Ihnen nicht glaube«, sagte sie.

»Wie bitte? Dürft ihr eure Patienten als Lügner bezeichnen?«

»Ich rede nicht mit Ihnen als Patient, sondern als Freund«, sagte sie. »Und ich denke Folgendes. Ich denke, alles, was Sie seit Ihrer Freilassung gemacht haben, all Ihr cleveres Pläne- und Ränkeschmieden, all Ihr Gerede von Gerechtigkeit und Rache, all das ist nichts anderes als reine Verzögerungstaktik. Estover und die Nutbrowns sind Ihnen im Grunde völlig egal. Und es ist Ihnen auch völlig egal, ob Sie Ihre Unschuld beweisen oder nicht. Wichtig ist Ihnen einzig und allein, was Sie mit Imogen machen werden. Und in Wahrheit haben Sie keine Ahnung, was Sie machen sollen, keine Ahnung, was Sie machen wollen. Aber jetzt, wo alles andere aus dem Weg geräumt ist, rückt der große Moment näher. Also, Wolf, worauf läuft es hinaus? Sind Sie schon zu einer Entscheidung gekommen?«

Einen Moment lang dachte sie, sie hätte ihn zu einer ehrlichen Antwort gereizt. Dann stieß er einen ziemlich theatralischen Seufzer aus, schüttelte betrübt den Kopf und sagte: »Da haben wir's wieder, Elfe. Selbst wenn Sie als Freundin sprechen, können Sie nicht anders, als sich faszinierende kleine Szenarien auszudenken, nicht wahr? Ich hab ja schon immer den Verdacht gehabt, dass Psychoanalyse nichts anderes ist als Schriftstellerei. Sie entwerfen eine kleine Geschichte, in der alles vorkommt, ändern hier und da ein wenig, damit die Handlung auch schön rund läuft, bieten ein paar Schlussvarianten an, ein glückliches Ende, ein unglückliches, und dann sagen Sie Ihrem Patienten, er soll sich entscheiden, das macht dann hundert Guineen bitte. Tja, tut mir leid, Elfe. Ich bin keine Figur mehr in Ihrem Märchen. Ich fühle mich sehr wohl in meinem eigenen.«

Sie sagte: »*Es war einmal, da lebte ich glücklich und zufrieden bis an mein seliges Ende.* Das waren die ersten Worte, die Sie aufgeschrieben haben, wissen Sie noch? Sie waren damals schon eine Figur in Ihrem eigenen Märchen, nicht in meinem. Im Grunde waren Sie sogar zwei Figuren. Der Wolf und der Holzfäller. Ist ein gewisser Zwiespalt. Vielleicht ist es ja gut, dass das Märchen zu Ende ist. Aber Sie haben recht. Auch ohne hundert Guineen zu bezahlen, können Sie das Ende selbst bestimmen.«

An der Wand schlug die alte Stockuhr die volle Stunde.

Er stand auf und sagte: »So spät schon? Verdammt. Und ich hab unser Kamingespräch richtig genossen. Leider muss ich jetzt gehen. Wir anerkannten Straftäter sind nicht Herr über unser Leben, wie Sie ja bestimmt wissen. Ich muss in regelmäßigen Abständen meine Nase zeigen, beweisen, dass ich noch auf dem rechten Weg bin.«

»Sie meinen, Sie fahren nach Carlisle, um sich mit Ihrem Bewährungshelfer zu treffen?«

»Ganz genau«, sagte er. »Aber nur keine Hektik, bleiben Sie in aller Ruhe sitzen und trinken Sie Ihren Kaffee aus. Vorausgesetzt, Sie fühlen sich nicht verpflichtet zu spülen! Sehen wir uns noch mal, ehe Sie zurück nach Manchester fahren, oder brechen Sie gleich auf?«

Sie sah ihn an und sagte: »Ich weiß es nicht.«

»Okay«, sagte er, wandte sich ab und holte seine Axt, die in einer Ecke lehnte. Dann wandte er sich ihr wieder zu, seltsam unentschlossen. Schließlich machte er ein paar Schritte vorwärts, bis er direkt neben ihrem Stuhl stand. Sie blieb still sitzen, spürte die Nähe seines Körpers. Und die seiner Axt.

Er sagte: »Ich hab immer gedacht, ich kann das nicht machen, solange Sie mich für schuldig halten. Und jetzt, wo Sie es nicht mehr tun, fallen mir alle möglichen Gründe ein, warum ich mich nicht trauen sollte. Wenn das so weitergeht, tu ich's nie. Also, dann mal los.«

Er beugte sich hinab, legte die rechte Hand an ihren Hinterkopf und drückte das Gesicht an ihres, um sie so lange zu küssen, bis sie merkte, dass sie außer Atem kam, aber sie machte keine Anstalten, sich von ihm zu lösen.

Schließlich wich er zurück.

»Was auch immer geschieht, das hätten wir«, sagte er. »Erster Kuss? Letzter Kuss? Wer weiß das schon?«

Er ging zur Tür. Sneck erhob sich, ließ sich aber, als sein Herrchen »Bleib!« befahl, erneut, wenn auch widerwillig, auf seinen Platz vor dem Kamin nieder.

Dann war er weg. Einen Moment später hörte sie den Defender dröhnend aufheulen. Als das Scheppern des Motors in der Ferne verklang, kam ihr die Stille vor wie die Stille des Weltraums.

Sie trank den letzten Schluck von ihrem Kaffee. Sie hatte ihn stark gemacht, weil sie wusste, dass Hadda ihn gern so trank, aber irgendwie schien er sie nicht wach zu machen, sondern im Gegenteil betäubend zu wirken. Eine seltsame Mattigkeit stahl sich in ihre Glieder, und sie saß da und starrte blicklos und größtenteils auch gedankenlos in ihre leere Tasse. Es war, als müsste sie ein Problem enträtseln, das ihr Verstand nicht mal ansatzweise bewältigen konnte, weil es einfach zu groß war.

Sie erwachte erst wieder aus ihrer Träumerei, als der Wigwam aus Holzscheiten im Kamin mit einem sanften Seufzen zu silbrig grauer Asche zusammenfiel.

Sie fuhr sich mit der Zunge über die Lippen.

Was auch immer geschieht? Erster oder letzter?

Wer weiß das schon?

Sie stand auf, um frisches Holz aus dem Korb zu holen. Sneck blickte hoffnungsvoll zu ihr hoch. Sie sagte: »Tut mir leid«, und er richtete seine Aufmerksamkeit wieder auf etwas zwischen seinen Pfoten, an dem er leckte. Als sie das Holz aufs Feuer legte, sah sie, dass es das Stück Papier war, das Hadda zusammengeknüllt in Richtung Feuer geworfen hatte.

Sie versuchte, es aufzuheben. Der Hund bleckte die Zähne. Sie ging zum Küchenschrank und holte einen Ingwerkeks. Sneck sah ein, dass das ein faires Geschäft war, und überließ ihr das Stück Papier.

Sie strich es auf dem Küchentisch glatt.

Es war eine handschriftliche Nachricht:

Dann ist sie also was für länger? Ich glaube, ich mach heute einen Spaziergang zum Pillar Rock. Es soll keiner behaupten, ich wäre unsentimental.

Sie erkannte die Schrift nicht. Das war auch nicht nötig.

Er war nicht auf dem Weg zu seinem Bewährungshelfer. Das hätte ihr in dem Moment klar sein müssen, als er die Axt aus der Ecke holte. Aber der Kuss hatte ihren Verstand auf der Suche nach seiner Bedeutung in andere Bahnen gelenkt.

In einem war sie sich sicher: Der Kuss konnte nicht die Bedeutung haben, die sie sich wünschte, solange Haddas Probleme mit Imogen ungelöst waren.

Und sie bezweifelte, dass eine wirkliche Lösung möglich war, solange die Frau lebte. Doch falls sie starb und Wolf dafür die Verantwortung trug, dann würde dieses Problem auf ewig in der Zeit festfrieren, und Wolf wäre für sie völlig unerreichbar, emotional, seelisch und mit an Sicherheit grenzender Wahrscheinlichkeit auch körperlich.

Sie hatte keine Ahnung, was sie tun konnte, aber sie wusste, dass die Möglichkeit einer Lösung nicht im Irrgarten ihres Verstandes lag, sondern irgendwo da draußen auf den kalten Berggipfeln.

Sie ging zur Tür. Vom Kamin her drang ein fragendes Knurren.

Sie drehte sich um und sah Sneck an.

»Warum nicht, mein Junge?«, sagte sie. »Ehrlich gesagt, ich bin froh, wenn ich dich bei mir habe.«

4

Imogen stand hoch oben auf dem Pillar Rock, blickte hinab auf den River Liza, der sich sechshundert Meter unter ihr durchs Tal wand, und erinnerte sich an das erste Mal, als sie hier heraufgestiegen war, vor über einem Vierteljahrhundert.

Damals war sie einfach mit Wolf mitgegangen, ohne zu wissen, wohin er wollte, aber in dem sicheren Gefühl, dass in diesem Jungen eine Lebenskraft steckte, von der sie einen Teil abhaben wollte.

Tja, sie hatte ihren Teil bekommen, daran bestand kein Zweifel, manche würden sagen, sie hatte ihn fast leer gesaugt, obgleich auch er seinen gerechten Anteil an allem bekommen hatte, das sie zu bieten hatte.

Nein, nicht seinen *gerechten* Anteil, weil Gerechtigkeit nichts damit zu tun hatte.

Er war aus seiner Welt in die ihre getreten, aber es war unmöglich und zugleich nicht wünschenswert gewesen, dass er diese andere Welt zu seiner machte.

Unmöglich, weil sich trotz aller gesellschaftlicher Schönfärberei des modernen demokratischen Zeitalters nichts daran geändert hatte, dass der Emporkömmling niemals wirklich ganz oben ankommen konnte.

Und nicht wünschenswert schon deshalb, weil Wolf einfach zu viel von dem hätte opfern müssen, was ihn ausmachte, um sich dem Moralkodex ihrer Kreise zu verschreiben, der im Grunde lautete: Dein Wille allein ist Gesetz. Und wenn er das getan hätte, wäre er für sie uninteressant geworden.

Hier oben blies ein heftiger Wind. Sie setzte sich und drehte ihm den Rücken zu. Sie hatte mehrere Schichten Kleidung an, doch seine eisigen Finger drangen ihr trotzdem bis auf die warme Haut. Den Pillar Rock als Treffpunkt vorzuschlagen zählte nicht gerade zu den cleversten Ideen, die sie je gehabt hatte. Warum hatte sie das getan? In gewisser Weise war es typisch für die Art, wie sie so ziemlich viel in ihrem Leben angegangen war, eine instinktive Entscheidung, ohne Rücksicht auf Vernunft oder Konsequenzen. Doch gleichzeitig war es auch untypisch, ein Hinausgreifen aus dem Willkürlichen – auf der Suche nach einer Gesetzmäßigkeit.

Hier hatte alles begonnen. Hier würde alles enden.

Wie es enden würde, das konnte sie nicht vorhersagen. Als sie versucht hatte, Wolf über Weihnachten zu sehen, hatte sie angenommen, dass sie noch immer Macht über ihn hatte. Ihr Eindruck, dass er ihr bewusst aus dem Weg ging, hatte diese Annahme bestätigt. Doch nach dem, was mit Toby und den Nutbrowns passiert war, lagen die Dinge anders. Ein erster Schritt war gemacht worden, und sie wusste aus eigener Erfahrung, wie viel leichter ein zweiter Schritt war.

Seltsamerweise hatte das gesteigerte Gefühl, ein Risiko einzugehen, sie umso entschlossener werden lassen, die direkte Konfrontation mit ihm zu suchen. Sie genoss die Gefahr, solange sie ihr ins Auge sehen konnte. Was sie nicht mochte, war, entspannt in der Badewanne zu liegen und das Summen einer unsichtbaren Wespe zu hören. Oder, um es poetischer auszudrücken (sie schrieb gelegentlich Gedichte), sie wollte nichts anderes, als durch die Wälder ihrer Zukunft streifen zu können, ohne ständig die Ohren spitzen zu müssen, ob sie in der Ferne Axtschläge hörte.

War sie ein kaltherziges Luder, wie ein abgelegter Liebhaber sie einmal genannt hatte? Sie hatte gründlich über die Anschuldigung nachgedacht und fand nicht, dass sie zutraf. Im Vergleich zu ihrer Mutter sah sie sich sogar als impulsives und gefühlvolles Wesen. Sie hatten so viel gemeinsam, und doch gab es Bereiche, in denen sie einander ein einziges Rätsel waren. Als Kira erklärt hatte, das Einzige, wo sie Wolf noch lieber sähe als im Gefängnis, wäre tief begraben unter der Erde, hatte sie schlicht und ergreifend gesagt, was sie dachte. Für Imogen war keines von beidem eine wünschenswerte Lösung. Ihr Wunsch war es, dass sie und Wolf einen Weg fanden, den Zusammenbruch ihrer Beziehung zu akzeptieren und die Trümmer relativ unbeschadet hinter sich zu lassen.

Vielleicht, nur vielleicht, bestand nach ihrem Frühstücksgespräch mit Kira nun die kleine Chance, einen solchen Weg zu finden.

Ein weiterer hoffnungsvoller Faktor war die Möglichkeit, dass Wolf tatsächlich etwas hatte, dem er sich zuwenden könnte. Männer verliebten sich doch üblicherweise in ihre Pflegerinnen, warum also nicht in ihre Psychiaterinnen?

Sie war überrascht gewesen, als sie die schwarze Frau erneut am Haus gesehen hatte. Als Alva Ozigbo nach Weihnachten ins Schloss gekommen war, hatte Imogen gar nicht in Erwägung gezogen, die Frau könnte mehr als nur ein professionelles Interesse an Wolf haben. Immerhin war er für sie doch ein verurteilter Pädophiler und Betrüger, der aufgrund ihrer sachverständigen Meinung wieder in die Gesellschaft entlassen worden war, somit hatte sie ein berechtigtes Interesse daran, ihn genau im Auge zu behalten.

Jetzt wünschte Imogen, sie hätte der Frau als Mensch mehr Beachtung geschenkt. Sie war eindrucksvoll, keine Frage. Attraktiv? Möglicherweise. Imogen versuchte, sie mit Männeraugen zu sehen. Sie selbst hatte keinen guten Instinkt für die sexuelle Aura anderer Frauen. Sie und Pippa hatten einmal eine Nacht miteinander verbracht, um auch auf diesem Gebiet Erfahrungen zu sammeln, aber sie hatte nicht den Wunsch verspürt, das Erlebnis zu wiederholen, auch wenn es zweifellos gewisse Vorteile hatte, einem Körper zu begegnen, der die gleiche Geografie und die gleichen Reaktionen hatte wie der eigene.

Aber sie konnte sich vorstellen, dass Alva Ozigbo mit dieser Kombination aus schwarzer Haut, hellem Haar und zartem Knochenbau für manche Männer aufreizend war. Wolf? Da war sie sich nicht sicher. Er war so vollkommen auf sie selbst fixiert gewesen, dass er nie auch nur ein theoretisches Interesse an einer anderen Frau geäußert hatte. Sie war sich hundertprozentig sicher, dass er ihr niemals untreu gewesen war, selbst wenn er manchmal monatelang auf Geschäftsreise gewesen war. Die aufgestaute Leidenschaft, die bei seiner Rückkehr freigesetzt wurde, hatte ihr einige der intensivsten sinnlichen Erlebnisse ihres Lebens verschafft, doch wenn er dann eine Weile zu Hause gewesen war, löste seine Zuwendung manchmal leicht klaustrophobische Gefühle bei ihr aus.

Hatte er das je geahnt? Sie glaubte nicht.

Und sie war absolut sicher, dass er sie nie der Untreue verdächtigt hatte. Seine Reaktion wäre, gelinde gesagt, extrem gewesen. Sie konnte sich glücklich schätzen, dass ihn vierzehn Jahre lang keine boshafte Zunge aufgeklärt hatte. Vielleicht hatte ihn seine natürliche arglose Liebenswürdigkeit davor bewahrt. Genauso gut hätte man ein Kind verletzen können.

Oder vielleicht hatte ihn seine andere charakteristische Eigenschaft geschützt, dieses Gefühl, dass unter der Oberfläche eine ungezügelte Kraft brodelte und nach einem Ventil suchte. Wenn es je einen Mann gegeben hatte, dessen erste spontane Reaktion es gewesen wäre, den Überbringer einer schlechten Nachricht zu töten, dann war es Wolf!

Doch irgendwann hätte er es unvermeidlich erfahren.

Sie kannte ihre Freunde.

Sie mochten jahrelang den Mund halten, doch wie der Skorpion in der Fabel mussten sie letztendlich zustechen, weil es in ihrer Natur lag.

Diese Gewissheit, dass ihre Ehe unausweichlich auf das Ende zusteuerte, war einer der Faktoren gewesen, die es ihr leicht gemacht hatten, mit Toby und Pippa mitzuziehen, als die beiden ihr ihre Überlebensstrategie unterbreitet hatten. Wenn Notwendigkeit den Ton angibt, ist Bedauern ebenso sinnlos wie Widerstand.

So oder so wäre Wolf ins Gefängnis gewandert und ihre Ehe in die Brüche gegangen.

Für sie gab es nur zwei Alternativen: Entweder sie würde mittellos aus der Sache hervorgehen oder sie könnte ihren Reichtum behalten.

Was gab es da zu entscheiden?

Zu behaupten, sie hätte seine Verurteilung ohne Bedauern hingenommen, wäre unwahr gewesen. Zu behaupten, dieses Bedauern hätte sie nachts nicht schlafen lassen, wäre noch unwahrer gewesen. Nur zwei Dinge hielten sie wach, nämlich Sex und Zahnschmerzen.

Nein, das war wieder eine von diesen raffinierten Unwahrheiten, die sie sich angewöhnt hatte, um Leute auf Abstand zu halten. Nach Ginnys Tod hatte sie monatelang nur mit Hilfe von Tabletten oder Alkohol tief und fest schlafen können. Seltsamerweise konnte sie seit ihrem Umzug in Ginnys altes Zimmer schlafen wie ein kleines Kind.

Und jetzt, da sie ganz oben auf dem Pillar Rock saß und sich fragte, ob er kommen würde, und wenn ja, was er tun würde, empfand sie eine fast kindliche Unsicherheit. Die Gefahr war ihr bewusst, aber sie spürte keine echte Angst. Wenn er nicht anders konnte, als ihr etwas anzutun, dann war es eben so. Sie war überzeugt davon, dass er sie nicht würde entstellen wollen, so wie er entstellt worden war. Sie zu töten stand auf einem anderen Blatt. Er hatte nie offen über die Jahre seiner Jugend gesprochen, in denen er verschwunden gewesen war, aber sie war sicher, dass er getötet hatte. Für eine gerechte Sache war er fähig dazu.

Sie starrte nach unten ins Tal und sah sich selbst langsam durch die Luft trudeln.

Natürlich würde es in Wirklichkeit schnell gehen. Knapp zehn Meter pro Sekunde, hatte sie mal gehört. Was etliche Meilen pro Stunde ergab!

Aber wie langsam würde es sich anfühlen? Beim Klettern hatte sie sich das oft gefragt. Für wie viele Erinnerungen und Gewissensbisse war Platz zwischen dem Moment, wenn deine Finger den Halt verloren, und dem nächsten, wenn dein Körper auf Felsen zerschmetterte?

Vielleicht blieb nur Zeit für eine einzige klare Erkenntnis, eine alles erhellende Einsicht.

Vielleicht würde es auch ewig dauern. Sie erinnerte sich an eine Geschichte, die ihr Vater ihr früher vorgelesen hatte, über einen Dieb, der auf der Flucht über den Rand der Welt sprang. Sie hatte oft noch lange wach im Bett gelegen, nachdem Leon das Licht ausgemacht hatte, und sich vorgestellt, was das wohl für ein Gefühl wäre. Und beim Klettern waren ihr oft die Worte durch den Kopf gegangen ... *und fällt nun hinweg von uns allen, fällt und fällt in die lautlose Schwärze des Ewigen Abgrunds.*

Und fällt ... und fällt ... und fällt.

Sie nahm ein Geräusch wahr, das nicht vom böigen Wind herangetragen worden war. Imogen stand auf und lauschte.

Da war es wieder, das Geräusch von Stiefeln auf Stein, irgendwo weit unten.

Er kam. Sie hatte nie wirklich daran gezweifelt.

Sie setzte sich wieder, um die letzten Minuten abzuwarten.

5

Pudo Pudovkin besaß alle Eigenschaften eines ausgezeichneten Schachspielers: einen Verstand, der mehrere Züge im Voraus berechnen konnte, die Fähigkeit, einen Gegner zu lesen, und die Geduld, einen Zug erst dann zu machen, wenn er keinen Zweifel mehr an dessen Richtigkeit hatte. Er besaß praktisch alles, nur nicht die Fähigkeit, eine Niederlage gelassen hinzunehmen. Nun ist ein schlechter Verlierer nicht gleich ein schlechter Spieler, aber ein schlechter Verlierer, der dazu neigt, schreckliche Wutausbrüche zu bekommen und dem siegreichen Gegner die Schachfiguren in den Rachen zu stopfen, findet irgendwann kaum noch Menschen, die bereit sind, eine Partie mit ihm zu spielen.

Seine positiven Qualitäten plus eine gehörige Portion der schlechten machten aus ihm einen vorzüglichen Killer. Doch an diesem feuchten Februarmorgen musste er erleben, dass seine Geduld auf eine harte Probe gestellt wurde.

Er war frühmorgens in unmittelbarer Nähe von Birkstane angekommen, hatte den unauffälligen grauen Honda, den er fuhr, außer Sicht kurz vor der Zufahrt abgestellt und sich dann an das Haus herangepirscht. In etwa dreißig Metern Entfernung bezog er Posten auf einer kleinen Anhöhe, von wo aus er im Schutz von ein paar verkümmerten Stechginsterbüschen den Hof durch sein Leika-Fernglas beobachtete.

Als der Himmel sich aufhellte, hatte sich etwas im Haus gerührt, und erster Rauch war aus dem Schornstein gestiegen. Dann hatte sich die Tür geöffnet, und Hadda war in die kalte Morgenluft herausgetreten, zu Pudos Verwunderung splitternackt, bis auf ein Handtuch, das er sich über die Schulter geworfen hatte. Er überquerte den Hof und verschwand hinter der Scheune. Das Geräusch von rauschendem Wasser verriet, dass irgendwo in der Nähe ein Bach sein musste. Wahrscheinlich wollte dieser Irre darin baden!

Pudovkin fröstelte schon bei dem Gedanken, aber es würde ihm die Arbeit erleichtern. Das einzige Haar in der Suppe war der räudige Hund, der Hadda auf dem Fuß folgte. Das Biest sah gemeingefährlich aus. Pudovkin hatte was gegen Hunde. Als Kind war er mal von einem gebissen worden. Später war er dann mit einem vergifteten Fleischbrocken zurückgekommen und hatte genüsslich zugesehen, wie das Vieh unter Qualen verreckte. Haddas Hund stand ein gnädigerer Tod bevor. Der erste Schuss würde ihn erledigen. Ein nackter Krüppel, der in einem eisigen Bach badete, wäre wohl kaum in der Lage, den kurzen Aufschub zu nutzen, der sich ihm durch diese Ablenkung bot.

Er machte gerade Anstalten, sein Versteck zu verlassen, als er in der Ferne einen Motor hörte. Wenige Augenblicke später kam eine schwarze Frau die Zufahrt hoch auf den Hof. Wer zum Teufel ist das denn?, fragte er sich. Vielleicht würde sie ja wieder gehen, wenn sie feststellte, dass das Haus verlassen war.

Sie öffnete die Tür und lugte hinein. Einen Moment lang zögerte sie auf der Schwelle. Dann drehte sie sich um und ging denselben Weg, den der hinkende Mann genommen hatte.

»Scheiße!«, murmelte er. Ein Mann und ein Hund waren machbar, aber diese Frau verkomplizierte die Sache. Wer würde sie vermissen und wie bald? Vielleicht wartete sogar jemand in ihrem Wagen auf sie. Bei Säuberungsaktionen waren Fluchtrouten ungemein wichtig, und in dieser Scheißwildnis spielte der Faktor Zeit eine wesentliche Rolle in seinem Fluchtplan. Pudo wollte längst über alle Berge sein, ehe die Tat entdeckt wurde. Er brauchte mindestens eine Stunde, um auf die Schnellstraße Richtung Süden zu kommen. Falls vorher schon eine Fahndung eingeleitet wurde, würden die Straßen gesperrt werden und er säße hier bei den Bauern fest.

Er verzog sich wieder in sein Versteck. Nach wenigen Minuten hörte er ein weiteres Motorengeräusch. Verdammt, dachte er. Hier geht's ja zu wie auf der Oxford Street zu Weihnachten!

Kurz darauf kam eine weitere Frau die Zufahrt heraufspaziert. Diese erkannte er. Sie war die Frau von diesem Anwalt, die gut aussehende Blondine, auf die Pasha Nikitin scharf gewesen war. Als Pudo in dem Lagerhaus Toby Estover in die Mangel genommen hatte, war ihm, schon lange bevor sein Boss das Signal zum Aufhören gab, klar gewesen, dass der Anwalt nichts über den Zeitungsartikel wusste. Wie viel, so fragte er sich, hatte das mit der schönen Imogen zu tun gehabt? Und wie würde Pasha auf die Nachricht reagieren, dass sie sich noch immer in der Nähe ihres Exmannes rumtrieb?

Mit großer Gleichgültigkeit, schätzte er, falls er ihm meldete, dass der Ex tot war.

Aber ihre Anwesenheit war eine weitere unwillkommene Komplikation.

Als sie sich dem Tor näherte, waren plötzlich Stimmen zu hören. Dann kam die Schwarze in Sicht und ging Richtung Haus. Die Blonde duckte sich in eine Hecke, die die Zufahrt säumte. Hadda, noch immer nackt, und sein Hund tauchten hinter der Schwarzen auf, und die drei verschwanden im Haus.

Die blonde Frau ging zurück die Zufahrt hinunter. Pudovkin horchte auf das Geräusch eines startenden Motors, hörte aber nichts. Dann war sie wieder da. Diesmal ging sie durch das Tor und auf den Hof. Sie hielt ein Stück Papier in der

Hand und trat damit in die Scheune, wo der Russe sie nicht mehr sehen konnte, aber als sie gleich darauf wieder herauskam, war ihre Hand leer.

Erneut ging sie die Zufahrt hinunter, bewegte sich anmutig, aber entschlossen. Diesmal hörte er, wie ein Wagen ansprang.

Als Nächstes kam Hadda, jetzt vollständig angezogen, aus dem Haus. Er blickte sich vorsichtig um. Irgendwas musste ihn gewarnt haben, wahrscheinlich der verdammte Köter. Jetzt überquerte er den Hof und ging in die Scheune. Die Schwarze tauchte in der Tür auf und beobachtete ihn einen Moment lang, ehe sie wieder hineinging. Hadda folgte ihr kurz darauf, in der Hand einen Zettel, vermutlich den, den seine Ex zurückgelassen hatte, und knüllte ihn zusammen, als er durch die Tür ging.

Was ging hier vor?, überlegte Pudo. Im Grunde interessierte es ihn einen Dreck. Seine einzige Sorge war, dass er sich in diesen Stechginsterbüschen langsam die Eier abfror, ohne zu wissen, wie lange er noch warten musste, ehe ihm das Vergnügen vergönnt war, Hadda das Gehirn wegzupusten!

Nicht mehr lange und er wäre viel zu durchgefroren, um noch abdrücken zu können. Er hatte nicht übel Lust, einfach runter zum Haus zu laufen, in die Küche zu stürmen und auf alles zu ballern, das sich bewegte. Aber das war bloß der Frost, der ihm allmählich in den Schädel kroch. Am besten, er ging zurück zu seinem schönen warmen Auto, um die Situation neu zu überdenken.

Er war fast am Anfang der Zufahrt, als er irgendwo hinter sich einen Motor aufheulen hörte. Er kroch seitlich durch die Hecke und sah gleich darauf den Land Rover Defender über die zerfurchte Zufahrt rumpeln. Er blieb auf der anderen Seite der Hecke und hastete dem Wagen hinterher. Falls der Defender oben, wo die Zufahrt auf die schmale Landstraße traf, nach Westen abbog, dann wollte Hadda zu der Straße, die hier in der Pampa als Hauptstraße galt, und es wäre sinnlos, ihm zu folgen.

Aber wenn er nach Osten abbog ...

Und er bog nach Osten ab.

Pudo hatte die Landkarte studiert, ehe er sich in diese Wüstenei wagte, und er wusste, dass die Straße nicht weit hinter der Spitze des langen dunklen Sees in einer Sackgasse endete. Es gab da ein paar Häuschen und einen Gasthof. Jeder, der noch weiter wollte, würde zu Fuß gehen müssen.

Er brauste mit dem Honda die enge Straße entlang, bis er den Defender weiter vorne sehen konnte, dann folgte er ihm in sicherem Abstand. Hadda fuhr die ganze Strecke bis zum Gasthof und parkte davor. Pudovkin brachte den Honda zum Stehen, so dass ein hellblaues Mercedes-Coupé zwischen ihm und dem Defender war. Ansonsten standen hier nicht viele Autos. Klar. Welcher halbwegs vernünftige Mensch verirrte sich schon um diese Jahreszeit hierher?

Falls Hadda in den Gasthof ging, musste er sich vielleicht auf eine lange Wartezeit gefasst machen. Aber der große Bursche zog sich eine Regenjacke über und hängte sich seine Scheißaxt auf den Rücken. Pudos Kiefer, in dem noch immer ein Draht steckte, schmerzte, als er sie sah. Selbst wenn Pasha ihm nicht den Befehl gegeben hätte, er hätte diesen Scheißkerl auch auf eigene Faust erledigt.

Jetzt war Hadda fertig. Er knallte die Heckklappe zu und marschierte los, an dem Gasthof vorbei.

Ein Blick auf die Karte bestätigte dem Russen, dass da nichts mehr kam außer Wildnis. Bestens. Eines konnte man dieser trostlosen Gegend zugutehalten: Sie bot dem umsichtigen Killer jede Menge gute Positionen für einen Hinterhalt und noch dazu eine Fülle von Stellen, wo eine Leiche entsorgt werden konnte und tage- oder gar wochenlang nicht gefunden werden würde.

Er ließ seiner Beute ein paar Minuten Vorsprung, die er dazu nutzte, sich ein Paar Wanderschuhe und einen fellgefütterten Parka anzuziehen. Ja, dachte er stolz, er hatte sich gut vorbereitet. Dann nahm er die Verfolgung auf.

Er ging nicht davon aus, dass es schwierig werden würde, mit einem hinkenden Mann Schritt zu halten, und er war zuversichtlich, genug Kondition zu haben, um ihn zu überholen, wenn Zeitpunkt und Ort geeignet schienen, die Sache zum Abschluss zu bringen. In seiner Branche war es Grundbedingung, sich fit zu halten. Das konnte über Leben und Tod entscheiden. Daher ging er, wenn er in London war, täglich ins Fitnessstudio und absolvierte verschiedene Trainingspläne für Kraft, Ausdauer und Wendigkeit. Er konnte eine Stunde laufen, hundertsechzig Kilo reißen und die Kletterwand so flink erklimmen, dass die Typen, die nur fürs Bergsteigen trainierten, große Augen machten. Wenn ihm, was mitunter vorkam, einer von denen vorschlug, er sollte doch mal mit ihnen zusammen eine richtige Felswand hochklettern, sagte er: »Das soll wohl ein Witz sein! Ich mach das doch nicht zum Spaß!«

Hadda war hinter dem Gasthof verschwunden. Dort verlief ein breiter Bach, über den eine alte Fußbrücke führte. Pudovkin wollte sie schon überqueren, blieb aber stehen, als er auf dem freien Feld vor sich keine Spur von Hadda entdecken konnte. Er blickte nach rechts, und da war er, noch immer auf derselben Seite des Wassers.

Pudo folgte ihm. Der Pfad erstreckte sich nach links, vom Bach weg, und stieg langsam an. Pudo konnte seine Beute nicht mehr sehen, aber eine massive Steinmauer auf der einen Seite und ein Drahtzaun auf der anderen machten es praktisch unmöglich, die Spur zu verlieren. Er musste durch etliche Zauntore. Er hielt sich nicht damit auf, sie hinter sich zu schließen. Als er durch das letzte hindurch war, öffnete sich vor ihm eine weite Landschaft, durch die ein Pfad hinunter in ein breites Tal führte. Jetzt konnte er Hadda wieder sehen. Trotz seines kaputten Beins legte er ein flottes Tempo vor, und der Russe musste sich bald von der Vorstellung verabschieden, den Mann locker überholen zu können.

Als der Pfad steiler wurde, schwante ihm, wie wenig seine Fitness mit den Anforderungen zu tun hatte, die Bergwandern an die Muskulatur stellte. Er holte etwas auf, als seine Beute an einem tosenden Bach stehen blieb und sich bückte, um Wasser mit der Hand zu schöpfen und ein paar Schlucke zu trinken. Er drehte sich nicht um. Und selbst wenn, wäre das nicht weiter schlimm gewesen. Auf diese Entfernung würde Hadda ihn wahrscheinlich nicht erkennen, und dass ein weiterer Wanderer auf diesem ausgetretenen Pfad unterwegs war, hätte wohl kaum sein Misstrauen geweckt.

Als Pudovkin den Bach erreichte, machte auch er kurz Rast, um etwas zu trinken und rasch seine Karte zu konsultieren. Der Pfad überquerte den Bach und stieg dann weiter nach rechts hinauf zur Senke des Black Sail Pass zwischen dem Berg Kirk Fell, dessen Flanke er gequert hatte, und einem noch höheren weiter vorne namens Pillar – Säule –, der aber nichts besonders Säulenhaftes an sich hatte.

Da er nicht wusste, welche der angebotenen Routen Hadda nehmen würde, wenn er den Pass erreicht hatte, zwang sich der Russe, einen Zahn zuzulegen. Doch trotz aller Anstrengung war der Mann verschwunden, als er dort ankam.

Erbost, weil die ganze Anstrengung vielleicht vergeblich gewesen war, wägte Pudovkin die Möglichkeiten ab. Rechts von ihm führte der Pfad zu dem offenbar steilen und felsigen Aufstieg zum Kirk Fell. Und dort war kein Kletterer zu sehen.

Er trat vor, bis er ins nächste Tal schauen konnte, dessen Name ihm wieder einfiel: Ennerdale. Es sah, wenn das überhaupt möglich war, noch gottverlassener aus, als das Tal, aus dem er gerade gekommen war.

Er suchte die möglichen Abstiegsrouten vom Pass ab, konnte aber auch hier keine Bewegung entdecken.

Er kehrte zu der Kreuzung auf dem Pass zurück und ging weiter auf den Pillar zu. Jetzt erspähte er Hadda. Er war nicht mehr auf dem Hauptpfad unterwegs, sondern auf einem tiefer gelegenen Steig, der sich unterhalb der schroffen Nordwand des Pillars mit Blick auf das Ennerdale-Tal erstreckte.

Der kurze Abstieg zu diesem tieferen Pfad war steil und schlüpfrig, und er bewältigte ihn beinahe auf dem Hintern rutschend. Sein ursprünglicher Plan, Hadda irgendwie zu überholen und ihm aufzulauern, kam ihm jetzt schon fast absurd vor. Abgesehen von dem erstaunlichen Tempo, mit dem der hinkende Mann sich bewegte, folgte der Pfad der besten und die meiste Zeit auch einzig möglichen Route, und es war für Pudo praktisch aussichtslos, vor seine Beute zu gelangen. Also konnte er jetzt nur noch darauf hoffen, nahe genug für einen sauberen Schuss an ihn ranzukommen.

Seine Waffe war eine Makarow PM, ähnlich wie die, die Hadda am Strand zerstört hatte. Er hatte die Pistole wirklich geliebt. Sie hatte dem ersten Mann gehört, den er getötet hatte, und irgendwie hatte er daran gehangen. Deshalb hatte er sie durch das gleiche Modell ersetzt, obwohl es inzwischen bessere, modernere Waffen gab.

Sie hatte nämlich einen Nachteil: Damit ihre Treffgenauigkeit und Durchschlagskraft auch garantiert tödlich waren, durfte er höchstens zwanzig Meter, besser noch zehn Meter von seinem Ziel entfernt sein. In seiner üblichen urbanen Umgebung war das kein Problem. Aber hier draußen in dieser verfluchten Wildnis wäre eine Waffe mit größerer Reichweite zweckmäßiger gewesen. Andererseits würde ihm die Nähe zu seiner Beute vielleicht das Vergnügen bescheren, erkannt zu werden. Er hatte absolut nichts dagegen, Hadda in den Rücken zu schießen, aber der Kick, ihn wissen zu lassen, wer den Abzug betätigte, wäre ein schöner Bonus.

Das Wetter schlug um. Wolken ballten sich am stahlblauen Himmel und sanken tief genug, um die Berggipfel zu verhüllen und tastende Nebelwirbel die felsigen Hänge hinabzusenden. Pudovkin neigte nicht zu Überspanntheit, doch jetzt überraschte ihn der Gedanke, dass Hadda selbst diese Schwaden herbeibeschworen haben könnte, damit sie ihn verbargen, und als ein großer Rabe aus der Felswand herabstieß und genau über seinem Kopf spöttisch krächzte, kam es ihm so vor, als würde ein feindlicher Spion ihn narren.

Er fegte diese abergläubischen Gedanken beiseite, doch wenige Minuten später kamen sie gleich scharenweise zurück, als ihn der Steig zu einer vorspringenden Bergnase führte, auf der ein imposanter Steinmann stand.

Direkt vor ihm erhob sich dunkel und drohend wie die uralte Festungsruine eines Trollkönigs ein gewaltiger zerklüfteter Felsen über der Bergflanke, dessen Vorderseite fast senkrecht hinab ins Tal stürzte.

Daher also der Name Pillar. Der Berg war nicht wegen seiner Höhe oder Masse so genannt worden, sondern wegen dieses einzigartigen dominierenden Felsens. Und genau auf diesen Furcht erregenden Auswuchs führte der Pfad zu.

Er konnte Hadda deutlich sehen, wie er mit demselben erbarmungslosen Tempo weiter voranschritt. Zum ersten Mal beschlichen den Russen Zweifel. Das Wesen, das er da verfolgte, bewegte sich in seinem eigenen Revier. Und er war hier der Eindringling.

Dann rief er sich in Erinnerung, dass seine Beute ein einäugiger Krüppel mit einer verstümmelten Hand war, der keine andere Waffe hatte als eine langstielige Axt. Er spürte das beruhigende Gewicht seiner Makarow im Schulterholster und wandte sich von dem Steinmann ab, um dem Pfad weiter zu folgen.

Auf dem Weg hinauf zum Black Sail Pass war der meiste Schnee schon verschwunden, aber hier auf der Nordseite des Berges sorgten viele weiß gefüllte Spalten zwischen den dunklen Felsen für eine wild gescheckte Schönheit, an der ein weniger scharf fokussiertes Gemüt als das des Russen Gefallen hätte finden können. Ihm fiel nur auf, dass der Wind hier viel stärker wehte als unten im Tal, mit heulenden Böen, die zwischen den Felsen widerhallten und mit einem fast metallischen Echo zurückprallten. Er zog sich die pelzgefütterte Kapuze über den Kopf. Der Lärm des Windes würde die Geräusche übertönen, die er beim Klettern verursachte, und selbst falls Hadda sich umdrehte, würde er ihn unter der Kapuze wohl erst erkennen, wenn es zu spät wäre.

Weiter vorne folgte Hadda dem Pfad über lose Steine, die unter seinen Stiefeln knirschten und rasselten, einen steilen Hang hinauf. Er verschwand in einem Nebelschwaden. Pudovkin rechnete damit, ihn weiter oben auf dem Pfad wiederzusehen, aber Hadda tauchte nicht wieder auf. Vielleicht machte er eine Pause. In dieser steinigen Wildnis konnte es doch wohl nicht noch eine Abzweigung geben? Vielleicht hab ich ihn jetzt, dachte er, und stellte sich vor, wie er auf seine Beute stieß, die sich ausruhte, um Luft zu schöpfen, ohne zu ahnen, dass es ihr letzter Atemzug sein würde.

Er eilte weiter, aber als er an die Stelle kam, wo er Hadda zuletzt gesehen hatte, fehlte von dem Mann jede Spur. Auch würde wohl niemand, der halbwegs bei Trost war, hier eine

Rast einlegen. Solange man in Bewegung blieb, hatte man wenigstens keine Zeit, sich seine schreckenerregende Umgebung genauer anzusehen.

Über ihm führte der Pfad einen noch steileren, steinigen Hang hinauf. Da oben wäre Hadda ganz sicher deutlich zu sehen gewesen. Pudovkin sah sich nach anderen Möglichkeiten um und bemerkte einen kleinen Steinmann, der anscheinend den Anfang eines Seitenpfades markierte. Es war ein Pfad, den eigentlich nur ein wahnsinniges Schaf freiwillig genommen hätte, aber er folgte ihm trotzdem. Nach einem in einem Bogen verlaufenden längeren Abstieg kam Pudo um eine Biegung und sah vor sich eine trostlose Felsrinne, die das Gelände, das er soeben durchquert hatte, wie eine windstille und sichere Oase wirken ließ.

Auf der gegenüberliegenden Seite der Rinne erblickte er seine Beute wieder, die jetzt näher war, aber durch die Größe der Felsen ringsherum kleiner wirkte. Hadda suchte sich vorsichtig seinen Weg über eine große Felsplatte und schien direkt auf die senkrechte Wand des gewaltigen Pillar zuzuhalten. Die Bedächtigkeit, mit der er sich bewegte, veranlasste Pudovkin, einen Schussversuch in Erwägung zu ziehen.

Er zog seine Pistole und zielte. Gleichzeitig berechnete er im Kopf die Entfernung und den Wind und kam schnell zu dem Schluss, dass er verrückt wäre, so ein Risiko einzugehen. Im Moment würde Hadda, falls er ihn entdeckte, ihn bloß für einen anderen Irren halten, der sich den zweifelhaften Spaß machte, Leib und Leben aufs Spiel zu setzen, indem er mitten im Winter an diesem unwirtlichen Ort herumkraxelte. Doch eine Kugel, die von der Wand abprallte, an der er hing, wäre ein deutlicher Hinweis darauf, dass Ärger im Anzug war.

Er steckte die Pistole zurück ins Holster. Er musste so nah rankommen, dass sein erster Schuss den Mann garantiert zumindest bewegungsunfähig machte.

Hadda hatte den oberen Rand der Felsplatte erreicht. Es sah aus, als würde er einen Schritt nach unten machen und sich ein bisschen nach rechts bewegen, ehe er begann, schnurstracks nach oben zu klettern.

Na, das sah ja schon wesentlich vielversprechender aus, dachte Pudovkin. Wenn er unter ihm angekommen war, wäre der Mann ein leichtes Ziel und hätte keine Möglichkeit, irgendwo in Deckung zu gehen.

So schnell er konnte durchquerte er die Rinne und hievte sich auf die Felsplatte. Sie stellte kein großes Hindernis dar, da sie nicht besonders steil geneigt war und reichlich Risse und Einkerbungen den Füßen guten Halt boten. Aber sie war auch an zahlreichen Stellen vereist, und jetzt verstand Pudovkin, warum Hadda sich so vorsichtig bewegt hatte.

Er rutschte aus und schlug schmerzhaft mit dem rechten Knie auf.

Er fluchte heftig auf Russisch. Für seine Freunde wäre das ein Signal gewesen, auf Abstand zu gehen. Für den Alltagsgebrauch hatte er eine ganze Palette von englischen Flüchen parat, aber wenn er richtig in Wut geriet, fiel er immer in seine Muttersprache zurück.

Allmählich wünschte er sich, er hätte Hadda einfach beim Baden im Bach hinter seinem Haus erschossen. Und die Schwarze gleich mit. Und natürlich auch den Hund. Gar nicht so einfach, drei präzise Schüsse auf unterschiedliche Ziele abzugeben, aber wenn er geahnt hätte, wo er bei seiner Verfolgung Haddas landen würde, wäre er das Risiko vermutlich eingegangen.

Andererseits wäre er auf dem Rückweg zum Auto wahrscheinlich Estovers Frau in die Arme gelaufen, und die hätte er dann auch noch erledigen müssen. Das hätte Nikitin gar nicht gefallen. Okay, möglicherweise hätte er die Notwendigkeit eingesehen, aber Groll hatte ein längeres Verfallsdatum als Dankbarkeit, und an irgendeinem dunklen Punkt in der Zukunft, wenn er all die vielen Dienste, die Pudovkin für ihn verrichtet hatte, aus seinem Gedächtnis verdrängt hatte, würde er sich noch immer daran erinnern, dass sein treuer Diener die Frau getötet hatte, die er liebte.

Also schluckte er seine Wut hinunter. Er war, wo er war, und er hatte nicht die Absicht, wieder zu verschwinden, ohne das zu Ende zu bringen, was er sich vorgenommen hatte.

Doch ihm wurde bang, als er vom Rand der Felsplatte hinunterstieg und sich über eine schmale Kante nach rechts bewegte. Er hatte gehofft, seine Beute jetzt schutzlos über sich an der Wand zu sehen. Stattdessen bekam er gerade noch mit, wie Hadda hinter einem Vorsprung verschwand, um den nächsten Teil des Aufstiegs anzugehen.

Um an ihn ranzukommen, würde er ihm folgen müssen.

Plötzlich schrumpfte die Kletterwand im Sportstudio, an der er problemlos wie eine Spinne hinaufhuschen konnte, in seiner Erinnerung zu einem sanft geneigten Hang mit großzügig verteilten Griffen und Tritten.

Aber wenn so ein Scheißkrüppel da raufkonnte, dann konnte er das auch!

Aber nicht, ohne sich vorher kurz auszuruhen und ein wenig zu stärken.

Er ging in die Hocke und zog einen kleinen Plastikbeutel aus seiner Innentasche. Er nahm eine Prise weißes Pulver heraus, hielt sie sich unter das rechte Nasenloch und sog kräftig ein. Dann wiederholte er den Vorgang mit dem linken Nasenloch.

Er wartete ein paar Minuten, bis er merkte, dass Kraft und Scharfsichtigkeit zurückkehrten.

Schließlich war er bereit.

Er atmete tief durch, sprach ein Stoßgebet an seinen Schutzheiligen (der nach so vielen Jahren der Missachtung wahrscheinlich verwundert die Stirn runzelte und fragte: *Wer?*) und kletterte los.

6

»Hallo Wolf«, sagte Imogen.

Hadda blickte hoch und sah sie über ihm stehen. Sie war jetzt über vierzig, aber sie hatte noch immer den hellen strahlenden Teint und die jugendlich frische Schönheit eines Botticelli-Engels.

Wenn sie gewollt hätte, hätte sie ihm ihren Stiefel ins Gesicht treten können, und er wäre hundertfünfzig Meter tief abgestürzt, den ein oder anderen Aufprall nicht mitgerechnet. Sie wäre all ihre Sorgen los. Er seine auch, und vielleicht wäre es nicht die schlechteste Art, abzutreten, wenn dieses ruhige schöne Gesicht das Letzte wäre, das er in diesem Leben sah.

Sie streckte die Hand nach ihm aus, und einen Moment lang dachte er, seine Fantasievorstellung könnte wahr werden. Dann packte sie seine Hand und zog ihn zu sich hoch.

Sie blieben Auge in Auge voreinander stehen.

»Da wären wir also«, sagte sie.

»Wieder«, sagte er.

»Ja. Wieder. Aber diesmal hab ich kein Seil gebraucht.«

»Ich glaub, du hast auch beim ersten Mal kein Seil gebraucht.«

»Aber damals hast du dir meinetwegen Sorgen gemacht«, sagte sie. »Eigenartig, nicht? Wir haben so viele Klettertouren unternommen, aber hierher sind wir nie zurückgekommen.«

»Weil es nichts gab, weswegen man hätte zurückkommen wollen. Ich meine, das erste Mal damals, das war durch nichts zu steigern. Für mich zumindest nicht.«

»Ach, Wolf«, sagte sie. »Du hast eine schlechte Wahl getroffen.«

»Nein«, sagte er. »Ich hab nie eine Wahl getroffen. Von Wahl konnte keine Rede sein. Du bist es, die eine schlechte Wahl getroffen hat.«

Sie nickte ernst.

»Du hast recht. Ich habe gewählt. Und es war eine selbstsüchtige Wahl, weil mir klar war, dass du keine hattest.«

Er merkte, dass er noch immer ihre Hand hielt, und ließ sie fallen.

Er sagte: »Setzen wir uns.«

»Warum? Hast du was zum Picknicken mitgebracht?«

Er sagte: »Nein. Ich dachte nur, im Sitzen ist es schwieriger, gewalttätig zu werden.«

»Ah.«

Sie traten vom Rand weg und ließen sich auf einer trockenen Felskante nieder. Er hatte seine Axt abgenommen und legte sie zwischen Imogen und sich. Dann griff er in die Tasche seiner Regenjacke und holte eine flache Zinnflasche hervor.

»Kein Picknick«, sagte er. »Aber einen guten Tropfen, um die Kälte abzuwehren. Du hättest erfrieren können, während du hier oben gewartet hast.«

»Ich bin wie du, ich spüre die Kälte nicht«, sagte sie. »Und ich hab nicht lange gewartet. Du bist anscheinend noch immer flink auf den Beinen.«

»Für einen Krüppel, meinst du.«

»Nein«, sagte sie. »Für einen Greis.«

Das entlockte ihm beinahe ein Lächeln. Er schraubte die Flasche auf und reichte sie ihr. Sie trank einen kleinen Schluck. Er trank einen etwas größeren.

»Also, Wolf«, sagte sie. »Spaß beiseite. Ich bin die Einzige, die noch übrig ist, nachdem du dein Urteil über Johnny, Pippa und Toby gesprochen hast.«

»Hab ich das?«, sagte er. »Ich dachte, ich würde nur still und friedlich hier oben auf diesem schönen Fleckchen Erde leben und mich um meinen eigenen Kram kümmern.«

»Das hast du auch gemacht, als du unsere Eberesche gefällt hast, nicht?«

Er sagte: »Holzfällen war schon immer mein Ding. Aber ich glaube kaum, dass mich irgendwer mit dem, was den Nutbrowns und deinem Mann passiert ist, in Verbindung bringen kann.«

»Da bin ich mir sicher«, sagte sie. »Genau wie ich mir sicher bin, dass du mich aus sicherer Entfernung erledigen lassen könntest. Aber du bist hier.«

»Gerechtigkeit ist wie Sex«, sagte er. »Aus sicherer Entfernung weniger befriedigend. Das könnte meine Erklärung sein, warum ich hier bin. Wie lautet deine?«

»Ach, du kennst mich doch«, sagte sie. »Ich bin nun mal eine altmodische Frau, die die meisten Dinge lieber von Angesicht zu Angesicht erledigt. Vor allem eine Gerichtsverhandlung.«

»Dann bist du hergekommen, um dich zu verteidigen?«

»Nein. Keine Verteidigung. Schuldig im Sinne der Anklage. Aber ich möchte mein Recht wahrnehmen, auf mildernde Umstände zu plädieren.«

Er trank noch einen Schluck, bot ihr den Flachmann an. Sie schüttelte den Kopf.

»Dann fang doch an mit deinem Plädoyer«, sagte er.

»Erstens, ich hab dich nie angelogen.«

»Willst du behaupten, du hättest weder vor noch während unserer Ehe mit Estover gevögelt?«

»Nein, das behaupte ich nicht. Und nicht bloß mit Toby. Es gab noch andere«, sagte sie. »Du warst nun mal sehr viel unterwegs, Wolf. Wenn ich sagen würde, es hätte nichts bedeutet, würde ich lügen. Aber es hatte nicht mehr Bedeutung als essen. Immer eine Notwendigkeit, nur gelegentlich wirkliche Lust. Es war nie so, wie wenn du nach Hause kamst.«

»Dann hast du dich also nur in Übung gehalten, was?«, sagte er barsch. »Und trotzdem behauptest du, du hättest mich nicht betrogen?«

»Ich hab nicht gesagt, ich hätte dich nicht betrogen. Ich hab gesagt, ich hab dich nie angelogen. Wenn du mich je gefragt hättest, hätte ich es dir gesagt. Aber das hast du nie. Weil du mir vertraut hast, Wolf? Oder weil du Angst vor der Antwort hattest?«

»Schluss mit der Psychoanalyse«, sagte er. »Davon hab ich die Nase voll. Wenn ich dein Anwalt wäre, würde ich dich darauf hinweisen, dass du mit deinem Plädoyer auf mildernde Umstände einen ziemlich schlechten Start hingelegt hast. Wann kommen wir denn auf die schwierige Kindheit, die Schikanen in der Schule, die gestörte Familie zu sprechen?«

»Das hatte ich alles«, sagte sie ruhig. »Die Schikanen hörten auf, als die Betreffenden merkten, dass sie weit mehr litten als ich. Was meine Familie betrifft, na ja, du kennst ja meine Mutter.«

»Ah ja, Kira. Alles ihre Schuld, was?«

»In hohem Maße, ja. Hast du dich eigentlich nie gefragt, warum sie auf einmal nicht mehr gegen unsere Heirat war?«

»Ich dachte immer, weil ich dich geschwängert hatte und sie keinen Bastard als Enkelkind haben wollte.«

»Deine zweite Vermutung ist sicherlich richtig«, sagte Imogen.

Sie sprach das so ruhig aus, dass es einige Sekunden dauerte, bis die Bedeutung dessen, was sie gerade gesagt hatte, bei Hadda ankam.

Er sprang auf und wich ein paar Schritte von ihr zurück.

Seine Fäuste waren geballt. Offenbar hatte er erkannt, dachte sie, dass er im Sitzen doch nicht so gut dagegen gefeit war, gewalttätig zu werden, wie er geglaubt hatte.

Er sagte: »Jetzt lügst du.«

Sie sagte: »Nein. Ich erhielt die Bestätigung, dass ich schwanger war, etwa eine Woche nach deiner Rückkehr. Viel zu früh, als dass du es hättest gewesen sein können. Aber falls es ein Trost ist, ich wusste noch nichts davon, als ich einwilligte, dich zu heiraten.«

»Und als du es dann wusstest, hast du mich einfach in dem Glauben gelassen, das Kind wäre von mir?«

»Wenn du gefragt hättest, hätte ich dir die Wahrheit gesagt«, erwiderte sie. »Aber das hast du nicht. Also hab ich geschwiegen. Wolf, es tut mir leid.«

»*Es tut dir leid!* Welcher Teil von dem Riesenhaufen Mist, den du über mir ausgekippt hast, tut dir denn genau leid, wenn ich fragen darf?«

»Es tut mir leid, dass ich mitgeholfen habe, Ginny von dir fernzuhalten, nachdem ... nachdem es passiert war. Ich hab mir eingeredet, das würde nichts ausmachen, weil sie ja nicht wirklich deine Tochter war. Aber das war falsch von mir. Heute ist mir das klar. Sie war genauso sehr deine Tochter wie ...«

»Wie wessen? Wer war Ginnys leiblicher Vater? Estover?«

»Ich glaube nicht«, sagte sie ungerührt. »Spielt das eine Rolle? Du warst der einzige Vater, den Ginny je hatte. Ich hatte kein Recht, euch beiden einen solchen Schmerz zuzufügen. Ich hätte deine Briefe an sie nicht abfangen dürfen. Ich hätte nicht auf Mutter hören sollen.«

»Aha, das Obermiststück. Ich wusste, dass sie irgendwie dahintersteckte. Was hat sie dir denn geraten?«

»Dass jetzt der passende Moment gekommen wäre, Ginny über ihre Herkunft reinen Wein einzuschenken. Ich hab mitgemacht, weil ich dachte, dann würde sie sich besser fühlen, dir weniger verbunden ... Sie war sehr aufgewühlt.«

»Gottverdammt«, stieß Hadda hervor, das Gesicht wutverzerrt. »Aufgewühlt. Du stellst ihre Welt auf den Kopf und dann schickst du sie ins Ausland! Kein Wunder, dass das arme Kind sich nie bei mir gemeldet hat, kein Wunder, dass sie völlig aus der Bahn geworfen wurde. Ich hab dir für so einiges die Schuld gegeben, aber ich hab immer versucht, dir nicht die Schuld für Ginnys Tod zu geben. Aber jetzt ... Um Himmels willen, Imo, vergiss den ganzen Scheiß mit deinem Plädoyer auf mildernde Umstände für das, was du mir angetan hast. Wie kannst du dir je selber verzeihen, was du Ginny angetan hast?«

Sie sagte beschwörend: »Wolf, ich kann es nicht, ich tu es auch nicht. Glaub mir, ich bin schon sehr lange innerlich vereist. Wenn ich auftaue, werde ich einfach fortgespült. Du und ich, wie sind uns sehr ähnlich. Wir überleben, indem wir keine Fragen stellen. Wir erschaffen eine Welt, in der wir leben können, weil wir unsere eigenen Regeln aufgestellt haben. Wir klettern nicht, weil wir den Gipfel erreichen wollen, sondern weil wir tief in unserem Innersten im Grunde nur eines wollen, nämlich fallen. *Wir sind gleich!*«

Ihre Stimme war immer erregter geworden, bis die letzten Worte in einem einzigen Atemzug aus ihr herausbrachen. Ihre Erregung schien ihn zu beruhigen, und er antwortete mit tiefer, gefasster Stimme.

»Wovon zum Teufel redest du?«, fragte er. »Versuch nicht, uns beide über einen Kamm zu scheren, Imo. Ich wollte immer bloß in deine Welt, damit ich dich haben konnte, aber es war eine Illusion, ein Wahn, und ich bin darüber hinweg. Als ich noch ein Junge war, dachte ich, ich würde selbst in meinen kühnsten Träumen nie an dich heranreichen, und jetzt sehe ich, wie recht ich hatte. Aber nicht, weil du weit über mir standest. Nein, du stehst tief unter mir! Ich dachte, ich müsste aufsteigen, um in deine Welt zu gelangen, und jetzt begreife ich, dass ich nichts anderes machen musste als alles Reale loslassen und fallen, bis ich am absoluten Tiefpunkt angekommen war!«

Während er sprach, war er immer weiter auf sie zugegangen, und jetzt bückte er sich, um seine Axt aufzuheben.

Sie sah zu ihm hoch und sagte leise: »Ach, Wolf. Ich rede nicht von Welten. Ich rede von Genen. Wir sind zwei Seiten derselben Medaille, das hat uns zueinander hingezogen. Du warst nicht der erste Holzfäller, der den Sog des Zauberschlosses gespürt hat. Hast du dich denn nie gefragt, warum wir so magnetisch voneinander angezogen wurden? Und wenn wir uns geliebt haben, war da eine Dunkelheit mit im Spiel, die es nur noch besser machte. Behaupte nicht, das hättest du nie gespürt.«

»Wovon zum Teufel redest du?«, wiederholte er, diesmal heftiger. »Dieselbe Medaille? Dunkelheit? Los, drück dich klar aus, solange du noch Gelegenheit dazu hast!«

Sie betrachtete ihn traurig und sagte: »Errätst du es nicht? Ich dachte, du wärst schon längst darauf gekommen. Wir sind Geschwister, Wolf. Fred war auch mein Vater.«

7

Alva parkte ihr Auto in Wasdale Head neben Haddas Defender. Auf der anderen Seite stand ein blauer Mercedes. Sie war sich nicht hundertprozentig sicher, dass der Wagen Imogen gehörte, aber sie erinnerte sich, ein ähnliches Modell vor Schloss Ulphingstone stehen gesehen zu haben, als sie im Januar dort gewesen war.

Sie nahm ihren kleinen Tagesrucksack aus dem Kofferraum und überprüfte den Inhalt. Regenmantel, Ersatzpullover, Müsliriegel, isotonischer Orangensaft, ein leichtes Fernglas, Karte, Kompass, Trillerpfeife, Taschenlampe. Alles, was die vorsichtige Psychiaterin in den Bergen dabeihaben sollte. Sie war immer nur auf der Ostseite des Lake District gewandert, also breitete sie die Karte aus, um sich die Route zum Pillar anzusehen, aber als sie Snecks Bellen hörte, wurde ihr klar, dass sie sich die Mühe sparen konnte. Der Hund stand auf einem Pfad, der seitlich an dem Gasthof vorbeiführte, und schaute sich ungeduldig nach ihr um. Als sie hinter ihm herkam, drehte er sich um und rannte mit beruhigender Gewissheit voraus.

Vielleicht hatte Hadda doch keinen so großen Vorsprung, wie sie befürchtet hatte. Vielleicht hatte er auf der Fahrt hierher aus irgendwelchen Gründen noch einen Umweg gemacht.

Als sie den Hauptpfad erreichte, der auf der rechten Seite des Mosedale-Tales die Flanke des Kirk Fell querte, entdeckte sie weit vor sich eine Gestalt, und ihr Herz tat einen Sprung. Aber als sie stehen blieb und durch ihr Fernglas spähte, erkannte sie gleich, dass es nicht Hadda war. Nur irgendein Wanderer, und zwar einer, der im flotten Tempo unterwegs war. Sie verstaute das Fernglas und fiel in den weit ausladenden Schritt, um den ihre Collegefreunde sie immer beneidet hatten, wenn sie zusammen wandern gingen. »Meine Güte, Alva, wir veranstalten hier doch kein Wettrennen!«, sagten sie oft. Aber als angehende Psychiaterin hatte sie gewusst, dass es meistens doch eins war.

Sneck wusste genau, wo er hinwollte, und in seinem Eifer lief er oft ein ganzes Stück voraus, so dass sie ihn nicht mehr sehen konnte, aber er kehrte jedes Mal zurück, als wollte er sich vergewissern, dass sie auch mitkam. Sie überlegte, ob sie ihn ermuntern sollte, allein weiterzulaufen, damit er sein Herrchen einholen und ihm so zu verstehen geben konnte, dass sie ihm folgte. Aber was hätte das gebracht?

Und falls sich der Pfad, der im Augenblick noch klar vor ihr lag, irgendwann gabelte, würde sie den Hund brauchen, um den richtigen Weg zu finden.

Als der Aufstieg steiler wurde, fiel es ihr schwerer, das forsche Tempo beizubehalten. Dort, wo der Pfad den Gatherstone Beck überquerte, macht sie kurz Halt, um zu verschnaufen, und blickte den Hang hinauf zum Kamm, wo sich der andere Wanderer einen Moment lang als Silhouette vor dem Himmel abzeichnete. Sie war näher an ihn rangekommen, aber das musste nicht auch für Hadda gelten.

Und überhaupt, was dachte sie sich eigentlich bei dieser Aktion? Durch ihr Rendezvous oben auf dem Pillar Rock wären die beiden für sie wahrscheinlich ohnehin unerreichbar – sie war keine Bergsteigerin, und nach allem, was sie von Wolfs Beschreibung in Erinnerung hatte, stellte der Aufstieg für Anfänger eine echte Herausforderung dar.

Aber sie war schon so weit gekommen, dass sie bestimmt nicht umkehren würde.

Vorsichtig durchquerte sie den Bach und machte sich auf den Weg hinauf zum Pass.

Der Karte nach musste sie den Hauptpfad zum Berggipfel verlassen, um zum Pillar Rock zu gelangen, und Sneck zeigte ihr die Stelle, wo der Seitenpfad abzweigte. Jetzt bewegte sie sich durch ein windiges zerklüftetes Gebiet, das den vorherigen Aufstieg zum Pass fast gemütlich erscheinen ließ. Der Fluss, der sich tief unten durchs Tal wand, war kaum mehr als ein blaues Band. Sie verspürte dieses rauschhafte Hochgefühl, das den Bergwanderer für all seine Mühen belohnt, und normalerweise hätte sie eine Pause eingelegt, um den Augenblick zu genießen. Aber heute wanderte sie nicht zum Vergnügen, sondern für etwas, das sie selbst nicht ganz verstand, wenngleich sie ahnte, dass es für ihre Zukunft irgendwie von entscheidender Bedeutung war.

Sie beschleunigte das Tempo auf dem schmalen Pfad. Immer häufiger wurde der Weg vor ihr von Nebel verhüllt. An einem großen Steinmann, an dessen Sockel eine Gedenktafel geschraubt war, blieb sie erneut stehen, um kurz durch ihr Fernglas zu spähen. Wie auf Kommando lichtete sich der Nebel, und zum ersten Mal sah sie den Pillar Rock. Es war ein Ehrfurcht gebietender Anblick. Sie konnte oben auf der Spitze niemanden entdecken, aber als sie das Fernglas etwas senkte, um den Zugangspfad abzusuchen, kam die Gestalt des anderen Wanderers in Sicht.

Das war gut, sagte sie sich. Der Mann wollte anscheinend ebenfalls auf den Pillar Rock, und die Anwesenheit eines Fremden würde Wolf doch wohl daran hindern, seiner Exfrau gegenüber gewalttätig zu werden.

Gerade als sie das Fernglas sinken lassen wollte, blieb der Mann stehen. Er schien etwas aus seiner Jacke zu ziehen. Jetzt zeigte er damit nach vorne …

Um Gottes willen!, dachte sie. Das ist eine Pistole!

John Childs Botschaft schoss ihr durch den Kopf. *Sagen Sie ihm, dass Nikitin Bescheid weiß und der Mann mit dem gebrochenen Kiefer noch frei herumläuft.*

Sie konnte nicht sehen, worauf der Mann zielte, nahm aber an, dass es Hadda war. Sie versuchte, einen Warnschrei auszustoßen, doch der Wind trieb ihr die Stimme zurück in die Kehle. Sie konnte nur auf das Geräusch des Schusses warten.

Es kam nicht. Der Mann steckte die Waffe ein, und gleich darauf war er hinter einem Felsen verschwunden.

Sie eilte weiter. Es war riskant, sich in diesem Tempo zu bewegen, dabei wusste sie, dass es vergeblich war. Der Schütze war zu weit entfernt. Falls er Wolf ins Visier bekam, während der den Pillar Rock hochkletterte, wäre das das Ende. Ihre einzige Hoffnung war, dass Wolf unversehrt oben ankam und sie ihn dann irgendwie warnen könnte. Wie zum Teufel sie das anstellen sollte, war ihr schleierhaft, aber als sie fast im Laufschrift die Stelle erreichte, wo der Steig abzweigte, auf dem sie den Mann gesehen hatte, nahm schemenhaft eine Idee in ihrem Kopf Gestalt an. Dieser Steig verlief offenbar um den gewaltigen Felsen vor ihr herum bis zum Fuße des Anstiegs. Der Hauptpfad dagegen führte einen steilen Geröllhang hinauf zur Spitze des Felsens und ging von dort vermutlich weiter bis hinauf zum Gipfel. Von dort oben musste es möglich sein, direkt auf den Pillar Rock zu blicken.

Sie stürmte mit wilder Entschlossenheit den Hang hinauf. Nach einem Moment merkte sie, dass Snecks Wahl auf den Steig gefallen war, den sein Herrchen genommen hatte. Zum ersten Mal fühlte sie sich wirklich und beängstigend allein. Am oberen Ende des Hangs bog der Pfad auf eine etwas sanfter geneigte Felsplatte, die rechts von ihr steil ins Tal abfiel. Ein Kasten der Bergwacht, in dem sich eine Rettungstrage befand, kam in Sicht, eher eine schauerliche Warnung denn ein Trost. Jetzt führte der Pfad wieder einen Geröllhang hinauf.

Der Pillar Rock ragte rechts von ihr auf, aber sie war noch immer nicht hoch genug, um auf die Spitze blicken zu können.

Bald, sagte sie sich. Bald!

Aber was würde sie sehen, wenn sie schließlich hoch genug war?

Sie erinnerte sich an die schimmernde Schneide der Axt, die Wolf aus Birkstane mitgenommen hatte.

Aber er war kein Killer, sagte sie sich. Das unnötige Töten hatte zu seinem Zerwürfnis mit JC geführt.

Unnötig.

Da lag der Haken. Der Tod Unschuldiger hatte ihn empört.

Aber der Tod der Schuldigen ...

Sie zwang sich, noch schneller zu gehen.

8

Als Lady Kira ihre Geschichte am Frühstückstisch erzählte, hatte Imogen leicht angewidert bemerkt, dass ihre Stimme unter dem Einfluss sinnlicher Erinnerungen ganz sanft wurde.

»Es war kurz nachdem ich ins Schloss gekommen war«, sagte ihre Mutter. »Dein Vater, nun ja, lass es mich so ausdrücken, dein Vater hatte eine sehr englische Einstellung zum Liebesakt. Er war der vollkommene Gentleman, sehr besorgt, er könne mir Schmerzen zufügen, weshalb er das, was seiner Meinung nach eine für mich nicht sehr angenehme Erfahrung sein könnte, möglichst schnell zu Ende bringen wollte. Ich versuchte ihm zu vermitteln, dass mir Schmerzen nichts ausmachten, solange ich in Verzückung geriet, aber ... jedenfalls, es lief nicht gerade gut, und nach einer besonders unbefriedigenden Nacht ging ich morgens nach draußen, spazierte über den Rasen und in den Wald.

Ich hörte ihn, bevor ich ihn sah. Das vollkommen regelmäßige, wuchtige Geräusch einer Axt, die in einen Baumstamm kracht. Ein Rhythmus, der mir förmlich durch den ganzen Körper drang. Ich ging darauf zu. Und dann sah ich ihn im Licht der frühen Morgensonne, das schräg durch die Bäume fiel, am Rande einer Lichtung, groß, blond, nackt bis zur Taille, und schon schweißnass von der Anstrengung, obwohl die Morgenluft noch kühl war.

Ich setzte mich auf einen alten Baumstumpf und beobachtete ihn, erfreute mich an seiner Stärke, seiner Energie, seinen kraftvollen rhythmischen Bewegungen. Er hielt inne, um sich mit einem großen roten Taschentuch über die Stirn zu wischen. Und dann, obwohl ich keinen Laut von mir gegeben hatte, bemerkte er mich.

Er stand da und sah mich einen Moment lang an, dann kam er auf mich zu. Er hielt noch immer seine Axt in der Hand. Ich weiß noch, wie groß mir die Schneide so dicht neben meinem Kopf vorkam, und er selbst sah aus wie ein Riese, der über mir aufragte.

Er sagte: ›Sie sollten hier lieber nicht sitzen, Mylady. Der Baum fällt gleich.‹

Ich sagte nichts, sog einfach nur seine Nähe in mich auf. Seine Gürtelschnalle war höchstens dreißig Zentimeter von meinem Gesicht entfernt. Fast ohne zu überlegen, griff ich nach oben und begann, sie zu öffnen. Er erstarrte kurz, und ich dachte schon, er würde zurückweichen.

Dann entspannte er sich.

Und dann hatte ich den berauschendsten Sex, den ich bis dahin erlebt hatte.«

Sie verstummte. Ihre Gesichtszüge waren weicher geworden, ihr Körper entspannt, und ihre Augen blickten irgendwohin, in eine andere Zeit.

Imogen sagte kalt: »Und wie war es für ihn, Lady Chatterley?«

Kira nahm Haltung an und war wieder sie selbst.

»Ganz gut, denke ich. Er hat nichts dazu gesagt. Als es vorbei war, hatte er nichts Eiligeres zu tun, als sich zu entschuldigen, als wäre die Initiative von ihm ausgegangen! Männer können furchtbar arrogant sein, findest du nicht? Er stammelte irgendwas von wegen, seine Frau hätte ein paar Monate zuvor ein Kind bekommen und es wäre zwischen ihnen beiden noch immer nicht alles wieder so wie vorher und so weiter. Ich vermute, er hatte schon einige Zeit vor der Geburt keinen Sex mehr bekommen und würde wahrscheinlich auch in absehbarer Zukunft keinen bekommen, weshalb er diesen frustrierenden Zustand als Erklärung für seine unverzeihliche Frechheit anführte, mich gevögelt zu haben. Seine Hauptsorge schien zu sein, dass ich unser kleines Rendezvous in die Welt hinausposaunen würde!

Tja, wie du dir vorstellen kannst, ging mir sein Gestotter bald auf die Nerven. Ich richtete mich wieder her und versicherte ihm dann, ich hätte ganz bestimmt nicht die Absicht, irgendjemandem zu verraten, dass ich mich mit einem gemeinen Holzfäller eingelassen hatte. Und ich fügte hinzu, falls ich je den leisesten Verdacht schöpfte, und sei es nur durch ein Wort, einen Blick, ein Kopfnicken oder ein Augenzwinkern, dass er irgendwem davon erzählt hatte, wäre er noch am selben Tag seine Arbeit und sein Dienstcottage los.«

Imogen hörte nicht mehr zu. Sie hatte begonnen, im Kopf Berechnungen anzustellen.

»Was sagtest du, wie viele Monate nach Wolfs Geburt ist das passiert?«

»Wer hat denn irgendwas von Wolf gesagt?«

»Die Haddas hatten nur ein Kind. Wie lange?«

»Zwei, drei Monate«, sagte Kira.

»Und ich bin fast genau ein Jahr jünger als Wolf ... Großer Gott, Mutter, was willst du damit sagen? Dass du mich meinen Halbbruder hast heiraten lassen?«

Interessanterweise erregte der Gedanke sie ebenso sehr, wie er sie entsetzte.

Lady Kira zuckte die Achseln.

»Warum denn nicht? Früher hat man Ehen zwischen noch engeren Verwandten mit einem Augenzwinkern akzeptiert, um die Erblinie rein zu halten. Gut, das trifft hier natürlich nicht zu. Zunächst mal hatte ich ja nichts dagegen, dass du dich mit einem Holzfäller vergnügst, genau wie ich das getan hatte, aber die Vorstellung, dass du den Mann tatsächlich heiraten würdest, fand ich nahezu obszön. Dann hast du mir gesagt, du seist schwanger, aber nicht von ihm. Und ich dachte, warum nicht? Damit hätte der kleine Bankert einen Namen. Außerdem war Hadda mit besseren Manieren und mit Geld in der Tasche zurückgekommen, und ich traute ihm mit seiner verbindlichen Art zu, noch sehr viel Geld zu machen. Ich fand, dass er für ein paar Jahre eine gute Übergangslösung wäre, bis du ihn satt hättest und jemand Besseres auftauchen würde.«

Imogen sagte: »Aber er war mein Bruder!«

»Halbbruder. Und da du klargestellt hattest, keine Kinder mehr zu wollen, erschien mir eine mögliche Ehe zwischen euch unproblematisch.«

Imogen sagte: »Ich wette, für den armen alten Fred war es durchaus ein Problem. Ich wette, er hat drei und neun zusammengezählt und sich mich genau angesehen und erkannt, dass ich mit meinen blonden Haaren und blauen Augen und so weiter absolut nichts von den Ulphingstones in mir hatte. Kein Wunder, dass er so vehement gegen die Heirat war!«

»Mag sein«, sagte Kira ungerührt. »Oder er hat sich einfach auf seinen gesunden Menschenverstand verlassen, der ihm gesagt hat, dass ihr nicht zusammenpasst. Jedenfalls hat er nie was gesagt.«

»Was hätte er denn sagen sollen? *Verzeihen Sie, Sir Leon, ich hab vor zwanzig Jahren Ihre Gattin gebumst, und ich habe den Verdacht, Ihre geliebte Tochter könnte in Wahrheit von mir sein?* Und ich war schwanger!«

»Ach, ich bitte dich, Liebes. Ich glaube, du unterstellst dem Mann viel zu viel Feinfühligkeit. Er war ein Holzfäller, in Gottes Namen!«

Seit ihrer Teenagerzeit hatte Imogen nicht mehr so viel Zorn empfunden, dass sie ihre Mutter am liebsten geohrfeigt hätte, jetzt jedoch wurde der Impuls beinahe übermächtig.

Sie bezwang ihn, stand auf und ging zur Tür.

»Wo willst du hin, Liebes?«, rief ihre Mutter.

»Ich mache eine Spritztour. Irgendwohin, wo die Luft ein bisschen frischer ist.«

Dann schloss sie die Tür mit einer Behutsamkeit, die eindringlicher war als ein lauter Knall.

Imogen erzählte Wolf das alles schlicht und einfach, ohne etwas auszulassen oder hinzuzufügen.

Er hörte zu, stocksteif wie eine Statue, das Gesicht in Marmor gemeißelt.

Als sie fertig war, ließ er sein Schweigen wie eine Schranke zwischen ihnen niedergehen.

Schließlich sagte er ruhig: »Du und deine Familie, ihr habt meinen Vater also genauso vollkommen zerstört, wie ihr mich zerstört habt.«

In dem Versuch, die Situation zu entschärfen, sagte sie: »Ich finde, du siehst nicht vollkommen zerstört aus, Wolf. Wir sollten das alles einfach hinter uns lassen. Ich habe Geld. Mein Anteil an dem Woodcutter-Vermögen, das Toby und Johnny beiseitegeschafft haben, liegt sicher auf einer taiwanesischen Bank. Wir können so leben, wie du es möchtest. Bruder und Schwester. Mann und Frau.«

»Reinen Tisch machen, meinst du?«, sagte er.

»So rein, wie du willst«, sagte sie. »Wenn du den Rest deines Lebens damit verbringen willst, mich zu bestrafen, geht das auch in Ordnung. Oder vielleicht nicht den ganzen Rest. Sieben Jahre wären wohl angemessen.«

»Und um mir das zu sagen, bist du hergekommen?«, sagte er fassungslos.

Sie schüttelte heftig den Kopf.

»Nein. Wahrhaftig nicht. Ich hatte die alberne Vorstellung, ich würde versuchen, alles zwischen uns zu klären, um dich dann beruhigt den liebevollen Händen deiner schwarzen

Schönheit zu überlassen. Aber jetzt, nachdem ich dich gesehen habe, mit dir gesprochen habe, ist mir klar, wie falsch das gewesen wäre. Du willst dich doch nicht an eine Psychiaterin binden, Wolf! Sie würde dauernd deine Gedanken durchleuchten, dich bedrängen, versuchen, alles in Ordnung zu bringen. Aber ich, ich bin in deinem Blut, deinen Genen, deiner Seele. Und du in meiner. Irgendwie hab ich das immer gewusst. Aber ich wollte es nie zugeben. Für den Verrat an dir hab ich mir Entschuldigungen zurechtgelegt, hab mich damit herausgeredet, dass es vernünftig und notwendig wäre. Aber im Grunde wollte ich mir nur beweisen, dass ich stärker war als diese Abhängigkeit, die ich empfand. Ich wollte mir beweisen, dass ich ich selbst war. Jetzt weiß ich, dass ich nur ich selbst sein kann, wenn ich akzeptiere, dass du ein Teil davon bist. Was denkst du?«

»Du hast zugelassen, dass ich für ein widerwärtiges Verbrechen, das ich nicht begangen hatte, ins Gefängnis gekommen bin«, schrie er. »Du hast zugelassen, dass ich für Betrügereien bestraft wurde, von denen ich keinen Schimmer hatte. Du hast dich von mir scheiden lassen und den Dreckskerl geheiratet, der mich hereingelegt hat. Du warst mit dafür verantwortlich, dass unsere Tochter aus der Bahn geworfen wurde und mein Vater verzweifelt ist. Und jetzt soll ich mit dir zusammen abhauen?«

»Sieh dich doch an, Wolf«, befahl sie ebenso leidenschaftlich. »Denk an die Dinge, die du getan oder unterlassen hast. In dieser Fantasiewelt, die du dir gebaut hast, gibt es bloß eine harte Wahrheit. Du willst mich, ich will dich. Das wussten wir beide schon, als wir das erste Mal hierherkamen. Und wir wissen es beide noch immer. Muss ich mich ausziehen, wie damals beim ersten Mal, und mich dir anbieten? Ich tu's, wenn du willst. Du musst es nur sagen, Wolf. Sag es!«

Sie sah zu ihm auf, beschwörend, herausfordernd.

Er stand hoch aufgerichtet vor ihr, hielt die Axt über ihren Kopf, als wollte er ihren Blick abwehren. Die geschliffene Schneide spiegelte ihr Gesicht darunter wider. Imogen riss den Reißverschluss der Fleecejacke auf, zerrte an den Knöpfen ihres Hemdes, bis auch das sich öffnete und die weiche, weiße Rundung ihrer Brüste freigab.

Hundert Meter entfernt auf dem Gipfelpfad sah Alva Ozigbo, wie die Axt gehoben wurde, und schrie: »Nein!«, doch der böige Nordwestwind peitschte ihr das Wort zurück in die Kehle. Sie stieß die Hand in die Tasche und riss ihr Handy heraus. Irgendwie musste sie die beiden wissen lassen, dass sie hier war. Und dann sah sie hinter den zwei Gestalten, die offenbar in ihrer ekstatischen Fixierung aufeinander alles um sich herum vergessen hatten, den Mann auftauchen, dem sie gefolgt war. Er hatte sich die letzten Meter zur Spitze hochgezogen und war jetzt auf allen Vieren direkt hinter ihnen.

Sie klappte ihr Handy auf, suchte und fand Imogens Nummer, die sie letzten Monat gespeichert hatte, betete, dass die moderne Technologie hier oben ein Netz finden würde und dass Imogen ihr Handy eingeschaltet hatte.

Sie drückte die Schnellwahltaste.

Pudovkin rappelte sich hoch. Es war schwerer gewesen, als er gedacht hatte. Nicht zu vergleichen mit der Kletterwand. Die tiefe Leere unter seinen Füßen, und die ganze Zeit meinte er, irgendwo weit unten das wütende Bellen eines Köters zu hören, wie ein Höllenhund, der darauf lauerte, ihn zu packen, falls er abstürzte. Ein paarmal hätte er fast den Halt verloren, und sogar das Koks, das er sich reingezogen hatte, half nicht gegen das Zittern. Er würde nah rangehen müssen, damit sein Schuss auch wirklich traf.

Und dann sah er, dass sie zu zweit waren. Die Frau von dem Anwalt war auch da. Was zum Teufel hatte das zu bedeuten? Er wollte sie nicht töten, aber er sah einfach keine Alternative. Zumindest schien Hadda ihn nicht im Geringsten zu bemerken, da er offenbar ganz und gar von ihr abgelenkt wurde.

Er trat einen Schritt vor und hob die Pistole.

Als er abdrückte, passierten zwei Dinge gleichzeitig.

Ein Handy klingelte.

Und Hadda hob die Axt.

Die Kugel prallte von der Klinge der Axt ab, machte ein Geräusch, als würde eine Glocke angeschlagen, und zischte dann irgendwo zwischen die Felsen.

Hadda richtete seinen einäugigen Blick auf den Russen. Obwohl Pudovkin außer Reichweite der Axt war und eine geladene Pistole in der Hand hielt, erstarrte er vor Angst. Aber nur für einen Moment.

Doch genau in dem Moment hatte Imogen ihr Handy ans Ohr gehoben und sich aufgerichtet, so dass sie jetzt zwischen Hadda und seinem Angreifer stand.

Ein Streifen Sonnenlicht brach durch die düsteren Wolken, wie um die Szene dramatisch auszuleuchten.

Imogen rief: »Pudo, ich hab Pasha am Telefon. Er will dich sprechen.«

Sie kam langsam auf ihn zu, ein Lächeln im Gesicht, das Telefon in der ausgestreckten Hand.

Ein Teil von ihm schrie ihm zu, dass Nikitin unmöglich wissen konnte, dass er hier oben auf diesem verdammten Felsen war, mit seiner Geliebten und deren Exmann.

Ein anderer Teil von ihm registrierte, dass ihre Jacke und ihr Hemd offen standen, und sie wirklich tolle Titten hatte.

Und vielleicht weil diese Reaktion so völlig normal war, versicherte noch ein weiterer Teil ihm, dass der mit der Pistole immer Herr der Lage war, und er hob den Arm, um sich das Handy geben zu lassen.

Er nahm es.

Die Frau kam weiter auf ihn zu.

Sie umschlang ihn in einer stürmischen Umarmung wie eine Liebende und trieb ihn mit unwiderstehlicher Kraft rückwärts.

Hadda und Alva schrien gemeinsam in unbewusstem Einklang: »Nein!«

Dann waren beide verschwunden.

Irgendwo mitten in der Luft lösten sie sich voneinander, und Imogen fiel allein, zuerst durch die helle Luft, dann durch die lautlose Finsternis, wie sie es immer geträumt hatte.

Nur Sneck, der allein unten auf der großen Felsplatte stand, konnte den ganzen Sturz sehen, und er warf den Kopf in den Nacken und erfüllte das Tal mit einem gequälten Heulen.

Hoch über ihm wandte Hadda sich um und starrte verzweifelt zu Alva hinüber. Dann begann er, sich zu drehen, die Axt in der ausgestreckten Hand, schneller und schneller, bis er schließlich losließ und auf die Knie sank, während die Axt so weit hinausgeschleudert wurde, dass sie sechshundert Meter tief fiel, ehe sie unten im Tal aufschlug.

EPILOG

Warten und Hoffen

«Il n'y a ni bonheur ni malheur en ce monde, il y a la comparaison d'un état à un autre, voilà tout. Celui-là seul qui a éprouvé l'extrême infortune est apte à ressentir l'extrême félicité. Il faut avoir voulu mourir pour savoir combien il est bon de vivre.

Vivez donc et soyez heureux, enfants chéris de mon cœur, et n'oubliez jamais que, jusqu'au jour où Dieu daignera dévoiler l'avenir à l'homme, toute la sagesse humaine sera dans ces deux mots:

Attendre et espérer!»*

Alexande Dumas: *Le Comte de Monte-Cristo*

* Es gibt weder Glück noch Unglück auf dieser Welt, es gibt nur eine Vergleichung eines Zustandes mit einem anderen, und mehr nicht. Derjenige allein, welcher das äußerste Unglück erfahren hat, ist geeignet, die höchste Glückseligkeit zu empfinden. Man muß die Nähe des Todes empfunden haben, [...] um zu wissen, wie schön das Leben ist.

Lebt also und seid glücklich, geliebte Kinder meines Herzens und vergeßt es nie: bis zu dem Tage, wo es Gott gefallen wird, den Menschen die Zukunft zu enthüllen, besteht die ganze menschliche Weisheit in den zwei Worten:

Warten und Hoffen!

1

Herbst 2018: Nichts ändert sich; die Welt ist so durcheinander wie eh und je, dieselbe Mischung aus Komik und Tragik, Triumph und Niederlage, so süß und so bitter wie in jedem Zeitalter, seit die Menschheit den aufrechten Gang entdeckte und sich Hosen anzog.

Neun Monate nach dem Drama auf dem Pillar Rock kostete Wolf Hadda das Süße ebenso wie das Bittere, als er hörte, wie das Berufungsgericht (unter Vorsitz des Ehrenwerten Richters Toplady) seine Verurteilungen aus dem Jahr 2010 für unhaltbar erklärte.

Vor den Royal Courts of Justice stand er groß und schweigend in der Mittagssonne eines Altweibersommers, während Ed Trapp vor den wartenden Reportern eine kurze nichtssagende Erklärung verlas. Dann bahnten sich die beiden Männer, von Polizisten abgeschirmt, einen Weg durch das Blitzlichtgewitter und die hektischen Fragen zu einer wartenden Limousine, die dann schneller davonfuhr, als dass die Pressemeute bemerken konnte, dass bereits jemand im abgedunkelten Fond saß.

Eine Weile herrschte Stille im Wagen. Als Charing Cross in Sicht kam, sagte Trapp: »Hier könnt ihr mich rauslassen.«

»Wirklich?«

»Ja. Ich treff mich mit Doll zum Lunch.«

»Grüß sie von mir«, sagte Wolf. »Und Ed – danke.«

Der Wagen hielt am Straßenrand, die beiden Männer schüttelten sich die Hand, als Trapp ausstieg, dann ließ sich Wolf ins Polster zurücksinken, während die Fahrt weiterging.

»Also Ende gut, alles gut«, sagte John Childs. »Die Gerechtigkeit hat gesiegt.«

»Gerechtigkeit!«, schnaubte Hadda. »Imogen ist tot, Arnie Medler ist tot, die Nutbrowns sitzen für ein Verbrechen im Gefängnis, das sie nicht begangen haben, Estover ist halb blind und verkrüppelt, und Gott allein weiß, wie seine Zukunft aussieht, ich gewinne meine Berufungsverfahren anhand von neuen Beweisen, die fast genauso getürkt sind wie die alten, die mich überhaupt erst in den Knast gebracht haben – und du sprichst von Gerechtigkeit!«

»*Exitus acta probat*«, sagte Childs. »Der Zweck heiligt die Mittel.«

»Ach ja? Du hast mich mal davor gewarnt, mich wie Gott aufzuführen, JC. Vielleicht hättest du deinen eigenen Rat befolgen sollen.«

»Meine Methode ist nicht so rätselhaft. Um dich in diesen sicheren Hafen zu steuern, musste ich lediglich etliche Leute um Gefälligkeiten bitten, so viele, dass mein Vorrat an abrufbaren Gefälligkeiten jetzt ziemlich erschöpft ist. Ich hoffe also, du lässt dir auf absehbare Zeit nichts zuschulden kommen.«

Hadda lachte und sagte: »Befürchtest du, ich könnte versucht sein, ein Angebot der Klatschpresse für meine ungekürzten Memoiren anzunehmen?«

»Nun ja, da du so versessen darauf warst, dass sämtliche veruntreuten Woodcutter-Gelder, die sichergestellt werden konnten, an diejenigen ausgezahlt werden, die unter dem Zusammenbruch gelitten haben, ist das Honorar bestimmt überaus verlockend.«

»Klar! Und die Kapelle würde mich weiterleben lassen, damit ich es in vollen Zügen genießen kann? Ich denke nicht. Nein, ich hab ein Stellenangebot, das ich ernsthaft in Erwägung ziehe.«

»Du meinst den Posten deines leider verstorbenen Vaters als Verwalter der Ulphingstone-Ländereien? Als Holzfäller anfangen, und als Holzfäller aufhören. Nett, aber nicht gerade eine erfolgreiche Karriere.«

»Meine Güte! Wieso mach ich überhaupt den Mund auf, wenn du sowieso meinen ganzen Text für mich aufsagen kannst?«, sagte Hadda. »Ja, Leon möchte mich gern in seiner Nähe haben. Ich hätte gedacht, nach allem, was passiert ist, würde er meinen Anblick nicht ertragen können. Stattdessen scheint es uns einander näher gebracht zu haben.«

»Ohne dich hat er alles verloren«, sagte Childs. »Obwohl ich mir nicht vorstellen kann, dass ihm die Trennung von Lady Kira das Herz gebrochen hat.«

»Mag sein. Ich hab sie falsch eingeschätzt, glaube ich. Oder zumindest nicht ganz richtig. Sie hatte einen kleinen Schlaganfall, als sie das mit Imo erfuhr. Aber das weißt du natürlich. Sie hat also nicht nur sich selbst geliebt. Ich hab sie nur ein einziges Mal gesehen, ehe sie in die Schweiz abgereist ist. Es war ein Schock. Sie ist um dreißig Jahre gealtert. Sie sieht jetzt älter aus als Leon.«

»Denkst du, sie wird zurückkommen? Nachdem die Klinik sie wieder aufgepäppelt hat?«

»Leon meint, nein. Sie hat ihm gesagt, dass sie das Schloss hasst und Cumbria und England obendrein. ›Am Ende gewinnen doch immer die grässlichen langweiligen Engländer‹, hat sie gesagt, ›das weiß man doch schon aus der europäischen Geschichte.‹«

»Freut mich zu hören, dass ihr der Aufenthalt hier bei uns doch etwas gegeben hat«, sagte JC.

»Er hat ihr Imo gegeben. Und Ginny. Und sie hat beide verloren.«

»Es ist in Ordnung, Mitleid mit ihr zu haben«, sagte Childs sanft. »Lass es nur nicht in Schuldgefühle umschlagen. Weder ihr noch sonst wem gegenüber. Niemand hat mehr bekommen, als er verdient hat.«

»Auch nicht Arnie Medler?«

»Das war ein Unfall, Wolf. Ehrlich. Solche Dinge passieren. Denk positiv. Denk an das Gute, das daraus entstanden ist. Denk an die Trapps, die ihre Freundschaft unter Beweis gestellt haben. Den ehrenwerten Mr McLucky, der ohne dein Zutun niemals der reizenden Morag begegnet wäre. Denk an deinen lieben Freund Luke Hollins, dem es vielleicht sogar noch gelingt, das Christentum ins finsterste Cumbria zu bringen. Und natürlich an die wunderbare Dr. Ozigbo. Die meisten Beziehungen enden mit Betrug. Eure hat damit begonnen, das verheißt also nur Gutes.«

»Wie kommst du darauf, dass wir zusammen sind?«

»Nun ja, sie hat doch beschlossen, fortan in einem akademischen Umfeld zu arbeiten, und ich weiß aus sicherer Quelle, dass sie Angebote aus Warwick und aus Bath bekommen hat, es war sogar die Rede von Cambridge. Aber sie hat sich für Lancaster entschieden.«

»Weil es nicht weit von ihren Eltern entfernt ist«, behauptete Wolf mit Nachdruck.

»Vielleicht. Aber die M6 führt ebenso nach Norden wie nach Süden. Apropos, willst du wirklich heute schon zurück nach Hause fahren? Du hattest einen aufregenden Vormittag.«

»Nicht besonders«, sagte Wolf. »Wo doch so viele Gefälligkeiten dafür gesorgt haben, dass das Ergebnis von vornherein feststand. Nein, je eher ich hier wegkomme, desto besser. Dann bin ich vor Einbruch der Dunkelheit zu Hause.«

»Wenn du meinst.«

Sie versanken wieder in Schweigen, bis sie auf den Rastplatz London Gateway an der Auffahrt zur M1 bogen.

Dort parkte der Defender in einem für die Mitarbeiter reservierten Bereich.

»Ihr habt ihn gewaschen«, sagte Hadda vorwurfsvoll.

»Ich bin sicher, wenn du in Birkstane ankommst, hat er schon wieder seinen Glanz verloren«, sagte Childs. »*Au revoir*, Wolf.«

Er hielt ihm die Hand hin. Hadda betrachtete sie einen Moment, dann grinste er, beugte sich vor und küsste Childs auf die Stirn.

»Sagen wir lieber Adieu, JC«, sagte er.

Childs blieb im Auto sitzen und sah zu, wie der Land Rover vom Rastplatz fuhr, und saß noch immer still und stumm da, als der Wagen schon längst seinen Blicken entschwunden war.

»Wohin jetzt, Sir?«, fragte der Fahrer schließlich.

Childs überlegte einen Moment, ehe er antwortete.

»Ich muss noch rasch jemanden anrufen«, sagte er. »Danach, denke ich, auf nach Phönizien.«

2

Es dämmerte, als der Defender in Mireton ankam.

Wolf wusste, er hätte auf der langen Fahrt nach Hause eine Pause einlegen sollen, aber ein Verlangen, das stärker war als jede Vernunft, hatte ihn dazu getrieben, sich von der Straße immer weiter nach Norden tragen zu lassen, bis die vertraute Silhouette seiner geliebten cumbrischen Berge in Sicht kam, und dann wäre es irgendwie sinnlos gewesen, noch anzuhalten.

Er parkte vor der Kirche und ging auf den Friedhof. Etwas hatte sich verändert, seit er zu Imogens Beerdigung das letzte Mal hier gewesen war. Der trutzige Metallzaun um die Grabstätte der Ulphingstones war entfernt worden.

Als er näher trat, sah er, dass es noch andere Veränderungen gab. Eine junge Eberesche war davor gepflanzt worden, und ihre Beeren leuchteten hell im Zwielicht.

Und die Inschrift lautete jetzt: *Hier ruht Virginia, geliebte Tochter von Wilfred und Imogen Hadda und Enkelin von Sir Leon und Lady Kira Ulphingstone.*

Tochter. Das war die Wahrheit, ganz gleich, was Imo gesagt hatte. Sie war all die Jahre seine geliebte Tochter gewesen. Nichts konnte daran je etwas ändern.

Er blieb einen Moment stehen, dann wandte er sich ab.

Eine Stimme rief: »Wolf.«

Luke Hollins stand unter dem Vordach der Kirche und schaute zu ihm herüber.

»Das sind großartige Neuigkeiten, Wolf«, sagte der Vikar. »Ich hab mich riesig gefreut. Ich dachte, am Sonntag könnte ich über den Verlorenen Sohn predigen.«

»Bemühen Sie sich nicht«, sagte Wolf. »Das Gleichnis von den anvertrauten Talenten wäre passender. Bis bald, Padre.«

»In der Kirche, meinen Sie?«, fragte Hollins hoffnungsfroh.

»Wenn Sie mir meine Tesco-Bestellung liefern.«

Er verließ den Friedhof. Gegenüber der Kirche leuchteten die Lichter vom Black Dog bereits hell durch die zunehmende Dunkelheit. Drei Männer schlenderten auf den Eingang des Pubs zu. Es waren Farmer aus der Gegend, die er alle schon mal gesehen hatte. Einer von ihnen war Joe Strudd, sein Nachbar.

Strudd blickte über die Straße und rief. »Wie geht's, Wolf? Alles klar?«

»Einigermaßen. Und selbst?«

»Gar nicht mal so schlecht. Lust auf ein Bier und ein Schwätzchen?«

»Ein anderes Mal vielleicht.«

»Bis bald, dann.«

Die drei winkten zum Abschied und verschwanden im Pub.

Wolf lächelte, als er aus dem Dorf fuhr. Luke Hollins musste noch einiges über seine Gemeinde lernen. Auf gemästete Kälber, die bei der Heimkehr des Verlorenen Sohnes geschlachtet wurden, konnten sie gut verzichten. Bei ihnen tat's auch eine Einladung auf ein Bier und ein Schwätzchen.

Die Abzweigung nach Birkstane kam in Sicht. Er lenkte den Defender ohne abzubremsen in die Zufahrt, und das Beben der Räder, als sie über die alten Furchen und Schlaglöcher holperten, fühlte sich an wie eine Liebkosung. Das Tor stand offen, und er sah Licht im Farmhaus, während aus dem Schornstein eine graue Rauchfahne in den mit Sternen übersäten Himmel wehte.

Zuhause. Er erinnerte sich an JCs Worte, halb spöttisch,

halb neidisch. *Als Holzfäller anfangen, und als Holzfäller aufhören.* Wollte er das wirklich? Vielmehr, war das überhaupt möglich ... nach allem?

Er stoppte den Wagen und stieg aus. Die Haustür ging auf, und Sneck kam mit funkelnden Augen und gebleckten Zähnen auf ihn zugeflitzt, als wollte er ihm die Kehle durchbeißen. Dann legten sich die Vorderpfoten des Hundes auf seine Schultern, und seine große raue Zunge schmirgelte ihm das Gesicht.

»Runter mit dir, du sabbernder Trottel!«, befahl er.

»Willst du mich in Zukunft immer so nennen?«, fragte Alva von der offenen Tür her.

Childs musste sie angerufen haben. Gott segne dich, JC, zumindest dafür!, dachte er.

Was die Zukunft bringen würde, wusste er nicht. Welche Dämonen wartend auf der Lauer lagen, um ihn zu verfolgen, konnte er nur vermuten. Aber dieser Augenblick, dieser Ort, waren zu vollkommen für solche Gedanken.

Im Übrigen konnte ein Mensch nur eines tun: warten und hoffen.

Er ging lächelnd auf sie zu und sagte: »Tja, mal sehen.«

Die Zitate auf Seite 7 und 675 folgen der Übersetzung: *Der Graf von Monte Christo*, übers. von Meinhard Hasenbein, Frankfurt am Main 1978.

Das Zitat auf Seite 9 folgt der Übersetzung: *Richard II*, übers. von August Wilhelm Schlegel.

Das Zitat auf Seite 335 folgt der Übersetzung: *Die Pickwickier*, übers. von Josef Thanner, München 1956.

Das Zitat auf Seite 435 folgt der Übersetzung: *Präludium oder Das Reifen eines Dichtergeistes*, übers. von Hermann Fischer, Stuttgart 1974.

Das Zitat auf Seite 508 folgt der Übersetzung: *Das verlorene Paradies*, übers. von Hans Heinrich Meier, Stuttgart 1978.

Die Zitate auf Seite 553 und 599 folgen der Übersetzung: *Das Fenster zur anderen Welt*, übers. von Friedrich Polakovics, Frankfurt am Main 1985.